KB060017

위대한
미국 소설

THE GREAT AMERICAN NOVEL
by Philip Roth

이 도서의 국립중앙도서관 출판예정도서목록(CIP)은
서지정보유통지원시스템 홈페이지(http://seoji.nl.go.kr)와
국가자료종합목록 구축시스템(http://kolis-net.nl.go.kr)에서 이용할 수 있습니다.
(CIP제어번호: CIP2020039154)

위대한 미국 소설

필립 로스 장편소설 · 김한영 옮김

문학동네

일러두기

1. ★로 표시하지 않은 주석은 모두 옮긴이주다.
2. 본문 중 고딕체는 원서에서 이탤릭체로, 볼드체는 대문자로 강조한 부분이다.
3. 장편소설과 기타 단행본은 『 』, 시와 희곡 등의 작품명은 「 」, 연속간행물, 방송 프로그램명, 곡명 등은 〈 〉로 구분했다.

바버라 스프라울에게

……위대한 미국 소설은 도도새처럼 멸종된 게 아니라
히포그리프처럼 전설로 존재한다……

_ 프랭크 노리스, 『소설가의 책임*The Responsibilities of the Novelist*』

5~7장에 나오는 아이작 엘리스의 야구 전략은 대부분 언쇼 쿡의 『확률 야구*Percentage Baseball*』(M.I.T. Press, 1966)에서 인용했다.

5장의 커브볼 공식은 이고르 시코르스키가 고안한 것으로, 조지프 F. 드루리 경의 「젠장 커브가 들지 않는군*The Hell It Doesn't Curve*」(『부담 없이 읽는 야구 책*Fireside Book of Baseball*』, Simon and Schuster, 1956, 98~101쪽)에 나와 있다.

뉴욕주 쿠퍼스타운의 명예의 전당 도서관에 소장된 프로 야구 선수들의 육성 기록과 로런스 리터스의 『그 시대의 영광*The Glory of Their Times*』(Macmillan, 1966)에 인용된 선수들의 증언은 이 소설을 쓰는 동안 내 영감을 자극했고, 그 속에 담긴 옛 선수들의 매력적인 말투는 소설의 대화 속에 녹아 있다.

명예의 전당 도서관장 잭 레딩, 명예의 전당 박물관 큐레이터 피터 클라크에게, 쿠퍼스타운을 방문한 동안 내게 베풀어준 친절함에 감사드린다.

필립 로스

차례

프롤로그

나를 스미티로 불러달라. 다들 그렇게 부른다. 야구선수
ballplayer, 은행원banker, 안장 없이 말을 타는 기수bareback rider,
바리톤baritone, 바텐더bartender, 사생아bastard, 베스트셀러 작가
best-selling writer(헴은 제외다. 그는 나를 프레데리코라는 별명으
로 불렀다), 경륜선수bicyclist, 대형 동물 사냥꾼big game hunter(이
번에도 헴은 제외다), 당구 챔피언billiards champ, 주교bishop, 블랙
리스트에 오른 사람blacklisted(나도 포함된다), 암거래 상인black
marketeer, 금발blond, 고리대금업자bloodsucker, 귀족blueblood, 마권
업자bookie, 볼셰비키Bolshevik(몇몇은 나와 아주 친하오, 의장 나
리*, 어쩔 셈이오!), 포격수bombardier, 구두닦이bootblack, 아첨꾼
bootlick, 보스boss, 권투선수boxer, 상류층 인사Brahmin, 고위 관리

---

* 1938년 구성된 반미활동조사위원회 의장.

brass hat, 영국인British (1936년부터 나는 스미티 경이 되었다), 매춘부broad, 방송인broadcaster, 야생마 조마사bronco-buster, 갈색 머리brunette, 바베이도스의 흑인 청년black buck down in Barbados (미이스타 스미티), 버마의 승려Buddhist monk in Burma, 선원 벌킹턴Bulkington[*], 투우사bullfighter, 허풍쟁이bullthrower, 벌레스크[**] 코미디와 벌레스크 스타burlesque comic and burlesque star, 나무꾼bushman, 부랑자bum, 집사butler 들이 그런다. 그런데, 팬 여러분, 이건 철자 B로 시작하는 단어들만 말한 것이다. 알파벳 스물여섯자 중 하나!

웬걸, 고뇌에 빠져 이 몸을 애타게 찾던 사람들 중 알파벳 X로 시작하는 부류에 대해 책을 써도 한 권이 나올 테고, 내가 일생 동안 만난 사람들 중 자기는 이제 과거의 일에서 손을 씻었다고 말하고 싶어하는 어중이떠중이들까지 고려하면 백과사전이 나올 수도 있다. 스미티, 누군가에게는 말을 해야겠어. 스미티, 자네에게 할 이야기가 있네. 스미티, 자네가 꼭 알아야 할 일이 있다네. 스미티, 지금 당장 이리 와주겠나. 스미티, 자넨 아마 믿지 못할 테지만. 스미티, 당신은 나를 모르겠지만. 스미티, 난 부끄러운 짓을 하고 있어. 스미티, 난 자랑스러운 일을 하고 있다네. 스미티, 난 아무것도 못하고 있어, 어떻게 해야 하지, 스미트? 대륙횡단 버스transcontinental bus, 싸구려 술집lowdown bar, 고급 사창가high-class

---

* 『모비 딕』에 나오는 선원.
** 19세기 미국에서 유행한 통속 희가극. 후에는 스트립쇼로 변질되었다.

brothel에서, (장면을 바꿔 알파벳 C로 넘어가보자) 카바레cabaret, 바닷가 탈의장cabana, 오두막cabin, 승무원용 차량caboose, 양배추밭cabbage patch, 케이블카cable car, 카브리올레cabriolet(사전을 찾아보면 나올 것이다), 캐딜락Cadillac, 카페café, 잠함caisson, 이륜마차calash에서(물론 달빛 아래서), 캘커타Calcutta, 캘리포니아California에서, 캘거리Calgary에서(갈보리Calvary와 혼동해선 안 된다. 1938년 갈보리에서 "스미티!" 하고 부르는 음성이 들렸을 때 스미티는 바보처럼 굴지 않고 무릎을 꿇었다), 종루campanile에서, 모닥불campfire 곁에서, 파나마운하Canal Zone에서, 촛불candlelight 아래서(B항 중 '금발'과 '갈색 머리'를 참조하라), 지하묘지catacomb에서, 희망봉Cape of Good Hope을 돌면서, 포로수용소captivity에서, 이동식 트레일러하우스caravan에서, 카드게임card game을 하면서, 화물선cargo ship에서, 카리브해Caribbean에서, 회전목마carousel 위에서, 카사블랑카Casablanca(내가 보기*의 기분을 맞춰주기 위해 단역을 했던 영화. 그리고 그 촬영 장소)에서, 카스바Casbah**에서, 카지노casino에서, 조난당해 상륙한 무인도castaway off coasts에서, 성castle에서(어떤 때는 공상 속, 어떤 때는 현실에서), 카탈로니아Catalonia***에서(오웰과 함께), 카타니아Catania에서, 긴장병catatonia을 앓으면서, 재난catastrophe 속에서, 외대박이 돛배catboat에서, 대성당cathedral에서, 캐츠킬산맥Catskill에

---

* 영화 〈카사블랑카〉의 주연배우 험프리 보가트의 별명.

** 북아프리카와 서아시아에서 도시 방어를 위해 지은 성채.

*** 조지 오웰의 장편소설 『카탈로니아 찬가』의 주무대인 카탈루냐의 영어명.

서(제니 G.와 함께 크네이들과 크레플락*을 먹으면서, 아직 그 맛을 잊을 수 없다!), 캅카스산맥Caucasus에서(스미티 동지라 불렸다. 난 자랑스럽소, 의장 나리!), 동굴cave에서, 지하실cellar에서, 중앙아메리카Central America에서, 차드공화국Chad에서, 소파침대 chaise longue에서(B항의 '벌레스크 스타'를 참조하라), 샬레chalet** 에서, 침실chamber에서, 형평법 재판소chancery에서, 납골당charnel house에서(여기서도 육신을 떠난 영혼의 목소리를 들었다), 채터누가Chattanooga에서(조니의 바로 그 칙칙폭폭 기차에서)***, 휴대품 보관소checkroom에서, 체로키 원주민 구역Cherokee country에서, 시카고Chicago에서. 자, 기독교국에서는 그만 멈추고 그 정도로 치자. 이상이 스미티의 활동 범위였다! 고해 신부, 결혼생활 상담사, 막역한 친구, 희극의 조연, 솔로몬, 들러리 배우, 정신과의사, 멍청한 호인, 현자, 중매인, 약장수, 대리 희생자, 감성적 사회개혁가, 폭로자, 변호사, 대부업자, 시끄러운 밤샘 파티의 손님, 착실한 친구─무엇이든 변장하라고 해보라. 알파벳 스물여섯 자 중 어느 것으로든 시작하는 배역을 찍어보라. 장담하건대, 스미티는 네 번의 이십 년과 일곱 해를 사는 동안 대략 천 일이나 이천 일의 밤에, 우리가 염치없이 '우리의 것'이라 부르는 몇조억 년 된 이 은하계에 있는 몇조 년 된 이 태양계의 몇십억 년 된 이 행성에서

---

* 둘 다 유대 민족의 음식.
** 스위스식 오두막.
*** 1941년 글렌 밀러 오케스트라가 발표한 곡 〈채터누가 칙칙폭폭〉. 조니 민스가 클라리넷을 연주했다.

16

그 배역을 소화했을 테니!

아, 우리는 얼마나 위대한 족속인가, 팬들이여! 우리는 얼마나 빛나고radiant 흥미롭고raffish 초라하고raggedy 방탕하고rakish 제멋대로이고rambunctious 광포하고rampaging 야단법석이고ranting 욕심 많고rapacious 드물고rare 성급하고rash 시끌벅적하고raucous 상스럽고raunchy 황폐하고ravaged 굶주리고ravenous 현실적이고realistic 합리적이고reasonable 반역적이고rebellious 수용적이고receptive 부주의하고reckless 구제 가능하고redeemable 세련되고refined 사려 깊고reflective 유쾌하고refreshing 장엄하고regal 조직적이고regimented 가엾고regrettable 무자비하고relentless 믿을 만하고reliable 경건하고religious 주목할 만하고remarkable 태만하고remiss 가책을 느끼고remorseful 혐오스럽고repellent 후회를 잘하고repentant 했던 말을 하고 또 하고repetitious(!!!!) 괘씸하고reprehensible 억눌려 있고repressed 번식력이 왕성하고reproductive 비열하고reptilian 비위에 거슬리고repugnant 불쾌하고repulsive 평판이 좋고reputable 성마르고resentful 내성적이고reserved 체념을 잘하고resigned 잘 회복하고resilient 반항적이고resistant 쉽게 꺾이고resistible 꾀바르고resourceful 존경스럽고respectable 불안정하고restless 눈부시고resplendent 책임감 있고responsible 대응력 있고responsive 억압되고restrained 발달이 늦고retarded 복수심에 차 있고revengeful 경건하고reverential 역겹고revolting 열광적이고rhapsodical 운율적이고rhythmical 품위 없고ribald 허약하고rickety 우습고ridiculous 정의롭고righteous 엄격하고rigorous 소란스럽고riotous 우스꽝스럽고risible 의례를 고수하고ritualistic 우

악스럽고robustious(『New World』 사전에 따르면 형용사. 고어 또는 희곡에서〔하나를 고르시오〕 "거친, 무례한 또는 소란스러운"*을 의미한다) 짓궂고roguish 쾌활하고rollicking 낭만적이고romantic 활발하고rompish 부패하고rotten 저속하고rough-and-ready 무모하고rough-and-tumble 난폭하고rough-housing 떠들썩하고rowdyish 무례하고rude 가엾고rueful 거칠고rugged 망가지고ruined 고주망태이고rummy(여러분도 아시다시피, 주로 영국에서 속어 술에 찌든, 술독에 빠진) 쇠퇴하고rundown 왜소하고runty 무정한ruthless 종race인가!

물론 이건 단지 한 사람의 견해일 뿐이고, 그 사람의 성은 스미스다. 이름은 워드.

그럼 워드 스미스는 대체 누구인가? 좋다, 말해보겠다. 비록 금방 숨이 차고, 금방 화를 내고, 눈이 근시이고, 관절이 뻣뻣하고, 배가 물렁물렁하고, 방광이 약해 슬리퍼를 적시고, 빈혈, 관절염, 당뇨, 소화불량, 경화증이 있고, 병원에 입원하면 맨 처음 베개를 갖다주는 의사나 간호사에게 변비약이 꼭 필요하다고 고백하고, 끊임없이 통증에 시달리기는 해도(숨이 넘어가고 나서야 아프다는 얘기를 할 것이다), 아직 정신이 나가지는 않았다. 보통 사람은 목에 칼을 들이대도 철자 J로 시작하는 대통령 이름 세 개를 대거나, 전임 교황이 안경을 썼는지 안 썼는지를 답하지 못할 텐데, 마

---

*『로미오와 줄리엣』 1막 4장. "사랑은 너무나 거칠고, 너무나 무례하고, 너무나 소란스러워."

찬가지로 워드 스미스라는 이름도 결코 떠올리지 못할 것이다. 우리의 W.S.가 매번 새 바이시클스* 팩을 뜯어 장관 여럿과 스터드를 치던 시절, 어느 밤 각료들이 모두 빈털터리가 되어 우리 공화국이 거의 괴멸 상태에 이르고, 다음날 아침—아마 포토맥강이 분홍빛으로 물들 즈음—에 자기 셔츠라도 건지기 위해 국고에 슬쩍 손대려는 재무부 장관을 내무부 장관이 뜯어말리는 상황에서도 말이다.

다음으로 교황들이 있다. 물론 푼돈 내기 말고는 교황들과 포커, 스터드, 스트레이트, 혹은 드로를 친 적이 없지만, 거짓말을 전혀 보태지 않고 전성기 때 이 스미티는 마른땅에 무릎을 꿇고 교황의 반지에 입을 맞추기도 했다. 이제 무릎을 꿇지는 못하지만, 망각역행 침대차에 탑승하기 전까지만 해도 이 반쯤 마비된 입술에는 아직도 교황의 인장을 맛보고, (혹시 응하는 여자가 있다면) 얼마간 부풀어오른 살덩이를 여성의 살결 중에서도 더 복숭아색을 띠는 부위에 갖다댈 만큼의 체액이 남아 있었다. 낄낄 웃는다. "조지, 기차는 천국문 앞에 몇시에 당도할 예정인가!" 카드를 섞어 뗀다. "걱정 붙들어 매세요, 스미티 선생님. 도착하기 전에 면도도 하고 아침도 두둑이 먹을 수 있게 시간을 알려드릴 테니." "만일 우리가 거기 간다면, 조지, 차장은 자기가 들은 대로, 우리가 전부 직행열차를 타고 있다고 말하겠지?" "직행이라고요? 어디까지요, 스미티 선생님? 노선 끝까지요?" (뒤에서 합

---

* 게임용 카드 상표명.

창이 들리고, 허밍과 기타 반주가 깔린다. '직행열차, 직행열차, 칙칙폭폭, 쉬지 않고 달리네, 칙칙폭폭 쉬지 않고 고향으로 달려 가네!') "이 노선은 아마 '끝'이 없을 거야, 조지." 부스스한 머리를 벅벅 긁는다. "글쎄요, 선생님, 열차 시간표에는 그런 게 안 나와 있을걸요." "천만에, 나와 있어. 조지, 작은 글씨로 이렇게 적혀 있지. '기차가 멈출 때는 승객을 태우기만 할 것.'" "스미티 선생님, 대체 그런 직행열차가 어디 있어요?" "망각역까지 가는 직행열차라네, 조지." "'망각Oblivion'이라고요? 그건 도무지 기차역 이름처럼 들리지 않는걸요. 어린 여자애 이름 같네요!" ('직행열차, 직행열차, 칙칙폭폭 나를 그리운 고향으로 데려다주오!')

스미티! 기차역 짐꾼들의 예언자prophet to porters, 이교도들의 신부padre to pagans, 다처를 거느린 남자들의 중재인peacemaker for polygamists, 구걸하는 자들의 부양자provider for panhandlers, 소매치기들의 보호 관찰관probation officer to pickpockets, 존속 살인자들의 아빠pappy to parricides, 매춘부들의 어버이parent to prostitutes, 핀업걸들의 '아빠'"Pops" to pinups, 비열한 자들의 바울Paul to pricks, 가식적인 자들의 직설가plaintalker to pretenders, 관음증 호색한들의 목사parson to Peeping Toms, 동성애자들의 보호자protector to pansies, 편집증 환자들의 간호조무사practical nurse to paranoids. 어쩌면 인종, 오점, 낙인, 허물을 가리지 않는 모든 떠돌이와 망나니의 친구 pal to pariahs and pests, 혹은 그저 국가적 기피 인물들의 충실한 졸개putty in the paws of personae non gratae, 간단히 말해 비단뱀들의 쉬운 먹잇감patsy to pythons. 어느 것이나 스미티의 자서전 제목으로

나쁘지 않다.

혹은 대통령들의 시인은 어떨까? 베이즈 천이 깔린 최고 권력자의 당구대에서 당구를 치고 스포츠 무용담을 늘어놓으며 희귀한 럼주를 맘껏 즐기다 동트기 전 기분이 내키면 대통령의 풀장에 뛰어든 게 다였을까? 절대 아니다. 당연히 콘트랙트 브리지, 크리비지, 카나스타, 카지노 크로니를 치고, 블랙잭을 할 때는 허세를 부리고 포커테이블 앞에서 표정을 감추곤 했다. 당연히 밤 아홉시쯤이면 모든 대통령을 상대로 피노클을 쳤고, 여섯 시간 동안 끈질기게 솔리테르*를 하면서도 바위처럼 꼼짝하지 않았고(아무도 모르게 꾸벅 졸았고), 내가 멍하니 있을 때 그들이 말을 걸면 즉시 "인내심이 바닥나셨소, 대통령 각하?"라며 익살을 떨었다. 그렇다, 나는 백악관 잔디밭에서 로토**를 했고, 국가적 재난이 일어나기 전날 밤에는 대통령 집무실에서 올드 메이드를 치며 퍼스트 차일드*** 패를 뗐다…… 하지만 내가 그곳에 있었던 진짜 이유는 그게 아니었다. 내가 어떻게 네 명의 미국 대통령과 절친한 사이가 되었는지 알아맞혀보라! 내가 누구였을까? 그들의 사생활에도 측은한 면이 있으니 이를 존중하는 뜻에서 이제부터 그들을 ABC, DEF, GHI, JKL이라 부를 순 있지만, 그들의 말이 공식적으로 기록되어 있으므로 역사를 조금이라도 아는 독자는 이 네 사람이 누구인지 금방 추측할 것이다. 내 주임무는 무엇이었을까?

---

* 혼자서 하는 카드놀이.
** 빙고와 비슷한 숫자 맞추기 게임.
*** 올드 메이드 게임에서 선공 역할.

나는 그들의 글을 갈고닦았다.

고인이 된 GHI는 넷 중 나와 가장 친했다. 그는 다른 나라의 고관이 방문하면 매번 특별한 만남을 주선해주었고, 그의 담화와 연설에는 내 잉크 자국이 깊이 스며들어 있었다. 그는 총리나 수상, 의장, 대법관, 장군, 총사령관, 대령, 함대 사령관, 각하, 전하, 폐하에게 이렇게 말하곤 했다. "미국의 대단히 훌륭한 작가를 만나보지 않겠소? 물론 당신의 언어도 훌륭하다고 믿어 의심치 않으나, 불멸의 말재주를 지닌 우리 작가가 그 훌륭한 언어로 무슨 말을 하는지 들어봤으면 하오. 이보게, 스미티, 모든 단어가 똑같은 알파벳으로 시작하는 걸 뭐라고 하지?" "두운이라고 합니다, 대통령 각하." "그럼 한번 해보게. 수상을 위해 두운을 조금만 들려주게나." GHI의 생각과 달리 그런 압박감 속에서 두운을 쓰는 건 나 같은 달인에게도 쉽지 않았지만, "들려주게나"라고 말하는 GHI 앞에서 내가 어떻게 패를 던지고 다이die할 수 있단 말인가? "수상, 그걸 '배제'라고도 하는데, 하나 외에는 다른 모든 철자를 제외하기 때문이지요. 내 말이 맞지, 스미티?" "네, 맞습니다, 대통령 각하. 그렇게 부른다면 그런 이유 때문이겠지요." "그래, 내친김에 수상을 위해 두운 한 줄 어떤가?" "어떤 주제로 할까요, 대통령 각하?" "수상, 뭐가 좋겠소? 이 사람은 거의 모든 것의 이름을 훤히 꿰뚫고 있으니 수상께서 하나 골라보세요. 이 사람은 걸어다니는 사전입니다. 어류fish, 과일fruits, 아니면 헛소리flimflam? 이런, 나도 조금은 할 줄 아는 것 같군, 안 그런가?" "네, 그렇습니다, 대통령 각하. 그게 두운입니다." "자, 스미티, 이제 해보게, 여기 수상께 자네의 레퍼토리를 하나 들려주고, 그런 다음 대구법을 약간만 구사해보지 않겠나? 거참, 나는 마누라보다 대구법이 더 끌린단 말이야. 스미티, 이도 아니고–저도 아니다neither-nor, 그걸 수상께 들려주게나. 이도 아니고–저도 아니다, 아니면 무능력하다–불필요하다–불가능하다cannot-we shall not-we must not도 괜찮고, 그런 다음 도착으로 마무리를 지어보게나." "각하, 도착倒錯입니까, 도치입니까?" "그건 우리의 귀빈께 맡기세. 수상, 어느 쪽이 좋으시오? 여기 있는 스미티는 양쪽 다 전문가라오."

친애하는 팬 여러분, 이 사례나 GHI의 다른 일화 때문에 그가 익살맞고, 광대 같고, 바보 같고, 무식하고, 가학적이고, 저속하다고 결론짓지 말라. 그는 자신이 뭘 하는지 잘 알고 있었다. "스미티," 내가 백악관 지하실의 금고 안에서 알파벳 순서와 두운 맞추기로 밤새 고민하면 대통령은 다음날 아침에 내려와 금고문을 열고 이렇게 말했다. "스미티," 그는 내가 온갖 도치구와 대구를 만들어내느라 머리가 돌아버릴 지경에까지 이르러 작성한 연두교서를 꼼꼼히 살펴보며 말했다. "자네가 부럽네. 자네는 방음, 방폭 기능이 있는 180센티미터 두께의 강철문 안에서 홀로 축복과도 같은 고독을 즐기지. 그동안 자네의 머리 위에서는 밤새 전화벨이 울리고 전 세계에서 발생하는 비극적 소식이 잇따라 들어온다네. 그거 아나, 스미티? 내가 처음으로 돌아갈 수 있다면 말일세, 정말 진지하게 하는 말인데, 비록 거꾸로 말하고 뒤집어 말하는 천부적 재능은 없지만, 만일 인생을 다시 살 수 있다면 대통령보다는 작가가 되고 싶다네."

오래전 내 전성기 때(소멸), '한 사람의 견해'가 이 나라에서 중
요하게 여겨지던 시절—파이니스트가※ 신문들(소멸)의 스포츠
면에 실려 전국에 배포될 정도로—그리고 아메리칸리그와 내셔
널리그가 패트리어트리그(소멸)와 사이좋게 경쟁하고, 내가 패
트리어트리그 도시들을 여행하면서 파이니스트가 계열의 신문들
에 글을 쓰고, 특히 그중 내 글이 실린 〈모닝스타〉(그 계열사들 전
부 소멸)가 패트리어트리그에 속한 일곱 도시에서 매일 타블로이
드판으로 발행되던 시절(보아하니 요즘은 칵테일 냅킨에 스포츠
에 관한 퀴즈를 내는 것 같은데, 칵테일 냅킨 사용자들은 다음 질
문에 답해보라. 과거 P리그에 속한 일곱 도시의 이름은 무엇인가?
어느 주정뱅이가 그걸 기억하고 있을까?), 야구팀들, 도시들, 신
뢰로 뭉친 인간관계가 사기와 광기에 휩싸여 흔적도 없이 사라지
기 전, 내가 섹스와 명예훼손 기사의 제목 따위나 지어내는 하찮
은 일을 시작하기 전(포천쿠키 부스러기를 얻기 위해 일하는 천
재 하이쿠 시인처럼. 그러나 한창때 나는 사람들이 가장 얕보는
하이쿠 형식으로 헤드라인을 뽑아내는 데 달인이었음을 기억해
주기 바란다), 사람들이 나를 비방하고, 감옥에 처넣고, 블랙리스
트에 올리고, 잊어버리기 전, 미국야구기자협회(이름을 대자면
말이오, 의장 나리!)가 사복형사인지 깡패인지 모를 놈을 고용해
내가 이 촌구석의 '소멸의 집'으로부터 정확히 160킬로미터 떨어
진 곳에서 매년 명예의 전당 투표를 할 때마다 루크 고패넌에게

표를 던지지 못하도록 만들기 전('외톨이' 루크는 1928년 루퍼트 먼디스에서 63개의 홈런을 치며 활약했음에도 "부적격"이라는 말을 들었다. 그와 마찬가지로 나도 내가 살아온 이 세기에서 한물간 사람이고, 내가 태어나고 자란 땅, 소멸에서는 익살맞은 유골 신세가 되었다. 숨쉬는 시체나 다름없는 것이다!), 수십 년 전 내가 미국에 스미티란 존재이고, 미국이 내게 고향이란 존재였을 때, 아, 지금으로부터 대략 일만 백 일에서 일만 이백 일 전, 나는 나를 미합중국 대통령처럼 우러러보는 전국의 어린 팬들로부터 냉소적 편지가 아닌 기분좋은 편지를 받곤 했다. 그땐 정말 날아갈 것 같았다!

존경하는 스미티 님, 나는 열 살이에요. 나두 이담에 커서 스포츠 자까가 되고 시퍼요. 그렇게 되는 게 내 꿈이에요. 어떻게 하면 내 꿈을 이룰 수 있어요? 우리 선생님 말씀처럼 철자가 중요해요? 야구를 잘 이해하고 야구를 사랑하는 게 더 중요하지 않아요? 스미티 님은 어떻게 훌륭해졌어요? 태어날 때부터 그랬어요? 아님 운이 좋았어요? 스미티 님처럼 되는 법을 일러주는 팸플릿이 있으면 보내주세요. 나는 지금 학교에서 스미티 님 이야기로 작은 책을 만들고 있거든요.

아, 슬프다! 비참하다! 나 자신이 휘갈겨쓴 글을 보면 눈물이 난다! 지금 힘겹게 지면을 채우고 있는 나는, 나를 우상처럼 우러러보던 그 초등학생들과 똑같지 않은가! 때로는 글자 하나를 쓰다 말고 통증이 가라앉기를 기다려야 하고, 결국에는 발명이란 것이

발명되기 전 동굴 벽에 긁어서 새긴 흔적 같은 것만 남는다. 이 노쇠한 필적으로는 초등학교 입학조차 어려울 듯한데, 도대체 어떻게 퓰리처상을 받는단 말인가? 하지만 러시모어산*의 조각이 하루아침에 완성되지 않은 것처럼, 위대한 미국 소설도 고통 없이는 쓰이지 않을 것이다. 게다가 통증이 문체에 좋을 수도 있다는 생각이 든다. 예를 들어 소문자 w를 적어넣는 일이 낭떠러지를 피하기 위해 좁다란 길에서 아슬아슬하게 방향을 틀어야 하는 꾸불꾸불한 산길 여행처럼 지루하고 위태롭다면, 팬 여러분, 웬만한 사람은 w가 들어간 단어를 흥청망청 쓰지 않을 것이다. 알파벳 전체가 그러할 것이다.

알파벳! 나의 사랑하는 오랜 친구! 알파벳 스물여섯 자를 보라. 어느덧 고어이자 희어戲語가 되고 시대에 뒤처진 구닥다리로 전락해 세상으로부터 망각되어가는 이 왕년의 스포츠기자에게 수천 개의 예리한 기억을 건드리지 않는 철자가 하나라도 있을까? 그러니 흥청망청은 개나 줘버려라! 어쨌든 내일은 공휴일이고, 쿠퍼스타운의 명예의 전당에서 또 한번의 선거가 치러지는 날이다. 내 심장은 해질녘에 멈출지도 모르고, 그러면 당연히 내 손가락도 휴식에 들어갈 것이다, 안 그러겠는가? 그러므로 팬 여러분, 스미티와 함께 기억을 더듬어 여행을 떠나보면 어떨까?

---

* 사우스다코타주 블랙힐스의 산봉우리. 미국 대통령 조지 워싱턴, 에이브러햄 링컨, 토머스 제퍼슨, 시어도어 루스벨트의 거대한 두상이 조각되어 있다.

aA

bB

cC

dD

eE

fF

gG

hH

iI

jJ

kK

lL

mM

nN

oO

pP

qQ

rR

sS

tT

uU

vV

wW

xX

yY

zZ

아, 다행히 스물여섯 자뿐이다! 백 자였다면 어땠겠는가! 그런데도 대문자 F를 넘어서면 벌써 물에 빠져 허우적대는 기분이 든다. 고패넌의 G! 먼디의 M! 패트리어트의 P! 게다가 '나'의 I는 또 어떠한가? 아, 멀고 먼 옛날, 나의 황금시대여! 아, 왜 d는 죽음deceased을 가리키는가! 속임deceit, 패배defeat, 부패decay, 악화deterioration만 해도 충분히 괴로운데, 죽음까지 d라니? 이 죽어가는 일은 빌어먹게도 비극적이다! 정말이지 다음과 같은 것들은 바라지도 않는다. 다이커리daiquiri*, 데이지daisy, 처녀damsel, 덴마크어Danish, 접의자deck chair, 전몰장병기념일의 더블헤더Decoration Day doubleheader**, 예의decorum, 조제식품delicatessen, 데메롤Demerol***, 민주적 절차democratic process, 데오도란트deodorant, 더비 경마Derby, 욕망desire, 후식dessert, 다이얼식 전화dial telephone, 사전dictionary, 존엄dignity, 할인discount, 소독제disinfectant, 증류주 제조업자distillery, 동상同上 부호ditto mark, 겉 다르고 속 다른 말doubletalk, 꿈dream, 드라이브인 식당drive-in, 드라이클리닝dry cleaning, 몽모랑시의 오리 요리duck au montmorency,

---

* 칵테일 이름.

** 야구에서 두 팀이 같은 날 연속해 두 경기를 치르는 것.

*** 진통제 이름.

그리고 내 소유의 집dwelling, 까짓것 햇빛daylight도 필요 없다, 죽지만 않는다면. 아, 팬 여러분, 지금 나처럼 하루하루 소멸해가는 건 참으로 비참한 일이다.

죽음

의식불명 상태로 열흘이 흘렀고, 그후 나흘은 산소텐트에서 보냈다. 의식이 깨어났을 때 나는 다시 조산아가 되었다고 생각했다. 내 앞에 온전한 일생이, 덤으로 두 달까지 얹혀 놓여 있었다! 순간적으로 네 번의 이십 년과 일곱 해를 거슬러올라가 방금 어머니의 뱃속에서 나왔다고 생각했다. 하지만 아니었다. 나는 조산아가 아니라 미출간 유작을 남길 소설가이고, 며칠이나 남았는지 신만이 아는 여생 중 열흘이 흘러갔으며, 그동안 한 글자도 쓰지 못했다.

엎친 데 덮친 격으로 우리의 속물 의사는 명령을 내렸다. 네 번의 이십 년과 여덟 해를 넘기려면 두운을 포기하라고.

"스미티 할아버지, 내 말은 간단해요. 그렇게 어린 학생처럼 계속 글을 쓰면 더이상 버틸 수 없다는 겁니다."

"하지만 내게 남은 건 그것뿐이오! 난 거부하겠소!"

"자자, 울지 마세요. 그렇다고 세상이 끝나는 건 아니잖아요? 그래도 할아버지에겐 주식도 있고 예금도 있고……"

나는 훌쩍거리며 이렇게 말한다. "선생은 이해 못합니다! 두운은 영문학의 기초요. 어느 입문서라도 그걸 강조하지. 글의 시초로 거슬러올라가는 일이란 말이오. 난 지금까지 두운을 연구했소. 정말이오! 두운이 없었으면 시도 없었을 거요. 우리가 알고 있는 인간의 언어도 없었을 거고!"

"그래요, 의대에서 시의 기초를 가르치지 않는다는 건 나도 인정합니다. 하지만 환자들과 노인들을 어떻게 돌봐야 하는지를 우리 머릿속에 집어넣어주지요. 두운은 듣기 좋고, 사용하면 재미있어요. 그럼요. 하지만 여든일곱 살 노인에게는 극심한 흥분과 긴장stimulant and strain을 유발한단 말입니다. 그러니 둘 중 하나를 선택하세요. 스스로 자제하거나, 결과를 책임지거나to control yourself, or take the consequences. 자, 코를 푸시고……"

"하지만 난 포기할 수 없소! 아마 누구도 못할걸! 심지어 선생도 문학에 무지한 사람임을 인정했지만 그건 못해요. '흥분과 긴장.' '스스로 자제하거나, 결과를 책임지거나.' 모르겠소? 심지어 선생이 말하는 모든 문장에도 그게 있는데, 내가 어떻게 그만둘 수 있겠소? 뺏어가려면 다른 걸 뺏어가시오!"

의사는 마치 '정말 그러고 싶어요. 다른 남은 게 있다면요'라고 말하는 듯한 표정으로 나를 바라보았다. 그래, 그건 내게 남은 마지막 진정한 즐거움이다. 그의 표정이 옳다……

"스미티 할아버지, 거기에 너무 빠져 있지 않으면 되는 거잖아요. 결론적으로 그렇게 중요한 문제도 아니잖아요?"

"어이구, 천만의 말씀! 오히려 정반대요. 두운은 숨을 쉬는 것처럼 자연스럽다고. 언어로 할 수 있는 가장 편하고 꾸밈없는 기술이지. 일상언어의 장식이란 말이오."

"자, 그만하세요."

"이번만은 내 말을 잘 들어보시오! 청진기가 아니라 귀를 이용해서, 영어에 귀를 기울여보란 말이오, 제길! 숙박과 식사bed and board, 몽둥이와 돌멩이sticks and stones, 일가친척kith and kin, 시간과 조수time and tide, 울고불고 난리를 치다weep and wail, 임시변통 rough and ready, 그뿐 아니라……"

"알았습니다. 그만하세요. 그렇게 열을 내면 다시 발병할 거예요. 다시 회복하지 못할 수 있어요. 지금 당장 진정하시지 않으면 그 만년필과 사전을 뺏으라고 지시를 내릴 겁니다."

나는 으르렁거리며 그에게 비밀을 드러냈다. "머릿속으로도 두운을 만들 수 있소. 내가 나흘 동안 산소텐트 안에서 뭘 했다고 생각하시오?"

"저런, 그런가요? 그 누구도 아닌 자기 자신을 속이고 계시는군요. 스미티 할아버지, 상식적으로 생각해보세요. 분명히 말하지만, 난 한 문장 안에서 같은 발음으로 시작하는 두 단어를 절대 붙여 쓰지 말라고 하는 게 아니에요. 그것도 터무니없는 일이니까요. 어쨌든 다음에 와서 '극히 건강하다Feelin' fit as a fiddle'라는 말을 들으면 아주 기쁠 겁니다. 정말 그랬으면 좋겠어요. 대화하면서 일상적으로 부득이하게 두운이 튀어나오는 정도라면 할아버지처럼 연세 많은 노인이라도 큰 문제는 없을 거예요. 미사여구를 위해 가끔씩 의도적으로 두운을 사용하는 것도 괜찮고요. 하지만 너무 멋대로, 무절제하게, 쉬지 않고 두운에 몰입한다면 나이가 할아버지의 절반인 작가라도 몸이 덜덜 떨릴 정도로 흥분할 거예요. 스미티 할아버지, 혼수상태에 있는 동안 실례를 무릅쓰고 할아버지가 쓴 걸 읽어봤어요. 상태가 워낙 위중하셔서 어쩔 수 없었죠. 보세요, 그 첫 페이지에 광란의 축제처럼 적어놓은 두운은 할아버지처럼 연로한 분에게 완전히 무리예요. 자살이나 마찬가지라고요. 솔직히 말씀드리면, 처음의 몇천 단어를 읽고 나서 이거야말로 남들의 웃음거리가 되는 짓이라고 느꼈어요. 너무 지나치고 약간은 발악한다는 생각이 들었어요. 스미티 할아버지. 이렇게 말하고 싶진 않지만, 지금 여든일곱 살의 노인이라고 사정을 봐주는 건 아무 소용 없어요."

"이봐요, 의사 양반, 의대 스타일로 문학비평을 하는 건 환영하오만 선생은 퓰리처상위원회가 아니라는 걸 알아야 해요. 게다가 그건 단지 서문이오. 나는 막 수도꼭지를 틀었고, 물이 콸콸 쏟아질 참인데."

"그래도 불필요하게 과시적이라는 느낌이 들어요. 심혈관에 큰 무리를 주고요. 보세요, 할아버지의 심혈관이 뇌로 피를 흘려보내지 않으면 '위대한 미국 소설'을 쓰는 건 고사하고 우유배달부한테 쪽지를 쓰기도 힘들어요." 내가 다시 훌쩍이기 시작하자 의사는 내 손을 잡았다. 그는 아겔다마*에서 보낸 소년 시절에 '한 사람의 견해'를 읽었다고 주장한다. "자, 자, 이런 말씀을 드리는 건 다 할아버지의 건강을 위해서예요……"

"그래, 두운을 쓸 수 없다면 읽는 건 어떻소?"

---

* 예루살렘의 지명. 성서에 따르면 유다가 이곳에서 자살했다.

"당분간은 완전히 멀리하시라고 권하고 싶어요."

"안 그러면?"

"안 그러면, 사자死者가 될 거예요. 게임이 끝나는 겁니다, 스미티 할아버지."

"그렇다면 차라리 죽겠소!" 나는 인간이 내뱉을 수 있는 가장 비열한 거짓말을 하며 울부짖었다.

이맘때쯤이면 사람들은 순례를 떠나고픈 갈망을 느끼나니.

고등학생 시절 제프리 초서는 이렇게 말했고, 물론 그때나 지금이나 진실이다.

특히, 영국에서는 방방곡곡 고을에서
캔터베리로 사람들이 몰려들어,
그들이 병들어 있을 때 도움을 준
거룩하고 복된 순교자를 찾아가네.

나는 이걸 초서의 불후의immortal(또한 흔히들 말하는 것처럼 부도덕한immoral) 명작 『캔터베리 이야기』의 유명한 프롤로그에서 직접 (그리고 장담하건대 공을 들여서) 베꼈다. 그걸 베껴야 했던 이유는 단지 구식 영어의 철자를 정확히 옮기기 위해서였다. 나는 지금도 "한 기사가 있었노라"까지 사십몇 행을 십학년 때처럼 완벽히 암송할 수 있다. 사실 초서가 그걸 쓴 이후가 아니라 내가 그걸 암기한 이후로 지금까지 대략 백만 년 동안 나는 수많은 밤, 나 혼자 있을 땐 큰 소리로, 옆에 어느 계집이 코를 골고 있으면 (대부분 현명한 판단에 따라) 숨죽인 채 낮은 소리로, 그 소멸한 단어들을 혼자 암송하며 불면증을 이겨냈다. 그 백치 계집들 중 하나가 스미티가 한밤중에 4월을 노래하는 걸 들었다면 어찌 되었을지 상상해보라! 잠에서 깼더니 옆에 누운 남자가 칠흑 같은 어둠 속에서 오백 년 전의 말을 읊조리고 있다면! 특히 그 계집이 자기 자신을 '특별하다'고 생각한다면! 만일 그 계집들 중 하나에게 원래의 억양으로 "3월의 가뭄이 뿌리까지 파고들어"라고 말하면, 그녀는 즉시 당신의 엉덩이를 차버릴 것이다. "워드 스미스 씨, 돈을 아무리 많이 줘도 여자가 절대 못하는 것들이 있어요! 굿바이!" 한편 여자도 여자 나름이라, 한 여자, 인정 많은 성격에 어울리는 유방을 가진, 내가 기억하는 그 여자는 만일 누군가가 "자연이 하도 그들의 마음을 찔러대니So priketh hem nature in hir corages"라고 말한다면 이렇게 대꾸할 것이다. "물론 난 차고에서 입으로 해줄 거예요Sure I blow guys in garages. 그들도 인간이에요, 아시다시피."

하지만 이 책이 다룰 것은 강인한 계집이 아니다. 그런 책은 이미 오래전에 너새니얼 호손이 썼다. 이건 미국이 루퍼트 먼디스에게 (그리고 내게) 저지른 짓에 대한 책이다. 제프리 초서의 『캔터베리 이야기』로 말하자면, 나는 그 모든 게 무슨 뜻이었는지 한때는 알았지만 이젠 잊고 말았음을 인정한다. 금지된 부분들만 잊었다는 게 아니다. 발할라공립도서관에서 내 도서카드로 빌린, 지금 내 앞에 있는 책을 보고 그 '부분들'이 아직도 아이들에겐 금기라는 걸 알게 되었다. 확실하다. 다른 부분은 손도 안 댄 책에서 그 페이지들만 지저분하다. 돋보기와 각주의 도움으로 그 부분을 읽어보니(아흔이 다 된 나이에) 주로 방귀에 관한 이야기다. 악동들 같으니. 심지어 여백에는 아이들이 아주 신이 났음을 보여주는 표시들이 있다. 방귀를 그린 듯하다. 그것도 아주 시원한 방귀를. 아이들은 방귀를 무척 좋아한다, 안 그런가? TV에서는 마약과 섹스와 폭력 이야기가 들려오지만, 요즘 아이들도 옛날 우리가 그랬던 것처럼 방귀 이야기를 아주 재미있어한다. 결국 이 세상은 그리 많이 변하지 않은 듯하다. 아직 이 세상에 영원한 진리가 몇 개는 있다고 생각해도 좋을 것 같다. 미국 어린이에게 "꼬마야, 엄청난 방귀 냄새 한번 맡아볼래?"라고 말했을 때 아이가 미쳤냐는 듯 당신을 바라보는 시대는 생각하기도 싫다. "엄청난 뭐라고요?" "방귀. 방귀가 뭔지도 모르는 거냐?" "당연히 알죠. 그건 게임이잖아요. 표적에 그걸 던져요. 그러면 점수를 획득해요." "멍청한 녀석, 그건 다트dart지. 방귀fart 말이다. 아이들이 옹기종기 앉아 있을 때 뀌는 게 방귀야. 바람을 일으킨다고도 하지. 물론 그걸로 게임을 해서 점수를 딸 수도 있어. 젖은 방귀는 점수가 높고, 연발탄도 횟수만큼 점수를 얻고, 이런 식이지. 그리고 진흙을 흘리면, 옛날엔 그렇게 불렀지, 벌점을 받아. 하지만 정말 대단한 건 그냥 재미로 방귀를 뀌는 거란다. 정말이지 우리가 어렸을 땐 몇 시간 동안 방귀를 뀔 수 있었어! 무더운 여름밤 어느 집 현관에서, 거리에서, 학교 가는 길에. 비 오는 날 할일 없이 대장간에 모여앉아 방귀를 뀔 수 있다면 대만족이었지. 옛날에는 영화도 TV도 아무 것도 없었단다. 모두의 주머니를 탈탈 털어도 동전 한 닢 나온 적 없었지만 결코 지루하지 않았고, 흥밋거리를 찾아 돌아다니거나 말썽을 피울 일도 전혀 없었지. 가장 좋은 건 혼자서도 할 수 있다는 거였어. 정말이지 그 시절의 아이들은 남는 시간을 잘 쓸 줄 알았단다."

방귀가 미국 아이들의 삶에 끼치는 영향을 고려하면 요즘 방귀 이야기가 이렇게나 희귀해졌다는 것이 놀라울 뿐이다. 보아하니 분명 발할라고등학교에서 『캔터베리 이야기』를 가르칠 때 지금도 건너뛰는 부분이 있는 모양이다. 다른 한편으로 그건 불행을 가장한 축복일지 모른다. 이런 식이라면 자본가나 정치가 중 누구도 향수를 자극하는 방귀의 매력을 머릿속에 담아뒀다 자본화하지는 못할 테니까. 그렇게 되면 우리는 방귀와 이별의 키스를 하게 될 테니까. 그들은 방귀를 엄마의 애플파이나 이 나라 국기와 같은 수준으로 값을 깎고 가치를 떨어뜨릴 것이다. 내 말에 주목하기 바란다. 어느 불량배가 미국 아이들의 방귀 사랑으로 돈을 벌 수 있음을 깨닫는다면 그들은 즉시 인공 방귀를 풍선에 담아 서커스장에 내다팔 것이다. 그 냄새가 어떨지도 쉽게 상상할 수 있다. 인공적인 모든 것과 같을 게다.

그렇다, 팬 여러분, 속담에도 있듯이, 진실로 노인네가 숙변으로 괴로워 방귀에 관한 시를 읊어대는 상황에 비길 일은 어디에도 없을 것이다. 두서없이 늘어놓은 감상을 용서하기 바란다.

특히 **미국**에서는 방방곡곡 고을에서
쿠퍼스타운으로 사람들이 몰려들어,
그들이 **여섯 살**일 때 도움을 준
거룩한 **야구 영웅들**을 찾아가네.★

여기 나와 함께 있는 노인병 환자들 중 보행이 가능한 이들에
게는 매년 가는 쿠퍼스타운 여행이 분명 초서가 쓰고 있었을 순
례 여행과 아주 비슷하다. 나는 초서처럼 배역을 부과할 생각은

★ '고을(shire)'은 행정구다. 여기서 '보안관(sheriff)'이란 말이 나왔다. 보안관
은 지방관('한 마을이나 구역의 행정관')이다. 나는 '도움을 준'을 '고쳐시킨'의
뜻으로 사용하고 있다. 여섯 살 때 그들을 고쳐시킨 야구선수들이라는 의미다.
물론 각주를 읽어본 후 나는 그것이 '도와주었다'가 아닌 것처럼 '고쳐시켰다'는
뜻도 아님을 알았다. 그러나 여러분이 원하고 또 내가 원한다면 그런 뜻이 될 수
도 있다. 작가는 약간의 자유를 누릴 수 있다. 게다가 '고쳐시키다'라는 단어는
바로 열두 행 앞에도(6행에) 나온다. "모든 숲과 황야를 고쳐시킨(Inspired hath
in every holt and heeth)." 나는 (여러분이, 특히 의사 양반이! hath, holt,
heeth에 주목하기를 바라긴 해도) 그 구절의 의미나 그것의 발음에 몰입할 생
각은 없다. 요점은 내가 엉뚱한 곳에서 '고쳐시키다'를 끌어오진 않았다는 것이
다. 한편으로 만일 여러분이 G. 초서(1340~1400)가 의도한 대로 '도움을 준'
을 '치료했다'로 이해하고 싶다면 '여섯 살' 대신 '예순'을 넣어보라. 그러면 이렇
게 된다. 그들이 예순 살이 되지 않도록 치료해준 야구 영웅들. 나쁘지 않다. 하
지만 운이 안 맞는다. 또한 진실은 그 소년들이 예순이 넘었다는 것이다. 하지만
나는 여러분이 '이상(over)'이라는 표현을 더 넣어도 된다고 생각한다. 물론 '여
섯(six)'은 '찾아간다(seke)'와 각운이 정확히 안 맞는다는 걸 알고 있지만, 의미
를 살리기 위해 내가 떠올릴 수 있는 단어는 그것뿐이다. 글쓰기는 과학이 아니
라 예술이고, 여러분도 인정하겠지만 나는 절대 초서가 아니다. 이건 단지 한 사
람의 견해일 뿐이다.

없지만, 다만 내가 이해하는 한에서 초서가 묘사한 "스물 하고 아홉 명의 동행자"가, 사람들이 성지 순례자들에 대해 첫번째로 품는 기대에 비해 종교적 문제에 그리 해박하지 않았다는 점만은 말하고 싶다. 어쨌든 그렇게 열 하고 여섯 명의 동행자들과 비좁은 차 안에 틀어박혀 쿠퍼스타운까지 가서 긴 오후 내내 야구박물관과 명예의 전당에 갇히게 된 건 내 불운이었다. 야구에 관한 그들의 '기억들' 중 99퍼센트, 그들이 회상하고 되풀이하는 일화와 이야기의 99퍼센트는 순 엉터리였다. 믿을 수 없는 전설과 노망난 헛소리를 뒤집어쓴, 이렇게 말하면 어떨지 몰라도 시간의 똥통 안에서 변질된 진실의 찌꺼기들이라 고대 신화에 나오는 이야기들과 별반 다를 게 없었다. 노인들이 과거를 가지고 만들어내는 이야기들을 들어보면 머리카락이 쭈뼛 서고도 남는다. 그도 그럴 것이 보통 사람들이 그저께 일을 가지고 만들어내는 망상을 생각해보라.

물론 노인들—아니, 모든 사람—이 말하는 방식에는 엄청난 거짓말은 서로 통 크게 넘어가주고, 작고 하잘것없는 문제는 쪼잔하게 트집을 잡는 분위기가 있다. 이 나이 때 노인들의 뇌는 지난 세월 동안 공상과 날조에 푹 전 피클이나 다름없어서, 헛소리를 꼬치꼬치 캐고 쓰레기 같은 허풍에 트집을 잡는 것을 얼마나 좋아하는지. 히틀러가 그렇게 대성공을 거둔 것도 놀랄 일이 아니다. 히틀러가 '기회의 땅'에서 장사를 할 만큼 영리했다면 아직도 승승장구하고 있을지 모른다. 지금 디오게네스의 후손인 호모사피엔스 세 명이 절대 진리를 추구하고 있다. "정말일세, 어니 쿠퍼란 선수가 있었다니까. 1905년 신시내티에서 한 경기에 네 이닝을 던졌어. 7안타를 허용했지. 내가 직접 봤는걸." "안됐지만 자넨 지금 화이트삭스의 제시 쿠퍼 얘기를 하고 있어. 그건 1911년이었어. 그리고 그는 네 이닝보다 더 던졌지." "자네 둘 다 틀렸어. 쿠퍼의 이름은 보크였어. 바로 이 지역 근방 출신이야." "보그스 아냐? 보그스는 비즈에서 일 년 동안 뛴 투수야. 레프티 보그스!" 맞다, 보그스는 비즈 선수였다. 그건 맞지만 그들이 말하고 있는 쿠퍼의 이름은 베이커였다. 내가 그렇다고 얘기하면 그들은 분명 이렇게 나올 게다. "누가 자네한테 물어보았나? 자넨 계속 엉뚱한 생각이나 하면서 그 '책'이나 쓰게! 우린 소설이 아니라 사실을 얘기하고 있단 말이야!" "하지만 틀린 건 자네들 아닌가." 내가 말한다. "아, 그래, 우리가 틀렸어! 하-하-하! 거참 훌륭하군! 셰익스피어 양반! 여기서 꺼지는 게 어때? 가서 '위대한 미국 소설'이나 쓰시지, 얼빠진 미치광이 영감 같으니!"

그런데, 팬 여러분, 아마 제프리 초서를(그리고 나와 머리글자가 똑같은 윌리엄 셰익스피어를) 얼빠진 미치광이, 부도덕한 놈, 기타 등등이라고 부르는 사람들이 있을 게다. 그들이 듣고 싶어하지 않는 얘기, 너희가 틀렸다는 얘기를 그들에게 해보라. 그러면 즉시 그들의 입에선 "이거 미친놈이네!"라는 말이 튀어나온다. 그걸 이해하는 나는 침착하고 철학적이어야 한다. 아무렴, 지혜롭고 현명하고 등등. 단 상황이 그렇게 놔두지 않는다. 특히 열흘 전 쿠퍼스타운에서 그들이 내게 그랬을 때는.

우선 모두가 알듯 쿠퍼스타운에 있는 야구 명예의 전당은 거짓말* 위에 세워졌다. 어린 조지 워싱턴이 "아빠, 제가 벚나무를 잘 랐어요. 어쩌고저쩌고"라고 말하지 않은 것처럼, 애브너 더블데이 장군은 그 신성한 장소에서 야구를 발명하지 않았다. 더블데이 장군이 시작한 일이라곤 섬터 요새에서 남부 동맹의 보러가드에게 대항해 먼저 발포 명령을 내려 남북전쟁을 일으킨 것뿐이었다. 하지만 오늘날, 더블헤더가 열리는 일요일에 외야석 관중들 사이에서 그런 '이단'적인 말을 외쳐보라. 넷 중 셋은 당신에게 미쳤다고 할 테고, 더 나아가 그 문제의 권위자임을 자칭하는 사람이라면(분명 '아들'을 데리고 온 '아빠'일 테다. 나는 그런 유형을 안다) 순진한 아이들 앞에서 그런 끔찍한 발언을 했다는 이유로 당신의 목숨을 위협할 것이다.

하지만 쿠퍼스타운에 대한 내 불만은 누가 어디서 야구를 창안했느냐 같은 하찮은 문제에 있지 않다. 나는 모두가 익숙하게 믿어온 달콤하고 어리석은 신화를 영원히 유지하기 위해서라면 최고 권위자들마저 얼마나 뻔뻔하게 양심을 외면하는지, 보통의 신봉자들 또는 팬들이 그 신화를 얼마나 포기하기 싫어하는지를 드러내기 위해, 그 거짓말이 오래 지속되는 현상에 주의를 환기하고자 한다. '성스러운 야구 제국'의 지배자들과 백성들이 모두 '명예의 전당'처럼 신성하다고 여겨지는 무언가를 통해 노골적인 거

---

* 1939년 6월 12일, 야구 명예의 전당이 쿠퍼스타운에 건립된 건 남북전쟁 영웅 애브너 더블데이 장군이 그곳에서 야구를 발명했다는 전설 때문이었으나 결국 거짓으로 판명되었다.

짓을 떠받드는 상황에서, 미국의 당국자들이 1946년부터 진실에 반하는 어마어마한 범죄를 영속화해왔다는 사실에 놀랄 이유는 전혀 없다(적어도 나만큼은 놀라지 않으리라 다짐한다). 나는 지금 이 나라에서 어느 누가 감히 입도 뻥끗하지 않는 진실을 말하고 있다. 나의 항의 외에는 한마디 항의도 없이 역사책에서 찢겨나간 우리 과거의 한 장章에 대해 얘기하고 있다. 외국의 어느 포악한 독재자의 명령에 버금갈 정도로 극악무도한 역사 다시 쓰기에 대해 얘기하고 있다. 천 년쯤 된 역사가 아니라, 불과 이십몇 년 전쯤에 종결된 어떤 일에 대해서. 그렇다, 나는 패트리어트리그의 완전 소멸에 대해 얘기하고 있다. 단지 사업에 실패해 사라진 게 아니라 의도적으로 국민의 기억에서 지워진 그것에 대해서. 지난여름 내가 그랬던 것처럼 리틀리그* 선수에게 물어보라. 내가 다가갔을 때 아이는 둥그런 대기타석에서 작은 배트로 스윙을 하고 있었는데, 얄궂게도 캐쿨라 리퍼스(소멸)의 밥 얌 선수를 쏙 빼닮은 모습이었다. "메이저리그가 몇 개인 줄 아니, 애야?" 내가 물었다. "둘이요." 아이가 대답했다. "내셔널리그하고 아메리칸리그요." "그럼 과거에는 몇 개였는지 아니?" "둘이요." "정말 확실해?" "그럼요, 확실해요." "패트리어트리그는 들어봤어?" "그런 건 없어요." "아, 없다고? 트라이시티 타이쿤스라는 팀 못 들어봤니? 루퍼트 먼디스에 대해 못 들어봤어?" "못 들어봤어요." "캐쿨라, 어셀더머, 어사일럼도 못 들어봤니?" "그게 뭔데요!" "도시

---

* 미국의 유소년 야구 리그.

이름이다, 이 녀석아! 메이저리그 도시들이었어!" "거기서 어떤 선수가 뛰었는데요, 할아버지?" 아이가 벤치 쪽으로 슬금슬금 멀어지며 물었다. "루크 고패넌이 뛰었지. 2242경기에 출전했던 선수야. 그런 이름 못 들어봤니?" 이때 한 남자가 내 팔을 잡아끌면서 아이에게 말했다. "빌리야, 할아버지는 루크 애플링 얘기를 하시는 거란다, 화이트삭스에서 뛴 선수지." "당신은 누구요?" 나는 모른 척하며 물었다. "아이 아빠입니다." "그런가요, 그럼 아이한테 진실을 말해줘요. 아이를 진실되게 키우시오! 당신도 나만큼 잘 알 거요. 난 루크 애플링을 말한 것도, 루크 '뜨거운 감자' 햄린을 말한 것도 아니오. 루퍼트 먼디스의 루크 고패넌을 얘기하는 거요!" 그러자 그 아빠가 어떻게 했을까? 한 손가락으로 자신의 관자놀이를 가리키며 그 새뇌당한 미국 꼬마(수천만 명 중 하나!)에게 내가 미친놈이라는 암시를 보냈다. 내가 지팡이를 치켜든 게 이상한 일인가?

1971년 1월 22일 금요일자 신문을 뒤적여 내가 전날 야구 명예의 전당에서 열린 연례 선거에 투표했다는 내용을 찾아봐도 헛수고일 것이다. 사실 나는 이른바 프로야구 총재인 보위 쿤에게 개인적으로 내 투표용지를 전달했고, 그는 미국야구기자협회 간사 겸 회계담당관이 다른 표들과 함께 집계할 거라며 나를 안심시켰다. **그런데 보위 쿤은 거짓말쟁이이고, 명예의 전당은 수치의 전당으로 이름을 바꿔야 한다.**

그들이 이 연례 선거일마다 방문하는 나를 특별히 감시하기 위해 고용한 사복형사 겸 깡패가 박물관 문 앞에서 우리 파견대를 맞이했다. 그는 우리를 단지 점잖은 신사로 대하고 싶은 양 굴었다. "이런, 발할라 쪽에서 오신 어르신들이 아니신가! 환영합니다, 친구들."

아무렴, 쿠퍼스타운에서 우린 왕족처럼 대우받는다! 여기 사람들이 우리 "어르신들"을 어찌나 좋아하는지, 행동은 친구처럼, 성가대 소년들처럼 하면서! 우리가 보크 베이커와 레프티 보그스에 관한 질문만 한다면, 여기 사람들 말대로 만사 "오케이"다.

"어서 오세요, 스미티 씨. 저 기억나요?"

"난 모든 게 기억나." 내가 말했다.

"올해는 좀 어떤가요?"

"항상 똑같지."

"그런데," 그가 우리 순례자 일행에 대해 물었다. "우리 친구들은 누구 팬이죠?"

"키너!"

"켈러!"

"베라!"

"윈!"

"스미티 씨는 누구 팬이죠?"

"고패넌."

"아하." 그가 눈도 깜짝하지 않고 말했다. "평균 타율이 얼마였죠? 작년에 말씀해주셨는데 잊어버렸네요."

"3할 7푼 2리. 코브보다 5리나 높아. 자네도 나만큼 잘 알고 있겠지. 정규시즌에 2242경기 출장했고, 월드시리즈에서도 27경기나 뛰었어. 통산 안타 수는 3180개. 홈런은 490개. 1928년에 63개를 넘겼지. 자네들이 패트리어트리그 기록을 묻어버린 데로 가보게. 거기 다 나와 있을 거야."

"셰익스피어한테는 신경쓰지 말게." 우리 소년 성가대원 가운데 한 명이 껄껄대며 말했다. "원래 저런 사람이야. 상상 속에 틀어박힌 가공의 이야기. 너무 깊어서 수술도 못한다네."

하-하 온통 웃음바다가 된다.

이때 사복형사 겸 깡패가 다시 내 비위를 맞추기 시작한다. 괴짜들을 솜씨 있게 다루는 걸 자랑으로 여기는 녀석이다. 그는 혹시—아, 도대체 인정머리라곤 없다. 혹시라니—혹시 내가 다른 사람을 루크 고패넌으로 혼동하고 있지 않은지 의심한다. 그 선수가 어느 팀이었어요?

"루퍼트 먼디스."

설마 루퍼트 먼디스의 루크 고패넌과 뉴욕 양키스의 루 게릭을 혼동하랴. 30미터 정도 앞에 명판이 보이는데, 그 위대한 투수는 이미 1939년 은퇴한 이후 줄곧 명예의 전당 회원이었다.

"이보게," 내가 말한다. "지난번에도 이 놀이를 하지 않았나? 난 고패넌과 게릭이 다르고, 고패넌과 게링거가 다르고, 고패넌과 구스 고슬린이 다른 걸 잘 알고 있어. 내가 알고 싶은 건 도대체 왜 사람들이 이 거짓말에 집착하느냐라는 거라네. 왜 사람들이 이 게임—이 나라—의 역사적 진실을 묻어버리려 하는 걸까? 자넨 자존심도 없나? 양심도 없어? 우리의 과거가 똥덩어리라도 되는 양 갖고 가서 변기에 처넣고 물을 내리면 그뿐인가?"

간호사랍시고 따라온 가슴이 축 처진 여자가 말했다. "'착한 친구'가 되어야죠? 스미티? 우리와 함께 이곳에 오게 해주면, 올해는 예의바르게 행동하겠다고 약속하지 않았나요?" 어느덧 그녀와 버스기사가 내 지팡이를 축으로 삼아 나를 돌려세운 탓에 더이상 그 깡패와 마주하지 않게 되었고, 1909년 닐 볼이 단독으로 트리플플레이를 해냈을 때 썼던 글러브가 눈에 들어왔다.

"이 손 치워, 더럽게 희죽거리는 계집 같으니."

"자, 자, 할아버지." 우리 버스를 모는 여드름투성이의 작은 천재가 말했다. "그게 여자분한테 할 소린가요?"

"어떤 여자들한텐 그렇게밖에 말 못해! 여기 동판에 새겨진 명예의 전당 회원 중 절반은 여자들한테 그런 식으로 말했단 말이다, 이 무식한 촌놈아! 이 손 치워!"

"스미티," 계집이 계속 미소를 띠며 말했다. "나이에 맞게 행동하셔야죠?"

"빌어먹을, 그게 무슨 뜻이야?"

"무슨 뜻인지 아시잖아요. 항상 하고 싶은 대로 할 순 없다는 거예요."

"난 단지 사람들이 **진실**을 인정하길 바라는 거라고!"

"글쎄요, 나한테 진실처럼 보이는 게," 열일곱 살짜리 버스기사 겸 파트타임 철학자가 말했다. "남들한텐 진실처럼 보이지 않을 수 있어요, 아시잖아요."

"그런데 그 다른 사람들이 틀렸단 말이다, 이 멍청한 놈아!"

"스미티." 계집이 말했다. 그녀는 작년 발할라에서 환자들의 울화와 분노를 가장 잘 다룬 공으로 상을 받고 특별 만찬까지 대접받았다. "그게 뭐 대단한 일인가요? 사람들이 진실을 모른다고 쳐요. 그렇다면 손해보는 것은 그들이지 당신이 아니잖아요. 그걸 다행으로 생각하고, 남들이 모르는 걸 정확히 알고 있다는 사실에 자부심을 느껴야죠. 내가 영감님이라면, 그 사람들한테 화내지 않을 거예요. 오히려 안됐다고 생각할 거예요."

"당신은 내가 아냐! 게다가 그들도 나처럼 진실을 잘 알고 있어. 단지 모르는 척할 뿐이지."

"스미티, 왜죠? 당신은 원하면 언제든 합리적이고 지적인 사람이 될 수 있으니 물어볼게요. 그 사람들은 왜 모르는 척하려는 걸까요?"

"그들에게 진실은 아무 의미가 없으니까! 인류의 진짜 과거는 전혀 중요하지 않으니까! 그들은 과거를 자기들한테 편리한 대로 왜곡하고 위조해! 그리고 미국 대중에게 공식 동화와 거짓말을 퍼뜨리지. 오만 때문에! 수치심 때문에! 지독한 양심의 가책 때문에!"

"자, 자," 계집이 말한다. "사람들이 정말 그런다고 생각하시는 건 아니죠? 야구를 그리도 끔찍이 사랑하시는 분이 여기 명예의 전당에서 어떻게 그런 말씀을 하세요?"

나는 그녀에게, 혹은 알고 싶어하는 사람이면 누구에게든 말하려 했지만, 바로 그 순간 베이브 루스 동에서 내가 있는 쪽으로 계단을 내려오는 총재 보위 쿤과 그 수행원들이 보였다. 제너럴모터스 회장과 영락없이 똑같아 보인다. 그녀는 왜 그들이 대중에게 거짓말을 퍼뜨리는지 묻는다. 제너럴모터스가 그러는 것과 똑같은 이유에서다. 이윤 동기요, 의장 나리! 대중의 돈을 갈취하기 위해서죠!

"총재님! 쿤 총재님!"

"네, 영감님." 그가 대답한다.

"안 돼요, 제발!" 계집이 만류했지만 나는 염증이 있는 그녀의 엄지발가락을 지팡이로 내려쳐 그 손아귀에서 빠져나왔다.

"잘 지내셨나요, 총재님. 혹 잊으셨을지 몰라 제 소개를 하겠습니다. 저는 워드 스미스입니다. 패트리어트리그가 있던 시절 파이니스트가 계열의 신문에 '한 사람의 견해'라는 칼럼을 썼었지요."

"스미티 영감님!"

"아, 그러시군요." 쿤이 고개를 끄덕이며 말했다.

"저는 미국야구기자협회 회원이었고, 1946년까지 여기 명예의 전당 선거에서 해마다 투표를 했습니다. 기억하실지 모르겠지만, 그후 명예훼손으로 감옥에 갔지요. 최초의 선거에서는 타이 코브에게 표를 던졌습니다."

"그렇군요. 코브라. 잘 선택하셨습니다."

이때쯤이면 이미 나와 함께 온 어린애 같은 여섯 하고 열 명의 므두셀라*들에다 이상한 노인들, 시골 영감들, 괴팍한 영감탱이들까지 몰려들어 총재와 미친 사람을 구경하려고 앞사람을 밀치고 있었다.

---

*969세까지 살았다고 전해지는 구약성서의 인물.

"그리고 제가 여기 온 이유는," 내가 말했다. "오늘 다시 투표를 하기 위해서입니다." 나는 전날 준비한 작은 흰 봉투를 조끼에서 꺼내 보위 쿤에게 내밀었다.

그가 내 봉투를 받은 것도 놀라웠지만, 사업가의 안경 너머로 두 눈에서 눈물이 흘러넘치는 걸 보고 나는 깜짝 놀랐다.

그리고 팬 여러분, 내 눈에도 눈물이 고였다. 그때를 회상하니 지금 또 눈물이 고인다.

"감사합니다, 스미스 씨." 그가 말했다.

"아니, 천만에요, 총재님."

백만 개의 주름을 타고 눈물이 줄줄 흘러내릴 것만 같았다. 나는 그렇게 행복했고, 쿤, 그 역시 차마 자리를 뜨지 못했다. "요즘 어디서 지내십니까?" 그가 물었다.

나는 미소를 지었다. "주립양로원에 있습니다. 늙은이, 병약자, 낙심자, 방치된 자, 삐걱거리는 자, 요실금에 걸린 자, 노망난 자, 죽음 앞에서 거의 넋이 나간 자 들이 모인 곳이죠. 삶이 지겹도록 느린 걸음으로 지나간답니다, 총재님."

"저 사람한테 신경쓰지 말아요, 쿤." 군중 속 누군가가 자진해서 나섰다. "저 사람은 태어날 때부터 저랬다오."

"머릿속이 약간 잘못됐어요, 총재님. 너무 깊어서 수술도 못해요."

하-하, 온통 웃음바다가 된다.

"그럼," 쿤이 내 봉투를 내려다보며 말했다. "즐거운 하루 보내세요, 스미스 씨."

"네, 총재님도요."

그러고는 끝이었다. 나를 속여 결국 그 거짓말이 끝났다고 생각하게 만들기란 그렇게 쉬웠다! 창피한 노릇이다! 여든일곱의 나이에 그토록 잘 속아넘어가고, 그토록 순진하다니! 권력을 쥔 사람이 미소를 지어줬다고 해서 세상이 똑바로 돌아갈 거라고 생각하다니, 잉잉 울고 토하는 아기와 다를 바가 없지 않은가! 사람들은 이런 내게 원한에 사무쳐 있다고 말한다! 천만에, 누군가 이십 초만 나를 진지하게 대해주면 그 앞에서 불알과 아랫배 털을 다 드러내놓고 강아지처럼 뒹굴 것이다.

"아이고, 저런," 계집이 사복형사 겸 깡패에게 말했다. "저렇게 과-대-망-상에 빠진 사람은 조금만 맞춰주면 아주 딴사람으로 변해요, 보셨죠?"

아, 슬픈 얘기지만, 계집의 말은 진실이었다. "아이고, 저런"에 이어 진실이 나오는 경우는 흔하지 않지만 이번엔 예외다. 정말 웬일인가 싶다.

그리고 내 처지는, 이십 년 동안 고군분투한 탓에 지칠 대로 지친 피해자가 되어버렸다고 말하면 정확할 것이다. 당신이 살아 있는 모든 사람의 반대편에 선다면 그들의 뇌리에 깊은 인상을 남길 순 있겠지만, 그럼에도 포기하고 탄광으로 기어내려가 이와 발톱으로 벽을 파헤치는 편이 나을 것이다. 일생을 사는 동안 다른 모두가 부인하는 진리를 붙잡고 애태우는 것만큼 사람을 지치게 하는 일은 없다. 팬 여러분, 고통을 모르는 사람은 고통을 모른다.

어쨌든 쿤은 나를 잘도 속여먹었다.

아래는 그날 명예의 전당 투표에서 표를 받았다고 미국야구기자협회에서 밝힌 선수들의 명단이다.

요기 베라	242	보보 뉴섬	17
얼리 윈	240	돔 디마지오	15
랠프 키너	212	찰리 켈러	14
길 호지스	180	미키 버넌	12
에노스 슬로터	165	조니 세인	11
조니 마이즈	157	하비 해딕스	10
피 위 리즈	127	리치 애시번	10
마티 매리언	123	테드 클루셰프스키	9
레드 숀딘스트	123	돈 뉴컴	8
앨리 레이놀즈	110	해리 브레친	7
조지 켈	105	워커 쿠퍼	7
조니 밴더 미어	98	윌리 모지스	7
핼 뉴하우저	94	빌리 피어스	7
필 리주토	92	칼 푸릴로	5
밥 레몬	90	바비 샨츠	5
듀크 스나이더	89	바비 톰슨	4
필 카바레타	83	로이 시버스	4
보비 도어	78	길 맥두걸드	4
앨빈 다크	54	에드 로팻	4
넬슨 폭스	39	칼 어스킨	3

더치 레너드	3	빅 래시	2
프리처 로	3	왈리 문	2
빅 워츠	2	재키 젠슨	2
빅 파워	2	빌리 브루턴	1

회원으로 선출되려면 총 투표수의 75퍼센트, 또는 361표 중 271표(내 표를 포함하면 그렇게 된다. 그러나 미국야구기자협회에 따르면 360표 중 270표가 필요하다고 했다)를 얻어야 했는데, 선거인단은 오후 두시경에 다음과 같은 성명을 발표했다. "명예의 전당 설립 이래 투표율이 가장 높았지만 미국야구기자협회는 다가올 여름 명예의 전당에 입회할 후보를 선출하지 못했습니다."

그러자 사람들이 꽥꽥거렸다! 여러분도 그 바보들이 싸우는 걸 들었어야 했는데! 1955년엔 포수 요기 베라의 반도 못 따라가는 개비 하트넷을 입회시키고 어떻게 요기를 탈락시키냔 말이다! 반이 아니었다고? 오히려 두 배였지! 반이었어! 아니었어! 얼리 윈도 마찬가지다. 생애 통산 200승도 올리지 못한 대지 밴스의 동판이 버젓이 걸려 있는 마당에, 300승을 달성한 선수가 (나를 제외하고) 무려 120명의 선거인에게 표를 얻지 못했다는 얘기를 들으면 누구나 어이가 없을 것이다. 그다음은 뻔하지 않은가! 자격이 충분한 쿠팩스와 스판이 끝내 입회하지 못할 거라는 사실이다! 한데 로저스 혼스비는 육 년 만에 통산 타율 3할 5푼 8리로 입회했다! 그런데 빌 테리와 해리 헤일먼은 각각 십일 년이 걸렸다! 그들은 또한 매리언과 리즈를 놓고 누가 더 나은지, 그리고 두 선수가 명예의 전당 회원인 래빗 매런빌보다 월등한지 아닌지 언쟁을 벌이고 있다. 아, 참으로 훌륭한 논쟁이다! 서로 노발대발하고 통계수치를 들이대는 와중에 어느 누구도 오십 년 동안 메이저리그로 존재했던 패트리어트리그의 선수에 대해서는 입도 뻥끗하지 않는다. 미국야구기자협회의 허위 일람표에 내가 루크 고패넌을 지지했다는 얘기는 한마디도 없다.

빌리 브루턴! 재키 젠슨! 월리 문! 통산 타율이 3할에도 못 미치는 외야수들. 위대한 고패넌의 시대에는 먼디파크에 들어가려고 입장료를 내야 했던 그들이 명예의 전당 후보에 올라 다섯 표를 얻다니! 난 거의 돌아버릴 지경이었다.

무엇이 그렇게 이성을 잃도록 만들었을까? 왜 나는 지팡이를 집어던지고 바닥에 쓰러졌을까? 왜 그들은 내 심장을 다시 뛰게 하려고 주먹으로 쾅쾅 쳐야 했을까? 왜 나는 내내 몸져누운 신세가 되어 여생 동안 두운마저 금지당하게 되었을까? 왜 나는 인간의 배신과 사기를 겪을 만큼 겪은 사람답게 냉정하고 철학적인 상태를 유지하지 못했을까? 왜 나는 '위대한 미국 소설'을 쓰려면 마지막 남은 힘과 재기를 모조리 쥐어짜내야 한다는 걸 알고서 저주와 욕설을 퍼부었을까? 내게 무슨 말이라도 해달라(나는 지금 절개와 지조가 있는 사람들에게만 부탁하고 있다), 당신이라면 어떻게 했겠는가?

실은 이런 일이 있었다. 총재 쿤이 나타났고 기자들, 사진기자들, 카메라맨들이 (거기에 괴짜 영감탱이들까지) 그가 하는 지혜의 말씀을 듣기 위해 모여들었다. 그가 무슨 말을 했는지 아는가?

이 감상적이고 부패중이고 노쇠하고 간절한 사상가가 눈짓으로 쿤에게 애원한 말은 결코 아니었다. 미국야구기자협회는 사기꾼에 협잡꾼 집단이고, 소멸한 패트리어트리그의 루크 고패넌을 지지한 표를 발표하지 않은 건 불명예스럽다는 말도 아니었다. 아, 천만에. 팬 여러분, 꿈속이나 낮 시간대 드라마라면 몰라도 잘못된 일은 그런 식으로 바로잡히지 않는다. "아무도 뽑히지 않았다는 사실은," 총재는 이렇게 말했다. "협회의 청렴함을 나타내주는 증거입니다." 만일 내가 미친 사람이라서 못 믿겠다면 여러분이 볼 건 TV 영화뿐이다. 1971년 1월 22일자 신문을 찾아보라, 그들이 그것마저 소멸시키기 전에! 협회의 청렴함the integrity of the institution이라니. 다음에 그들은 마피아의 관대함the magnanimity of the Mafia 내지 원자탄의 축복the blessing of the Bomb을 운운할 것이다. 요즘엔 다들 마구잡이로 두운을 사용하는데, 대부분은 거짓말을 위해서다.

플로리다 앞바다에서 오십오 분 동안 돛새치 한 마리와 씨름한 끝에, 우리의 동료 항해사인 열다섯 살짜리 쿠바 소년이 장갑 긴 양손으로 녀석의 주둥이를 붙잡아 요트 난간 앞까지 끌어당겼다. 그후 소년이 톱으로 잘라 짧게 만든, '루크 고패넌'이라는 서명이 들어간 힐러리치앤드브래즈비* 배트의 헤드 부분으로 녀석을 돛새치의 천국으로 보내고 나자, 내 오랜 친구(이자 적)인 어니스트

_____
* 미국 야구배트 제조사.

헤밍웨이가―1936년, 그달은 3월이었다―내게 말했다. "프레데리코." 헴은 그렇게 나를 다른 이름으로 부르며 자신의 애정을 하드보일드 스타일로 표현했다. "프레데리코, 자넨 '위대한 미국 소설'을 쓰게 될 개자식이 누군지 알고 있나?"

"아니, 헴. 누굴까?"

"자넬세."

사람들은 지금 흰색 삼각기를 내걸고 있었다. 네 시간 만에 벌써 파파*의 5번 깃발이 휘날리기 시작했다. 선박들이 일주일 만에 나온 첫날 아침이었고, 현재 상황으로는 다들 즐거운 하루를 보내고 있었지만 파파보다 즐거운 사람은 없었다. 그가 즐거워하면 사람들은 더 관대하거나 상냥해질 필요가 없지만 일진이 사나우면 그는 문학계를 통틀어 가장 고약한 물건이 된다. "자넨 문학계를 통틀어 가장 고약한 물건이야." 어느 아침 하와이의 연기를 내뿜으며 타는 화산 할레마우마우의 불구덩이를 내려다보며 그에게 이렇게 말했던 기억이 난다. "그런 말을 하다니 자넬 여신**에게 던져버려야겠군." 헴이 펄펄 끓는 화구를 가리키며 말했다. "그런다고 자네의 물건이 죽진 않을걸." 내가 말했다. "내 물건은 가만 놔둬, 프레데리코." "난 본 대로 말하는 거야, 파파." "내 물건은 건드리지 말라니까." 그가 말했다.

하지만 1936년 3월의 그날 우리 요트에 파파가 돛새치를 낚아

---

* 헤밍웨이의 별명.

** 불의 여신 펠레. 할레마우마우에 살고 있다고 전해진다.

올릴 때마다 하나씩 내건 하얀 삼각기 다섯 개가 휘날리고, 헴이 낚싯줄에 걸린 숭어를 즐겁게 바라보며 여섯번째 깃발을 기대하고 있을 때, 우리가 그의 고약한 성질에 대해 무슨 말을 해도 파파는 재미있어했다. 위대한 작가의 일진이 좋으면 그렇게 된다.

일주일 동안 플로리다에 스콜이 몰아쳤다. 감독들은 내년에 사우스웨스트에서 훈련하겠다며 상공회의소에 아우성쳤고, 선수들은 맥주를 마시고 포커를 치며 시간을 때우느라 점점 뚱뚱해졌으며, 아내들은 선탠을 충분히 하지 못한 채 북부로 돌아가게 되었다며 불평했다. 그해는 밤이 너무 추워 나는 래글런 소매의 하운드투스 체크무늬 오버코트를 입고 잤다. 이십 년대에 사람들은 그걸 '스미티 코트'라 불렀는데, 누군가의 이름을 딴 게 분명했다. 나의 계집은 바사여자대학교에서 문하악literatoor 학위를 따고 클리어워터의 한 호텔에서 종업원으로 일하는 젊은 여자였다. 그해의 종업원들은 모두 바사에서 문하악 학위를 딴 여자들이었고, 그들이 남부로 내려온 건 '진짜 삶'을 배우기 위해서였다. "래글런 소매의 하운드투스 코트를 입는 쉰두 살의 스포츠기자와 한 침대에서 자보기는 난생처음이에요." 내 바사 계집이 말했다. "그건네가 기온이 뚝 떨어진 해에 플로리다의 스프링캠프*에 와본 적이 없기 때문이야." "아." 그녀는 이렇게 말했고 아마 자신의 일기에 그 말을 적었을 것이다.

지금 그녀는 헴이 잡은 돛새치의 크기를 재고 있었다. "큰 놈이

---

* 봄 정규 리그 시작 전 집중 훈련이 이뤄지는 장소.

에요." 그녀가 우리를 향해 말했다. "2.3미터예요."

"다시 던져버려." 헴이 말하자 바사 계집이 웃었고, 그해 우리의 동료 항해사인 쿠바 소년도 웃었다.

"문학 학위를 가진 종업원치고는," 헴이 말했다. "유머감각이 있어. 저 여잔 잘될 거야."

그런 뒤 그는 다시 '위대한 미국 소설'이란 주제를 꺼내, 영어로 고양이의 철자를 쓸 줄 아는 세상의 모든 개자식 가운데 그런 소설을 쓰게 될 놈은 아마 나일 거라고 농을 했다. "너희 스포츠기자들은 그렇게 생각하잖아, 프레데리코? 언젠가 자네가 어느 시골의 작은 오두막으로 기어들어가 '위.미.소.'*를 써낼 거라고? 지금이라도 할 수 있지, 안 그런가, 프레데리코? '시간'만 있다면 말일세."

그해 3월 돌풍이 불던 그주 내내 헴은 고양이의 철자를 쓸 줄 아는 사람들 중 어느 개자식이 '위.미.소.'를 쓰게 될지에 대해 동이 틀 때까지 얘기했다. 그주가 끝날 무렵에는 시카고의 파머하우스호텔 지하에서 일하는, 수염 결대로 면도를 잘하는 이발사에게 초점이 맞춰졌다.

"뜨거운 수건은 절대 안 써. 로션도 안 써. 그냥 결대로 면도하고 위치하젤 화장수로 씻어내기만 하지."

"그건 누구라도 할 수 있어. 누구라도 '위대한 미국 소설'을 쓸

---

* 'G.A.N.' 미국 소설가 존 디포리스트가 처음으로 '위대한 미국 소설(The Great American Novel)'이란 용어를 사용했고, 이후 헨리 제임스가 이를 줄여 'GAN'이라 칭했다.

수 있다고." 내가 말했다.

"맞아." 헴이 내 잔에 술을 따르며 말했다. "그 이발사가 바로 그 사람이야."

"가벼운 이발은 잘하나?" 내가 물었다.

"시카고 이발사치곤 그리 나쁘지 않지." 헴이 그 이발사를 두둔하며 말했다.

"그래," 내가 말했다. "폴란드계가 많은 거친 도시라 가벼운 이발이 유행이야."

"내셔널리그에서는," 헴이 말했다. "피츠버그가 그렇지."

"그래," 내가 말했다. "하지만 맛있는 음식으로는 센리호텔의 식당이 최고야."

"신시내티에는 지미셰블린즈가 있어." 헴이 말했다.

"보스턴의 루비푸스에서 내놓는 찹수이는 어떻고?"

"난 필라델피아의 루텐들러스가 더 좋아." 헴이 말했다.

"오믈렛은 웨스턴이 최고지." 내가 말했다.

"드레싱은 러시안이 최고야." 헴이 말했다.

"맨해튼 칵테일을 마시는 사람을 보면 소름이 돋아."

"내가 좋아하는 샌드위치는 씨앗이 들어간 롤빵에 간소시지를 넣고 겨자를 친 거라네."

"난 금색 샌들을 신은 여자는 영 못 미더워."

"계집한테 내 돈을 맡겨야 한다면 수영하러 갈 때 수영모 없이 가는 쪽을 택하겠어."

"한 시간을 때우기에는 사창굴보다 뉴스극장*이 나아."

그렇다, 우리는 코냑을 상자째 갖다놓고 마주앉아 홈부르크 모자에서부터 창녀와 헨리 암스트롱 등등에 이르기까지, 남자들끼리 얘기할 수 있는 거의 모든 주제를 건드렸다. 그러나 그해 우리의 대화는 항상 '위.미.소.'를 중심으로 돌아갔다. 그 주제가 헴의 머리에서 떠나지 않았다. 어느 밤 그는 소설의 주인공으로 비행사가 적당하다고 말했고, 다음날 밤엔 사업가, 그다음엔 외과의사, 그다음엔 카우보이가 적당하다고 말했다. 한번은 술을 주제로 한 책, 다음에는 매춘부들, 그다음엔 대자연을 다룬 책이 될 거라고 말했다. "그리고 생각해보게." 돌풍이 불던 그 칠 일의 마지막 밤에 그가 말했다. "파머하우스호텔 지하에서 이탈리아 이발사가 텀스**를 빨아먹으며 그걸 쓸 거야." 다시 그 이발사를 가지고 농담을 하려는가보다 생각하는데, 그가 갑자기 만을 향해 난 창문으로 자신의 유리잔을 집어던졌다.

그리고 이제 그는 내가 그 소설을 쓸 거라고 말하고 있었다. 내 귀에는 나를 나락에서 빠져나오게 하려는 선의의 칭찬으로 들렸다.

"고맙네, 헴." 나는 이 상황에서 그를 약간 더 자극할 요량으로 이렇게 말했다. "하지만 사람들이 이미 그걸 쓴 걸로 아는데."

"그 사람들이란 게 누구지, 프레데리코?"

"저 계집은 허먼 멜빌이 썼다고 하지. 그 밖의 다른 몇몇도 썼고. 이미 끝났어, '파파'. 그렇지 않다면야 별수없이 내가 써야겠

---

* TV가 없던 시절 뉴스 필름을 편집해 상영하던 극장.

** 소화제 겸 제산제.

지만."

"이봐, 바사." 그가 불렀다. "이리 와봐."

계집은 헴과 돛새치 낚시를 하고 있다는 사실에 매우 감격한
상태였다. 헴이 자기를 '바사'라고 부르자 좋아했다. 그리고 내가
'계집'*이라 부르는 것도 좋아했다. 고향에서 불리던 '젖퉁이'와
다른 이름이었다. 처음에 그녀는 눈물을 터뜨렸지만 나는 그 둘이
어쨌든 똑같은 걸 의미하고, 단지 내 표현이 더 정확하다고 말해
주었다. 사실 나는 제몫을 다 하고도 결국 계집이라 불리는 걸 좋
아하지 않은 여자는 만난 적이 없었다. 우리가 '숙녀'라고 불러야
하는 사람은 창녀와 가정주부뿐이다.

"그게 무슨 말이지?" 헴이 말했다. "허먼 멜빌이 '위대한 미국
소설'을 썼다고? 허먼 멜빌이 누구지?"

계집은 우리 쪽으로 돌아서더니 곧 가야 하는 어린아이처럼 황
새 같은 긴 다리를 꼬았다. 마침내 그녀가 입을 열었다. "『모비
딕』을 쓴 사람이요."

"아," 헴이 말했다. "나도 그걸 읽었지. 고래잡이 책."

"아니, 그런 이야기가 아니에요." 계집은 순종 아메리칸뷰티 장
미처럼 새빨개진 얼굴로 이렇게 말했다.

헴이 웃었다. "아하, 넌 문하악 학위를 땄지, 바사, 그럼 말해
봐, 뭐에 대한 이야기인데?"

그녀는 헴에게 그건 선과 악을 다룬 책이라고 말했다. 그리고

---

* 원문은 'slit'. 비속어로는 '여성의 성기'를 뜻한다.

흰고래는 단지 흰고래 한 마리가 아니라 일종의 상징이라고 말했다. 그 말에 헴은 재미있어했다.

"바사, 『모비 딕』은 고래 지방층에 대한 책이고, 짜릿한 흥미를 찾아 헤매는 미친놈이 나오지. 오백 페이지는 고래 지방층 이야기, 백 페이지는 미친놈 이야기, 그리고 이백 페이지는 검둥이들이 작살을 얼마나 잘 쓰는지를 다룬 이야기야."

그때 낚싯대가 홱 움직였다. 헴은 의자에서 넘어졌고 그해 우리의 항해사였던 작은 쿠바 소년은 제가 아는 유일한 영어 단어를 소리치기 시작했다. "돛새치! 돛새치!"

여섯번째 흰 삼각기가 올라가고 계집이 헴의 돛새치를 2.4미터로 재고 나자, 헴은 '위.미.소.'의 제목에 대한 퀴즈 게임을 계속했다. "바사, 고래 지방층은 갖다버려, 알았어?"

"『허클베리 핀』이요." 계집은 굴하지 않고 말했지만 물론 이번에도 얼굴이 빨개졌다. "마크 트웨인의 소설."

"그건 사내아이들을 위한 책이야, 바사." 헴이 말했다. "집에서 도망치려는 소년과 노예 이야기. 그리고 중간에 주정뱅이들과 도둑놈들과 미치광이들을 만나는 이야기. 아이들을 위한 모험 이야기야."

오, 아니에요, 계집은 말했고, 그 책도 선과 악을 다루고 있다고 덧붙였다.

"바사, 그건 다시 젊은 시절로 돌아가면 얼마나 좋을까 생각하는 녀석의 책일 뿐이야. 바보, 주정뱅이, 도둑놈이 아직은 자기가 아니라 남이었던 시절로. 아이들 책이야, 사내아이들. 스스로 여자아이인 척, 자기 자신의 가장 친한 친구인 척하는. 하루종일 자고 밤에는 벌거벗고 수영하고, 모닥불에 음식을 만들어 먹고, 직접 손을 쓰지 않아도 늙은 주정뱅이 아비가 슬그머니 죽임을 당해주지. '위대한 미국의 백일몽'이야, 바사. 주정뱅이들은 일가친척을 위해 그렇게 편히 죽어주지 않아. 안 그런가, 프레데리코?"

헴은 또다른 돛새치를 잡기 위해 여기서 말을 끊어야 했다.

계집이 재보니 이번 고기는 고작 1.5미터였다. 그녀는 '고작'이라는 말은 하지 말았어야 했다.

헴은 농담으로 넘기려고 애쓰며 말했다. "농구 스타는 절대 못 되겠군, 그렇지?" 그러나 그는 분명 스스로 만족하지 못하고 있었다. 만약 당신이 문하학 교수라면, 일곱번째 돛새치는 어떤 것의 상징이라고 생각했을지 모른다.

나는 헴과 한자리에 앉아 술을 마셨고, 그동안 쿠바 소년은 방금 잡은 물고기를 만지작거렸고, 계집은 자기가 무슨 말을 잘못했는지 고민했다. 그날의 낚시가 망했음이 분명해지자 쿠바 소년은 낚싯줄을 걷었고 우리는 돌아가기로 했다. 제비갈매기들과 갈매기들이 머리 위에서 귀찮게 굴었다.

"저 계집은 생각이 없어." 내가 말했다.

"아니, 제딴은 생각이 있었어. 계집들은 늘 지들 나름대로 생각을 해."

"저 여잔 그저 어린애야, 헴."

"잔다르크도 어린애였어." 그가 말했다.

"너무 불쾌하게 받아들이지 말게." 내가 말했다. "생각을 다른 쪽으로 돌려보게나."

"물론, 그래야지. 그 생각은 안 하려고."

"그녀의 말은 '고작'이란 뜻이 아니었어, 헴."

"물론이지. 나도 알아. '겨우'란 뜻이었지. 이봐, 바사."

"쟨 어린애라고, 헴." 내가 경고조로 말했다.

"클리타임네스트라*도 처음엔 어린애였어. 하지만 여자들은 일단 시작하면 끝장을 본다네. 내가 장담하지. 이봐, 바사."

"뭐하려고 그러나, 헴?"

"상어는 내 옆에 있는 육식동물 못지않게 싱싱한 계집을 좋아해, 프레데리코."

"고약한 물건처럼 굴지 말게, 헴."

"내 물건은 건드리지 말라니까, 프레데리코. 아니면 자네도 가는 수가 있어. 상어가 스포츠기자의 래글런 코트를 쫓아가는 거본 적 있나? 인디언들은 그런 식으로 상어를 자극해서 해변으로 돌진하게 만들었어. 브로드웨이에서 파는 하운드투스 코트 조각을 상어들한테 흔들었지."

위대한 작가가 무엇 때문에 불렀는지를 묻기 위해 다가오는 동안, 그해 남부에 와 종업원 일을 하면서 '진짜 삶'을 배우려 했던 바사 출신 계집의 황새 같은 다리에 소름이 돋아났다. 바사의 교수들은 그녀에게 위대한 작가들에 대해 많은 것을 가르쳤지만 그들이 얼마나 고약한 물건이 될 수 있는지에 대해서는 언급하지 않

---

* 미케네왕국의 아가멤논왕을 죽인 왕비.

고 넘어간 게 분명했다.

헴이 말했다. "'위대한 미국 소설'에 대해 더 얘기해봐, 바사. 소설과 낚시에 모두 정통한 스물한 살의 권위자를, 특히 그런 여성을 매일 만나보긴 힘들거든."

"난 그런 여자가 아니에요." 그녀는 이제 누구보다 창백한 계집 신세가 되어 간신히 말했다.

"넌 돛새치의 크기를 감정하고 다녀, 그렇지? 넌 문학악 학위가 있어, 그렇지? '위대한 미국 소설'을 하나 더 대봐. 우리 하류 작가들이 움찔할 만한 자가 정확히 누군지 들어보고 싶군."

"난 당신이 움찔한다고 말하지 않았는데……"

"아니!" 헴이 으르렁거렸다. "내가 그랬어!" 그러자 대포를 발사한 것처럼 갈매기들이 흩어져 날아갔다.

"하나 더 대보라고!"

공포에 사로잡힌 그녀가 말문이 막혀 서 있자 헴이 한 손을 뻗어 뺨을 철썩 때렸다. 그녀가 쓰러질 때 스탠리 케첼*이 떠올랐다.

그녀는 헴이 '때려눕힌' 자리에서 고개를 들었다. "너새니얼 호손의," 그녀가 훌쩍이며 말했다. "『주홍 글자』요."

"잘도 골랐군, 바사. 그건 불알값을 하는 사람이 여주인공뿐인 이야기지. 당연히 넌 그 책에 환장을 하겠지. 바사, 솔직히 말해 호손 선생은 그걸 어디에 쑤셔넣어야 하는지도 몰랐을걸. 분명 A를 항문arsehole의 약자로 생각했을 거야. 그 때문에 모든 소란이 벌

---

* 폴란드 출신의 미국 프로복서.

어졌지."

"헨리 제임스요!" 그녀가 울부짖었다.

"하나 더 대봐, 바사!"

"『대사들』!『황금 주발』!"

"이봐, 아가씨. 그건 온갖 색을 칠해놓은 쓰레기야! 오백 단어쯤에서 책을 덮어버리고 싶어지지! 자, 바사, 다른 걸 대봐!"

"그만하세요, 헤밍웨이 씨, 제발." 그녀는 눈물을 흘렸다. "더이상은 몰라요, 정말이에요……"

"모르긴 왜 몰라!" 그가 고함쳤다. "『붉은 무공훈장』은 어때! 『와인즈버그, 오하이오』!『모히칸족의 최후』!『시스터 캐리』!『맥티그』!『나의 안토니아』!『사일러스 래팜의 출세』!『일반선원으로서의 이 년간』!『이선 프롬』!『불모의 땅』! 이런 건 어떠냐고! 말 나온 김에 부스 타킹턴과 세라 온 주잇은 어떨까? 우리의 이류 시인 프랜시스 스콧 피츠지랄염병은 어떻지? 울프와 도스와 포크너는 어때?『소리와 분노』는 어떤가, 바사! 멍청이가 지절거리는 아무 의미 없는 이야기. 어떻게 그게 '위대한 미국 소설'이 될 수 있냐고!"

"읽은 적 없어요." 그녀는 울먹거렸다.

"물론 그렇지! 읽을 수가 없었겠지! 네가 빌어먹을 교수 정도는 되어야 읽을 수 있지! 네가 왜 '위대한 미국 소설'을 못 대는지 알아, 바사?"

"아니요." 그녀가 신음하며 말했다.

"아직 나오지 않았기 때문이야! 그런 게 나온다면, 그걸 쓸 사람은 숲속 호숫가의 작고 아담한 오두막에 틀어박힌 주정뱅이 스포츠기자가 아니라 바로 '파파'일 거라고!"

그 소리에 크고 사나운 갈매기 한 마리가 급강하하면서 큰 날개를 퍼덕거리며 굶주린 부리를 열어 어니스트 헤밍웨이에게 소리를 질렀다. "절대!"*

어쨌든 그는 나중에 그랬다고 주장했다. 난 사실 갈매기를 올려다보며 소리를 지르는 그가 무엇 때문에 이성을 잃었는지 몰랐다. "네가 나한테 그렇게 말하고도 무사할 줄 아느냐, 이 빌어먹을 바다 갈매기야!"

"절대!" 헴의 말을 듣고 갈매기가 되풀이했다. "절대!"

헴은 선실로 달려내려가 권총을 들고 돌아왔지만 갈매기는 이미 사라지고 없었다.

"이건 나 자신에게 써야겠군." 파파가 말했다. "저 망할 놈의 바다 갈매기가 옳다면 그렇게 할 거야."

그는 무턱대고 계집의 몸을 넘어가다 갑판 위에서 크게 비틀거리더니 뱃전에 기댄 채 몸을 구부려 바다에 비친 자신의 그림자를 바라보았다…… "프레데리코." 그가 불렀다.

"헴."

"아, 프레데리코. 바람은 잔잔하고 하늘은 온화해 보이는군. 이런 날, 이렇게 부드러움이 가득한 날, 첫 소설을 썼지. 열아홉 살

---

* 'Nevermore!' 에드거 앨런 포의 시 「갈까마귀」에서 불운의 상징인 갈까마귀가 끊임없이 반복하는 문구.

소년 기자였어! 십팔 년이 되었군. 십팔 년, 그래 십팔 년 전, 그때부터! 십팔 년 동안 끊임없이 글을 썼어! 십팔 년 동안 궁핍과 위험과 폭풍을! 십팔 년 동안 무자비한 바다 위에서! 십팔 년 동안 파파는 평화로운 육지를 버렸고, 십팔 년 동안 공포로 가득한 바다 위에서 전쟁을 치렀어! 내가 살아온 삶을 생각하면, 그건 황량한 고독이었어. 소설가만이 거주하는, 돌로 지은, 벽으로 막힌 성시城市. 바깥의 푸른 나라에서 어떤 연민을 보내와도 이 도시로는 거의 들어오지 않아. 아, 지루함! 중압감! 기니 해안에서 고독한 명령을 수행하는 노예 신세! 이 모든 생각에 사로잡힐 땐 확신도 없이 반신반의하면서…… 난 죽을 만큼 약해지고, 기가 꺾이고, 풀이 죽는다네. 낙원에서 쫓겨난 이후 켜켜이 쌓인 몇백 년 세월에 눌려 비틀거리는 아담이 된 것만 같아. 신이여! 신이여! 신이여! 내 심장을 쪼개고 뇌를 짓이기시오! 비웃음! 냉소! 종말! 프레데리코, 가까이 와 서보게. 내게 사람의 눈을 들여다볼 수 있게 해주게.* '위대한 미국 소설.' 왜 헤밍웨이는 '위대한 미국 소설'을 추구해야 하지?"

"좋은 질문일세, 파파. 계속해보게나. 그러다 미치광이가 될 테니."

"그게 무얼까, 프레데리코. 무명의, 불가사의하고 초현실적인 것, 기만적이고 은밀한 군주이자 주인이, 잔인하고 무자비한 황제

---

* 『모비 딕』의 다음 구절을 인용한 말. "내게 사람의 눈을 들여다볼 수 있게 해주게. 그게 바다나 하늘을 바라보는 것보다 낫겠어. 신을 바라보는 것보다 낫겠어."

가 내게 명령하는 것, 자연스러운 애정과 갈망을 모두 거스르게 하고 매 순간 끊임없이 나 자신을 밀어붙이고 재촉하고 옭아매는 것, 나 자신의 올바르고 자연스러운 감정으로는 예나 지금이나 감히 엄두가 안 나는 것을 언제라도 하라고 무모하게 나를 준비시키는 것이 대체 무얼까? 파파, 파파일까? 이 글쓰는 팔을 들어올리는 존재는 나일까, 신일까, 누구일까?" 그는 이렇게 물으며 권총을 들어 머리에 갖다댔다.

"이제 됐어, 헴. 그만하게나." 내가 말했다. "그런 말은 전혀 자네답지 않아. 책은 책일 뿐, 그 이상은 아닐세. 누가 소설 때문에 자살을 하려고 하겠나?"

"그럼 무엇 때문에?" 파파는 이렇게 말한 뒤 몸을 돌려 갑판에 쓰러져 있는 계집을 바라보았다. 그러고는 그녀를 향해 냉소적으로 말했다. "고래 때문에? 여자 때문에?"

그 말에 대답한 사람은 이제 더이상 동틀 무렵 우리와 함께 배를 탄 그 어린애가 아니었다. 헴 같은 남자와 몇 시간을 보낸 터라 우리 모두가 그렇듯 그녀도 완전히 달라져 있었다. 위대한 작가는 사람들에게 그런 변화를 일으킬 능력이 있다.

"차라리 그렇게 생각하는 게 훌륭하지 않겠어요?" 계집이 씨근거리며 말했다.

이야기는 끝났다, 거의. 나는 그 살인적인 분위기에서 내 시야로부터 헴을 떼어놓고 싶지 않아, 그를 데리고 먼디스가 일주일 만에 처음 연습하는 곳으로 구경을 갔다. 한때 감상적인 사람들이 '라블레풍'*이라 부르며—첫 두 음절이면 충분할 텐데—품위를 높여주려 애썼던 거구의 한심한 1루수, 존 바알이 이동식 네트망 안에서 센터 뒤쪽을 어슬렁대는 펠리컨 무리를 향해 긴 플라이볼을 날리고 있었다. "저 주둥이가 커다란 잡것을 하나 잡고야 말겠어." 존은 이렇게 말했고 아니나 다를까, 십오 분 만에 해냈다. 존이 번개 같은 동작으로 날려보낸 공이 하늘로 솟구치는 도중에 곧바로 펠리컨이 날아오른 걸 보면 야구공을 먹잇감으로, 내 생각엔 아마 날치로 착각한 게 분명했다. 그날 밤 내가 기사를 보내기 위해 전신국에 갈 때까지 파파는 여전히 곁에서 애처롭게 투덜거렸다. 계집은 이미 일기를 가방에 챙겨넣고 포컵시로 돌아가는 가장 빠른 기차를 탔다. 나 역시 기분이 썩 좋진 않았다.

"먼디스의 빅 존 바알은," 내 기사는 이렇게 시작했다. "오늘 오후 클리어워터에서 배팅 연습중 홈런을 강탈당했다. 그를 아웃시킨 주인공은 펠리컨이었다.

처음 봤을 땐 다른 펠리컨과 똑같았다. 자기 종족의 홈 유니폼인 회색빛이 감도는 은색 유니폼에, 벨벳 같은 흰 깃털을 목에 휘감고, 발가락 전체에 물갈퀴를 둘렀다. 보통 크기에 무게는 3.6킬로그램, 한쪽 날개의 전장이 2.3미터였다. 자세히 조사해본 결과, 부리 하반부에 늘어진 크고 거무스름한 턱주머니에 특이점은 전혀 없어 보였다. 다만 사람들은 열린 부리 사이로 정어리 네 마리, 새끼 전갱이 한 마리와 함께 패트리어트리그 회장의 사인구가 그

---

* 프랑스 작가 프랑수아 라블레의 이름을 딴 표현으로 상스럽고 거친 유머, 지나친 희화화, 대담한 묘사가 특징이다.

안에 든 걸 얼핏 보았다고 했다. 펠리컨은 높이 날아오르다 왼쪽으로 방향을 틀면서 길고 우아한 목을 돌려 부리를 열고, 루크 고패넌처럼 여유롭게, 빅 존의 강력한 홈런을 덥석 낚아챘다.

어렸을 때 우리집에서 비둘기를 키웠다. 아버지는 지붕 위에 철망으로 엮은 닭장을 올리고 그 안에 비둘기들을 넣어두었다. 아버지는 강력한 오른손을 휘두르는 권투선수였고 훈련은 주로 술집에서 했는데, 내가 열다섯 살 때 경마로 돈을 잃고 빈털터리가 된 후 허공으로 증발했다. 아버지는 비둘기를 몹시 사랑한 나머지 우리에게 하듯 그놈들을 잘 먹이려고 매일 빵 부스러기를 갖다주고 양철 깡통에 신선한 물을 채워주었다. 아버지에 대한 아들들의 환상은 원래 악명 높지 않은가. 비행중인 비둘기떼를 조종하려 지붕 위에 서서 허공에 장대를 이리저리 흔드는 아버지를 보고 신과 아주 흡사한 존재라고 생각했다. 그리고 그다음엔 아버지가 허공으로 증발했음을 알게 되었다.

기자들과 선수들은 펠리컨의 포구를 '불길한 징조'라 일컫지만 무엇의 징조인지에 대해선 의견이 엇갈린다. 대개 어느 팀이 리그 1부에서 결국 2부로 떨어질 거라고들 한다. 보통 사람들의 생각은 그 정도에 그친다. 물론 완전히 불가사의한 일이 벌어지면 늘 그렇듯, 나서서 농담을 하는 사람도 있다. 오래전 어느 금요일, 고통스럽게 십자가에 매달린 사람이 '아버지, 저들의 죄를 사하소서'라고 애원하자, 슈터*가 던진 주사위 두 개의 눈의 합이 8이 되

---

* 주사위 게임 크랩스에서 주사위를 던지는 사람.

지 않을 경우들에 골고루 나눠 베팅한 로마의 영리한 풋내기*는 하늘을 올려다보며 라틴어로 이렇게 말했다. '들어보시오, 누가 게임을 끝내려고 하는지.'

먼디스의 감독은 학식 있는 기독교도 신사로, 빅 존 바알이 죽은 펠리컨을 어떻게 하려는지 알고 불쾌해했지만, 어차피 그는 빅 존의 도덕성에 기뻐한 적이 한 번도 없었다. 미스터 페어스미스는 오프시즌 때 선교사로 활동했고, 어느 해 겨울에는 아프리카 사람들에게 야구를 전파하기도 했다. 그들도 역시 그를 실망시켰다. 경기 규칙은 잘 익혔지만, 어느 밤 두 지역 팀이 모여 의식을 치른 후 야구글러브를 삶아 먹어버렸다. 빅 존에게 미스터 페어스미스는 새로운 사실을 일깨워주었다. '자신의 가슴을 쪼는 펠리컨 성상을 피 흘리는 사다새 또는 경건한 사다새라 부른다네. 그래서 자신의 피로 세상을 구속救贖한 그리스도를 상징하지.' 그럼에도 아랑곳하지 않고 빅 존은 그 놀라운 새를 박제해 포트루퍼트의 단골 술집 바 위에 걸어놓고자 한다.

나는 아버지를 사랑했고, 그래서 어떻게 나를 두고 사라지거나, 경마에 빠지거나, 선술집에서 훈련을 할 수 있었는지 결코 이해하지 못했다. 그러나 분명 나름의 이유가 있었을 것이다. 여기 클리어워터에서 오늘 그 타구를 잡아낸 펠리컨에게도 나름의 이유가 있었으리라 생각한다. 그러나 내 아버지의 생각이나 새의 생각을 읽을 줄 아는 척하고 싶지는 않다. 내가 아는 거라곤 먼디스가 올

---

* 본디오 빌라도. 예수에게 반역죄로 십자가형을 내린 로마 총독.

해 승률 5할을 달성하려면 누군가 존에게 이제부터 공을 오른쪽으로 당겨 치라고 말해야 한다는 것뿐이다. 펜스가 쳐진 외야로.

그러나 이건 단지 한 사람의 견해일 뿐이다. 그의 성은 스미스, 이름은 워드다."

나는 종일 어니스트를 달래면서 찔끔찔끔 기사를 써야 했다. 기사의 두운이 그토록 약한 건 그 때문이다. 코네티컷의 페이머스라이터스스쿨*의 문 위에 걸린 금언 '자신의 문체에 신경을 곤두세우는 예술가에게 권총을 찬 골난 주정뱅이는 최고의 친구가 아니다'**처럼.

나는 웨스턴유니언 사무실에 서서 마지막 단락을 쓰면서 전신원에게 큰 소리로 읽어주었고 그러면서 문장의 균형을 잡아나갔다.

그런 뒤 돌아서서 보니 헴의 권총이 내 벨트 쪽을 겨냥하고 있었다.

"내 걸 훔치다니."

"뭘 훔쳐, 헴?"

"네놈들은 먼저 훔치기부터 하고 그것도 모자라 망가뜨려놓지."

"뭘 망가뜨려, 헴?"

"내 문체. 너희 잡놈들이 내 문체를 훔쳤잖아. 미국의 빌어먹을 스포츠기자 놈들이 죄다 내 문체를 훔쳐서 아주 망가뜨려놓는 바람

---

* 1960~70년대에 작가들을 대상으로 교육과정을 운영했던 기관.

** 'A Sullen Drunk Packing A Gat Is Not The Best Company For An Artist Finicky About His Style'. 두운이 전혀 맞지 않는다.

에 난 이제 내 문체를 쓸 때마다 뱃속이 울렁거려 죽을 지경이야."

"권총을 내려놓게, 파파. 난 평생 그런 식으로 써왔어. 자네도 알잖아."

"그럼 내가 자네한테서 훔친 게로군, 프레데리코."

"내 말은 그런 뜻이 아니야."

"들었나, 영리한 소년?" 헴은 앳된 얼굴의 전신원에게 말했다. 전신원은 양손을 머리 위로 바짝 올리고 있었다. "그의 말은 그런 뜻이 아니래. 그럼 내가 누구한테서 아이디어를 훔치는지 이 영리한 소년에게 말해봐."

"자넨 아무한테서도 안 훔쳐, 헴."

"하운드투스 코트를 입고 다니는 프리랜서 스포츠기자한테서 내가 그걸 훔치지 않는다고? 프레데리코란 이름의 작자한테서?"

"물론이야, 헴."

"어쩌면 그 계집한테서 훔칠 수도 있겠군, 프레데리코. 어쩌면 고급 문하악 학위를 딴 바사 계집한테서 훔칠 수도 있겠어."

"그건 다 자네 거야, 헴. 자네 아이디어는 자네 걸세."

"내 인물들은 어떤지 말해봐. 내가 그걸 누구한테서 훔치는지 여기 있는 영리한 소년한테 말해보라고."

"헴은 그의 인물들을 누구한테서도 훔치지 않는다네." 내가 소년에게 말했다. "전부 그의 거야."

"들었지, 영리한 소년?" 헴이 물었다. "내 인물들은 다 내 거야."

"네, 선생님." 전신원이 말했다.

"이번엔 누가 '위대한 미국 소설'을 쓸 건지 이 영리한 소년에게 말해보게, 프레데리코, 자넨가? 아니면 파파인가?"

"파파지." 내가 말했다.

"네, 맞습니다." 전신원이 손을 바짝 치켜든 채 말했다.

"그래, 정말 그렇다고 생각하나?" 헴이 소년에게 물었다.

"물론입니다." 전신원이 대답했다.

"넌 아주 영리한 소년이야, 그렇지?"

"선생님께서 그렇게 말씀하신다면 그렇죠."

"내 말을 알아듣겠나, 영리한 소년? 나는 말일세, 전갈을 보낼 일이 있으면 항상 웨스턴유니언에서 보내지."

전신원이 간신히 미소를 지으며 말했다. "아-하."

"자리에 앉아, 영리한 소년."

"네, 선생님." 소년은 이렇게 대답하고 헴의 명령에 따랐다.

헴이 전신원에게 걸어가 그의 턱뼈에 권총을 갖다댔다. "여러 선생들. 호손, 멜빌, 트웨인, 제임스, 뉴욕주 바사대학 문하악과 전체. 친애하는 저명한 고인들에게. '위대한 미국 소설가'는 세 무아*. 서명. 파파."

그는 마지막 철자가 찍힐 때까지 기다린 후 돌아서서 문밖으로 나갔다. 그가 아크등 밑을 지나 길을 건너는 모습이 창밖으로 보였다. 나 역시 어느 정도는 고약한 놈이었기 때문에, 전신료가 얼마인지 묻고 돈을 지불하고서 계집이 떠난 내 호텔방으로 돌아온 후 다시는 어니스트를 보지 않았다.

---

* 프랑스어로 '바로 나다(C'est moi)'.

이따금 헴이 크리스마스 카드를 보냈는데 때로는 아프리카에서, 때로는 스위스나 아이다호에서, 잔뜩 취해 쓴 게 분명한 글씨로 매번 거의 똑같은 말을 했다. 프레데리코, 한 번만 더 내 문체를 쓰면 자넬 죽여버릴 거야. 결국 헴이 자신의 문체를 썼다는 이유로 죽인 사람은 그 자신이었다.

나의 선배들, 나의 혈족들
1. 『주홍 글자』, 너새니얼 호손

자, 이제 사전준비를 끝냈으니 하는 말인데, 나는 미스 헤스터 프린과 관계를 맺은 남자들이 턱수염 나는 성별의 체면을 깎아먹었다는 헴의 생각에 동의하는 편이다. 하지만 내게 남자의 체면을 살린 백 인의 명단을 만들게 한다면 그게 가능할까? 또한 나는 그 여인이 어느 주정뱅이에게 매달리지 않은 것이 기적이라고 생각한다. 나 같은 슬럼가 출신에게는 젊고 예쁜 것이 시골뜨기한테 인생을 내맡기는 이야기가 평범하게 들리지만, 헤스터처럼 자기 나이의 세 배는 족히 되는데다 흉한 외모에 무미건조한 교수와 결혼한(틀림없이 그는 자기 물건을 세우기 위해 그녀에게 페티코트 차림으로 온갖 포즈를 취하라고 시켰을 테고, 만일 섰더라도 오래 못 갔을 게다) 아름답고 용감하고 관능적이고 분별 있는 계집이 그 보잘것없는 교구 목사로 갈아타 "열정적으로" 연애했다는 이야기에는 미심쩍은 구석이 있다. 두 사람이 숲에서 기마 자세로

할 때면 십중팔구 헤스터가 목사 위에 올라탔으면 탔지 그 반대는 아니었을 게다. 나는 그녀의 용기에 감탄하지만, 사디스트나 계집애 같은 사내에게 성적으로 끌리는 계집이 있을지는 의심스럽다. 그 크고 검은 눈의 매력적인 여자가 레드삭스와 비즈의 전성기에 보스턴 지역에 살지 않은 게 나로서는 매우 유감이다. 내가 그녀에게 뭔가를 보여줄 수도 있었을 텐데.

문하악(헴은 이 단어를 습관처럼 잘못 발음했다) 지망생이라면 내가 매사추세츠의 호손 선생에게 진 빚을 이미 알아챘을 것이다. 그렇다, 이 프롤로그는 호손 자신이 누구이고 어떻게 대작을 쓰게 되었는지 장황하게 써서 소설에 붙인 프롤로그를 어느 정도 참고했다. 내 소설을 쓰기 전에 먼저 헴이 자신의 경쟁자라 여긴 이들을 자세히 연구하는 것도 나쁘지 않으리라 생각했다. 그들이 헴의 경쟁자였다면 이젠 나의 경쟁자니까. 게을러빠진 세일럼 세관 관리자였던 저자가 발견한 모험담을 읽었을 때 사실 나는 그가 프롤로그에서 말한 것처럼 과도하게 흥분하진 않았다. 하지만 그의 소설이 내 소설처럼 현실의 삶, 즉 세관 다락방 한구석에 쌓인 서류 더미에서 찾아낸 헤스터 프린의 이야기를 토대로 삼았다는 사실에는 분명 감명을 받았다. 프린과 딤즈데일 목사의 스캔들이 이백 년 전에 일어났다는 점을 감안했을 때, 그 자신도 인정하듯 호손은 배경과 동기 등을 상상하면서 "이야기에 옷을 잘 입혀야" 했다. 멋진 말장난*이오, 너새니얼. "내가 주장하는 건," 호손은 말

---

* 'tale(이야기)'은 'tail(엉덩이)'과 발음이 같다.

한다. "줄거리의 진정성이다." 그렇다면 내가 주장하는 건 이 모든 사태의 진정성이다!

팬들이여, 앞으로 펼쳐질 서사시에서 내가 더그아웃, 외야석, 라커룸, 바, 식당, 기자석, 버스, 리무진 등 현장에서 직접 들었거나, 대체로 고통받고 있는 당사자들을 포함한 믿을 만한 정보통의 입에서 들은 얘기는 한 줄도 없다. 그래도 참견쟁이, 수다쟁이, 떠버리, 밀고자 등등이 있어 진실을 완성하는 데 도움을 준다. 호손이 직접 언급한 그의 "상상의 재능"은 마땅히 존경스럽지만 나는 그가 양쪽에 달린 귀를 더 잘 활용할 수도 있었으리라 생각한다. 그냥 잘 듣기만 하시오, 너새니얼. 그러면 미국인들이 당신을 위해 '위대한 미국 소설'을 써줄 거요. 내가 바지 멜빵도 풀지 못하고선 채, 옆방에서 벽에 유리컵을 대고 엿들을 수 없도록 욕조에 물을 틀어놓은 호텔 욕실에서 얼마나 많은 얘기를 들었는지 상상도 못할 것이다. 손님은 스미티에게 발기와 심장에 관한 어둡고 끈적한 비밀들을 쏟아내곤 했다. 어느 하루든 세일럼 세관의 뽑기 주머니는 가뿐히 이겼다. 아, 여러분 앞에서 시인할 건 있다. 곤경에 빠진 자는 헤스터처럼 보스턴식으로 얘기하지 않고 맨발의 조*처럼 시카고식으로 얘기하지도 않는다. 가령 시카고의 가증스러운 투수 에디 시코트**는 자신이 출전했던 월드시리즈 얘기를 하면서 내게 이렇게 말했다. "난 아내와 아이들을 위해 공을 던졌다네."

---

* 시카고 화이트삭스의 외야수 조 잭슨. 1919년 월드시리즈에서 발생한 승부조작 사건 '블랙삭스 스캔들'에 가담해 영구 제명되었다.

** 시카고 화이트삭스의 우완투수. '블랙삭스 스캔들'에 가담해 영구 제명되었다.

하지만 너새니얼 호손을 읽다보면 세월이 흘렀다고 해서 얼마나 많은 것이 변했을지 의심스럽다. 사람들은 여전히 호손의 이야기를 믿으니까.

호손의 책과 내 책은 둘 다 "독자들을 길게 붙들어두는" 수다스러운 자전적 도입부로 시작한다는 점에서 비슷하지만 그보다 더 극적인 유사성은 주홍 글자가 새겨진 옷을 입은 사람이 미국의 추방자로 간주된다는 데 있다. 호손은 자신이 어떻게 세관 다락에 쌓인 잡동사니 속에서 너덜너덜하고 좀이 슨 "낡은 주홍색 천"을 발견했는지 자세히 얘기했다. 그런 뒤 그가 찾아낸 낡은 문서에서 주홍 글자의 수수께끼 같은 의미가 모습을 드러냈다. "그녀의 웃옷 가슴에," 호손은 이번에도 경탄할 만한 두운을 써서 헤스터를 묘사했다. "곱게 자른 주홍색 천에 금색 실로 정교하게 수놓고 화려하게 장식한with an elaborate embroidery and fantastic flourishes of gold thread 글자 A가 있었다." 처음에 A는 '간통Adulteress'을 상징했다. 그리고 저자에 따르면, 그녀의 일생이 끝났을 때 많은 사람들이 그 글자가 "능력 있음Able"을 상징한다고 여겼다. "헤스터 프린은 능력 있고 여성의 힘을 지닌 매우 강인한 여자였다."

자, 또다른 주홍 글자, 이번에는 펠트로 된 글자가 패트리어트리그의 먼디스가 입는 아이보리색 보온용 울 점퍼 가슴에 붙어 있었는데, 다른 게 있다면 단지 운명의 글자가 R라는 점이다. 애초에 R는 그 팀의 홈인 루퍼트를 상징했지만 끝에 가서 사람들은 '뿌리 없는Rootless' '우스꽝스러운Ridiculous' '난민Refugee'의 약자로 보곤 했다. 사실 내 선배가 서문 말미에서 자신에 대해 묘사한 말을 보고, 나는 먼디스와 그들이 포트루퍼트에서 쫓겨난 후 리그를 떠돌며 고생하던 모습을 떠올리지 않을 수 없었다. "나는," 호손은 이렇게 썼다. "어떤 다른 나라의 시민이다." 그는 내 선배이자 혈족이다.

2. 『허클베리 핀의 모험』, 마크 트웨인

허클베리 핀이 두서없이 지껄이는 말을 듣고 있으면, 지금까지 살았던 야구선수 거의 모두가 오프시즌 때 고향에 내려가서 뭘 하는지 떠벌리는 걸 듣고 있는 기분이다. 야구선수들은 허크보다 나이가 두세 배 많고, 대중이 믿는 것과는 반대로 허크처럼 남부 종자가 아니라 대부분 펜실베이니아에서 우르르 내려왔지만, 그렇다고 그들이 처음 만난 기회를 잡아 깊은 숲속에 살림을 차리고, 사냥한 짐승으로 아침과 저녁 식사를 요리하고, 그렇지 않으면 유일한 여성 반려자인 어머니 자연을 벗삼아 안락한 카누를 타고 강을 따라 이동해 다니는 걸 조금이라도 덜 좋아한다는 뜻은 결코 아니다. 소년은 메이저리그 선수가 되었지만, 다들 알다시피 메이저리그 선수는 소년이나 다름없다. 감독이 위기에 빠진 투수를 진정시키기 위해 마운드로 걸어나갔을 때 투수에게 무슨 말을 할 것 같은가? "예전의 슬로커브볼을 던져봐"일까? 만일 뇌라는 게 있다면 그러진 않을 것이다. 투수가 예전의 슬로커브볼을 던질 수 있었다면 진작 던져서 그런 말을 듣지 않았을 테니까. 감독이 뭐라고 하는지 아는가? "알, 지난가을 사냥할 때 메추라기를 몇 마리 명중시켰다고 했지?" 그런데 내가 내 이야기를 (앞에서 호손의 이야기와 연결지었던 것처럼) 트웨인의 이야기와 연결지으려고 이 말을 지어냈다고 생각한다면, 만일 내가 내 문학적 자격과 족보를 위조하려고 허크 핀처럼 "뻥"을 치고 있는 것 같다면, 크리스티 매튜슨의 『위기 상황에서의 투구』를 읽어보라고 강력히 권하고 싶다. 그 책을 쓴 위대한 매티는 마운드에서 교활했던 만큼이나 실생활에서는 정직했던 사람으로, 자이언츠의 유명 감독이자 명예의 전당 회원이 된 존 조지프 맥그로와 주고받은 말을 인용했다. 내가 소개한 그대로다. 알, 지난가을 사냥할 때 메추라기를 몇 마리 명중시켰다고 했지? 그렇다. 그게 그들이 마운드에서 얘기하는 전략이고, 뗏목 위에서 나누는 얘기와 별로 다르지 않다!

그리고 다들 알다시피 트웨인의 소우주와 내 소우주의 온갖 유사점을 찾는 중이라 하는 얘기인데, 허크 핀의 짝패이자 도망친 검둥이 노예 짐은 또 어떠한가? 짐은 나중에 커서 어떤 사람이 됐을까? 여러분이 짐작 못하겠다면 내가 얘기하겠다. (오늘자 신문에 따르면) 비록 외야수 부문이긴 하지만 고귀하고도 고약한 기관인 명예의 전당에 입성한 최초의 흑인 선수 르로이 로버트 (새철*) 페이지 같은 사람이 되었을 것이다(1971년 2월 11일자 신문을 보라). 새철 페이지는 샘 클레멘스**가 코네티컷 하트퍼드에서

---

* 입구가 넓은 직사각형 모양의 가죽가방. 입이 큰 페이지에게 붙은 별명이었다.

죽기 약 사 년 전 앨라배마 모빌에서 태어났으므로, 그 뛰어난 유머 작가가 혹시나 지방순회 경기중인 흑인 소년 팀에서 봤다면 모를까, 그가 투구하는 것을 봤을 리는 거의 없고, 살아 있을 때 새철이 연설하는 걸 들어봤을 리는 더욱 없다. 만일 그걸 들었다면 이십이 년 동안 흑인 리그에서 2500경기 중 2000승을 따냈다고 전해지는 그 불멸의 흑인 투수가 마법에 걸려 변신한, 허크의 짐이라는 걸 알고 꽤나 기뻐했을 것이다.

　팬 여러분, 다음 구절을 순전한 예언으로 들어보라. "짐에게는 사람 주먹만큼이나 큰 헤어볼이 있었는데, 황소의 네번째 위에서 끄집어낸 그것으로 짐은 마술을 부리곤 했다. 그는 그 안에 영혼이 들어 있고 그 영혼은 모든 것을 안다고 말했다." 그리고 다음 구절도. "낯선 검둥이들이 입을 벌린 채 서서, 마치 그가 불가사의한 물건이라도 되는 양 그를 머리에서 발끝까지 훑어보았다…… 그 나라에서 그는 어느 검둥이보다 더 큰 존경을 받고 있었다." 짐은 그 헤어볼로 마술을 부리거나 점을 쳤고, 새철은 자신의 강속구로 언젠가 있었던 단 한 번의 시범경기에서 로저스 혼스비를 다섯 번 삼진아웃시켰다! 그러나 백 번 거쳐 듣기보다 한 번 직접 듣는 게 낫다. 새철이 힘과 젊음을 유지하는 방법이라고 인류에게 소개한 여섯 가지 가르침을 들어보라. 문하악과 학생들, 교수들 그리고 짐의 웃기는 방언을 기억하는 어린 소년들은 트웨인 선생의 책에 나온 지독한 방언을 새철이 쓰지 않는다고 해서 오해하지

** 마크 트웨인의 본명.

말기 바란다. 당시 짐은 노예였고 노예는 그런 식으로 말해야 했다. 사회가 그런 말투를 요구했다. 영원한 젊음을 유지하는 새철 페이지의 비결은 아래와 같다.

1. 혈액의 화를 돋우는 튀긴 고기는 피하라.
2. 위장이 싸움을 걸어오면 드러누워 침착한 생각을 해서 위장을 진정시켜라.
3. 가볍게 움직여 혈액을 항상 순환시켜라.
4. 무리 지어 다니는 나쁜 습관을 최대한 줄여라. 남들과 어울려 돌아다니는 건 휴식이 되지 않는다.
5. 항상 뛰어다니는 습관을 피하라.
6. 뒤를 돌아보지 마라. 그사이 따라잡힐 수 있다.

자, 이 사람이 허클베리 핀과 뗏목을 타고 미시시피강을 따라 내려간 헤어볼 신탁의 사제가 아니라면, 누군가 기가 막히게 그의 흉내를 잘 내고 있는 게 분명하다.

유색인 선수들은 스미티와 P리그가 문밖으로 호송될 때부터 메이저리그에 들어오기 시작했기 때문에, 나는 처음에 백인 선수들이 어떻게 그들과 생활해나갔는지 알지 못한다. 아마 미국 최초로 남학생 사교클럽을 만든 어린 톰 소여같이 어떤 방식으로든 그들을 괴롭히는 재미에 사로잡힌 고약한 소년들도 있었을 테고, 허크처럼 난데없이 더그아웃, 라커룸, 호텔 욕조를 검둥이 짐 같은 거무스름한 부류와 함께 쓰게 되어 그저 어리둥절한, 다소 마음씨

착한 아이들도 있었을 것이다. 문하악도들이여, 기억하는가? 허크가 짐을 속여 뗏목이 부서진 것이 꿈에서 일어난 일이라고 믿게 만들었을 때를? 나이든 짐이 그게 아니라는 걸 알았을 때 얼마나 상심했겠는가? "십오 분이 지난 후에" 허크가 말한다. "나 자신을 추스르고 나서야 검둥이를 겸손하게 대할 수 있었다. 나는 분명히 작정했고 그후 다시는 그에게 미안할 짓을 하지 않았다. 짐에게 더이상 비열한 속임수를 쓰지 않았고, 짐이 그렇게 느낄 것 같다는 생각이 들면 절대 하지 않으려 노력했다." 몹시 다정한 허크의 말에 나타난 바와 같이 오늘날 허크의 생각을 따르는 야구선수들이 적지 않은 것도 당연하다. 하지만 내 예상에 따르면, 내가 알고 있는 그 무리를 감안할 때 메이저리그는 아직 톰 소여 같은 선수들이 상당한 지분을 차지하고 있으며, 톰처럼 그들 역시 짐에게 유리하게 행동하는 척하면서 알고 보면 왓슨 부인의 족쇄에서 벗어나고 싶어하는 그 음울한 갈망에 가할 수 있는 모든 유의 학대와 형벌로 쌓아올린, 작은 마을에서의 가학적인 삶을 한껏 즐겼을 것이다. 물론 1971년 2월 11일부로 불쌍한 짐은 그 족쇄에서 풀려났고, 자유의 몸이 되었을 뿐 아니라 명예의 전당에 입성했다. 하지만 고패년은 여전히 족쇄에 매여 있다, 안 그런가? 미국의 패트리어트리그, 그들은 지금도 미국의 검둥이나 매한가지다. 야구에서 배척당한다면 진실로 미합중국의 불가촉천민이다.

문하악도들과 팬 여러분, 허클베리 핀과 검둥이 짐의 유랑, 헤스터 프린의 추방지인 그 청교도 교구에서 일어난 모험담으로 예상할 수 있듯이, 내가 해야 할 이야기는 먼디스가 한때 얼마나 막

강했는지, 그들이 어떻게 포트루퍼트의 홈구장에서 쫓겨났고 일 년 동안 거리에서 어떤 굴욕을 겪었는지, 그 괘씸한 재앙이 어떻게 그들을 (그리고 나를) 영원히 파멸시켰는지에 대해서다. 그 리그의 다른 일곱 팀 중 거의 누구도—워드라는 이름의 작자를 포함해 우리 중 거의 누구도—꼴찌 팀 먼디스에게 들이닥친, 겉보기에는 우습기만 한 불행들이 우리 모두를 망각의 늪으로 밀어넣는 서곡이 될 줄은 꿈에도 몰랐다. 그러나 팬 여러분, 그게 바로 우리의 삶을 지배하는 포악한 법칙이다. 오늘은 희열, 내일은 회오리바람.

그 바람으로 인해 우리는 피를 나눈 형제를 만나게 된다.

3. 『모비 딕』, 허먼 멜빌

『모비 딕』이 과거의 포경산업(소멸)을 상징하는 것처럼, 야구에서는 명예의 전당과 박물관이 그런 일을 했어야 했다. 다시 말해 야구라는 주제에 관해 논란의 여지가 없는 최종 권위자로서 객관적인 기록의 저장소, 통계학자들의 보고, 리바이어던*들의 루브르가 됐어야 했다. 인간 중에서 무시무시한 타이 코브가 아니면 누가 모비 딕이겠는가? 만족을 모르는 다저스의 명장 듀로셔나 부동의 자이언츠 감독 존 맥그로가 아니면 누가 에이해브 선장이겠

---

* 구약성서 욥기에 나오는 바다 괴물. 거대하고 강력한 존재를 상징한다.

는가? 팅커, 에버스, 챈스*가 아니면 누가 피쿼드호를 이끄는 에이해브의 최고 삼총사 플래스크, 스타벅, 스터브이겠는가? 아니 그들보다 루퍼트 먼디스의 d.p. 콤비 내야진—여기서 d.p.는 병살double play과 쫓겨난 선수displaced person를 가리킨다—인 프렌치 애스타트, 닉네임 데이머, 빅 존 바알에 비유하는 게 낫다. 왜냐고? 모비 딕에게 허물어진 피쿼드호의 목재 및 뼈들과 함께 "거대한 수의壽衣 같은 바다" 아래가 아니면, 연고지 없이 떠돌던 패트리어트리그 팀의 내야진(그리고 외야진, 선발진, 구원투수들, 코치들, 포수들, 대주자들, 대타자들)이 어디로 가라앉았단 말인가? 그들의 머나먼 낸터킷항은? 루퍼트. 그들의 광기와 복수심에 불타는 에이해브는? 길 가메시 감독. 그리고 그들의 이슈미얼은? 그렇다, 그 이야기를 전하려고 한 명이 난파선에서 살아남았다. 진실을 말하는 불멸의 늙은이, 바로 내가!

친절한 팬 여러분, 만약에 여러분이 지금까지 발행되는 야구 주간지 〈스포팅뉴스〉의 모든 호는 물론이고 야구를 이해하는 데 중요한 편람, 안내서, 입문서를 모두 합친다면, 만약에 여러분이 모비 딕 색깔의 현대적 공이 아직 의무화되지 않고 몇몇 팀은 빨간색 공으로 경기하기를 더 좋아하던 초창기부터(그렇소, 의장나리, 흰색이 아니라 빨간색이오!), 여자들이 집에서 바느질로 야구공을 만들고 공임을 받던 '선대제先貸制'** 시절을 거치고, A.G.

---

* 1900년대 시카고 컵스의 탄탄한 내야진을 구축한 세 선수.

** 상인이 독립된 수공업자에게 자재를 지급해 물품을 생산하는 체제.

스팔딩이 코르크 심을 넣은 야구공을 처음 소개한(그래서 '데드볼' 시대*를 끝낸) 1910년을 지나, 세 리그가 '코르크 심을 넣은 공'을 채택하고 그와 함께 장타 스타일의 현대적 경기가 시작된 1926년에 이르기까지 야구공 자체의 크기, 무게, 경도, 색, 재질, 탄성, 반발력을 설명하는 백과사전식 기사를 모두 모으려 한다면, 만약에 여러분이 스페인의 코르크 숲, 말레이시아의 고무 농장, 스팔딩 야구공이 탄생한 미국 서부의 양 농장을 묘사하려 한다면, 만약에 여러분이 코르크를 고무로 감싼 뒤 그 위에 감는 세 종류의 실을 구분하고, 수십 년에 걸쳐 그 실을 감는 상대적 강도가 어떻게 변했고 그에 따라 단타 대 장타의 평균 비율이 어떻게 결정되어왔는지를 평가하려 한다면, 만약에 여러분이 '실밥의 장력'에 한 장章을 할애해 커브볼이나 그 어떤 변화구의 공기역학, 또는 실밥의 상대적인 매끄러움과 공이 축을 중심으로 회전할 때 바람과 만나는 실밥의 수가 공의 변화에 어떤 영향을 미치는가를 설명하려 한다면, 그런 뒤 공에 관한 이 논의에서 가령 배트로 초점을 돌려, 먼저 라이트가 번트에 유리하도록 고안한 납작한 배트나, 가격한 공에 무작위로 스핀을 먹여 수비수를 현혹시킬 수 있게 에밀 킨스트가 발명한 물음표 모양의 곡선형 배트 같은 19세기의 괴팍한 변형들을 다루고(진취적인 에밀! 교활한 킨스트!), 그런 뒤 힐러리치와 브래즈비가 히코리 원목으로 만든 고전적인 배

---

* 공인구 개념이 없어 공의 크기, 무게, 반발계수가 제각각이던 시기. 반발력이 낮은 공을 '데드볼', 코르크 심을 넣어 반발력을 높인 공을 '라이블리볼'이라 불렀다.

트, 즉 1884년에 버드 힐러리치가 직접 자신의 가게에서 최초의 모델을 출시한 후 남자들과 소년들의 세계에서 '루이스빌 강타자'로 알려진 배트를 설명하려 한다면, 만약에 여러분이 여담으로 하이니 그로의 '병 모양 배트', 에드 델러핸티의 '빅 벳시', 루크 고패년의 '마술 지팡이'처럼 야구사에서 가장 유명한 배트들, 그리고 퀴퀘그, 타시테고, 다구*가 정성을 다해 작살을 손질하듯 타이 코브가 수송아지 뼈를 몇 시간이나 갈아 만든 배트들에 대해 한 장을 쓰려 한다면, 그러고서 야구글러브의 역사에 한 장을 할애해 맨손으로 경기하던 시절을 지나 야수, 1루수, 포수의 글러브들이 발전해온 과정, 즉 처음에는 보통의 천 장갑 비슷한 것으로 시작해 1890년대의 '두껍게 패드를 댄 벙어리장갑'과 1920년대의 작은 물갈퀴가 달린 글러브를 거쳐 마침내 거인증에 사로잡힌 우리 시대에 들어와 부셸** 바구니만한 크기로 진화한 과정을 쓰려 한다면, 만약에 여러분이 호주 서부의 미개척지에서 한 마리의 발 빠른 캥거루가 태어난 것에서 롤링스사의 캥거루가죽 야구화가 시작되었고 그로 인해 메이저리그에서 최초로 도루가 가능해진 과정을 묘사하려 한다면, 만약에 당신이 올스타게임, 빈볼, 중계방송, 캔버스 천 베이스, 포수마스크, 씹는담배, 입단 계약, 더블헤더, 더블플레이, 팬, 2군 시스템, 짬짜미 경기, 파울볼, 입장료, 홈런, 홈플레이트, 여성의 날***, 마이너리그, 야간경기, 야구

---

* 『모비 딕』의 선원들.

** 야드·파운드법에서 곡물 및 과실의 무게 단위. 1부셸은 약 27킬로그램.

*** 경기장에 여성이 무료로 입장할 수 있는 날.

카드, 선수협회, 연봉, 스캔들, 경기장, 스트라이크존, 스포츠 방송 진행자, 스포츠기자, 일요일 경기, 선수 트레이드, 순회 경기, 월드시리즈, 심판 등의 발전사를 열거하려 한다면, 결국 여러분은 허먼 멜빌이『모비 딕』에 미국의 포경산업에 대해 모아놓은 것보다 더 철저히 미국 야구의 흐름을 완성하진 못할 것이다. 나는 멜빌의 책이, 그의 시대에 〈그림으로 읽는 기계학〉*이 있었다면, 처음에는 그 잡지에 연재되었다 해도 놀라지 않을 것이다. 그 정도로 멜빌의 설명은 아주 명쾌하고 질서정연해서, 그가 배트, 공, 글러브를 다뤘다면 독자는 그 리그 우승 팀을 쉽게 추적했을 것이다. 오늘날 어느 영리한 출판업자는『모비 딕』을 '이렇게 하세요' 가이드북 시리즈에 포함시켜 내놓을지 모른다. 단, 그 파국적 결말을 생략하거나, 혹은 '이렇게는 하지 마세요'라는 제목의 부록을 함께 낸다는 조건으로.

오늘날에야 구식의, 유서 깊은, 전통적인 포경법에 누가 관심을 기울이겠는가? 혹은 '전통적인' 어떤 것에든 그렇지 않은가? 오늘날 사람들은 고래 숨구멍에 폭탄을 떨어뜨려 지방층을 찢어발기거나, 배를 드러낸 리바이어던을 갈고리로 끌어당긴다. 한때 멜빌의 "거칠고도 먼바다"였던 요강에 술을 따라 마실 정도로 우둔한 놈들. 그야말로 소름 끼치는 일 아닌가, 멜빌 형제여? 그대가 묘사한 불멸의 모비 딕은 이제 멸종을 코앞에 두고 있지만, 광대한 소금바다 자체가 그런 지경이다. 바다는 더이상 서식에 적합한

---

* 자동차와 기계 등을 직접 수리할 수 있도록 과학과 기계학을 쉽게 설명한 잡지.

곳이 아니다. 캔에 담긴 참치들에게 물어보라. 오늘 신문에 따르면 지구의 3분의 2, 우리 모두의 어머니, 그곳은 오염되었다. 그렇다, 심지어 물고기들도 퇴거 통지를 받고 자기 지느러미를 싸서 떠나야 하는 고패년 신세가 되었다. 그런데 이게 바로 야구가 냉큼 꺼지라고 말하는 방식이다. 아무리 둘러봐도 이 수생 척추동물들이 아가미 또는 지느러미를 담글 데가 더이상 없다. 없어도 되는 내 팬들이여, 루퍼트 먼디스에 떨어진 운명이 이제 물고기에게 떨어진 마당에 대체 누가 그 뒤를 잇겠는가?

예언을 해보겠다. 1946년 패트리어트리그 말살로 시작된 사태는 결코 끝나지 않을 것이다! 트라이시티 타이쿤스, 트라이시티 그린백스, 캐쿨라 리퍼스, 테라인코그니타 러슬러스, 어사일럼 키퍼스, 어셀더머 부처스, 루퍼트 먼디스 그리고 나처럼 지구 자체가 완전히 소멸하기 전에는, 그리고 여러분 모두가 저마다 향유고래와 위대한 루크 고패년처럼 흔적도 남기지 않고 사라지기 전에는. 팬 여러분, 일간지를 들춰보라. 또다른 강, 또다른 도시, 또다른 생물종이 말살당했다는 뉴스가 매일 나온다. 기다려보라, 이제 곧 모든 대륙이 소인 찍힌 우표 신세가 될 테니. 쾅, 아프리카! 쾅, 아시아! 쾅, 유럽! 쾅, 북아메리카! 쾅, 남아메리카! 아, 숨으려 하지 말라, 남극이여, 너 역시 쾅! 이 땅덩어리는, 팬 여러분, 그걸로 끝일 게다. 완전히 새로운 게임이 등장한 것이다.

그런데 그 게임은 어디서 펼쳐질까? 달의 어두운 면에 조명을 밝히고서? 월터 오말리*는 미래를 예감하고 다저스를 화성으로 옮길까? 오말리 씨, 당신은 분명 그 행성을 편평하게 골라 주차공간을 만들지 못할 테지만, 말해보시오. 당신의 회계사가 천체물리학자에게 컨설팅을 받아보았는지? 화성에서 커브볼이 가능하다고 믿으시오? 500도를 넘나드는 금성에서 정상적인 투수 로테이션이 이뤄지겠소? 그리고 플라이볼이 토성의 고리 속으로 사라진다면, 그건 인정 2루타요? 아니면 담장을 살짝 넘긴 홈런이오? 그리고 역사적인 월드시리즈와 그에 딸린 경건한 의식들은 어쩔 셈이오? 그 세례명을 태양계시리즈로 바꿀 계획이오? 아니면 은하계시리즈를 구상중이오? 오말리 선생, 은하수를 건너면 과연 10월이 오겠소? 잘 점검해보시오. 그리고 부디 서두르시오. 다가올 격변에 제때 대처하려면 많은 계략, 허풍, 주식 분할이 필요할 테니. 실수 없이 완벽하게 준비하라, 눈치 빠르고 말 잘하고 돈 잘 버는 미국의 오말리 족속들, 너희 구단주, 흥행 기획자, 수탈자, 경영자들아. 눈앞에 격변이 다가오고 있다. '지구'라는 이름의 프랜차이즈 회사가 로스앤젤레스에 제공해준 편한 장기임대가 이제 끝날 참이다. 그래서 공룡처럼, 고래처럼, 뼈와 시詩로 전혀 알려지지 않은 수백만 종의 생물들처럼, 너희도 자리를 빼앗기고 쫓겨날 것이다. 법석 떠는 성공한 신사 숙녀들이여! 이제부터는 너희도 모든 경기를 멀리 가서 치르게 될 것이다. 멀리! 멀리! 아주 멀리 가서! 그러니 잘 가라, 망명자들아! 즐거운 여행이 되기를, 순례자들아! 아우프 비더젠, 피란민들아! 아 드맹, 유민들아! 아디오스, 떠돌이들아! 안녕, 희생양들아! 아스타 마냐나, 이주자들아! 팍스 보비스쿰,

---

* LA 다저스의 구단주로, 메이저리그의 서부개척시대를 열었다.

부랑자들아! 즐거운 여행이 되기를, 뜨내기들아! 알로하, 추방자들아! 샬롬, 샬롬*, 거처도 없이, 부서진 배로, 웃통마저 벗겨진 채, 먼길을 돌아 이리저리 방랑하는 인류여! 또는 미국에서 흔히들 부적합자, 실패자, 버둥거리다 잊힌 자들에게 아주 간명하게 말하는 것처럼, **꺼져라, 이 쓸모없는 것들아!**

---

* '아우프 비더젠'부터 '샬롬'까지 고딕체는 각각 독일어, 프랑스어, 스페인어, 스페인어, 라틴어, 하와이어, 유대어 작별인사.

1

홈 스위트 홈

1

여기에 담긴 패트리어트리그의 역사를 접한 독자들은 2차세계대전 발발 당시이 리그가 얼마나 불안한 상황에 처해 있었는지 깊이 이해할 수 있을 것이다. 오크하트 장군이라는 인물. 군인이자 애국자이고 리그 회장이다. 야구 규칙에 대한 그의 지대한 사랑, 그리고 그의 야망이 서술된다. 이와 정반대인 길 가메시라는 인물. 역사상 가장 선풍적인 인기를 누렸던 루키 투수다. 권위와 보통의 인간에 대한 그의 태도를 엿볼 수 있는 일화가 소개된다. 그 둘 사이에 낀 심판. 마이크 '더 마우스' 매스터슨의 지혜와 고통이 서술된다. 가메시는 규정 위반으로 야구계에서 추방당하고 그 과정에서 마이크 더 마우스는 야구계의 리어왕이자 국민 바보가 된다. 루퍼트 먼디스가 위대한 자리에서 추락하는 역사가 간략히 그려지고, 그 과정에서 팀의 영웅적인 중견수 루크 고패넌과 존경받는 감독이자 기독교도 신사 율리시스 S. 페어스미스의 일화가 소개된다. 이 장은 오크하트 장군과 미스터 페어스미스의 대화로 끝이 나는데, 여기에는 장군이 놀라고 실망할 내용이 몇 가지 있다.

　　루퍼트 먼디스를 떠돌이 야구팀으로 선택한 이유를 포트루퍼트의 팬들에게 설명하기 위해 그들은 "민주주의를 위한 세계를 지키기 위하여"*라는 근년의 감동적인 구절을 동원했다. 아름다운 먼디파크가 포트루퍼트의 항구 및 부두 시설과 인접한 탓에, 미 육

---

* 미국의 28대 대통령 우드로 윌슨의 연설.

군성은 이 경기장에 이상적인 출항 캠프라는 딱지를 붙였고 정부
는 전쟁 기간 동안 구단주들로부터 그 부지를 임차할 계획을 세웠
다. 전출중인 병사들의 숙소로 이층짜리 막사를 경기장에 건설하
고, 전성기에 행복한 관중 3만 5000명을 수용하던 담쟁이넝쿨에
뒤덮인 벽돌 구조물은 독재자 히틀러로부터 유럽을 해방시키기
위해 미국 젊은이 백만 명과 그들의 무기를 대서양 너머로 실어
나르려는 자들의 사령부 시설로 쓸 예정이었다. 몇 년 있으면 (지
역 팬들에게 이렇게 홍보했다) 프랑스, 벨기에, 네덜란드는 물론
이고 먼 덴마크와 노르웨이에서도 역사 시간에 어린 학생들에게
세계지도에서 뉴저지 포트루퍼트를 찾아 별표를 치도록 할 것이
고, 영어를 사용하는 국민들 사이에서 포트루퍼트는 존 왕이 대헌
장에 서명한 영국의 러니미드, 존 행콕이 독립선언문에 서명한 펜
실베이니아 필라델피아와 더불어 또하나의 명예로운 도시로 영
구히 등극할 터였다. 그 이름도 찬란한 '자유의 발상지로'······ 그
런 다음 그들은 먼디파크라면 야구 경기장에서 출발해 전선으로
떠나는 젊은 소집병들에게 제격이라는 말로 사람들의 심리를 고
조시켰다. 미국 땅에서의 마지막 몇 주를, 1928·29·30년 무적의
먼디스 덕분에 유명해진 그 경기장에서 "홈팀"처럼 지내면, 미국
병사들의 사기에 "주사 한 방을 놓는" 효과가 있을 거라는 말이었
다. 대부분의 병사들은 먼디스가 불멸의 루크 고패넌을 앞세워 세
시즌 동안 335승을 거두고 월드시리즈를 한 경기도 내주지 않고
서 3연패하던 시절, 그들을 영웅처럼 숭배하던 어린 학생들이었
으니까. 그렇다, 아주 오래전 이튼 칼리지의 신성한 경기장이 영

국 장교들에게 불러일으켰던 감정을 이제 먼디파크가 2차세계대전의 미국 병사들에게 일깨울 터였다.

결국 스팀슨 육군성 장관과 에디슨 주지사에서 포트루퍼트 시장인 보스 스투빅시츠Boss Stuvwxyz에 이르기까지 여러 유명인사들이 포트루퍼트 도심의 깃발을 드리운 연단에 서서 열정적으로 선언한 덕분에 그런 고무적인 정서가 힘을 얻었고, 먼디사社 경영진과 미국 정부가 걱정했던 바와 달리 '룹잇'(그 지역 사투리로 루퍼트 먼디스를 그렇게 불렀다)을 열렬히 지지하는 것으로 유명한 시민들의 격렬한 항의는 그럭저럭 진압되었다. 사실 그 도시에서는 먼디스를 동정하는 분위기가 매우 고조되었던 탓에, 밥 호프의 말에 따르면 포트루퍼트 징병위원회에 소집된 어느 젊은이는 설문지의 종교를 묻는 항목에 "먼디스"라 썼다 하고, 그 코미디언이 그해 육군기지 수백 곳을 순회하며 군인들에게 얘기한 바에 따르면 그곳 출신의 또다른 젊은이는 징병담당 하사관이 직업을 묻자 정색하고 "룹잇 골수팬 겸 배관공"이라 대답했다 한다. 군인들은 함성을 올렸다. 어느 코미디언이 "포트루퍼트에는 이런 야구팬이 있었습니다"라고만 해도 군인들은 환호했겠지만, 호프는 "농담이 아니라, 이 나라 전체가 그곳 사람들에게 큰 빚을 졌습니다"라는 말까지 덧붙였다. 여기까지밖에 덧붙이지 못한 까닭은 그 순간 군인들과 수병들이 자리에서 일어나 휘파람을 불어, 세계의 민주주의를 지키기 위해 팬들과 시 공무원들이 사랑하는 구단에 작별을 고했던 동부 연안의 대도시에 경의를 표했기 때문이었다.

마치 먼디스 팬들이 어떤 식으로든 할말이 있다는 듯! 마치 보스 스투빅시츠의 호주머니가 금맥과 연결되어 있는 한 그가 구단을 지옥으로 양도하지 않을 거라는 듯!

언론과 실세들은 "룹잇 골수팬"들에게 그런 이론적 근거를 제시했지만, 먼디스에 닥친 운명에 반대하는 오크하트 장군에게는 씨도 먹히지 않았다. 장군이 격노한 이유는 그렇게 엄청난 결정이 그의 등뒤에서 이루어졌을 뿐만 아니라—그래도 그렇지, 자기 사단을 이끌고 1918년 가을 힌덴부르크 방어선을 돌파한 그를 독일 첩자인 양 취급하다니!—이 터무니없는 조치로 인해 그가 회장직을 맡고 있는 리그의 명성에 큰 타격이 가해졌기 때문이었다. 사실 1930년대 초 스캔들로 타격을 입고 그후 관중이 계속 감소하는 통에 패트리어트리그는 더 좋은 선수, 감독, 심판을 영입하는 경쟁에서 더이상 과거의 명성에 의존하기 어려웠다. 리그의 사기와 단합을 위협하는 이 새로운 침략은 경쟁자인 다른 두 리그의 음모가들을 부추겨, 패트리어트리그의 팀들을 파산으로 몰아넣고(또는 마이너리그로 흡수해—어느 쪽이든 충분히 가능한 일이었다) 아메리칸리그와 내셔널리그를 미국의 권위 있는 양대 메이저리그로 남겨두려는 그들의 애타는 염원을 부채질할 뿐이었다. 밥 호프가 P리그의 홈팀이 이제 여덟이 아니라 일곱 팀이 되었으니 "합선"*이 일어났다고 말하자 병사들은 떠들썩하게 웃어댔지만, 오크하트 장군은 그 농담을 재미보다는 불길한 느낌으로 받아

---

* '합선(short circuit)'을 글자 그대로, '회로가 짧아졌다'는 뜻으로 사용했다.

들었다.

훨씬 더 불길한 일이 발생했다. 프로야구협회는 스포츠의 기초인 페어플레이 원칙을 위해 메이저리그의 스물세 개 팀이 경기 가운데 최소한 절반을 홈에서 치르기로 한 협정을 공식적으로 인가했지만, 먼디스는 154경기를 모두 떠돌며 치러야 했다. 그들은 오크하트 장군이 리그의 생존보다 더 소중하게 여기는 것, 바로 '규칙과 규정'을 어기기로 동의했다.

이 무렵 P리그 본부 내 장군의 사무실을 구경하려고 학년 단위로 트라이시티를 방문한 매사추세츠 학생이라면 누구나 오크하트 장군과 그의 '규칙 및 규정'에 대해 알고 있었다. 학기중에 정기적으로 버스 가득 실려온 어린아이들은 안내자의 인솔에 따라 베이스 바알, 루크 고패년, 마이크 마츠다, 스모키 워든 같은 과거의 위대한 P리그 영웅들이 3.5미터와 4.5미터 높이의 벽화로 그려진 복도를 지난 뒤, 목제 판으로 마감된 오크하트 장군의 사무실에 들어가 그가 국민 오락에 대해 풀어놓는 강의를 들었다. 그는 어린 학생들의 마음에 '규칙과 규정'의 중요성을 심어주고자 자신의 책상 위에 다이아몬드 꼴 내야 모형을 놓고 학생들을 주목시키고서, 만일 베이스 간의 거리가 2.5센티미터라도 짧아진다면 "우리가 항상 알고 있는" 그 다이아몬드와 거기에 맞는 크기의 필드에서 경기를 할 때 요구되는 체력 및 기술과의 현존하는 관계를 근본적으로 바꿔야 하기 때문에, 그 게임은 아예 다른 이름으로 부르는 게 나을 거라고 설명했다. 그는 학생들의 진지하고 경외에 찬 얼굴 앞에 훈장이 잔뜩 달린 가슴을 내밀고서(그는 죽는 날까지 군복을 입었다) 이렇게 말하곤 했다. "지금 내 얘기는 당장 내일 누구든 찾아와서 그 거리를 바꾸려 시도하지 않을 거라는 게 아니다. 거리에 나가보면 돈을 벌기 위해, 혼란을 야기하기 위해, 자기 취향에 맞지 않는다는 이유로 세상을 바꾸고자 무모한 계획을 품는 자들이 넘쳐난다. 내 얘기는 단지, 백 년 동안 베이스와 베이스 간의 거리는 27.4미터였고, 내 생각에는 시간이 멈출 때까지 그렇게 유지되리라는 것이다. 본인은 문득 이런 생각이 든다. 책상 위에 걸린 저 사진 속 위인은 야구라는 게임을 발명할 때 자신이 무엇을 하는지를 알고 있었다고. 이 다이아몬드의 기하학적 구조에 이르렀던 그는 분명 여러분이 교과서에서 읽었을 코페르니쿠스와 아이작 뉴턴 경에 버금가는 천재였다고 말이다. 또 이런 생각이 든다. 27.4미터는 이 게임을 그토록 어렵고 흥미진진하고 가슴 졸이는 전투로 만들기에 완벽한 거리라고. 본인이 여러분의 어린 마음에 바로 이것, '규칙과 규정'에 대한 믿음을 심어주려는 이유가 바로 거기에 있다. 그것은 나와 제군들이 태어나기도 전에 신중하고 진지한 사람들에 의해 정해지고 지금까지 백 년 동안이나, 문명이 싹튼 이후 한 평생의 기간 만큼이나 야구계에서 살아남았기 때문이다. 제군들, '규칙과 규정'을 외면한다면 현재 우리가 존중하며 누리고 있는 문명인으로서의 삶을 더는 누리지 못할 것이다. 오늘 본인이 여러분에게 해줄 충고가 있다면 바로 이것이다. 홈플레이트에 더 빨리 들어가 점수를 올리기 위해 베이스의 경로를 줄이려 하지 말라. 그런 수법으로 점수를 올린다면 그 득점의 가치는 반드시 떨어진다. 학교로 돌아가는 버스에서 그 점을 깊이 되새겨보길 바란다. 자, 이제 나가서 제군들이 원하는 대로 복도를 둘러보라. 복도에 그려진 위대한 그림들을 마음껏 구경하기 바란다. 오늘 하루 즐겁게 보내기 바라며 제군들에게 행운을 비노라."

오크하트 장군은 1933년에 패트리어트리그 회장이 되었지만, 일찍이 1919년에서 1920년 사이 겨울, 그의 친구이자 동료인 존 블랙잭 퍼싱 장군과 전 미합중국 대통령 윌리엄 하워드 태프트와 나란히 프로야구 총재로 물망에 올라 있었다. 당시 그는 그 자리를 고위 행정직으로 올라가는 훌륭한 디딤돌로 생각했지만, 구단주들이 자기 같은 원칙의 사나이가 아닌 케네소 마운틴 랜디스 판사 같은 멋부리는 수다쟁이를 뽑자 놀라고 슬퍼했다. 그가 판단하기에 랜디스는 과시하기 좋아하는 판사에 불과했다. 그가 '역사적 판결'을 내릴 때마다 뒤이어 상급 법원에서 그것이 뒤집혔다는 사실이 그 증거였다. 1907년 연방법원 판사였던 그는 뇌물수수 재판에서 스탠더드오일사에 2900만 달러의 벌금형을 선고해 모든 신문의 헤드라인을 장식했지만 곧이어 대법원에서 판결이 뒤집혔다. 전시에도 아주 똑같은 무의미한 연극이 벌어졌다. 사회주의자 일곱 명이 전쟁 수행을 방해한 혐의로 그의 앞에 섰다. 그는 신랄한 비난을 퍼붓고 밀워키의 공산주의자 하원의원을 포함한 피고 전원에게 무거운 징역형을 때려 대문짝만하게 헤드라인을 장식했지만 뒤이어 상급 법원은 그 판결을 헌신짝으로 만들었다. 구단주들이 오크하트를 제쳐두고 뽑은 자가 그러했다. 바로 그자가 이제 오크하트 장군에게 말하고 있었다. 먼디스가 조국을 위해 선택되어 희생하는 건 "영광"이며 사실 메이저리그의 팀이 전쟁 총력에 하루하루 모든 것을 바치는 모습을 보여주는 건 경기에 도움이 될 수 있다고. 아, 그리고 장군이 워싱턴에 가서 루스벨트 대통령에게 먼디스의 편을 들어달라고 요청해줄 것을 제안했을 때 총재는 얼마나 거만하게 굴었던가? "장군, 내 자리에서 보면 패트리어트리그는 일개 리그일 뿐이고 루퍼트 먼디스는 일개 구단일 뿐이오. 만일 둘 중 하나가 케네소 마운틴 랜디스의 특혜를 기대한다면 단단히 착각하는 거요. 야구라고 해서 국가적 위기 시기에 특별한 호의를 요구할 순 없소. 더이상 왈가왈부하지 마시오!"

이미 총재 자리를 랜디스에게 뺏긴 후인 1920년 여름, 오크하트 장군은 자신을 하딩의 부통령 후보로 만들려는 움직임이 담배 연기 자욱한 막후협상 자리에서 무산되어버리자 또 한번 뜻밖의 좌절을 맛보았다. (상황은 그에게 불리하게 돌아갔고) 어느 누구도 오크하트 장군을 '아버지, 형제, 그리고 친구'로 믿고 따르다 프랑스 땅에서 십자가 밑에 묻히고 만 무수한 젊은이들을 떠올리고 싶어하지 않았다. 1923년 티포트돔 스캔들이 터져 하딩의 측근들이 대단히 악독한 부패 행위로 줄줄이 기소되어 유죄판결을 받고 수감되자, 장군은 삼 년 전 일을 원통히 여겼지만 이때도 사람들은 청렴한 자를 주변에 두고 싶어하지 않았다. 하딩이 죽고 (수치와 굴욕 때문이었기를 사람들은 바랐을 것이다), 하딩 대신 뽑은 돌팔이, 쿨리지가 취임 선서를 했을 때 장군은 국가가 자신을 잊은 일에 거의 눈물을 흘릴 뻔했다. 그러나 어쩌랴, 정치인과 마찬가지로 미국 국민도 '규칙과 규정'에 죽고 사는 사람을 더이상 좋아하지 않았다.

아니나 다를까, 오크하트 장군을 찾는 소리가 들렸을 때, 부도덕한 지도자들이 국가라는 배의 키를 오래 잡으면 그렇게 되리라고 그가 수년 전에 예견했던 대로, 미국은 공포와 절망에 신음하고 있었다. 그러나 장군이 불려간 곳은 백악관도 상원도 아닌 매사추세츠주 트라이시티였고, 곤경에 빠진 한 야구 리그의 회장직을 제안받았다. 여덟 팀 중 다섯 팀이 은행에 저당잡혀 있고, 대공황 때문에 선수들이 불법도박의 유혹에 넘어갈지 모른다는 두려움이 팽배한 상황에서, P리그의 구단주들은 육군대학에서 군사학 과장으로 재직하며 교내 숙소에서 지내고 있던 오크하트 장군을 찾아가 더는 부루퉁하게 상아탑에 앉아 있지 말라고 간청했다. 장군의 마음을 흔든 것으로 추측되는 말을 한 사람은 타이쿤스의 억만장자 소유주 스펜서 트러스트였다. 자신들을 다시 과거의 영광으로 이끌어줄 강한 사람을 찾는 이는 단지 진흙탕 속에서 버둥거리는 리그만이 아니라 온 국민이라는 점을 그가 장군에게 일깨워주었다. 걸출한 공화당원이 1933년에 국가적 유명인사로 부상한다면 1936년에는 미국의 33대 대통령으로 뽑힐 수도 있겠다고 느낄 법했다.

운좋게도—처음에 장군은 그렇게 느꼈다—군에서 은퇴하고 P리그 회장이 되기로 동의한 그해에 타이쿤스의 지역 라이벌인 트라이시티 그린백스에 입단한 열아홉 살의 길 가메시가 첫 여섯 경기에서 내리 완봉승을 거둬 순식간에 선풍적인 인기를 끌었고, "난 누구나 이길 수 있다"는 그의 금언은 1920년 베이브가 공을 구장 밖으로 넘기기 시작한 이래 어느 선수보다 더 깊이 전 국민의 마음을 사로잡았다. 바로 전해에 위대한 루크 고패넌이 인생에서 가장 암울한 여름 시즌을 보내다 돌연 은퇴를 선언하고 뉴저지 평원에 있는 그의 농장으로 물러났기에, 1933년 시즌이 개막할 때 패트리어트리그는 루스나 코브 같은 신이 없는 텅 빈 올림포스 신전으로 보였다. 바로 그때 한 젊은이가 난데없이—아니, 정확히 말하면 바빌론에서 부모의 몸을 거쳐—등장했고, 장군이 붙인 "세간의 화제"라는 별명에 걸맞게 내셔널리그의 허벨이나 아메리칸리그의 레프티 그로브가 보여준 것과는 비교조차 할 수 없는 눈부신 활약을 펼쳤다. 큰 키에 체격이 호리호리한 흑발의 이 좌완투수는 파괴적 수준의 대공황에 당황하고 두려움에 빠진 국민에게 의사가 내린 처방 같은 존재였다. 지기 싫어했고 거침이 없었다. 수줍음도, 부드러움도, 겸손함도 없었다. 그는 10점을 앞서는 9회 말, 누상에 주자 없이 투 아웃 노 볼 투 스트라이크인 상황에서, 상대 팀의 가장 약한 타자를 상대하던 중 심판이 오심을 하면 마운드에서 내려와 입에서 불을 뿜었다. "이 눈먼 날강도 같으니, 그건 스트라이크야!" 그러나 혹시라도 타자가 감히 판정에 시비를 걸면 가메시는 미친듯 웃어대며 심판에게 소리쳤다. "이봐, 타자 말은 믿지 말라고. 그는 공을 보지도 못했어. 남들은 다 봐도 타자는 절대 못 봐."

팬들은 그런 모습에 매료되었다. 열아홉 살 젊은이가 월터 존슨 못지않은 용기와 자신감, '조지아의 복숭아'* 같은 호전적인 영혼을 지녔다니. 타자가 강할수록 길은 더 좋아했다. 실제로 무릎까지 내려오는 엄청나게 큰 손으로 공을 치대면서, 타석으로 걸어나오는 타자를 도전적으로 노려보았고(몇몇 타자들은 그가 요람에 있을 때부터 이미 스타였다), 타자의 능력에 대한 개인적인 생각을 크게 떠들어댔다. "이거 봐, 바짝 쫄았군. 어디 배트나 휘두르겠어? 배꼽이나 잘 간수하라고, 친구, 자넨 나한테 상대도 안돼." 그렇게 비웃음을 날리며 몸을 뒤로 젖힌 뒤 코러스걸처럼 오른발을 하늘까지 높이 차고 긴 왼팔로 빌럭시**를 경유할 만큼 큰원을 그리면 눈 깜짝할 사이에 원 스트라이크가 되었다. 그는 멋있고 무심하게 타자들을 요리했고, 세 번 연속 스트라이크를 꽂아넣은 뒤 이발사처럼 "다음!"이라고 외쳤다. 그는 투구를 낭비하지 않았다. 간혹 타자의 머리를 향해 공을 던지긴 했지만 그걸 낭비로 여기지 않았다. 그는 적에게 굴욕감을 주는 백 가지 방법을 알고 있었는데, 그냥 경기 후반에 일부러 상대 팀 투수에게 포볼을 내준 후 공을 그라운드에 내려놓고는 그에게 1루에서 2루로 가라고 손짓했다. "자, 자, 기회를 줄게, 한번 가봐. 그러지 않으면 절대 못 가볼 거야, 절대로." 놀란 주자가 2루에 안착하면 길은 야구화 발등으로 공을 차올려 글러브로 잡고는 상대 팀 투수에게 이렇게 말했다. "좋아, 친구, 거기 베이스 위에 서서 자네 동료들이 내 공을 어떻게 쳐서 안타를 만드는지 잘 보라고. 배울 게 있을

---

* 타이 코브의 별명.
** 미시시피주 남동부의 도시.

지도 모르잖아, 그럴 일이 있겠냐마는."

가메시는 일생에 딱 한 번 눈물을 보였다. 메이저리그에서 일곱번째 선발 출장할 경기가 우천으로 취소됐을 때였다. 몇몇 기자는 그가 심지어 함부로 신의 이름을 입에 올렸고, 우천 취소에 대해 다름 아닌 신을 탓했다고 기록했다. 길은 나중에 공개석상에서, 만일 그날 오후 정상적인 로테이션에 따라 공을 던졌다면, 아홉 회 완봉승 행진을 시즌이 끝날 때까지 이어갔을 거라고 말했다. 겉보기엔 터무니없는 주장이었지만 전국 방방곡곡의 뉴스 편집국, 거실, 술집에는 그의 말을 믿는 사람들이 있었다. 실제로 다음날 그 자신의 말처럼 "예리한 칼날"이 들진 않았지만 단 1점만 내주었고, 그해 어떤 경기에서도 2실점 이상을 허용하지 않았다.

시즌 초 리그의 모든 경기장에서 열아홉 살의 고집불통 투수가 그린백스 더그아웃에서 걸어나오면 관중들은 우 하고 야유를 보냈지만 그는 눈썹 하나 까딱하지 않았다. "내가 마운드로 향하는 것을 보고 결코 관중이 기뻐하리라고는 기대하지 않습니다." 그는 기자들에게 말했다. "내가 그들이라도 그럴 겁니다." 경기가 끝나면 가메시는 항상 호텔까지 경찰의 호위를 받아야 했다. 앞선 아홉 이닝 동안은 지나친 자신만만함 때문에 그를 미워했던 관중들이 이제는 말쑥한 노란색 리넨 정장 차림에 구멍 장식이 있는 투톤 옥스퍼드화를 신고 원정팀 라커룸에서 모습을 드러내는 그를 향해 마치 구세주라도 본 양 아이나 어른이나 거리에서 똑같이 소리를 지르며 그의 이름을 외쳐댔기 때문이다.

장군이 생각했을 때, 자신이 그린백스타디움의 리그 회장 관람석에 처음 모습을 드러내기에 이보다 더 적절한 순간은 없었다. 1933년에는 거의 모든 사람이 그린백스의 팬이 된 것 같았고, 트라이시티의 라이벌인 완벽한 프로팀 타이쿤스와 거칠고 난폭한 그린백스 간의 정규시즌 경기는 동부와 서부를 막론하고 헤드라인을 장식했으며, 초라한 저녁 식탁 앞에서 자기 목을 그어버릴 생각이 들지 않게 해주는 거의 유일한 뉴스가 되었다. 직장을 잃은 남자들—미국 전역의 1500만 명에 달하는 남자들, 패배에 지치고 신물이 나 승리의 달콤함을 죽도록 갈망하는 남자들, 하룻밤 사이에 알거지가 된 부자들—은 어떻게든 25센트를 긁어모아 길 가메시라는 유명한 불패의 젊은이가 마운드에서 자기 역할을 수행하는 모습을 보려고 외야석으로 몰려나오곤 했다. 그리고 미국의 어린이들, 아버지는 실업수당을 받고 삼촌은 술에 찌들고 형들은 떠돌이 생활을 하는 아이들에게 그는 미국 영웅 중의 영웅, 진정한 사내, 린드버그*와 타잔과 (여자처럼 속눈썹이 길고 검은 머리에 포마드를 바른) 루돌프 발렌티노**를 합쳐놓은 인물, 용감하고 야만적이고 여자를 잘 호리는 남자, 리플리의 '믿거나 말거나' 신문 섹션에 따르면 타자의 가슴을 뚫고 등뒤로 나온 후에도 계속 "메이저리그 스피드"로 날아가는 강속구를 보유한 사이드암 투수였다.

이 경이로운 젊은이를 바라보는 장군의 열정에 찬물을 끼얹은

---

* 1927년 최초로 대서양을 무착륙 횡단한 미국의 비행가.
** 1920년대 미남의 상징으로 활약한 이탈리아 출신의 배우.

것은 바로 시즌 두번째 달, 젊은 길과 심판 마이크 매스터슨 사이에 터진 불화였고, 그 불화는 시즌 마지막날의 비극으로 이어졌다. 리그 심판들이 다루기에 가메시가 지나치게 과격하다는 점이 분명해지자 오크하트 장군은 이 대단한 노인에게 그린백스를 따라 전국을 도는 심판 임무를 맡겼다. 그 젊은 선수는 심판의 콜이 마음에 들지 않으면 난폭해질 수 있었고, 지금까지의 경기에서도 문제의 심판에게 정직성, 시력, 얼굴 생김새, 혈통, 출신 국가 등에 대해 생각나는 대로 지껄이면서 경기를 오 분에서 십 분까지 지체시키곤 했다. 이 루키의 엄청난 인기 때문에, 그가 매 경기 경신하는 기록들 때문에, 많은 관중이 가메시의 투구를 보기 위해 마지막 25센트 동전을 털었기 때문에(그리고 그들 자신이 말 그대로 주눅들어 있었기 때문에), 심판들은 그보다 더 성숙하거나 덜 눈에 띄는 선수였다면 용서하지 않았을 행위들을 가메시에게는 너그러이 묵인해주었다. 물론 이것은 '규칙과 규정'에 관한 매우 위험한 선례를 만들어냈고, 도저히 손쓸 수 없는 지경에 이르는 걸 막기 위해 오크하트 장군은 모든 메이저리그에서 강속구를 가장 정교하게 보는 심판, 그가 평가하기에 파란 옷을 입은 적 있는 사람들 중 가장 굳세고 공정한 심판, 목소리가 쩌렁쩌렁해서 '입'이라는 뜻의 '더 마우스'란 별명으로 불리는 사람에게 도움을 청했다.

"난 듀이 사령관이 마닐라를 점령한 해부터 패트리어트리그에서 심판을 봤지." 마이크 더 마우스는 월드시리즈가 끝난 후 해마다 열리는 순회 파티에서 사람들에게 이렇게 말했다. "그동안 내린 판정이 150만 개가 넘어. 내 말을 들어보게. 그 오랜 세월 동안, 적어도 내 생각으론 단 한 번도 틀린 판정을 내리지 않았어. 마이너리그에서 심판 훈련을 받던 시절에는 관중석에서 날아든 투척물 세례를 받았고, 코치들이 자동 폴딩 나이프로 위협하는 것도 경험했고, 한번은 오해를 한 감독이 내게 총을 쏜 적도 있었어. 여기 이마에 난 7센티미터짜리 상처는 내 판정이 틀렸다고 생각한 포수가 포수마스크로 낸 거고, 어깨와 등에는 '시련의 시절' 때 소다수 병에 맞은 상처가 무려 예순네 군데나 되지. 팬들에게 하도 습격을 당해서 탈의실에 도착해보면 옷의 단추가 죄다 뜯겨 있고 바지와 셔츠 속에 썩은 야채가 가득차 있는 경우가 허다했어. 그렇게 괴롭힘과 박해를 당했지만 난 지금껏 아무리 아슬아슬한 공이라도 판정을 번복한 적 없다는 걸 자랑스레 말할 수 있네. 단 한 번도 내 목숨, 팔다리, 사랑하는 사람에게 미칠 화를 두려워한 적이 없어."

마지막 말은 마이크 더 마우스가 P리그에 들어온 첫해인 1898년 그의 외동딸이 납치되어 살해당한 일을 암시했다. 그해 우승기를 두고 접전을 벌이던 리퍼스와 원정팀 러슬러스 경기의 심판을 보기 위해 마이크가 구장에 가려고 위스콘신 집을 나서는 순간, 납치범들이 그의 집으로 들이닥쳤다. 침입자들은 마이크의 어린 딸의 곱슬곱슬한 금발에 총을 겨누고서, 젊은 심판에게 만일 그날 오후 리퍼스가 패한다면 메리 제인은 무사히 저녁 식탁 앞의 유아용 의자로 돌아올 거라고 말했다. 그러나 리퍼스가 어떤 이유로든 승리한다면, 사랑하는 아이의 운명은 매스터슨의 탓이 될 수 있다고…… 어쨌든 그 경기는 누구나 알고 있듯 계속되고 또 계속되다 7회 말 리퍼스가 포볼 두 개와 행운의 안타를 기록하며 3 대 3 균형을 깨고 1점 차로 승리했다. 몇 주 후 어린 메리 제인 매스터슨의 시신이 여러 조각으로 찢긴 채 패트리어트리그의 모든 구장에서 발견되었다.

물론 마이크 더 마우스가 길 가메시의 원수가 된 건 단 한 번의 투구 때문이 아니었다. 엄청난 관중, 화창한 날씨, 미풍에 나부끼는 깃발들 아래서 길은 와인드업을 하고, 킥을 하고, 그 긴 왼팔을 아메리카, 열대의 적도에 닿을 만큼 크게 휘두르며 공을 던진다.

"볼." 마이크가 왼팔을 허공에 치켜들며(홈플레이트 뒤에서 경기장 안의 누군가에게 사인을 보내듯) 쩌렁쩌렁하게 외쳤다.

"볼이라고?" 가메시는 글러브를 8미터 공중으로 높이 던지며 소리쳤다. "이런, 이보다 더 완벽하게 홈플레이트에서 스트라이크존을 통과할 순 없어! 거기서 그렇게 보였을 뿐이야, 눈먼 날강도 같으니!"

마이크는 큼직한 한쪽 손을 들어 경기를 중단시킨 뒤 작은 솔을 들고 홈플레이트 앞으로 걸어나갔다. 그러고는 세심하게 흙을 쓸어내면서 젊은 선수가 자신이 어디에 있고 지금 누구한테 얘기하고 있는 것인지 상기할 수 있도록 최대한 시간을 허락해주었다. 그런 뒤 마운드로 다가가서 대단히 예의바른 어조로 말했다. "이보게, 젊은 친구. 자넨 이 리그에서 아주 오래 뛸 것 같군. 그런데 그런 말은 자네한테 아무런 득이 되지 않아. 그러니 말을 조심하는 게 어떤가?" 그는 다시 포수 뒤의 심판 자리로 걸어와 큰 소리로 외쳤다. "플레이!"

두번째 투구에서 마이크의 왼팔이 또 한번 불을 뿜었다. "투볼." 그러자 가메시가 그에게 달려갔다.

"이 사기꾼! 이 악당! 이 도둑놈! 늙어빠진 뚱땡이……"

"젊은이, 그만 입을 다물게."

"안 그러면 어쩌시려고, 이 날치기 심판아?"

"당장 엄지손가락을 치켜올리는 수가 있어. 그러니 오늘 귀한 돈을 내고 경기를 보러 온 사람들을 생각해서 경기를 계속하는 게 좋을 걸세."

"사람들이 경기를 보러 왔다고? 멍청한 양반 같으니. 사람들은 나를 보러 온 거야!"

"난 지금 당장 자네를 여기서 쫓아낼 수 있어."

"그렇게 해보시지!" 길은 웃음을 터뜨리며 관중석을 향해 손을 흔들었다. 그린백스 팬들은 이미 자리에서 일어나 마이크 더 마우스의 머리 가죽을 노리는 원주민 부족처럼 우우 외치고 있었다. 어떻게 그러지 않을 수 있겠는가? 이 루키는 14승 무패의 기록을 올리는 중이었고 때는 아직 7월에도 접어들지 않았다. "어디 한번 잘해봐." 길이 말했다. "관중들한테 당해보라고, 매스터슨. 당신을 찢어 죽일걸."

"난 다른 곳보다는," 마이크 더 마우스가 말했다. "야구장에서 죽기를 바란다네. (결국 그는 소원을 이뤘다.) 이제 얌전히 돌아가서 공을 던지는 게 어떤가. 그걸 보려고 관중들이 돈을 내는 거니까."

길이 생글거리며 받아쳤다. "그럼 당신은 신발에다 똥이나 싸는 게 어때?"

마이크는 가장 친한 친구가 죽기라도 한 듯 슬픈 표정으로 고개를 가로저었다. "안 돼, 젊은이, 그러지 말게. 메이저리그에서 그런 건 통하지 않아." 그런 다음 오른손 엄지, 크기와 모양이 먹기 좋은 피클을 닮은 인간의 부속물이 올라갔다. 올라간 엄지가 그 자리에 머물자 그 엄지를 물어뜯을까 말까 고민하는 양 가메시는 한동안 입을 다물지 못했다. 실제로 엄지는 그의 이로부터 2.5센티미터밖에 떨어져 있지 않았다.

"필드에서 나가주게, 젊은이. 당장 나가."

"아, 그래보시지." 냉정을 회복한 길이 낄낄거리며 말했다. "그래보라고. 첫 타자에게 투구하는 도중에 필드를 떠나라니." 그는 탁 트인 풀밭을 성큼성큼 걸어가는 키 큰 소년처럼 태연하게 마운드로 돌아가기 시작했고 관중은 그의 얼굴을 향해 곧장 자신들의 애정을 퍼부었다. "아, 그래보라고." 그는 이렇게 말하며 미친듯이 웃었다.

"젊은이, 퇴장을 하든가." 마이크가 뒤에서 그를 불렀다. "그러지 않으면 경기를 몰수패로 처리하겠네."

"아니, 내 완벽한 기록을 망치겠다고?" 가메시는 믿을 수 없다는 표정으로 양손을 허리에 짚고 물었다. "어디 한번 해봐." 그는 웃으면서 이렇게 말한 뒤 다시 자기 일을 하려고 굳은살이 박인 큰 손바닥으로 공을 문질렀다. 그리고 투 볼 상황에 있는 타자에게 소리쳤다. "좋아, 타석에 들어와, 친구. 자네가 그 총을 어깨에서 뗄 수나 있는지 보자고."

그러나 타자는 길의 말대로 하지 않았고 마이크 더 마우스의 지시에 따라 타석 밖으로 물러나 있었다. 평생 거친 일들을 당하며 살아온 일흔 살의 나이에 걸맞게 마이크는 여전히 타자를 문진처럼 타석 밖으로 옮겨 세워놓을 수 있었다. 그런 뒤 두 발로 홈플레이트 양쪽을 딛고 서서 그린백스타디움에 모인 6만 관중이 깜짝 놀랄 만한 판정을 발표했는데, 테너 엔리코 카루소의 목소리라도 외야석 구석에 있는 관중들에게까지 그렇게 똑똑히 들릴 순 없었으리라.

"그린백스의 투수 길버트 가메시가 경기장에서 퇴장하라는 주심의 명령에 불복했기에, 미국프로야구 패트리어트리그의 프로 팀이 경기에서 준수해야 하는 공식야구규칙 4.15 조항에 따라, 본 경기는 9 대 0의 스코어로 상대 팀에게 승리가 돌아가는 몰수경기로 판정합니다."

그리고 이튿날 스미티의 칼럼에 따르면, 마이크 더 마우스는 턱을 치켜들고 팔짱을 끼고 홈플레이트에 두 다리를 걸치고 선 채로 로도스섬의 거인상과 아주 똑같이, 성난 사람들이 파도처럼 펜스를 넘어 필드로 밀려들어오는 동안에도 그 자리에 뿌리박힌 듯 꼼짝하지 않았다.

그리고 불과 2미터 떨어진 곳에 입술 사이로 흰 거품이 흐르고 두개골 안에서 독수리눈이 핑글핑글 도는 길 가메시가 살상 무기를 쥐고 서 있었다.

이튿날 아침. 구멍 장식이 있는 흑백 옥스퍼드화가 오크하트 장군 사무실의 문을 걷어찼고, 그 악명 높은 왼손에 신문 뭉치를 움켜쥔 길 가메시가 등장해 비명을 질러대기 시작했다. "내 기록은 14승 1패가 아니야! 14승 무패야! 그런데 이 순간에 1패를 기록하게 만들다니! 이럴 순 없어! 당신네 둘이 망쳐놨어!"

"자네가 '망친' 거겠지, 젊은이." 오크하트 장군이 말했다. 그가 입은 더블브레스트 정복은 트로피 진열장 옆 의자에 조용히 파묻혀 있던 마이크 더 마우스 매스터슨의 심판 복장과 같은 진청색이었다.

"당신네들이야!"

"자네지."

"당신네들이야!"

"자네지."

"내가 '당신네들'이라고 하는데 더이상 '자네'라고 말하지 마. 그건 당신네들 때문이었고, 온 나라가 알고 있어! 당신과 그 도둑놈! 거기 새처럼 자유롭게 앉아 있지만 실은 싱싱교도소에 있어야 한다고!"

그때 장군이 책상 뒤에서 몸을 일으키자 그의 훈장들이 모습을 드러내며 번쩍하고 빛났다. 용감한 일생을 나타내는 훈장과 별이 잔뜩 달린 그의 모습은 함선의 뱃머리 장식만큼이나 인상적이었다. 물론 그는 여전히 대형 술통 같은 가슴으로 몸을 무장한 단단한 체격의 소유자였다. 트라이시티의 거리에서 양조장 트럭을 끌어야 한다면 그 방에 모인 세 사람은 말 몇 마리로 구성된 팀에도 지지 않을 듯 보였다. 전날 경기장에 난입한 폭도들이 마치 '세계 8대 불가사의'처럼 홈플레이트 위에 두 다리를 쩍 벌리고 서 있던 마이크 더 마우스의 턱밑까지 왔다가 뒤로 나자빠진 것도 불가사 의한 일이 아니었다. 물론 그의 아이가 살해된 후로는 아무리 명 청한 사람도 감히 관중석에서 그에게 땅콩껍질 하나 던지지 못했 지만, 그의 몸통 역시 누구라도 그의 발등을 밟을 용기를 슬며시 접게 만들었다.

"가메시," 장군이 당당하게 가슴을 내밀고 말했다. "이 리그가 시작된 이래 어떤 심판도 단 한 건의 부정이나 부패로 유죄판결을 받은 적 없고, 심지어 그런 일로 기소된 적도 없네. 그 사실을 명 심하게!"

"하지만 내 완벽한 기록! 그자가 그걸 망가뜨렸어, 영원히! 이 제 난 역사책에 한 번 진 사람으로 남을 거야! 난 지지 않았어! 질 수 없었어! 절대로 질 수 없어!"

"그런데 왜 질 수 없는지 물어봐도 되겠나?"

"난 길 가메시니까! 난 불사신이니까!"

"자네가 예수그리스도라 해도 난 눈 하나 깜짝하지 않아!" 장 군이 고함쳤다. "이 세상엔 '규칙과 규정'이란 게 있고 자넨 다른 사람들과 똑같이 그걸 따라야 하네!"

"그 규칙을 누가 만들었지?" 가메시가 비웃으며 말했다. "당신 이? 아니면 저기 얼굴에 상처 난 사람이?"

"우리 둘 다 아닐세, 젊은이. 하지만 우리가 여기에 있는 목적은 사 람들이 그걸 지키는지를 보기 위해서야."

"내가 웃기는 소리 하지 말라고 한다면?"

"그렇다면 자넨 무법자 신세가 되겠지."

"그러면? 그게 어때서? 제시 제임스*는 무법자였지만 세계적으로 유명하잖아."

"맞아. 하지만 그는 메이저리그에서 공을 못 던졌지."

"그러고 싶어하지 않았으니까." 젊은 스타가 비웃으며 말했다.

"하지만 자넨 던지고 싶겠지." 오크하트 장군이 정곡을 찌르자 가메시는 당황해 의자에 풀썩 주저앉았다. 그건 그저 원하는 것이 아니라 그가 원하는 단 하나이자 모든 것이었다. 그는 그걸 하도록 만들어졌다.

"하지만," 그는 애처롭게 하소연했다. "내 완벽한 기록은."

"혹시 자네가 모를까봐 하는 말인데 심판에게도 기록이 있다네. 그 기록은," 장군이 설명했다. "편파나 왜곡으로 오염되어선 안 돼. 그렇지 않으면 자네 같은 젊은 선수가 활약할 수 있는 메이저리그 야구란 게 아예 존재하지 않을 걸세."

"하지만 나 같은 젊은 선수는 어디에도 없어." 가메시가 우는 소리를 했다. "나만 있으면, 그걸로 충분하다고."

"길⋯⋯" 이번에는 마이크 더 마우스가 입을 열었다. 경기장 밖에서 그의 목소리는 노래하는 새처럼 부드럽고 달콤해 우는 아기를 달래 잠재울 정도였다. 하지만 슬프게도 그건 아주 오래전 이야기였다⋯⋯ "젊은이, 내 말을 들어보게. 난 자네가 날 사랑

---

* 미국의 갱단 두목이자 전설적인 무법자.

114

해줄 거라 기대하지 않아. 구장에 온 누구에게도 내가 죽든 살든 신경써주길 기대하지 않아. 그들이 왜 그래야 하지? 난 스타가 아닌걸. 스타는 자네야. 팬들은 '규칙과 규정'이 뒤집어지는 걸 보려고 구장에 오는 게 아니라 홈팀이 이기는 걸 보려고 오는 걸세. 누구보다 자네가 잘 알겠지만 온 세상이 승자를 사랑하지. 하지만 심판의 경우, 구장에서 단 한 사람도 편을 들어주지 않아. 구장에 심판의 팬은 한 명도 없어. 게다가 심판은 앉지도 못하고 화장실도 못 가고 물이라도 한 모금 마시려면 더그아웃을 찾아가야 하는데, 인정받는 심판이라면 정말 하고 싶지 않은 일이지. 심판은 선수들과 절대 어울릴 수 없다네. 선수들과 장난을 칠 수도, 농담을 할 수도 없어. 가끔 속으로는 잠깐 어울리며 거칠게 장난치고 농담도 주고받고 싶을 때가 있긴 하겠지만 말이야. 하지만 거리를 걷다가도 맞은편에서 선수가 다가오면 길을 건너거나 돌아서 반대 방향으로 가버린다네. 혹시라도 행인들한테 둘 사이에 무슨 일이 있는 것처럼 보이지 않기 위해서 말일세. 낯선 도시에서 원정팀 선수들은 모두 호텔 로비에 모여 어울리고 친절한 레스토랑에 몰려가서 식사할 때, 심판은 여인숙을 찾고 저녁에 방에서 혼자 폭찹을 먹지. 아, 심판이란 외로운 직업이라네. 심판이라면 죽은 다음에나 말을 걸겠다는 사람들도 있어. 심지어 어떤 사람은 비루하게도 복수를 하려 든다네. 하지만 그건 자네가 할 일이 아닐세, 젊은 친구. 이 매스터슨의 팔을 비틀면서 '마이크, 비참한 삶이지만 넌 꼼짝없이 그 일을 해야 해'라고 말하는 사람은 없어. 길, 사실은 이렇다네. 이 세상에서 누군가는 경기를 진행해야 해. 그러지 않으면 어떻게 되겠나? 그건 야구가 아니라 혼돈이 될 거야. 우린 즉시 빙하기로 돌아갈 거야."

"빙하기라고?" 길이 곰곰이 생각하며 말했다.

"그렇지." 마이크 더 마우스가 대답했다.

"인간이 동굴에서 살던 때 말인가? 곤봉을 들고 다니고, 날고기를 먹고, 벌거벗고 살던 때로?"

"그렇다니까!" 오크하트 장군이 말했다.

"그런데," 길이 소리쳤다. "어쩌면 그게 더 나을 수도 있어!" 그런 뒤 그는 장군의 카펫 위에 흩뿌려놓았던 신문지들을 걷어차면서 문으로 향했다. 그러고선 대기실에 앉아 있는 장군의 나이든 미혼 비서에게 간단히 '안녕'이라고 하는 대신 대체 무슨 말을 했기에 그녀는 의식을 잃고 푹 고꾸라졌다.

바로 그날 오후 영화를 보러 가라는 감독의 현명한 충고를 귓등으로 흘려보낸 가메시는 경기가 막 시작하려는 순간 그린백스 타디움에 나타났고, 유니폼 셔츠의 단추를 턱밑까지 채운 채 마운드로 달려나가더니 그날 원정팀인 어셀더머의 첫 타자에게 공을 던지려 준비하던 그린백스 투수에게서 공을 홱 낚아챘다. 아무도 그를 말리지 않았다. 로테이션에 따라 그날 선발로 나온 투수는 속 좋은 사람처럼 그냥 걸어나갔고(들릴락 말락 욕을 하면서), 그 시절 사람들이 '노철학자'라 부르던 그린백스 감독은 더그아웃에서 지친 노구를 이끌고 나와 홈플레이트 뒤의 주심을 향해 천천히 걸어갔다. 초기에 '노철학자'는 앉은 자리가 닳도록 벤치에서 일어났다 앉았다 했지만 평생을 메이저리그 감독으로 보낸 후에는 어떤 것에도 짜증을 내지 않게 되었다.

"라인업을 바꿔주게, 마이크. 마운드에 나가 있는 저 거물 녀석을 선발명단의 9번 타자로 넣어줘."

이 말에 도덕과 예법의 대가인 마이크는 이렇게 대꾸했다. "이름은?"

"선수 이름은 가메시." 그는 관중석에서 울려퍼지는 아우성을 뚫고 말을 전달하기 위해 큰 소리로 외쳤다.

"철자를 대시오."

"아아, 왜 이러나, 마이클."

"철자를 대요."

"지-에이-엠-이-에스-에이치."

"앞쪽 이름은?"

"길. '죽여준다gorgeous' 할 때 지, '이름난illustrious' 할 때 아이, '완전 거물larger-than-life' 할 때 엘."

"됐소, 감독님." 마이크 더 마우스는 이렇게 말한 후 마스크를 쓰고 외쳤다. "플레이볼!"

("태초에 말씀이 있었고 그 말씀은 곧 '플레이볼!'이었느니." 시즌이 비극으로 끝난 날, '한 사람의 견해' 칼럼은 마이크 매스터슨에게 바치는 헌사를 그렇게 시작했다.)

어셀더머의 1번 타자가 타석에 들어섰다. 타자를 모욕하거나 조롱하거나 놀리거나 도발할 시간도 갖지 않고, 심지어 평소의 절반 만큼이라도 으르렁대거나 일그러진 미소를 짓지 않은 채 가메시는 공을 던졌고 그 공은 관중들의 입장료 값을 했다.

"스트라이-카-원!" 마이크가 쩌렁쩌렁 외쳤다.

포수가 가메시에게 공을 되던지자 이번에도 가메시는 기계처럼 냉담하고 뱀처럼 소리 없이 코러스걸 킥을 했고, 두번째 공은 첫번째 공이 뚫어놓은 터널을 타고 순식간에 타석을 지나갔다.

"스트라이-카-투!"

세번째 투구 때 타자는(공이 어디로 올지 구장 밖에 있는 사람보다 더 감을 못 잡는 것처럼) 헛스윙을 하다 결국 땅에 얼굴을 처박았다. "싱커*였군." 타자가 벌레들에게 말했다.

"스트라이-카-스리! 원 아웃!"

"다음!" 가메시가 외쳤고, 부처스 유니폼을 입은 2번 타자가 타석에 들어섰다.

"스트라이-카-원!"

"스트라이-카-투!"

"스트라이-카-스리! 투 아웃!"

여덟 이닝 동안 어셀더머의 타자들에게 인생은 그렇게 흘러갔다. 잔인하면서도 빠르게. "다음!" 가메시가 외쳤다. 면도와 이발 신기록을 세우는 이발사처럼 다음 타자를 불러세웠다. 드디어 9회 초 한 명이 삼진아웃되고, 다음 타자의 볼카운트가 노 볼 투 스트라이크인 상황에서, 그리고 어셀더머 타자들이 한 명씩 타석에서 물러날 때마다 광란에 빠진 팬들이 자기 몸이 하프라도 되는 양

---

*큰 회전 없이 타자 앞에서 급히 떨어지는 변화구.

뜯어가며 다른 세상의, 사실상 천상의 소리를 뽑아내는 상황에서, 가메시의 다음 투구는 너무 낮았다. 어쨌든 홈플레이트 뒤의 주심이 그렇게 말했고 그곳은 공이 잘보이는 자리였다.

"원 볼!"

그렇다, 마이크 더 마우스 매스터슨은 길 가메시가 볼을 던졌다고 선언했다. 77개의 공이 연속 스트라이크로 들어가고 있었는데, 볼이라니.

"저런." 그린백스 더그아웃에서 '노철학자'가 한숨을 쉬었다. "세상의 종말이 오는구나." 그는 회중시계를 꺼내 보았고 시계가 정확히 돌아간다는 데서 약간의 위로를 얻는 듯했다. "그래, 1933년 6월 16일 수요일 오후 두시 오십구분. 아주 정확해."

길 가메시는 다이아몬드 한복판에서, 날강도를 4.58미터 전방에 두고, 큼지막한 사이드암 동작을 끝낸 그 자세로 원숭이처럼 쭈그리고 있었다. 팬들은 길이 하늘 위로 단번에 날아올라 대단한 거리를 훌쩍 뛰어서 마이크 더 마우스의 파란색 등을 덮칠 거라고 예상하는 양 우르르 자리에서 일어나며 큰 파도를 만들어냈다. 그러나 가메시는 인간처럼 몸을 똑바로 일으켰고―백만 년에 걸친 원시인의 진화가 일순간에 눈앞에 펼쳐졌다―미소, 그 유명한 일그러진 미소를 지었다. "좋아." 그는 포수인 파인애플 타와키에게 이렇게 말했다. "공을 이리 줘."

"하지만…… 알로하 맙소사!" 파인애플이 소리쳤다. 그는 호놀룰루 출신이었다. "심판이 볼이래, 길리!"

가메시는 높고도 멀리 침을 내뱉은 후 그 니코틴 액이 1루 쪽 파울라인 위에 떨어져 하얀 먼지를 일으킬 때까지 바라보았다. 그는 무엇으로나 무엇이든 맞힐 수 있는 그런 녀석이었다. "볼이었어."

"볼이었다고?" 파인애플이 외쳤다.

"그래. 어린 여자애 가랑이에 난 털끝만큼 낮았어." 그는 다시 침을 뱉었고 이번에는 3루 쪽에서 횟가루가 날아올랐다. "일부러 그랬어, 파인애플. 일부러 그랬다고."

"알로하 맙소사!" 얼떨떨하기만 한 포수는 신음소리를 내며 공을 길에게 던졌다. "하우-와이-이?"*

"확인해본 거야." 길의 목소리가 높고 날카롭게 올라갔다. "네 뒤에 서 있는 괴짜 노인네가 잠깐 방심하지 않았는지 확인해본 거라고! 저 늙은 개자식이 계속 정직하게 보는지 말이야!"

"원 볼 투 스트라이크." 마이크가 쩌렁쩌렁 외쳤다. "플레이!"

"다른 공들이 다 스트라이크였는지 확인하려고 말이야!"

"플레이!"

"당신네들한테 아무것도 공짜로 얻고 싶지 않기 때문이야! 그럴 필요 없어! 난 길 가메시야! 당신네들이 좋아하든 싫어하든 난 불사신이야!"

"플레이보오오오오오오오올!"

길 가메시가 이때보다 더 영웅스럽던 적이 있었나? 이보다 더 멋들어지게 실세를 경멸할 수 있었을까? 그의 팬들이 보기엔 아니었다. 팬들은 그가 지금까지 연속으로 잡아낸 77개의 눈부신

---

* 하와이 출신이라는 점을 이용한 말장난으로, '어찌된 일이지?'라는 뜻.

스트라이크보다 의도적으로 몇 밀리미터 낮게 던진 그 실투 때문에 더욱 그를 사랑했다. 사악할 정도로 정확한 피칭머신은 결국 기계가 아니었다. 실은 다른 인간들처럼 바탕부터 구리고 시큼한 인간이었다. 신의 팔을 가졌지만 성질은 '보통 사람'처럼 쩨쩨하고, 인색하고, 복수심 강하고, 고소해하고, 이기적이고, 옹색하고, 비열했다. 사람들이 어떻게 그를 흠모하지 않을 수 있겠는가?

그의 다음 투구는 배트에 제대로 맞아 중견수와 좌익수 사이를 묘하게 가르는 111미터짜리 2루타가 되었다.

'노철학자'는 류머티즘 때문에 이렇게 왔다갔다하는 게 아주 싫었지만 미합중국을 위해 자신이 나서야 할 때가 왔다고 판단했다. 지금 마운드로 걸어가 저 젊은이에게 애도를 표하는 것이 '노철학자' 자신이 평생 시민으로 살아온 이 나라를 위하는 길이었다.

"그럴 수도 있지, 이 친구야. 진정하게."

"저 날강도! 저 도둑놈! 저 날치기!"

"자네 공을 친 건 마이크 매스터슨이 아니야. 자네 공이 치기 좋게 가운데로 몰렸을 뿐이야. 누구나 그럴 수 있어."

"아니, 난 안 그래요! 리듬이 깨져서 그래요! 내 예리한 칼날이 들지 않기 때문이라고요!"

"그것도 저 심판이 그런 건 아닐세. 이봐, 아까 공을 낮게 던진 건 영리한 생각이었어. 저기 서 있는 녀석 보이나? 이 공을 담장 밖으로 넘길 수 있는 강타자야. 그냥 저 친구를 1루로 내보내면 좋겠군."

"싫습니다!"

"자, 내 말대로 해, 길. 그냥 내보내. 그럼 우선 마음이 진정될 테고, 또 더블플레이가 되잖나? 자, 이번 이닝을 영리하게 마무리해봐."

하지만 '노철학자'가 마운드를 떠나고 파인애플이 가메시의 고의사구를 받기 위해 홈플레이트 옆으로 한 발 빠지자 루키가 으르렁거렸다. "이봐, 하와이 촌놈. 네 자리로 돌아가."

"하지만," 덩치 큰 포수가 마운드까지 절반쯤 달려오면서 경고조로 말했다. "감독님이 그냥 내보내라고 했어, 길리!"

"걱정 마, 오아후*, 확실히 내보내줄 거야."

"어떻게 하려고?"

길은 씩 웃었다.

첫번째 투구는 타자의 턱으로 곧장 파고드는 강속구였다. 관중석에서 한 여자가 비명을 질렀다. "저러다 사람 잡겠어!" 그러나 어셀더머 선수는 아슬아슬하게 몸을 숙여 피했다.

"원 볼!" 마이크가 소리쳤다.

두번째 투구는 후두부를 겨냥한 또하나의 강속구였다. 그 여자가 비명을 질렀다. "이를 어째, 저 사람 죽었나봐!" 그러나 기적 중의 기적으로 땅에 쓰러진 타자가 움직임을 보였다.

"투 볼!" 마이크는 크게 외치고 나서 홈플레이트 주변을 살짝 정리하기 위해, 또 잠시 대화를 나누기 위해 타임을 외쳤다. "공이 자네한테서 도망치나?" 마이크가 홈플레이트를 솔로 쓸면서

---

* 하와이제도의 섬.

가메시에게 물었다.

가메시는 어깨 너머로 높이 침을 뱉었고 그 덩어리는 베이스를 밟고 있는 어셀더머 주자의 두 발 사이인 2루 베이스 한가운데에 철썩 떨어졌다. "천만에."

"그래, 자네가 괜찮다면 물어보겠네만, 이 선수의 머리를 연달아 두 번이나 날릴 뻔한 걸 어떻게 설명하겠나?"

"고의사구란 말 못 들어보셨나?"

"아, 그건 아냐, 그건 아닐세, 젊은이." 마이크 더 마우스가 말했다. "유감이네만, 메이저리그에서는 그러면 안 돼."

"플레이!" 가메시는 빽 하는 소리로 심판의 기차 화통 같은 목소리를 흉내내고는 그의 자리인 홈플레이트 뒤로 돌아가라는 몸짓을 했다. "심판, 매스터슨, 돌아가서 당신 밥값이나 하시지."

"내 말을 새겨듣게, 길." 마이크가 말했다. "이 타자를 고의로 내보내고 싶다면 옛날부터 해오던 대로 공을 멀리 빼서 던지게. 또다시 타자를 때려눕혀선 안 되네. 이 리그에서 일하는 사람들은 야만인이 아니야. 우린 서로 잘 지내려고 노력하는 인간들일세."

"그건 당신 얘기지, 마우스. 나는 나야."

세번째 투구가 길의 손을 떠나 타자의 불룩한 광대뼈를 향해 날아갔고 관중들은 마치 공포영화를 보듯 비명을 내질렀다. 콜을 하기도 전에 서둘러 홈플레이트 위에 뻗어버린 타자에게 다가간 마이크 더 마우스는 무릎을 꿇고 그의 손목을 짚으며 생사를 확인했다. 간신히, 간신히 살아 있었다.

"스리 볼!" 마이크가 관중석을 향해 우렁차게 소리쳤다. 그리고 가메시에게 말했다. "이제 그만하게!"

"뭘 그만해?" 가메시가 악을 쓰며 말했다. "타자는 머릴 숙였어, 안 그래? 공을 피했잖아, 안 그래? 나한테 엄지손가락을 내밀 순 없을걸. 난 타자한테 흠집 하나 안 냈으니까!"

"타자가 초인적 능력을 발휘한 덕분이지. 맥박이 간신히 뛰고 있네. 죽어서 누워 있지 않은 게 놀라울 따름이야."

"글쎄," 가메시가 씩 웃으며 대꾸했다. "그건 그쪽 문제지."

"아닐세, 젊은이, 아냐. 그건 내 문제야."

"그래, 그렇다면 투수한테 라인드라이브로 오는 공은 어떻지? 대가리에 공을 맞는 타자보다 라인드라이브에 머리를 맞는 투수가 더 많아. 그럼 그 라인드라이브를 때린 타자를 쫓아낼 거야? 아니지! 절대 아니잖아! 그리고 그 이유는 그들은 길 가메시가 아니기 때문이지! 그들은 내가 아니니까!"

"젊은이," 마이크 더 마우스가 고통스레 얼굴을 찡그리며 물었다. "내가 자네한테 나쁜 감정을 갖고 있다고 생각하나?"

"내가 너무 위대하니까, 그래서!"

마스크를 벗으며 마이크 더 마우스가 대답했다. "우린 그저 인간일 뿐이야, 가메시, 서로 잘 지내려고 노력해야지. 마지막으로 상기시켜주는 걸세."

"물론, 나도 그러길 바라지." 길은 이렇게 중얼거린 뒤 타자를 보고 말했다. "좋아, 친구, 이번엔 발을 땅에서 떼지 말아봐. 자네가 거기서 쓰러지는 걸 보면 사람들은 푹 절인 피클이 생각날걸."

네번째 투구는 홈플레이트까지 18.4미터를 무시무시한 속도로 날아갔다. 타자는 설령 맨오브워*였다 해도 공의 궤적에서 제때 벗어나지 못했을 것이다. 그럴 기회조차 없었다…… 코뼈 바로 위를 겨냥한 강속구는 파란색과 회색이 섞인 어셀더머 모자의 챙을 때려 모자를 완전히 거꾸로 돌려놓았다. 아까처럼 낮게 쭈그린 자세로 마운드에서 자랑스레 미소를 짓고 있는 걸로 봐선 가메시가 생각해낸 장난이 분명했다.

"안 되겠군." 마이크가 천둥 같은 소리로 외쳤다. "타자 1루로!"

"갈 수나 있을지." 포탄쇼크에 빠진 타자가 정신을 차리려 애쓰며 어느 쪽으로 가야 할지, 3루 라인을 따라가야 할지 1루 라인을 따라가야 할지 몰라 헤매는 모습을 바라보며 길이 나지막이 말했다.

"그리고 자네," 마이크가 차분하게 말했다. "자네도 나가주게, 젊은이." 그러고는 마디진 피클을 닮은 엄지를 허공에 치켜들며 선언했다. "투수 퇴장!"

투수의 글러브가 하늘 높이 솟구쳤다. 마이크가 잭팟이라도 터뜨린 것처럼 길의 초록색 눈이 머리 안에서 빙글빙글 돌기 시작했다. "안 돼!"

"되지, 되고말고. 안 그러면 이번 경기도 몰수하겠어. '징벌chastised'의 첫 글자 C까지 시간을 주겠네, 젊은이. A, B……"

"안 돼!" 길은 비명을 질렀다. 그러나 마이크가 단두대 처형을 집행하기도 전에 그는 그린백스 더그아웃으로 들어가 곧바로 샤

---

* 16~19세기 영국 해군에서 전투용 목조 쾌속 범선을 이르던 표현.

위실로 향했다. 2패의 불명예는 열아홉 살의 불사신이 감당하기엔 너무 컸다.

그날부터 지글거리는 7월과 8월이 지나고 9월의 무더위가 끝날 때까지 그는 행동을 삼갔다. 물론 성질은 전혀 나아지지 않았다. 오크하트 장군이 그에게 마이크 더 마우스를 붙여줘도 그가 리틀 보이 블루*로 변하진 않았다. 간신히 '규칙과 규정'에 복종했다. 그나마도 마이크 덕분이었다. 마이크를 홈플레이트 뒤에 세워놓고 뛴 세번째 경기에서 가메시는 열아홉 이닝 동안 3안타만 허용하는 기록을 올렸고, 거의 퇴장당할 뻔한 위기가 한 차례 있었지만 그는 툭 튀어나온 앞니를 마이크의 귀가 아닌 자기 글러브에 파묻고 분노를 삭였다. 코앞에 마이크의 귀가 있었음에도.

장군은 그날 관중석에 있었고, 마지막 타자가 물러나자 즉시 일어나 무쇠 같은 뚝심을 보여준 심판을 축하해주기 위해 빙 돌아 심판 탈의실로 향했다. 내려가보니 심판이 전용 라커 앞 벤치에 쓰러질 듯 불안정하게 앉아 있었다. 파란색 셔츠는 땀에 흠뻑 젖어 그 거대한 상체에서 떼어내려면 외과의사가 필요할 듯했다. 그는 병에 꽂힌 빨대로 소다수를 빨아들일 힘조차 없어 보였다.

오크하트 장군이 그의 어깨를 툭 치자 어깨가 힘을 못 이기고 앞으로 기우뚱했다. "축하하네, 마이크. 자네가 해냈어. 자네가 그 아이를 문명인으로 만들었어. 야구계에서 영원히 고마워할 걸세."

마이크는 눈을 깜빡거리며 장군의 얼굴에 초점을 맞췄다. "아

---

* 영국 전래동요에 나오는 마을의 곡식과 가축을 지키는 착한 소년.

니, 문명인이 된 게 아니네. 절대 못 될 거야. 그러기엔 너무 위대해. 그 녀석이 옳아."

"크게 말하게, 마이크. 잘 안 들리는군."

"그러니까……"

"소다수 좀 마시게, 마이크. 목이 쉬었군."

그는 소다수를 한 모금 마시고 한숨을 쉬더니 딸꾹질을 하기 시작했다. "내 말은 딸꾹 그 녀석이 딸꾹 너무 위대하다는 걸세."

"그게 무슨 말인가?"

"용광로를 딸꾹 들여다보는 것 같아. 대륙 딸꾹 횡단 기차가 딸꾹 지나가는 걸 보는 조그만 딸꾹 시골 딸꾹 아이로 돌아간 딸꾹 것만 같아. 야생 딸꾹 딸꾹. 코끼리떼가 짓밟고 딸꾹 짓밟고 지나가는 딸꾹 것 같다고. 한 이닝이 지나면 그다음부터는 공이 딸꾹 아예 안 보여. 가끔 공이 빙글 딸꾹 빙글 딸꾹 돌면서 오는 것처럼 보인다네. 어떤 때는 얼음 깨는 딸꾹 송곳처럼 가늘어 보여. 어떤 때는 딸꾹 부메랑처럼 딸꾹 길게 으으 딸꾹 구부러져 보이고, 어떤 때는 아스피린 딸꾹 정 딸꾹 제처럼 납작해 보인다네. 심지어 딸꾹 체인지업에서도 딸꾹 쉿 소리가 나지. 녀석은 몸의 모든 근육을 사용해서 던지지만, 오 딸꾹 늘처럼 열아홉 딸꾹 열아홉 딸꾹 이닝이 끝날 때까지도 갓 잡은 딸꾹 물고기처럼 딸꾹 싱싱해. 장군, 만일 녀석이 조금만 더 빠르게 던지면, 아무리 딸꾹 눈이 좋은 심판이라도 그 아슬아슬한 딸꾹 공들을 판정할 수 있을지 난 모르겠어. 그런데 녀석이 딸꾹 던지는 공은 죄다 딸꾹 아슬아슬해."

"피곤한 목소리군, 마이크."

"난 딸꾹 이겨낼 걸세." 그는 이렇게 말하며 눈을 감고 몸을 좌우로 흔들었다.

그러나 장군은 어쩔 수 없이 의심이 들었다. 그가 보고 있는 사람이 메이저리그에서 판정 기록 200만 개를 앞둔 마이크 더 마우스가 아니라 마이너에서 갓 올라와 메이저 첫 경기에서 실수하지 않을까 애를 태우는 풋내기 심판 같았다.

장군은 이제 그만 정신을 차리라고 마이크의 어깨를 톡톡 두드려야 했다. "자네를 백 퍼센트 신뢰하네, 마이크. 항상 그랬지. 앞으로도 그럴 거야. 난 자네가 이 리그의 명예를 지켜낼 거라 생각하네. 자, 그럴 거지, 마이클?"

"딸꾹."

"좋아!"

길은 (그와 함께 마이크도) 얼마나 대단한 일 년을 보냈는지! 그해 마지막 경기에 들어갈 때 이 루키는 한 시즌 최다승(41)과 타이 기록을 이루었을 뿐 아니라, 1904년 루브 워델이 세운 최다 삼진아웃(349), 1916년 그로버 알렉산더가 세운 최다 완봉승(16) 기록을 갈아치웠고, 6점 이상만 내주지 않으면 그가 태어난 해에 더치 레너드가 세운 방어율 1.01의 벽을 깰 수 있었다. 패트리어트리그의 기록으로 말하자면, 그는 리그 역사상 어떤 투수보다 완벽한 투구를 하면서 최소 사구, 최소 안타를 허용했고 아홉 이닝 평균 최다 삼진을 잡아냈다. 당시 이 루키가 9월 말 인디펜던스를 상대로 노히트노런을 기록한 후(단 한 번의 9 대 0 패배와 확실히 대조되는 그의 사십번째 승리였다), 마이크 더 마우스가 탈의실에서 일종의 의식불명에 빠져 거의 이십사 시간 동안 깨어나지 못한 것도 어찌 보면 당연했다. 그는 장님처럼 허공을 응시하며 바보처럼 침을 흘렸다. 의사는 "인사불성 상태"라면서 그에게 찬물을 뿌렸다. (처음으로 노히트노런을 달성하고 나흘 뒤 찾아온) 두 번째 노히트노런 경기가 끝나자 마이크는 멀쩡히 위엄을 갖추고 탈의실까지 들어와서는 느닷없이 늑대처럼 울부짖기 시작하더니 이틀 낮밤을 대략 그런 상태로 보냈다. 먹지도 잠을 자지도 물을 마시지도 않은 채 그저 턱을 천장 쪽으로 치켜들고 시시때때로 늑대 형제들을 향해 짖어댔다. "분명 문제가 있습니다"라고 의사가 말했다. "시즌이 끝나면 더 정밀한 검사를 받게 하세요."

그린백스는 그 시즌 마지막날 타이쿤스를 상대로 반 경기를 앞선 상태였다. 트라이시티의 두 팀 중 이 경기에서 이기는 팀이 우승기를 차지할 것이었다. 그리고 가메시가 42승을 거둔다면 역사상 누구보다 더 많은 승을 올린 투수가 탄생하게 될 터였다. 물론 열아홉 살의 어린 선수가 3연속 노히트노런을 달성할 기회도 살아 있었다……

한데 그보다 훨씬 믿을 수 없는 일이 벌어졌다. 그가 상대한 타이쿤스 타자 26명은 78개의 연속 스트라이크로 타석에서 물러났다. 심지어 파울팁*조차 없었고 타자들은 선 채로 스트라이크 판정을 듣거나 자포자기하고 배트로 공기를 갈랐다. 그렇게 9회 투

---

* 타자가 휘두른 배트를 살짝 스친 다음 포수의 손이나 미트에 포구된 공. 파울 처리되지 않고 스트라이크로 인정된다.

아웃에 타자가 투 스트라이크로 몰린 상황에서(길버트 가메시와 맞설 땐 항상 그렇지만) 이 왼손 투수는 포수의 미트 속으로 대포를 쏘았는데, 그린백스타디움을 가득 메운 6만 2342명의 황홀한 팬들에게뿐 아니라 무기력한 타자에게도 그렇게 보였다. 타자는 찍소리도 못하고 돌아서서 고향인 펜실베이니아 월크스배리로 출발했다. 그게 패트리어트리그 1933년 시즌의 마지막 투구였다. 42승이었다. 3연속 노히트노런이었다. 메이저리그 역사상 가장 완벽한 투구, 아니 인간의 머리로 상상할 수 있는 가장 완벽한 경기였다. 그린백스는 우승을 했고, 더구나 어떻게 우승했는가! 세너터스와 자이언츠더러 다 덤벼보라고 하라!

　모두가 그렇게 생각한 순간, 마이크 더 마우스 매스터슨이 양 팀 감독에게 전했다. 투수가 공을 던지는 순간 자신이 홈플레이트에서 고개를 돌렸기 때문에 마지막 아웃은 유효하지 않다고.

　경기를 재개하기 위해 주최측은 타이쿤스의 작은 타자 조 아이비리가 패배를 인정하고 돌아선 순간 구장으로 쏟아져나온 수만 명의 관중을 출구로 밀어내 관중석으로 되돌려보내야 했다. 현명하게도 오크하트 장군은 이런 폭동에 대비해 사전에 트라이시티 기마경찰대를 관중석 아래 대기시켜두었고, 그 덕분에 히힝거리는 말 백 마리가 기병 중대처럼 대형을 맞춰 꼬박 십오 분 동안 사람들 무리를 밀어낸 후에야 분노한 팬들을 구장 밖으로 몰아낼 수 있었다. 그러나 권총을 뽑아 든 경찰관들조차 관중을 의자에 앉게 할 순 없었다. 관중은 양손을 높이 든 채 마이크 더 마우스가 마치 그들의 총통인 양 그를 향해 함성을 지르고 있었다. 단, 그들이 마이크에게 맹세하는 건 충성이 아니었다.

오크하트 장군이 직접 마이크를 들고 격노한 폭도들에게 상황 설명을 시도했다. "저는 패트리어트리그 회장인 더글러스 D. 오크하트 장군입니다. 마이크 매스터슨 주심은 불가항력의 상황에서 순간적으로 홈플레이트에서 고개를 돌렸기 때문에 마지막 투구를 판정할 수 없었습니다."

"마우스를 죽여라! 저놈을 살해하라!"

"공식야구규칙 e절 9.4 조항에 따라……"

"눈먼 개자식을 추방하라! 거시기를 잘라버려라!"

"경기는 투구 이전의 시점부터 다시 재개됩니다. 감사합니다."

"우우우우우우우우우우우우우우우우우우!"

결국 장군은 트리이시티 교향악단을 앞세운 채 (한때 전장으로 걸어나갔던 것처럼) 구장으로 걸어가야 했고, 연주자들은(프랑스군, 영국군, 미국군, 독일군 등 장군이 본 어느 군대보다 겁에 질려 있었다) 그의 명령에 따라 그날 두번째로 센터필드에 집합해, 9회 말 투 아웃 투 스트라이크 상황에서 다시 한번 국가를 연주했다.

"'오, 보이는가, 동이 트는 이른새벽에……'" 장군이 노래를 불렀다.

그는 홈플레이트에 나란히 서서 가슴보호대 위에 모자를 대고 있는 마이크 매스터슨에게 입술만 움직여 슬쩍 물었다. "무슨 일인가?"

마이크가 말했다. "그…… 그를 봤어."

심하게 동요한 상태에서도 그는 흐트러짐 없는 차렷 자세로 굵직한 줄무늬와 밝은 별들이 그려진 성조기를 향해 예를 갖추고 있었다. "누굴 봤는데? 언제?"

"그놈." 마이크가 말했다.

"어떤 놈?"

"내가 찾고 있던 놈. 저기서! 타이쿤스 더그아웃 안쪽 출구로 가고 있었어. 귀와 턱 모양을 보고 알아봤지." 그 순간 그의 목구멍에서 흐느낌이 올라왔다. "그놈이었어, 유괴범. 내 어린 딸을 죽인, 복면을 쓴 놈."

"마이크!" 장군이 쏘아붙였다. "마이크, 자넨 헛것을 본 거야! 자네가 상상한 거야!"

"분명 그놈이었다니까!"

"마이크, 그건 삼십오 년 전 일이야. 그렇게 많은 시간이 흐르면 사람을 알아볼 수 없어, 더구나 귀를 보고는, 하느님 맙소사!"

"왜 못 알아봐?" 마이크는 눈물을 흘렸다. "난 1898년 9월 12일 이후로 매일 밤 잠에 들 때마다 그놈을 봤어."

"'오! 자유의 땅, 용사들의 조국에서, 성조기는 지금도 휘날리고……'"

"플레이볼!" 팬들이 벌써 소리치고 있었다. "빌어먹을, 빨리 경기를 해라!"

효과가 있었다. 장군은 국가 연주로 야만인 6만 2000명을 야구팬으로 되돌려놓았다! 차라리 그가 홈플레이트 뒤로 가서 마지막 투구를 판정할 수만 있다면! 혹은 누심을 데려와 마이크 대신 볼과 스트라이크를 판정하게 할 수 있다면! 그러나 첫번째는 '규칙과 규정'이 그에게 부여한 권한을 넘어서는 일이었고, 두번째는 가메시가 이미 역사책에 기록한 연속 삼진아웃 26개와 지금까지 달성한 41승을 영원히 의심스럽게 만들 터였다. 사실 누심은 영리하게도 자신의 판정으로 야구 역사상 가장 위대한 심판의 체면을 깎아내리는 우를 범하지 않기 위해 가메시의 마지막 투구를 못본 척하고 있었다. 이제 장군으로선 구장을 떠나는 것 외에 달리 무엇을 할 수 있을까?

투수 마운드에서 길 가메시는 그늘이 턱까지 내려오도록 모자를 눈썹 위로 푹 눌러썼다. 〈성조기여 영원하라〉가 연주되는 동안에도 모자를 벗지 않았고, 그걸 보고 수천 명의 관중은 마음속으로 불편과 불안을 느끼기 시작했다. 그는 아이비리에게 마지막 공을 던진 이후 계속 그 자리에 있었다. 만 명의 팬들이 두 팔을 치켜들어 만들어낸 바다 위에 간닥간닥 떠올라 팔들 사이를 이리저리 구르던 십 분을 제외하고 계속. 축하하러 내려온 사람들 중 마지막 무리는 휙휙 날아다니는 말발굽에 목숨을 잃지 않으려고 조금 전 그를 낚아챘던 마운드 위에 그를 다시 내려놓고 달아났다. 그때부터 그는 그 자리에, 눈과 입을 모자 그늘 속에 파묻은 채 미동도 없이 서 있었다. 무슨 생각을 하고 있을까? 무엇이 길의 머릿속을 지나가고 있을까?

공을 가볍게 때리는 작고 투지만만한 타자, 당대 미국 최고의 1번 타자인 조 아이비리가 방금 죽은 자 가운데서 살아난 듯 보일락 말락 싱글거리며 타이쿤스 더그아웃에서 모습을 드러내자 관중석에서 성난 베수비오 화산 같은 포효가 울려퍼졌다.

그린백스 더그아웃에서 '노철학자'는 어린 선수의 모자 밑을 들여다보고 그의 상태를 파악하기 위해 마운드로 나갈까 말까 고민하고 있었다. 하지만 그렇다고 '노철학자'인들 무엇을 할 수 있겠는가? "내버려두자." 그는 철학적으로 생각했다. "어차피 벌어질 일이다. 특히 저런 독불장군한테는."

"플레이!"

아이비리가 타석에 발을 디디며 작은 궁둥이를 씰룩거렸다.

가메시가 공을 던졌다.

그 커브볼은 열 살 먹은 남자아이, 아니 이번 경우에는 여자아이라도 부끄러워할 만했다. 청명한 9월의 햇살 속에서 공이 꾸물대며 방향을 조금 틀까 말까를 결정하던 시간은 포수가 "알로하 맙소사!"를 외칠 만큼 충분히 길었다.

그런 뒤 야구공은 탕 튕겨나가 배트에 맞은 높이를 그대로 유지하며 오른쪽 외야의 잡기 애매한 구석에 떨어졌다. 아이비리의 발로는 슬라이딩을 할 필요도 없는 3루타였다.

그린백스타디움을 뒤덮은 침묵을 본 사람이라면 벌써 겨울이 와 경기장에 눈이 1미터나 쌓였다고 생각했을 터였다. 선수들이 모두 고향으로 내려가 이발소에서 머리 깎는 걸 구경하거나 고향 술집에서 맥주를 마시며 친구들에게 자랑거리를 떠벌리고 있다고 생각했을 터였다. 그리고 6만 2000명 팬 모두가 곰들과 함께 동면에 들어갔다고 생각했을 터였다.

파인애플 타와키는 멍하니 마운드로 나가 가메시에게 새 공을 건네줬다. 경기가 끝난 직후 오크하트 장군의 사무실에서 진행된

조사에서 타와키는 펑펑 울며, 3루타를 맞은 후 마운드로 나갔을 때 가메시가 그에게 욕 소리를 한 뒤 "몸을 낮춰! 바짝 낮추고 있어! 무릎을 꿇어, 파인애플. 안 그러면 큰일날 줄 알아!"라고 말했다고 진술했다. "그래서," 파인애플은 이렇게 변명했다. "난 그가 시키는 대로 했어요, 장군님. 정말이에요. 엄청난 싱커를 던지려나보다 생각했어요. 난 괜찮았어요. 길은 투수이고, 파인애플은 포수예요. 난 몸을 낮췄어요. 엄청난 싱커를 기다렸어요. 그게 다예요, 장군님. 정말 그뿐이에요!" 그러나 오크하트 장군은 이 하와이 사람에게 극악한 범죄를 "공모"한 대가로 이 년간의 출장정지를 선언했고 그사이에 그가 영원히 사라지기를 바랐다. 실제로 그렇게 되었다. 그는 고향으로 돌아가 파인애플을 따는 대신 트라이시티의 범죄 소굴인 타투 스트리트의 부랑자로 전락했으니까. 하긴, 술로 자신을 망치는 게 나았으리라. 패트리어트리그의 다이아몬드에 모습을 드러내어 장군이 "패트리어트리그의 명예로운 기록에 예외로 남을 두번째로 통탄할 사건"이라 묘사한 사건을 온 국민에게 계속 상기시켜주는 것보다는 말이다.

공이 길의 손에서 떠난 순간, 그가 던지려 한 공은 결코 엄청난 싱커가 아니라는 게 분명해졌다. 타와키는 몸을 바짝 낮추고 있었지만 투구는 라이트 형제가 발명한 물건처럼 이륙했다. 타자는 공청회에서 공이 자신의 앞을 지날 때도 계속 속도가 빨라지고 있었다고 증언했고, 그날 나중에 기자들이 인터뷰한 과학자들은 마이크 매스터슨의 목에 공이 꽂힌 순간 가메시의 라이징패스트볼은 시속 193에서 209킬로미터로 날아가던 중이었을 거라고 추정했다. 마이크는 피해보려 했으나 꼼짝 못하고 마스크와 가슴보호대의 중간 지점에 공을 맞았다. 여러분도 장군처럼 생각한다면, 매스터슨의 파란색 나비넥타이는 과녁의 중심이었고 가메시는 바로 그곳을 향해 완벽한 투구를 던졌다.

마우스 사망, 길 추방이라는 재난 보도 규모의 검은색 헤드라인은 성급한 결론이었다. 물론 그날 해가 떨어지기도 전에 패트리어트리그 회장은 야구 총재의 승인을 얻어 신기록 행진을 이어가던 루키를 야구판에서 영원히 추방했다. 그러나 불멸의 심판은 이튿날 이른새벽 혼수상태에서 깨어났고, 그후로 평생 말을 못하는 신세가 되었지만 적어도 목숨은 붙어 있었다.

팬들은 자신들의 영웅을 추방해버린 장군을 결코 용서하지 않았다. 그들의 말에 따르면, 역사상 가장 위대한 투수가 될 운명의 젊은 선수가 고작 한 번의 폭투로 추방되었다. 그 위대한 루키는 몇 경기만 더 치르면 홈플레이트 뒤에서 물러날 망령난 늙은 심판의 도발 때문에 공 한 번 잘못 던졌을 뿐인데, 그걸로 평생 끝이라니! 아니, 이럴 수가 있나, 그 빌어먹을 공이 날아가는 길에 서 있던 사람이 오크하트가 좋아하는 심판이었다고, 길에게 죄를 뒤집어씌우다니!

장군이 좋아하는 심판도 그를 용서하지 않았다. 병원에서 붕대를 풀고 퇴원한 그날 당장 마이크 매스터슨은 리그 사무실을 찾아가 이른바 "정의"를 요구했다. 금지 규정에도 불구하고 그는 구장 밖에서 자신의 푸른색 심판복을 입고 있었다. 한때 P리그의 야구공이 묵직하게 담겨 있던 커다란 주머니에는 낡은 걸레와 분필 한

갑이 담겨 있었고, 사무실로 들어서는 그의 등에는 칠판과 칠판대가 끈으로 매여 있었다. 가엾은 마이크는 목소리만 잃어버린 게 아니었다. 그는 트라이시티 지방검사가 가메시를 살인미수로 기소하고 재판정에 세우기를 원했다.

"마이크, 자네처럼 지혜가 넘치는 사람이 그런 식으로 복수를 하려 들다니 대단히 충격적이라 말하지 않을 수 없네."

지혜 따윈 개나 줘버려 (마이크 더 마우스는 장군의 책상 앞에 칠판을 세우고 이렇게 적었다) **난 그 자식을 철창에 처넣고 싶어!**

"하지만 이건 자네답지 않아. 게다가 그 녀석은 충분한 벌을 받았어."

누가 그래?

"이보게, 이성적으로 생각하게. 그는 뛰어난 젊은 투수인데 다시는 공을 던지지 못하게 됐어."

난 다시는 말을 못해! 속삭일 수도 없어! 스트라이크를 외칠 수도 없어! 볼을 외칠 수도 없어! 일흔한 살에 영원히 침묵하게 됐어!

"그 녀석이 감옥에 가는 걸 본다고 목소리가 돌아올까, 일흔한 살에?"

아니! 아무것도! 그래 봤자 우리 메리 제인도 돌아오지 않지! 내 이마에 난 상처도 없어지지 않고 여전히 내 등에 박혀서 돌아다니는 유리병 조각도 없어지지 않아! 그렇게 해도 내가 (그는 이 대목에서 더이상 쓸 공간이 없자 잠시 멈추고서 낡은 걸레로 칠판을 닦았다) **오십 년 동안 매일 혹사당한 건 보상이 안 돼!**

"그렇다면 대체 무엇 때문에 그러나?"

정의!

"마이크, 사리에 맞게 생각해보게. 그런 종류의 정의라면 우리 리그의 명성을 완전히 날려버리지 않겠나?"

우리 리그 따윈 집어치워!

"마이크, 그럼 야구라는 이름에 영원히 먹칠을 하게 될 걸세."

야구 따윈 집어치워!

결국 오크하트 장군의 분노가 폭발했다. "가치관을 모조리 상실한 사람이 아니라면 어떻게 그런 말을 칠판에 적을 수 있나! 그 녀석을 감옥에 처넣게. 장담하건대, 자넨 또하나의 사코와 반제티*를 탄생시키는 부담을 떠안을 걸세. 자넨 가메시를 순교자로 만들 거고, 그 과정에서 우리 모두가 사랑하는 걸 파괴하게 될 거야."

증오! 마이크는 칠판에 이렇게 썼다. **증오!** 그리고 계속해서 그 단어의 네 철자로 칠판을 가득 채웠고, 걸레로 닦아 깨끗이 지운 뒤 다시 계속해서 칠판의 맨 가장자리까지 그 철자로 가득 채웠다.

계속해서 끝도 없이.

정신줄을 놓은 매스터슨은 다행히 지방검사에게 아무런 영향력도 행사하지 못했다. 오크하트 장군이 손을 썼고 그린백스와 타이쿤스의 구단주들이 손발을 맞췄다. 길 가메시를 트라이시티에서 살인미수로 재판정에 세운다면 그 도시에서 야구가 영원히 사

---

* 1920년 미국에 온 이탈리아 이민자이자 무정부주의자인 사코와 반제티는 살인 죄로 기소되어 사형을 선고받고 1927년 보스턴에서 처형되었다. 그러나 이후 그들이 누명을 쓴 사실이 밝혀졌다.

라져버릴 것은 불 보듯 뻔했다. 가메시는 조만간 기억에서 지워지고 패트리어트리그는 정상으로 돌아올 터였으니……

희망사항이었다. 가메시는 경기 후 장군의 사무실에서 조사에 응하고 불과 몇 분 뒤 야구 복장 그대로 자신의 패커드를 몰고 자취를 감췄다. 자동차 발판에 매달리며 추방 결정에 대해, 오크하트에 대해, 야구에 대해, 혹은 무엇에 대해서라도 한마디 해달라고 애원하는 기자들에게 그는 고작 다섯 단어를 남겼고, 그중 하나는 신문에 절대 인쇄될 수 없는 말이었다. "난 돌아올 거야, 이——!" 그러고서 패커드는 부르릉 소리만을 남긴 채 사라졌다. 그러나 이튿날 아침 그 자동차는 뉴욕 빙햄턴 근처 시골길에서 뒤집혀 불에 탄 채 발견되었고 루키의 종적은 찾을 수 없었다. 까맣게 탄 시신을 송장 먹는 귀신 같은 팬들이 낚아채 갔거나, 그가 잔해에서 무사히 빠져나와 걸어갔거나 둘 중 하나였다.

길은 사망했는가? 각종 신문의 헤드라인은 이렇게 물었지만, 가메시가 인디애나에서 기차 화물칸을 훔쳐 타고 갔다, 오클라호마시티에서 사과를 팔았다, 로스앤젤레스에서 무료급식소 앞에 줄을 서 있었다는 등의 증언이 나왔다. 플로리다 올랜도의 한 술집에서는 길이 직접 입었던 것이라면서 초록색으로 등번호 19가 박힌 흰색 유니폼을 창문에 걸어놓고, 그 옆에 **길이 이 바에서 일하고 있음**이라는 광고지를 붙여놓았다. 하루종일 그 가게는 성황을 이루었고, 자신이 길 가메시라고 주장하는 얼굴이 누르스름하고 무뚝뚝하고 비쩍 마른 청년이 나타나 계산대의 돈을 다 빼내들고 도망쳤다. 그 달 안에 남부의 모든 술집은 그런 광고지와 숫자

19를 박은 유니폼을 장난스레 창문에 내붙였다. 아이들은 극장 외벽에 **길이 오늘밤 이 극장에서 오페라를 부름**이라고 낙서를 했다. 한 시내 전차는 **길이 안에서 차표를 받고 있음**이라고 붙이고 다녔다. 전국에서 빈 건물의 문, 학교 건물, 화장실 안에 상심한 사람들과 자유분방한 사람들이 **난 돌아올 거야, G. G.**라고 낙서를 했다. 어딜 가나 그의 이름, 그의 머리글자, 그의 등번호가 눈에 띄었다.

아돌프 히틀러, 프랭클린 루스벨트, 길 가메시. 1933~34년 겨울 동안 남녀노소 할 것 없이 모든 사람이 미국의 미래를 걱정하며 저 셋 모두는 아니더라도 한두 명을 입에 올렸다. 이 세계는 어떻게 되고 있지? 다음번엔 이 나라에 어떤 재난이 닥칠까?

패트리어트리그의 명예로운 기록에 예외로 남을 두번째 사건에 이어 1934년 여름, 세번째로 통탄할 사건이 터졌다. 그 전해에 가메시의 뒤에서 무결점 플레이를 했던 핵심 내야진이 타투 스트리트의 매춘부들에게 무료 서비스를 받은 대가로 시즌 내내 땅볼을 헛잡고, 라인드라이브를 포기하고, 1루에 악송구를 던져댄 사실이 밝혀졌다. 올래프와 포레스티는 둘 다 자녀를 둔 기혼자로, 야구계에서 가장 매끄럽게 더블플레이를 구사하는 듀오 중 하나였다. 그들은 어느 날 밤 호텔방에서 매춘부 네 명과 함께 얼핏 보면 공중그네를 타는 듯한 행위를 하다 '노철학자'에게 직접 붙잡혔고, 이 더러운 이야기는 조간신문에 낱낱이 인쇄되어 누구나 읽을 수 있었다. 그들은 도박사들에게 동전 한 닢, 자녀들의 신발값조차 받지 않았고 오로지 음란한 섹스로만 대가를 받았다. 다시 말해 그들의 행위는 자신의 이기적 욕망을 위해서였을 뿐 세상 누구에게도 유용하지 않았다. 인간이 얼마나 추잡해질 수 있는지! 이와 비교하면 1919년 블랙삭스의 부정한 선수들은 성가대 어린이들처럼 보였다. 그린백스는 '매춘굴 패거리'라는 오명을 피하지 못했고, 7월 4일* 리그 3위에서 노동절**에는 꼴찌로 추락했다.

팬들은 누구를 비난했을까? 색골 선수들? 아니, 그건 장군의 잘못이었다. 장군이 길 가메시를 추방해 올래프와 포레스티의 사기를 떨어뜨린 탓이었다! 언제나처럼 그 방탕아들을 영원히 퇴장시킬 게 아니라 그들에게 가서 용서를 비는 게 누가 봐도 마땅했다.

그런데 거기서 끝이 아니었다. 공포에 사로잡힌 그린백스 구단주들은 즉시 소유권을 시장에 내놓았고, 그들이 찾을 수 있었던 단 한 명의 구매자에게 팀을 헐값에 팔아치웠다. 구매자는 칼로 베어버리고 싶은 억양을 구사하는 뚱뚱하고 작달막한 유대인이었다. 그리고 팬들 얘기로는 그것도 오크하트 장군의 잘못이었다!

마이크 더 마우스는 어떻게 되었을까? 갈수록 상태가 악화되더니 결국 등에 칠판을 지고 리그를 돌아다니면서 외야석 입구에 자리잡고 선 채 팬들에게 절망스러운 하소연을 늘어놓기 시작했다. 아이들은 그를 괴롭히거나, 하루에 분필을 열두 개씩 소비하느라 하얀 가루를 온몸에 뒤집어쓴 유령 같은 심판을 경외어린 눈으로 구경했다. 어른들은 대부분 이 미친 사람을 무서워하거나 동정하

---

* 미국 독립기념일.

** 9월 첫째 월요일.

면서 무시했지만, 길 가메시를 기억하는, 특히 외야석에 자주 오는 팬들은 한때 위대했던 이 심판에게 호수로 뛰어들라고 하거나 그보다 더 심한 말을 해댔다.

하지만 내 눈으로 보지 못한 걸 판정할 순 없었소!

"어쨌든 당신은 그 공을 보지 못했을 거요, 박쥐 같은 장님이니까!"

천만에! 내 눈은 평생 양쪽 다 1.0이었소! 야구장에선 최고 시력이었지!

"매스터슨, 당신은 그 아이한테 앙심을 품었잖소. 처음부터 그 아일 죽어라 괴롭혔어!"

정반대요. 그가 나를 괴롭혔소!

"당신은 그래도 썼어!"

어떻게 감히 나한테! 왜 그 모든 심판 가운데 내가 그런 모욕과 괴롭힘을 당해야 하지?

"한심한 심판이었으니까, 마이크. 당신은 평생 동네 야구 심판이었어."

도대체 무슨 증거로 그런 비방을 하는 거요?

"상식이 내 증거요. 세상천지가 다 알지. 아무것도 모르는 어린애지만 우리 아들도 그건 알고 있소. 애야, 조니, 이리 와라. 세상에서 누가 가장 한심한 심판이냐? 이 재수없는 사람한테 말해봐라."

"마이크 더 마우스! 마이크 더 마우스!"

그만둬! 이건 비방이야! 거짓말이야! 난 정의를 이룰 거야, 기필코!

"글쎄, 정의는 이뤄지고 있는 것 같은데, 천천히 그러나 분명하게. 또 봅시다, 마우스."

1943년 1월 먼디 형제가 그들의 구장을 정부에 출항 캠프로 임대해주기로 육군성과 협정을 맺었다는 통지가 왔을 때, 오크하트 장군은 그 형제를 협정에 끌어들인 건 불타는 애국심이 아니었음을 즉시 간파했다. 그들은 상황이 좋을 때, 즉 상황이 현상적으로 괜찮을 때 빠져나가려 하고 있었다. 어쨌든 가메시가 쫓겨난 후 패트리어트리그의 운이 계속 하향세를 타고 있다면, 세계 전쟁이 벌어지는 중에도 상황이 나아질 거라고 기대하긴 힘들었다. 진주만공격이 일어난 해에 징병의 손길은 선수 명부에까지 깊숙이 침투했다. 1943년 시즌이 시작될 무렵 메이저리그의 질은 역대 최저로 떨어질 게 확실했다. 검증되지 않은 어린 선수들과 노쇠한 고참 선수들이 다이아몬드에서 힘겹게 아홉 이닝을 뛴다면 관중은 과거 십 년에 비해 뚝 떨어질 테고, 그 결과 P리그의 팀 가운데 둘, 심지어 셋은 시즌중에 문을 닫아야 할 수도 있었다. 그리고 더 나아가 야구계 전체가 붕괴되진 않을지 그 누가 알겠는가? …… 먼디 형제가 그들의 아름답고 유서 깊은 구장을 매달 거금 5만 달러씩 받고 열두 달 동안 정부에 임대한 건 그런 우발적 재난을 막기 위해서(그리고 그런 상황을 금맥으로 바꾸기 위해서)였다.

먼디 형제는 포트루퍼트 소유권을 그들의 걸출한 아버지이자 전설적인 인물 글로리어스 먼디로부터 물려받았지만 야구에 대한 그 위인의 깊은 존경심은 유산에 전혀 포함되어 있지 않았다.

그 노인이 아흔두 살일 시절에도 그가 판단하기에 야구에 대한 사랑과 충성이 부족한 스포츠기자들은 그로부터 거리를 유지하는 편이 현명했다. 글로리어스 먼디는 야구를 국교 정도로 여기지 않는 사람에게 이따금 크게 한 방을 먹인다고 알려져 있었기 때문이다. 그는 덩치가 컸고, 시사만화가들이 흠모해 마지않는 검고 짙은 눈썹의 소유자였으며, 그저 노려보는 것만으로 상대로부터 완전한 복종까지는 아니어도 동의 정도는 이끌어냈다. 그가 죽었을 때 먼디 형제는 고인의 지시에 따라 홈플레이트에서 147.82미터 떨어진 센터필드 끄트머리에 고인을 묻었고, 소박한 묘석에는 눈썹만으로 거인이란 명성을 얻었던 한 남자의 겸손함을 말없이 증언하는 비문이 새겨졌다.

글로리어스 먼디

1839~1931

그는 루크 고패넌을

투수에서 중견수로

바꾸는 데 일조했다

그의 상속인들에게 야구는 단지 사업이었기 때문에 먼디 과자 공장, 먼디 땅콩 농장, 먼디 방목장, 먼디 시트러스 농장이나 다름없이 운영되리라는 건 처음부터 분명했다. 글로리어스는 만년에 그의 야구팀에만 매달리며 살았던 반면, 상속인들은 모든 사업을 관심권 안에 두었다. 고령의 부친이 1루 뒤에 마련된 그의 특별석에서 숨을 거둔 다음날 아침부터 두 아들은 1920년대 말 챔피언 팀의 위대한 스타 선수들을 노예라도 팔아치우듯 가장 높은 가격을 부른 입찰자에게 에누리 없이 현찰로 하나둘씩 넘기기 시작했다. 모두가 알다시피 대공황이었고…… 모두가 알다시피 그들은 경제적 곤란을 겪고 있었다…… 사교계 명사인 아내들과 팜비치와 비아리츠*를 유람할 때를 제외하고는!

1932년 그들이 먼디스의 가장 위대한 선수, 루크 '외톨이' 고패넌을 테라인코그니타 러슬러스에게 파는 대가로 10만 달러를 챙기자 노여움과 분노가 포트루퍼트 전역을 휩쓸더니 급기야 초등학생 수천 명이 시청에서 나눠준 검은 완장을 차고 브로드 스트리트 전 구간을 행진하기에 이르렀다. 보스 스투빅시츠가 앞장섰지만(그리고 그의 심복들이 행진을 조직했지만), 초코츄 스트리트(먼디 초코바의 이름을 따왔다) 근방에서 누군가 스투빅시츠에게 잊지 않고 그의 몫을 쥐여주었고, 행진대가 구장에 도착하기 직전 경찰에게 해산당할 때 그는 그 자리에 없었다.

'외톨이' 루크는 이제 없다! 1916년 신인 투수로 등장한 뒤 루퍼트 구단에서 중견수로 2000경기를 넘게 소화하며 거의 1500득점을 올리고 3할 7푼 2리라는 통산 평균 타율을 보유한 철인, 3세대에 걸친 룹잇 골수팬들에게 먼디스 자체였던 우리 형제가 떠났다! 성격을 보자면 루크는 코브나 루스와 달리 조용하고 무덤덤

---

* 팜비치는 플로리다주 동남 해안의 피한지이고, 비아리츠는 프랑스 서남부의 휴양지다.

했지만 그렇다고 팬들에게 영웅이 되기에 부족한 건 아니었다. 사실 사람들은 그가 루스보다 나은 점이 많을 수 있다고 주장했다. 장타를 날릴 뿐 아니라 주루플레이와 도루에도 능했기 때문이다. 또한 장타를 날리고 주루라인에서 사람들을 열광의 도가니에 빠뜨리거나 센터필드가 구두상자 크기밖에 안 된다는 듯 번개같이 뛰어다닌다는 점에서 코브보다 나은 점이 많다고도 볼 수 있었다. 아, 그는 빨랐다! 그리고 공을 보는 눈이 얼마나 좋았는지! 전성기 때, 투수들은 그를 잡을 방법이 그저 삼진아웃밖에 없다는 것을 알고 스트라이크존으로 공을 던져 그를 도와주곤 했다. 그렇게 멋있었고, 그렇게 추앙받았다. 루크는 메이저에서 뛰는 모든 투수에 관한 책을 한 권 갖고 있었고, 매일 밤 아홉시 전등을 끄기 전까지 경건하게 그 책을 숙독했다. 선수생활을 하는 동안 그가 입을 연 경우는 드물었지만, 한번은 자신은 야구를 너무 사랑해서 돈을 받지 않아도 뛰었을 거라 말하기도 했다. 놀라운 일은 먼디 형제가 루크의 발언을 본인에게 확인해보지도 않은 채 그의 몸뚱이를 단돈 10만 달러에 팔아치웠다는 것이다.

먼디 형제는 뼛속에 고작 한두 시즌 잘해낼 여력밖에 남지 않은 선수들임에도 최대한 좋은 가격에 팔고 있으며, 이 모든 게 새로운 황금기를 맞이하기 위해 죽은 나뭇가지를 쳐내는 과정이라는 주장을 변명이랍시고 해댔다. 하긴, 늙은 글로리어스의 상속인들이 모두 합쳐 거금 50만 달러에 팔아치운 위대한 전 먼디스 선수 일곱 명 가운데 단 한 명도 포트루퍼트를 떠난 이후 뛰어난 활약을 보이지 못한 것으로 판명나긴 했다. 그러나 그게 먼디 형제의 주장처럼 선수들의 나이 때문이었는지, 아니면 자신들이 명성과 영광을 안겨준 구장에서 쫓겨난 충격 때문이었는지는 의견이 갈렸다.

'외톨이' 루크는 러슬러스에서 한 시즌도 채 마치지 못했다. 1932년 8월 그는 이미 P리그의 삼진아웃 기록을 경신했지만 관중에게 갈채를 받는 삼진아웃은 아니었다. 평생 엉뚱한 베이스에 송구한 적 없다는 평판과 달리 센터필드에서 기괴한 송구를 해대 내야진들이 머리를 긁적이도록 만든 것이다. 자신의 1킬로그램짜리 배트인 '마술 지팡이' 외에는 좀처럼 친구를 사귀려 하지 않던 소심하고 과묵한 루크는 누가 봐도 건조한 남서부에 적응하지 못했고, 루퍼트의 주홍색과 흰색 유니폼을 입고 2000경기를 뛰었던 바닷가 구장을 그리워하며 절망에 빠져 있는 듯했다. 당연히 팬들의 놀림이 쏟아지기 시작했다. "이봐, 삼진아웃 대왕! 이봐, 10만 달러짜리 얼간이! 시즌이 무르익는 동안 사람들은 그를 태양 아래 거의 모든 것에 빗대어 불러댔고—와이오밍에서 태양 그 자체만큼은 절대 농담이 될 수 없다—그는 위대한 철인답게 열심히 노력했지만 평균 타율은 마침내 우수리 없는 1할까지 미끄러졌다. "1리에 1000달러, 고패년, 하루 두 시간 일하고 그 정도면 나쁘지 않아!" 평균 타율이 9푼대로 미끄러질 위험을 앞두고 그가 타석으로 향하려는데, 이 정도면 충분히 고통스러웠고 이제는 모두의 손실을 줄일 때가 되었다고 생각한 러슬러스 감독이 더그아웃 턱을 딛고 서서 루크가 그해 내내 들었던 그 어떤 목소리보다 동정적으로 그를 불러 세웠다. "이보게, 고참 선수, 나와서 좀 쉬는 게 어떤가?" 그리고 루크 대신 대타를 내보냈다.

일주일 후 그는 자신의 크랜베리 농장이 있는 뉴저지로 돌아왔다. 주 의회는 특별 회의를 열어 그의 통산 타율을 기리는 의미로 뉴저지 차량번호 372를 그에게 주자는 안건을 표결에 부쳤다. 사람들은 뉴저지의 도로에서 그 번호판이 돌아다니는지 유심히 살펴보았고 372 번호판의 자동차가 지나가면 박수를 보냈다. 그러면 루크는 모자를 살짝 올리는 인사로 답했다. 그리고 그해 겨울, 그는 세상을 떠났다. 마주 오는 통학버스에서 들려오는 환호에, 창문마다 매달려 "그 사람이다! 루크다!"라고 소리치는 소년 소녀들에게 화답하기 위해, 홈런 타자 중 가장 친절하고 소심했던 그는 순간적으로 운전대에서 그 유명한 양손을, 도로에서 그 유명한 두 눈을 떼고 말았고 즉시 반질반질한 간선도로에서 튕겨나가 래리턴강에 처박혔다. 그렇게 겸손한 사람이 자신의 명성 때문에 죽었다는 것은 스포츠기자들이 서른여섯 살에 루크의 목숨을 앗아간 그 불운한 사고를 다루며 언급한 수십 가지 비극적 아이러니 중 하나에 불과했다.

A.G.(고패넌이 떠난 후After Gofannon) 먼디스는 즉시 리그 1부에서 추락했고, 전쟁이 시작되기 전 몇 년간은 5위로 시즌을 마치는 것도 무척 힘겨워했다. 행복했던 시절에 버금갈 만큼 팬들이 여전히 관중석을 꽉 채워주었던 건 한번 룹잇 골수팬은 영원한 룹잇 골수팬이었기 때문이고, '그들'이라는 존재가 외야석에서 혹평을 하건, 아니면 시카고의 총재 책상 앞, 커다란 연방판사 의자에

앉아 야구계 위에 군림을 하건 상관없이 먼디스의 더그아웃에는 그들이 늘 '미스터 페어스미스'라 부르는 존경스러운 감독 율리시스 S. 페어스미스가 앉아 있었기 때문이다. 심지어 야구팀에 대해 코브라 한 쌍 값 정도의 향수밖에 느끼지 않았던 먼디 형제조차 (사람들 앞에서는) 조심스레 그를 미스터라 불렀다. 그를 곧 고물상으로 넘어갈 폐물로 보았음에도, 선수 일곱 명을 1000달러 지폐가 꽉꽉 들어찬 식료품 봉투와 맞바꿨을 때도, 포트루퍼트의 지나간 페리클레스* 시대를 존경하는 뜻으로 그는 해고하지 않았다.

값싸고 냉소적인 계략은 효과가 있었다. 이 기독교도 신사 겸 야구학자가 풀 먹인 흰 셔츠, 실크 나비넥타이, 새하얀 리넨 정장, 파나마모자 차림으로 우표에나 나올 법한 귀족적인 옆얼굴을 내보이며 더그아웃의 흔들의자('페어스미스의 왕좌')에 앉아 대나무 지팡이의 황금색 끄트머리로 수비진을 이리저리 이동시키기만 해도, 광적인 야구 도시의 골수팬들은 발이 굼뜨고 공을 잘 놓치는 이 야구팀이 몇 년 전, 지금은 '흘러간 기적의 팀들'로 알려진 구단들이 있던 시절의 루퍼트 먼디스와 무관하지 않음을 확신했다.

미스터 페어스미스는 죽는 날까지 일요일에는 절대 야구장에 발을 들이지 않았다. 대신 일요일마다 신뢰하는 한 코치에게 지휘권을 넘겨줌으로써, 1888년 망아지 같은 그가 그 시절 내셔널리그에 속해 있던 하트퍼드에서 포수로 뛰기 위해 집을 떠날 때

---

* 아테네의 황금시대를 이룩한 정치가이자 군인.

어머니에게 했던 약속을 지켰다. 그의 어머니는 말했다. "일요일은 더블헤더를 하라고 만든 게 아니란다. 일주일에 육 일은 공을 받아도 일곱번째 날은 쉬도록 해라." 미스터 페어스미스는 먼디스 더그아웃의 흔들의자에 앉아 종종 기자들에게 설교단에서나 흘러나올 법한 견해를 발표했다. "주님께서 타고난 스위치히터의 탄생을 허락하셨다면," 가령 그는 독특한 화법으로 이렇게 말했다. "그건 루크 고패년이었소." 감독 초년에는 경기를 시작하기 전 먼디스 라커룸에서 선수들과 함께 기도를 올렸다. 결국 미스터 페어스미스는 선수들이 아뢰는 기도 내용이 그가 당초에 의례를 시작할 때 의도했던 방향과 전혀 다르다는 걸 깨닫고 기도를 중단했다. 대부분 장타를 치게 해달라는 치사하고 자질구레한 요구들이었고, 투수들은 왕 중의 왕 주님께 강속구가 낮게 잘 들어가도록 도와주십사 요구했다. 어느 고령의 외야수는 "주님, 제게 빠른 다리를 주세요. 그럼 나머지는 만사형통입니다"라고 기도했다. 그러나 미스터 페어스미스는 의지가 약하고 어리석은 행동을 저지르는 선수라도 기도하는 자라면 상냥하게 대했고, 누구든 경기장에서 실수해도 남들 앞에서는 절대 질책하지 않았다. 상처가 약간 아물 때까지 하루이틀을 기다린 후 그 선수를 좋은 호텔로 불러 남들 눈에 띄지 않는 자리에서 저녁을 먹으며 다들 존경하는 그 부드러운 어투로 이렇게 말하곤 했다. "이보게, 그 플레이는 어찌된 건가? 자네 생각에도 썩 좋은 플레이는 아니었지?" 만일 투수를 마운드에서 끌어내려야 하면 미스터 페어스미스는 늘 투수가 더그아웃을 지나 샤워실로 이동할 때 정중하게 말을 건넸다. 만루홈런을 맞았든, 내리 여섯 명을 포볼로 내보냈든 상관하지 않고 투수를 흔들의자 앞으로 불러 강하고 남자다운 힘이 느껴지도록 그의 손을 꽉 쥐고 이렇게 말했다. "최선을 다해줘서 고맙네. 진심으로 감사하네."

오크하트 장군이 생각하기에 구장을 정부에 임대하려는 먼디 형제의 계획은 루퍼트 감독의 필사적 반대에 부딪힐 터무니없는 혁신이었다. 비록 청원이 수포로 돌아갔지만, 오 년 전 리그 구단주 회의 말미에 미스터 페어스미스는 패트리어트리그 일정에 야간경기를 도입하려는 시도에 반대하는 감동적인 연설을 했고, 그 연설이 끝나자 오크하트 장군은 연설 원문을 언론에 공개했다. 이튿날 전국의 사설란에 발췌문이 떴고, 포트루퍼트 〈스타〉는 일요판의 고품질 그라비어 인쇄면을 전부 할애해 연설 전문을 실었다. 사람들로 하여금 특별히 감동받아 그 지면을 오려 액자에 넣고 벽난로 위에 걸게 만든 건 "전능하신 창조주, 그의 존재"에 대한 미스터 페어스미스의 강한 믿음이었다. 그는 연설에서 이렇게 밝혔다. "나는 리그의 모든 구장에서 달콤하고 유쾌한 봄, 뜨겁고 풍요로운 여름, 너그럽고 자애로운 가을의 황금 같은 나날에, 신체적으로 강건하고 도덕적으로 건전한 젊은이들이 사탄의 유혹과 타락을 겪기 전 에덴의 두 사람처럼 태양 아래서 진지하게 경기에 임할 때, 전능하신 창조주, 그의 존재를 느낍니다. 한낮의 야구는 그야말로 순수와 환희 시대의 에덴을 떠오르게 하고, 더 나아가 앞으로 다가올 세상을 넌지시 비춰줍니다. 야구장이란 무엇인가, 하느님이 지은 이 땅의 아름다움, 그 자녀들의 재능과 힘, 질서와 복종에 대한 신성한 명령을 숭배하기 위해 미국 국민이 모이는 곳입니다. 그런 것들이 모든 스포츠를 떠받치는 쌍둥이 바위입니다. 그러므로 신을 부정하는 과학의 미약한 인공 불빛 아래로 우리 선수들과 팬들을 끌어들이려는 자에겐 화가 있을지니! 우리가 잃어버린 에덴, 태초의 낙원에서 그랬듯 종말에 너희가 심판받을 곳은 몇 와트짜리 희미한 전등불 밑이 아니라 한순간도 깜박이지 않는 주님의 눈앞이며, 그 앞에서 우리 모두는 탁 트인 외야석에서 경건하게 모자를 벗은 팬이고 천국의 둥근 천장 아래서 힘차게 뛰어다니는 작은 선수일지라."

장군은 회의에 참석한 몇몇 구단주가 연설이 끝날 때 "아멘"이라고 속삭이는 소리를 들었다. 그중에는 위스키 재벌이자 캐쿨라 리퍼스의 새 구단주인 프랭크 마주마도 있었다. 리퍼필드에 투광조명등을 설치하려는 그의 계획 때문에 미스터 페어스미스가 연설을 하게 된 것이었다. 공교롭게도 아멘의 주인공인 마주마는 자신의 계획대로 당장 그 시즌에 캐쿨라에서 야간경기를 시작했고, 그 결과 팀은 그해 삼진아웃, 실책, 부상 부문에서 리그를 선도했다. 마주마는 그의 전임자를 포함해 패트리어트리그 구단주 전원이 서명한 라디오 중계 반대안을 무시하고 지역 방송국에서 리퍼스의 홈경기를 중계하기 시작했고, 비자금과 불법 세탁한 돈을 합쳐 수십억 달러를 방송에 쏟아부었다. 그 결과 몇 년 전 엄청난 공포에 사로잡혀 라디오 중계 반대안을 만들었던 사람들의 예상을 깨고, 마주마의 방송이 점점 줄어가던 입장료 수익을 더 떨어뜨리기는커녕 색다른 야간경기는 물론 팀 자체에까지 지역 주민의 관

심을 끌어올린 덕에, 리퍼스는 하루 사이에 7위와 8위를 오갔음에
도 불구하고 이듬해 시즌에는 관중이 무려 15퍼센트나 증가했다.

말할 필요도 없이 오크하트 장군은 사람들이 거실이나 차에 앉
아 머나먼 곳에서 벌어지는 경기를 아나운서의 중계로 듣는다는
생각에 몹시 분개했다. 아니, 실제로 하지 않은 경기를 중계하더
라도 누가 알겠는가! 그 모든 게 심지어 날조이자 농담일 수 있었
고, 적당한 음향 효과와 약간의 상상력과 흥분한 척을 잘하는 배
우 한 명만 있으면 해낼 수 있는 일이었다. 각 도시의 라디오 방송
국이 실제 구단과 상관없이 그들 자신의 팀, 심지어 그들 자신의
리그를 조직해 집에 있는 사람들에게 흥분과 짜증을 불러일으키
고, 청취자들에게 장외 홈런이 터졌다거나 기록이 깨졌다고 말하
고, 그러는 내내 누군가 이야기를 지어내는 것 말고는 아무 일도
벌어지지 않는 상황이 된다면 그걸 무엇으로 막는단 말인가? 그
런 상황이 오지 않으리라고 누가 말할 수 있을까? 더구나 이윤에
미친 이 세상의 프랭크 마주마들에게 확실한 이윤이 보장된다면?

게다가 어느 누구도 활자로든 말로든 언어로 어떤 경기인지 전
달한다는 건 어림도 없었고, 심지어 미스터 페어스미스의 장기
인 시적이고 감동적인 언어로도 불가능한 일이었다. 장군의 말처
럼 야구의 아름다움과 의미는 다이아몬드의 불변의 기하학적 구
조와 그 위에서 이루어지는 민첩성, 힘, 타이밍에 대한 시험에 있
었다. 야구는 구장의 모든 좌석에 따라 다르게 보이는 경기였고,
그래서 모든 관중이 저마다 오후 내내 동시에 본 순간의 광경들
을 모아 그림 한 장으로 합칠 수 없다면 정확히 전달할 수 없는 경

기였다. 또한 거기에는 경기 시간의 절반을 넘는다고 할 순 없지만 거의 그 정도에 육박하는 정적인 순간들, 기다림과 망설임, 준비와 회복의 순간들, 관중의 소음을 포함해 모든 것이 멈춘 순간들처럼 배트에 맞은 공이 유유히 담장을 넘어가는 극적인 몇 초에 뒤지지 않는 야구만의 매력적인 순간들이 포함되어 있었다. 야구 경기를 라디오로 묘사하느니 차라리 아나운서를 10월의 숲속에 데려다놓고 가을을 '생중계'하는 편이 나을 터였다. "자, 보십시오, 청취자 여러분, 단풍나무는 붉게 물들고 자작나무는 노랗게 변하고 있습니다" 등등. 자연을 사랑하는 사람들이 라디오 주위에 둘러앉아 그 방송을 듣고 있겠는가? 천만에, 라디오가 할 수 있는 거라곤 고작해야 야구를 도박사들의 관심거리로 만드는 것뿐이다. 누가, 언제, 몇 점을 내는가? 그 외의 것들, 다시 말해 경기장 위에 곧게 뻗은 하얀 파울라인, 매끄럽게 갈무리된 주루라인의 흙, 넓고 푸른 외야, 유니폼을 입고 전략적으로 흩어져 있는 아홉 명의 선수, 모두의 근육이 하나로 연결되어 있는 양 어느 하나가 움직이면 나머지도 일사불란하게 움직이고…… 장군이 보기에 거의 전부에 해당하는 이 모든 것은 어떻게 되는가? 물론 캐쿨라 리퍼스 같은 얼간이 무리의 경기를 라디오로 '생중계'해서 관심을 불러일으키는 일이야 가능하겠지만, 그런 방송으로는 그 자체로 시가 되는 위대한 경기마저 어느 벼룩 팀과 또다른 벼룩 팀의 경기와 다름없이 만들어버릴 터였다.

미스터 페어스미스와의 만남으로 장군은 거의 십 년 전, 위대한 심판 마이크 더 마우스 매스터슨이 현실감각을 잃어버린 후 그와 나눴던 비극적 면담을 고스란히 떠올렸다. 아, 이 사태는 어디서, 도대체 어디서 끝이 날까? 그가 알았던 사람들, 그의 기대에 부응해 그를 도와주고 보좌했던 원칙의 사나이들 가운데 최고였던 두 사람은 죽었거나 실성했다. 멀쩡한 정신과 성실함으로 리그의 위대한 전통을 지켜낼 사람은 아무도 살아남지 못한 것일까? 리그를, 야구를, 나라를, 그리고 이 세계를 게걸스레 먹어치우려 혈안이 된 속물들, 모리배들, 무지렁이들을 상대로 그 혼자서 전쟁을 치러야 한단 말인가? 글로리어스 먼디, 루크 고패넌, 스펜서 트러스트는 모두 무덤 속에 있고, 마지막 소문(어느 텍사스 신문에 난 기사)에 따르면 마이크 매스터슨은 여전히 등에 칠판을 지고 전국을 떠돌며 동네 야구장의 사이드라인에 매달린 채 "정의"를 요구하고 있었다. 아, 암울한 시대였다! 그린백스의 구단주는 유대인! 타이쿤스의 구단주는 스펜서 트러스트의 괴짜 미망인! 리퍼스의 구단주는 범죄생활을 '접은' 주류 밀매업자! 그리고 이제 율리시스 S. 페어스미스까지 분명 제정신이 아니다!

확신하건대 미스터 페어스미스의 독실하고 경건한 태도는 장군에게 (유익하긴 하지만) 다소 과하게 다가왔고, 솔직히 이십 년 전 그가 배를 타고 세계를 일주하면서 흑인종과 황인종에게 야구를 보급할 땐 약간 '돌았다'고 생각하기도 했다. 그들은 대부분 등번호가 달린 상하의는 고사하고 긴 바지조차 입어본 적이 없었다. 이 과도한 열정 (그리고 부족한 상식) 때문에 그는 콩고에서 거의 목숨을 잃을 뻔했다. 어느 식인 부족의 신경을 건드려 솥단지 바로 2.5센티미터 앞에서 도망쳐나온 것이다. 반면 그가 일본에서 거둔 개종 성과에는 누구도 감동하지 않을 수 없었다. 혼자 힘으로 과거 후진국이었던 나라를 세계에서 두번째로 야구를 잘하는 나라로 만들었고, 1922년 도쿄를 방문한 이래 해마다 가을이면 미국 올스타로 구성된 두 팀을 이끌고 일본으로 건너가 크고 작은 도시들에서 시범경기를 펼치고 작은 황인종 젊은이들에게 경기의 세세한 지점들을 가르쳐주었다. 아름다운 히로시마 구장에는 '페어스미스스타디움'이라는—물론 일본어로—이름이 붙었고, 그가 일본의 주요 리그 경기에 나타나자 그곳에 있던 모든 사람, 팬들뿐 아니라 선수들까지 허리를 숙이고 절을 하며 그를 왕실의 일원처럼 예우했다. 일왕 히로히토도 1941년 10월까지는 미스터 페어스미스를 왕실에 초대하곤 했다. 물론 불과 두 달 뒤 고요한 일요일 아침 기독교국인 미국이 기도를 올리는 사이 하와이에 정박해 있는 미국 함대를 습격해 먼디스 감독에게 일생일대의 큰 충격을 안겨줄 거라곤 일절 내색하지 않았다. 어떻게 그럴 수 있는가? 지난 일 년간 먼디스 감독은 당혹과 의문에 사로잡혀 고뇌하고 또 고뇌했다. 일본의 젊은이들을 위해 그토록 헌신했는데, 어떻게 히로히토가 미스터 페어스미스에게 이럴 수 있는가?

"주님의 뜻이라면," 미스터 페어스미스는 일 년간의 절망으로 얼굴이 수척해지고 머리칼이 듬성듬성해졌지만 스스로 다짐한 순전한 허풍에 사로잡혀 대담하고 푸른 눈을 번득이며 이렇게 말했다. "주님의 뜻이 그러하여, 큰불이 멈출 때까지 먼디스를 황야로 내보내려 하신다면, 내가 뭐라고 그 뜻을 거역하겠소?"

"자, 페어스미스 감독." 장군은 이제 그만 정신을 차리라고 말하고 싶은 욕망을 간신히 억누르고 이 늙은 신사와 힘차게 악수하며 말했다. "자, 물론 그렇게 귀에 쏙 들어오게 '황야를 떠돌아다닌다'라고 표현할 수도 있겠지요. 하지만 이의를 제기하자면, 내가 보기에 이건 선수들에게 끝도 없는 자동차 여행을 하라고 제안하는 꼴이오. 내 사고방식으로 그건 누구에게도 결코 좋은 일이 아니에요. 상황이 그렇게 불공평하면 아무리 훌륭한 팀이라도 사기에 문제가 생길 수 있소. 불쾌하겠지만 사태를 똑바로 보시오. 당신이 전문적인 관리 능력을 발휘하곤 있지만." 한데 그건 과거의 일이라고, 장군은 속으로 비통하게 생각했다. "먼디스는 더이상 리그 1부 팀이 아니오. 솔직히 말해서 내가 보기에 먼디스는 현재 최하위로 떨어질 가능성이 아주 높소. 웨인 헤킷, 존 바알, 프렌치 애스타트, 촐리 터미니카는 더이상 예전의 선수들이 아닐뿐더러, 그렇게 된 지 꽤 됐지요."

"그게 주님이 그들을 선택한 이유요."

"어떻게 해서 그렇소? 내게 주님의 논리를 알아듣게 설명해주시오, 감독. 내가 사십 년 전 학교에서 공부한 논리학에 근거해서는 도무지 앞뒤가 맞지 않소."

"그들은 예전의 위대함을 회복하게 되어 있소."

"웨인 헤킷이? 웨인은 현재 허리를 굽혀 신발끈을 묶지도 못해요. 말해보시오, 어떻게 그가 다시 위대해질 수 있다는 건지?"

"시련과 고난을 통해서. 고통을 통해서," 미스터 페어스미스는 장군의 세속적인 빈정거림을 충분히 예상할 수 있었지만 전혀 아랑곳하지 않고 말을 이었다. "선수들은 그들의 목적과 강인함을 찾을 거요."

"하지만 그렇게 안 될 수도 있지요. 나는 주님과 감독을 마땅히 존경하지만, 리그 회장으로서 그렇게 안 될 가능성에도 대비해야 한다고 생각하오. 감독, 내 비천한 견해로, 이건 길 가메시 추방 이래 이 리그에 일어난 거의 최악의 참사요. 정말이지, 포드 프릭과 윌 해리지*는 이보다 더 행복할 수 없을 거요. 그들은 오래전부터 우리의 일류 선수들을 주시해왔소. 이 리그가 무너져서 우리 스타 선수들과 계약하고, 야구를 사랑하는 이 나라를 그네들끼리 양분하려고 거의 십 년을 기다려왔단 말이오. 전쟁에서 돌아온 선수들이 갈 수 있는 메이저리그가 셋이 아니라 둘뿐이라면 그들은 더없이 기쁠 거요. 보시오, 페어스미스 감독. 당신에겐 주님과 내면으로 통하는 통로가 있소. 만일 먼디스가 길바닥으로 내몰리도록 손을 쓰신 거라면, 그분이 왜 패트리어트리그를 싫어하는지 내게 말해보시오. 왜 주님은 보스턴을 선택해서 비즈나 레드삭스를 떠돌이 팀으로 만들지 않으신 거요? 왜 필라델피아를 선택해서 필리스나 에이스를 그 멋진 황야로 내보내지 않으신 거요?"

"왜냐하면," 숭엄한 먼디스 감독이 대답했다. "주님은 필리스나 에이스에는 관심을 두지 않으시기 때문이오."

"이것 참, 그들은 운이 좋다는 말이군! 악마가 뒤를 봐주고 있어서 그냥 가만히 있어도 되는 거로군, 불쌍한 자식들! 셰익스피

---

* 각각 내셔널리그와 아메리칸리그의 회장.

어를 인용했는데, 이해해주시오, 감독. 하지만 왜 브루클린이 아니라 포트루퍼트요? 감독도 알겠지만 거기에도 수심이 깊은 항구가 있소. 전능하신 하느님이라면 에베츠필드에서 다저스 선수들을 몰아내 군대에 보낼 수도 있는데, 도대체 왜 그러지 않으셨는지! 왜 먼디스가 선택되었소?"

"먼디스가 선택된 건……"

"왜?"

"그냥 그들이 선택되었기 때문이오."

"먼디스가 선택된 건 글로리어스 먼디가 죽었고 그의 후계자가 악당 놈들이기 때문이지! 맘몬*, 페어스미스 감독, 그게 이 사태의 배후요! 돈에 대한 사랑! 돈에 대한 숭배! 더 구역질나는 건 그들이 자신들의 탐욕을 성조기로 가리고 있다는 거요! 돈 때문에 살인을 저지르고 그걸 애국 행위라 부르지! 이런 마당에 하느님은 어디 계신단 말이오, 페어스미스 감독? 우리가 필요로 할 때 그분은 어디 계시는 거요!"

"그분은 신비하게 일을 하신다오, 장군."

"어쩌면, 감독, 어쩌면 그럴 수 있소. 하지만 아무리 신비하더라도 이렇게는 아니지. 그분이 먼디 형제에게 자신의 사업을 대신하게 할 만큼 졸렬하다는 건 나조차 인정하고 싶지 않은 일이오. 난 내가 특별히 독실한 사람이 아닌 걸 숨긴 적이 없소. 그러니 솔직히 말하는데, 감독이 하느님의 신비한 방식이라며 이렇게 무책임한

---

* 유대교의 악마, 부와 탐욕의 신.

발언을 하는 건 그분의 선한 이름에 심각한 위해를 가하는 짓이라 생각하오. 여기까지 말이 나온 김에 더 해야겠소. 내 앞에서 감독의 생각을 분명히 밝혀주시기 바라오. 그래야 우리가 서로 어떤 입장인지를 알 테니까. 감독은 정말 뉴저지 포트루퍼트의 먼디스와 성서의 고대 히브리인 사이에 어떤 유사점이 있다고, 그 자리에 앉아 눈도 깜짝하지 않고서 내게 말하는 거요?"

미스터 페어스미스가 말했다. "우리의 위대한 친구, 글로리어스 먼디는 이렇게 말했소. '야구는 이 나라의 종교다.'"

"맞소, 그건 글로리어스의 멋진 표현법이었지. 하지만 감독의 그 불쌍한 리그 2부 팀을 이스라엘 민족에 비유하는 건 다소 무리한 생각이오. 감독 자신이, 그리고 내가 이 비유를 정확히 사용하고 있는 건지 모르겠지만, 여기 있는 감독 스스로를 이집트에서 이스라엘 민족을 이끌고 나온 모세라 여기는 것도 그렇소. 정말이지 페어스미스, 나는 감독의 업적을 충분히 존경하지만, 그와는 별개로 이게 도대체 말이 된다고 보시오? 나는 감독이 작년에 어떤 일을 겪었는지 다 알고 있소. 먼디 형제가 구단을 넘겨받은 후 십 년 동안 감독이 얼마나 인내했는지 누구보다 깊이 공감하오. 일왕이 감독을 그렇게 속인 일에 대해 누구보다 마음 아프게 생각하고 있고. 난 그 개자식을 증오하고, 그가 어떤 놈인지 알지도 못하오. 하지만 솔직히 그 모든 사정을 감안한다 해도 감독이 버젓이 종교적 헛소리를 지껄이며 이 리그를 파괴하도록 놔두지 않겠소!"

미스터 페어스미스는 오히려 더 행복에 겨운 듯 보였다. 그가 그토록 중히 여기는 시련과 고난이 멋진 시작을 앞두고 있었다.

지쳐버린 장군이 힘없이 말했다. "아무리 메이저리그 팀이라 해도 일 년 동안 154경기를 원정으로 뛰는 건 좋을 게 하나도 없소. 난 그걸 막기 위해 힘닿는 데까지 최선을 다할 생각이고."

이 말에 먼디스 감독은 기어이 자신의 백성을 구출하겠다는 듯 단호히 대꾸했다. "오크하트 장군, 내 선수들을 풀어주시오."

2

떠돌이 팀의 라인업

43년 먼디스

유격수	프렌치 애스타트
2루수	닉네임 데이머
1루수	존 바알
포수	핫헤드 타
좌익수	마이크 라마
3루수	웨인 헤킷
우익수	버드 파루샤
중견수	롤런드 애그니
투수	졸리 촐리 터미니카
투수	디컨 디미터
투수	보보 부치스
투수	로키 볼로스
투수	하위 폴럭스
투수	메기 머처거
투수	치코 머코틀
벤치	스펙스 스키너
벤치	월리 오마라
벤치	뮬 모코스
벤치	애플잭 터미너스
벤치	칼 코바키
벤치	해리 휴너먼
벤치	조 가루다
벤치	스웨드 거드먼드
벤치	아이크 트바슈트리
벤치	레드 크로노스

2

이 비통한 장에서 독자는 타석에 들어서는 1943년 먼디스의 선발 라인업 선수들을 한 명씩 소개받으며, 왜 미국인들이 그런 팀을 역사책에서 완전히 지우기로 공모했는지 어느덧 이해하게 된다. 앞으로 나올 그들의 역사는 풍선껌 카드 뒷면에 적힌 글보다 자세하다. 평범한 팬들을 당황시키고 그들의 얇은 귀를 시험에 들게 할 중요한 문제가 드러나며, 언제나 그렇듯 현실은 손가락 사이로 쉽게 달아나고 순진함, 미혹, 희망, 무지, 복종, 두려움, 친절함, 기타 등등에 포박당한 상상만이 남는다. 동정심이 있는 자들에게는 눈물을, 정의로운 자들에게는 분노를, 잔인한 자들에게는 웃음을 안겨줄 이야기가 펼쳐진다.

"1번 타자, 유격수, 등번호 1번, **프렌치 애스타트. 애스타트.**"
　장폴 애스타트(우투, 우타, 177.8센티미터, 78킬로그램), 프랑스계 캐나다인. 1941년 말 일본제국 정부와 교류가 있던 시절 흔치 않은 트레이드를 통해 도쿄 팀에서 스카우트되었다. 자신이 태어난 서반구에서 트레이드되어 나간 유일한 선수(이자 다시 트레이드되어 돌아온 유일한 선수). 이십대에 조지아에서 선수생활을 시작, 쿠바리그의 아바나와 도미니카리그의 산티아고를 거쳐 마지막으로 카라카스로 이적. 처음에는 춥디추운 북부에서 태어난 젊은 프랑스어 사용자가 결국 적도 근처에서 야구를 할 운명인 듯 보였지만, 천만에, 고난은 그렇게 질서정연하게 펼쳐지지 않았고 만일 그랬다면 진짜 고난이 아니었을 것이다. 일본에서 야구 붐이 일 때 삼십대 초반이던 그는 파나마운하를 경유해 도쿄로 트레이드되었다. 일본에서 유격수로 활동한 약 오 년 동안 매일 꿈속에서 가스페반도에 있는 아버지의 낙농장을 보았다. 1941년 가을, 또다시 트레이드될 거란 소식을 들었을 때 어떤 이유에선지 이번엔 캘커타로 갈 거라는 생각이 들었다. 사실 그는 일본 구단주가 하는 말을 한 마디도 알아듣지 못했고(스페인 구단주나 미국 구단주가 오 르부아*라고 말하기 위해 사무실로 불렀을 때도 그랬지만), 이번에는 침대 시트를 뒤집어쓴 듯한 차림새로 베이스를 뛰며 힌디어를 쓰는 녀석들과 야구를 해야 한다는 생각에 닭똥 같은 눈물을 흘렸다. 아, 처음 가죽 미트**를 끼고 프랑스계 캐나다인 농장 소년이 아닌, 그보다 더 큰 사람이 된 척하려 했던 그날이 얼마나 원망스럽던지! 왜 아버지에겐 충분히 좋았던 게 아들에겐 그렇지 않았을까? 그는 손목 힘이 워낙 좋았던 탓에 이미 열여섯 살 때 오 분 만에 소젖 8리터를 짤 수 있었다. 그 정도 업적이면 한 인생에 충분하지 않았을까? 그런데도 그는 남부의 거대한 경기장을 꿈꾸고, 미국의 명성과 돈을 꿈꿨다(캐나다인이라고 못할 게 뭐냐?)…… 한 손에 일본어로 된 배표를 쥐고 다른 손에 낡은 배트들과 야구모자들이 가득 담긴 가방을 들고 배에 올라탈 때만 해도, 그는 갈색 남자들이 흰 옷을 입고 돌아다니는 나라

---

* 프랑스어 작별인사.

** 야구에서 포수와 1루수만 사용하는 글러브.

의 해안에 상륙할 거라 믿어 의심치 않았다. "환영합니다, 므슈! 포트루퍼트에 오신 것을 환영합니다!" 야구계에서 가장 유명한 감독, 율리시스 S. 페어스미스! 몽 디외*! 이전에 콜럼버스가 그랬던 것처럼 그는 인도가 아니라 미국에 도착했고, 마침내 메이저리 그 선수가 되었다.

어떻게? 간단했다. 먼디 형제는 전쟁이 터진 12월, 운좋게 들어온 고철 100만 톤을 (기민한 뒷생각으로) 500그램당 1펜스로 쳐서 히로히토와 직거래를 해서 먼디스 내야진의 유격수 공백을 채웠다. 그랬다. 먼디 형제는 진주만공격을 비롯해 모르는 비밀 정보가 없었다. 그래서 그렇게 성공할 수 있었다. "좋은 생각이 있습니다." 들리는 바로는 거래를 열렬히 바라는 일왕에게 그들이 이렇게 말했다고 한다. "도쿄 팀의 유격수를 덤으로 주신다면 그 가격에 거래하겠습니다. 히로히토 전하, 만족스러운 거래가 될 것입니다." 그렇게 그들은 돌 하나로 새 두 마리를 잡았고, 미국 군인을 몇백 명 잡았는지는 아무도 모른다.

애석하게도 '극동 최고의 선수'는 자신이 추방된 몇 년 동안 상상했던 것과 메이저리그가 꽤 다르다는 걸 깨달았다. 우선 나이가 이제 서른아홉 살이란 사실은, 쌀이 주식이고 체구가 조카 빌리 만한 투수들이 아닌, 고기가 주식이고 체중이 90킬로그램씩 나가는 투수들을 상대할 땐 적잖이 중요했다. 그는 패트리어트리그에서 몇 주 만에야 첫 안타를 신고했다. 정확히는 일곱 주 만이었다.

---

* 프랑스어로 '아, 이럴 수가!'

다음 문제는 1루로의 송구였다. 아시아에서는 아웃이었던 송구가 어째서 계속 안타가 될까? 팬들은 어째서 그가 타석에만 들어서면 우우 하고 야유를 보낼까? 베네수엘라에서는 "카람바!"*라고 외쳤고, '태양이 뜨는 나라'에서는 "반자이!"**라고들 외쳤는데? 이런, 꿈에 그리던 아메리카 메이저리그에서 오히려 일본 도쿄에 있을 때보다 더 외국인 취급을 받다니! 거기선 호너스 와그너와 래빗 머랜빌처럼 올스타팀 유격수였고 백인이었다. 그들처럼 백인이었고, 그들처럼 위대했다. 그런데 여기 P리그에선 괴짜 '프랑스 놈'이었다.

1942년 먼디스에서 그는 지구 반대편에서 올린 타율의 꼭 절반인 2할을 기록했고 세 리그를 통틀어 실책 선두를 달렸다. 그의 주특기는 내야에 높이 떴다 떨어지는 인필드플라이였다. 공이 높이 뜰수록 그 밑에서 일본을 생각하고 도쿄와 스타의 자리에 돌아갈 날을 생각하며 기다리는 시간이 더 길어졌다.

1942년 시즌 마지막 경기에서(그리고 먼디파크에서 열린 마지막 경기에서) 9회에 러슬러스 주자 두 명을 홈으로 재빨리 달려들게 해 먼디스를 최하위로 끌어내린 것도 프렌치의 실책이었다. 그즈음엔 경기 전반부를 최하위로 마무리하든 그보다 더 떨어지든 팀 동료들에게 하등 중요하지 않았다. 전쟁 1라운드가 끝날 즈음 고참 선수들은 다음 육 개월 동안 또다시 야구장으로 등 떠밀리지

---

* 스페인어로 '대단해!'
** 일본어로 '만세!'

않아도 되기만을 고대하고 또 고대할 뿐이었다. 프렌치 역시 그게 그해 자신이 필드에서 저지른 일흔다섯번째 실책일 뿐이라고 생각하고 넘어갈 줄 알았다. 그러니까 눈 속에 갇힌 캐나다 가스페로 문제의 소식이 날아들 때까진 그랬다(한때는 푹푹 찌는 아바나가 낯설었지만 이젠 그곳이 낯설었다. 그의 아버지는 세상을 떠났고, 어린 시절 알고 지내던 소들도 모두 떠나고 말았다). 꼴찌 팀 먼디스가 먼디파크에서 쫓겨나 떠돌이 팀이 될 거라는 소식이었다.

불운한 애스타트! 그는 이렇게 생각했다. 우리 팀을 꼴찌로 만든 내 실책 때문이야! 그 순간 그의 마음에는 P리그에서 7위로 시즌을 마감한 루퍼트가 아니라 세계대전에서 1위로 전쟁을 마감하는 일본이 떠올랐다! 그래, 최고의 일본이 승리한다면…… 일본이 미국을 정복하고, 양키스타디움, 리글리필드, 먼디파크를 정복한다면…… 그래, 그는 1942년 시즌 마지막 플라이볼이 떨어지길 기다리는 동안 그다음해의 개막전을 머릿속에 그려보고 있었다. 히로히토가 작은 동양인으로 구성된 루퍼트 팀에게 시구를 던진다. 팀 동료는 모두 동양인, 단 한 명의 백인은 바로 그, 일본제국이 지배하는 세계에서 최고의 선수, MVP……

아, 나라 없는 선수가 있다면 바로 먼디스의 선두타자, 그후로 영원히 자신의 실책과 그때의 반역적 생각 때문에 팀이 포트루퍼트에서 쫓겨나게 되었다고 믿은 애스타트였다. 과연 프렌치가 가장 외롭고 불행한 선수였을까? 팬 여러분, 이 문제는 논란의 여지가 있다. 그는 먼디스의 정규선수 중 유일하게 자살로 생을 마감했지만, 길 위를 떠돌다 조물주를 만난 유일한 선수는 아니었다.

"2번 타자, 2루수, 등번호 29번, **닉네임 데이머. 데이머.**"

닉네임 데이머(우투, 우타, 152.4센티미터, 41.7킬로그램)는 홈에서 1루까지 27.4미터를 3.4초 만에 주파했고 그게 다였다. 열네 살의 그는 메이저리그에서 가장 어리고 가장 마른 선수였다. 먼디 형제가 그에게 몸무게 킬로그램당 돈을 지급한다는 농담이 있었다(정말 농담이었을까?). 어쨌든 이 소년은 돈에는 통 관심이 없었다. 정말이지 그가 팀의 스프링캠프에 합류한 순간부터 생각한 건 오로지 자기 별명을 짓는 일이었다. "'행크'는 어때요?" 그는 주홍색과 흰색의 유니폼을 입은 첫날부터 팀 동료들에게 물었다. "나 '행크'처럼 생기지 않았어요, 형님들?" 선수들은 이 풋내기를 앉혀놓고 '행크'는 헨리의 별명이라고 설명해줘야 했다. "그게 네 이름이냐, 꼬마야? 헨리가?" "아뇨. 그렇게 좋은 이름은…… 그럼 '더치'는 어때요? '더치' 데이머. 두운이 맞아요!" "'더치'는 '네덜란드 사람'이란 뜻이야, 멍청한 녀석." "'치프'는요?" "그건 인디언이야." "'화이티'는요?" "그건 금발이야." "그럼 '오하이오'는 어때요? 내가 거기서 왔잖아요?" "그건 사람 이름이 아냐." "아, '해피'는 어때요? 난 정말 행복해요. 여기 형님들하고 같이 있잖아요!" "걱정 마라. 오래 못 갈 테니." "음, 그렇다면," 그가 수줍게 말했다. "나의 놀라운 스피드까지 자랑할 겸 '사슴발'은 어떨까요? 아님 '번개'는? 아님 '번쩍이'!" "으스대지 마라, 그것도 안 어울려. 우리도 한때는 다 빨랐어. 세상 모든 사람이 한때는 그래. 그것 때문에 네가 털끝만큼이라도 특별해지진 않아." "아! '더스티'는 어때요? 그것도 두운이 맞네요!"

하지만 그가 풍선껌 카드에서 자신의 사진 밑에 인쇄된 것을 보건, 타석에 들어설 때 확성기에서 큰 소리로 울리는 것을 듣건, 기분 나쁘지 않을 만한 것으로 직접 별명을 정했을 때도 팀 동료들은 그 별명으로 부르기를 거부했다. 초기에 보통 동료들은 가능하면 그에게 말을 걸지도 않았고, 그를 옆으로 밀치고 지나가거나 그 자리에 없는 것처럼 통과해버렸다. 41.7킬로그램밖에 안 나가는 열네 살짜리 꼬마가 그들과 같은 내야에서 뛰다니! "다음은 뭐냐?" 그들은 지겹다는 듯 더그아웃 계단에 침을 뱉으며 물었다. "순록이냐, 계집이냐?" 한편 데이머는 동료들이 알아보고 '캐피'* 라 불러주길 바라는 마음에 이 분마다 모자를 잡아당기기 시작했고, 다음에는 얼른 '루브'**라 불러주길 기대하면서 농장에서 태어난 사람처럼 말을 "하스hoss"라 부르고 내야를 "완두콩 밭"이라 부르기 시작했다. 그러다 어느 날에는 내야로 나갈 때 괴상하고 별난 걸음걸이로 걷기 시작했다. "대체 왜 그러는 거냐, 꼬마야?" 동료들이 물었다. "난 원래 그렇게 걸어요," 그가 대답했다. "오리처럼." 하지만 그 힌트를 알아차리고 그를 '새끼 오리'나 '거위'로 불러준 사람은 한 명도 없었다. 그가 투수에게 응원의 말을 나불거릴 때도 '수다쟁이'라는 별명을 붙여줄 생각은 아무도 하

* '모자를 쓴'이라는 뜻.
** '시골뜨기'라는 뜻.

지 않았다. "그 시끄러운 주둥이 좀 닥치지 못해?" 투수가 소리를 질렀다. "네놈 때문에 돌아버리겠어." 그래서 더 나불거리지 못했다. 마침내 그는 절망에 빠져 이렇게 외쳤다. "제길! 그럼 최소한 키드는 어때요?" "키드는 벌써 우리 팀에 있어. 둘이면 헷갈려." "하지만 그는 나이 오십 줄에 이가 빠지고 있잖아요!" 데이머가 울부짖었다. "난 겨우 열네 살이에요. 내가 진짜 어린애죠." "하지만 그는 네가 태어나기도 전부터 여기 있었어."

그에게 닉네임이라는 세례명을 준 사람은 먼디의 중재인이자 일요일 경기 감독인 졸리 촐리 터미니카였다. '해피'라 불리면 데이머는 분명 행복해했을 테지만 이 별명에는 전혀 그렇지 않았다. "닉네임은 별명이 아니라 별명의 이름이잖아요! '닉'은 어때요? 그건 별명의 별명이잖아요! 날 '닉'이라 불러줘요, 형님들!" "'닉'? 그건 그리스 사람이라는 뜻이야." "하지만 닉네임 데이머라 불리는 야구선수가 어디 있어요?" "그러면 체중이 41.7킬로그램밖에 안 나가고, 면도날을 후원해줘도 받을 수 없는 야구선수는 또 어디 있나?"

실제로 그는 아주 가냘픈 체구 탓에, 1943년 시즌 개막일에 2루로 돌진하던 주자가 닉네임을 들이받아 아주 높이 그리고 아주 멀리 날려보내자 중견수인 롤런드 애그니가 달려와 놀라운 양손 다이빙캐치로 소년을 받아내기도 했다. 누심은 "아웃!" 하고 큰 소리로 선언한 직후, 받아야 할 것은 당연히 선수가 아니라 공이라는 사실을 깨닫고 즉시 판정을 번복했다. 그러나 팬들은 닉네임이 이리저리 날아다니는 걸 보며 짜릿한 재미를 느꼈고 그가 공을 치러 나올 땐 장난으로 이렇게 소리쳤다. "'타잔'은 어때? '가르강튀아'*는 어때?" 그리고 상대 팀도 재미있어하며 벤치에서 그의 신경을 건드렸다. "이봐, 닉네임. '발전소'는 어때? '허리케인'은 어때? '헤라클레스'는?" 마침내 자그마한 2루수는 더이상 참고 견딜 수 없었다. "그만해." 그가 소리쳤다. "그만하라고, 제발." 그런 뒤 눈물을 줄줄 흘리며 그를 괴롭히는 사람들에게 간청했다. "내 이름은 올리버야!" 하지만 어쩌랴, 이미 때는 늦어버린 것을.

닉네임은 확실히 메이저리그 재목이 아니었고 하다못해 대주자 재목도 아니었다. 정말 날래긴 했지만 어른이 되려면 멀었고, 전시의 비상체제가 아니었다면, 또 먼디 형제의 무책임이 아니었다면 원래 살던 집에서 엄마와 함께 다항식 나눗셈 공부를 하며 보냈을 것이다. "'향수병'은 어때?" 1943년 시즌이 개막하고 한 달이 흘렀을 때 스포츠기자 스미티가 소년의 귀에 속삭였다. 온몸이 시퍼렇게 멍든 채 자기 몸무게보다 낮은 타율을 기록중이던 소년은 버럭 화를 내며 유명 칼럼니스트에게 달려들었다. 하지만 그랜드캐쿨라호텔의 로비 한구석에서 주먹세례로 시작된 소년의 공격은 어느덧 흐느낌으로 바뀌어 안락의자에 앉은 스미티의 무릎을 축축하게 적셨다. 이튿날 스미티의 칼럼은 이렇게 시작했다. "어제 어느 메이저리그 선수가 어린아이처럼 목놓아 울었다. 하지만 바보가 아니라면 아무도 그를 계집애 같다고 하지 못할 것이다……"

---

* 프랑수아 라블레의 풍자소설 『가르강튀아와 팡타그뤼엘』에 나오는 거인 왕.

그후 팬들은 닉네임을 작은 체구와 나이와 이름으로 놀리는 짓을 중단했고, 한동안(캐쿨라에서 그 비극적 사건이 일어날 때까지) 그는 관중에게 마스코트 같은 존재가 되었다. 물론 어린애 취급당하는 건 결코 싫었기 때문에(그는 그렇게 생각했다), 빅 존 바알의 프로다운 지도하에 독한 술을 마시기 시작했고 곧이어 매춘부들과 어울렸다. 그들이야말로 그를 원하는 대로 불러주었다. 구장 주변 싸구려 여인숙의 그녀들은 그를 '베이브' '낮잠' '크리스티' '맨발' '멍청이' '엉덩이' '멋쟁이' '홈런' '모자' '방탕아' '패거리' '루크' '페퍼' '아이리시'로 불렀고, '크래커' '컨트리' '킹콩' '파이'로도 불렀으며, 심지어 열네 살밖에 안 된 깡마른 2루수를 '좌파'라고 부르기도 했다. 뭐 어떤가? 1달러만 얹어주면 되는 일이었고, 그는 대단한 사람이라도 된 것 같았다.

"3번 타자, 1루수, 등번호 11번, **존 바알. 바알.**"

빅 존(우타, 좌투, 193센티미터, 104.3킬로그램)은 평생 맨정신으로는 홈런을 친 적이 없다는 말이 있고, 먼디스를 포함한 리그의 모든 구단에 몸담았으며, 먼디스로 다시 돌아온 건 1942년 인정 많은 먼디스 감독이 그의 보호감독을 자청해 가석방된 뒤였다. 도박죄로 오 년 형을 선고받은 바알은 이 년을 복역한 후 팀에 합류했다. 그는 월드시리즈가 끝난 후 그해의 루키와 크랩스 도박을 했고, 납을 집어넣은 주사위 두 개로 어린 선수를 빈털터리로 만들었다. 존이 다른 선수의 월드시리즈 배당금을 싹 쓸어간 건 처음이 아니었지만 만취한 고액 연봉 루키와 함께 붙잡힌 건 처음

174

이었다. 감옥에서 빅 존은 생애 최고의 두 시즌을 보내며 '교도소의 베이브 루스'라는 풍자적 별명(물론 스미티가 지어준)을 얻었다. 싱싱교도소는 강펀치를 자랑하는 주류 밀매업자들로 구성된 연방의 주요 교도소 팀들에게 거의 십 년을 내리 패했지만, 빅 존이 선발로 나선 후부터 강팀인 리븐워스교도소 팀을 포함해 전국 주요 팀을 모두 물리치고 미국 범죄자 야구선수권대회에서 두 시즌 연속 우승을 차지했다. 교도소 담장 안에서 조니 바알은 메이저리그 시절부터 내내 거치적거리던 규칙과 규정, 특히 알코올에 취한 채 출전해서는 안 된다는 명령을 참고 받아들일 필요가 없었다. 그의 교도소장은 오로지 이기길 원했기 때문에, 만일 강타자가 경기하는 도중 목이 마르면(원기왕성한 남자가 느낄 수 있는 다른 욕구와 마찬가지로) 그렇게 해결해도 괜찮다고 생각했다. 그러나 사회에서는 야구 유니폼 차림의 작고 깐깐한 노파에게 온몸의 냄새를 맡게 해주지 않으면 더그아웃 계단을 통과할 수 없었다. 노파는 행여 누구라도 공에다 시큼하고 걸쭉한 숨을 내쉬어 실밥이 툭 터지고 실이 풀어질까 걱정했다. 그 결과 범죄 기록은 차치하고 빅 존이 교도소 밖에서 세운 유일한 기록은 한 시즌 동안 가장 멀리 치고도 아웃된 횟수였다. 맙소사, 하도 높이 쳐올린 나머지 공이 정점을 지날 땐 아예 시야에서 사라졌지만, 그가 술에 절어 있지 않으면 거리상으론 결코 담장을 넘지 못했다.

어느 선수에게나 약점은 있었고, 그게 빅 존의 약점이었다. 술을 마시지 않으면, 도박을 하지 않으면, 계집질과 협잡질과 욕질을 하지 않으면, 난폭하게 굴고 폭식하고 고래고래 떠들어대지 않으면, 아주 딴사람이 되어 타격 그리고 수비 모두에서 경기 전체를 말아먹었다. 그러나 뱃속에 열다섯 잔쯤 들이부었을 때는 그만한 1루수가 없었다. 상태가 좋고 술에 취했을 때는 거대한 몸집으로 캥거루처럼 내야를 뛰어다녔다. 그리고 안타를 칠 줄도 알았다! "뭐, 거기 감방에 있을 땐," 빅 존은 감옥에서 풀려난 직후 스미티에게 이렇게 말했다. "점심으로 맥주 한 상자와 버번 한 병을 마시고 더블헤더로 아홉 이닝씩 두 경기를 뛰었어요. 암요, 타석에 설 때마다 공을 때려 바깥세상으로 보내버렸다고요. 하지만 여기서 정해놓은 이 규칙은, 거참, 정말 넌더리가 나요! 그런 규칙은 남자들한테 안 맞아요. 막대사탕이나 컵케이크라면 모를까! 경기를 정말이지 농담으로 만들어버렸어요. 그리고 그 명예의 전당이란 건, 뭐냐면, 더 큰 농담이에요! 나 원 참, 그들이 내게 시 한 편이든 뭐든 줄 테니 오라고 하면 나는 그들을 똑바로 쳐다보고 웃을 거예요! 그리고 이렇게 말할 거예요. 그 시 나부랭이를 가져가서 니들 엉덩이나 닦아라, 이 한심한 계집애들아!"

빅 존이 명예의 전당을 경멸하는(그리고 평소에 반사회적으로 행동하는) 이유는 그의 악명 높은 아버지가 심어준 프로야구협회에 대한 불만으로 거슬러올라갔고, 그 아버지는 그의 악명 높은 아버지에게서 노골적으로 야구를 싫어하는 네안데르탈인의 태도를 물려받았다. 모두가 알다시피 존의 할아버지는 전설의 '베이스*'로 알려진 바로 그 바알이었다. 어떤 사람들은 야구가 걸음마

---

* '베이스(base)'에는 '비열한'이라는 뜻도 있다.

단계에 있을 때 그가 모래주머니로 된 베이스를 없애고 내야에 말뚝을 박아 위치를 표시하자는 아이디어를 낸 장본인이라고 잘못 알고 있었지만, 사실 그가 그 별명을 얻은 건 초년에 야구장에서 보인 행동 때문이었다. 전하는 이야기를 믿어보자면, 베이스 바알은 처음 리그가 조직되기 전, 그러니까 야구장이 세워지고 사람들이 선수생활로 생계를 유지하기 전에 미국의 거의 모든 옥수수밭과 풀밭에서 경기를 했다고 한다. 수많은 미국 소년들처럼 그도 남북전쟁 때 육군 캠프에서 원리를 익혔다. 그 시대의 야구는 서로 다른 몇 종류가 있었는데, 현재의 미국 야구팬들이 본다면 하이알라이*나 라크로스**처럼 낯설 게 분명하다. 투수가 머리 위에서 공을 던지기 시작한 때보다 한참 전, 배트는 울타리 기둥이나 맥주통에서 떼어낸 널 아니면 양쪽 끝이 가는 막대기였고, 한 팀 선수가 이삼십 명이나 되었으며, 관중들 중에서 선발된 심판은 다른 사람과 어긋난 판정을 낼 경우 코를 정통으로 얻어맞거나 들판으로 도망칠 수 있을 때였다. 공은 조금 더 커서 현재의 소프트볼과 비슷했고, '플러그'나 '소크'가 그 시대의 규칙이었다. 주자를 아웃시키려면 '플러그'해서(즉, 주자가 베이스와 베이스 사이에 있을 때 공으로 맞혀서) 물러나게 해야 했다(종종 고통스러운 신음소리와 함께). 종종 야수, 또는 일부 지역에서 부르는 명칭으로 '스카우트'는 주자가 가까이 올 때까지 기다렸다 갈빗대를 '플

---

* 핸드볼과 비슷한 구기.
** 하키와 비슷한 구기.

러그'해 구경꾼들에게 큰 즐거움을 선사하는 걸 의미했다. 그리고 그게 베이스의 주특기였다. 실제로 그 노인네는 1880년대에 새로운 네 팀을 묶어 만든 패트리어트리그에 들어갔을 때(이 무렵 야구는 이미 현대적이고 보다 진보한 성격을 꽤 띠고 있었다), 어느 날 잠깐 '아차' 하고 3루에서 홈으로 들어오는 주자를 '플러그'했고, 공은 그가 항상 겨냥하는 남자의 신체 구조 중 가장 취약한 부분으로 날아갔다. 그는 즉시 상대 팀에게 둘러싸여 죽도록 얻어맞았고, 예순이 다 된 턱수염을 기른 거구의 이 남자는 날아오는 주먹 사이로 계속해서 외쳤다. "내가 있던 데서는 그게 아웃이야!"

베이스의 아들이자 빅 존의 아버지는 악명 높은 투수, 스핏이었다. 공을 축축하게 만드는 게 불법으로 선언되기까지 몇 년 동안, 그가 던지는 공은 하도 축축하게 젖어 있어서 한 이닝이 끝나면 포수는 빗속에서 뛰어놀다 들어온 개처럼 몸을 털어야 했다. 스핏의 스핏볼*은 그야말로 아무도 공을 내야 너머로 쳐내지 못한다는 게 문제였다. 심지어 침이 뚝뚝 떨어지는 그 공의 궤적을 알아보고 어떤 나무로든 쳐내보려고 해도 그랬다. 일단 액체를 가득 머금은 공이 스핏의 손에서 떠나면 그조차 공이 어떻게 돌고 뒤틀리며 날아가다 포수의 글러브나 보호대를 댄 몸통을 철썩 하고 때릴지 정확히 알지 못했다. 바알이 완성한 이 스핏볼을 반대하는 의견—부자연스럽고 비위생적이고 비신사적이며 야구의 경쟁 요소를 망쳐놓고 있다—이 쌓여가는데도 그는 단지 어깨를 으쓱

---

* 공에 침이나 땀을 묻혀 베이스 가까이에 떨어지게 던지는 변화구.

하고 말했다. "나보고 어쩌란 말이야, 공은 타자가 치는 거잖아?" 무더운 오후, 침샘과 강한 오른팔에 물이 제대로 오르면 스핏은 자신이 타자를 삼진아웃시킬 동안—또는 그의 표현에 따라 "익사시킬" 동안—외야수들에게 엉덩이를 붙이고 앉아 껌이나 씹고 있으라는 몸짓을 해 상대팀을 슬쩍 조롱하곤 했다. "우천으로 경기를 취소해야 하는 거 아냐!" 스핏의 첫번째 스핏볼이 홈플레이트 앞에서 공중제비를 넘은 뒤 무릎 쪽에서 커브를 틀어 스트라이크로 들어오면 화가 난 타자들은 주심에게 버럭 소리를 질렀다. 그러나 스핏은 누가 뭐라고 해도 콧방귀로 응수했다. "이거 왜 그러시나? 조금 젖었다고 다치진 않을 텐데." "이건 젖은 게 아냐, 바알. 끈적끈적해. 백인은 속이 뒤집어진다고." "아하, 별거 아냐. 가벼운 코감기에 걸렸을 뿐이야. 자, 이제 거기에 빠져봐, 헤엄을 못 치면 떠오르기라도 해봐."

처음에는 다양한 사람들이 스핏볼을 스핏이 출현하기 이전으로 되돌리기 위해 갖가지 보수적인 아이디어를 내놓았다. 미국의 감귤류 재배업자들은 스핏볼 투수는 공을 던질 때 침이 나오는 걸 막기 위해 레몬 반 개를 빨고 있어야 한다고 제안했다. 그 과정에서 비타민C 일일 권장 섭취량을 채울 수 있다고 했다. 그들은 직접 "사워볼"이라 명명한 투구에 대중의 관심을 불러일으키려 했다. 하지만 입안이 이, 혀, 그리고 씹는담배로 꽉 차 있는 마당에 레몬이 들어갈 자리는 없다고 투수들이 불평하며 직접 난색을 표한 탓에 다행히 그들의 제안은 거부되었다. 더 진지한 부류의 사람들은 투수에게 침은 마음껏 사용하게 하되 점액과 가래는 금지하자고 제안했다. 야구선수들이 완곡하게 "끈적끈적한 물질"이라 부르는 것 때문에 바알의 투구가 그렇게 춤을 춘다는 이론에서였다. 그 투구에 대한 연구를 맡은 감독위원회는 스팟이 꼭두각시를 부리는 사람처럼 거미줄 여러 개를 잡아당기며 공을 부린다고 단언했다. 그리고 투수가 공에다 코를 풀거나 코가 안 나오면 마지막 어금니 안쪽에서 아무거나 끌어올려 묻히는 걸 방지하기 위해선 규칙을 고쳐 쓰는 수밖에 없다고 주장했다. 타자뿐 아니라 우연히 파울볼이 날아간 쪽 관중석에 앉은 팬들을 위해 그래야 했고, 그러면 더 많은 여성 관중을 모을 수 있다고 했다. 이대로라면 바알의 기술이 여성들의 비위에 거슬린다는 이유로 그가 공을 던지는 날 여성참정권론자를 외야석에 따로 앉혀야 하는데 그럴 순 없는 노릇이었다. 심지어 아주 비위 좋은 남성 팬들도 파울볼을 아이들에게 줄 기념품으로 가져가려고 주머니에 넣을 때면 메스꺼운 표정을 지었다. 그러나 스팟 본인은 싱글벙글 웃기만 했다(그는 순하디순한 사람이었다, 그들 때문에 망가지기 전까진). "난 다과회에서는 아주 예의바르게 행동하고 나갈 때는 문 앞에서 여자들처럼 한 발을 빼고 무릎을 굽혀 인사를 하지. 하지만 내 앞에서 90킬로그램씩 나가는 연골덩어리들이 몽둥이를 휘둘러 공을 내 목구멍 안으로 되받아치려 하면, 그땐 정말, 귀에서 귀지를 파내서 쓸 수도 있어, 꼭 그래야 한다면 말이야."

단지 적들을 회유할 속셈으로 한 말이 아니었다. 실제로 1902년 월드시리즈에서 그가 공에 귀지를 묻힌 것이 사실로 밝혀지자 야구계 전체가 논쟁에 휩싸였다. 공 적시기를 게임의 일부로 간주했던—그리고 스핏은 때를 만난 재능 있는 괴짜지만 곧 시야에서 사라질 거라고 생각했던—구단주들은 야구를 미국의 스포츠로 받아들이기 직전이던 대중이 분노하자 화들짝 놀랐다. 이제 야구는 스핏의 아버지가 뛰던 시절의 불구 만들기와 주먹다짐으로 특징지어지던 야만적 게임에서 차차 벗어나고 있었다. 논설위원들은 이렇게 경고했다. "야구가 헛간 마당과 뒷골목 냄새를 풍기는 불쾌하고 혐오스러운 면들을 제거하기 위해 자정 노력을 하지 않으면 미국인은 국민 오락을 찾기 위해 다른 곳으로, 예를 들어 프랑스인들이 오랫동안 사랑해온 테니스 게임으로 눈길을 돌릴 수 있다." 사방에서 밀려드는 압력 때문에 결국 1902년 월드시리즈가 끝나고, 바알 본인이 월드시리즈에서 몇 차례 자기 머리에서 파낸 물질을 공에 묻혀 투구했다고 시인한 후, 패트리어트리그의 구단주들은 1902년 겨울 트라이시티에서 회의를 열고 다음과 같이 결정했다. "선수가 어떤 목적으로든 어떤 신체 분비물이라도 공에 바르는 행위를 금한다. 경기 도중 땀이 몇 방울 흘러 공에 묻는 것은 불가피하지만, 선수와 심판은 공이 이물질에 오염되지 않고 마른 상태를 유지하도록 최선을 다해야 한다." 이 선언과 함께 야구는 성숙기에 들어섰고 온 국민이 마음과 영혼을 바칠 만한 게임이 되었다.

스핏의 경력은 1903년 시즌 개막일에 돌연 끝장났다. 그날 스핏은 인간적 품위를 보장하는 법을 명백히 위반함으로써 전년 겨울 트라이시티에서 통과된 새로운 결정은 물론이고 온 국민을 모욕한 대가로, 야구계에서 추방당한 최초의 선수이자 패트리어트리그의 명예로운 기록에 반하는 개탄할 만한 최초의 사례가 되었다. 사건은 다음과 같다. 바짝 마른 공만 던지자 한 이닝에 단 한 명도 아웃시키지 못한 스핏은 인디펜던스의 야유와 조롱을 받으며 무려 8안타에 5실점을 허용하고 말았다. 관중은 야유하고, 팀 동료들은 신음하고, 스핏은 분노했다. 마른 공을 주장한 개자식들이 그를 완전히 망쳐놓았다! 그들은 전 세계의 어느 누구도 아닌 바로 그를 파멸시킬 목적으로 법을 통과시켰다! 오직 그를 겨냥한 법을!

그래서 순진한 아이들을 포함한 2만 명의 경악한 관중, 그리고 눈이 휘둥그레진 팀 동료들 앞에서, 한때는 위대했지만 어쨌든 씻겨나가버린 이 투수는 상상할 수 없고, 용서할 수 없고, 속죄할 수 없는 짓을 저질렀다. 그는 플란넬 유니폼 바지를 무릎까지 내리고 공에다 오줌을 누더니 표면에 골고루 스며들게 하려고 양손으로 천천히 공을 비볐다. 그런 뒤 바지를 다시 끌어올리고 투수들이 흔히 하듯 스파이크로 마운드의 땅을 여기저기 차고 발로 흙을 쓸어모아 의도치 않게 흘린 자리를 반반하게 덮었다. 그는 야구장 안의 그 누구보다 더 바짝 얼어붙은 타자를 향해 소리쳤다. "이제 오줌 볼이 날아갈 거다, 똥대가리야, 준비해라!"

그후 몇 년 동안 사람들은 그 공이 어떤 궤적을 그리며 홈플레이트를 통과했는지를 두고 입씨름을 벌였다. 바알의 스핏볼이 사람들이 잔뜩 기대하던 급커브와 공중제비를 보여줬을 뿐 아니라, 전해오는 얘기로는 기어를 4.58미터에 한 번씩 총 네 번 바꿨는데 그때마다 속도가 두 배씩 빨라졌다고 했다. 그 끝에서 포수는 웅크린 자세로 글러브를 표적처럼 고정시켜놓고 꼼짝도 할 수 없었다. 공은 스트라이크존 한가운데로 철퍼덕 하고 파고들었고 포수는 헛구역질을 했다.

"스트으-라이크!" 바알은 꿀 먹은 벙어리가 된 주심에게 이렇게 소리치고 즉시 돌아서서 마운드를 벗어나 더그아웃을 통과해 구장을 빠져나갔다. 그는 불과 몇 분 후 추방당했지만(삼십 년 후 위대한 가메시와 똑같이) 그때쯤엔 벌써 유니폼과 스파이크 차림으로 전차를 타고 있었고, 해질녘엔 리우그란데행 유개화차에서 그의 낡고 냄새나는 글러브를 베개 겸 유일한 친구 삼아 잠을 자고 있었다. 마침내 그가 기차에서 뛰어내린 곳은 중앙아메리카였다.

여기서 그는 라틴아메리카 야구의 원주민 조상 격인 불운의 니카라과 모스키토코스트리그를 만들었다. 그걸 리그라고 부를 수 있다면 말이다. 선수들은 순전히 변덕만으로 한 팀에서 다른 팀으로 옮겼고, 더블헤더 중간에 팀 전체가 도시에서 사라져 다시 나타나지 않은 적도 있었다고 하니까. 스핏 바알이 리그에 끌어들인 니카라과 젊은이들은 야구처럼 복잡하고 오래 걸리는 게임을 해본 적이 없었고, 그 무더위 속에서 오후 경기 내내 집중력을 유지하는 사람도 거의 없었다. 하지만 그들은 투구하기 전 공에다 원하는 걸 아무거나 묻지를 수 있다는 규정을 의문 없이 받아들였고, 실제로 미국 아이들이 여름에 정원용 호스를 좋아하듯 스핏볼을 좋아했다. 모스키토코스트리그에서 원주민 선수들은 스핏의 동포들이 젖은 볼이나 귀지 묻은 볼을 금지하는 결의안을 통과시킬 정도로 철저히 거부했던 바로 그런 유의 혐오스럽고, 불쾌하고, 비위생적인 게임을 했다. 니카라과로 내려와 야구를 하는 소수의 미국인은 무단으로 이탈한 선원들과 정상적이고 품위 있는 사회에서 도망친 온갖 괴짜들과 무법자들이었다. 때로는 실직한 스핏볼 투수가 정글 습지에서 기어나와 고향을 찾은 양 구장에 들어서곤 했다. 이들은 노새를 타고 이 마을 저 마을을 떠돌며 오물 속에서 돼지나 닭과 함께 자거나 이가 빠진 인디언들과 헛간에서 잠을 잤고, 그러던 중에 한때 그들이 야구선수이자 인간으로서 지녔던 그나마의 품위마저 이내 잃어버렸다. 그리고 그들 자신과 야구라는 위대한 게임을 더욱 더럽히려는 듯 경기 중간에 맛도 없는 건포도 와인을 마시기 시작했고, 그로 인해 게임의 속도는 아무도 헤아릴 수 없게 변해버렸다. 하지만 물에서는 쥐와 조류藻類 냄새가 났고, 건기인 과테말라의 센터필드는 지옥의 센터필드 못지않게 펄펄 끓었으므로 여름에 니카라과에서 아홉 이닝을 뛴 후에는 명백히 독극물이 아니면 아무거나 마시게 된다. 그런데 그곳에서는 물이 독극물이었다. 그들은 불타는 발을 씻는 데만 물을 사용했다. 원주민 여자들이 파울라인 근처에 어슬렁거렸고, 그들에게 현지 통화로 1펜스를 주면 오후 내내 선수가 타석에 들어설 때마다 발가락을 씻어주고 그 악취나는 물을 머리에 한 양동이씩 부어주었다. 결국 이 물 나르는 여자들은 선수들과 벤치를 나눠 쓰게 되었고 선수들은 여자들을 사실상 마음대로 쓰다듬고 주물렀기 때문에, 여자 한 명이 한 팀에 달라붙어 시즌 내내 선수들과 함께 여행하는 건 자연스러운 일이었다.

투수들—그곳에서의 삶은 결코 장밋빛이 아니었다—은 심지어 마운드에 올라서도 건포도 와인으로 입을 행궜고, 문명화된 투수가 송진 주머니를 찾는 것만큼이나 자주 술병을 찾았기에 몇 이닝이 지나면 공은 피에 담갔다 꺼낸 것처럼 벌게졌다. 배트 역시 변색된 공과 땀에 절은 채 끈적끈적한 선수들의 유니폼—등번호를 새긴 서라피*—에 닿아 짙은 주홍색으로 물들었다. 메이저리그에서 야구를 가장 뚜렷이 상징하는 흰 실이 박힌 깨끗한 공이 모스키토코스트리그에서는 아주 진하게 착색된 공으로 변해버려, 사이드라인에 붙어 가물가물 밀려오는 열기를 뚫고 바라보자면 두 팀이 타르 뭉치나 똥덩어리를 갖고 야구를 하는 게 아닌가 하는 생각이 들기도 했다.

빅 존 바알은 이런 삶의 한가운데서, 메이저리그 구장에서 감히 오줌 볼을 던진 유일한 투수의 사생아이자, 대기타석에서 선수들의 귀와 발목에 중앙아메리카의 물을 부어주며 푼돈을 버는 여자의 혼혈아로 태어났다. 아들 후아니토의 나이가 두세 시즌을 넘겼을 무렵, 그의 아버지는 리그 주위에서 물을 나르는 수십 명의 여자 중 누가 이 어린 아들의 어머니인지 더이상 기억하지 못했다. 그의 눈에 여자들은 하나같이 지저분하고 시커멓고 벙어리처럼 보였지만 그래도 그의 배터리** 포수가 만족하는 가축보다는 한 단계 위였다. 메이저리그 선수라면 어느 정도 선을 지켜야 했

---

* 라틴아메리카 남자들이 외투로 입는 화려한 무늬의 숄.

** 짝을 이루어 경기를 하는 투수와 포수.

으므로 스핏은 그 선을 염소로 정했다. 아이가 그에게 "마마? 마드레*?"라고 물었을 때 스핏은 자신의 뇌를 전혀 혹사시키지 않고 (그 무더위에 뇌를 혹사시키면 현기증이 일 수 있었으니) 때마침 저쪽 불펜에서 구원투수와 흙투성이가 되어 뒹굴고 있는 여자를 가리켰다(어떤 날에는 불펜에 씩씩거리는 젊은 황소가 있기도 했다). 십팔 개월이 되자 존은 통통한 열 손가락으로 퍼런 바나나를 움켜쥘 수 있을 만큼 충분히 크고 힘이 세졌고, 그걸로 감독이 근처에 없을 때 원주민 선수들이 감독의 어린 아들에게 키득거리며 던지는 작은 돌멩이를 쳐낼 수 있었다. 몇 년 후 아이가 정식 배트를 휘두를 수 있게 되자 그의 아버지는 스핏볼을 쳐내는 비결을 가르쳤다. 존은 곧 주홍색 스핏볼(환멸을 느낀 해외 동포들은 술이 취하면 자기들끼리 냉소하며 스파이스볼이라 불렀다)을 귀신처럼 때려내기 시작했다. 나이가 들어 세상에 복수하고자 니카라과를 떠날 무렵에는 하얗고 보송보송한 공을 쳐내는 건 그에게 아무 일도 아니었다. 아, 만일 그가 원시적인 쓰레기들 사이에서 부도덕하게 크지만 않았다면 얼마나 대단한 불후의 명성을 날렸을지! 아, 아버지를 추방한 리그와 그 리그가 대표하는 공화국을 가슴 깊이 경멸하지 않은 채 그가 북쪽으로 올라왔다면!

"먼디스 4번 타자, 포수, 등번호 37, **핫 타. 타.**"

핫헤드, 또는 (줄여서) 핫 타(우투, 우타, 177.8센티미터, 81.6킬

---

* 스페인어로 '엄마'.

로그램). 단연 가장 신경쓰이는 선수이자 불리한 신체 조건으로 다른 팀의 동정을 살 수도 있었지만 오히려 가장 경멸당한 먼디스 선수. 멀리 캔자스에 사는 어머니는 두 다리가 멀쩡할 때도 그가 늘 괴팍했다고 주장했지만 그의 성질은 분명 사라진 한쪽 다리와 관련이 있었다. 전시의 팬들에게 핫은 그야말로 최고의 재밋거리였다. 팬들은 먼디스 선수들의 그 어떤 어설픈 행동이나 기벽보다 그가 노발대발하는 모습에서 짜릿함을 느꼈다. 그러나 홈플레이트에 서서 꼼짝없이 외다리 수다쟁이가 퍼붓는 저주와 욕을 들어야 하는 선수들은 아무리 애써도 그걸 귓등으로 넘길 수 없었다. "그래, 핫, 넌 다리가 하나 없어, 그게 내 잘못은 아니잖아?" 그는 유리창에 가로막힌 파리처럼 끝없이 왱왱거렸다. 그러면 결국 타자는 눈물을 글썽이며 심판에게 돌아섰다. "저걸 좀 들어봐요! 방금 뭐라고 했는지 들었어요? 왜 가만히 놔두는 거예요!" "그-래, 그가 뭐라고 했는데?" 심판은 묻곤 했다. 핫이 심판에게는 전혀 안 들리고 타자의 귀에만 들리도록 곧장 독액을 퍼부을 줄 알았기 때문이다. "뭐라고 했느냐고요? 상소리를 써가며 우리 어머니가 남부에서 검둥이들과 놀아나고 있다고, 그렇게 말했다고요!" "이보게, 타……" 하지만 이때면 벌써 핫은 포수마스크를 벗어 플레이트를 쾅쾅 내리치고 있었다. 보고 있으면 둘 중 하나는 박살이 나겠다 싶은 생각이 들 정도였다. 그러지 않으면 야구 유니폼을 입은 고릴라처럼 손과 글러브로 가슴보호대를 탕탕 치면서 "표현의 자유" 운운하며 악을 써댔다. 핫은 구장에서(혹은 미합중국 대법원을 비롯한 어느 곳에서든) 헌법, 권리장전, 독립선언문, 먼로

주의, 노예해방령, 심지어 국제연맹에 대해 그 누구보다 미친 기세로 노래하고 춤출 줄 알았다. 오직 어느 불쌍한 남부 청년의 귀에다 하고 싶은 말을 쏟아부을 권리를 옹호하기 위해서 말이다. "난 네가 누군지 알아." 처음에 핫은 타자에게 낮고 느리게 속삭였다. "네 염병할 가족도 다 알고 네 엄마도 알지……" 그런 뒤 뻔뻔스럽게 수정헌법 제1조로 자신을 변호했다. 수정헌법 제1조 외에도 대부분의 심판들은 난생처음 들어보지만, 핫이 이 호텔에서 저 호텔로 자신의 여행가방에 갖고 다니는 법률 서적들에서 연구한 말은 백 가지는 더 있었다. 그는 그 빌어먹을 책들을 끼고 잤다…… 허나 불쌍한 불구자가 그 책들이 아니면 뭘 끼고 잘 수 있을까? "와그너법! 셔먼독점금지법! 카터 대 카터석탄회사 판결! 곰퍼스 대 버크 스토브 판결! 연방준비법, 젠장! 드레드 스콧 판결은 어떻게 된 거야? 이제 이 나라에서 휴짓조각이 된 거야? 빌어먹을!" 이렇게 모든 관계자를 곤경과 당혹에 빠뜨리고 관중석을 웃음바다로 만든 후(관중이 웃으면 그는 더욱 달아올랐다) 그는 절뚝거리며 홈플레이트 뒤로 갔고 심판은 경기를 재개하라고 외쳤다. 어찌됐건 심판들은 전문 법률가가 아니었으므로 그가 하는 말이 조금이라도 이치에 닿는다고 생각해야 할지, 그래서 이 개같은 소송 포획꾼과 결국에는 법정에서나 끝을 맺을 법적 장광설에 돌입해야 할지, 아니면 이 녀석을 샤워실로 보내버리는 대신 그가 외치는 이른바 표현의 자유를 존중하는 게 나을지 생각할 필요가 없었다. 게다가 먼디스에서 핫이 공을 받지 않으면 누가 하겠는가? 다리가 하나도 없는 사람이?

핫의 실적에 대해 말하자면, 1943년 P리그에서 어느 포수 못지 않게 공을 잘 던져 도루를 막아냈고, 주자가 있으면 좌익 펜스까지 공을 내리꽂는 능력도 있었다. 하지만 나무로 만든 그 다리 때문에 번트를 대고 1루로 달려갈 때는 스카이콩콩을 타는 양 비틀거렸고, 플라이볼이 홈플레이트 뒤 그물이 쳐진 곳으로 뜨면 썩 달가워하지 않았다. 2루타나 3루타를 꽤 많이 쳤지만 고작해야 1루밖에 밟지 못했고, 단타는 당연히 우익수든 중견수든 좌익수든 손쉽게 1루로 송구하는 바람에 아웃으로 처리되었다. (수비 포지션으로 치면 9-3, 8-3, 7-3 아웃이었다.)

이제 분명한 사실이지만, 전시가 아니었다면 (가령 먼디스가 곧바로 우익에 투입한) 외팔이 외야수와 마찬가지로 외다리 포수도 기껏해야 마이너팀 소속으로 가장 우중충한 마을에서 경기를 뛰는 호기심거리에 지나지 않았을 것이다. 실제로 전 세계의 나라들이 평화롭게 지내던 여러 해 동안 핫은 그런 데서 야구를 했다. 인류 대부분에게 대재앙인 상황이 인류 공동체 변두리에 사는 소수에게는 항상 유익하게 작용한다는 건 인생의 섬뜩한 아이러니 중 하나다. 인류 공동체의 변두리에 산다는 것도 그 자체로 섬뜩한 아이러니지만.

"5번 타자, 좌익수, 등번호 13번, **마이크 라마. 라마.**"

먼디스가 날이면 날마다 남의 구장에서 경기를 해야 하기 전에도 마이크 '더 고스트' 라마(좌투, 좌타, 185.4센티미터, 83킬로그램)는 외야 담장과 문제가 있었다. 그의 뒤에 담장이 있는 한 그곳이 먼디파크건 상대 팀 구장이건, 경기가 시작되면 조만간 고스트는 잘 맞은 공을 죽기 살기로 쫓아가다 담장에 들이박았다. 루키 시절인 1941년에 그는 포트루퍼트의 경기장에서 다섯 번이나 들것에 실려나갔다. 물론 팬들은 자신의 안녕을 완전히 내팽개치고 승리에 헌신하는 이 훌륭한 젊은이에게 깊이 감동했다. 마이크가 경기장 담벼락에 머리를 부딪혀 구장 전체에 쿵 소리가 울리면 팬들은 가슴이 찢어졌다. 이번엔 죽었을까? 그리고, 젠장, 공을 떨어뜨렸을까? 하지만 기적적으로 둘 다 아니었다. (그가 병원에 실려가기 전) 주심이 판정을 내리기 위해 외야로 달려가면, 매번 혼수상태에 빠진 좌익수의 글러브 안에 폭 파묻힌 야구공을 발견했다. 주심은 "아웃!"이라고 외쳤는데, 절대 비꼬는 말이 아니었다. 단지 타자의 상태를 말하고 있을 뿐이었다. 만세! 팬들이 이렇게 외치면 그제야 불펜 포수와 배트보이가 구장으로 달려나와 쓰러진 영웅을 구급차로 데려가기 위해 잔디 위에서 들것으로 옮겼다. 그때쯤이면 이미 포트루퍼트에서 경기장으로 달려오는 구급차의 사이렌소리가 들려왔다. 그 소리에 관중은 얼마나 숙연해지고 슬퍼했는지⋯⋯

일단 그 엄숙한 순간이 지나면 팬들은 혹시 마이크가 조금 모자란 게 아닐까 의심하지 않을 수 없었다. 이렇게 보름마다 벽에 부딪혀 기절했으니 말이다. 공을 잡으려 노력하다 담장과의 거리를 오판하는 게 아니라, 담장 같은 물체가 존재한다는 것 자체를 까맣게 잊어버리는 것 같았다. 머리와 담장을 그토록 강하게 결합시킨 후에도 도무지 담장이란 개념을 머리에 집어넣지 못하는 듯 보였다. 사람들이 그를 '고스트'라 부른 이유는 다른 사람은 죽어도 이해할 수 없는 것을 그는 아무것도 아니라고 생각—이 단어가 적절한지 모르겠지만—하는 것 같았기 때문이다. 즉 그는 담장이 실제 담장이 아니라고 믿었다. 아니면 살이 그저 살이 아니라고 믿거나. 텍사스에서 태어나고 자란 시간을 절대 극복하지 못하는 것이었다. 그가 대단한 고교 스타로 이름을 날리던 텍사스에서는 굳이 야구장에 담을 쌓지 않았다…… 베이스만 깔아놓은 구장에서 선수들은 롱혼*처럼 돌아다녔다.

마이크가 입단한 해에 미스터 페어스미스는 일단 의사들이 먼디스 좌익수의 신체 부위를 맞춰놓고 그가 또 한번 목숨을 걸 준비가 되었다고 선언하면 아침에 제일 먼저 병원에 들러 그를 데려가는 일을 맡았다. 그들은 차를 타고 병원에서 먼디파크로 곧장 가서는 깔끔하게 손질된 다이아몬드를 지나 외야의 잔디밭으로 걸어가곤 했다. 구장 관리인들만이 갈퀴질을 하다 말고 그 묘하게 감동적인 장면을 보는 가운데, 미스터 페어스미스는 이 루키를 데리고 좌익 코너에서부터 센터필드 끄트머리에 자리잡은 글로리어스 먼디의 묘석까지 걸어간 후 되돌아왔다. 그들이 삼십 분 동안 이렇게 한 번 왕복하는 사이, 마이크는 미스터 페어스미스의 지시에 따라 손가락 끝으로 담벼락을 훑어 그 담이 결코 누군가가 지어낸 상상의 가공물이 아님을 스스로에게 증명했다.

"마이클," 미스터 페어스미스가 말했다. "이렇게 해보니 마음

---

* 주로 텍사스 지방에서 사육하는 머리에 기다란 뿔이 달린 소.

속에 무슨 생각이 드는지 말해줄 수 있겠나? 자넨 무슨 생각을 하나?"

"웬걸요. 아무 생각이 안 들어요. 그 공을 잡아서 감사하게 생각하고 있어요. 그뿐이에요. 섹스 생각도, 아무 생각도 안 나요. 미스터 페어스미스, 맹세해요."

"마이클, 자네가 자란 그 지역에서는 야구장에 담을 두르지 않았다는 사실을 잘 알고 있네. 하지만 이보게 젊은이, 어렸을 때 살던 집에는 물론 담장이 있었겠지. 내가 잘못 알고 있나?"

"아, 물론 담장이 있었죠. 우린 가난했지만 그 정도는 아니었어요."

"그럼 어렸을 때 집 담장에도 들이박곤 했나?"

"아뇨, 절대 안 그랬어요. 그땐 뭘 쫓아가서 잡고 그러지 않았어요."

"이보게, 그 습관을 고치지 않으면 스물한 살이 되기도 전에 온몸에 빨랫줄과 철사를 두르는 신세가 될 걸세. 꼭 명심하게, 다음 플라이볼이 자네의 마지막이 될 수도 있다는 것을."

"어이구, 그럼 안 돼요, 미스터 페어스미스. 전 야구를 위해 살아요. 야구를 위해 먹고, 마시고, 자요. 늘 생각하는 건 야구뿐이에요. 꿈에서도 플라이볼이 튀어나와요. 가끔은 잡아낼 수 있는 모든 종류의 라인드라이브를 상상하면 잠이 안 와요. 맹세코 야구는 제 삶의 전부예요."

"자네의 죽음일 수도 있어, 이 친구야, 이 순간부터 담장의 실재를 생각하지 않는다면 말일세."

하지만 누구의 말로도 그 움직이지도 굽혀지지도 않는 물체에 대한 유익한 존경심을 마이크 라마의 머리에 심어줄 수 없었다. 오히려 어떤 남자들은 술에 끌리고 또 어떤 남자들은 여자에 끌리듯 마이크 라마는 좌익 담장에 끌렸다. 만일 그를 유혹하는 여자가 있다는 말이 나온다면 그건 담장이었다. "어이구, 난 이렇게 생각해요." 조니 바알이 스미티에게 말했다. "만일 담장에 젖꼭지가 있다면 마이크는 그녀와 결혼할 겁니다."

"6번 타자, 3루수, 등번호 2번, **웨인 헤킷. 헤킷.**"

키드 헤킷(우투, 우타, 182.8센티미터, 78킬로그램)은 먼디스의 최고령 선수이자 그들 중 가장 오래된 메이저리그 선수로, 1909년 입단 이후 만능 내야수 겸 대주자로 뛰었다. 먼디 형제가 위대한 챔피언팀의 가치 있는 모든 선수와, 키드의 표현을 빌리자면 "나와 음료수 냉각기를 빼고" 더그아웃에서 조금이라도 좋은 건 거의 팔아치운 후에야 그가 선발 라인업에 들었다. 물론 이제 이 나이 먹은 3루수는 대주자로 활약하던 시절처럼, "누가 날따라와?"라고 되묻던 때처럼 '발 빠르게' 뛰지 못했다. 반사신경이 쇠약해졌음을 그는 인정할까? "물론 그렇다고 봐야지." 키드가 대답했다. 그러면 시력은? "낮엔 침침하고 밤엔 사실상 장님이야. 틀렸어. 이제 더이상 그렇게 잘 보이지 않아." 체력은? 그는 탄식했다. "아, 바람과 함께 사라졌네, 스미티. 내가 고장났다고 말해도 반박하지 않겠어." 그럼 왜 야구판에 남아 있는 걸까? "그럼 어디 있겠나? 그나마 내게 어울리는 일은 이것뿐이야. 자네도 알다시피 이젠 그마저도 여의치 않네만."

다행히 먼디스 선수로 뛰는 건 쉰두 살의 남자에게 전시에 농장이나 공장에서 일하는 것만큼 육체적으로 부담이 되지 않았다. 그리고 겨울 몇 달 동안은 고향에 내려가 이발소 의자에 앉아 위치하젤 화장수 냄새, 따뜻한 난로, 낡은 잡지 속 사진을 즐기며 푹 쉬었다. 시즌중에는 실오라기만한 힘이라도 아끼고자 3루 베이스라인에 바짝 붙어 그쪽으로 빠지는 장타를 막아내려 했지만, 반대로 상대 선수가 그와 유격수 사이로 공을 보내버리면 속수무책으로 안타를 내줬다. "이제 난 이렇게 생각한다네. 선수가 내 왼쪽으로 안타를 친다면 그에겐 그만큼 혹은 그 이상 이득이 되는 일이지. 물론 그 '프랑스인'이 공을 잡으려고 애를 쓴다면, 글쎄, 그건 그의 일이고 난 방해할 생각이 없어. 그의 방식은 그의 방식이고, 내 방식은 내 방식이니까. 나이가 드니 점점 철학적이 되는 것 같아. 이보게, 난 스스로에게 묻게 되었어. 내가 뭐라고, 평생 학교라곤 사 년밖에 다녀보지 못한 녀석이 뭐가 안타고 뭐가 아니라고 말할 수 있을까? 그래, 어떤 노인네들은 그럴 수도 있지만, 나 웨인 헤킷은 게임의 이 마지막 단계에서 남을 어떤 식으로 판단하는 위치에 설 생각은 없다네." 게임은 분명 인생이라는 게임을 의미했다. 1회 말부터 그는 3루와 유격수 사이로 빠지는 공에 전혀 신경쓰지 않았으니까. "내 나이가 되면 그냥 받아먹어야 해. 분명한 사실이야. 어떤 건 포기해야 하지. 그래서 내 왼쪽으로 지나가는 공을 포기하는 거야. 스미티, 솔직히 말해 내가 뛰어다닐 나이는 지났어. 아닌 것처럼 굴어봤자 무슨 의미가 있겠느냐고."

먼디스가 공격으로 전환하면 키드는 늘 깜빡 잠에 빠졌다. 엉덩이가 벤치를 데우자마자 전등처럼 꺼졌다. "자네도 알겠지만, 그게 바로 내 긴 야구 인생의 일등공신이라네. 낮잠 말이야. 거기 더그아웃에서 잠깐 눈을 붙일 수 있으면 경기장에 다시 나갔을 때 분명 더 잘하게 되거든. 물론 자네도 추측할 수 있겠지만, 우리가 잠시 반격하는 그 시간을 나보다 더 소중히 여기는 사람은 없다네. 그때 난 정말로 스르륵 꿈나라에 빠질 수 있거든. 분명한 사실이야. 그리고 미스터 페어스미스한테도 솔직하게 얘기했지만, 우리가 타격이 좋은 팀이면 난 더 많이 자게 될 걸세. 가장 안 좋은 건 녀석들이 초구부터 스윙을 해대기 시작할 때야. 도대체 뭐가 그리 급하냐고 내가 묻지. 어디 불이라도 났나? 다른 선수들이 이제 수비하러 나가야 한다며 내 어깨를 흔들면 이따금 이놈의 늙고 굳은 뼈들이 계속 욱신거려 움직일 수 없을 지경이라네. 요전 날 어셀더머와의 경기가 최고였지. 8회 초가 되니 솔직히 말해 거의 녹초가 되더군. 첫 타자로 나가 공을 뻔히 보면서, 아니, 못 봤다고 해야겠지만, 아무튼 삼진아웃을 당했어. 그러고서 운좋으면 네 타자쯤 돌 때까지 잠깐 눈을 붙일 수 있을 거라 기대하며 벤치로 돌아왔지. 그런데 별일도 다 있더군. 빌어먹을 무안타의 기적이 쏟아져서 팀 전체에 불이 붙더니 내 차례가 돌아올 때까지 연타를 치는 바람에 계속 안 나간 거야. 얼마나 달게 잤는지! 아주 푹 잤다네! 애석하게도 부처스 놈들이 그 이닝 말에 우리보다 7점이나 더 내면서 복수를 하더군. 하지만 우리가 공격할 때 그렇게 오래 졸지 않았다면 난 분명 그놈들이 7점을 내는 동안 똑바로 서 있지도 못했을 거야. 사실 필드에서도 두 번 꾸벅 졸았다네. 하지만 그럴 땐 대개 투수를 교체할 때지. 솔직히 말해 상대 팀이 4점밖에 못 냈고 우리가 여전히 1점 앞서고 있다고 생각했다네. 다음 날 아침 로비에서 신문을 보고 나서야 우리가 졌다는 걸 알았지. 그때가 분명해. 그놈들이 3점을 올릴 때 내가 선 채로 깜박 졸았던 거야. 뭐, 별 차이는 없었겠지. 자네도 나만큼 오랫동안 이 바닥에 있으면서 선수들이 뛰는 걸 봐왔으니 모든 선수를 알 걸세. 그날 오후 구장을 떠날 때 전차에서 부처스 선수 몇 명을 우연히 만났다네. 어째서 어제 8회 초 3루를 돌 때 날 깨우지 않았느냐고 그들에게 물었지. 그런 배려는 아주 드문 거야, 알지 않은가, 특히 상대 팀한테는. 보통은 어떻게든 애를 먹이고 괴롭히려 하지. 내가 그들에게 농담으로 말했네. '자네들은 무슨 생각으로 그렇게 조용히 베이스를 돌았나? 잠자는 야수 같은 놈을 깨우기 싫었던 거야?' 그러자 그들이 뭐라고 했는지 아나? 믿을 수가 없더군. 그들이 말하기를, 그 베이스를 돌 때마다 한 명씩 죄다 야아 하면서 달려와 까마귀떼처럼 목이 터져라 꽥꽥댔는데 내가 꼼짝도 안 하더라는 거야. 아무튼 내 말을 들으면 평생 야구만 해온 사람이 얼마나 피곤할 수 있는지 자네도 짐작하겠지. 어떤 일이든 평생을 하다보면 그렇게 될지 모르지만, 알다시피 난 단지 변명을 하는 거라네. 그리고 지칠 대로 지쳤어. 이 끔찍한 전쟁이 너무 오래 계속되고 내가 지금처럼 계속 선발로 뛴다면, 어느 날 오후에 잠들어버릴 테고, 그러면 그걸로 끝일 거야. 공수가 교대되고 우리가 공격할 차례가 됐을 때 다른 선수들은 벤치로 뛰어가겠지. 난 양손을 무릎에 짚고 그 자리에 구부정하게 서서 아래턱에 담배 즙을 가득 머금은 채 다음 투구를 기다리고 있을 거야, 죽은 것처럼. 경기가 진행중일 때 그런 일이 일어나지 않기만을 바랄 뿐이네. 상대 팀이 그걸 발견하면 3루 라인 쪽으로 번트를 대기 시작할 게 빤하지 않나? 이렇게 깨어 있는 지금도 난 1차세계대전이 터지기 전 번트를 잡아 처리하던 그 선수가 아니야. 그런데 내가 사후경직 상태로 죽어 있고 핫헤드는 다리가 하나뿐이니, 녀석들은 우리한테 미친듯이 번트를 댈 거야, 안 그런가? 머리가 있다면 분명히 그러겠지."

"7번 타자, 우익수, 등번호 17번, **버드 파루샤. 파루샤.**"

버드 파루샤(우투, 우타, 190.5센티미터, 97.5킬로그램)는 파루샤 형제 중 막내였고, 두 형인 앤젤로와 토니는 트라이시티 타이쿤스의 올스타 외야수들이자, 군에 들어가기 전 메이저리그에서 가장 강력한 송구를 보여주는 팔을 자랑했다. 그들 못지않게 강하고 정확한 팔은 막내 형제에게도 있었고, 그 강한 팔이 태어날 때부터 가진 유일한 팔이 아니었다면 그도 분명 타이쿤스의 외야수가 되었을 거라는 말이 있었다. 마치 어머니 자연이―혹은 현실적으로 말하자면, 어머니 파루샤가―앤젤로와 토니에게 그런 재능을 아낌없이 나눠준 뒤 버드를 만들 때쯤에는 힘이 달린 나머지, 그를 마무리하면서 그 강한 팔의 짝이 있어야 할 곳에 제대로 된 토막조차 만들어주지 못한 듯했다. 그 결과 앤젤로와 토니가 메이저리그로 갈 때 버드는 베이온에 남아 아버지의 레스토

랑에서 종업원으로 열심히 일했다. 앤젤로와 토니는 미해병대의
전 사병에게 수류탄 투척을 훈련시키는 책임자로 임관했고, 버드
는 물론 타이쿤스—그들은 결국 P리그의 챔피언이 되었다—까
지는 아니어도 어쨌든 메이저리그로 올라갔지만, 뉴저지의 습지
들을 건너 입성한 그곳은 빠르게 장애인 안식처로 변하고 있는 팀
이었다. 마이너리그에서 올린 평균 타율로 여러 해 동안 〈스포팅
뉴스〉 뒷면을 장식하던 핫헤드 타와 버드가 함께 입단했을 때, 이
두 사람 외에 곧 블루스라는 팀에서 외눈박이 투수가 합류할 거라
는 소문이 돌았다. 이름이 시모어 클룹스라 빼도 박도 못하고 '사
이'*라는 별명을 얻게 된 유대인 선수였다. "칼 삼키는 곡예사와
문신한 놈은 어때, 내친김에 말이야!" 핫헤드는 자신이 프릭쇼**
의 괴물이 된다는 아이디어를 도저히 받아들일 수 없다는 듯 소리
질렀다. "또 난쟁이는 어때! 분명 근처에 몇 명은 있을 텐데! 아,
아침에 일어나 주위를 둘러보면 같은 방을 쓰는 왼손잡이 난쟁이
가 내 미트 속에서 몸을 웅크리고 자는 꼴을 얼른 보고 싶군. 게다
가 유대인이라니!" 물론 난쟁이가 오긴 했지만 오른손잡이에 기
독교인이었고, 오케이 오케이터라는 투수였다.

전시에 버드 파루샤—그리고 그후 세인트루이스 브라운스에
서 뛴 외팔이 외야수 피트 그레이—가 경기하는 걸 본 적이 없는
사람들을 위해 그가 구장에서 어떻게, 어느 정도까지 자신의 장애

---

* 그리스신화의 애꾸눈 거인 키클롭스를 영어식으로 발음하면 '사이클롭스'다.
** 기형인 사람이나 동물을 보여주는 쇼.

를 극복했는지 약간은 자세히 설명할 필요가 있겠다.

우선 평범한 플라이볼을 잡는 건 버드도 여느 메이저리그급 외야수 못지않게 아무 문제가 없었다. 그러나 송구하는 팔 끝에 글러브를 끼고 있었기 때문에 잡은 공을 내야로 던질 때는 정통에서 벗어난 방법이 필요했다. 브라운스의 그레이는 그나마 왼팔 토막이 달려 있어 그쪽 겨드랑이에 글러브를 끼고 공을 꺼냈지만 (왼팔이 전혀 없는) 버드는 입을 사용해야 했다. 다행히 입이 크고—"예로부터 내려오는 보상의 법칙"이라고 스포츠 아나운서들은 말했다—무는 힘이 강했을 뿐만 아니라 그 힘을 더 키우기 위해 몇 년 전부터 매일 밤 자기 전에 오 분간 테니스공을 씹어왔다. 그는 공을 잡은 즉시 이로 글러브에서 공을 꺼내고, 글러브를 흔들어 땅에 떨어뜨리는 동안 공을 단단히 물고 있다가, 오른쪽 맨손으로 입에서 공을 빼내 파루샤 형제다운 속도와 정확성으로 내야에 송구했다. 이 모든 동작이 끊김 없이 물 흐르듯, 아주 효율적이고 심지어 우아하게 이루어진 탓에 외야수라면 당연히 그렇게 플레이를 하는 게 옳다는 생각이 들 정도였다.

처음에 팬들은 버드의 독특한 수비 기술이 정확히 어떻게 이루어졌는지 알아보지 못했고, 어떤 사람들은 멀리서 보면 얼굴에 난 뻐끔한 구멍에서 뭔가를 낳고 있는 듯 보이는 이 먼디스 외야수를 비웃었다. 심지어 외야석의 어떤 관중들—항상 있었다—은 버드가 깜짝 놀라 공을 삼키기를 바라면서 벽장에서 튀어나오는 아이들처럼 "으악!" 하고 소리를 질렀다. 불행하게도 가끔은 글러브를 팽개치는 동안 입에서 공이 떨어지지는 않을까 하는 불안감에 어금니 사이까지 너무 깊숙이 공을 밀어넣어 누군가 도와주지 않으면 빼내지 못할 때가 있었다. 그런 일이 자주 일어나진 않았지만 매번 똑같이 긴장된 상황에서 발생했다. 바로 만루 상황. 그리고 매번 똑같이 비참한 결과로 이어졌다. 입속에 박힌 만루 홈런. 곤경에서 벗어나려 롤런드 애그니가 센터에서 달려가고 닉네임이 2루에서 부리나케 뛰었지만, 그 둘이 힘을 합쳐 평소에 연습한 대로 해도—애그니가 버드의 가슴을 무릎으로 누른 채 악어 입속으로 머리를 들이밀기 직전의 사람처럼 그의 턱을 힘껏 벌리고 어린 데이머가 그 재빠른 손놀림으로 사력을 다해 공을 흔들어 잡아빼도—주자 네 명이 모두 점수를 올리는 걸 막을 수는 없었다.

그런 곤경에도, 아니 얼마간은 그런 곤경 때문에, 상냥하고 참을성 많은 버드는 핫헤드만큼 인기를 얻었다. 핫헤드는 팀에 먼저 들어왔지만 인기를 얻으려 애쓴 적이 없었다. 장타자들과 멋쟁이 선수들은 돈을 받고 면도날이나 헤어오일 광고를 찍은 반면, 버드의 멋들어진 사인은 곧 여러 의학 잡지의 지면을 장식하게 되었다. 잡지에는 그가 회색 원정 유니폼에 주홍색 가두리장식과 기장을 달고 휠체어에 앉아서, 또는 목발을 짚고 한 발로 몸의 균형을 잡고서 찍은 사진이 실렸다. 실행해볼 수 있으면 그는 항상 홍보를 하기 전에 제품을 직접 시험하곤 했다. 대부분의 동료들은 야구선수의 명성에 크게 흠이 되지 않는 제품들에 대해 마지못해 시험을 했지만, 산소 텐트와 의수족을 광고하는 버드는 그들보다 더 많은 시험을 했다. 또한 먼디스가 원정중에 쉬는 날을 맞으면 그는 빼놓지 않고 그 지역의 참전용사 병원을 방문해 절단환자 한 명에게 다음 경기에 좋은 공이 들어오면 그를 위해 안타를 치겠다고 약속했다. 체격은 커도 한 팔로 홈런을 치기란 사실상 불가능해서 그들에게 홈런을 바칠 순 없었지만 여섯이나 일곱 타석마다 어렵사리 단타를 쳐냈다. 그러면 확성기에서 버드의 안타는 어느 병원에 있는 아무개를 "위한" 것이라는 안내가 나왔고 팬들은 미소를 지으며 박수를 보냈다.

리그 전역에서 모든 연령의 장애인들 사이에 버드를 진정으로 추종하는 그룹이 형성되기 시작했다. 먼디스와 버드가 도시에 오면 때로는 사오십 명이나 되는 사람이 우익수 쪽 관중석에 모이기도 했다. 장내 방송에서 버드의 등번호를 발표하면 그들은 지팡이와 목발로 난간을 두드리기 시작했다. 스미티는 우익수 쪽 관중석을 "파루샤 병원"이라 칭했고, 캐쿨라와 트라이시티에서는 버드의 플레이를 보기 위해 모이는 장애인들이 보다 쉽게 이동할 수 있도록 경사로까지 달아주었다. 어떤 팬들은 흥분한 나머지 무리한 시도를 했다. 예를 들면 파울볼을 잡기 위해 관중석 쪽으로 온 버드와 목발 끝으로 접촉해보려는 통에, 그의 시력은 물론이고 남아 있는 세 팔다리마저 위태롭게 했다. 한번은 휠체어를 탄 여자가 기념품으로 버드의 모자를 낚아채려고 몸을 앞으로 기울이다 관중석에서 굴러떨어져 그의 등을 덮치기도 했다. 그러나 대부분은 제자리에 앉아서 버드가 보여주는 용기와 기발한 재주로부터 힘을 얻는 데 만족했다. 실제로 캐쿨라에서 한 팬은 버드의 모범적 사례에 몹시 고무된 나머지, 9회 말 버드가 가까스로 다이빙 캐치를 해냈을 때 열렬히 환호하다 저도 모르게 십 년 만에 휠체어에서 일어났다. 스미티가 "파루샤 병원"이라는 이름을 지어낸 건 바로 그 남자에 관한 칼럼에서였다. 버드가 공을 1루수에게 던져 리퍼스의 주자까지 죽이는 더블플레이로 경기를 끝내기 위해 아직 입에서 공을 빼내는 중에 그가 갑자기 소리쳤다. "내가 일어났어!"

루퍼트의 낙승으로 앉은뱅이가 일어서다

캐쿨라 석간신문은 그날 밤 독자들에게 이 사건을 보도했으나 유혹을 이기지 못하고 그 아래에 냉소적인 부제를 달았다.

하루에 두 번의 기적이 일어나다

"먼디스의 8번 타자, 중견수, 등번호 6번, **롤런드 애그니. 애그니.**"

1943년에 입단한 롤런드 애그니(좌타, 좌투, 182.8센티미터, 86.1킬로그램)는 넓은 어깨와 근육질 팔에서부터 발목에 이르기까지 몸매가 승리의 V자처럼 가늘어져 베티 그레이블* 뺨치게 우아한 맵시가 나는데다, 닉네임 데이머처럼 발이 빠르고, 조니 바알처럼 힘이 좋고, 마이크 라마처럼 야구에 미쳤고, 하늘색 두 눈

---

* 미국 영화배우, '핀업걸'의 아이콘.

동자에는 졸팅 조 이래로 가장 주목할 루키가 될 운명을 간직한 열여덟 살 소년이었다. 하나 다른 점은 있었다. 양키 클리퍼스의 졸팅 조는 메이저에 들어올 때 애그니보다 네 살이 더 많았는데도 마이너에서 몇 시즌을 뛰었다. 그래서 롤런드의 놀라운 점은, 본인이 생각하기에, 고등학교에서 메이저로 직행한 것이었다.

그게 다가 아니었다. 지난 6월 졸업 즈음, 롤런드는 전국의 대학에서 제안한 네 개 종목의 운동선수 장학금 사십 건과 메이저리그의 스물세 개 구단에서 보내온 입단 제의를 모두 거절하고 아버지의 손에 이끌려 먼디스와 계약을 맺었다. 3대 메이저리그에서 그의 입단은 생각도 하지 않은 유일한 팀이었다. 바로 그들의 무관심 때문에 애그니 씨는 메이저리그여야 한다면 바로 먼디스가 아들이 들어갈 팀이라고 확신했다. 어떤 아버지들처럼 야구를 직업으로 삼는 것에 반대해서가 아니었다. 문제는 롤런드의 자만심, 다시 말해 오만 때문이었다. 소년은 여섯 살에 동네 야구 경기에서 완벽하게 공을 던진 후 칭찬을 귀에 달고 살았고, 그 결과 부친이 생각하기에, 몇 년에 걸쳐 그 주위의 모든 것과 모든 사람, 특히 그의 모든 가족 그리고 가족이 그에게 심어주기 위해 노력했지만 물거품이 되어버린 겸손과 자기희생의 가치들을 경멸하게 되었다. 부친이 마음먹고 그 잘난 체하는 행동을 비판하면 롤런드는 매번 사춘기의 높은 목소리로 그건 어쩔 수 없다, 나는 실제로 잘났다, 라고 소리치며 저녁을 먹다 말고 뛰쳐나갔다. "하지만," 그의 어머니는 심리전을 펼쳤다. "여자애들이 저희들끼리, 롤런드 애그니는 제멋에 산다고 수군거리고 다니면 어떻게 하니?" "맘대로 수군거리라고 해요. 그애들이 나 같다면, 저희들도 제멋에 살 걸요!" "하지만 얘야, 자기만 생각하는 자기중심적인 사람은 아무도 좋아하지 않아." "오, 안 좋아한다고요? 나를 입학시키려고 애걸한 마흔 개 대학은 어떻게 된 거죠? 나를 입단시키려고 간청한 스물세 개 메이저리그 팀은 어떻고요?" "오, 하지만 그들은 네 성격이나, 롤런드, 정신 때문에 널 원하는 게 아냐. 단지 몸 때문에 널 원하는 거야." "그럼요, 그래야죠. 내가 위대한 건 그 때문이니까요. 내가 경이로운 건 그 때문이에요!" "롤런드!" "하지만 사실이잖아요! 난 미국의 또래 소년들 중에서 가장 훌륭한 신체 조건을 가졌어요! 어쩌면 세계 최고일지도 몰라요!" "네 방으로 가거라, 롤런드! 넌 여자애들이 수군거리는 대로 자만에 차 있구나! 도대체 어떻게 해야 네가 신이 세상에 내려준 선물이 아니란 걸 깨달을 수 있겠니?" "난 정말 신이 내려준 선물이에요. 야구의 세계에 내려준 선물이라고요. 그게 바로 나예요! 세인트루이스 카디널스의 스카우터가 정확히 그렇게 말했어요! 한 자도 안 틀리고요!" "저런, 그 사람도 부끄러운 줄 알아야지. 너와 계약을 맺으려고 그런 식으로 아부를 하다니! 네 자만심은 충분히 넘치는데! 아." 애그니 부인은 울면서 남편에게 돌아섰다. "저애가 세상에 나가면 무슨 일이 벌어질까요? 저런 태도를 가지고 어떻게 힘들고 잔인한 인생을 헤쳐나갈까요? 롤런드, 얘야, 도대체 무엇 때문에 네가 열 살의 나이에 그런 영웅이 되었다고 생각하는 거니?" "내 평균 타율이요!" 스타가 소리를 지르자 그 목소리가 방에 있는 수십 개의 트로피에 부딪혀 쩌렁쩌렁 울렸다.

롤런드의 부친은 스물세 명의 메이저리그 스카우터들이 저마다 다른 구단을 제치고 그의 아들을 낙찰받기 위해 유창하게 구슬리는 말을 정중하게 경청한 뒤, 포트루퍼트의 먼디스 본부에 전화를 걸어 지금 자신이 경이로운 롤런드 애그니의 아버지라고 밝혔다. "뭐라고요?" 상대방이 말했다. "경이로운 누구라고요?" 천재 소년의 아버지에게 이 응대는 더없이 고무적이었다. 그는 먼디스 본부에 롤런드의 고등학교 성적을 간략히 소개했다. 학교 대표팀에서 사 년간 7할 3푼 2리의 평균 타율을 올렸고, 수시로 완봉승을 따내거나 아니면 외야에서 상대 팀의 장타를 잡아냈다고. 하지만 애그니 씨는 서둘러 덧붙였다. 아들이 루퍼트 먼디스에 고용된다면 팀에서 가장 낮은 봉급을 받는 선수보다 더 받아서는 안 되고, 첫해에는 선발 라인업에 8번 타자로 들어가야 하며, 타순은 한 해에 하나씩만 올라가야 한다고. 롤런드처럼 자만심이 가득한 아이가 고등학교에서 메이저로 직행하는 데 덤으로 부자를 만들어주거나 4번 타자를 시켜줄 필요는 없다고. 그의 조건은 그뿐이라고 말했다.

　　"이보시오." 포트루퍼트에서 먼디스의 남자가 웃으며 말했다. "한술 더 떠서 아예 봉급을 주지 않으면 어떻겠소?"

　　애그니 씨는 이 제안에 펄쩍 뛰며 좋아했다. "그러니까, 내가 계속 그 녀석에게 용돈을 주어야 한다는……"

　　"그렇소. 물론 숙식비와 장비 값까지."

　　"그러니까 녀석이 프로팀에서 뛰는데 신분은 아마추어란 말이오?"

"바로 그거요. 물론 지금 당장 돈을 보내줘야 8번 타순을 비워둘 수 있소. 그리고 우리 입장에서는 숙식비도 선불로 받아야 합니다. 이해할 거라 생각합니다."

"좋소, 좋소."

"좋습니다. 그렇게 하지요. 가만, 이름이 뭐라고 그랬지요? 앵그리?"

"애그니."

"앞의 이름은?"

"롤런드."

"예예. 스프링캠프는 3월 1일 뉴저지 애즈베리파크에서 시작합니다. 전쟁 때문이죠. 어쨌든 당신에게는 플로리다보다 싸게 먹힐 거요. 그날 정오까지 8번 자리를 비워두겠소."

"감사합니다. 대단히 감사합니다."

"천만에, 우리가 고맙지요, 앵그리 씨. 그리고 먼디스에 전화해주어 감사합니다." 그 작자는 이렇게 말하고 껄껄 웃으며 전화를 끊었다. 자신이 어느 따분한 사람의 농담을 즐겁게 받아준 것이거나, 어쩌면 스포츠기자가 먼디스 본부에 장난을 쳤을지 모른다고 생각했다. 어쩌면 스미티라는 이름의 작자가.

P리그에 들어와 루퍼트 먼디스에서 8번 타자로, 게다가 봉급도 없이 뛰다보니 애그니 부부가 원한 겸손의 효과 비슷한 게 아들에게 나타났다. 하지만 기이하게 변해버린 상황에 짓눌리고 당황한 중에도 롤런드 애그니는 그해 3할 6푼 2리의 타율을 올리고 안타 188개, 홈런 39개, 2루타 44개를 쳤다. 물론 다음 타자가 투

수였기 때문에 본인이 구장 밖으로 공을 날려보내거나 2루, 3루, 그리고 홈베이스까지 도루하지 않는 한 거의 득점을 올리지 못했다. 안타를 치고 나간 후 대개 더블플레이로 2루에서 아웃되거나, 투수가 삼진아웃을 당하는 동안 오도가도 못하고 서 있어야 했다. 그리고 그보다 앞서 타격하는 여덟 명을 감안할 때 타점 부문에서도 썩 좋은 성적을 올릴 기회가 없었다.

시즌 중간에는 군대에 불려가 신체검사를 받고 복무에 부적합하다는 판정을 얻었다. 처음에는 먼디스에, 이번에는 4급이라니!

의사들은 오전 내내 그의 경이로운 V형 체격을 검사하면서 자기들끼리 연신 속삭인 뒤—감탄해서일 거라고 순진한 중견수는 생각했다—마침내 판정을 내렸다. "자, 롤런드," 의사들은 세 시간의 고된 판별을 마친 후 녹초가 되어 검사실 바닥에 구부정하게 선 채 이렇게 물었다. "그게 뭔가? 무릎관절 탈구? 약한 심장? 수면중 식은땀? 코피? 좌골신경통?" "무슨 말이세요?" "자네 문제가 뭐냐고, 롤런드. 왜, 말하기가 부끄럽나?" "내 문제가 뭐냐고요? 그런 거 없어요! 한번 보세요." 그는 똑바로 서서 알몸을 보여주며 외쳤다. "난 완벽해요." "이보게, 롤런드," 의사들이 말했다. "혹시 못 들어본 건 아니겠지만, 전쟁이 터졌어. 그것도 세계대전이야. 지금 위태로운 건 패트리어트리그의 8번 타순이 아니라 문명 그 자체의 미래라고. 우린 의사야, 롤런드, 우리에게는 책임이 있어. 누군가 역사의 흐름을 바꿀지도 모르는 전투에 나가 갑자기 구토성 두통을 일으켜 참호에서 농땡이 부리는 일이 일어나길 우리는 원하지 않아. 자네 같은 사람이 항문소양증 때문에 멈춰 서서 가렵다고 긁어대는 바람에 전 소대원의 목숨이 위험해지는 걸 원하지 않는단 말이야." "하지만 난 구토성 두통도, 그런 이상한 것도 없어요." "'그런' 게 없다는 걸 자네가 어떻게 아나?" 의사들이 미심쩍게 물었다. "그게 뭔지 모른다면?" "난 아무것도 없으니까요. 충치도 없어요. 여드름도 안 나고요. 숨냄새를 맡아보세요. 방금 베어낸 건초 같아요!" 하지만 그가 자신의 달콤한 냄새를 의사들의 콧구멍에 불어넣자 그들은 더 격노했다. "이거 보라고, 애그니. 자네 문제가 도대체 뭔지 알고 싶네. 당장 알아야겠어. 변비? 축농증? 복시? 몸 떨림이 일어나나, 그런가? 안면홍조? 아님 오한인가, 롤런드? 간질 증세는 어떤가? 기억 안 나나?" 그들은 이렇게 물으며 하얀 타일 벽에 그를 밀어붙이고 청진기로 다시 검사를 했다. "아뇨! 아뇨! 정말 평생 아파본 적이 없다고요! 가끔은 천하무적이라고 생각할 때도 있어요! 자랑이 아니에요. 사실이라고요!" "아, 그래, 그렇고말고? 그럼 여기 우리의 기록을 보면 말일세, 어떻게 자넨 프로 야구선수 중에 봉급을 못 받는 유일한 선수가 되었지? 어떻게 자네 부친이 돈을 받는 게 아니라 거꾸로 돈을 써가며 자네를 그 팀에서 뛰게 하지? 어떻게 자네 같은 천하무적이 타이쿤스에서 뛰지 않는 거지, 롤런드?" "나도 그 이유를 알고 싶다고요!" 애그니는 이렇게 소리치며 검사실 의자에 푹 주저앉은 뒤 양손으로 얼굴을 가리고 울기 시작했다. 의사들은 그의 반항심이 전부 소진됐다고 보일 때까지 흐느끼게 놔두었다. 그런 뒤 눈부신 알몸으로 앉아 있는 그에게 슬며시 다가가 황금색 곱슬머리를 부드럽게 쓰다듬으며 속삭였다. "이불에 오줌을 싸나? 불을 켜야 잠이 오나? 어떻게 자네같이 크고 강하고 잘생긴 젊은이, 단타와 2루타에서 리그 선두를 달리는 선수가 루퍼트 팀에서 계속 8번 타자로 뛰고 있지, 롤런드? 혹시 여자를 안 좋아하나?"

"아빠." 롤런드는 옷을 입고 다시 세상으로 돌아와 수화기에 대고 소리를 질렀다. "이젠 군복무에도 부적합이에요! **4급이래요. 하지만 난 아무 문제가 없단 말이야!**"

"이런, 또 그 자만심이 도졌구나, 롤리."

"하지만 의사들은 아무것도 발견하지 못했어요. 세 명이 함께 찾았는데도!"

"글쎄다, 의사들도 완벽하진 않아. 세상 사람들이 다 그렇지. 그게 바로 네게 가르치려는 요점이다."

"하지만 난 1급이어야 해요. 4급이 아니라요! 그리고 루퍼트 먼디스도 마찬가지예요! 오, 아빠, 내가 그 팀에서 뭘 어떻게 해야 하죠? 다들 조금씩 맛이 갔어요. 하루종일 자기 별명을 생각하거나, 담장으로 달려가 부딪히거나, 내가 자기 가슴 위에 걸터앉아야 입에서 공을 빼낸다고요!"

"그래, 롤런드, 지금 그 말은 네가 그들에 비해 너무 훌륭하다는 거로구나."

"그게 단지 양팔이 달려 있고 아홉 이닝 동안 계속 깨어 있기 때문에 훌륭하다는 말이 아니잖아요!"

"그래서 다시 말하면, 네가 다른 누구보다 '더 훌륭하다'는 말이지."

"이 팀에서는요. 누가 그들보다 못하겠냐고요!"

"그래서 네 동료들이 네가 전혀 모르는 인생의 고난을 겪어봤을 거라는 생각은 안 드는 거냐? 네가 '더 훌륭한' 건 그들이 누리지 못한 인생의 모든 기회가 네게는 아주 운좋게 주어졌기 때문이라고 생각해본 적은 있냐?"

"그럼요, 그렇게 생각해요! 내 행운의 별에 감사해요! 그리고 그 때문에 난 그들과 어울리지 않아요. 내가 1번 타자이고 100만 달러를 받는다고 해도요!"

"아, 아들아, 우리가 널 어떻게 해야 하는 거냐, 너의 그 식을 줄 모르는 자만심과 명예욕을?"

"트레이드시켜줘요! 이 괴짜들과 별종들로부터 날 트레이드시켜달라고요! 아빠, 그들은 홈구장도 없어요. 무슨 놈의 메이저리그 팀이 그래요?"

"네 말은 위대한 롤런드 애그니가 선수로 뛰기에 그렇다는 게냐?"

"누구라도 그래요. 하지만 난 특히 더하죠! 아빠, 신입 일 년 차에 타격에서 리그 선두를 달리고 있어요. 조 디마지오 이래로 나 같은 선수는 없었어요. 조도 그땐 스물두 살이었다고요!"

"하지만 넌 4급이야. 그건 네게 아무런 의미도 없는 게냐?"

"그래요! 정말 그래요! 더이상 어떤 것도 의미가 없어요!"

"9번 타자, 루퍼트 먼디스의 선발투수……"

먼디스의 원로회의. 선발투수 터미니카, 부치스, 볼로스, 디미터. 구원투수 폴럭스, 머처거, 작은 멕시코인 우완투수 치코 머코 틀. 하나같이 똥배가 나왔고, 어깨에 관절염이 있고, 머리가 벗어 졌다. "대머리의 기적이야." 졸리 촐리 터미니카는 그의 자신감과 경력을 무너뜨린 비극을 겪은 후 자신을 내세우지 않는 기술을 터 득했다. "그리고 좋은 일이야. 우리 중 한 명도 설령 머리카락이 한 올이라도 있어봤자 팔을 들어 빗질을 하지 못해. 젠장, 바람 부 는 날 세 이닝을 던지면 다음날 뒤를 닦을 땐 반대쪽 팔을 써야 한 다고. 그건 인쇄하지 말게, 스미티. 하지만 사실이 그래." 그렇다. 한물간, 한물갔던가 싶은, 한물갔어야 한, 한물갔을 뻔한, 한물도 간 적이 없는, 이제 한물갈 일도 없는, 터미니카와 그의 덕망 있는 분대는 그래도 홈플레이트까지 18.4미터 거리를 던졌다. 규칙서 가 요구하는 건 그뿐이었으니까. 물론 공은 때때로 땅에 튀고 나 서 들어오거나, 하도 느려서 공이 날아오는 동안 홈플레이트 뒤에 앉은 관중들이 말가죽 표면에 깨알만하게 새겨진 오크하트 장군 의 사인이 보인다고 할 정도였다. "몇시에 도착하지?" 관중들은 회중시계를 든 채 물으며 계속 그런 식으로 익살을 부렸다. 심지 어 투수 중 치코 머코틀은 가끔 공을 언더스로로 던졌다. "타자한 테 연습 플라이를 치라고 해, 치코, 그럼 굳이 공을 안 던져도 되 잖아!" 사디스트적 야유를 퍼붓는 관중에게, 버펄로와 인디언의 시대 이래로 더이상 야구에서 잘 쓰지 않는 투구 스타일에 가끔 의존할 수밖에 없는 치코의 통증은 안중에도 없었다.

가엾은 멕시코인을 가시 돋친 말로 괴롭히는 팬들은 사실 소란 스럽기는 했지만 수는 많지 않았다. 대부분의 사람들은 그가 구원

투수로 나서면 재미나 짜증보다는 기괴함을 느꼈다. 불펜의 마지막 대머리 투수인 치코가 아직 형벌이 한두 이닝 남아 있는 상황에서 이미 실컷 두들겨맞은 먼디스를 구원하기 위해 어두워지는 구장으로 터벅터벅 들어올 때는 늘 땅거미가 질 무렵이었다. 이 시간쯤이면 지금까지 본 그 모든 장타에 물릴 대로 물린 홈 관중들은 서늘한 산들바람을 막기 위해 옷깃을 올려세우고 이제 미식축구 스코어처럼 되어버린 득점판을 마지막으로 응시하며 미소를 짓고 자리를 뜨기 시작했다. 저 정도면 우리 팀이 터치다운을 두세 번 하고 상대 팀이 필드골 하나를 성공한 셈이겠군…… 관중들은 행복한 포만감에 젖어 달콤한 젖꼭지로부터 얼굴을 돌리는 아기처럼 나른하고 만족스러워하며 두 주먹이 달린 커다란 동물 무리처럼 출구로 몰려들었다. 아, 이겼다. 아, 승리했다. 수염 달린 성별은 그렇게 승리에 거나해진다! 2루타, 3루타, 홈런으로 차려진 오후의 만찬에 비하면 철학의 위로나 종교의 확언이 다 무엇인가? ……그때 치코가 마운드에 나와 핫헤드의 미트 쪽으로 대충 딱 한 번 워밍업 투구를 하면서 작은 비명을 질렀다. 공을 던지기 위해 허리 위로 팔을 들 때마다 통증에서 비롯된 그 작은 염소 울음이 입술 사이에서 새어나왔다. 도시의 거리로 이어지는 경사로의 어둑어둑한 입구에 떼지어 있던 관중은 치코의 염소 울음을 듣자마자 몸을 돌려 그 경기에서 팔이 가장 아픈 투수가 누군지 한번 보려고 앞사람의 머리 위로 고개를 빼곤 했다. 사실 치코 같은 동작으로 던지는 선수는 아무도 없었다. 최대한 고통 없이 공을 뿌리기 위해, 그는 공을 던진다기보다 팔을 쭉 펴고 꼼지락

거리며 밀어넣는 것에 가까웠다. 그 동작은 마치 불이 붙은 굴렁쇠 안으로 데지 않고 손을 통과시키려는 듯 보였고, 그 소리는 그가 도저히 낼 수 없을 법한 것이었다. "이이엡!" 그가 소리를 지르면 공은 땅거미를 뚫고 자기만의 깜찍한 속도로 부드럽게 날아가다 배트에 호되게 얻어맞았고 주자들은 모두 홈으로 쇄도했다.

팬들은 왜 때때로 오 분에서 십 분 동안 치코가 그렇게 고통스러워하는 걸 계속 지켜보고 있었는지 정확히 설명할 수 없었으리라. 동정은 아니었다. 치코는 마음만 먹으면 야구를 그만두고 멕시코로 돌아가거나, 미국에 남아 멕시코인들이 하는 일이라면 무엇이든 할 수 있었으니까. 애정도 아니었다. 어쨌든 프랑스인인 애스타트보다 검둥이에 훨씬 가까운 스페인계 녀석이었으니까. 재미도 아니었다. 휴무일에 세 시간 동안 먼디스를 보고 나면 더이상 웃을 기운도 없었으니까. 그들을 그 자리에 붙들어세운 건그보다 난생처음 경험하는 이상한 상황, 불가사의하고 낯선 상황, 경계 밖에 있는 듯한, 안락하고 친숙한 이 세상에 절대 속해 있지않은 듯한 분위기였다. 해는 거의 저물고 경기장의 먼 귀퉁이들이 어둠에 잠겨 사라지고 있는 시각에 그가 내는 소리는 마치 바람에 흔들리는 정글의 나뭇잎이나 달의 어두운 구멍에서 발원하는 듯했고, 방금 전까지 편안한 슬리퍼와 안락한 의자, 맥주 한 병을 기대하고 또 그날 오후 그들의 눈앞에서 야생마처럼 질주하며 3루를 돌던 그 모든 주자들에 대한 기억을 영원히 잊지 못하리라 예상하던 사람들에게 두려움과 불가사의함을 일깨웠다. "들어봐라!" 아버지가 어린 아들에게 속삭였다. "응--응." 어린 소년이

가느다란 나뭇가지 같은 다리를 움직이며 답했다. "들리지? 소름 돋지 않니? 치코 머코틀이야. 나중에 네 손자들한테 그가 저 소리를 내더라고 말해주렴. 잘 들려?" "아, 아빠, 이제 가요."

그렇게 관중들은 집으로 갔고(흠, 그들의 홈으로!), 뒤에 남은 치코는 거의 한 명도 아웃시키지 못하고 만루를 두 차례 허용했으며, 무자비한 홈팀이 그 주자들을 두 차례 싹쓸이한 다음에야 자비롭게 해가 지고 구장이 사라지면, 한 명의 관중도 없이 진행되던 재난에 대해서 일몰 몰수 경기가 선언되었다.

3

황야에서

1943년 최종 순위

	승	패	승률	승차
트라이시티 타이쿤스	90	64	0.584	
어셀더머 부처스	89	65	0.578	1
인디펜던스 블루스	88	66	0.571	2
테라인코그니타 러슬러스	82	72	0.532	8
트라이시티 그린백스	79	75	0.513	11
어사일럼 키퍼스	77	77	0.500	13
캐쿨라 리퍼스	77	77	0.500	13
루퍼트 먼디스	34	120	0.221	56

3

우리 모두처럼 고향에 홈을 두지 못하고 고향 밖의 홈을 전전하는 모습이 그려진다. 미스터 페어스미스는 비참함이 선수들에게 선사해줄 도덕적, 영적 이득을 강조한다. 빅 존은 떠도는 처지의 장점을 역시나 냉소적으로 설명한다. 프렌치는 자기가 어디에 있는지를 잊는다. 여자 옷을 입은 남자가 구장에 들어와 먼디스를 방해한 사건은 무언가를 암시하는 듯하다. 니그로패트리어트리그에 관한 생생한 여담, 그 리그의 유명한 구단주, 그리고 일부 팬들에 대한 간략한 묘사가 펼쳐지고, 그중 어느 장면에서는 최초로 용기 있게 유색인 선수들을 프로 야구에 끌어들인 메이저리그 구단주가 브랜치 리키라고 믿는 많은 사람들이 놀라움을 금치 못할 것이다. 먼디스는 캐쿨라 노처녀 세 명의 모성을 자극하고 그녀들의 농간에 순순히 응한다. 빅 존과 닉네임은 핑크-앤-블루-라이트 구역을 찾아간다. 그곳에서 닉네임은 고대하던 것을 얻고, 그렇게 캐쿨라 방문을 마친다. 그리고 몰락이 완성되기 전, 먼디스는 바로 그 도시에서 그들의 남성성에 굴욕보다 더한 것을 안겨줄 일을 겪는다. 먼디스가 리그를 돌며 원정경기를 하고, 각각의 도시들이 어떤 식으로 그들을 위협하는지 묘사된다. 기차를 타고 포트루퍼트를 드나들 때 잠깐이지만 몇몇의 눈에서 눈물이 흐른다. 어사일럼에서 먼디스가 거둔 승리는 또 한번의 패배로 바뀌고, 궁금해하는 사람들을 위해 정신병자들이 하는 야구가 다소 자세히 묘사된다. 자신의 나라에서 한 번도 이방인이라 느껴본 적 없는 운좋은 독자는 이 장에서 그들의 처지가 어땠는지 어느 정도 깨닫게 되리라.

먼디스가 처음으로 리그를 떠돌던 1943년, P리그의 여섯 도시

는 그들이 방문할 때마다 상업지구의 번화한 중앙로를 지나는 퍼레이드와 구장에서 그들을 환영하는 식전 행사로 경의를 표했다. 전시의 물자 부족 때문에 종종 시청 청소과에서 빌린 트럭으로 기차역에 있는 선수들을 태워 왔다. 먼디스 선수 스물다섯 명은 기차에서 회색 '원정' 유니폼으로 갈아입고 사복은 여행가방이나 종이가방에 담은 채 차에 올라 역에서 호텔까지 큰길을 행진했고, 그동안 트럭에 달린 확성기에서는 진 오트리*가 〈언덕 위의 집〉을 노래하고 기타 연주하는 소리가 울려퍼졌다. 이 레코드는 오크하트 장군의 비서가 선택한 것으로, 그녀가 듣기에 노랫말이 행사에 적당해서가 아니라 루스벨트 대통령이 좋아한다고 알려진 곡이기 때문에, 그래서 먼디스와 공화국의 운명이 떼려야 뗄 수 없이 결합되어 있다는 생각을 일깨워줄 수 있어서였다. 오크하트 장군은 그 모든 야비한 사태가 죽도록 싫었지만 마지못해 동의했다. 〈나를 야구장으로 데려다주오〉**처럼 유서 깊고 상황에 어울리는 노래였다면 더 좋았겠지만.

거리의 사람들이 노래를 따라 불렀다면 아주 바람직했겠으나, 보행자 대부분은 시청 청소차가 전년 리그 꼴찌 팀을 태우고 지나가는 걸 보고도 무슨 일이 일어나고 있는지 도통 못 알아보는 듯했다. 물론 어머니와 함께 장을 보러 나온 꼬마들은 음악소리가 다가오면 순진한 마음에 산타나 부활절 토끼가 나타나리라 기대

---

* 미국 영화배우, 가수이자 프로야구팀 LA 에인절스 구단주.
** 메이저리그에서 7회 말 시작 전에 나오는 노래로 많은 관중이 따라 부를 만큼 유명하다.

하며 잔뜩 흥분했지만, 트럭이 나타나면 금방 가라앉았고 어떤 경우에는 흥분이 두려움으로 변하기도 했다. 대부분 늙고 머리가 벗어진 남자들이 트럭을 가득 메우고 야구모자를 허공에 휘두르며 저마다의 방식으로 노래를 부르면서 지나갔기 때문이다.

오, 내게 고향을 주오. 버펄로가 돌아다니고,
사슴과 영양이 뛰노는 곳.
근심스러운 말은 들리지 않고,
하늘에는 온종일 구름 한 점 없는 곳.

그들이 질러대는 노랫소리로 판단해보건대 먼디스가, 적어도 초반에는, 성심성의를 다하지 않았다고 말할 수는 없었다. 그 쓰레기차(미스터 페어스미스는 그렇게 부르길 좋아했다)는 명백히, 여러분이나 내게도 마찬가지였겠지만, 그들이 생각하는 영예와 거리가 멀었다. 그럼에도 얼마간 깨끗이 문질러 닦고 빨간색, 흰색, 파란색 장식용 삼각기로 교묘히 가리자 트럭은 핫헤드가 화를 내기 시작하는 여느 때처럼 버럭 소리를 지를 만큼 나쁘지는 않았다. "젠장, 아무래도 우릴 실어다 쓰레기처리장에 버리려는 것 같아! 혹시 수세식 변기에 처넣고 물을 내리려는 거 아냐?" 핫은 울부짖었다. "독립선언문이 보장하는 양도할 수 없는 인간의 권리를 최악의 방식으로 위반하는 것 같아. 루퍼트 먼디스를 포함해 모든 인간에게 보장된 권리를!"

하지만 먼디스가 야구계의 어느 누구보다 잘 알고 있듯 지금은 전쟁중이고 한동안은 임시변통으로 때워야 했다. 불평해봤자 소용없었다. 그리고 희망적으로 생각하면, 졸리 촐리 T가 말하기를, 희생이 클수록 전쟁은 더 빨리 끝나고 그들은 홈구장으로 더 빨리 돌아갈 수 있었다. 언덕 위의 집이 아니라 다시 뉴저지로, 그들이 사랑받고 속해 있는 곳으로.

리그 전역의 시 공무원들은 물론 자유롭게 직접 작성한 연설문으로 먼디스를 환영할 수 있었다. 그러나 한결같이 그들은 오크하트 장군의 사무실에서 식전 행사를 위해 작성한 문구를 한 자도 틀리지 않고 되풀이하는 쪽을 택했다. 또한 미스터 페어스미스는 지역 팬들을 대표해 행사중 홈플레이트에서 종이반죽으로 만든 '도시의 열쇠'를 수여받았는데, 그것도 장군의 사무실에서 제공한 것이었다. '루퍼트 먼디스를 환영하며'라는 제목의 연설은 이렇게 시작했다. "먼디스 여러분, 고향 밖의 홈인 ○○에 오신 것을 환영합니다!" 그 뒤에는 괄호 안에 **잠시 멈춤**이라는 단어가 대문자로 적혀 있었다. 공무원들은 항상 마련된 빈칸에 그들의 도시 이름을 바르게 넣었지만, 팬들이 내켜하면 기립박수를 칠 시간을 주려고 의도적으로 적어놓은 괄호 안의 그 지시문만은 매번 홈플레이트에 놓인 마이크를 향해 읽어버리고 말았다. 다행히 구장에 있는 사람 중 누구도 이 실수를 알아채지 못하는 듯했다. 그 단어를 장내 방송 시스템에서 나오는 전자파 진동으로 착각했거나, 더블브레스트 정장에 앞이 뾰족한 검정 구두를 신고 시장을 대신해 행사에 파견된 무명의 공무원이 웅웅거리는 소리에 별로 주의를 기울이지 않았거나. 팬들이 신경쓰는 것은 야구 경기, 먼디스가 홈팀에게 참패당하는 광경을 보는 것뿐이었다. 반면 먼디스는 이 의례에 아주 익숙해져, 1라운드 원정 여행중 캐쿨라시 공무원이 환영 연설에서 열두번째 단어인 "잠시 멈춤"을 건너뛰자 핫 타를 비롯한 대표단은 기분이 상했고, 캐쿨라시가 일부러 떠돌이 팀인 그들을 얕잡아본 것이라며 비난했다. 실상은 이랬다. 교량터널위원인 빈센트 J. 에프기(시장인 보스 에프기의 형제)가 "잠시 멈춤"이라 말하지 않고 실제로 연설을 멈추자 관중석에서 잔물결 같은 박수가 일었다. 절대 우레 같진 않았지만, 뭐랄까, 시청 말단 공무원들이 괄호 안의 지시문이고 뭐고 다 읽어버린 도시에서 먼디스가 받은 것보다는 다소 동정어린 반응이었다.

그날 경기를 마친 후 핫과 그의 신봉자들이 여전히 분을 삭이지 못하고 있을 때, 미스터 페어스미스는 먼디스 라커룸에서 회의를 열어 고통을 주제로 선수들에게 시즌 첫 설교를 하기로 결심했다. 그는 길을 떠난 후 처음으로, 그들에게 주어진 이 경험의 '더 큰 의미'를 가르치고, 그들의 노고를 인간의 역사와 신의 의도라는 맥락 안에 집어넣으려 했다. 그는 선수들이 원정경기를 하는 동안에도 미국의 젊은이들은 지구 반대편 정글에서 피를 흘리며 죽어가고 있고, 광대하고 외로운 하늘에서 적의 포격에 산산조각나고 있음을 상기시키는 것으로 시작했다. 그는 적의 군화에 짓밟혀 으스러진 사람들, 이 세상의 고향뿐 아니라 모든 자유, 존엄, 희망을 잃어버린 수백 수천만의 사람들이 겪고 있는 고통을 얘기했다. 고대에 시뻘건 불이 강물을 이루어 도시 전체를 뒤덮은 화산 폭발을 얘기했고, 땅이 갈라져 그 위에 있던 모든 사물과 사람을 소용돌이치는 대지 깊은 곳으로 고철덩어리인 양 집어삼킨 지진을 묘사했다. 그다음에는 주님의 고통을 상기시켰다. 태초 이래 인류가 목격한 그런 불행과 비교할 때, 교량도 없고 터널도 없는 캐쿨라시의 교량터널위원이 설령 먼디스를 위한 환영 연설문을 절반도 읽지 않았다 한들 무엇이 중요하단 말인가? 미스터 페어스미스는 최대한 근엄하게—그는 날마다 더 존경스러워지더니 이제는 정말 근엄했다—물었다. 만일 자신들이 지금까지 짊어져야 했던 작은 짐조차 버거워한다면, 앞으로 남은 길고 뜨거운 몇 달을 어떻게 보낼 것인가? 그 고통을 지구의 가없고 가없은 사람들에게 주어지는 일용할 양식인 양 그날그날 삼켜버리면 어떨까? "제군들," 그가 말했다. "여러분이 홈구장 없이 이 리그를 떠돌아야 하는 게 주님의 뜻이라면, 나는 주님에게 반항하기를 그만두고 대신 그분이 자네들에게 강해지고, 단단해지고, 구원을 받으라고 던져준 기회를 붙잡으라고 말하겠네."

"빌어먹을!" 미스터 페어스미스가 의미심장한 침묵 속에서 라커룸을 떠나자 핫헤드가 씨근거리며 말했다.

"아, 잊어버려, 절름발이." 빅 존 바알이 말했다. "그들이 연설문에서 빼먹은 건 고작 한 단어잖아. 그러니까 10달러도 아니고 심지어 25센트도 아니란 말이지. 만일 돈이었다면 그건 중요할 거야. 하지만 단어 하나쯤은 내가 알기로는 아무것도 아냐. 하나의 온전한 연설이란 처음부터 끝까지 그저 단어 다발인데, 알잖나, 대가리에 뇌가 절반밖에 없는 사람도 거기에 안 속아넘어가. 안 그래, 데이머?" 그는 자신이 후견인이자 보호자 역할을 해주는 열네 살 소년의 면전에 국부보호대를 던지며 말했다. "코는 다른 이름으로 불러도 땀냄새를 아주 잘 맡아, 안 그러냐, 니뇨*? 너희는 사람들이 하는 말을 너무 신경써. 그냥 무시해버려, 그게 내 충고야."

"넌 이해 못해, 바알." 핫이 으르렁거렸다. "넌 절대 이해 못해. 물론 처음엔 단어 하나로 시작하지. 하지만 끝에 가서는 저희들 멋대로 하고, 사람들의 꿈을 완전히 박살내버린다고."

"핫." 존이 의미심장하게 곁눈질하며 말했다. "뭔가 헛된 꿈을 꾸고 있나보군."

"정의가 헛된 거야? 권리를 행사하는 게 잘못된 일이야?"

"이것 참." 빅 존이 말했다. "그저 시합일 뿐이야, 맙소사. 내 말은, 그런 건 전혀 중요하지 않다고."

"너한텐 아무것도 안 중요하지."

"'정의' 같은 빌어먹을 단어 때문에 고민할 필요 없어. 더이상 말할 가치도 없다고. 어쨌든 난 멋대로 하고 사니까."

"정의는 빌어먹을 단어가 아냐!" 핫이 말했다. "그들이 우리한테 하는 짓은 공평하지 않다고!"

"나 원 참, 친구들, 율리시스 S.가 말하기를, 인간은 공평하지 않은 게 좋다고 했어. 그래야 우리가 챔피언이 되지. 이번 시즌이 아니면 다음 시즌에라도. 내년을 기대해보라고, 친구들! 하! 하!" 그는 잠시 자신의 라커 바닥에서 리니먼트** 병을 꺼내 거기에 담

---

* 스페인어로 '꼬마'.

** 염증이나 신경통을 가라앉히는 연고.

긴 술을 한 모금 마셨다. "이봐 친구들, 내 얘기를 들어볼래? 이 떠돌이 생활은 우리한테 일어난 일 중 거의 최고야. 그걸 깨우칠 머리가 있다면 말이지. 홈구장이나 거기에 찾아오는 홈팬이 없는 게 뭐가 문제야? 홈팬이라고 해봤자 다들 같은 지역에 살고, 우리가 이기면 그들에게 좋고 우리가 지면 나쁘다고 생각하는 얼간이 무리잖아? 그리고 무엇보다 우리 중 누구도 그 도시 출신이 아니야. 왜, 우리가 단지 우연히 들어가게 된 도시가 거기였기 때문에 우리 유니폼에 가로로 **포트 똥통**이라고 새겨진 거 아냐, 안 그래? 사실 난 몇 년 전에 그게 **루퍼트**가 아니라 **똥통**이라고 우기곤 했어. 내 셔츠를 내려다보고 혼잣말로 이렇게 말했지. '이봐, 찬, 너는 **포트 똥통**과 **똥통** 팬들의 명예를 위해 야구를 하고 있으니 얼마나 운이 좋냐? 이봐, 찬, 넌 **똥통**의 이름을 빛낼 수 있도록 최선을 다하고 정말 열심히 노력하고 싶어해.' 멍청한 놈들," 그가 말했다. "너희는 룹잇 출신이 아냐. 그런 적도 없고 그럴 수도 없어. 거기서 백만 년을 뛰어도 어림없지. 너희는 여기저기로 엉덩이가 팔려다니는 야구선수 무리일 뿐이야. 자, 그 한심한 대가리를 굴려봐, 친구들. 너희는 여기서 방문객인 것처럼 거기서도 방문객이었어. 아무 차이도 없는데 차이가 있다고 생각하는 거야."

큰 혼란을 시사하는 침묵 속에서 선수들은 샤워장으로 향했다. 첫째, 환영 연설에서 빠진 단어는 남은 몇 달 동안 그들에게 찾아올 무시, 모욕, 굴욕의 서곡인 게 분명하다는 핫헤드의 불평이 있었다. 둘째, 무시와 굴욕은 말할 것도 없고, 그들은 곧 단지 세상의 가엾은 자들이 아니라 가엾은 자들 중 가엾은 자들의 일용할 양

식인 고통을 삼켜야 할 거라는 미스터 페어스미스의 경고가 있었다. 그리고 이제 빅 존은 그들 모두가 기꺼이 인정하는 것보다 실제로는 더욱 애타게 그리워지기 시작한 룹잇 골수팬이 일종의 신기루나 망상이었다고 말하고 있었다. 물론 스핏의 아들이자 베이스의 손자인 그가 그들의 옛 고향을 그렇게 경멸적으로 말한 일이 팀 동료 가운데 누구에게도 놀랍지는 않았다. 니카라과 야구의 지저분한 지옥에서 컸으니 '정의'니 '자부심'이니 '페어플레이'는 고사하고 '충성심'의 의미도 알 리 만무했다. 하지만 핫헤드의 경고와 미스터 페어스미스의 묵시록 같은 예언에 뒤이어, 그렇게 돌아가고 싶은 그 장소가 애초부터 '우리 것'이 아니었다는 말을 듣는 건 결코 위안이 되지 못했다.

"그럼," 샤워 소음 너머로 마이크 라마가 외쳤다. "우리가 룹잇 출신이 아니면, 리퍼스도 캐쿨라 출신이 아니잖아. 러슬러스도 테라인코 출신이 아니고, 블루스도 인디펜던스 출신이 아냐. 아무도 어디 출신이 아니라고!"

"맞아요!" 닉네임이 외쳤다. "그들도 우리하고 똑같이 안 좋아요!"

"하지만 그럼 어떻게," 늙은 키드 헤킷이 타월로 몸을 닦으며 말했다. "어떻게 캐쿨라 선수들은 여기 캐쿨라에 있고, 우린 거기 룹잇에 있지도 않고 시즌 내내 그곳으로 돌아가지도 못하는 건가? 어떻게 뉴저지로 못 돌아가고, 인디펜던스로 갔다가 리그 전체를 한 바퀴 돈 다음 다시 여기로 오나, 154경기 동안 내내?"

"그런데 그게 무슨 상관이에요, 웨인?" 닉네임이 말했다. 그는 불경한 성격으로 난생처음 집에서 멀리 떠나온 열네 살 소년을 강하게 사로잡은 빅 존의 말을 앵무새처럼 따라해야 할지, 여느 루키들처럼 먼디스의 배반자에게 반대하는 다른 선수들 편을 들어야할지 갈피를 못 잡고 있었다. "거기로 못 돌아가면 어때요? 어쨌든 이렇게 돌아다니는 게 더 재미있어요. 모든 호텔에 묵어보고, 먹고 싶으면 아무때나 햄버거를 먹고, 로비에서 아가씨들한테 윙크도 하고요! 그리고 거기서 일하는 종업원들의 딱 달라붙는 하얀 유-니-폼, 이히!"

"얘아, 닉네임. 어느 쪽도 '재미'가 아니라는 걸 너도 곧 알게 될 거다." 노장이 말했다. "아침에 눈을 떴을 때 여기가 어딘지 모르는 것보다 아는 게 조금 덜 혼란스러울 뿐이지."

그렇게 다들 샤워하러 갈 때보다 그다지 나아지지 않은 기분으로 라커룸에 돌아왔다. 이미 옷을 전부 갖춰 입은 프렌치가 자신의 라커 앞에 서 있었는데, 그의 헐렁한 갈색 정장과 베레모 차림이 아니었다. 이미 이 프랑스인은 공상의 나라로 떠나버렸다. 먼디스의 이런저런 선수들은 이번 시즌에만 벌써 여섯 번이나 프렌치가 세면실의 거울 앞에서, 면도를 해야 할 성인이 〈찰리 챈〉*에 나오는 어느 등장인물처럼 보이고 싶어하는 어린아이처럼, 윗니를 아랫입술 앞으로 내밀고 검지로 양쪽 눈꼬리를 뒤로 잡아당기는 걸 목격했다. "이봐!" 동료는 그를 몽환 상태에서 깨우려고 큰소리로 불렀다. "이봐, 넘버 원 친구!" 그러면 반역적 행동을 하

_____

* 중국계 형사가 주인공으로 나오는 시리즈물.

다 제대로 걸린 프렌치는 화장실 칸막이 안으로 달려가 숨곤 했다. 저놈의 성격하고는! 하여간 외국 놈들이란!

하지만 지금은 거울 앞에서 짓던 그 우스운 표정이 아니었다. 결코 우스운 구석이라곤 찾아볼 수 없었다. 거기 서 있는 프렌치는 그들 중 누구도 일 년 내내 입어보지 못한 아이보리화이트색 플란넬 유니폼, 희미한 붉은색 초크스트라이프가 들어가 있고 가슴에 주홍색으로 **루퍼트**라고 휘갈겨쓰여 있으며, 마지막 't'는 거의 존 행콕*의 서명만큼이나 멋들어진 장식체로 끝나는 먼디스의 홈 유니폼을 입고 있었다. 그 모습이 그렇게 슬픈 건 그가 너무나 멋져 보여서였다. 먼디스 선수들은 어리벙벙했다. 우중충한 회색 '원정' 유니폼을 입은 모습에 서로 익숙해진 나머지 한때 그들이 얼마나 말쑥했는지 거의 잊고 있었다. 그들이 룹잇 골수팬에게 심지어 최악의 시절에도 사랑을 받은 건 당연했다. 한 시즌 전만해도 어떤 모습이었는가!

"이봐, 프랑스인, 무슨 일인가?" 졸리 촐리가 물었다. "이건 무슨 장난이지, 의장 친구? 오늘 별로 힘이 안 들었나보지? 어이구, 빌어먹을, 누구 좀 얘기해봐, 프랑스어로 '집어치워'가 뭐지?"

"짐." 프렌치가 대답했다. 팀 동료들은 그의 영어를 거의 이해하지 못했다. 이따금 치코는 알아들었는데, 먼디스의 또다른 스페인어 사용자인 빅 존에게 프렌치가 늘상 내뱉는 지와 조를 대충

---

* 제2차대륙회의 및 연합회의 의장이자 미국 독립선언문에 가장 먼저 서명한 인물로, 영국 국왕에게 과시하듯 대단히 화려한 장식체로 서명했다.

해석해서 전달해주기도 했다. "짐 지 완, 우 지 워즈 조우, 젠 아 짐 지, 아 지 울!" 그런 뒤 그는 자기 라커 문에 머리를 박아대기 시작했다.

아무리 생각해도 샤워를 마치고 텅 빈 라커룸에 돌아온 프렌치가 순간적으로 그곳이 어딘지 망각했고, 루퍼트에서 더블헤더 두 번째 경기를 할 생각으로 옷을 입기 시작한 것 같았다…… "미친 캐나다 프랑스 놈." 빅 존이 말했다. "아직도 자기가 내야 플라이를 놓쳐서 우리가 쫓겨났다고 생각하는 거야. 이봐, 애스-스타트,* 그 일 때문에 대가리를 빠개지는 말라고." 촐리와 버드 파루샤가 유격수의 자살을 막으려 애쓰는 동안 빅 존은 낄낄거렸다. "그들이 우리 아버지를 어떻게 했는지 알지? 그래도 아버지는 대가리를 박아대진 않았어. 제기랄, 아버지는 그 일을 모두 이해해낸 다음 내게 고스란히 전해주었지. 애스-스타트, 만고의 지혜는 이거야. 세상은 거짓투성이라는 것. 너희 얼간이들은 너무 진지해서 탈이야."

이때 라커룸 문에서 어떤 소리가 들려왔다. 부드러운 손가락 관절로 소심하게 문을 두드리는 소리가 나더니 젊은 여성이 떨리는 음성으로 "실례"지만 들어가도 되는지 물어보았다.

하지만 1943년 5월 5일 캐쿨라에서 벌어진 그다음 사건―돌이켜보면 이날은 먼디스의 과거와 먼디스의 미래, 예전 패트리어

---

* '애스타트(Astarte)'라는 이름을 'Ass-start'로 부르고 있다. 'ass'는 비속어로 '멍청이'를 뜻한다.

트리그의 모습과 패트리어트리그가 와해되기까지 두 시즌 동안의 모습을 가르는 분기점 같았다—을 서술하기 전에 먼저 리퍼스의 혁신적인 구단주 프랭크 마주마가 P리그의 최하위 두 팀이 패하려고 애쓰는 걸 서로 지나치게 격려하는 모습을 보이지 않도록, 빈약한 관중을 보강하기 위해 그날 오후를 '여성의 날'로 선언한 것을 짚을 필요가 있다. 그런데 5회 초, 무료로 입장한 여성들 가운데 한 명이 실은 남성인 게 드러나 경기가 중단되는 일이 발생했다. 몸에 꼭 끼는 화려한 원피스를 입고 금발의 할리우드 가발을 예쁘게 쓰고서 요란한 핸드백과 엉덩이를 흔들어댔지만, 술이 완전히 깬 빅 존이 느린 스윙으로 아슬아슬한 홈런성 파울볼을 좌측 관중석으로 날리자 그 공을 한 손으로 멋지게 잡아내는 바람에 정체가 탄로났다. 처음에 관중들은 섹시한 아가씨가 멋진 묘기를 선보이자 흥분하며 벌레스크 관객처럼 발을 구르고 고함을 질렀지만, 곧이어 여자의 가슴팍이 아무리 단단하다고 자부해도 그렇게 맨손으로 공을 잡을 순 없다는 걸 깨닫고 음란한 위협이 섞인 늑대 같은 휘파람을 불어대며 금발 미녀에게 몰려들기 시작했다. 경찰의 호루라기 소리가 더해지자 금발 미녀는 관중석 가장자리로 달려내려가 원피스를 낙하산처럼 펼쳐 분홍색 가터벨트를 훤히 드러낸 채 잔디밭으로 뛰어내렸다. 즉시 그녀는 미식축구선수처럼 팔을 곧장 내뻗어 캐쿨라의 좌익수 루드라를 벌러덩 뻗게 만들고 2루 쪽으로 내달렸다. 이 무렵 먼디스 선수들은 이것이 프랭크 마주마가 꾸며낸 '하프타임' 쇼라 믿고 관중들의 웃음에 동참할 수밖에 없었다. 그사이 오픈토 하이힐을 신고 있던 그녀는 (서로 팔이 뒤엉킨 채) 돌진해오는 캐쿨라의 2루수와 유격수를 옆으로 슬쩍 따돌리고 투수 마운드로 향했다. 볼카운트 노 볼 투 스트라이크로 몰린 빅 존은 여전히 타석에 서 있었고, 금발 미녀가 캐쿨라 투수의 머리를 향해 핸드백을 휘두르자 투수는 양팔로 두 귀를 감싼 채 마운드에서 달아났다. 이제 그녀는 핸드백을 오른손에, 관중석에서 잡은 파울볼을 왼손에 든 채 한 발을 뒤로 뺐다. 저런, 저런! 다시 분홍색 가터벨트가! 드디어 그녀는 먼디스의 강타자가 십 년 동안 본 적 없는 엄청난 커브볼을 던졌다. 맙소사, 존은 그 순간 짜릿한 흥분을 느꼈다! "젖통이 산만한 계집이 손바닥만한 원피스를 입고 나를 삼진아웃시켰어! 하! 하! 그게 그 정도면 다른 부분은 어떨지 상상해봐!" 다음으로 금발 미녀는 먼디스 더그아웃을 향해 달려가 마주치는 선수들에게 진하게 입을 맞췄다. 어, 어렵쇼. 원정팀 선수들은 어깨를 으쓱하며 서로를 보고 싱글거렸고, 경찰이 그녀를 쫓으며 "먼디스, 그녀를 잡아! 여자가 아니야! 그녀를 잡아, 선수들! 자신의 참모습을 숨기고 변장한 죄로 체포해야 해!"라고 외치는 걸 진지하게 받아들이지 않았다. 경찰이 가죽집에서 권총을 홱 뽑아 금발 미녀의 뒤를 겨눌 때도 그들은 그저 고개를 설레설레 흔들고 구레나룻을 매만지는 척하면서 손으로 입을 가리고 킥킥거렸다. 그때 쩍! 하는 소리가 났다. 금발 미녀는 미스터 페어스미스의 입에 엄청난 키스를 하고 더그아웃을 지나 사라졌다. 선수들은 그녀의 힐이 라커룸으로 향하는 통로의 콘크리트에 부딪히는 소리를 들었다. "멈춰!" 경찰들이 그녀를 뒤쫓아 달리며 외쳤다. 그런 뒤 빵! 소리가 났다. 오, 맙소

사. 경찰이 그녀의 엉덩이를 향해 총을 쏘았다.

(어쩌면 마주마는 예외일지 모르지만) 아무도 다음에 펼쳐질 일을 알지 못했다. 금발 미녀가 다시 밖으로 나와 관중들에게 가발을 흔들면서 고개를 숙이고 인사를 할까? 아니면 경찰이 라커룸에서 그녀의 '시신'을 질질 끌고 나올까? 그녀의 피는 어떨까? 케첩일까, 진짜일까?

하지만 다음에 일어난 일은 조니 바알의 볼카운트가 노 볼 투스트라이크에 먼디스가 6점 뒤진 상황에서 경기가 재개된 것뿐이었고…… 관중들은 추측하느라 열을 냈다. 그들이 떠올린 온갖 의견을 독자 여러분이 들어보지 못한 게 아쉬울 따름이다. 심지어 어떤 사람들은 진짜 살아 있는 호모가 구장을 도망쳐 다닌 게 아니냐고 의심하기 시작했다. "맞아." 센터필드 외야석의 고참 선수들이 말했다. 라이블리볼이 도입된 이후 언제 어디서나 야구의 몰락을 예언해온, 초록색 보안保眼용 챙을 쓴 사람들이었다. "내가 말했지. 여기서 이런 일로 사람을 우롱하고, 또 저런 일로 장난을 치기 시작해. 다음엔 말이야, 살찐 여자들이 반바지 차림으로 몰려올 거야. 기다려보라고. '여성의 날'은 시작에 불과해. 리그 전체에 '호모의 날'이 생기면 이제 끝장나는 거야. 틀림없어. 온 도시에서 여장남자들이 룰루랄라 거들을 입고 나와 문 앞에서 사람들한테 공짜 매니큐어 같은 걸 나눠주겠지. 아, 머지않았어, 걱정하지 말게, 우리가 상상할 수 있는 모든 더럽고 한심한 일들이 몰려올 테니. 그게 다 젠장할 공을 예전처럼 놔두지 않았기 때문이야!"

스포츠기자들의 추측은 덜 비관적이었지만 기괴한 방향으로 흐르기는 매한가지였다. 하지만 그들이 상대하는 사람은 어느 요일에든 남들보다 더 기괴한 생각을 해낼 줄 아는 프랭크 마주마였다. 금발 미녀의 사이드암 투구를 제대로 보고 그 무자비한 커브볼의 궤적을 놓치지 않고 관찰한 사람들은, 마운드에 섰던 그 '여성'이 가슴에 볼륨패드를 붙이고 원피스를 차려입은 다름 아닌 길가메시였다고 맹세했다. 그래, 그 옛날의 우람하고 불량했던 선수가 그날 프랭크 M.에게 여장남자 배우로 고용된 거야. 하지만 실제보다 더 해적처럼 보이려고 (하루는 오른쪽 눈에, 다른 날은 왼쪽 눈에) 검은색 안대를 한 프랭크는 무릎을 탁 치면서 이렇게 말했다. "제길, 왜 그 생각을 못했을까!" "그러니까, 프랭크, 지금 자넨 오늘 거기서 일어난 추잡한 사기 행각이 자네와 아무 상관이 없다고 믿어달라는 건가?" "스미티, 그랬다면 얼마나 좋았을까. 난 어렸을 때부터 천재 인기몰이꾼이 되어 그런 장관을 무대에 올리고 싶었다고. 정말 솔직하게 말하는데, 5회 초에 일어난 그 사건이야말로 온 세상에서 가장 위대한 인기몰이꾼 아니고서는 할 수 없는 일이라고 생각하네. 바로 하느님이라는 이름의 친구가 아니고서는."

아, 프랭크 마주마가 생각하지 못하는 건 거의 없었고, 더욱 한심하게는, 옳게 생각하는 것도 거의 없었다. 바로 이전 시즌에 그는 리퍼스를 프로야구 최초 유색인 팀으로 전환하겠다는 영리한 발상을 했다. 그렇다, 백인 선수를 모두 팔고 검둥이들을 데려온다는 생각이었다! 그 시절—올스타 시즌이 돌아오면 다이아몬드에서 하얀 얼굴을 찾아보지만 헛수고에 그치고 마는 사람들에게 이제는 파라오의 시대만큼 아득하게 느껴지는 그 시절—의 상황에서, 국민 오락의 거물들은 메이저리그가 완전히 백인으로만 구성되어야 하고, 구색을 위해 이따금 인디언이나 하와이인이나 유대인을 집어넣는 것이 야구에 가장 이익이 된다고—그리고 야구에 좋으면 나라에 좋고, 나라에 좋으면 인류에 좋다고—생각했다. 게다가 검둥이들은 이미 그들끼리 팀을 만든 상태였고, 일요일의 작은 오락을 원하는 유색인들이 있는 곳이면 어디든 가리지 않고 수백 명이 전국을 돌며 경기를 펼쳤다. 심지어 그들만의 '메이저'리그, 즉 니그로내셔널, 니그로아메리칸, 니그로패트리어트가 있었다. 이 리그의 팀들은 실제 메이저리그의 도시들을 홈으로 삼았고, 백인 팀이 도시 밖으로 원정을 떠나면 메이저리그 구장에서 경기를 할 수 있었다. 종종 유색인 팀들은 백인 메이저리그 팀의 경기를 보기 위해 돈을 내고 들어오는 관중보다 상당히 더 많은 일요 관중 앞에서 경기를 했다. 물론 그 점이 프랭크 마주마의 구미를 가장 강하게 자극했고, 메이저리그 야구의 에이브러햄 링컨이 되는 방향으로 생각하도록 그를 고무시켰다.

유색인 선수들의 팬들도 어찌나 대단했는지! 그들은 캐쿨라 볼위빌스와 그들의 첫 디비전 라이벌인 루퍼트 래스터사이즈, 또는 '의욕 없는 9인'이라는 별명으로 알려진 어셸더머 등 챔피언 자리에 올랐던 팀들 간의 일요 더블헤더 경기를 보기 위해 노새나 늙은 말이 끄는 사륜마차를 타고 밤을 새우며 수백 킬로미터를 이동해 경기장에 도착했다. 천을 덧대 기운 작업복에 신발도 없이, 토요일 퇴근 시간이면 곧장 밭에서 나와 시골 흙길을 지나고 큰길로 들어서서 밤새도록 걸었고 이튿날 정오에는 도시의 부글부글 끓는 아스팔트에 당도했다. 대개 타격 연습이 막 시작되었을 때에야 백인과 백인의 돈과 백인의 권력으로 세운 거대한 경기장에 간신히 들어섰다. 발밑에 닿는 경기장 통로의 서늘한 콘크리트가 숲속의 시냇물 같았다. (그래!) 구장의 풀밭은 그들이 본 어떤 것보다 푸르렀고 지상에 놓인 천국의 들판 같았다. (그래!) 아, 저 높이 하늘 위로 솟은 경기장은 얼마나 높은지, 그 삼각기들이 하느님의 옥좌를 둘러싸고 있는 듯했다. (그래!) 아, 울긋불긋한 깃발들, 그건 하느님의 옷자락에 달린 술일지도 몰랐다! 그래 좋았어, 메이저리그! (정확히 말하자면, 그것의 검둥이 복사판.)

니그로P리그에 포함된 여덟 팀의 구단주가 누군지는 기본적으로 팬케이크 박스에 찍힌 그녀의 사진 때문에 미국인들에게 익히 알려져 있었다. 제마이머 이모는 포장에 그녀의 이름과 얼굴이 들어간 팬케이크 가루로 벌어들인 큰돈으로 P리그 도시들의 유색인 팀들을 하나둘씩 매입하더니 마침내 리그를 조직해 다른 두 검둥이 '메이저'리그와 동등한 지위로 끌어올렸다. 가는 곳마다 그녀는 하얀 치아가 눈부시게 드러나는 커다란 미소를 지었고, 박스의 초상화처럼 빛이 나도록 피부에 왁스칠을 했으며, 그녀를 명랑하고 다정하게 보이게 하는 커다란 체크무늬 스카프를 반드시 매고 다녔지만, 비즈니스 거래에서만큼은 마주마에 뒤지지 않았다. 이름과 달리 그녀는 누구의 이모도 아니었다.

제마이머 이모는 일요일마다 캐쿨라에 나타나, 그녀가 가장 좋아하는 볼위빌스의 경기라면 그주의 유색인 원정팀이 어느 팀이

든 빠지지 않고 경기를 관전했다. 그녀와 항상 함께 오는 남동생은 라디오극과 영화에서 하인 역할로 유명한 워싱턴 디지로, 매년 유색인 월드시리즈가 시작하는 날 홈플레이트에 베이스드럼을 놓고 그 위에서 국가에 맞춰 탭댄스를 췄다. 그 시절 제마이머 이모의 박스관람석에 자주 찾아온 다른 유명한 흑인으로는 코미디 듀오인 티스 앤 아이즈가 있었다. 그들은 공포영화에서 늘 유-유-유-유령을 보았고, 구장에선 위-위-위-위험한 타자가 타-타-타-타석에 들어설 땐 그 유명한 소름 끼치는 비명소리로 관중에게 재미를 선사했다. 우스꽝스럽게 소리지르며 법석을 피우는 가정부 연기로 미국인의 사랑을 받는 방송계의 수다쟁이 아가씨 릴 루비도 있었다. 그녀는 구장에 도착할 때 코펜하겐에서 들여온 건장한 열여덟 살짜리 덴마크 청년의 어깨 위에 여성용 안장을 얹어 타고 왔는데, 그는 그 여배우에게 운송수단 이상일 거라는 말이 있었다. "이제 보니 놀라운걸!" 팬들은 손목과 발목에 다이아몬드를 주렁주렁 휘감고 나타난 그녀를 보고 이렇게 외쳤다. "난 그녀가 자그마한 소녀라고 생각했는데 말이야!" 볼위빌스의 또다른 팬은 제마이머 이모의 연인이라고 소문난 유명한 비극 배우였다. 그는 남북전쟁을 다룬 대작 〈저멀리 보라, 저멀리 보라〉에서 물에 빠진 도련님을 구한 후 폐렴으로 죽는 충직한 늙은 노예를 연기해 아카데미 최우수조연상을 받은 미스터 멜 E. F. 루이스였다. 그리고 몇 년에 걸쳐 제마이머 이모의 아들뻘인 권투 챔피언들이 찾아왔다. 당장 떠오르는 선수만 해도 키드 리코리스, 키드 비타미너스, 키드 스모크, 키드 크로, 키드 허시, 키드 미드

나잇, 키드 잉크와 그의 쌍둥이 형제인 키드 큉크, 키드 톱햇, 키드 커피, 키드 머드, 물론 미들급 세계 챔피언 자리를 이십 년 동안 지킨 진정한 챔피언 키드 글러브스도 있었다. 그는 1948년에 돌연 부와 명예와 조국을 버리고 소련으로 넘어가 알루미늄공장 노동자가 되었다. 우울하고 고독한 사람이었던 그는 늘 제마이머 이모의 화려한 박스관람석을 경멸했고, 그 대신 센터 뒤쪽의 외야 벤치에 앉아 맨발의 아이들에게 둘러싸이기를 더 좋아했다. 아이들은 그의 강한 팔에 매달렸고 그는 경기 중간에 아이들에게 제3인터내셔널*의 노래들을 불러주었다. 1948년에는 매디슨스퀘어 가든의 프로권투 경기장 한가운데서 연설을 했다. 그 자리에서 그는 자신을 영웅으로 만들어준 조국을 공공연히 비난해 모든 인종의 미국인을 격분시켰고, 다음날 증기선을 타고 무르만스크로 떠났다.

그가 떠나고 불과 몇 주 후, 철의 장막 뒤에서 새어나온 뉴스에 따르면(그 장막은 철인데 어떻게 새어나왔는지는 아무도 모른다), 위대한 글러브스는 공산당의 십장을 한 방에 날려버려—타블로이드판 신문들이 흡족해하며 말하기를, 아주 아이러니하게도 레프트 한 방에—시베리아로 추방되었다고 했다. 그 십장은 모국어를 할 줄 모르는 새 동지에게 짜증이 나 자신이 전쟁중 미국 병사들의 입에서 주워들었던 영어 단어 하나로 그를 불렀다. 몇 년 후 미 국무부가 공개한 "고위 당국" 보고에 따르면, 불쌍한

---

* 모스크바에서 조직된 사회주의 국제 노동자 조직.

키드 글러브스는 시베리아 강제수용소에서 죄수와 간수 모두에게
똑같이 잔인한 놀림과 괴롭힘을 당했다. 그 머나먼 눈보라와 집단
공동체의 땅에서 유토피아의 꿈을 강탈당하고 상심한 복서는 마
지막 며칠 동안 그의 선조들이 조지아에서 아이보리코스트의 정
글 부락을 그리워했듯 미국의 프로권투 경기장을 그리워했다고
한다.

이제 프랭크 마주마는 제마이머 이모의 리그에서 유색인 선
수들을 밀렵해 스카우트하기 위해, 전당포에서 닳아빠진 성직자
용 칼라와 중고 검은색 정장을 구입한 뒤 자신의 피부를 불에 탄
코르크로 칠하고 텁수룩한 회색 가발 위에 중산모를 눌러쓴 채
1942년 어느 일요일 볼위빌스가 그의 리퍼스 구장에서 인디펜던
스 필드핸즈와 펼치는 더블헤더 경기를 구경하러 갔다. 두말할 필
요 없이 마주마는 이 흑인 선수들을 노예 사듯 '구입할' 마음이 전
혀 없었다. 단지 그중 최고의 선수들에게 메이저리그를 흔들어 보
이고 나서, 유색인 버전 메이저리그에서 푼돈을 받으며 계속 뛸
지, 아니면 진짜 메이저리그로 도망쳐 푼돈을 받고 뛸지를 결정하
는 건 그들에게 맡길 생각이었다. 마주마는 유색인 스타 선수들에
대한 내부 정보에 접근할 속셈으로 제마이머 이모 바로 뒤쪽의 박
스관람석에 자리를 잡았다. 그녀는 영리한 경영자였기에 즉시 그
의 분장을 꿰뚫어보았지만, 다음날 오크하트 장군에게 이 명예롭
지 못한 정보를 직접 전하기로 마음먹고 아무 말도 하지 않았다.
이 도둑놈은 그에게 맡기자. 마주마 정도 되는 부유한 백인을 훈계
하는 건 제마이머 이모의 몫이 아니다…… "저런." 그녀는 가장

크고 가장 환한 미소를 지으며 성직자를 반겼다. "안녕하세요, 목사님! 이런 자리에 오시다니 영광이에요!"

마주마는 고개 숙여 인사하고 너덜너덜한 지갑에서 명함을 꺼내 그녀에게 주었다. 명함에는 이렇게 적혀 있었다.

실례합니다

저는 말 못하고 듣지 못하는 흑인 목사입니다

생계를 위해 이 카드를 팔고 있습니다

신의 축복이 있기를 기원합니다

……우리는 길 위를 떠도는 먼디스의 이야기에서 옆길로 새버렸다. 그날의 사건은 오늘날의 관점에서 보면 충분히 한심하고 사소하지만, 그 당시에는 백인의 게임에 대한―백인의 게임이면 백인의 나라에 대한, 그리고 백인의 나라이면 백인의 세계에 대한―종말로 보일 수도 있었다. 프랭크 마주마가 터무니없는 변장을 하고 티스 앤 아이즈, 릴 루비, 워싱턴 디지가 지켜보는 가운데 불위빌스와 필드핸즈의 더블헤더 경기 중간에 그 유명한 '매미'*에게 이상스러운 명함을 건넨 바로 그 순간, 종말을 고하는 최초의 희미한 종소리가 들리는 듯했다…… 믿을 수 없어, 라고 사람들은 말할지 모른다. 말도 안 돼, 터무니없어, 마주마처럼 탐욕스러운 불한당이 이런 우스운 상황에서 노예해방령 이래 미국의 유

---

* 백인의 아이를 돌보는 흑인 유모를 부르는 별칭.

색인종에게 일어난 가장 위대한 진보에 해당하는 사건을 촉발했단 말인가? 하지만 팬 여러분, 반드시 기억하기 바란다. 역사의 전환점이 항상 우체국 담벼락에 그려진 벽화처럼 장대하지는 않았음을.

이제 원정팀의 라커룸 문을 울린 그 노크 소리로 돌아가보자. '여성의 날' 캐쿨라에게 14 대 3으로 패한 것과 그뒤에 일어난 모든 일을 겪은 후 먼디스는 멍하고 난감한 상태로 모여 있었다. "먼디스? 루퍼트 먼디스?" 한 여자가 킥킥거렸다. "저…… 실례지만 들어가도 되나요?"

프렌치를 제외하고 모두가 샤워를 마친 후 알몸으로 물을 뚝뚝 흘리고 있었지만 빅 존은 서슴없이 대답했다. "오 물론이죠, 우린 아주 점잖아요. 그런데 무슨 일이죠, 아가씨? 아님 '퍼니'라고 불러드릴까?"

"저 목소리! 빅 존이야!"

"빅 존!"

"빅 존!"

"이런, 이런." 빅 존의 두 눈이 욕망으로 어두워졌다. "세 분이나 계셨군…… 이봐요, 아가씨들은 누구지? 여긴 왜 오셨나? 내가 맞혀볼까?"

그러자 세 명이 한목소리로 말했다. "우린 먼디스 마미즈예요!"

"누구라고?" 존이 웃으며 물었다.

"먼디스 어머니들!"

"먼디스 엄마들!"

"그러면," 빅 존이 물었다. "그런 엄마는 도대체 몇 살이죠? 스물하나, 아님 스물둘?"

여자들이 재미있다며 키들거렸다.

"겨우 쉰넷이에요, 존!"

"겨우 예순여덟이에요, 존!"

"겨우 일흔하나예요, 존!"

바알이 문을 밀어 활짝 열었다. "이 여자분이 쉰넷이라면," 그는 동료들에게 속삭였다. "여기 있는 웨인은 갓난아기겠어. 고마워요, 숙녀분들." 그가 말했다. "하지만 우린 아무도 필요 없어요."

다른 선수들은 서둘러 사복으로 갈아입은 뒤 문으로 모여 1루수의 어깨 너머로 세 늙은 여자를 살펴보았다. 똑같은 모자, 신발, 안경을 쓴 작고 쭈글쭈글한 호두 세 알이었다.

"안녕하시오." 졸리 촐리가 복도로 나서며 말했다. "자, 숙녀분들, 우리가 어떻게 해드릴까요?"

"졸리 촐리잖아!" 여자들이 외쳤다. "오, 여기 좀 봐! 핫헤드야! 치코네! 디컨이잖아! 롤런드야!" 그런 뒤 세 여자는 동시에 떠들어댔다. "오, 불쌍한 먼디스! 불쌍한 선수들! 누이들과 아내들이 얼마나 그리울까? 누가 단추를 달아주지? 누가 양말을 기워주고? 누가 칼라를 바꿔주고, 신발 뒤축과 바닥을 살펴주지? 항상 집밖으로 나돌아다니는데, 누가 이들을 보살펴줄까?"

"오." 졸리 촐리가 친절하게 미소를 지으며 말했다. "우린 잘지내요, 그럭저럭. 가끔 단추 몇 개 잃어버리는 건 아무것도 아니죠. 지금은 전쟁중이니."

"하지만 누가 프렌치에게 토스트와 계란프라이를 해주죠? 누가 버드를 돌보고 경기가 끝난 후 이를 닦는 걸 봐주죠? 그리고 치코는 리그에서 팔이 가장 아픈데, 그의 고기를 썰어주는 사람도 없잖아요!"

"오," 촐리가 말했다. "치코 걱정은 하지 말아요. 그냥 뼈째 집어서 뜯어먹으니까, 반대쪽 손으로. 그리고 이보시오, 당신들 참 친절하고 다 좋지만, 어쨌든 캐쿨라에 사는 여자들 아니오? 왜 리퍼스한테 가서 그들의 단추를 꿰매주고 엄마가 되어주지 않는 거요?"

"그들은 엄마가 필요 없어요!" 세 여자가 의기양양하게 소리쳤다.

"하지만, 우리도 필요 없어요, 숙녀분들." 졸리 촐리가 말했다. "우린 메이저리그 팀입니다. 아시죠? 물론 제안은 고마워요. 여러분 모두 참 친절하시군요."

얼마 후 먼디스 선수들은 자칭 "엄마들"을 뒤로하고 어두워지는 캐쿨라의 거리를 걸으며 각자 집에서 요리한 저녁식사의 멋진 피날레로 먹고 싶은 홈메이드 파이가 무엇인지에 대해 고분고분 얘기했다. 그게 그들의 '품위'를 깎아먹는다 한들 어쩌겠는가? 그래서 롤런드 애그니가 프리마돈나 같은 콧대를 치켜들고 함께하길 거부한다 한들 어쩌겠는가? 애그니는 혼자 그 외로운 호텔로 돌아가 후회하게 놔두는 거야! 그들이 떠돌이 팀이긴 해도 그게 디저트조차 정당하게 먹을 수 없다는 뜻은 아니지 않은가! 빌어먹을, 만일 그들의 운명이 미스터 페어스미스가 얘기한 대로라면, 조만간 모든 걸 뺏기는 신세가 될 텐데.

"웨인?"

"사과!"

"버드?"

"체리!"

"치코?"

"바나나!"

"마이크?"

"루바브, 복숭아, 초콜릿 크림……"

"빅 존?"

"털!" 그리고 그는 웃으면서 닉네임을 끌고 어두운 골목으로 몸을 숨겼다.

"헤이, 촨…… 내 파이는 어떻게 하고?"

"너, 엄마가 그립지, 닉네임?"

"글쎄, 아니."

"그럼 아까 단추 꿰매는 얘기가 나올 때 왜 울었지?"

"울지 않았어. 눈에 뭐가 들어갔던 거야, 그뿐이라고."

"이거 왜 이래, 애기처럼 엉엉 울고 있었잖아! 그 여자가 양말 깁는 얘기를 시작할 땐 눈물이 거의 무릎까지 흐르던걸."

"사실," 2루수는 인정했다. "실은 향수병에 걸렸어. 조금."

"나 원 참! 집이 그리운 거야? 엄마가 그리운 거야? 그래?"

"오, 촨, 놀리지 마. 난…… 난…… 난…… 모든 게 그리워,

조금." 그는 이렇게 말하며 살짝 흐느꼈다.

"이거 원, 이봐 니뇨. 그럼 네가 원하는 걸 하는 거야. 모든 걸! 행복했던 옛날로 돌아가보는 거야!"

그래서 그들은 캐큘라 시내로 향하기 시작했다. 빅 존이 자신의 피보호자에게 말했다. "이런 도시에서는 말이야, 닉네임, 돈만 있으면 뭐든 살 수 있어. 여기서 안 팔면 어사일럼에서 팔고, 어사일럼에서 안 팔아도 그 시절 자주 가던 테라인코에 가면 그 길맨 끝에 항상 있어. 제길, 방망이를 휘두르는 선수가 리그를 돌아다니면서 평생을 보내는데 여흥이 빠질 수 없지. 만일 네가, 프리모, 내가 말하는 여흥이 뭔지 알고, 세콘도*, 방망이가 무슨 뜻인지 안다면! 하! 하!" 그는 닉네임의 작은 물건 쪽으로 손을 뻗으면서 크게 웃었다. "이봐, 무차초**, 널 제대로 돌봐주는 여자를 만나게 해주마. 진짜 제대로 하는 엄마를 대령해주지!"

아, 갑자기 닉네임의 심장이 쿵쾅거리기 시작했다! 창녀촌, 첫 경험이다! 오하이오에서 온 어떤 청년의 심장이 쿵쾅거리지 않을 수 있을까!

하지만 마침내 달리기를 멈췄을 때 도달한 곳은 그가 멀리 고향에 있을 때 토요일마다 영화 속에서 보곤 했던 부자 동네 같은 거리였다. "이봐, 존." 그가 속삭였다. "잘못 온 거 아니야? 저 집들 좀 봐. 하얀 울타리와 싱싱한 잔디를 보라고."

---

* 이탈리아어로 '프리모'는 '첫째', '세콘도'는 '둘째'.

** 스페인어로 '총각'.

"그래. 그리고 저 위에 있는 도로표지판을 봐. 여기 맞아, 닉네임. 너 브로드웨이와 42번가, 들어봤지? 할리우드와 바인, 들어봤지. 자, 여긴 세계적으로 유명한 티그리스와 유프라테스의 모퉁이야. 세계적으로 유명한 '문명의 요람'이라고."

"그게 뭐야?"

"하! 하! 하긴, 나도 처음 들었을 땐 너처럼 어린 소년이었지. 저 아래 니카라과에서 들었어. 오대호에서 온 늙은 선원한테서. 그는 우리 아버지의 유격수였는데 결국 d.t.s*에 걸리는 바람에 우린 과테말라 농부한테 노새 한 마리를 받고 그를 트레이드했어. 그가 말했지. '난 모든 곳을 다 가봤어. 상하이, 랑군, 방콕 등등. 난 발리도 갔다 왔어. 하지만 미국 위스콘신주의 캐쿨라에는 이 사악한 세상 어디에도 없는 게 있어. 그게 마음의 병을 고쳐주지.'" 존은 닉네임을 끌고 유프라테스 드라이브 6번지까지 걸어갔다. 6번지는 2번지부터 20번지까지의 모든 집과 마찬가지로 초록색 덧문이 달려 있고 잘 가꾼 잔디밭 위에서 하얀 스프링클러가 돌아가고 있는 하얀 집이었다.

존은 계단에 엎어져 있던 세발자전거를 바로 세우고 초인종을 눌렀다.

"이봐." 닉네임이 속삭였다. "이 집에 아이가 사나봐."

"그으―래. 그애 이름이 너야."

문에 난 작은 구멍이 열렸다. "무슨 일이세요?"

---

* '알코올중독으로 인한 섬망증(delirium tremens)'의 약어.

"'다녀왔어요, 엄마'라고 말해." 존이 속삭였다.

"여긴 우리집이 아니야, 촨!"

"그래도 괜찮아. 그렇게 말해. 그건 '조가 보내서 왔어요'랑 같은 말이야. 그뿐이야."

"아우……" 구멍 안으로 닉네임이 말했다. "좋아…… 다녀왔어요."

"'엄마.'" 조니 바알이 말했다.

"알았어! '엄마.'" 닉네임이 속삭였다. 그러자 동화 속에서 마법의 주문을 외운 것처럼 문이 활짝 열렸다. 그런데 앞에 있는 여자는 닉네임이 마음속으로 그리던 모습과 딴판이었다. 립스틱도 안 바르고, 담배도 안 피우고, 추파도 던지지 않았다. 아, 그래도 충분히 예쁘고 젊기까지 하다고, 그는 생각했다. 하지만 대체 노란색 꽃이 그려진 파란색 앞치마를 두르고 뭘 하고 있었을까? 팔에 갓난아기까지 안고서!

윙크를 하거나 엉덩이를 흔드는 대신 그녀는 상냥하게 미소를 지으며 말했다. "저런, 나의 귀여운……"

"닉네임." 빅 존이 속삭였다.

"니컬러스?"

"닉네임."

"나의 귀여운 닉네임이 집에 왔구나!"

"바로 그거야, 예쁜이." 빅 존이 말했다.

"오, 닉네임." 그녀는 몸을 숙여 그의 뺨에 입을 맞추고 이렇게 말했다. "여동생을 재우고 금방 올게. 오, 하루종일 친구들과 놀고 와서 몹시 배고프고 피곤하겠구나! 가서 간단히 목욕을 하는 게 좋겠어!"

닉네임은 얼굴을 찌푸렸다. "방금 샤워했잖아." 그가 존에게 말했다. "경기장에서."

"그럼 이번엔 편안하고 따뜻한 거품목욕을 할 거야."

"아우-우-우, 촨!"

"올라가자, 아가." 여자는 이렇게 말한 후 몸을 돌리더니 이층으로 난 계단을 오르면서 팔에 안긴 아기에게 작은 소리로 노래를 불러주었다.

"우리가 할 여자가 저 여자야?" 닉네임이 속삭였다.

"아니." 빅 존이 소년을 이끌고 문턱을 넘으며 말했다. "저 여자는 너한테 해줄 여자야."

"뭘 해줘? 그리고 왜 여기서 아기를 키워, 이런 곳에서?"

"여기가 어때서, 니뇨? 여기처럼 안락한 데가 어디 있어?"

하긴, 시설에 대해 불평할 순 없었다. 그들이 서 있는 거실에는 난로 곁으로 갖다놓은 큰 안락의자 두 개와 쿠션들이 잔뜩 놓인 꽃무늬 날염 소파가 있었고 모든 벽에 꽃병 그림이 걸려 있었다. 크고 둥근 털실 러그 한가운데에는 아기놀이울이 있었다. 울타리를 쉽게 넘어간 빅 존은 폭신한 동물인형들 사이에 앉았다. "너도 골라봐." 그가 양손에 동물을 하나씩 든 채 말했다. "판다, 아님 꽥꽥이? 자, 뭘 기다려, 닉네임? 폴짝 넘어와, 무차초."

"왜 이래, 촨. 난 십사 개월이 아니라 열네 살이야. 메이저리그 선수라고!"

"이봐, 딸랑이야! 받아!"

"난 루퍼트 먼디스의 2루수야!"

"여기 작은 소방차도 있네, 완전히 빨간색이야! 앵–앵! 길을 비켜라, 소방차가 나가신다!"

"아우우, 촨, 날 놀리는 것 같아."

"이봐, 그 여자가 오고 있어. 빨리 이리 들어와, 어서!"

닉네임은 마지못해 그의 말을 따랐다. 끈이 달린 앞치마를 입은 여자와 러그 위에 있는 것보다 촨과 함께 안에 있는 게 나을 성싶었다.

"아, 저기 내 사랑스러운 귀여운 소년이 있네!" 여자가 새된 목소리로 말했다. "사랑스러운 내……"

"닉네임." 닉네임이 크게 외쳤다. "닉네임 데이머, 루퍼트 먼디스의 2루수예요. 아가씨. 혹시 들어봤을지 모르지만."

"이제 목욕 준비가 다 됐어요, 내 귀여운 2루수 씨!" 그녀는 울타리 위로 맨살이 드러난 양팔을 사랑스럽게 뻗었다. "이리 와요, 우리 아가. 엄마가 깨끗이 씻겨주고 오일도 발라줄게. 그런 다음 좋은 파자마도 입혀주고, 음식도 먹여주고, 책도 읽어주고, 자장자장도 해줄게. 어때, 재미있겠지?"

닉네임은 오른팔을 치켜올렸다. "이러지 마요, 아가씨. 그런 말투는 나한테 씨도 안 먹힌다고!"

"바스탄테*, 이 조막만한 녀석아." 촨이 말했다. "그녀는 널 따

_____

* 스페인어로 '어지간히 해'.

뜻이 보살펴주려는 것뿐이야. 단지 네게 집처럼 편안한 느낌을 주려는 것뿐이라고. 이게 바로 너희 메이저리그 선수들이 울고 짜면서 바라는 거 아냐? 이게 바로 라커룸에서 투덜댄 이유 아니냐고? 이제 바보짓 그만, 닉네임. 이게 15달러짜리야! 그 정도 돈이면 이 도시에서 뭘 살 수 있는지 알아? 화끈한 검둥이 여자 세 명을 한 번에 살 수 있어!"

"그 여자들을 사러 가자, 존. 그 여자들을 사서 나누자!"

"웃기지 마, 니뇨. 거기가 정글처럼 북슬북슬한 것들이야. 걔네들 아랫배에선 불이 난다고! 친구, 이제 저 계단이나 올라가. 그리고 네 엄마가 하라는 대로 해. 빨리. 여기 있다, 네 귀여운 꽥꽥이, 자 받아!"

2루수는 놀이울을 넘어 비참한 심정으로 '엄마'를 따라 욕실로 들어갔다. 욕실은 왕관과 트럼펫 무늬의 벽지 때문에 분위기가 명랑했다. 거기서 옷을 벗고, 목욕을 하고, 타월로 닦고, 분을 바르고, 기저귀를 차고, 하늘색 닥터 덴턴*을 입고, 아기용 털실 신발을 신었다. 그는 오래전부터 여자와 알몸으로 있는 것을 꿈꿨지만, 그녀가 욕조 옆에서 바닥에 무릎을 꿇고 그의 귀 안쪽을 닦아주는 동안에는 그녀를 밀치고 달아나고픈 욕망뿐이었다. 빅 존이 문간에서 짓궂은 농담을 하고, 발가락을 뻗어 원피스를 들추며 그녀의 뒷모습에 감탄했지만 아무런 도움이 되지 않았다.

"자 이제," '엄마'가 말했다. "네 작은 핫도그 차례다."

---

* 미국의 유아용 잠옷 제조사. 우주복 형태의 잠옷으로 유명하다.

"이야, 그것 참 재미있어 보이는걸!" 그녀가 닉네임의 다리 사이로 비누칠을 하자 존이 크게 소리쳤다.

"아니, 그렇지 않아." 메이저리그 선수가 창피해하며 투덜거렸다.

목욕이 끝나자 저녁이 나왔고, 그의 '엄마'가 완두수프와 사과소스를 스푼으로 떠서 먹여주었다. "아우우우우, 존!" "먹어, 닉네임. 15달러라고!" 그런 뒤 그는 높은 의자에서 풀려났고, 손을 붙들린 채 방으로 끌려갔다. 방에서 그녀는 『빨간 모자』를 읽어주었고("마마는 정말 가슴이 커!" 빅 존이 문간에서 끼어들었다) 마지막으로 잘 자라는 키스를 해주었다. "이제 자거라, 아가. 잘 시간이 지났어." 그녀는 이렇게 속삭이며 그의 어깨 주위로 담요를 끌어올려주었다.

"이봐, 조니!" 닉네임이 거대한 아기침대에서 외쳤다. "아직 날이 밝아! 여덟시도 안 됐어! 이런 장난은 이제 지겹다고!"

아, 그 말에 존은 더 재미있어했다. "이봐," 그가 '엄마'에게 말했다. "저 아이한테 자장가도 불러주면 좋겠는걸."

그녀는 시계를 보았다. "그건 별도예요."

"오 그래? 언제부터?"

"자장가 아니면 동화예요, 총각. 둘 다는 안 돼요."

"15달러에?"

"여기 규칙은 내가 정하지 않아요, 총각. 난 그냥 일하는 여자예요. 15달러를 내면 참을성 있고 사랑해주는 백인 엄마를 구할 수 있지만 추가 서비스는 별도예요."

"그래? 언제부터 아기한테 자장가를 불러주는 게 '추가 서비스'가 됐지?"

"이봐요, 지금은 전쟁중이에요. 혹시 모르진 않겠죠. 군인들이 최전방으로 떠나기 전에 여길 들르기 때문에 우린 이십사 시간 일하고 있어요. 시간초과, 더블타임, 그 밖의 뭐든지, 그렇게 일하고 있다고요. 98센트를 내면 〈잘 자라 우리 아가〉를 불러줄 수 있어요. 그게 제일 싼 거예요."

"〈잘 자라 우리 아가〉가 98센트라고? 호숫가로 가면 98센트에 뭘 할 수 있는지 알아?"

"그건 내가 상관할 바 아니에요, 총각. 난 여기 '문명의 요람'에서 뭘 받을 수 있는지를 얘기하는 거예요."

"에스텔은 어디 있지?" 빅 존이 말했다.

"밑에 사무실에 있을 거예요."

"여기서 기다려, 닉네임! 전쟁을 이용해 부당이득을 챙기고 있다는 걸 밝혀내겠어!"

빅 존은 계단을 내려간 후 사라졌다. 그의 격한 언사에도 그녀는 아주 침착해 보였다. 그녀는 앞치마에서 담뱃갑을 꺼내더니 닉네임에게 하나를 권했다.

"피울래?" 그녀가 말했다.

"아뇨. 난 씹기만 해요."

"피워도 될까?"

"그럼요."

"좋아, 잠깐만 쉬어, 총각." 그녀는 이렇게 말한 뒤 창가로 걸어가 담배에 불을 붙였다. 그리고 길고 지친 한숨과 함께 연기를 내뱉었다.

"이봐요," 닉네임이 말했다. "난 자장가 필요 없어요. 정말이에요."

"물론이지. 나도 알아." 그녀가 부드럽게 웃으며 말했다. "다들 그렇게 말해. 다음날 아침이 되면 남자들은 말쑥하게 멋을 부리고 면도를 하고 아쿠아벨바*를 바르고 내려와 이렇게 말하지. '아가씨, 난 밤새 불을 켜놓을 필요가 없었어. 그 물안경도 필요 없었어, 정말이야. 침대에서 오줌을 쌀 필요도 없었고, 기저귀를 세 번 갈아줄 필요도 없었어.' 하지만 그들에게 정말 필요한 게 뭐든 기저귀를 갈아줘야 하는 게 나야. 그들이 악몽을 꾸다 깨어나면 밤새 그들의 손을 잡고 계단을 오르락내리락하는 게 나라고. 새벽 두시에 배가 조금 아프다고 죽을 것처럼 울 때 옆에서 간호해줘야 하는 게 나야. 나도 모르겠어. 전쟁이라 그런가봐. 하지만 난 평생 그런 복통을 본 적이 없어. 들어봐. 전에는 여기서 낮시간에 근무했어. 그들을 유모차에 태워 공원을 돌고, 낮잠을 재우고, 젖병을 주고, 손바닥치기 놀이를 하고, 대충 그러면 됐어. 아, 물론 모래놀이통에서 장난을 치다 네시에 돌아와 난데없이 흐느껴 울기도 했지만 정말이지 밤근무랑은 달랐지. 불을 켜라, 불을 꺼라. 내 손을 잡아라, 이리 와 앉아라, 멀리 가지 마라, 코가 아프다, 손가락이 아프다, 끝이 없어. 정말로 혼잣말을 하게 된다니까. '애, 이렇게 말고도 먹고 살 수 있는 방법이 분명히 있을 거야.' 물론 팁도

---

* 애프터셰이브 화장품 상품명.

좋고 국세청 때문에 귀찮아지지도 않고, 꽤 중요한 사람들을 만나기도 하지만, 솔직히 군수공장에서 오후 교대로 일해도 그리 나쁘진 않아. 그리고 난 가끔 보기라도 했으면 하는 자식들도 있어. 그거 알아? 난 손자도 있어. 전혀 몰랐지, 그렇게 안 보여서? 여기, 이걸 봐." 그녀는 앞치마 주머니에 담겨 있던 지갑에서 작은 사진을 꺼냈다. "이거 봐, 근사하지 않아?"

그녀가 닉네임에게 건네준 사진에는 그와 아주 똑같이 입이 작은 꼬마가 아기침대 안에 앉아 있었다. 물론 그의 침대만큼 크진 않았다.

"정말 귀엽네요." 닉네임은 이렇게 말하고 침대 안전 바 너머로 사진을 돌려주었다.

"그래, 귀엽지." 그녀는 사진을 보며 나지막이 말했다. "하지만 나한테 이 아이를 돌볼 기회가 있을까? 일요일 하루에만 해군훈련소 훈련병 절반이 여길 오는 것 같아."

"할머니라면," 닉네임이 물었다. "어떻게, 이런 걸 물어도 될지 모르겠지만, 어떻게 그리 젊어 보여요?"

"한때는 운이 좋기 때문이라고 생각했는데, 이젠 나도 정말 궁금해지고 있어. 자, 이거 봐, 이 다리를 좀 봐." 그녀는 원피스를 홀쩍 걷어올렸다. "이 허벅지를 봐. 한때는 이게 그저 축복이려니 생각했어. 여기, 손으로 만져봐, 여기. 쓰다듬어봐." 그녀는 아기침대의 안전 바에 엉덩이를 바짝 갖다댔다. "얼마나 곱고 탄탄한지 만져봐. 그리고 내 얼굴을 봐. 주름이 하나도 없어. 흰 머리도 하나 없고. 미용실에서 한 게 아냐. 자연 그대로야. 나이를 안 먹는 게 맞아. 에스텔이 날 뭐라고 부르는지 아니? '영원한 엄마' 래. 에스텔은 나한테 이렇게 말해. '어떻게 그만둘 수 있니, 메리? 그렇게 일도 잘하고, 손길도 부드럽고, 인내심도 있으면서, 어떻게 공장에 가서 일을 할 수가 있어? 그건 정말 말도 안 돼.' 내 충성심은 어디에서 나오는지 그녀가 물어. 아, 그거 좋지, 내 얼굴에 완두수프를 뱉는 훌륭한 사람들에 대한 충성심은 어디에서 나올까? 게다가 전쟁터로 나가는 그 청년들은 어떻고? 내가 애국심이 없을 리가 있겠어? 그래서 난 여기 있는 거야, 닉네임. 왜냐고 묻지 마. 좋은 시간을 보내려고 주머니에 15달러를 넣고 온 모든 사람이, 그게 누구든, 기저귀를 더럽히면 난 그걸 깨끗이 치워. 아, 어느 밤에는 사과소스가 내 귀에서 흘러나오기도 하고, 또 어느 날 밤에는 욕조에 처박혀 죽을 뻔하기도 해. 내동댕이쳐지는 건 또 어떻고? 오, 세상에 완전히 역겨운 건 없어. 그들은 그런 짓 안 해. 가끔 난 속으로 생각하지. '견뎌야 해, 메리, 네 마음은 어머니 야. 그렇지 않다면 오래전 이 생활에서 뛰쳐나갔을 테니까.'"

거리에서 소란이 일기 시작하자 닉네임의 '엄마'는 그에게 창가로 와서 보라는 몸짓을 했다. "저런," 그녀는 여전히 동요하지 않고 말했다. "네 친구가 혼날 짓을 하고 있는 것 같구나."

닉네임은 아기침대를 기어넘어 그녀의 옆구리에 바짝 붙어 섰다. 집 앞 인도에서, 잔디밭 쪽을 밝히고 있는 야외등의 불빛을 받으면서 빅 존이 흰색 유니폼을 입은 두 남자와 열을 내며 얘기하고 있었다. 두 남자는 연석에 바짝 주차된 세탁 트럭에서 나온 것처럼 보였고, 트럭 옆면에는 이렇게 적혀 있었다.

문명의 요람 기저귀 서비스
캐쿨라

"저 남자들은 누구예요?" 닉네임이 물었다.

"아," 메리가 낮게 웃으며 말했다. "트럭 이름에 속지 마. 저 둘은 똥치우는 사람이 아냐."

세 남자는 집안으로 들어왔다. "이봐, 닉네임!" 빅 존이 이층을 향해 소리쳤다. "내려와! 네 국부보호대를 차, 니뇨! 바가지나 씌우는 저질 카바레에서 나가자!"

"지금 무슨 얘길 하는 거요, 이봐요, 여긴 술집이 아니에요." 한 기저귀 배달부가 경고했다. "여긴 좋은 동네의 안락한 중산층 가정이오. 여기 사람들은 점잖게 행동할 줄 알아요. 적어도 자신의 신변에 뭐가 좋은지 판단이 되니까."

"이건 사기야. 명백한 사기라고!" 존이 기저귀 배달부에게 말했다. "15달러에 햄버거 고기 한 조각도 안 나와! 이유식은 물을 타서 묽게 하겠지!"

"이유식은 원래 물을 타서 묽게 하는 거요, 아는 척하긴. 이제 그만 목소릴 낮추는 게 어떻소? 잠자리에 드는 사람들이 있을 텐데, 알잖소?"

닉네임은 이제야 계단 꼭대기에 모습을 드러냈다. "안녕, 좐…… 무슨 일이야?"

"가자, 니뇨."

"왜 그러는데?" 닉네임이 초조하게 물었다.

"왜 그러느냐고? 여기서 〈알루에트〉 값으로 돈을 받으니까, 그 때문이야!"

"알-로-에타가 뭔데?"

"프랑스 노래야, 그뿐이야, 꼬마야. 그런데도 2달러 50센트를 받는대! 〈생일 축하합니다〉는 얼마 받는지 알아? 주말엔 4달러, 일요일엔 5달러야! '해피 버스데이 투 유' 값으로!"

"어쨌든," 닉네임은 두 기저귀 배달부가 그의 보호자에게 바짝 다가가는 걸 지켜보며 말했다. "오늘은 내 생일이 아냐. 올해는 이미 지났어."

"생일이 문제가 아냐, 빌어먹을. 문제는 원칙이라고! 호숫가에서 4달러면 뭘 할 수 있는지 알아? 말도 하기 싫군. 2달러 50센트면 뭘 할 수 있는지 알아? 프랑스 노래가 아니라 아예 프렌치*를 한다고! 자, 네 엄마 젖꼭지 한번 꼬집어주고, 여기서 나가자!"

닉네임은 어깨를 으쓱했다. "이제 갈게요." 그가 메리에게 말했다.

"괜찮아. 난 네시부터 일했어. 그러니 15달러야."

닉네임이 계단 아래쪽으로 빅 존을 내려다보았다. "좐? 15달러래."

"뭐야? 그녀한테 5달러만 받으라고 말해. 밤 아홉시도 안 됐으니 그 정도면 충분해."

---

* 구강성교.

"미안, 총각." 메리가 말했다. "15달러야."

빅 존이 말했다. "5달러, 이 계집아." 그리고 잔돈을 꺼내기 위해 주머니에 손을 넣으면서 덧붙였다. "하지만 팁으로 25센트를 주지. 네 궁둥이를 슬쩍 보게 해준 값으로, 하! 하!"

기저귀 배달부 한 명은 놀이울 바닥에 메다꽂힌 후 빅 존 밑에 깔렸고―알파벳 블록 하나가 입에 물렸다―다른 한 명은 소방차로 1루수의 머리를 내려칠 준비를 하고 있었다. 바로 그때 거리에서 사이렌소리가 요란하게 울렸다. "경찰이다!" 아직 말을 할 수 있는 기저귀 배달부가 소리치면서 부엌문 쪽으로 도망쳤는데 바로 거기에 캐쿨라 경찰이 권총을 겨누고 있었다.

"뚜쟁이 놈." 경찰은 이렇게 말한 후 허공에 총을 쐈다.

작고 하얀 집들의 창문에서 즉시 남자들이 잔디밭으로 뛰어내리기 시작했다. 기저귀를 차고 닥터 덴턴을 입은 모습이었고 어떤 사람은 아직 젖병을 든 채 담요를 움켜쥐고 있었다. 닉네임과 빅 존은 앞문을 통해 마당으로 뛰어나갔다. 잔디밭에는 상고머리에 전투화를 신은 채 곰인형을 껴안은 남자가 서 있었다. 이 남자도 그 집의 어느 침실에 있었던 게 분명했다. "일본 놈이란 거야, 경찰 놈이란 거야The Japs or the cops," 그가 소리쳤다. "어느 쪽이야?"

"하! 하!"

이때 순찰차가 거리에 나타나더니 사이렌을 울리고 하얀 탐조등을 눈부시게 비추며 잔디밭에 서 있는 그들을 향해 곧바로 다가왔다. 곰인형을 든 남자(핑크-앤-블루 구역 불시 단속을 다룬 조간신문 기사에 따르면 그는 미 해병대 하사관이었다)는 뒤뜰 쪽으로 돌진했다. 쌩, 그리고 곰인형을 든 채 개나리 덤불 속으로 곤두박질쳤다.

곧이어 남자들이 손을 머리 위로 든 채 집에서 나왔고 누군가는 눈물을 흘리며 높이 치켜든 양팔로 얼굴을 가리려 애썼다. "울보들이군." 한 경찰이 이렇게 중얼거리며 호송차에 한 명씩 오를 때마다 곤봉으로 그들의 발목 근처를 때렸다.

그사이 경찰은 '어머니들'의 집을 비우기 시작했다. 손에 동화책을 든 여자들이 줄줄이 나왔다. 앞치마를 두르고 면드레스를 입은 그녀들 모두가 메리와 얼추 비슷해 보였고 겉으로는 다들 아주 침착한 것 같았다. 한 여경이 순찰차들의 전조등 불빛 속에 그들을 일렬로 세우고 몸수색을 했다. 그렇게 거리에 모여 서 있으니 사악한 범죄로 체포되었다기보다 동네 여자들이 불려나와 20 뮬팀 보락스*를 광고하는 것 같았다.

메리의 앞치마 주머니에서 기저귀 핀이 한 움큼 나오자 여경은 폭발했다. "당신과 당신 기저귀, 기저귀 핀, 기저귀 서비스! 추잡해! 당신은 추잡하게 살고 있어! 여성의 망신이야!"

"그만둬." 기관단총을 들고 '어머니'들을 지키고 있던 경찰이 말했다.

"똥, 토사물, 오줌! 그 냄새를 한 번만 맡아도!"

"그만두게, 경사." 무장한 경찰관이 다시 말했다.

그러나 그녀는 멈출 수 없었다. "너희 변태들은 구역질이 나,

---

* 세제 상품명.

아주 지독한 악취가 풍겨!" 그런 뒤 그녀는 경멸감을 보여주기 위해 메리의 얼굴에 침을 뱉었다.

'어머니'들은 유프라테스 드라이브 한가운데 서서 무표정한 얼굴로 여경의 모욕을 들었다. 그러나 여경 입에서 나온 어떤 말도 그들이 스스로의 삶에 대해 느끼는 모멸감에 근접하지 못했기 때문에 메리를 비롯한 몇 명은 비실거리는 웃음을 참지 못했다.

심하게 맞아 피를 뒤집어쓴 기저귀 배달부 여럿이 곤봉에 쫓기며 그녀들 앞을 지나 호송차 안으로 얼굴부터 떠밀려 들어갈 때도 '어머니'들은 아무 감정도 드러내지 않았다. 곰인형을 안은 손님의 시신이 ─아랫도리에 기저귀를 차고, 머리에 난 치명상 때문에 이제 위쪽에도 기저귀를 덮고서─ 구급차로 운반될 때에야 그중 한 명이 입을 열었다. 그날 밤 그에게 밥을 먹여준 여자였다. "쟨 그냥 소년이었어." 그녀가 말하자 경찰 하나가 받아쳤다. "아무렴, 히틀러도 그렇지."

"틀림없지." 그 '어머니'가 말했다. 건방지게 대꾸한 대가로 두 경찰관이 그녀를 줄에서 끌어내 호송차 뒷좌석에 넣어버렸다. 끌려가는 동안 그녀가 물었다. "뭘 듣고 싶으세요, 경찰관 아저씨들, 곰 세 마리, 아니면……"

"주둥이 닥치게 해!" 여경이 소리를 질렀고 두 경관은 그렇게 했다.

'어머니'들을 태울 호송차는 한 시간이 넘게 도착하지 않았다. 거리의 날씨는 점점 추워졌고 여경의 모욕은 점점 지독해졌지만 '어머니'들은 한마디도 불평하지 않았다.

야구장 근처에 '돼지 공장'이 있었기 때문에 패트리어트리그 선수들은 돼지고기의 세계적 수도에서 부처스*와 경기하는 걸 결코 특별히 풍미 있는 경험으로 여기지 않았고, 푹푹 찌는 8월에 어셀더머가 그들의 홈이 된다면 차라리 고향으로 돌아가 시궁창을 치우며 사는 게 낫다는 농담이 선수들 사이에서 오래전부터 돌았다. 물론 부처필드에서 한 시즌을 꼬박 뛰고 나면 신입을 비롯한 대부분의 선수가 도살장에서 풍기는 향기와 3루 뒤쪽 그릴에서 요리하는 핫도그 냄새 둘 다에 익숙해졌다. 그러나 원정팀들은 해마다 계속 불평을 해댔는데 그건 냄새보다 소리 때문이었다. 원정팀의 루키들은 좌익 담장 바로 너머에서 돼지 먹따는 소리가 들려오면 어김없이 흠칫 놀랐고, 겁먹은 짐승 천 마리가 동시에 비명을 지르기 시작하면 플라이볼을 쫓아가던 젊은 선수는 난생처음 듣는 소리에 그 자리에서 무릎을 꿇고 몸을 웅크렸다.

　1943년에 먼디스는 열한 번이 아니라 무려 스물두 번이나 경기를 치르기 위해 어셀더머에 와야 했고, 그해 그 도시에서 낸 기록으로 볼 때, 부처필드에서 다른 여섯 팀보다 두 배나 많은 경기를 했음에도 이웃한 도살장과 가공공장에 썩 익숙해지지 않은 듯했다. "이 어수선한 부적응자들한테 패하는 건," 부처스 감독인 라운드 론 스팸은 먼디스가—캐쿨라에서 대패한 직후—그해 처음 4연전 경기를 하러 도시에 왔을 때 선수들에게 이렇게 경고했

---

* '도살업자들(Butchers)'.

다. "1패 이상으로 나쁘다. 그건 불명예스러운 일이다. 패하면 각
자 50달러씩 내야 한다. 그리고 나는 단지 승리만을 원하지 않는
다. 살육을 원한다." 그해부터 붙여진 이름답게 '피에 굶주린 부
처스'는 먼디스에게 스물두 번 연속으로 패배를 안김으로써 떠돌
이 루퍼트 팀에(또는 그 팀을 상대로) 기록을 하나 추가했다. 그
이야기는 어셀더머 〈터미네이터〉의 헤드라인들만 봐도 간단히 알
수 있다.

먼디스 완패하다

먼디스 두들겨맞다

먼디스 재갈이 물리다

먼디스 살해되다

먼디스 조롱당하다

먼디스 전복되다

먼디스 짓밟히다

먼디스 최면에 걸리다

먼디스 안치되다

먼디스 난도질당하다

먼디스 으깨지다

먼디스 절단되다

먼디스 혼이 나다

먼디스 묘에 묻히다

먼디스 맥트럭에 치이다

먼디스 녹아내리다

먼디스 고립되다

먼디스 미라가 되다

먼디스 굴욕당하다

먼디스 몰살당하다

먼디스 수갑을 차다

어셀더머 타선의 이른바 "지스러기 고기" 타자들이 8회 말에 연속으로 홈런 다섯 방을 날리고 양 팀의 시즌 마지막 경기가 끝난 후에는 이런 헤드라인이 실렸다.

먼디스 안락사당하다

어셀더머는 어사일럼과 캐쿨라를 거친 후 서쪽으로 방향을 틀어 가야 하는 세번째 원정 도시였다. 이곳에서 먼디스는 밤새 기차를 타고 미국 서부지방에서 가장 오래된 포니익스프레스역에 도착한 뒤, 메이저리그 도시들 중 가장 서쪽 끝에 있는 와이오밍 테라인코그니타에서 가장 불친절한 관중을 참아내며 경기를 해야 했다. 루크 고패넌이 러슬러스로 이적한 첫 시즌 중간에 결국 버티지 못하고 은퇴를 선언한 것도 놀랄 일이 아니었다. 룹잇 골수팬—인정 넘치고 친절하고 충성스럽고 정열적인!—으로부터 이십 년 동안 영웅으로 대접받던 그가 반다나에 속내의 차림을 하고 문 열린 오븐 같은 야구장에서 조용히 그를 응시하는 테라인코

팬들을 어떻게 견딜 수 있었겠는가? 루크의 경우에는 그들의 침묵 사이로 그를 업신여기는 모욕적인 말들이 끼어들고 먼 외야석에서 섬뜩한 코요테 울음소리가 들려오기라도 했지만, 사람을 거의 미치게 하는 이곳의 특징은, 아무리 야만적일지라도 그런 소음이 아니라, 저승과도 같은 고요함, 그 공허함, 그리고 빤히 쳐다보는 시선이었다. 광부들, 농부들, 목부들, 카우보이들, 떠돌이들, 심지어 좌익 관중석에 밧줄로 둘러친 그들만의 작은 구역에 가득 모인 인디언들의 침묵과 응시. 아니, 어쩌면 노려봄이란 단어가 적합하리라. 그 어디에서도 오지 않은 먼디스를 이들보다 더 무섭게 지켜보는 존재는 세상 어디에도 없을 듯했다.

게다가 이제는 고인이 된, 위대한 고패년의 문제가 있었다. 이곳 팬들은 일찍이 1932년에 그들에게 떠넘겨진 그 빠른 선수를 잊지 않고 있었다. 아, 인디언들의 앙다문 턱이 분명히 보여주었다. 10만 달러에 불량품을 팔아먹은 백인 놈들에게 복수할 날이 올 것이다. 핫헤드나 버드나 디컨이 그 거래에서 한 푼이라도 이득을 취했다는 것처럼! 이 불쌍한 떠돌이 개자식들이 십 년 전 테라인코그니타 사람들에게 일어났던 일에 조금이라도 연루되었다는 것처럼! 그렇다, 미국의 머나먼 서쪽 변방에서 루퍼트 먼디스 선수로 존재한다는 건 유쾌한 일이 아니었다. 센터 저 뒤쪽 온통 하얀 속내의로 물든 넓은 외야석에서 불쑥 튀어나오는 하얀 공은 이 지역을 처음 방문한 타자에게 충분히 위협적이지 않을지라도 양쪽 파울라인의 관중석에서 타자를 내려다보는 그 싸늘하고 경멸적이고 원한 서린 눈들이 있었다. 사람을 겨눈 그 눈들이란!

타석에 들어서기 전 허리를 굽혀 흙을 한 주먹 쥐기만 해도 그 눈들은 결코 모호하지 않은 투로 "거기, 그 흙은 네 것이 아냐. 그건 우리 거야. 제자리에 갖다놔, 친구"라고 말했다. 1943년의 루퍼트 먼디스 선수라면 제자리에 잘 갖다놔야했다, 그것도 신속히.

그런 뒤 다시 동쪽으로 기나긴 기차 여행을 했다. 서부의 네 팀은 이 여행을 "동부 일주"라 불렀고 먼디스도 그렇게 불렀지만, 그들 자신을 포함해 어느 누구에게도 서부 팀으로 보이기 어려웠기 때문에 그럴 때마다 매번 겸연쩍었다. 엄밀히 말해 그들은 동부 팀도 아니었다. 비록 동쪽을 향해 여행하며 각자 시계를 앞으로 돌릴 때, 문자반 위에서 빠르게 돌아가는 분침을 보며 현재는 완전히 끝났고, 미래가, 루퍼트로의 귀환이 곧 다가온다고 용기 내어 상상하곤 했지만.

버지니아의 인디펜던스는 관광객들이 자갈 포장길 위로 몰려다니고, 택시기사들이 버클이 달린 구두를 신고 곱슬거리는 흰 가발을 쓰며, 식당의 음식 가격이 실링과 펜스로 적혀 있는 도시였다. 버스에서 우르르 내린 초등학생들은 시내 광장에 설치된 형틀 옆에 일렬로 서서 형벌받는 자기 모습을 사진에 담으려 기다렸고, 매일 밤 아홉시가 되면 그 옛날 포고 사항을 알리는 관원 같은 사람이 거리에 나타나 야구팀의 이름을 딴 유명한 '블루 법'에 따라 광장을 폐쇄했다. 성인成人이 환영받는다고 느낄 도시를 얘기하라면 버지니아 인디펜던스는 거기에 끼지 못할 것이다……

그런 뒤 최악의 여행을 해야 했다. 인디펜던스에서 북쪽에 있는 트라이시티로 해안을 따라 올라가려면 포트루퍼트를 거쳐야 했으니……

포트루퍼트? 그곳은 마지노선처럼 보였다. 어디서나 군인들이 눈에 띄었다. 그들 중 번쩍이는 군화를 신고 권총을 찬 젊고 잘생긴 군인 두 명이 조차장에 들어선 기차가 승인을 기다리며 속도를 늦추는 사이 기관차에 훌쩍 올라탔다. 철모를 쓰고 무기를 든 경비병들이 약 15미터 밖에서 철로를 따라 줄지어 서 있었고, 다른 군인들이 셔츠 바람으로 호루라기를 불면서 빈 무개화차를 둥그런 기관차고로 유도하거나 널따란 거미줄 같은 선로로 내보내고 있었다. 선로 가장자리 맨바닥에 궁둥이를 붙인 채 쪼그려앉아 감자를 요리하던 떠돌이 일꾼들, 원정경기를 마치고 돌아오는 먼디스를 향해 이가 빠진 미소를 보내던 부랑자들은 어디에 있는가? 경례의 의미로 랜턴을 들어올리며 승패와 상관없이 "잘 돌아왔어요, 선수들! 수고했어요!"라고 외치던 나이든 신호원은 어디 있는가? 충성스러운 팬 수십만 명은 어디에, 어디에 있는가?

"못 들었어?" 먼디스 선수들은 스스로를 꾸짖었다. "전쟁중이라잖아."

기차는 연기를 한 차례 토하고(먼디스 선수들은 한숨을 토하고) 마지막 90미터가량을 미끄러지며 역으로 들어섰다. "룹잇! 룹잇역입니다!" 차장의 외침과 함께 많은 사람이 기차에서 내렸지만 그 이름의 야구팀에 속한 사람은 아무도 좌석을 뜨지 않았다.

룹잇, 아, 그 두 음절을 발음하는 단순한 일에 소름이 돋다니 얼마나 바보 같은가? 별것 아닌 두 음절, 룹과 잇이 어떻게 사람을 오싹거리게 할 수 있을까?

이봐, 잘 들어봐! 기차의 도착을 네 가지 언어로 알리고 있어. 들어봐! 영어, 프랑스어, 러시아어, 그리고 중국어! 룹잇에서! 저 얼굴들 봤어? 그리고 저 모든 군복! 거참, 카키색 하나에 저렇게 많은 색조가 있다고 누가 생각이나 했을까! 또는 모자의 종류! 또는 벨트! 또는 경례! 또는 피부색의 차이까지! 나 원 참, 귀걸이를 한 무리도 있네, 맙소사! 도대체 어디서 왔을까? 어떻게 저것들이 우리 편이 되었지? 제기랄, 저렇게 차려입으면 누가 겁을 먹겠어! 이봐, 내가 헛것을 보고 있는 거야, 아니면 정말 저기 커다란 검둥이가 다른 검둥이와 프랑스어로 말하고 있는 거야? 이봐, 애스-스타트, 저기 검둥이들이 프랑스어로 지껄이고 있는 거 맞아? 위-위 하면서? 이봐, 프렌치의 사촌들이 여기 있네, 하! 하! 이봐, 저것들은 중국 놈 아냐? 응? 난 저것들이 아장아장 걸을 거라고 생각했는데! 놀라워라, 저렇게 많은 중국인을 한꺼번에 본 게 처음이야. 꿈꾸는 것 같지 않아? 이봐, 저기 턱수염을 기른 애들을 봐! 저 녀석들이 어디 출신으로 보여? 에스키모라고? 이 더위에? 시름시름 앓다가 죽을 텐데. 잔지바르라고? 그런 덴 들어본 적 없어. 그리고 저기 조그만 사람들은 뭐라고 생각해? 내가 보기엔 체구가 작긴 해도 이탈리아계 같은데. 그리고 저긴 중국 놈들인데 다른 종류가 모여 있어, 저쪽에! 해군인가본데! 맙소사, 중국 해군이라니! 중국에도 해군이 있는 줄 몰랐네. 그것도 룹잇에서 보다니!

조차장에서 훌쩍 탑승한 두 군인은 이제 차량을 하나씩 통과하면서 모든 군인의 신분증을 조사했다. 붐비는 승객 때문에 먼디스 선수들은 마지막 칸에서 한 좌석당 세 명씩 곰송그리고 앉아 있었다. "여기 분들은 죄다 평발이신가?" 군인이 투수진의 벗어진 머리들을 둘러보며 빈정거렸다. 그리고 미소를 지으며 말했다. "아니면 적군의 스파이?"

"야구선수일세, 상병." 졸리 촐리가 말했다. "우리가 루퍼트 먼디스야."

"놀랄 일이네." 젊은 상병이 대꾸했다.

"타이쿤스와 4연전을 치르려고 트라이시티로 가는 중일세."

"믿을 수 없어." 상병이 말했다. "먼디스라니!"

"그렇다니까." 졸리 촐리가 말했다.

"내가 여러분을 뭘로 봤는지 아세요?" 상병이 말했다.

"뭘로 봤나?"

"모두 거기 찌그러져서 그런 표정으로 창밖을 보고 있었잖아요? 전쟁 피란민인 줄 알았어요. 방금 배에서 내린 사람들이요. 방금 구조된 사람들인 줄 알았어요."

"천만에." 졸리 촐리가 말했다. "우린 배에서 내리지 않았어. 여기 출신이라네. 정말이야." 그리고 창밖을 힐끗 보며 한마디 덧붙였다. "아마 눈에 보이는 사람들 중에 여기 출신은 우리뿐일 걸세."

"정말 놀라운 일이네요." 상병이 말했다. "그거 아세요? 내가 조그만 아이였을 때……"

하지만 그가 회상을 시작하는 순간 기차는 이미 움직이고 있었다. "아이참. 안녕히 가세요!" 상병은 이렇게 외치고 순식간에 사라졌다. 그리고 룹잇도 그렇게 사라졌다.

야구선수들의 야구선수. 이 말은 20세기의 첫 사십 년 동안 열여덟 번의 리그 우승과 여덟 번의 월드시리즈 우승을 차지하고, 리그 1부 밖에서 시즌을 마감해본 적 없는 타이쿤스 선수들을 묘사하는 가장 흔한 표현이었다. 그들이 구장에서 하는 행위를 묘사할 때 '플레이'라는 단어는 어울리지 않았다. 영웅적 행위는 남들한테 미뤄둔 채, 광포한 행위를 하지도 심지어 힘든 노력을 들이지도 않았다. 더도 덜도 말고 딱 승리에 필요한 일에만 집중했다. 함성을 지르거나, 고함을 치거나, 어림짐작하거나, 도박하거나, 우쭐대거나, 절망하는 법이 없었고 극단적이거나 괴팍한 짓도 전혀 하지 않았다. 그보다는 능률, 지성, 조화가 더 어울렸다. 안정을 필요로 하는 투수일 때는 4점을, 압박감을 즐기는 투수일 때는 2점을, 시련이 닥쳐야 분발하는 투수일 때는 9회에 1점을 냈다. 다른 팀들이 가끔 그러듯 타이쿤스가 15안타나 20안타를 쳐서 낙승을 했다거나 10점이나 11점 차로 승리했다는 말은 좀처럼 듣기 힘들었고, 한 경기에서 실책 세 개를 범했다거나 열두 명이 잔루 처리가 되었다거나, 개인이나 팀 전체가 하루 휴식으로 치유되지 않는 슬럼프에 빠졌다는 말도 듣기 힘들었다. 한 번에 한 명씩 놓고 보면 리그에서 항상 가장 재능이 뛰어나거나 볼만한 선수는 아니었지만, 그들을 합쳐놓으면 똑같은 완벽한 알에서 부화한 아홉 사람처럼 움직였다.

물론 그들을 미워한 야구팬들은—상당히 많았고, 특히 서부에 많았다—무심하고 기계 같은 태도 때문에 '로봇' '좀비' 심지어

'거드름꾼'이란 별명을 붙였다. 타 도시의 팬들은 욕하거나 모욕하고 조롱하는 등 그들을 흔들기 위해 쥐어짤 수 있는 모든 짓을 하면서도, 타이쿤스가 해마다 침착하게 실수하지 않고, 요령 있고, 경제적이면서 자신들의 우월함을 내보이는 방식, 사실상 눈에 보이지 않는 그 방식을 경외와 부러움 섞인 심정으로 지켜보았다.

지나고 보면 그들이 정확히 어떻게 경기했는지 불확실할 때가 종종 있었다. "이 지경이 될 때 우린 어디 있었지?"는 러슬러스 선수가 9회 말 고개를 들어 득점판에서 애통한 소식을 읽고 나서야 그의 팀이 완패했음을 알고 했다는 유명한 푸념이다. "저놈들은 인간이 아니야." 상대팀 선수들은 투덜댔다. "전부 유령 같은 놈들이야." 하지만 유니폼을 벗고 사복을 입으면 타이쿤스는 그들과 꽤 비슷한 사람으로 변했고 오히려 그들보다 좀더 옷차림도 말쑥하고 대화도 사근사근했다. "타이쿤스는 그렇게 잘하는 팀이 아냐!" 타이쿤스가 기어이 4연승을 거둔 후 야구팬들은 이렇게 외치곤 했지만 그들보다 더 잘하는 팀은 결코 없을 듯했다. "그들은 경기를 도둑질해! 아무도 안 보는 사이에 슬쩍 가져간다니까!" "거긴 그들의 구장이고, 그래서 우리가 진 거야. 그 햇빛과 모든 그림자들 때문이야!" "타이쿤스가 하는 걸 봐. 그놈들은 마음먹은 대로 이길 수 있어. 그 팀이 정말 싫어! 누가 돈을 준대도 타이쿤스 팬은 안 될 거야!" 그러나 침착한 타이쿤스는 전혀 허점을 드러내지 않았다.

1943년에 타이쿤스는 1941~42년의 우승 선수들을 모조리 군대에 빼앗겼지만 트라이시티의 구단주 앤절라 트러스트 여사는 전쟁중 그들의 자리를 메꾸기 위해, 1931년 월드시리즈에서 코니 맥의 에이스를 상대로 사흘 내리 레프티 그로브, 웨이트 호이트, 루브 월버그를 강판시키고 챔피언 자리에 올랐던 타이쿤스의 은퇴 선수들을 구슬려 복귀시켰다. 그 훌륭한 고참들이 타이쿤스의 유니폼을 입고 대공황이 오기 전 위대한 야구의 시대에 각 선수들 때문에 유명해진 등번호를 다시 달자, 그 모습을 본 야구팬들은 희미한 기억으로 남아 있는 그 위대한 시절이 진정으로 위대한 것이었고, 일단 민주주의의 적들이 궤멸되고 나면 다시 위대한 시절이 오리라 확신했다. 하지만 원정팀인 먼디스에게는 썩 이롭게 작용하지 않았다. 기차를 타고 온갖 피부색과 군복 차림의 외국인들로 북적이는 포트루퍼트역을 통과한 후였고, 그들과 이름이 같은 도시에서 이방인으로 오해를 받은 뒤라, 확성기를 통해 그날 오후 그들과 맞붙어 싸울 선수들의 이름을 듣는 것은 먼디스 선수들의 인내심을 초과하는 일이었다. "날 꼬집어보게나. 또 꿈을 꾸고 있는 것 같아." 키드 헤킷이 말했다. "왜, 죽은 자들을 일으켜세우지 않고?" 핫헤드가 소리를 질렀다. "그럼 명예의 전당 팀과 시리즈 경기를 벌일 수 있어!" "이건 분명 농담이야." 투수들이 동의했다. 그러나 아니었다. 다른 사람들에겐 재미있을지 몰라도—그해에는 특히 더—아아, 루퍼트 팀에게는 절대 농담이 아니었다. "트라이시티 선발선수를 소개합니다. 1번 타자, 등번호 12 조니 레시, 3루수. 2번 타자, 등번호 11 루 폴리빅, 좌익수. 3번 타자, 등번호 1 토미 헤임달, 우익수. 4번 타자, 등번호 14 아이언 마이크 마츠다, 1루수. 5번 타자, 등번호 6 빅 브래기, 중견수. 6번 타자, 등번호 2 베이브 러스템, 유격수. 7번 타자, 등번호 19 토니 이자나기, 2루수. 8번 타자, 트라이시티의 포수, 등번호 4 알 롱고……"

장내 아나운서가 타이쿤스의 선발투수에 이를 즈음 먼디스는 당황에서 출발해 불신을 거쳐 현기증에 이르렀고, 그 길고 힘든 길의 끝에서 체념에 도달했다. "오, 그래, 투수는 누구야? 누가 우리에게 공을 던질 4연전의 투수야? 요한계시록의 네 기사*. 그쯤 되나보군."

추측은 맞아떨어졌다. 먼디스가 대면한 투수 네 명은 과거 십년 동안 대단히 꾸준하고 성공적으로 선발 로테이션을 수행한 선수들이었고, 스포츠기자인 스미티는 나중에 「미합중국 의회에 보내는 공개 서한」에서 살 튀스토, 스모키 워든, 필 소어, 허먼 프리그의 이름을 따 그주의 요일들을 부르자고 제안했다. 1942년에 튀스토는 트라이시티에서 가장 유명한 해산물 식당을 운영했고, 워든은 가까운 아이비리그 대학에서 야구팀 감독을 하고 있었고, 소어는 볼링장 주인이었으며, 프리그는 포드 자동차 딜러였다. 메이저리그에서 은퇴한 후 그 많은 세월이 흘렀음에도 그해 타이쿤 파크에서 벌어진 양 팀 간 첫 4연전에서 그들은 각자 생애 두번째로 무안타 경기를 기록했고, 생애 첫번째 무안타 경기 기록은 이 네 명의 투수가 같은 팀을 상대로 세운 것이었다…… 하지만 그건 그해에 깨진 온갖 기록의 서막에 불과했으며, 그 기록들 자체

---

* 각각 질병, 전쟁, 기근, 죽음을 상징한다.

가 기록 갱신의 기록을 깼다.★

8월 초 어느 화창한 토요일 아침, 루퍼트 먼디스는 정신병자 보호시설 버스를 타고 어사일럼 시내의 호텔에서 출발해 오하이오의 푸른 농촌지역을 지나 세계적으로 유명한 정신병원에 도착했다. 그곳에서 또 한번의 '원정'경기, 즉 순전히 그곳 환자들로만 구성된 팀과 세 이닝의 시범경기를 하기 위해서였다. 8월 어사일럼 키퍼스와의 4연전을 위해 도시에 온 P리그 팀의 방문은 병원 입장에서 대단히 의미 있는 연례행사였고, 입원환자들, 특히 스포츠정신을 아는 환자들에게 상당한 치료 효과가 있으리라 믿었다. 비록 한 시간 남짓이지만 환자들에게는 떠나온 진짜 세계와 접촉할 기회이기도 했거니와, 짧은 방문이라도 유명한 메이저리그 선수들을 만나면 자신들이 다른 모든 인류에게 혐오스럽고 경멸스러운 존재라는, 환자들이 으레 지니는 그 두려움을 누그러뜨릴 수

★ 아래는 1943년 먼디스가 세운 공전의 기록들이다.
한 시즌 최다 패―120
한 시즌 최다 무안타 패―6
한 시즌 최다 연속 무안타 패―4
한 경기 최다 트리플플레이 허용―2
한 시즌 최다 트리플플레이 허용―5
한 팀에서 나온 최다 실책―302
투수진의 가장 높은 평균 자책점―8.06
투수진의 최다 사사구―872
한 회 최다 폭투―8
한 경기 최다 폭투―14

있을 것 같았다. 물론 P리그의 선수들(야구선수라면 누구나 그렇듯 정규시즌 도중에 하는 시범경기를 싫어했다)은 자신들이 '루나틱스'*라 이름 붙인 그 팀과 경기하는 것을 아주 불쾌해했다. 하지만 많은 선수들이 여전히 폭력과 추문에 연루되는 상황에서 P리그의 인간적이고 동정적인 면모로 대중의 주의를 돌릴 수 있는 행사를 포기하자는 말은 장군에게 씨도 안 먹힐 터였기에, 이 전통은 해마다 유지되면서 정신병자들에게 기쁨을, 선수들에게 혐오감을 안겨주었다.

병원의 정신의학과장인 트라움 박사는 큰 체격에 검은 턱수염을 기르고 유럽식 억양이 뚜렷한 신사였다. 1930년대 미국에 도착할 때까지 야구에 대해 들어본 적 없었지만, 어사일럼이 정신병원뿐 아니라 메이저리그 구장이 있는 지역임을 알고 얼마 지나지 않아 학생처럼 야구를 공부하기 시작했다. 인간 행동의 극단적인 면들을 반추하는 직업을 가진 그로서는, 어느 지역 팬이 키퍼스가 연패를 끊을 때까지 깃대 꼭대기를 자신의 집으로 삼겠다고 하거나, 키퍼스가 자기 남편처럼 "쓸모없는 놈들"이라고 말한 아내를 망치로 때려죽인 남성 팬을 보면 밤늦게까지 앉아 정신을 집중할 수밖에 없었으리라. 의사는 엄밀히 말해 키퍼스의 열혈팬이 되지 않았지만 이 국민 오락에 관한 문헌을 철저히 탐독하는 일을 업으로 삼았다. 그렇게 몇 년이 흐르고 나니 P리그 감독들은 이 턱수염 기른 베를린 사람이 매년 시범경기중에 구사하는 히트앤드런

---

* '미치광이들(Lunatics)'.

작전과 도루 사인을 보낼 때 드러내는 기이한 능력을 칭찬하지 않을 수 없었다.

트라움 박사가 수년 동안 연구를 통해 발전시킨 감독 능력은 대단했지만 그의 팀은 그날 아침 결코 먼디스의 적수가 되지 못했다. 1943년 8월의 먼디스는 독일 태생의 감독과 정신병자 선수들에게까지 패할 생각이 없었다. 지난 4월 시즌이 시작한 이래 패배와 망신, 망신과 패배를 거듭하고 있었기에 그들이 정신병원 운동장으로 나온 그날 아침에는 몇 달 동안 속에서 끓고 있던 분노가 폭발해버렸고, 승리의 기회가 주어지기만 한다면 루나틱스를 짓밟아 가루로 만들어버리겠다는 그들의 작심을 어떤 것도, 정말 그 어떤 것도 가로막지 못했다. 루나틱스의 경기 스타일 때문에 무수히 지연되고 중단되어 한 이닝을 마치는 데 거의 한 시간이 걸리긴 했지만, 이 1943년의 실패자들의 눈과 귀에는 돌연 그들 자신이 루크 고패넌 시대의 투지만만하고 원기왕성하고 패배를 모르는 루퍼트 팀처럼 보이고 들리기 시작했다. 메이저리그 선수이자 프로선수로서의 품위를 손상시키지 않는 순간이 거의 없었지만, 그러는 중에도 먼디스는 공격과 수비 모두에서 루나틱스의 실책을 하나도 놓치지 않고 자신들에게 유리하게 전환시켰다. 병원 팀의 선발투수로 나온 덩치 큰 오른손잡이가 빠르고 영리한 공으로 먼디스의 힘을 무마시켰으나, 먼디스는 그 시절의 특징인 부주의하고 어수선한 플레이를 하면서도 1회 초 공격에서 애스타트의 빗맞은 안타, 닉네임의 번트, 빅 존의 포볼 출루, 그리고 루나틱스의 실책 둘을 묶어 3점을 낼 수 있었다. 그해 가장 점수를 많이 낸 이닝이자 처음으로 60이닝 만에 홈플레이트를 밟은 득점이었지만, 신기록이 되지 못한 건 그들이 이미 시즌 초에 67이닝 동안 점수를 내지 못한 적이 있어서였다.

다른 누구도 아닌 롤런드 애그니가 세번째 스트라이크를 당하고 1회 초가 끝났을 때 먼디스는 월드시리즈 상금 냄새를 맡은 팀처럼 벤치에서 몰려나갔다. "때가 됐어!" 닉네임이 핫헤드의 송구를 받고 글러브로 2루 베이스를 쓸면서 날카롭게 소리쳤다. "이제 아무도 우릴 못 이겨, 친구! 때가 됐어! 때가 지났어!" 그런 뒤씩 웃으며 마운드에 서 있는 디컨 디미터에게 공을 던졌다. "멋진거 세 개면 돼, 디크!" 올드 디컨, 먼디스 투수진 중 철인이라 불리는 쉰 살의 선발투수는 올 시즌이 두 달이나 남은 현재 벌써 20패를 했지만, 액운을 막기 위해 왼쪽 어깨 너머로 담배 즙을 찍 뱉고목걸이에 달린 토끼 발을 쓰다듬은 뒤 눈을 감고 뭐라고 중얼거리다 "아멘"으로 끝맺었다. 그러고는 투수판 위로 올라가 1번 환자를 똑바로 쳐다보았다. 디컨*은 고향에서 전도사였고, 모두가 자기 문제를 상담하기 위해 찾고 싶어할 만큼 온화하고 친절한 사람이었지만, 마운드에만 서면 경쟁심이 불타올랐고 그 성격은 지금까지 삼십 년 동안 변함이 없었다. "경기가 시작되면," 한창때 그는 이렇게 말하곤 했다. "자비는 끝나는 거야." 그래서 루나틱스 타자가 타석이 자기 땅인 양 흙을 팍팍 차는 것을 본 순간, 디크는 핫헤드가 충고한 대로 초구를 타자의 귓구멍에 꽂아넣어 그 미친

---

* '디컨(deacon)'은 가톨릭 부제 혹은 교회 집사를 뜻하기도 한다.

꼬맹이에게 누가 진짜 선수인지를 보여주기로 결심했다. 그렇잖아도 쉰 살의 성직자치고 그해에 모욕을 넘치게 당한 터였다.

디크의 투구 때문에 타자는 자신의 목숨을 구하고자 홈플레이트에서 뒤로 펄쩍 날아올랐을 뿐 아니라, 그다음에는 모두가 보는 가운데 창문에 쇠창살이 달린 큰 벽돌 건물 쪽으로 달아나기까지 했다. 동료 두 명이 우익라인 근처에서 그를 붙잡은 뒤 루나틱스의 불펜진과 함께 가까스로 홈플레이트까지 끌고 왔다. 하지만 거기까지 데려오기만 했지 다시 배트를 쥐게 할 순 없었다. 아무리 손에 쥐여줘도 스르르 땅에 떨어뜨리고 말았다. 교체된 1번 타자는 십 분 전 타석에 들어선 친구만큼 건방지지 않았기 때문에, 볼카운트 원 볼 노 스트라이크 상황에서 경기가 재개된 지금 열쇠는 디크가 쥐고 있다는 것이 누가 봐도 명백했다. 결국 그 이닝에 마이크 라마가 긴 라인드라이브로 날아가는 공을 잡기 위해 달려가다 두 번이나 벽에 부딪혔지만 패드가 덧대 있었기 때문에 상처를 입진 않았고, 디컨은 3점 리드를 지킨 채 벤치로 돌아왔다.

"이대로 가야 해!" 닉네임이 소리쳤다. "제기랄, 계속 이대로 가!"

핫헤드도 흥분해 껑충껑충 뛰었다. 그는 손나팔을 만들어 입에 대고 상대팀을 향해 소리쳤다. "두고 봐라, 이제 너희 잡놈들을 뭉개버리겠다!"

그리고 그렇게 했다. 1회에 빠른 공으로 먼디스 타선을 어느 정도 막아냈던 루나틱스의 덩치 큰 우완투수의 자신감을 디크의 투구와 마이크의 수비가 흔들어놓은 듯 보였다. 2회 들어 발을 동동 구르는 동료들에게 그는 주심이 자기를 그만 노려볼 때까지 공을 던지지 않겠다고 했다.

"자, 그러지 마." 루나틱스의 포수가 말했다. "주심은 널 노려보는 게 아냐. 공을 던져."

"정말이야, 바로 네 뒤에 서서 너무 노려본다고. 이봐, 당신. 마스크 뒤로 거기 당신이 보여. 나한테 도대체 뭘 원하는 거야? 어쨌든 당신은 지금 뭘 보고 있다고 생각하는 거야?"

흰 반팔 셔츠와 흰 바지를 입고 주심 역할을 하던 남자 간호사가 마운드 쪽으로 크게 외쳤다. "이제 경기를 해. 그 정도면 됐잖아."

"당신이 거기서 나올 때까진 안 할 거야."

"아, 공을 던져, 빌어먹을." 포수가 말했다.

"저 사람이 그만 노려볼 때까지 안 던질 거야."

이때 트라움 박사가 루나틱스 벤치에서 일어나 구장으로 나왔고, 그러는 동안 루나틱스 불펜에서는 좌완투수가 자리에서 일어나 몸을 풀기 시작했다. 박사는 마운드에서 뒷짐을 지고 스파이크를 신은 채 몸을 앞뒤로 부드럽게 흔들면서 투수와 의논했다. 그는 '형식을 중시하는 유럽인'답게 정식 야구화와 검정 스리피스 정장 차림으로 빳빳한 칼라에 넥타이를 매고 있었다.

"저 늙은 의사가 투수한테 뭐라고 하는 거 같아?" 버드 파루샤가 졸리 졸리에게 물었다.

"아, 항상 하는 말이겠지." 고참 선수가 말했다. "그냥 투수를 진정시키고 있어. 지난 시즌에 오리 사냥을 잘했느냐고 묻고 있는 걸세."

꼬박 오 분이 흐른 뒤에야 의사와 투수의 의논이 끝났고, 의사는 투수에게 공을 넘겨줄 것을 요구했다. 투수가 격렬히 거부하자 의사는 그의 손에서 공을 낚아챌 수밖에 없었다. 그가 불펜의 좌완투수에게 나오라는 몸짓을 해 보이는 순간, 투수가 갑자기 손을 뻗어 공을 다시 빼앗았다. 그러자 의사는 불펜으로 몸을 돌려 좌완투수에게 몸짓을 보내는 동시에 우완투수에게도 몸짓을 보냈다. 불펜에서 주심과 똑같이 흰 반팔 셔츠와 흰 바지를 입은 두 명의 남자가 나왔다. 그들이 마운드까지 먼 길을 걸어오는 동안 의사는 공을 순순히 넘겨달라고 몇 차례 요구했지만 투수는 고집을 꺾지 않았다. 마침내 두 남자가 마운드에 도착했고, 투수가 무슨 일인지 알아채기도 전에 구속복을 펼쳐 그를 감쌌다.

"계속 남아 있고 싶었나보군." 졸리 촐리가 이렇게 말하는 동안 투수는 의사에게 발길질을 해댔다.

홈플레이트 뒤편 그물망 너머 벤치에서 경기를 관람하던 수백 명의 루나틱스 팬들은 사복을 입어 여느 야구 관중처럼 멀쩡해 보였고, 투수가 구장을 떠날 때 자리에서 일어나 박수까지 보냈다. 하지만 투수가 기립박수에 답례하기 위해 입을 열자 그를 보조하던 두 남자가 재빨리 입에 재갈을 물렸다.

다음으로 유격수가 말썽을 부리기 시작했다. 그는 1회에 버드 파루샤의 라인드라이브 공을 다이빙캐치한 뒤 언더핸드로 3루에 가볍게 던져 웨인 헤킷을 죽이고 더블플레이를 성공시켜 루나틱스를 곤경에서 구해낸 선수였다. 2회 초인 지금도 다이아몬드 왼쪽으로 굴러가는 타구들을 게걸스럽게 걷어올렸으나 공을 잡은 뒤 곧바로 뒷주머니에 찔러넣었다. 그러고는 태연한 태도를 취하며 어떤 효과가 나타나는지 보려는 듯 이 사이로 휘파람을 불고 머리를 긁적였다. 이미 시간이 많이 흘렀기 때문에 루나틱스의 내야수들은 그에게 빨리 주머니에서 공을 꺼내 1루로 송구하라고 소리질렀다. "뭐라고?" 그가 천진난만하게 미소를 지으며 대꾸했다. "그 공!" 내야수들이 소리쳤다. "그래, 공이 어쨌다는 거야?" "던지라고!" "나한테 없어." "너한테 있어!" 그들은 소리를 지르며 내야의 모든 포지션으로부터 그를 향해 모여들었다. "너한테 있잖아!" "이봐, 날 내버려둬." 유격수는 이렇게 외쳤지만 다른 선수들이 그의 바지를 붙잡고 끌어당겼다. "이봐, 그만하라고. 당장 거기서 손 빼!" 마침내 감춰둔 곳에서 공이 나오자 누구보다 그가 더 놀란 표정을 지었다. "이것 보게, 공이 있네. 누가 거기에 공을 넣었지? 나 원 참, 그래서 다들 날 보고 있었던 거야? 이봐, 이건 분명 누가 장난을 친 거야…… 허 참, 맙소사, 난 안 그랬어."

일단 사태를 파악하자 즉시 먼디스는 루나틱스의 수비에서 예기치 않게 불거져나온 약점을 이용해 2회에 2점을 추가했다. 먼디스는 유격수 쪽으로 연속해서 두 차례 짧게 땅볼을 친 뒤―두 번 다 유격수가 다른 내야수들과 실랑이하는 사이에 안타가 되었다―마이크 라마가 희생 플라이볼을 쳤고, 그다음에 중견수 쪽으로 짧게 뜬 플라이볼을 유격수가 잡은 뒤 글러브에서 꺼내지 않고 서 있는 사이에 2루에 나가 있던 핫헤드가 절뚝거리며 달려가 3루를 밟았다. 핫헤드는 나무다리와 온몸을 이끌고 홈으로 쇄도해 장애를 무릅쓰고 할 수 있는 유일한 기술인 헤드슬라이딩으로 또 한 점을 올렸다. 그 슬라이딩은 전혀 필요 없었다. 중견수는 공을 잡은 지점에 그대로 서 있었고, 공은 글러브 안에 얌전히 있었으니까.

베이스가 텅 비자 트라움 박사는 타임을 요청하고 센터로 걸어나갔다. 그는 아무 말 없이 꼼짝 않고 서 있는 외야수의 어깨에 손을 올린 채 조용한 목소리로 얘기했다. 자신의 얼굴을 그의 얼굴에 몇 센티미터밖에 안 될 만큼 바짝 댄 채 쉬지 않고 거의 십오 분 동안. 그런 뒤 박사가 옆으로 비켜나자 중견수는 공을 글러브에서 꺼내 대략 60미터 거리의 홈플레이트에 무릎을 꿇고 있던 포수에게 완벽한 스트라이크로 던졌다.

"우와," 버드 파루샤가 진심으로 감탄하며 말했다. "저 친구, 대단한 팔을 가졌군."

"핫헤드," 촐리가 포수를 조심스레 나무랐다. "저 친구가 잡자마자 공을 던졌다면 자넨 저멀리서 아웃됐을 거야, 안 그런가?"

하지만 핫은 의기양양하게 크게 떠들었다. "그런 추측은 쓸모없어, 찰스. 실제로 어땠느냐가 중요하지. 그리고 내가 실제로 해냈단 말씀이야!"

그사이 한 달 동안 두 이닝 연속 깨어 있은 적이 없었던 키드 헤킷이 이날 아침만큼은 줄곧 벤치에 한 발을 올려놓고 서서 팔꿈치를 무릎에 대고 손바닥으로 턱을 감싼 채 생각에 잠겨 있었다. 그는 경기가 시작된 뒤로 그렇게 상대팀을 연구하고 있었다. "이제 알겠군." 그가 몸짓으로 구장 쪽을 가리키며 말했다. "저 친구들은 생각을 하지 않아. 확실해. 머리를 쓰지 않고 있네."

"우리가 그들을 완전히 박살냈어, 웨인!" 닉네임이 소리쳤다.

"그들은 어떻게 당했는지도 모르고 당했어. 젠장, 두고 봐. 앞으로 아무도 우릴 가로막지 못할 거야!"

2회 말에 디컨이 강타를 얻어맞았지만 먼디스에게 행운이 따르는지 처음 두 타자는 배트를 손에서 놓고 1루로 뛰기를 거부했고. 그 틈에 우익수 파루샤가 1루수 바알에게 공을 던지는 바람에 둘 다 1루타가 될 수 있었던 공을 치고도 아웃되었다. 마지막 타자는 왼쪽 센터 담장 끝까지 어마어마한 라인드라이브를 날린 뒤 자신이 3루타를 쳤다고 생각하고 홈에서 곧장 3루로 달려가 베이스 위에 주저앉아버렸다. 정해진 규칙대로 베이스를 차례로 돌아 3루에 안착했다면 3루타가 될 수 있었음에도 그대로 태그아웃당했다.

3회 초 선두타자인 빅 존 바알에게 무슨 공을 던질지를 두고 루나틱스의 포수와 구원투수 사이에 입씨름이 벌어졌다.

"아-아." 투수가 포수의 첫번째 사인에 고개를 저었고, 타석에 들어선 빅 존은 배트를 위협적으로 획획 휘둘러댔다.

"아니." 투수는 두번째 사인도 거부했다.

세번째 반응은 단호했다. "**아-니!**"

그리고 네번째 사인에는 한 발을 구르며 말했다. "절대로 안 돼!"

다섯번째 사인에마저 투수가 고개를 흔들자 포수가 빈정대는 투로 말했다. "장난해? 그 공을 던져 봐. 그럼 경기는 끝장이야." 포수는 마스크를 확 잡아 벗고 말을 이었다.

"넌 아무래도 내가 그걸 원한다고 생각하는 거지! 지는 거! 쭉 미끄러져서 패하는 거!" 포수는 계속 투덜댔다. "그래, 지금 나는 일부러 너한테 위험한 투구를 하라고 말하고 있어. 그래서 다시 패배한 팀의 선수가 되는 엄청난 기쁨을 맛보려고. 아, 젠장!" 빈 정거림이 바닥나자 포수는 마스크를 쓰고 홈플레이트 뒤에 무릎을 꿇은 뒤 한번 더 사인을 냈다.

투수는 가슴 위에서 팔을 X자로 만들고 하늘을 보며 위로를 구했다. "하느님, 제게 힘을 주세요." 그가 탄식했다.

"그러니까," 포수가 소리를 질렀다. "내가 또 틀렸단 말이군. 그래, 네 눈엔 내가 항상 틀린단 말이지. 어때, 그렇지 않아? 인정하라고! 내가 어떤 사인을 내든 틀릴 수밖에 없는 거야. 왜? 내가 냈기 때문이지! 내가 감히 너한테 사인을 내고 있으니까! 감히 너한테 어떻게 던지라고 지시하고 있으니까! 난 남은 평생 여기서 무릎을 꿇은 채 사인을 보내고, 넌 거기 서서 고개를 젓고 하느님한테 힘을 달라고 기도나 하겠구나. 난 항상 틀리고, 아주 멍청하고, 아주 절망적이고, 그래서 이기는 것보다 지는 걸 더 좋아하니까!"

자기 나름의 고집은 조금 있어도 겉으로 꽤 침착해 보이는 구원투수가 논쟁을 거부하자 포수는 다시 한번 홈플레이트 뒤에 몸을 웅크리고 일곱번째, 여덟번째, 아홉번째, 열번째 사인을 냈다. 그때마다 투수는 확실히 경멸적이지만 부드러운 말로 사인을 거부했다.

열여섯번째 사인에서 투수는 웃음을 참지 못했다. "하, 그게 진짜 압권이군, 안 그래? 머리를 제대로 굴렸어. 어이, 잠깐 이리들 와보게." 그는 내야진을 불렀다. "좋아." 그는 다시 포수에게 말했다. "한번 해봐. 이 친구들한테 너의 새로운 묘안을 보여줘." 투수는 마운드에 모인 네 선수에게 속삭였다. "저걸 봐." 그러면서 포수가 굴욕감을 느끼며 가랑이 사이에서 보내고 있는 사인을 가리켰다.

"이봐." 루나틱스의 3루수가 말했다. "저건 절대 손가락이 아니야, 그렇지?"

"그래." 투수가 말했다. "사실, 손가락이 아니지."

"내 말은, 손톱이 안 달려 있어, 그렇지 않아?"

"그래, 안 달려 있지."

"저런, 놀랄 일이군." 유격수가 말했다. "저건, 저건, 그 뭐라고 하는 그거네."

"맞아." 투수가 말했다.

"그런데 도대체 저게 무슨 뜻이지?" 1루수가 물었다.

투수는 또 한번 미소를 지을 수밖에 없었다. "무슨 뜻이라고 생각해? 이봐요, 의사 양반." 그는 루나틱스의 벤치를 향해 외쳤다. "유감이지만 내 배터리 짝이 시범경기의 의미를 오해한 것 같아요. 나중에 샤워실에서 만나자고 신호를 보내고 있어요. 무슨 뜻인지 아실 거예요."

포수는 이제 눈물을 흘렸다. "저놈이 날 이렇게 만들었어." 그는 이렇게 말하며 부끄러움에 큰 글러브로 자신의 몸을 가렸고 눈물이 그의 무릎에 뚝뚝 떨어졌다. "내가 뭘 보여줘도 다 안 좋다잖아…… 그래, 저놈은 날 희롱한 거야, 날 놀리고 있어……"

앞서 선발투수를 내보냈던 두 "코치"(완곡하게 그렇게 불렸다)가 어느새 포수에게 다가왔다. 상대팀 선수들이 사인을 읽기 전에 한 코치가 야수의 글러브로 포수를 가리고 조심스레 그의 물건을 들어 유니폼 안에 넣어주는 사이에 다른 코치는 그에게서 포수 장비를 제거했다. "저놈이 날 자극했어." 포수가 말했다. "저놈은 항상 날 자극해……"

포수가 홈플레이트에서 나와 앞서 선발투수가 밟았던 길을 따라 큰 벽돌 건물로 이끌려 가자 루나틱스 팬들은 다시 일어나 박수를 보냈다. "……저놈은 항상 날 가만히 내버려두지 않아. 난 그걸 하고 싶지 않아. 절대 그걸 하고 싶지 않단 말이야. 난 하지 않을 거야. 하지만 그래도 저놈이 먼저 날 희롱하고 놀린단 말이야……"

먼디스는 3회 초에 마지막 득점을 올릴 수 있었다. 루나틱스의 제2포수는 "날 보고 던져, 친구, 타자는 여기 없어, 친구……"라고 말하는 품이 진짜 선수 같았지만, 홈플레이트 앞에 떨어지는 번트 수비를 다소 조심스러워했고, 공을 집어드는 순간 그 밑에서 뭐라도 나올까봐 눈에 띄게 두려워했다.

디컨이 세 이닝 중 마지막 이닝을 던지기 위해 마운드로 나갈 때, 그와 함께 필드로 나간 먼디스 선수들 모두, 졸고 있는 키드 헤킷까지도, 디컨이 완봉을 할 수도 있다는 사실을 깨달았다. 그가 루나틱스를 완봉으로 막을 수 있으면, 올해 들어 리그 안에서나 밖에서나 무득점 경기를 올린 최초의 먼디스 투수가 될 참이었다. 선수들은 그의 불행을 자극하거나 용기를 꺾지 않으려는 마음에 일부러 잡담을 최소로 줄이고 내야로 나가 준비운동을 했다. 또 한번 패배를 눈앞에 두고 있을 때 같은 분위기였다. 첫 타자가 타석에 들어설 때 디크는 벌써부터 땀을 줄줄 흘리고 있었다. 토끼 발을 매만지고, 기도를 하고, 큰 주전자를 가득 채울 만큼 공기를 들이삼킨 뒤 연달아 네 번 투구하고 중견수에게 포볼을 허용했다. 앞서 내야에서 플라이볼을 잡은 후 공을 돌려주지 않았던 바로 그 선수가 이번에는 배트를 어깨에 얹은 채 타석에서 꼼짝 않고 서 있었던 것이다. 대주자 교체를 위해 그가 들려나갈 때("코치"들이 들고 나갔다) 팬들은 감사의 뜻으로 박수를 보냈다. "공을 잘 골라냈어!" 그가 타격 자세 그대로 구장에서 들려나가자 팬들이 소리쳤다. "그렇게 기다려야 해! 눈이 아주 좋군, 친구!"

처음으로 대주자가 나온 순간, 트라움 박사가 디컨의 완봉을 막아 어떻게든 체면을 세우기로 결심했음이 분명해졌다. 마지막 이닝에 5점쯤 뒤진 상황에서도 이길 마음이 있다면 도루를 시도하지는 않는다. 그러나 이 대주자는 바로 그 생각으로 나왔다. 그 대담함이란! 먼저 그는 눈이 번쩍 뜨일 정도로 빠르게 주루라인을 4.58미터나 내달렸다. 그러나 사지로 기다시피 하며 1루로 되돌아왔다. "안 돼! 안 돼!" 그는 팔을 쭉 뻗은 채 베이스로 몸을 날리며 소리쳤다. "난 안 할 거야! 신경쓰지 마! 잊어버려!" 그러나 똑바로 일어나 흙을 털자마자 또다시 달리기 시작했다. "안 될 게 뭐 있어!" 그가 소리쳤다. "알 게 뭐야!" 그러나 주루라인을 따라 4.58미터, 6.1미터까지 달린 뒤 갑자기 제자리에 딱 멈추더니 자신의 이마를 세게 때리고 허겁지겁 1루로 돌아오며 외쳤다. "내가 미쳤나? 정신이 나갔나?"

이런 식으로 여섯 차례 정도 주루라인을 휘젓고서야 디컨이 마침내 첫 투구를 했다. 가뜩이나 정신이 산만해져 투구는 당연히 볼이었고 너무 낮아 땅을 때렸지만, 이날따라 운이 좋은 핫헤드가 나무다리로 멋지게 공을 블로킹해냈다.

미스터 페어스미스가―곧 더 자세히 얘기하겠지만, 이 나이든 먼디스 감독에게 찾아온 영적 위기 때문에―어사일럼에 남아 쉬고 있는 동안 감독을 맡은 촐리는 치코에게 벤치에서 일어나 불펜으로 가 워밍업 투구를 하라고(한 번이면 충분했다, 아니 치코에게는 한 번도 많았다) 몸짓했다. 그러면서 촐리는 마운드로 어슬렁어슬렁 걸어나갔다.

"자네를 괴롭히기 시작하나, 놈들이?" 촐리가 물었다.

"1루에 있는 저 묘한 녀석이 그래."

촐리가 1루 쪽을 보니 주자는 타임아웃 상황에서 베이스를 밟고 선 채 자기 자신과 열띤 논쟁을 벌이고 있었다.

"젠장." 촐리가 그만의 부드럽고 안정감 있는 어투로 말했다. "저 선수들은 오전 내내 저런 동네 야구로 우릴 당황시키네. 디크, 버스에서 내가 자네들한테 얘기했지, 상대의 못된 장난은 절대 신경쓰지 말라고. 하나에서 열까지 전부 저들의 전략이야. 자네의 집중력을 흩뜨리려는 작전이라고. 그것만 조심하면 지금보다 더 쉽게 저 팀을 눌러버릴 수 있네. 하지만 디크, 말해보게, 자네가 원한다면, 그러니까 내가 멕시코인 투수로……"

"뒷주머니에 6점이나 챙겼는데? 완봉승이 눈앞인데?"

"이런, 그 두번째 말은 나도 피하고 있었는데."

"촐리, 자네와 나는 놈들이 바셀린과 타바스코 소스로 애를 먹이던 시절부터 이 게임을 해왔네. 그렇지 않나?"

"그래, 나도 알아."

"그러니," 디크는 이렇게 말한 후 담배 즙을 어깨 뒤로 찍 뱉었다. "저런 괴짜 녀석들 때문에 약이 오르진 않아. 치코한테 그냥 앉아 있으라고 하게나."

아니나 다를까, 디컨은 늙은 군마답게 다음 두 타자에게 좌측으로 긴 라인드라이브를 허용했다. "아, 큰일날 뻔했어." 고스트가 패드를 댄 담장 위로 기어올라가 공을 낚아챌 때마다 주자가 크게 외쳤다. "내가 2루로 돌진했다고 상상해봐! 그럼 어떻게 됐을지! 아, 그랬다면 무리한 리드였다는 걸 알고 후회했겠지! 하지만 반대로 네가 투수보다 빠르지 않다면 왜 대주자야? 그게 바로 대주자의 모든 의미인데. 투구와 동시에 뛰는 거, 투구보다 먼저 뛰는 거, 득점해서 완봉을 막는 거! 그게 내가 여기 있는 이유고 유일한 목적인데. 모든 게 내 어깨에 달려 있어. 그런데 지금 충분히 리드도 안 하고 뭐하는 거지? 하지만 반대로 내가 2루로 돌진했다면 1루로 돌아오다 죽었을 거야! 마지막 아웃이 됐겠지! 하지만 반대로 수비가 공을 잡지 못했다면? 공을 떨어뜨렸다면 어땠을까? 그럼 난 지금 어디에 있을까? 최소한 2루에 있겠지! 최소한! 다 내가 너무 겁이 많은 탓이겠지. 하지만 반대로 불필요한 위험을 무릅쓸 이유가 뭐람? 무모하게 굴어봤자 무슨 이득이 있겠어? 전혀 없지! 하지만 반대로 너무 안전하게 하는 건?"

벤치에서 졸리 촐리는 타석에 들어선 타자가 상대팀의 유격수인 걸 보고 움찔했다. "이런," 그가 말했다. "처음에 가장 큰 실점을 하게 한 그 친구일세. 아무래도 자기가 저지른 잘못을 기필코 만회할 것처럼 보이는걸. 디컨의 완봉을 제물로 삼아서. 젠장!"

디컨은 혼신의 힘을 다해 버티느라 유니폼 앞뒤로 거대한 검은 대륙이 하나씩 생길 정도로 땀을 흘렸다. 이제 '정크볼'*에만 의존하는 걸로 보아 힘이 거의 바닥났다는 건 의심의 여지가 없었다. 느리게 날아와 한참 후에 지나가는 그 물체 때문에 타자들은 허리가 부러질 것처럼 헛스윙을 했다. 펄럭이며 날아가는 공은 벌써 두 번이나 경기장을 벗어날 듯 뻗어나갔고, 디크가 홈플레이트를 향해 또다시 굼뜬 공을 던지는 순간 졸리 졸리가 할 수 있는 일이라곤 손으로 눈을 가리는 것뿐이었다.

분명 그건 루나틱스 유격수의 마음에도 쏙 든 공이었다. 뒤꿈치에서부터 배트를 휘두른 그는 와아 하는 기쁨의 함성을 들으며 홈플레이트를 떠나 1루로 전력질주했다. "뛰어!" 그가 1루에 있는 선수에게 소리쳤다.

그러나 그 대주자는 베이스 위에 서서 공을 찾느라 지평선을 훑어보고 있었다.

"투 아웃이야!" 루나틱스 유격수가 외쳤다. "뛰라고, 이 멍청아!"

"하지만…… 어디 있는데?" 대주자가 물었다.

먼디스 내야진들도 공이 어디로 날아갔는지 몰라 하늘 쪽을 쳐다보고 있었다.

"어디 있냐고!" 대주자가 소리칠 즈음 유격수는 바로 그의 코앞

---

* 변칙으로 던지는 느린 변화구.

까지 당도했다. "공이 어디에 있는지 알 때까진 안 뛸 거야!"

"나 지금 1루로 들어가고 있어, 이봐." 유격수가 경고했다.

"다른 주자를 추월하면 안 돼. 규칙 위반이야! 아웃이야!"

"그럼 움직여!" 유격수가 대주자의 귀에 대고 소리를 질렀다.

"아, 이거 미치겠군. 정말 이것만큼은 하고 싶지 않았는데." 하지만 무슨 선택의 여지가 있을까? 그가 베이스에 서 있는데 유격수가 다가오고 있다면 베이스를 비워주는 게 야구였다. 뛰라고 투입된 그가 뛰기를 거부한다면 야구는 끝이었다. 아, 유격수가 바짝 따라오는 상황에서 베이스를 돌 때 그가 얼마나 고통스러워했는지. "난 전속력으로 달리고 있어. 그런데 공이 어디에 있는지도 몰라! 모가지 잘린 닭처럼 뛰고 있는 거야. 난 미친놈처럼 뛰고 있지만 정말 그러고 싶지 않아! 그런 놈이 되기도 싫고! 난 내가 어디로 가고 있는지 모르고 뭘 하고 있는지도 몰라. 무슨 일이 일어나고 있는지 전혀 모르겠어. 그런데 달리고 있어!"

마침내 홈플레이트를 밟았을 때 그는 몹시 감격해서 양손과 무릎을 땅에 대고 안도의 흐느낌을 터뜨리며 땅에 입을 맞추기 시작했다. "돌아왔어! 하느님 감사합니다! 난 살았어! 해냈어! 점수를 올렸어! 오, 하느님 감사합니다, 감사합니다!"

지금 유격수는 3루를 돌고 있었다. 그는 끝까지 가도 되는지 확인하기 위해 뒤를 한번 힐끗 보고 계속 내달렸다. "지금 저놈은 어딜 보고 있지?" 촐리가 물었다. "도대체 저놈은 뭘 본 거지? 나도 못 보고 저 마이크도 못 본 걸?" 멀리 좌익에서 마이크 라마는 주머니에서 떨어진 10센트 은화를 찾는 아이처럼 빙글빙글 돌며 잔디밭을 걸어다녔다.

유격수가 그 이닝의 두번째 득점을 올리기까지 불과 30센티미터가량 남았을 때, 진작부터 루나틱스 벤치에서 걸어나오고 있던 트라움 박사가 파울라인 위에 서서 홈플레이트로 달리는 주자를 가로막았다.

"의사 선생님," 주자가 소리를 질렀다. "길을 막고 있잖아요!"

"이제 그만하면 됐네." 트라움 박사는 이렇게 말하며 달리기를 멈추라는 몸짓을 해 보였다.

"노다지가 몇 센티미터 앞에 있어요! 비켜요, 의사 선생. 득점하게 해줘요."

"그냥 거기서 멈추게, 제발."

"왜요?"

"왜인지는 자네가 잘 알지. 그 자리에 멈춰. 그리고 공을 내놓게."

"무슨 공이요?" 유격수가 물었다.

"그 공 말이야."

"이런, 나한테 무슨 공이 있다고. 난 타자예요. 이제 곧 득점을 할 거라고요."

"자넨 득점하지 못해. 나한테 공을 넘겨줄 테니까. 자, 바보 같은 짓 그만하고 공을 내놓게."

"선생님, 나한테 없어요. 난 공격을 하고 있어요. 공은 수비하는 쪽에 있어요. 원래 야구란 게 그래요. 전혀 비난할 뜻은 아니지만, 선생님이 외국인이 아니라면 더 잘 이해하실 거예요."

"마음대로 해보게나." 트라움 박사는 이렇게 말하고 불펜 쪽에 손을 흔들어 두 코치를 불렀다.

"하지만, 선생님," 유격수가 이제 3루 쪽으로 뒷걸음질치며 말했다. "범인은 필드에 있는 사람들이에요. 범인은 글러브를 낀 사람들이라고요. 왜 그들한테 가서 공을 찾지 않아요? 왜 나한테서 찾아요? 난 결백한 주자이고 3루를 돌아 홈으로 가는 중이에요." 자신을 잡으러 오는 코치들을 보자 그는 방향을 바꿔 다이아몬드를 가로질러 큰 벽돌 건물이 있는 언덕 쪽으로 내달렸다.

몇 분도 지나지 않아 한 코치가 공을 갖고 돌아와 마운드에 모여 있는 먼디스의 내야진에게 공을 넘겼다.

디컨이 손안에서 공을 돌려보고 말했다. "그래, 이거야, 이젠 됐어. 그렇지, 핫?"

먼디스의 포수는 고개를 끄덕였다. "도대체 그는 어떻게 그걸 손에 넣었을까?"

"가망 없는 도벽광이라 그래요." 한 코치가 대답했다. "땅에 박아놓지 않으면 베이스도 훔쳐갈 겁니다. 자, 받으세요." 그는 먼디스의 세탁물 표시가 찍힌 하얀 핸드타월과 졸리 촐리가 감독을 맡을 때 귀 뒤에 꽂는 연필을 디컨에게 건넸다. "이것도 그의 몸에서 나왔어요. 1회에 플라이볼을 잡으려고 그쪽 벤치로 나자빠질 때 슬쩍한 것 같습니다."

승리의 축제는 병원 버스에 올라탄 순간부터 시작되었고 시내로 돌아올 때까지 거의 내내 이어졌다. 닉네임은 창밖에 대고 지나가는 모든 행인에게 "우리가 이겼어요! 완승했어요!"라고 외쳤고, 빅 존은 리니먼트 병에 담긴 버번을 꿀꺽꿀꺽 마신 뒤 행복한 동료들에게 병을 돌렸다.

"결정적인 게 뭐였냐면." 승리자 중에서도 단연 광적으로 흥분한 닉네임이 외쳤다. "디컨이 첫 타자의 머리에 던진 공이었어! 그거였다고! 내 스타일의 야구야!" 열네 살 소년이 자신의 허벅지를 철썩 치며 말했다. "첫 타자가 들어오면 머리에 그대로 꽂아 넣는 거야."

"맞아!" 핫헤드가 말했다. "더이상 우리한테 엿 먹일 수 없다는 걸 보여주는 거야! 어림없다는 걸!"

"그건 말이지," 디컨이 말했다. "심리학의 문제일세. 핫, 사전에 충분히 생각해야 했어. 내 말은, 선수를 잘못 골랐다면 그다음에는 전부 번트를 댄 다음 투수가 베이스를 커버할 때 스파이크로 밟아버려야 해."

"그건 그래." 졸리 졸리가 말했다. "나와 디크가 입단하던 시절의 규칙서에 실제로 있었어. 빈볼을 던지면 그렇게 하라고 적혀 있었지. '드래그번트*를 대고 투수를 스파이크로 찍어 혼을 내줘라.' 사실 말이지, 오늘 그와 비슷한 상황이 벌어지지 않을까 걱정했네. 필사적으로 덤비는 팀이었어. 그들의 전술을 보고 첫눈에 알아봤지."

"아쉽군." 디크가 말했다. "내가 그런 기회를 잡았어야 했는데.

---

* 희생번트와 달리 출루를 목적으로 1루나 3루 선상으로 대는 번트. 1루수가 잡게 될 경우 투수가 베이스를 커버해야 한다.

하지만 내 뒤에 자네들이 없었다면 솔직히 난 끝까지 못했을 거야. 버드 자네는 거기서 어땠나? 주자 두 명을 1루에서 아웃시켰지? 우익에서 1루로 던져서, 연속으로 두 번이나. 버디," 디컨이 말했다. "내가 프로야구에 들어온 후 여러 해 동안 한 번도 본 적 없는 멋진 광경이었네."

덩치 큰 버드는 역시나 얼굴이 붉어졌지만 침착한 목소리를 유지하려고 노력했다. "당연한 말이지만, 그 선수들이 안 뛰는 걸 보자마자 선택의 여지가 없다고 생각했어. 1루로 공을 던져야만 했어."

그 순간 마이크 라마가 말했다. "그들은 바로 그걸 생각 못했던 거야, 버디-보이. 저 팀엔 외팔이 외야수가 있네, 사람들은 이렇게 생각하지, 잘됐군. 마음 내킬 때 베이스라인을 따라 거북이처럼 기어가도 되겠어. 가다가 맥주 한 병 마시고 샌드위치를 먹을 수도 있겠군! 하지만 여기 이 친구 버드가 엿을 먹여버렸지!"

"알다시피," 촐리가 철학적인 어조로 말했다. "내가 보기에 그건 만고의 진리야. 타자가 그놈들처럼 건방을 떨면 다음에 일어나는 일은 뻔해. 차례로 멍청한 실수를 연발하지."

"맞아." 키드 헤킷이 말했다. 그는 여전히 머릿속으로 오전의 사건들을 되짚어보고 있었다. "그건 분명해, 녀석들은 전혀 머리를 쓰지 않았어."

"글쎄, 그들은 그랬을지 몰라도 우린 썼어. 핫은 어땠고?" 닉네임이 말했다. "센터로 뜬 플라이볼인데 2루에서 나무다리로 3루를 밟고 들어와 점수를 낸 건 어땠냔 말이야? 얼마나 머리를 잘

쓴 플레이냐고!"

"그래도," 웨인이 말했다. "난 아직도 그놈을 이해할 수 없어. 센터에 있던 그 선수는 도대체 무슨 생각으로 공을 잡고 그렇게 멍하니 서 있었을까? 뭘 바라고 공을 던지기 전까지 십오 분이나 시간을 끌었을까? 엄청 긴 시간이지 않나, 그렇지 않은가?"

모두 촐리를 바라보며 답을 기다렸다. "그래, 웨인." 그가 말했다. "난 그것도 빌어먹을 건방이라고 생각하네. 2루 주자가 나무다리를 하고 있어, 그으-렇지? 그런데 여기 있는 핫이 어떻게 했지? 뛰었어. 그걸 보고 센터에서 자만하던 녀석이, 뭐랄까, 기절초풍을 한 걸세. 마침내 자기가 어떻게 당했는지 깨달았을 때는 우리가 이미 한 점을 거저 얻은 뒤였지. 자, 만일 내가 그 팀의 감독이라면, 그 건방진 프리마돈나를 벤치에 앉히고 벌금까지 때렸을 거야."

"그 유격수는 어떻게 생각하나, 촐리?" 키드가 물었다. "그게 자네가 본 플레이 중 가장 이상한 게 아니라면 대체 뭐지? 공을 뒷주머니에 찔러넣다니. 그다음엔 주자가 한 명 나가 있고 자기 팀이 6점 뒤지고 있는 상황에서 공을 치러 나왔네. 그들한테는 마지막 기회인데 그런 슬로볼을 잡아 자기 셔츠 안에 넣었단 말이지. 도저히 이해가 안 돼."

"그것도 빌어먹을 건방을 떤 거야!" 닉네임이 촐리를 쳐다보며 크게 외쳤다. "그는 이렇게 생각했어, 이것 봐라, 별 볼 일 없는 먼디스가 수비를 하네. 내 멋대로 할 수 있겠어. 하지만 우리가 녀석한테 한 수, 아니 두 수를 가르쳐준 거야! 내 말이 맞지, 촐리?"

"그건 아닐세, 닉네임, 내 생각은 달라. 내 완벽한 수비와 형편 없는 타격 인생을 통틀어서 가장 비극적인 경우야."

"거기 있던 코치가 그를 도벽광이라 부르던데." 디컨이 말했다.

"맞아, 그거야." 촐리가 말했다. "내가 막 야구를 시작했을 때 D리그에 메이엇이라는 녀석이 있었네. 어떤 공도 그 선수를 통과하지 못했지. 유격수가 보기에 메이엇은 커다란 아교 덩어리와 다르지 않았어. 실제로 사람들은 줄여서 '아교'라 불렀지. 문제는 이 녀석이 공을 잡기만 하면 계집애처럼 던진다는 거야. 공을 쳐야 할 때는, 맙소사, 우리집 고양이가 차라리 나을 걸세. 난 고양이는 없네만. 어쨌든 이번 경우도 정확히 그때와 똑같은데 차이가 있다면 이번이 더 심각하다는 거지."

"좋아." 키드 헤킷이 말했다. "대충 알겠네. 다만 그가 플라이 볼을 잡으러 달려간 사이에 어떻게 자네 귀에서 감쪽같이 연필을 훔쳤을까, 촐리? 정신없이 경기를 하는 도중에 어떻게 우리 타월을 슬쩍했을까?"

"젠장, 그것도 별로 어렵지 않게 이해할 수 있어. 올해 운이 더럽게 나쁘다보니 우리가 누구인지 잊어버린 모양이군. 어떤 사람이 메이저리그 팀의 타월을 액자에 담아 벽에 걸어두고 싶지 않겠나? 그래, 그는 그걸 간절히 원했던 거야. 경기가 끝났을 때 내가 그 의사한테 다가가서 말했지. '의사 선생, 기분 나쁘게 생각하지 마시오. 당신은 최선을 다했고, 메이저리그 팀에게 6점차로 진 건 전혀 부끄러운 일이 아니오.' 그런 뒤 그에게 타월을 주고서 그 도벽광 소년을 다시 보게 되면 전해주라고 말했네. 낙심하지 말고 끝까지 견디라고 말이야. 그리고 또 무슨 말을 했는지 아나? 충고 한 마디해줬지. '의사 선생, 만일 내 팀에 그런 유격수가 있다면 9번 타자에 1루수를 시키겠소. 공을 던질 필요가 없게 말이오.'"

"그랬더니 뭐라고 하던가?"

"아, 날 비웃었네. 이러더군. '하하, 졸리 촐리, 유머감각이 훌륭하시군. 1루수에 9번 타자라니, 어디서 그런 말을 들어보겠소?' 그래서 내가 말했지. '의사 선생, 쉰 살의 전도사가 고작 사흘 쉬고 완봉승을 따냈다는 얘기는 또 어디서 듣겠소? 하지만 그는 해냈소, 마지막 플레이를 할 때 누군가의 간섭이 도움이 되긴 했지만 그래도 해냈단 말이오.'"

"운도 어쨌든 경기의 일부야!" 닉네임이 말했다. "그때쯤에 우리 쪽으로 운이 넘어오기 시작했어. 그 얘기 했어, 촐리?"

"물론 했지, 닉네임. 그리고 또 이것도 얘기했네. '의사 선생, 이 나라에서 하는 야구에는 두 종류가 있는데, 당신은 외국인이니까, 누군가는 당신에게 이 얘기를 해줘야겠지. 책에 나와 있는 건, 당신이 하는 야구, 타이쿤스가 하는 야구요. 나도 인정해요, 그 친구들은 그런 식으로 우승을 가져가지. 하지만 모든 수단을 동원해 죽을힘을 다하는 야구도 있소. 그게 바로 오늘 이곳에서 우리 먼디스가 보여준 야구요.'"

그 순간 팀은 환희에 젖어 소리지르고 노래하며 야단을 피웠고, 졸리 촐리는 차오르는 눈물을 참기 위해 잠깐 돌아서야 했다. 잠긴 목소리로 그가 계속 말했다. "그런 뒤 난 그걸 가리키는 이름을 말해줬어. 시즌 내내 떠도느라 편히 쉬지 못하고, 사람들이 우리 머리 위로 아무렇게나 뱉어대는 모든 농담과 정신적 고통을 견뎌내고, 이런 시범경기를 하러 와서 상대팀이 마지못해 야구하는 시늉만 하고 우리가 어떻게 플레이하는지 신경조차 쓰지 않아도, 그런 상황에서도 온 힘을 다하는 것. 그걸 뭐라 부르는지 그 의사한테 얘기해줬다네, 친구들. 사람들은 그걸 용기라 부른다고."

롤런드 애그니, 타석에서 루나틱스의 공을 두 번 다 지켜보기만 하다가 내려온 애그니 혼자, 팀에게 바치는 촐리의 헌사에 무감한 듯 보였다. 닉네임은 졸리 촐리가 연설을 마칠 때 그의 팔을 치면서 이렇게 속삭였다. "누군가 롤리한테 무슨 말이라도 해주는 게 좋겠어. 오늘 내리 삼진아웃을 당해서 저런 거 같은데."

그래서 팀의 평화 중재인 촐리는 떠들썩한 선수들이 있는 통로를 지나 아까부터 맨 뒷자리 구석에 혼자 웅크려앉아 있는 롤런드에게 다가갔다.

"무슨 고민이라도 있나, 친구?"

"아무것도." 롤런드가 중얼거렸다.

"자, 앞으로 와서 같이 즐······"

"날 내버려둬, 터미니카!"

"이런, 롤리, 진정하게." 인정 많은 감독이 말했다. "아무리 훌륭한 선수도 가끔은 눈뜨고 당할 때가 있어."

"눈뜨고 당했다고?" 애그니가 소리쳤다.

"이봐, 롤리." 핫헤드가 외쳤다. "괜찮아, 강타자. 어쨌든 우리가 이겼잖아!" 그리고 싱긋 웃으며 술이 남아 있다고 보여주기 위해 빅 존의 리니먼트 병을 허공에 흔들었다.

"물론이야, 롤리." 닉네임이 목청껏 소리쳤다. "디크가 마운드에 있었으니 우린 1점만 내도 됐었어! 그러니 뭐가 문제야? 누구나 가끔 삼진을 먹어! 항상 잘할 수는 없는 법이잖아!"

애그니는 이제 통로에 서서 소리를 질렀다. "너희는 내가 눈뜨고 당했다고 생각해?"

그날 처음부터 끝까지 미로를 헤매던 웨인 헤킷이 여러 시간 잠을 못 잔 상태라 더이상 혼란을 견딜 수 없다는 듯 이렇게 물었다. "그럼, 아니었나?"

"이 얼간이들! 이 저능아들! 너희들이 그들보다 훨씬 한심한 미치광이야! 그자들은 갇혀 있기라도 하지!"

졸리 촐리는 다른 선수들에게 윙크로 자신의 의도를 전하고 이렇게 말했다. "롤런드 눈에 뭐가 들어갔던 것 같아, 친구들. 그래서 오늘 공을 제대로 못 본 거야."

"제대로 못 본 건 너희들이야!" 애그니가 고래고래 소리를 질렀다. "그들은 미친 사람들이었어! 한심하기 이를 데 없는 사람들이었다고!"

"아, 난 아닌 거 같아, 롤리." 마이크 라마가 말했다. 그 역시 그날 오전에 충분히 갈팡질팡했다. "그들은 그렇게 못하지 않았어."

"그들보다 더 못하는 팀은 없어! 그런데 너희들은 하나같이 월드시리즈 7차전에서 카디널스를 이긴 것처럼 법석을 떨고 있어!"

"그럼 어떻게 경기를 했어야 하나, 젊은 친구?" 디컨은 칼라 아래쪽이 약간 달아오르기 시작했다.

"그리고 너! 넌 그중에서도 제일 한심해! 역경에 굴하지 않은 영웅이나 된 것처럼! 가망 없는 미치광이 팀을 상대로 어떻게 투구할지 마운드에 모여 의논이나 하고!"

"이봐, 젊은이," 졸리 촐리가 말했다. "고작 눈뜨고 아웃당한 것 때문에……"

"도대체 누가 눈뜨고 당했다는 거야? 아무 기술도 없이 공을 던지기만 하는 투수들한테 어떻게 눈뜨고 당할 수 있냐고!"

"그럼 네 말은," 졸리 촐리가 믿을 수 없다는 표정으로 말했다. "일부러 져준 거야? 경기를 포기한 거냐고, 롤런드, 왜 그랬어?"

"왜냐고? 아, 미치겠네, 난 나가야겠어! 버스에서 내릴 거야!" 그는 소리를 지르며 통로를 따라 문 쪽으로 달려갔다. "너희들 누구하고도 더이상 같이 못 있겠어!"

디컨을 제외한 모두가 조금씩 취했기 때문에 이 신동 선수를 제압하는 데 먼디스의 거의 모든 선수가 필요했다. 다행히 정신병원 직원인 버스기사가 좌석 밑에 구속복과 재갈을 항시 구비했고 그 사용법도 알고 있었다. "오전 내내 그 정신병자들과 함께 있어서 이렇게 된 거요." 그가 선수들에게 말했다. "가끔 나도 밤에 퇴근할 때 이상해질 때가 있지."

"아." 먼디스 선수들은 서로 고개를 끄덕이며 말했다. 처음에 선수들은 롤런드의 기행에 대한 전문적인 설명을 듣고 안도했지만, 롤런드가 입에 재갈을 물고 꽁꽁 묶인 채 뒷좌석에 앉아 있는 상황에서 그해 처음으로 완봉승을 따낸 뒤의 그 의기양양한 분위기를 도저히 되살릴 수 없었다. 오후로 예정된 정규경기를 위해 키퍼파크에 도착했을 무렵, 그들 중 한두 명은 시즌 내내 당했던 그 어떤 패배보다 이날의 승리 때문에 더 낙담하기 시작했다.

4

뼛속까지 남자

4

이 장은 야구계의 난쟁이들에 관해 그 어떤 글보다 자세한 내용을 담고 있다. 이 장을 통해 이 나라의 박애정신에 자부심을 느끼는 사람이라면 누구나 미국 대중이 그토록 특이한 사람들에게 애정을 쏟은 이야기에 감동할 것이다. 난쟁이 대타자 밥 얌과 얌의 작은 아내, 그리고 그들의 정수인 오케이 오케이터에 관한 모든 이야기가 펼쳐진다. 얌 같은 사람이 어떻게 온 국민의 마음을 사로잡았는지, 신문은 난쟁이들을 위해 무엇을 했는지에 대한 서술이 이어진다. 마티타 맥개프는 주디 얌과 라디오 인터뷰를 한다. 오케이 오케이터는 자신이 왜소하고 기형이라는 이유로 세상으로부터 무언가를 보상받아야 한다고 믿는다. 캐쿨라 더그아웃에서 난쟁이들 사이에 충돌이 발생한다. 그리고 밥 얌의 '고별 연설' 전문이 이어진다. 앤절라 트러스트는 얌 같은 사람들을 차별한다. 그러던 중 캐쿨라에 도착한 먼디스는 사기가 떨어진 리퍼스에게 패배를 안긴다. 버드 파루샤의 아슬아슬한 홈런이 멀리 백악관까지 날아간다. 엘리너 루스벨트가 보냈다는 (소문에 따르면) 전보에 따라 외팔이 외야수와 멸시당하는 난쟁이가 트레이드된다. 졸리 촐리 터미니카와 나이든 먼디스 선수들 사이에 그들만의 놀라운 대화가 오간다. '버드 파루샤 환영의 날'에 일어난 이야기들과, 유니폼을 바꿔 입은 선수들이 헤쳐나가야 할 어려움과 낙담이 이어진다. 지금까지의 모험들이 큰 불행으로 끝난다.

전시 시즌의 9월. 키퍼스와 리퍼스의 6위전을 앞두고 캐쿨라 구단주 프랭크 마주마는 최후의 접전에 대타자로 쓰기 위해 난쟁이 한 명과 계약을 맺었다. 얌이란 이름의 그는 키가 101.6센티미터에 몸무게가 29.5킬로그램인 진짜 난쟁이였고, 홈플레이트 앞에서 마주마가 가르쳐준 자세로 웅크리면 투수에게 허용되는 스트라이크존은 성냥갑만한 크기로 줄어들었다. 이 난쟁이를 세상에 소개하고자 마련된 기자회견 자리에서, 위스콘신대학교를 갓 졸업했고 대학 시절에는 난쟁이 최초로 시그마카이*에 가입한 스물두 살의 얌은 지금까지 메이저리그에서 키 작은 사람을 배척해온 '신사 협정'에 도전했다며 마주마를 찬양했다. 그리고 야구계 최초의 난쟁이인 그에게 상당한 조롱이 쏟아지리라는 걸 알고 있다고 말했다. 처음에는 그를 적으로 삼을지라도 시간이 흐르면 이 분야에서 진실로 중요한 단 하나의 기준, 캐쿨라 리퍼스 선수로서의 가치로만 그를 평가해주기를 간절히 바란다고도 했다. 요컨대 얌은 수사법을 사용해 이렇게 물은 것이다. 선수가 팀의 성공에 공헌하기만 한다면 그와 같은 난쟁이와 보통 선수 사이에 무슨 차이가 있는가?

"차이요? 약 75센티미터죠." 프랭크 마주마가 난쟁이에게서 마이크를 뺏더니 이렇게 말했다. "기자 여러분, 여기 있는 작은 얌 씨에 대해 하나 더 말씀드릴 게 있습니다. 그가 타석에 들어설 때마다 저는 정면 관람석 맨 꼭대기에 걸터앉아 고성능 라이플총을 들고 홈플레이트를 겨냥할 겁니다. 그리고 이 작달막한 녀석이 어깨에서 배트를 떼기만 하면 총알을 먹일 겁니다! 듣고 있나, 피위**?"

---

* 전미 남학생 사교 클럽.

기자들은 킬킬 웃으며 이 이야기가 석간에 제때 나오도록 (마주마가 준비해둔) 전화기로 달려가 신문사에 전했다.

아니나 다를까, 이 난쟁이가 장내 방송―"잠시 주목해주시기 바랍니다, 신사 숙녀 여러분. 리퍼스의 대타자, 등번호 $\frac{1}{4}$, 밥 얌"―을 통해 처음 소개될 때 야전 위장복과 철모 차림에 검은 안대를 쓰고 라이플총을 든 남자가 리퍼스 구장 꼭대기의 들창으로 기어나와 지붕 위에서 사격 자세를 취하는 모습이 보였다. 당연히 방아쇠를 당길 필요는 없었다. 밥 얌은 열 번 대타자로 나와 열 번 다 걸어나갔을 뿐 아니라 스트라이크를 단 하나도 먹지 않았다. 아무리 가라앉는 볼을 던져도 그의 모자챙 높이로 지나갔고, 초조해지기 시작한 상대팀 투수들의 공은 난쟁이가 크리켓 타자라도 되는 양 그 앞을 지날 때 땅에 맞고 튀어버렸다.

리그의 평화를 위해 P리그의 다른 구단주들은 팬들이 이 우스꽝스러운 속임수에 곧 싫증이 나거나, 오크하트 장군이 마주마에게 깨달음을 주리라 기대하고 한두 경기까지는 망아지 같은 마주마의 행동을 받아주었다. 그러나 막상 뚜껑을 열어보니 캐쿨라 팬들은 얌이 타석에서 포볼을 얻어내는 걸(그리고 마주마가 경기장 지붕에서 그를 겨냥하는 걸) 보며 더없이 기뻐했고, 오크하트 장군은 전통적 방식을 경멸하는 마주마의 행동을 막는 일에 그 어느 때보다 무기력했다. 장군이 마주마에게 전화해 야구의 품위와 리

** '유난히 작은 사람'을 뜻하며 동시대의 유명한 유격수 피 위 리즈를 가리키기도 한다.

그의 참모습(그리고 그 정반대)이 무엇인지를 일깨워주자, 마주 마는 똑 부러지게 말 잘하는 밥 얌을 위해 또 한번 기자회견을 여는 것으로 응수했다.

"아주 확실한 근거에 따라 말씀드리는데," 말쑥한 세로줄무늬 정장에 넥타이핀까지 꽂고 나무랄 데 없는 차림으로 나타난 얌이 말했다. "야구계 권력자들은 미국 패트리어트리그의 구단주들이 모이는 겨울 연차회의에서, 리그의 어느 팀도 신장이 122센티미터에 미달하는 선수를 입단시키지 못하게 하는 법을 통과시키겠다고 협박하고 있습니다. 게다가 덧붙이자면, 이 나라가 만인의 자유와 정의를 위해 큰 희생을 치르는 참혹한 전쟁을 수행하고 있는 이 시점에 말입니다. 그런 법을 통과시키면 1898년 패트리어트리그가 여덟 팀으로 출범한 이래, 저 같은 키와 체격의 선수들을 프로로 뛰지 못하게 하는 그 '신사협정'을 노골적으로 성문화하는 셈이 될 것입니다.

제가 이해한 바로 지금 그들은 저를 비방하는 조직적 운동을 시작하려 하고 있습니다. 저 밥 얌에게는 우리 헌법이 모든 미국인에게 보장하는 권리와 특권을 누릴 자격이 없고, 그들의 말을 인용하자면 제가 '속임수' '장난' '어릿광대'이며, 더 나아가 제가 메이저리그의 다이아몬드에 있으면 국민 오락인 야구에 '불명예'가 된다면서요. 언론계의 신사 여러분, 저는 저 자신뿐 아니라 온 세상의 모든 난쟁이를 대변해, 제게서 미국 시민의 권리와 인간의 권리를 빼앗으려는 자칭 야구 보호자들에게 그 어떤 기회도 허락하지 않을 것이며, 저와 동료 난쟁이들을 노리는 이 음모에 온몸으로 저항할 것임을 밝히는 바입니다."

그때 프랭크 마주마가 '항상 사람들을 웃겨라'를 모토로 삼은 사람답게 불쑥 끼어들었다. "그 온몸은 29.5킬로그램짜립니다, 여러분!" 기자들은 이번에도 유쾌한 기분으로 떠났지만, 얌이 그들의 감정을 강하게 움직였음이 석간신문에 분명히 드러났다. 한 기자는 그를 "자랑스러운 난쟁이"라고 칭했고, 다른 기자는 "작은 사람들의 자랑"이라고 썼으며, 그 밖에도 "작지만 큰 생각을 지닌 사람" "키는 101.6센티미터에 불과하지만 뼛속까지 남자"라는 말이 나왔다. 한 칼럼니스트는 지금까지 쓴 어느 것보다 엄숙한(그리고 복잡한) 문장으로 이렇게 물었다. "이 세계에서 밥 얌 같은 이들이 난쟁이라는 이유로 고개를 들고 다닐 수 없다면, 우리의 용감한 군인들이 머나먼 땅에서 싸우고 죽어가는 이유는 무엇인가?" 그다음주에는 당대의 유명한 삽화가가 잡지 〈리버티〉의 표지에 얌의 그림을 올려 경의를 표했고, 그후 이 그림은 수천 장씩 재인쇄되어 그 몇 년의 전시 동안 미국에 있는 거의 모든 이발소 벽의 한 자리를 차지했다. '난쟁이 중의 난쟁이'라는 제목의 대단히 정밀하고 사실적인 그림은 밥이 그 유명한 분수 등번호 유니폼을 입고 마흔여덟 개의 별로 장식된 거대한 풍요의 뿔을 향해 그의 작은 배트를 휘두르는 와중에 그 풍요의 뿔에서 레프러컨 요정과 엘프 요정처럼 생긴 난쟁이들이 끝없이 행진하며 나오는 모습을 그린 것이었다. 청진기를 목에 건 작디작은 의사들, 작은 간호사들, 전신 작업복을 입은 작은 공장 노동자들, 안경을 끼고 옆구리에 책을 낀 작디작은 교수들, 작은 정치가들과 소방수들 등등, 모두가 제대로 성장한 정상인들의 완벽한 축소판이었다.

갑자기—프랭크 마주마조차 깜짝 놀랄 정도로—전국이 용감한 밥 얌뿐만 아니라, 그와 함께 이전까지 대다수의 동포들에게 미지의 존재였던 모든 미국 난쟁이를 진심으로 받아들였다. 밥 얌이 야구에 진출하기 전에는 난쟁이의 말을 듣는 건 고사하고 눈길이라도 제대로 준 미국인이 몇이나 되었는가? 난쟁이의 집에 들어가본 적이 있던가? 함께 식사를 하거나 생각을 교환해본 적은? 그래서 난쟁이는 무엇을 먹는가? 그리고 얼마나? 그들은 어디에서 사는가? 난쟁이들은 결혼을 하는가? 한다면 누구와? 다른 난쟁이들과? 그들은 다른 난쟁이들을 어디에서 찾아낼까? 여가시간에는 무엇을 하는가? 종교는? 옷은? 충분히 성장한 보통 사람들은 이 모든 질문에 대해 자신의 무지를 인정할 수밖에 없었다. 그들은 미국 난쟁이에 대해 아무것도 모르거나, 더 한심하게는 난쟁이들이 도덕적으로 의심스럽고, 지능이 낮고, 어떤 교단에도 속하지 않고, 가장 저급한 부류들하고만 사귀고, 타고난 체질상 벨보이를 한다면 모를까 그보다 높은 신분으로는 올라갈 수 없다는 일반적 오해에 동조하고 있었다.

밥 얌의 표지 그림이 발행되자 뒤이어 전국의 일요 신문은 거의 매주 포토스토리를 내서 각 지역 난쟁이들이 행하는 가치 있는 일들을 보도하고 특히 전쟁을 위해 어떤 일들을 하는지 알리기 시작했다. 비행기 동체에서 보통 항공 노동자가 진입하기에 너무 작은 구역으로 토치램프를 들고 기어들어가는 난쟁이의 사진, 군수공장에서 육중한 대포 구멍 밖으로 양발을 내밀고 있는—사진 설명에 따르면 전선으로 실어나르기 전 파괴공작이 있었는지 조사하는 무작위 점검에 몰두하는—난쟁이의 사진 등이었다. 전국에서 징모되어 매우 은밀한 첩보전을 위해 훈련받는 듯 보이는 난쟁이 분견대 사진도 있었다. 사진 속 그들은 유치원 교실 같은 곳에 앉아 보통 체격의 육군 대령에게 교육을 받고 있었고, 보안상의 이유로 모든 얼굴이 검게 지워져 있었다.

보다 가벼운 것으로는 재미있게 노는 난쟁이들의 사진이 있었다. 턱시도를 입은 남자들과 바닥에 끌리는 이브닝드레스를 입은 여자들이 샴페인, 장식 리본, 소리 나는 장난감, 가짜 코, 종이모자 등을 완벽하게 갖춘 파티에서 새해 전야를 축하하고 있었다. 전국에서 가장 큰 규모의 일요 신문 증보판에는 결혼한 난쟁이 한 쌍이 집에서 저녁식사로 스파게티를 먹는 사진이 실렸다. ("요리는 대개 도리스가 하지만 스파게티와 미트볼은 빌의 장기다. 활짝 웃는 모습을 보면—신체 비율상 미소가 훨씬 더 커 보인다!—피터슨*네의 누군가가 즐겁게 요리를 하고 있는 것만 같다.") 다른 사진에서는 한 난쟁이가 직접 가꾼 뒤뜰 채소밭에 서서 옥수수를 가리키고 있었다. ("'저절로 쑥쑥 자랍니다!'라며 톰 터커는 상을 받은 자신의 채소밭을 소개했다. 톰은 온 동네에 천재적인 원예가로 소문났지만 겸손하게도 자신의 훌륭한 수확량을 '하늘의 운'으로 돌렸다.")

포토스토리가 차례로 밝혀낸 사실, 그들과 같은 미국 국민들이

---

* 영미·유럽의 흔한 성 중 하나로, 평범한 가정의 평범한 사람을 뜻한다.

잠시 반신반의했던 바로 그 사실은 난쟁이들이 키만 작을 뿐 보통 사람과 조금도 다르지 않다는 점이었다. 밥 얌 부인이 마티타 맥개프의 주간 라디오방송에 출연한 후 만오천 명 넘는 여자들의 편지가 방송국에 쇄도하며, 논란의 중심에 있는 키 작은 야구선수의 대단히 매력적인 아내를 게스트로 출연시킨 그들의 용기를 찬양했다. 그 방송이 역겨웠다거나, 라디오에서 난쟁이의 목소리를 들은 어린 자녀들이 겁을 먹고 악몽을 꾸었다며 불만 편지를 써 보낸 사람은 극소수였다.

"여러분 모두가 여기 방송국에 계시지 않은 게 유감스러울 따름입니다." 마티타는 이렇게 시작했다. "여기 스튜디오에 계신다면 오늘 제 게스트를 직접 보실 수 있을 텐데요. 오늘의 게스트는 밥 얌 부인으로, 그녀의 남편은 메이저리그의 투수들을 안절부절못하게 만드는 대타자이며, 그녀 자신은 인형처럼 귀엽습니다. 반갑습니다, 얌 부인. 지금 입고 계신 귀엽고 작은 옷은 무엇인가요? 처음 당신을 본 순간부터 감탄이 절로 나왔답니다. 그 옷에 잘 어울리는 구두와 핸드백도요! 그렇게 귀여운 건 생전 처음 봐요!"

"감사합니다, 마티타. 이 나들이옷은 제가 직접 디자인하고 만들었습니다."

"이럴 수가! 세상에, 파리의 디자이너들, 조심하세요. 위스콘신주 캐쿨라의 작은 부인이 당신들을 실업자로 만들지 몰라요! 특별히 여성 난쟁이들을 위해 옷을 디자인할 생각은 안 해보셨는지요, 얌 부인? 뭐가 정확한지 모르겠군요, '여성 난쟁이'인가요, 아니면 '난쟁녀'라고 하나요? 아나운서와 제가 방송 직전에 논의를 했는데, 던은 '난쟁녀'라는 말이 몇 번 쓰이는 걸 분명히 들었다고 하더군요…… 아닌가요?"

"아닙니다." 얌 부인이 말했다.

"그럼 여성 난쟁이분들은 옷을 어떻게 하나요? 분명 모든 청취자 여러분이 궁금해하실 겁니다. 다들 직접 디자인하고 만들어서 입나요, 아니면 부인께서 특이한 경우인가요?"

"네, 말씀하신 대로 제가 특이한 경우라 할 수 있습니다." 얌 부인이 대답했다. "제가 키에 비해 마른 편이라 대부분의 아동복이 너무 헐렁해서 직접 만들어 입는 걸 좋아하게 됐습니다. 제 생각에는 필요의 문제 같아요."

"그건 발명의 어머니죠, 그렇죠?"

"그렇죠." 얌 부인이 동의했다.

"우리 라디오 청취자들을 위해 말씀드리는 겁니다만," 마티타가 말했다. "몸매가 환상적으로 날씬해요. 분명 여성분들은 귀가 쫑긋할 텐데요, 저와 같은 문제로 고민하는 분들은 부인의 비법을 알고 싶어할 거예요. 어떻습니까, 식단 관리를 하시나요?"

"아니요, 먹고 싶은 대로 먹는 편입니다."

"그런데도 멋지고 작은 몸매를 유지하시는군요?"

"네." 얌 부인이 말했다.

"아, 우리도 그렇게 운이 좋다면! 저는 아이스크림을 보기만 해도 살이…… 아무튼 그런 슬픈 얘긴 그만하기로 해요! 자, 갑자기 유명한 남자의 부인이 된 기분이 어떤가요? 이제 문밖에 나서면 사람들의 시선이 느껴지나요?"

"네, 그럼요, 항상 느꼈어요. 그러니까, 그전에도요."

"아, 분명 그랬으리라 생각합니다. 당신들은 정말 귀여운 부부니까요. 밥은 어떻게 만나셨죠? 처음 만났을 때 재미있는 일 같은건 없었나요? 밥이 무릎을 꿇고 당신에게 손을 내밀었나요? 아니면 불쑥 결혼하자고 하던가요?"

"그냥 자기와 결혼하지 않겠느냐고 묻더군요."

"무릎을 꿇진 않고요, 네? 전통적인 방식으로."

"아니요."

"그러면 어떤 점에서 밥 얌 같은 남자가 당신에게 매력을 느꼈다고 생각하시나요?"

"글쎄요, 우선은 사이즈 때문이겠죠. 내가 그처럼 난쟁이라서."

"아주 사랑스러운 난쟁이죠. 라디오 청취자들을 위해 제가 대신말씀드리는 겁니다. 얌 부인은 너무 겸손하셔서 직접 말을 못하세요. 우리의 게스트께서 당황하실지 모르지만 그래도 실례를 무릅쓰고 청취자 여러분께 얼마나 사랑스러운가라는 말이 어떤 의미인지를 전해드리고 싶습니다. 우리의 게스트께서 허락해주시리라 믿습니다. 오늘 스튜디오에 들어온 순간 저는 그녀가 진짜일거라고는 꿈에도 생각을 못했습니다. 물론 사진으로 그녀를 봤고, 오늘 게스트로 출연하리라는 것도 알고 있었죠. 하지만 맨 처음그녀가 사랑스러운 옷을 입고 거기에 맞는 핸드백을 들고 또 신발을 신고서 제 사무실 소파 구석에 얌전히 두 다리를 교차시킨 채앞으로 쭉 내밀고 똑바로 앉아 있는 것을 봤을 때, 저는 정말로 그녀를 인형으로 생각했습니다! 이런 생각이 들더군요. '내 손녀 신디가 왔다가 새로 산 인형을 놓고 갔구나. 저걸 찾으면서 얼마나 애가 탈까? 저토록 사랑스럽고 게다가 비싼 인형을, 진짜 머리하며……' 바로 그때 인형이 입을 열고 말을 하는 거예요. '처음 뵙겠습니다, 주디 얌이라고 합니다.' 저런, 당신 얼굴이 붉어지는군요. 하지만 사실입니다. 그 순간 저는 말 그대로 진짜 동화의 나라에 있었답니다. 밥 얌 씨도 처음 당신을 봤을 때 분명히 그랬으리라 믿어요."

"감사합니다."

"당신도 첫눈에 사랑에 빠졌나요? 처음 밥을 봤을 때 그가 메이저리그 선수가 될 거라고 예상하셨나요?"

"아니요, 전혀요."

"불과 몇 달 전만 해도 스스로를 미국의 평범한 부부라고 생각하던 두 젊은이에게 얼마나 감격스러운 일일까요? 그런데 집에 작은 얌들은 있나요?"

"무슨 말씀이신지? 아…… 아닙니다. 밥과 저뿐이에요."

"아, 저런, 이제 마무리할 때가 되었다는 사인이 오는군요. 한 가지만 더 여쭤보겠습니다. 캐쿨라 리퍼스의 훌륭한 대타자이자 대단히 논쟁적인 남편, 밥 얌 씨만큼이나 이 질문도 대단히 논쟁적일 수 있습니다만, 그래도 여쭙겠습니다. 난쟁이도 미합중국의 대통령이 될 수 있다고 생각하시나요? 반드시 대답하지 않으셔도 됩니다만."

"거기엔 답하기 어려울 것 같아요."

"글쎄요, 저 역시 정치적으로 박식한 사람은 아니지만, 저는 지금까지 제 소설에서 틀림없이 영부인으로 등장할 수도 있는 여성 난쟁이분과 대화를 나누었습니다. 대단히 유쾌하고 매력적인데다 아름답기까지 한 주디 얌. 유명한 야구 스타의 아내이고, 의류 디자이너로서도 충분한 자격이 있는 분입니다. 지금 저는 손녀 신디가 문밖에서 기다리고 있지 않기만을 바랍니다. 주디 얌, 그 아이가 당신을 보면 자기 걸로 삼아 집에 데려가고 싶어할 테니까요! 마티타 맥개프였습니다. 행복한 하루 보내세요, 여러분!"

제아무리 넉살맞은 프랭크 마주마라도 밥 얌이 전국에 불러일으킨 열풍에 놀라지 않을 수 없었다. 이 구단주는 얌이 타석에 들어서면 경기장 지붕에 예고 없이 나타나 계속해서 팬들을 즐겁게 해주었지만, 자신의 고성능 라이플에는 당연히 공포탄만 장전되어 있다고 언론에 알려야 했고, 공개석상에서 더이상 밥을 "땅딸보"나 "땅꼬마"로 부르는 것을 그만두었으며, 이 난쟁이를 팬들이 원하는 방식으로 즐기도록 놔둬야 했다. 팬들이 101.6센티미터밖에 안 되는 선수를 영웅으로 삼고 싶어한다면 그건 그들 소관이었다. 그러는 게 특히 사업에 도움이 됐다. 어느 날 얌보다 7.6센티미터 작은 난쟁이가 마주마의 사무실에 나타나 우완투수로 기용해달라고 요구하자, 마주마는 즉시 책상 서랍에서 포수 미트를 꺼낸 뒤 그를 시험해보기 위해 관중석 밑으로 데려갔다. 이튿날 리퍼스의 선수명단에 새로운 이름이 들어갔다. 등번호 $\frac{1}{2}$, 오케이 오케이터.

일주일 동안 오케이터는 혼자 리퍼스의 더그아웃 구석에 앉아 작은 글러브를 주먹으로 팡팡 쳐대며 연신 중얼거렸고, 그때만 해도 사람들은 그가 상대팀 타자들의 약점을 분석하고 있다고 생각했다. 그런 뒤 먼디스가 어사일럼에서 연속 경기를 마치고 곧바로 시내에 도착하자, 이 우완투수는 리퍼스 벤치에서 일어나 데굴거리는 듯한 신기한 걸음걸이로—그는 체격이 얌처럼 완벽하지 않았고 잘생기지도 않았다—마운드에 오르더니 4안타만 내주고 완봉승을 올렸다. 그가 먼저 사이드스로로 최대한 바닥에 낮게 내리꽂을 듯 던진 너클볼은 뒤이어 곡선을 그리며 위로 떠올랐는데, 그 공은 타자 앞을 지나 스트라이크존을 통과할 때도 여전히 솟구쳤다. "이것 참, 저런 건 생전 처음 보는군." 웨인 헤킷이 말했다. "저 땅꼬마인가 뭔가 하는 자식은 공을 밑에서 위로 던지고 있어." 어떤 사람들은 오케이터의 투구를 "산악 등반" "로켓" "번쩍 들어올리기"라 불렀고, 오케이터의 오른팔에는 당연히 '고사포'라는 별명이 붙었으며, 작은 등번호 $\frac{1}{2}$에는 전시 특유의 열정을 반영해 '캐쿨라의 비밀병기'라는 라벨이 붙었다. 그러나 리그의 모든 선수가 그 이상하게 떠오르는 공을 때려내는 요령을 터득해 구장 밖으로 보내기 시작했다. 기자들은 곧 속임수를 간파하고 "애초부터 그리 넘어갈 공이었다"고 말했다.

착각이 깨지는 순간이 오자, 오케이터가 자기보다 키가 큰 모든 사람을, 심지어 밥 얌까지 맹렬히 증오한다는 사실이 드러났다. 발단은 그가 리퍼스 더그아웃 계단에서 얌과 악수하는 사진을 찍기를 거절하는 바람에 역사적인 장면을 지켜보며 기분좋게 환호하려고 모인 사람들을 깜짝 놀라게 했을 때였다. 얌은 그의 퇴짜에 확연히 동요했지만, 주변에 모인 기자들에게 왜 오케이터 씨가 씩씩거리며 돌아섰는지를 자신은 아주 잘 이해하며 실은 그의 그런 점을 존경한다고 말했다! "기자 여러분, 오케이터 씨가 딱 잘라 분명히 밝힌 뜻은, 결코 밥 얌의 그늘에 있지 않겠다는 것입니다." 갈수록 심해지는 도발 앞에서도 얌은 과거 리퍼스 구단주 프랭크 마주마가 별별 농담으로 얌과 같은 사이즈의 사람들을 웃음거리로 만들었을 때와 마찬가지로 처신했다. 즉 그를 무시하고, 대타자로 나가 포볼을 얻어내는 자기 일에만 몰두했다. 다만 오케이터 같은 적을 만나 훨씬 초인적인 인내가 필요했을 뿐이었다. 마주마는 도를 넘은 악취미로 스스로 체면을 깎아먹는 광대였지만 오케이터는 끈질기게 달려드는 정신 나간 적이었고, 보통 기준으로도 난쟁이일 뿐 아니라 일반적인 난쟁이의 기준에서도 난쟁이인 것이 원한에 사무쳤다는 듯 그를 혐오하며 공격했다. 얌은 공적으로나 사적으로나 오케이터에 대해 언급하지 않았지만, 주디가 어느 날 저녁식사를 하다 갑자기 울면서 오케이터를 욕하자 묵묵히 동의할 수밖에 없었다. 그녀는 남편을 벼랑 끝으로 내몰려는 그를 "더럽고 비열한 난쟁이 놈"이라 불렀다.

얌 같은 난쟁이들과 언론이 보기에 오케이터는 모든 난쟁이의 명성에 먹칠을 한 존재였고, 오케이터가 보기에 밥 얌은 '난쟁이들의 난쟁이'라는 이름에 전혀 어울리지 않는 사람이었다. 자기보다 작은 숫자를 등에 단 얌을 볼 때마다 그는 분노로(혹은 대부분의 사람들이 해석하기로는 시기심으로) 달아올랐다. 빌어먹을,

얌의 등번호가 $\frac{1}{4}$이면 나는 $\frac{1}{16}$까진 아니어도 $\frac{1}{8}$은 되어야지! 둘 중 내가 더 작은데다 엄청 큰 머리와 안짱다리를 봐도 내가 모든 보통의 난쟁이를 훨씬 더 잘 대표하지 않나! 완벽한 체형에, 말도 잘하고, 대학을 나오고, 말쑥하게 차려입고, "용기 있고" "품위 있고", 키가 101.6센티미터나 되는 사교클럽의 멋쟁이에다 깔끔한 큐피 인형 같은 아내를 둔 녀석보다는! 아, 남들보다 단지 키만 작은 척하는 저런 부류의 난쟁이는 얼마나 혐오스러운지! '다른 모든 사람과 똑같은 기회'만을 원하는 놈들! 난쟁이의 삶이 시련과 악몽이 아닐 수도 있다는 것처럼! 레스토랑의 높은 의자에 앉아 식사할 때 '다른 모든 사람'이 역겨워하며 눈길을 돌리거나 토끼 눈을 뜨고 빤히 바라보는데도 '다른 모든 사람'과 똑같은 기분을 느끼는 게 가능한 것처럼! 이것도 그나마 지배인이 자리를 내줬을 때 얘기지. 죄송합니다, 손님, 자리가 없습니다. 몸무게가 24.9킬로그램밖에 안 나가 공중전화 부스에서도 저녁을 먹을 수 있는 사람에게 자리가 없다니! 공중전화 부스는 또 어떻지? 순찰중인 경찰관에게 죄송하지만 다이얼을 돌리게 위로 들어올려주실 수 있는지 부탁해야 하는 건 어떠냐고? 그게 '다른 모든 사람'과 똑같은 건가, 밥 얌? 공중화장실에서 '다른 모든 사람'은 내 어깨 위에서 소변을 보는데, 소변기 앞에서 발끝으로 서야 하는 게 '다른 모든 사람'과 똑같아? 극장은 또 어떻지? 맨 앞줄에 앉아 실제보다 훨씬 이상하게 보이는 배우들을 코앞에서 올려다보거나, 맨 뒷줄까지 힘들게 올라가 좌석 위에 서서 봐야 하는데? 그것도 안내원이 허락해야만? 안내원들, 그들의 자비로운 마음씨라니! 그리고 문고리는 어떻지, 밥? 계단은 어때! 회전식 개찰구는! 냉수기는! 세상천지 난쟁이가 직면하는 것 중에 크고 분명한 소리로 "너, 여기서 나가, 사이즈가 틀려"라고 말하지 않는 게 단 하나라도 있나? 다른 모든 사람과 똑같은 기회라니! 아, 밥 얌이 그런 난쟁이군, 그래, 다른 모든 사람의 난쟁이! 그 역시 그들의 난쟁이가 되고 싶어하지!

그날 오후 더그아웃 밖에서 그 둘이 악수하는 사진을 찍으려 할 때, 오케이터가 얌에게 난쟁이 세계의 은어로 이른바 보통 사이즈의 사람들에게 하는 모욕적인 말을 중얼거린 건 놀라운 일이었을까? 턱을 바짝 들이대고 얌의 맑고 부드러운 푸른 눈을 똑바로 쳐다보면서 오케이터는 "이렇게 높이 쌓인 똥덩어리가 있는지 몰랐군!"이라고 으르렁거리고는 돌아선 뒤 성을 내며 리퍼스 라커룸으로 걸어갔고—더 정확히 묘사하자면, 어기적거리며 걸어갔고—밥은 뒤에 남아 오케이터의 섬뜩한 행동을 서로에게 가장 이익이 될 만한 관점에서 해석했다.

오케이터와 얌, 더그아웃에서 난타전.
난쟁이들은 이 싸움 때문에 마주마로부터
출장정지와 벌금을 부과받다.
인기 대타자는 죄를 인정하고 이렇게 덧붙였다.
"이 구단은 우리 둘 다를 수용하기에 너무 작다."
야구를 그만두고 할리우드 영화에 진출한 뒤
국회 출마 가능성 언급.

9월 14일. 리퍼스가 2주 동안 고심하던 무시무시한 화산이 팀의 더그 아웃에서 드디어 폭발했다. 야구계에 발을 들인 최초의 두 난쟁이, 대타자 밥 얌과 투수 오케이 오케이터가 주먹다툼을 벌였다. 어사일럼과의 경기 8회에 얌이 대타자로 나서기 위해 막 더그아웃을 나설 때[어사일럼이 5 대 4로 승리하고 리퍼스는 7위로 떨어졌다. 43면의 기사를 보라], 6위를 향해 꾸준히 올라가던 리퍼스에 이 난쟁이 투수가 합류한 뒤 둘 사이에 거듭 쌓여온 반목에 오케이터의 말 한 마디가 불을 지폈다.

유혈이 낭자한 싸움에 이어 두 선수는 구급차로 캐쿨라메모리얼병원에 실려가 찢기고 멍든 상처를 치료받았다.

교황이라도 출장정지를 부과했을 것

구단주 프랭크 마주마는 즉시 두 선수에게 "리퍼스 선수답지 않은 행동"을 한 죄로 100달러의 벌금과 열흘간의 출장정지를 부과했다. 마주마는 이렇게 말했다. "물론 이는 구단의 손해가 될 것입니다. 어제 밥이 포볼을 얻었다면 어떻게든 동점을 이뤘을 것이고, 지금쯤 우리가 있어야 할 6위에 올랐을지도 모릅니다. 하지만 야구는 승리가 전부가 아닙니다."

둘 중 누구라도 "당신과 같은 사이즈의 사람"이었다면 그런 벌을 내렸겠느냐는 질문에 마주마는 다소 가시 돋친 말로 대답했다. "오히려 저는," 성난 마주마가 말했다. "난쟁이들을 가로막는 장벽을 혼자 힘으로 걷어낸 사람이 선천적으로 난쟁이인 이들을 괴롭힌다는 비난을 듣는 게 이상하게 느껴집니다. 저는 그들이 거인이라 해도 개의치 않을 겁니다. 제 더그아웃에서 주먹질을 한다면 그가 교황이라 해도 개의치 않고 담장 밖으로 내쫓을……"

〔로마교황과 가까운 바티칸의 정보통에 따르면 성하께서는 마주마의 말을 전해듣지 못하셨다고 한다. 캐쿨라 현지 가톨릭교의 반응에 대해서는 찬반 모두 7면의 포토스토리에 실려 있다.〕

훌륭한 난쟁이들

키퍼스를 상대로 원 아웃 만루 상황에서 얌이 대타자로 더그아웃을 나설 때 두 선수 사이에 정확히 무슨 말이 오갔는지는 아무도 모른다. 다른 선수들에 따르면, 오케이터가 입단해 화려한 연승 행진—그날까지 3승 무패—을 벌이기 시작한 뒤로 왜 타석에 나가 스윙을 하지 않느냐며 얌의 신경을 건드렸다고 한다. 출장정지 이전까지 얌은 열다섯 번 타석에 나가 한 번도 배트를 휘두르지 않았다. 지금까지 101.6센티미터의 대타자가 타석에 있을 때 스트라이크로 판정된 공은 세 개뿐이고 전부 각기 다른 경기에서였다.

그의 연속 포볼 15회는 메이저리그 기록인 7회를 이미 능가했다.

두번째 화산

두번째 화산은 캐쿨라에서—그리고 전국에서—중부 서머타임제로 정확히 오후 아홉시 칠분에 폭발했다. 밥 얌은 방금 특별 배달원을 통해 구단주 프랭크 마주마에게 보낸 편지를 리퍼스 팬들에게 공개하기 위해 KALE 방송국에 왔다. 〔난쟁이 배달인과 그의 답변에 대해서는 다음 면의 포토스토리를 보라.〕

얌은 머리와 손에 붕대를 감은 채 아내 주디스를 동반하고 방송국에 왔다. 둘 다 불과 몇 주 만에 전국적 유행을 불러일으킨 스타일을 하고 있었다. 밥은 그의 유명한 핀스트라이프가 들어간 회색 더블브레스트 정장을 입었고, 얌 부인은 모노그램이 들어간 노란색 여름드레스에 노란색 핸드백, 신발, 머리핀을 매치했다. 얌 부인은 내내 침착함을 유지했지만 남편이 준비해온 연설문의 마지막 단락을 읽을 때는 노란색 손수건을 얼굴에 갖다댔다. 〔얌의 고별 연설을 들은 스튜디오 기술자들의 반응에 대해서는 9면의 기사 '어른들의 눈물'을 보라.〕

고별 연설

아래의 글은 얌이 KALE 방송을 통해 발표한 연설의 전문이다.

안녕하십니까. 밥 얌입니다. 저는 한 시간 전 캐쿨라 리퍼스의 구단주 프랭크 마주마 씨에게 편지를 보냈고, 이제 그 전문을 여러분께 발표하고자 합니다.

존경하는 마주마 씨에게. 오늘 오후 세시 오십육분. 어사일럼 키퍼스와의 경기에서 제가 대타자로 나가던 중 발생한 더그아웃의 폭력 사태는 전적으로 제 탓이라는 점을 말씀드리고자 합니다. 그후 다섯 시간이 경과하는 동안 저는 제 책임에 대해 침묵했으며, 그로 인해 팀 동료 오케이 오케이터가 대단히 부당한 처벌을 받게 되었습니다.

변명의 여지가 없다

사건 자체에 대해서와 마찬가지로 이 부도덕한 지연에 대해서도 변명의 여지가 없습니다. 제가 당신에게 그 순간 너무 '멍해서' 생각을 집중할 수 없었다고 말한다면, 그건 단지 진실의 극히 작은 조각에 불과할 것입니다. 두려운 얘기지만, 제 입과 오케이 오케이터의 운명을 봉인한 것은 부당하기 이를 데 없는 분노와 결과에 대한 비겁한 두려움이었습니다.

다섯시 삼십분부터 고뇌에 빠지다

저는 독선적인 태도를 고수하고 절대 입을 열지 않겠노라 다짐하며 오후 다섯시 십사분 병원에서 퇴원했습니다. 저는 이제 당신에게, 집에 돌아와 당신이 오케이 오케이터와 제게 똑같이 책임을 묻겠다고 발표한 뉴스를 들은 다섯시 삼십분부터 제 양심이 한순간도 마음의 평화를 허락하지 않았음을 말씀드리고자 합니다. 제가 당신의 기자회견을 듣고 방송 출연을 결정하기까지(중부 서머타임으로 여덟시 삼십이분에 도착) 세 시간이 분이 흘러가게 놔둔 것은, 두렵지만 제 청렴함에 남을 또하나의 오점입니다.

투수들의 성실성을 위하여

마주마 씨, 만에 하나 제게 이 추한 사건의 책임이 있다면, 제가 메이저리그에 들어온 순간부터 떠안았던 부담 때문에 그 책임을 면제—단지 침묵으로—받아야 한다고 말하고 싶지는 않습니다. 자신의 분야를 개척해나가는 사람이 겪는 어려움과 고난을 깎아내릴 마음은 추호도 없습니다. 그보다 저는 야구계 최초의 난쟁이로서 견뎌야 했던 압박감—그리고 편견—이 팀 동료이자 같은 난쟁이인 오케이 오케이터가 짊어져야 했던 짐에 비하면 아무것도 아니었음을 말하려는 것입니다.

오래전부터 야구인들은 언젠가 메이저리그에 난쟁이 대타자를 들이겠다는 생각을 했지만 이는 '웃기는' 아이디어, 팬들을 야구장으로 끌어들일 호기심에 그쳤습니다. 리퍼스에 입단한 이래 전국의 난쟁이들로부터 받은 수천 통의 편지에 근거해 분명히 말할 수 있습니다. 어느 날 대타자가 되어 홈플레이트에 서서 최고 투수들의 제구력을 시험해보고 싶다는 이 꿈이 아득한 옛날부터 미국 난쟁이들이 품어온 은밀한 야망이었다는 것을요. 저는 난쟁이가 아닌 사람들, 정상적으로 성장한 야구팬들에게도 편지를 받습니다. 그들은 제게 행복을 빌어준 뒤, 난쟁이가 타석에 등장함으로써 메이저리그의 투구가 더는 악화되지 않았고, 그들이 좋아하는 표현을 빌리자면 투수들의 "성실성"을 유지하는 데 도움이 되었다고 말합니다. 그리고 이런 편지를 보낸 사람들 가운데 다수는 불과 몇 달 전만 해도 그 생각을 비웃었음을 인정하는 팬들입니다.

애석하게도 그들은 난쟁이가 마운드에 선다는 생각에는 여전히 비웃음을 보내고 있습니다. 오케이 오케이터는 세 경기 연속 출전해 승리를 거두고 리퍼스가 6위로 도약하는 데 여러모로 기폭제 역할을 했지만 여전히 많은 사람들은 그를 메이저리그 투수로 보지 않습니다. 슬픈 얘기지만 그를 여전히 '별종'으로 평가합니다.

뛰어난 별종들

그렇습니다. '별종'이란 일부 미국인들이, 누구와도 다른 고유한 투구 스타일을 지닌 선수, 특이하고 정통에서 벗어난 사람, 한마디로 개인주의자를 가리킬 때 쓰는 말입니다. 글쎄요, 누구의 지배도 받지 않는 독립적인 인간, 고유한 자기 존재로 훌륭함과 성취를 추구하는 사람이 '별종'이라는 단어의 의미라면, 좋습니다. 저는 오케이 오케이터가 별종이라고 생각합니다. 그와 마찬가지로 이 나라를 세운 건국의 아버지들, 위대한 그리스 철학자들, 바퀴, 증기엔진, 조면기, 비행기를 발명한 고독한 천재들 역시 그럴 것입니다. 그리고 스스로의 빛 속에서 살고 죽은 역사 속 모든 영웅들도 그러할 것입니다.

오케이 오케이터를 '별종'으로 만든 것은 굽히지 않는 개인주의가 아니라 상상할 수 있는 모든 장애물 앞에서 보여준 결단력, 가장 비통한 역경 앞에서 이끌어낸 용기일 것입니다. 그렇습니다, 그를 '별종'으로 만드는 것은 그의 용감함입니다. 사람들이 더그아웃 지붕 위로 몸을 내밀고 "와, 진짜 난쟁이잖아. 원숭이인 줄 알았어!"라고 외칠 때, 또는 사람들이, 물론 무기명으로, 서커스의 사이드쇼로 돌아가라는 편지를 써 보낼 때 그가 보여준 용감함, 팬들은 바로 그 점에 경의를 표합니다. 그가 나오는 서커스 사이드쇼에는 조지 워싱턴, 에이브러햄 링컨, 소크라테스, 라이트 형제, 토머스 앨바 에디슨이 포함될 것입니다. 요컨대 당대의 뿌리깊은 관습과 관행에 대담하게 저항하며 오합지졸의 조소, 겁쟁이들의 시기, 자족하는 자들의 점잔, 잘난 척하는 자들의 빈정거림, 그리고 기득권층의 끈질긴 반대에 대담하게 맞서 싸운 모든 사람이 포함될 것입니다.

개를 제외하고 모두를 저버리다

마주마 씨, 저는 오케이 오케이터가 메이저리그에 들어온 후 매일 삼켜야 했던 욕설과 조롱이 얼마나 심했는지 알고 있으며, 아무리 당당하고 독립적인 사람도 그런 독설에 어떻게 병들어가는지 알기 때문에, 그의 격해진 감정을 용서는 아니더라도 최소한 이해할 책임이 분명 제게 있다고 생각합니다. 보통 사람이라면 눈살을 찌푸릴 행동도 그라면 눈감아주고, 다른 사람이라면 유죄를 선고할 일도 그라면 사면해주라고 해도 지나친 요구가 아닐 것입니다. 하지만 저는 그를 저버렸습니다. 친근한 미소, 친절한 말, 우정어린 연대의 몸짓을 절실히 필요로 하던 바로 그 순간에 저는 그를 저버렸고, 그뿐만 아니라 제 아내, 동료들, 당신 마주마 씨, 패트리어트리그, 오크하트 장군, 랜디스 판사, 프로야구, 전국의 난쟁이들, 중요한 전시 임무에 종사하는 많은 난쟁이들, 평등한 기회를 위해 노력하는 이 난쟁이를 응원하는 모든 곳의 사람들, 마지막으로, 그러나 결코 빼놓을 수 없는, 대서양과 태평양 전역에서 고생하는 우리 군인들, 홈플레이트에 서 있는 제 사진에 자필서명을 부탁하는 수백 명의 군인, 그 모두를 저버렸습니다. 제가 저버린 것은 잔인한 전쟁이 사납게 몰아치는 중에도 종교, 신념, 피부색, 크기에 상관없이 더 나은 세계를 굳게 믿는 온 세상의 모든 사람이었다 해도 과장이 아닐 것입니다. 그리고 물론, 여기에는 모든 이들 중 가장 용서할 수 없는, 저 자신도 포함됩니다.

제가 한순간이라도 마음을 가벼이 한다면 사태의 심각성을 느끼지 못한다고 보일지 모르겠습니다만, 그래도 한마디 덧붙이자면 제가 저버리지 않은 유일한 존재는 치와와 강아지, 핀치히트일 것입니다. 녀석은 제가 이 글을 쓰고 있는 동안 내내, 오늘 자기 주인이 어제와 같은 사람이 아니고 앞으로도 결코 그렇게 되지 않을 거라는 사실을 모른 채 그저 행복하게 제 무릎 위에 앉아 있었습니다.

허리 굽혀 인사하고 물러나다

마주마 씨, 유감스럽게도 리퍼스에서 제 역할은 끝났다고 봅니다. 저는 여전히 운동선수이자 인간으로서 오케이 오케이터를 대단히 존경하지만, 오늘의 흉악한 사건 이후 우리 두 사람은 서로의 어려움을 원만하게 해결하지 못할 것으로 예상합니다. 물론 6위 자리를 위해 한창 싸우고 있는 지금 우리 팀에 결코 있어서는 안 될 일은, 가끔씩 대타자로 나서는 선수와 메이저리그에 들어와 아직 1패도 당하지 않은 선발투수 간의 감정싸움이 시합중 벤치에서 일어나는 일입니다.

제가 리퍼스의 동료로 계속 남는다면 오케이 오케이터 본인에게도 유익하지 않을 거라 생각합니다. 마주마 씨, 제가 이 자리에서 언급한 말 중 단 하나라도 오케이에게 부과된 처벌을 취소하거나 최소한 경감시키는 요인이 된다면, 제가 그의 명성에 입힌 피해를 어느 정도 보상할 수 있을지도 모르겠습니다. 하지만 제가 구단을 떠나는 것 외에 그의 정당한 불만 호소를 해소하거나, 그의 인간적 존엄성을 온전히 되돌릴 방법이 있으리라 믿지 않습니다.

훌륭한 아내

우리 모두가 알고 있듯 다른 구단들 사이에 여전히 존재하는 '신사협정' 때문에, 제가 리퍼스를 떠나는 것은 당연히 메이저리그 야구에서 은퇴하는 것과 마찬가지입니다. 이 위대한 게임의 드라마에 운좋게 발을 들였으나 불명예스럽게 퇴장하는 저 자신이 유감스러울 뿐입니다. 아주 솔직히 말씀드리자면, 저는 지금까지 근 일주일 동안 긴장감이 계속 늘어갔으며 자제심을 잃지 않을까 걱정하기 시작했습니다. 아내 주디도 마찬가지였습니다. 이제야 말씀드리지만, 캐쿨라 입단서에 서명한 그날부터 주디는 제 정신적 기둥이 되어주었습니다. 그녀는 이 새로운 직업이 안정적이고 안락한 가정생활에 가져올 변화를 두려워했지만, 난쟁이들의 진출을 막는 메이저리그의 장벽을 무너뜨릴 도전을 마다한다면 제가 스스로를 한 인간으로 여기지 못하리라는 것도 알고 있었습니다. 그러나 하루가 다르게 정신적으로, 도덕적으로 흔들리는 제 모습을 보았기에 그녀는 경계심을 가질 수밖에 없었고, 급기야 어제는 오늘 오후에 터진 바로 그런 사건을 두려워하며 제게 집에 남아 휴식을 취하라고 간청했습니다.

애석하게도 저는 아내의 지혜로움에 귀기울이지 않고 제 내면의 혼란과 상관없이 팀을 위해 경기에 나설 의무가 있다고 말했습니다. 제가 주디의 조언에 귀기울일 만큼 겸손했다면 우리는 그 많은 고통을 면할 수 있었을 것입니다. 메이저리그 선수로서의 경험을 일 초라도 포기할 권한이 제게 있다고 말한다면 정직하지 않은 것입니다. 마주마 씨, 이제 밥 얌은 허리 굽혀 인사하고 야구라는 위대한 게임에서 은퇴할 때가 되었습니다. 다만 이것만은 알아주시기 바랍니다. 캐쿨라 유니폼을 입었던 지난 삼 주 동안 저는 가장 행복한 난쟁이였을 뿐 아니라 지구상에서 가장 행복한 사람이었다는 것을 말입니다.

친애하는 마주마 씨에게

로버트 얌

모든 인간은 난쟁이다

얌은 "우리의 조물주, 하느님의 보우 아래 인간의 연대와 형제애가 이룩되기"를 호소하며 라디오 연설을 마무리했다. "저는 '우리의' 조물주라고 말했지만," 그가 말을 이었다. "모두가 알고 있듯, 이 나라에는 정상적으로 성장한 사람들을 만든 그분께서 난쟁이를 만들지는 않았다는 믿음을 퍼뜨리는 사람들이 여전히 있습니다. 그 회의론자들에게 확실히 말씀드리건대, 중부 서머타임으로 오후 세시 오십육분 리퍼스 더그아웃에서 위기의 시간이 시작된 이래로 저는 계속 그분의 목소리를 듣고 있으며,

그 목소리는 자그맣거나 왜소하지 않습니다. 그 회의론자들에게 확실히 말씀드리건대, 저를 타이르고 징벌하고 위로하시는 그분은 분명 하느님이고, 정상적으로 성장한 사람들을 만들고 심판하시는 그분이 아닌 다른 어떤 신도 아닙니다. 저 위에는 우리 모두를 창조하신 단 한 분의 하느님이 계시고, 그분에게 모든 인간은 난쟁이입니다."

열화와 같은 반응

얌이 사십이 분간의 연설을 마치자 즉시 전국에서 반응이 일기 시작했다. 스포츠 전문가들이 기억하기에 경기장이 아닌 곳에서 그렇게 온 국민을 사로잡은 운동선수는 없었다. 리퍼스 구단주 마주마는 얌의 연설을 "내가 들은 고별 연설 중 열 손가락 안에 드는 것은 분명하고, 어쩌면 역사상 가장 위대한 연설일지도 모르겠다"고 평했다. 당시 마주마는 이 말 외에 더이상의 논평은 사양했다. "이것이 밥의 백조의 노래가 될지는 두고 봐야 합니다. 아직 팬들의 얘기는 듣지 못했으니까."〔팬들의 편지에 관해서는 26면의 기사 '캐쿨라 사서함에 찾아온 9월의 크리스마스'를 보라.〕

한편 그날 밤사이에 차기 선거에서 밥 얌을 국회로 보내자는 운동이 진행되었다. 공화당과 민주당의 대변인들은 얌이 지지 정당을 스스로 밝힐 때까지 논평을 자제했지만 양당 지도부의 관심은 누가 봐도 명백했다. 분위기를 보면 난쟁이를 워싱턴으로 보낼 때는 바로 지금인 것 같았다.

"비극적인 문제는," 익명으로 남고 싶어하는 어느 고명한 정치평론가가 말했다. "난쟁이들이 항상 독신이나 부부 형태로 전국에 널리 흩어져서 살고, 솔직히 말해 그동안 별다른 정치적 이해력을 드러낸 적이 없다는 데 있다. 내 생각에 그들에게는 그동안 다른 걱정거리가 더 많았겠지만, 서로 단결했다면 분명 오래전에 그들만의 대표를 국회로 보낼 수 있었을 것이다. 정상적으로 성장한 시민들이 자신들의 대표로 난쟁이를 뽑을지는 미지수다. 오늘밤 이전까지 내 생각은 부정적이었다. 그런데 얌의 연설과 함께 공은 어디로 튈지 모르게 되었다. 그는 끝까지 갈 수도 있을 것이다."

할리우드에서는 주요 영화사 세 곳이 벌써부터 밥 얌의 스토리를 놓고 영화 저작권을 따기 위해 경쟁하고 있다는 소문이 돌았다. 영화의 메카에서 떠도는 얘기에 따르면, 밥 얌과 주디 얌이 영화에 직접 출연하고, 밥이 '모든 인간은 난쟁이다'라는 제목으로 대본을 쓰고 100만 달러를 받는 조건으로 동의할 거라 했다. 영화 수익금의 일부는 가난하고 늙은 난쟁이를 돕는 자선기관에 배정된다고 한다.

앤절라 트러스트의 독설

밥 얌의 연설에 대한 강한 비판은 현재 패트리어트리그에서 1위를 달리고 있는 트라이시티 타이쿤스의 구단주 앤절라 휘틀링 트러스트 여사로부터 나왔다. 야구계와 은행업계에 트라이시티 왕조를 구축한 스펜서 트러스트의 미망인인 여사는 거침없는 발언으로 유명했다. 물론 구단주들은 난쟁이의 메이저리그 진출에 반대했지만 그중에서도 트러스트 여사가 가장 완강하게 목소리를 높였다. 일흔두 살의 여사는 밤 열한시 타이쿤파크 지하에 있는 그녀의 자택에 기자들을 불러놓고 휠체어에 앉아 아래와 같은 성명을 낭독했다. 지난 7월 4일 그녀의 박스관람석으로 날아든 파울볼을 잡으려다 엉덩이뼈가 부러진 탓이었다.

샴쌍둥이를 거부하다

"평생 그런 쓰레기 같은 말은 들어본 적이 없습니다." 트러스트 여사의 성명은 그렇게 시작했다. "그는 대체 자신이 누구라고 생각하는 걸까요? 밥 얌 씨의 과대망상이 트라이시티 타이쿤스 선수의 것이었다면 불쾌한 일로 끝났겠지만, 7위에서 벗어나려고 안간힘을 쓰는 팀에서 열두 번 대타로 나오고, 칼을 삼키는 곡예사나 샴쌍둥이만큼이나 메이저리그에서 쓸모가 없는 난쟁이 선수가 그런 망상에 빠져 있다는 건 대단히 기괴한 일입니다. 그렇습니다, 여러분은 프랭크 마주마에게 앤절라 트러스트는 샴쌍둥이도 반대한다고 말해도 됩니다. 그가 샴쌍둥이 한 쌍을 데려와 스위치히터*로 쓸 계획을 세우고 있는지도 모르니까요. 나도 알아요, 내가 뉴잉글랜드의 독하고 말 많은 노파라거나, 속이 꽉 막혀 있다거나, 그 밖의 당찮은 소리가 떠돈다는 걸. 하지만 마주마의 리퍼스가 매사추세츠주 트라이시티에 오면서 서로 등이 붙은 유격수와 2루수를 데려온다면, 그는 원정팀 라커룸의 문이 잠겨 있는 걸 보게 될 겁니다. 경기를 몰수당해도 상관없습니다. 내 팀이 그의 간계에 더 놀아나도록 하느니 우승기를 포기하겠어요."

얌은 스위스 시계다

"애석하게도," 앤절라 트러스트의 성명은 계속되었다. "나는 이 나라에서 목격하고 있는 현상을 전쟁 히스테리의 분출이라고밖에 표현할 길이 없습니다. 갑자기 무슨 일이든 허용되고 있습니다. 사람들은 필사적으

---

* 좌우 박스 어디에서나 공을 칠 수 있는 타자.

로 기분전환할 거리를 찾습니다. 전선의 뉴스를 읽고 있으면 차마 사람들을 탓할 순 없습니다. 미국 여성들은 눈물로 밤을 지새웁니다. 가족이 흩어지고 남편과 아버지와 아들은 멀리 떠났습니다. 미국에서 가장 튼튼한 남성 천만 명이 우리 곁에 없습니다. 우리는 그들이 없는 삶에 익숙해지려고 노력하고 있습니다. 무엇이 이보다 더 힘들 수 있을까요? 온 국민이 균형감각을 잃어가는 듯 보이는 것도 무리는 아닙니다. 한 달 전만 해도 누가 상상이나 했을까요? 어린이용 유니폼을 차려입은 고약한 난쟁이 두 명이 터무니없는 분수 등번호를 달고 메이저리그 더그아웃에서 소란을 피우고, 그것도 모자라 그중 한 명은 라디오 특별 방송에 나와 왕위를 포기하는 영국 국왕인 양 허리 굽혀 인사하고 은퇴를 선언하다니요! 그렇습니다. 전쟁중인 나라는 이상한 유의 기분전환에 목말라 있습니다만, 미국 국민 여러분께 묻겠습니다. 우리가 만들어낸 이런 이상한 사태가 얼마나 많습니까? 우리는 표준을 유지해야 합니다! 제정신으로 돌아와야 합니다! 국가가 대이변을 맞은 시기에 돈을 벌기 위해 자신의 중요성을 코끼리만큼 부풀린, 뻔뻔스럽고 이기적인 난쟁이를 '위대하다'고 생각해서는 안 됩니다. 정말이지, 나는 오늘밤 그의 입에서 나온 그런 끈적한 말은 생전 처음 들어봅니다. 물론 그 목소리를 들은 사람들은 얌의 양심이 500달러짜리 스위스 시계처럼 정교하게 만들어졌다고 생각했을 겁니다. 그가 마이크 앞에 서기 전까지 이 세상의 누구에게도 양심이 없다고 생각했을 것입니다. 그 번지르르한 작은 핀스트라이프 정장 안에서 작은 톱니바퀴들이 완벽하게 획획 돌아가고 있을 거라 생각했겠지요!"

난쟁이들에게는 미안하지만

"물론 나는 그가 야구를 그만둬서 기쁩니다." 트러스트 여사가 말을 이었다. "속이 후련합니다. 더불어 그의 아내도 마찬가지입니다. 솔직히 어떤 야구선수의 아내도 그 여자보다 꼴사납게 구두와 핸드백을 매치한 적이 없었습니다. '정신적 기둥'이라고요? 그녀는 유행복 삽화에 불과합니다. 작은 마네킹. 아동용 여름드레스를 입혀놓은 셰틀랜드조랑말이죠. 야구에서 정신적 기둥은 필드 위의 남자들입니다. 바로 그 때문에 그들은 거기에 있는 것입니다. 사람들이 기꺼이 돈을 내고 보고자 하는 것은 그 모습입니다. 무언가에 엉터리 이름을 갖다붙이기 시작하면 곧 문제가 발생합니다. 이미 이름이 있는 것에 그 이상의 치사는 필요하지 않습니다. 난쟁이는 난쟁이입니다. 그들에게는 미안하지만 어쩔 수 없는 사실입니다. 나는 절대 그런 존재가 되고 싶지 않습니다. 그렇게 되면 분명 무서울 테죠. 만일 내게 권한이 있다면, 이 세상에 난쟁이는 없을 것입니다. 하지만 나의 이해를 뛰어넘는 어떤 이유로 그들은 분명히 존재하므로, 그들이 없는 양 굴어봤자 아무 의미가 없습니다. 앞서 말했듯, 나는 다행히 난쟁이가 아닙니다만, 만일 내가 난쟁이라면 내 위치를 알고 그 자리에서 최선을 다함에 자부심을 느낄 것이라 확언합니다. 애처롭게 울거나, 더 나아가 정반대 극단으로 달려가 난쟁이이기 때문에 특별한 종류의 성자가 된 양 굴지 않을 것입니다. 그것이 정신적 기둥이 할 일이라고 나는 판단합니다."

남편을 작게 보지 말라

"마지막으로, 나는 성자인 척하고 과시적이고 자화자찬에 빠져 있고 고결한 척하며 자기밖에 모르는 말 많은 난쟁이가 그 자신의 견해와 하느님의 견해를 들먹이며 모든 인간은 난쟁이라고 전국에 선포하는 것을 보면서 조용히 앉아 있지 않을 것입니다. 나는 평생 그토록 멍청하고 모욕적인 말은 들어본 적이 없습니다. 모든 사람은 난쟁이가 아닙니다. 내 남편 스펜서 트러스트 씨는 트라이시티 타이쿤스와 타이쿤파크는 물론이고 트러스트저축대부조합, 트러스트보증신탁, 트러스트트라이시티상호저축은행을 설립했지만, 예순세 살의 나이로 생을 마감하기 전까지 그 어떤 점에서도 난쟁이가 아니었습니다. 마찬가지로 내 아버지도 난쟁이가 아니었습니다. 그는 열두 살의 나이에 벌채 노동자로 인생을 시작한 후 일찍이 서른다섯 살에 북아메리카 목재 사업계에서 가장 큰 거물이 되었습니다. 미국의 모든 여성이 누군가가 그들의 남편들을 난쟁이 무리라 불러도 한가하게 앉아 있다면 그건 그녀들의 사정입니다. 하지만 어느 누구라도 내 아버지나 남편을 과소평가한다면 그냥 넘어가지 않을 것입니다."

밥 얌의 감격스러운 방송이 캐쿨라와 전 국민을 충격에 빠뜨린 다음날, 먼디스가 캐쿨라에 왔다. 리퍼스가 전날 낮과 저녁에 일어난 어처구니없는 일들 때문에 당황한 틈에 먼디스는 평소 같으면 일주일에 낼 점수보다 더 많은 득점을 그날 아홉 이닝 사이에 올렸고, 9회에는 6 대 5로 근소하게 앞서 있었다. 롤런드 애그니가 홈런 두 방을 때려 개인 기록을 시즌 33개로 끌어올렸고(고패년 이후 먼디스 선수가 단일 시즌에 기록한 최다 홈런), 마지막 이닝 투 아웃에 주자 한 명인 상황에서 버드 파루샤가 높이 쳐올린 공이 홈런이 되어 버드를 비롯해 메이저리그의 모든 외팔 선수가 기록한 최초이자 유일한 홈런이 되었다. 물론 늦은 오후 호수에서 불어와 좌익선상으로 빠져나가는 맹렬한 바람이 있었고, 캐쿨라의 좌익수 또한 쉽게 잡아 아웃시킬 수 있는 플라이볼을 글러브 끝에 맞혀 관중석으로 넘기는 바람에 홈런을 만드는 데 일조했다. 파루샤가 때려낸 투구는 나중에 캐쿨라의 포수 더키 리그가 분개하며 '레이디 고다이바*의 볼'이라 부를 정도였다. 아무것도 걸치지 않은 공이라는 의미였다. 그러나 어떤 것도 버드의 가슴에서 흘러넘치는 기쁨을 가로막지 못했다. 전날 밤에 들었던 밥 얌의 라디오 연설로 흥분이 가시지 않았던 버드는 기자들에게 자신이 지구상에서 가장 행복한 사람이라고 말한 뒤 자랑스레 환히 웃으며 전보 한 통을 내보였다. 워싱턴 DC에서 원정팀 라커룸으로 배달된 전보에는 '엘리너 루스벨트'의 사인과 함께, 다가오는 마치오브다임스**의 구제활동에서 그녀의 남편과 함께 공동의장이 되어줄 것을 청하는 내용이 담겨 있었다.

선수들 못지않게 심란한 상태에 빠져 있던 캐쿨라 팬들은 그 순간 키퍼스와의 승차를 한 경기 더 벌어지게 만든 그날의 패배 따위는 까맣게 잊어버렸다. 주말 오후에 4만 2000명이라는 기록적 관중이 리퍼필드에 모인 건 7위인 리퍼스가 8위인 먼디스를 잡는 걸 구경하기 위해서가 아니었다. 322킬로미터나 떨어진 벽지에서 온 사람들을 포함해 그 많은 관중이 구장을 찾은 건 정의

---

* 11세기경 영국 코번트리 영주의 부인 레이디 고다이바. 남편에게 세금 경감을 설득하려 나체로 영지를 돌았다.

** 소아마비 구제 모금 단체. 루스벨트 대통령이 소아마비를 앓았던 사실에 착안해 1938년에 출범했다.

가 이루어지는 모습을 보기 위해서였다.

1회부터 9회까지 리퍼스가 타석에 들어설 때마다 팬들은 부두교도 같은 구호를 내지르기 시작했다. 졸리 졸리가 평소처럼 가득 찬 쓰레기통 같은 공을 던지는데도 리퍼스 타자들이 기죽은 채 매회 쳐다보고만 있는 것도 놀라운 일이 아니었다. 먼디스는 타석에 들어설 때 온갖 소음이 그들의 고막을 맹공격하는 일에 태연할 정도로 익숙했다. 리퍼스 역시 프랭크 마주마라는 흥행사의 자산이므로 이상스러운 상황에 좀더 단련되었으리라 기대할 수 있겠지만, 실제로는 팬들이 영웅의 귀환을 외치기 시작하자 최면 상태에 빠지고 말았다. 4만 명의 목소리가 화산의 심장부처럼 구장을 뒤흔들어놓으니 핫헤드가 공을 놓치고(두 번), 터미니카가 폭투를 하고(두 번), 먼디스의 야수들이 실책을 연발(다섯 번)했지만 얼어붙은 리퍼스의 공격에는 아무런 영향도 미치지 않았다. "얌! 얌! 얌! 얌! 얌! 얌! 얌!" 굶주린 야만인들이 감자 신에게 풍작을 빈다 해도 이보다 애타고 끈질긴 염원을 부르짖을 순 없으리라.

그리고 해질녘에 그 신이 당도했다. "팬들의 요청에 따라," 마주마가 해적 같은 한쪽 눈을 번득이며 발표했다. "오늘 저녁 여섯 시 현재, 난쟁이 중의 난쟁이이자 이제 국민의 선택이 된 밥 얌은 캐쿨라 리퍼스에 복귀했습니다. 그리고 루퍼트 먼디스의 장타자 외야수 버드 파루샤와 오케이 오케이터가 트레이드되었습니다."

마주마를 싫어하는 스포츠기자들은 잔인하고 부도덕하고 소란스러운 선전을 잇달아 제조해내는 그를 당연히 조롱했다. 마주마가 파루샤를 영입한—그리고 그 과정에서 단물 빠진 난쟁이를 방

출한―이유는 그 전보 덕분에 먼디스의 우익수가 야구계의 호기
심거리에서 소아마비 걸린 대통령과 대등한 용기의 상징으로 변
신했기 때문이었다. 더욱 확실한 추측으로, 루스벨트 여사가 보냈
다는 그 전보는 마주마가 자기 본부에서 작성한 뒤 수도 워싱턴
에 있는 어느 천한 심부름꾼을 거쳐 버드에게 보낸 것이 틀림없
었고…… 그렇게 수군거리는 마주마의 적들은, 물론 영부인이 그
사실을 알고 격노했지만 전보를 보낸 것으로 치고 넘어가기로 결
심한 이유는 불쌍한 버드 파루샤의 감정을 상하지 않게 하기 위해
서였다고 주장했다. 마주마는 측근들에게 마음씨 착한 엘리너가
그렇게 할 거라고 정확히 예고했었다! 누구나 인정하듯이 한때
패트리어트리그에서 파루샤라는 이름은 내셔널리그의 워너*나 아
메리칸리그의 디마지오**와 동격이었지만, 그건 타이쿤스 외야의
조와 돔, 빅 포이즌과 리틀 포이즌이라 할 앤젤로와 토니가 전쟁
터로 떠나기 전이었다. 틀림없이 루스벨트 여사처럼 해박한 여성
이라면 메이저리그에서 버드 파루샤의 존재가 어떤 상징성을 띤
다 해도 자원이 고갈된 리그들이 도달한 끔찍한 밑바닥에 불과하
다는 걸 이해했을 것이다. 그럼에도 그녀는 입을 다물었다. 아, 빌
어먹을 마주마! 그는 돈을 벌기 위해 엘리너 루스벨트와 마치오
브다임스에까지 엿을 먹이려 했다!

---

* 로이드 워너. 그의 별명은 '리틀 포이즌'이었고, 형제 폴 워너의 별명은 '빅 포
이즌'이었다.
** 조 디마지오. 형제 도미닉 디마지오와 '조와 돔'으로 불렸다.

버드 파루샤가 떠나면 생길 좌익의 빈자리를 메우기 위해 미스터 페어스미스는 팀의 벤치를 둘러봐야 했고, 모코스, 오마라, 스키너, 터미너스, 휴너먼, 코바키, 크로노스, 가루다는 숙제를 안한 초등학생처럼 고개를 돌렸다. 미스터 페어스미스의 밀사인 졸리 졸리 T가 말했다. "자, 누가 좌익을 맡을 거야?" 원정팀 라커룸에 소집된 여덟 명은 줄곧 흠집 난 마룻바닥만 뚫어지게 바라보았다.

"이봐," 졸리가 말했다. "자네들은 마흔에서 쉰 살이야. 이런 기회가 다시 올 거 같아? 손자들한테 해줄 얘기를 만들고 싶지 않나?" 그는 이렇게 물으며 마지막 말이 다소 호소력을 발휘하리라 계산했다. 먼디스의 보결선수들은 애지중지하는 손자들 자랑을 늘어놓는 할아버지들이었고, 보다 불운한 동료들이 필드에서 늘씬 두들겨맞는 동안 벤치에서 자기 자녀들의 자녀들 모습이 담긴 스냅사진을 교환하며 대부분의 시간을 보냈다. "이보게, 뮬." 졸리가 그린백스에서 불명예스러운 추문으로 쫓겨나기 전까지 훌륭한 수비수로 활약했던 모코스를 보고 말했다. "어린 미키가 매일 박스스코어에서 자네 이름을 본다면 얼마나 자랑스러워하겠나? 그 아이가 학교 친구들에게 뭐라고 말할지 생각해보게. '저기에 우리 할아버지가 있어!' 그렇게 말할 수 있는 아이가 몇이나 되겠어?"

"졸리," 모코스가 한숨을 내쉬며 말했다. "신은 아시겠지만 나도 자넬 진심으로 돕고 싶어. 하지만 솔직히, 저기 나가 서 있는 건 나한테 무리일세."

"자네한테 앉아도 된다고 하면 어떤가, 뮬. 투수가 고의사구를 던지거나 새 투수가 몸을 풀 때 자네는 잔디밭에 앉아서 쉬어도 된다고 하면? 이제 자네도 우리와 꽤 함께했으니, 경기 후반으로 가면 한 이닝에 그런 기회가 두세 번쯤 생긴다는 걸 알 거야. 그때가 그게 가장 필요할 시점이 아닌가."

늙고 지친 노새는 고개를 저었다. "미안하네, 촐리. 자네 대신 여기 벤치에 앉아 매일 오후 이 경기들을 지켜보겠네. 사실 그 시간에 집에 있으면 더 잘할 수 있는 일들이 셀 수 없이 많아. 정말 솔직히 말하자면, 두 발로 서서 야구 경기를 지켜보는 건 지긋지긋해. 더구나 한쪽 팀이 선두와 오십 경기 차이가 나는 꼴찌일 땐 더하지. 정직하게 말하겠네, 촐리. 이럴 때 서로 사정을 봐주기엔 자네와 난 너무 오래 알고 지냈어."

촐리는 다음으로 클레버 칼 코바키에게 물었다.

"무슨 말인지 안 들려, 촐리."

"그러니까." 먼디스의 코치가 소리를 질렀다. "정규 우익수를 맡으면 어떻겠어 how would you like to play right field on a regular basis?"

"베이스에 대해서 누구한테 편지를 쓰라고 write to who about the bases? 내 이름을 서명할 때도 X로밖에 못 써, 알잖아."

"그게 아니고, 정규 우익수를 맡으라고."

"내가?" 칼은 큰 소리로 묻더니 크게 미소를 지었다. "농담이겠지. 난 귀가 안 들려."

"들을 필요 없어!" 촐리가 소리쳤다. "그냥 수비하고 공격하면 돼!"

"하지만 소리가 안 들려. 관중이 내는 소리도 안 들리고, 공 맞는 소리도 안 들려. 애그니가 나한테 공을 잡으라고 소리쳐도 안 들린다고." 그런 뒤, 지나간 시절에 그를 팬들이 사랑하는 멍청이로 만들어줬던, 스스로를 비웃는 그 훌륭한 능력을 마음껏 발휘하며 클레버 칼이 말했다. "이젠 내가 생각하는 소리도 안 들리는 거 같아. 그러니 포기하겠네."

사실이었다. 어셀더머에서 뛰던 한창 시절 그는 수시로 강타를 날려 관중석으로 보냈지만, 2루에 주자로 있을 때 다른 타자가 단타를 치면 3루 쪽으로 달리는 횟수와 1루로 돌아가는 횟수가 거의 비슷했다. 상황이 복잡해지면 야구를 어떻게 해야 하는지를 사우디아라비아 사람만큼이나 모르는 듯했다. 그런 뒤 귀가 멀었고, 앞으로 어떻게 하라고 꾸짖고 소리질러주던 사람들과의 소통도 단절되었다. 그러고서 먼디스 선수가 되었다. "들을 줄 아는 녀석을 골라, 촐리. 그게 내 충고일세. 그러니까," 칼이 말했다. "우리 팀에 그런 녀석이 있다면 말이야. 그게 아니면, 내 충고는 선수를 하나 사라는 거야. 엄청 돈이 들겠지만. 비상시를 대비해서라도 어쨌든 우리 중 하나는 듣는 데 문제가 없어야 할 테니."

"이거 보게." 촐리가 말했다. "누군가 이 팀에서 우익수를 맡아야 하는데, 난 아닐세. 난 여기서 이미 투수, 코치, 엄마, 아빠 노릇을 하고 있고, 그거면 충분해."

"그런데," 월리 오마라가 불쑥 끼어들었다. "나도 안 돼! 그건 분명히 하자고. 혈압 때문에 안 돼, 절대 사양하겠어! 우리가 7위를 노린다면 논쟁할 가치가 있겠지. 하지만 아무리 봐도 그럴 가망이 없고. 그 점에서 자네가 나처럼 혈압이 높은 사람한테 무리한 제안을 하는 건 당황스러울 따름일세……"

"그럼 자넨?" 촐리가 애플잭 터미너스를 보며 물었다. 그는 개인적 슬픔을 달래고 있는 양 혼자 떨어져 앉아 있었다.

"촐리." 애플잭은 벨트 위로 불룩 튀어나온 배를 슬프게 내려다보며 말했다. "촐리, 내가 처음 입단했을 때처럼 공을 쫓아 후진할 수만 있다면 자넬 위해 이달 내내 매일같이 필드에 나갈 걸세. 하지만," 애플이 눈물을 참기 위해 눈을 감으며 말했다. "그런 시절은 지났다네, 촐리."

"후진할 필요가 없다면? 애플. 담장에 붙어서 플레이해도 된다면? 그럼 안으로 들어오기만 하면 되잖아."

"촐리," 터미너스가 말했다. "들어오면서 공을 못 잡는 선수는 아무도 없어. 젠장, 그건 모욕일세!"

"난 공을 잡으라는 게 아닐세, 애플. 공이 단타로 빠지게 됐다가 껑충껑충 뛰어가서 잡아. 그렇게만 해도 우익수 플레이를 한다고 해주지. 어떻게 생각하나, 친구?"

"촐리," 그가 다시 눈물을 삼키며 애처롭게 말했다. "전성기 땐, 촐리, 내가 블루스에서 중견수로 뛸 때는 가끔 2루까지 커버했어. 그 정도로 바짝 들어와서 플레이를 했지. 자네도 직접 봤으니 알 걸세. 내가 블루스에서 뛰던 시절 영리한 팬들은 뒤쪽에 앉곤 했네. 담장 너머 외야석에! 극빈자들뿐만 아니라 운전기사와 함께 온 백만장자들까지도. 왜 그랬을까? 그들은 알고 있었던 걸세. 애플 같은 최고의 외야수가 부지런히 제 몫을 해내는 걸 구경하려면 젠장, 그쪽밖에 앉을 데가 없지, 애플 바로 뒤에! 두말하면 잔소리지! 거기 앉아서 타자가 공을 칠 때 내가 뛰는 걸 구경하지! 나를 보는 거야! 그런데," 애플의 목소리가 갑자기 비통하게 변했다. "그후로 공 안에 염병할 것을 집어넣었네, 안 그런가? 어쩔 수 없이 우린 뒤로 이동했고 젠장, 그게 이 게임을 망쳐놓았지! 빌어먹을, 난 새로 정한 그 공을 내 머리 위로 넘겨 처음으로 3루타를 친 놈을 아직도 기억하네. 이제 이름은 기억이 안 나지만. 그놈은 메이저리그에서 십오 분밖에 못 뛰었을 거야. 어쨌거나 그놈이 빌어먹을 3루타를 쳤지. 1920년 개막일이었다네. 내가 어떻게 했는지 아나? 완전히 꼭지가 돌아서 센터에서 내야로 공을 던지지도 않았네. 웬걸, 그 새 공을, 이렇게, 손에 꼭 쥐고 내야로 달려가, 3루에서 입이 찢어져라 웃고 있는 그 호들갑쟁이 앞에 딱 멈춰 섰어. 자네도 알지? 거기서 이렇게 말했다네. '잘 들어, 이 더럽고 역겨운 괴물 자식아, 작년 같았으면 우리가 공을 네 앞에 곱게 던져줘도 넌 그걸 허리까지도 못 쳐올렸을 거다!' '오, 그랬을까?' 그 타구통 같은 자식이 마냥 싱글거리며 말하더군. '그럼 난 방금 어떻게 3루타를 친 걸까, 애플?' '어떻게냐고?' 내가 말했네. '바로 이렇게다!' 난 녀석의 모자를 벗긴 뒤 그의 귀에 공을 쑤셔 박았지. '잘 들어, 이 웜푸스 고양이*야. 그걸 네 귀에 바짝 대고 있어봐, 이 망할 다람쥐 새끼야. 그럼 그 안에서 염병할 것의 심장이 팔딱거리는 소리가 들릴 거다!'" 이 뚱뚱보는 시작만 하면 장

---

* 미국 민속문화에 등장하는 상상의 동물로, 다리가 여섯 개인 고양이 형상.

광설로 이어지는 그 주제에 대해 십오 분을 더 얘기했다. 이십여 년 전 도입된 라이블리볼이 문제였다. "난 못해." 그는 투표지에 도장을 찍듯 라커룸 바닥에 침을 뱉었다. "담장에 내 궁둥이를 기대야 하는 날이 온다면 그건 내가 야구를 영원히 그만두는 날일세. 촐리, 이 실밥 들어간 골프공의 시대 이전에 했던 것처럼 외야에서 전진수비를 하든가, 아니면 아예 하지를 말든가 둘 중 하나란 말일세!"

결국 뜨거운 감자는 키가 182.9센티미터에 비쩍 마른 스펙스 스키너에게 넘어갔다. 그는 대학교육을 일 년 받았고 같은 직업을 가진 사람들 중 가장 자신감이 부족했다.

"난 안경을 깨먹고 싶지 않아, 촐리."

"그런 일 없을 걸세, 스펙스."

"아직도 이 안경에 익숙하지 않아. 그래서 깨먹을까 걱정이 돼."

"스펙스, 자넨 1934년부터 그 안경을 썼어."

"그래, 촐리, 하지만 아직도 익숙하지가 않아."

"글쎄, 그걸 쓰고 자주 플레이하다보면 괜찮아질 걸세. 효과가 있을 거야, 친구."

"김이 서리면 어떻게 하지?"

"그냥 벗어서 손수건으로 닦아."

"한창 플레이하는 도중에 그러면, 촐리?"

"플레이 전에 해야지."

"그 전에는 김이 안 서려. 도중에 서린단 말이야."

"거참, 그러면," 촐리가 참을성 있게 말했다. "일단 최선을 다하고 나중에 닦아."

"나중이면 너무 늦잖아! 김이 서려서 앞이 안 보이면, 그래서 공에 얻어맞으면 어떻게 하란 말이야! 타석에서 공에 입을 맞기라도 하면! 땅볼이 튀어올라 내 코를 부러뜨리면! 그게 다 안경에 김이 서려서 그런 거라면!"

"자, 왜 이러나, 스펙스. 그런 일은 절대 없을 걸세. 지금까지도 없었지 않나."

"그래서 1934년에 안경을 쓰기 시작하면서부터 줄곧 벤치 신세가 됐어! 그래도 김이 서린단 말이야! 자, 봐, 인디펜던스에 있는 그 식수대에서 내 이가 어떻게 깨졌는지. 더위 때문에 안경에 김이 서린 상태에서 물을 마시려고 수도꼭지에 바짝 다가가다 이가 부딪혀 깨졌어. 자, 촐리, 내 정강이를 봐, 멍투성이야. 테라인코라커룸에서 소변보러 가다가 빅 촨의 발에 걸려 넘어졌어. 상상해보라고, 이 빌어먹을 안경을 끼면 소변보러 가는 것도 위험해! 촐리, 난 경기중에는 필드는 물론이고 더그아웃에 있어도 안 되는 몸이라고! 9회까지 벤치에만 있어도 경기가 끝날 땐 난파선 신세야! 들어가서 마사지와 뜨거운 샤워를 안 하면 일주일 동안 온 근육이 쑤셔! 촐리, 이건 미친 짓이야, 정신 나간 짓이라고! 이 상황에 절대 말려들지 않을 거야. 난 대학물을 먹었어, 촐리. 이건 분명히 말할 수 있다고. 점잖기 이를 데 없는 외팔이 외야수를 트레이드시키고 그 자리에 안경 낀 사람을 넣을 순 없어. 도대체 무슨 야구 용병술이 그래? 그 대신 우리한테 뭐가 오는지 봐, 찰스. 난쟁이야! 무섭게 낄낄거리는 치코로도 모자라 이젠 매일 오후마다 불펜에서 배배 꼬인 작은 난쟁이가 기어나와 대미를 장식하게 됐으니! 촐리, 지긋지긋하군! 지금까지 구 년이야, 촐리, 어쨌든 이 빌어먹을 안경을 끼고 간신히 살아왔어. 그런데 갑자기 조막만한 미친 난쟁이가 꼴찌로 마무리할 우리를 돕겠다고 나타나고, 난 메이저리그 팀에서 안경을 끼고 경기를 하다 죽을지도 모르게 됐지. 촐리, 난 겨우 마흔세 살이야!"

"스펙스." 다시 정규선수가 될 찰나에 겁에 질린 보결선수의 흠뻑 젖은 유니폼 위에 듬직하게 손을 얹으며 촐리가 말했다. "여기서 오전 내내 우리 팀의 남은 전력을 점검해봤다네. 이 말을 듣고 자네가 안심하면 좋겠는데, 난 여기 이 팀이 더이상 메이저리그의 본래 의미에 부합하지 않는다고 생각해."

"글쎄, 우린 메이저리그 팀이 아닐지 모르지. 하지만 메이저리그 팀들을 상대로 싸우고 있어. 그런데, 촐리, 실은 그게 제일 무섭단 말이야!"

잠시 숙고한 후 촐리가 말했다. "그러고 보니 나도 그게 제일 무서운 거 같군. 그래도 어쩌겠나, 우린 경기를 해야 해." 그런 뒤 그는 그날의 선발명단에 스펙스 스키너를 넣었다. "자네 타순은 7번이야, 젊은이. 손수건 잊지 말게나."

의문: 포트루퍼트에서 그 트레이드를 추진한 사람은 과연 누구였을까? 선수들이 아는 거라곤 먼디스 경기장에 있는, 벽널로 마감하고 카펫을 깐 경영진 사무실들은 아름답게 손질된 잔디밭과 함께 육군으로 넘어갔고, 애국심에 불타는 먼디 형제는 포트루퍼

트의 유색인 구역 맨 끝에 자리잡은 낡은 건물 안 특징 없는 작은 사무실을 전쟁이 끝날 때까지 빌렸다는 것 정도였다. 리그 전체의 선수들은 먼디스를 놀리고 괴롭히기 위해 여러 소문을 입에 올리며 좋아했는데 그중 한 소문에 따르면, 머리가 텁수룩한 수위가 혼자 그 사무실을 관리하며 매일 블라인드를 올렸다 내리고, 쌓인 우편물들을 라틴아메리카의 이국적인 도시들로 발송하는데, 그들의 야구팀을 길바닥으로 내쫓은 협상으로 힘든 겨울을 보낸 먼디 형제가 그곳에서 건강을 회복하고 있다고 했다.

"이봐," 빅 존이 평소처럼 웃으며 말했다. "어쩌면 그 검둥이가 했을지 몰라. 사무실 바닥을 쓸고 있을 때 마주마로부터 전화가 왔고, 그 검둥이는 '알았습니다, 사장님. 저한테 맡기세요' 하고 끊은 거야. 어떻게 생각하나, 밀로의 비너스*? 룹잇의 검둥이 수위가 너와 그 모기만한 녀석을 맞바꾼 거야!"

"이봐, 그게 합법일까?" 닉네임이 물었다. "검둥이가 그렇게 하는 거 말이야. 내 말은, 그들의 리그가 있잖아?"

"그건 먼디 형제가 그에게 권한을 넘겨줬는가에 달려 있지." 늙은 웨인 헤킷이 말했다. "놀라지 말게, 우리 고향의 어떤 작자는 전 재산을 자기 개한테 남긴다는 유서에 서명하고 그대로 누워서 죽었다네."

"진짜 닉네임의 말이 옳을 수도 있어." 핫이 말했다. "한번 알아봐야겠어. 검둥이가 그렇게 하면 가능한 일인지. 여기 버드가

---

* 고대 그리스의 양팔이 없는 비너스상.

꼼짝없이 그들의 리그로 갈 수밖에 없는지, 그것도 평생!"

"그것 참 큰일이네! 불쌍한 버디가 한 팔로 치고, 던지고, 밑을 닦는 것도 모자라, 검둥이 팀으로 팔려가 외야를 본다면!"

"제길, 매일 깜씨들과 야구를 하느니 집에 가서 말똥을 삽질하는 게 낫지!"

"최소한의 자존심이 있지!"

"불쌍한 버디! 진짜 음식 대신 그들이 먹는 쓰레기를 같이 먹어야 하다니!"

"그들이 버드에게 말을 해도 못 알아듣는 건 또 어쩌나? 그들이 리그에서 주고받는 얘기를 들었는데, 사인을 보내는 대신 그냥 '번트!' 하고 외치더라고. 다른 팀이 영어를 잘 몰라서 다음에 무슨 일이 일어날지 짐작하지 못할 거라 생각하지. 그 검둥이들은 늘 몸을 긁어대는데, 사람들은 종종 히트앤드런 사인이라고 생각하지만 그 감독은 이 때문에 가려워서 긁는 거야."

"불쌍한 버디!"

"불쌍한 버드!"

먼디스 라커룸에서 이런 말이 오가는 동안 버드는 줄곧 자신의 라커에서 먼디스의 물건과 자신의 물건을 분리하고 있었다. 몇 시간 전만 해도 옛 동료들을 떠나야 할 시간이 다가오면 얼마나 비참한 기분일까 걱정했다. 아주 옛날부터 감상적인 사람이었고, 자신도 그걸 알고 있었다. 하지만 막상 때가 되니 너무 행복한 나머지 슬픔을 느낄 겨를조차 없었다. 웬걸, 눈물이 날 것처럼 보이는 쪽은 오히려 그가 판지로 된 여행가방에 몇 안 되는 물건을 챙기고 팀의 물건들을 루퍼트에 반납하는 것을 지켜보는 다른 선수들이었다.

"불쌍한 버디." 그들이 말했다. "검둥이 팀으로 넘어간 버드가 100도의 한낮에 더그아웃에 나란히 앉아 있는 일이 없기를 바랄 수밖에. 생각만 해도, 어휴 지린내!"

아, 하지만 그들은 자신이 트레이드되기를 바랐다! 고향을 농담으로 여기는 존 바알은 아마 예외겠지만, 자신의 오른팔을 떼주고라도 캐쿨라 리퍼스의 새로운 선수, 빅 버드 파루샤가 되고 싶지 않은 먼디스 선수는 거의 없었다.

"자, 친구들." 버드가 말했다. "이제 가야 될 거 같아." 여기서 그는 숨을 고르고 혹시 이 빌어먹을 행복이 멈추고 조금이라도 슬퍼지지 않는지, 석별의 정이라도 솟아나지 않는지 지켜보았다. 하지만 그날은 슬픈 날이 아니었다. 절대로. "자네들을 결코 잊지 않을 거야, 걱정 말라고." 버드는 이렇게 말한 뒤 여행가방을 손에 들고 먼디스 라커룸을 떠났고, 다시는 그 유니폼을 입지 않았다.

오케이 오케이터는 그가 떠난 직후 도착해 그의 자리를 대신했다. 먼디스 선수 중 누구도 검둥이에 대해 언급하지 않았고, 실상 온 세계의 어떤 것에 대해서도 입도 벙끗하지 않는 동안, 이 흉한 몰골의 선수는 작은 사복을 벗고 주홍색과 회색 유니폼을 서둘러 입었다.

프랭크 마주마는 먼디스와 리퍼스의 연속 경기가 시작되는 날을 이미 '버드 파루샤 환영의 날'로 지정해놓았고, 경기 전에 또 한번 기자회견을 열어 캐쿨라 기자들에게 버드를 소개했다. 여기에는 "가증스럽기 짝이 없는 소문을 초기에 짓누르겠다"는 훨씬 중요한 목적이 있었다. 마주마가 말했다. "그 소문은 하잘것없다고 알려진 프랭크 마주마의 정직성, 혹은 파루샤라는 명예로운 야구선수이자 훌륭한 젊은이의 정직성뿐 아니라, 무엇보다 미합중국 영부인의 정직성, 더 나아가 악의 세력과 필사의 전투를 벌이며 세계에서 가장 위대한 민주주의를 수호하는 대통령의 정직성마저도 깎아내리고 있습니다."

버드는 리퍼스의 홈 유니폼인 크림빛 도는 흰색 플란넬 운동복을 입고 리퍼스 구단주 옆에 수줍게 서 있었는데, 유니폼에는 오렌지색 등번호 $1\frac{1}{2}$이 붙어 있었다. 분수 부분은 물론 오케이 오케이터의 유니폼에서 떼어낸 것이었다. 마주마가 기자들에게 설명한 것처럼, 버드의 등번호는 뭔가 부족하다는 뜻이 아니라("기자 여러분, 유니폼의 헐렁한 오른팔 소매는 그 이야기를 충분히 유창하게 대변합니다"), 그가 다른 인간보다 약 50퍼센트의 용기를 더 부여받았다는 뜻이었다.

"프랭크, 그렇다면 아예," 한 기자가 물었다. "1-5-0이란 등번호를 주지 그랬어요?"

"사실은, 렌, 저도 여기 있는 버드에게 그렇게 말했지만, 다른 선수들은 두 자리인데 그의 등번호만 세 자리면 다른 선수들 눈에는 그가 그들 위에 군림하려는 것처럼 비칠 수도 있다고 하더군요. 그래서 $\frac{1}{2}$로 정했어요. 그런 뒤 제가 '버드, 자넨 이 분수를 야구계의 위엄 있는 자리에 올려놓을 자신이 있나?'라고 물었더니,

이 친구가 '최선을 다해 노력하겠습니다, 마주마 씨'라고 대답하더군요."

다른 기자가 물었다. "그는 도대체 신발끈을 어떻게 묶나요, 프랭크?"

"좋은 질문입니다, 레드. 괜찮다면 그 시범은 식전 행사를 위해 남겨두겠어요. 여러분, 어제 늦은 오후 먼디스로부터 버디를 사들인 후로 리그를 휩쓸고 있는 그 소문에 대해 이 자리에서 다시 얘기하고 싶습니다. 굳이 말하지 않아도 잘 알겠지만, 자칭 야구의 보호자들은 여러 해 동안 내 동기를 헐뜯어왔습니다. 제가 (까놓고 머리글자를 말하자면) O.B.의 s.o.b.s*라 부르는 사람들 말입니다. 진심으로 고백하건대, 저는 그들이 최근에 펼치고 있는 비방운동에 상당히 당황했습니다. 그들이 그런 주장을 할 정도로 깊은 구렁텅이에 떨어지리라고는 차마 생각하지 못했습니다. 여러분이 지금 보고 있는 이 훌륭한 젊은 야구선수, 어제 메이저리그에서 외팔 선수로 최초의 홈런을 친 이가, 실은 외팔이 아니라 유니폼 안에 하나 더 있는 완벽한 팔을 왼쪽 옆구리에 꽁꽁 묶어놓았다는 게 말이 됩니까?"

"말도 안 된다!" 누군가 외쳤다(마주마가 고용한 사람은 아니었을까?).

"언론계의 신사 여러분, 본인은 이 선수가 오늘 필드에 나서기

---

* O.B.는 'old bastards', s.o.b.s는 'son of bitches'의 약자로, 둘 다 상대를 깎아내리는 비속어다.

전에 그들의 야비한 거짓말을 짓뭉개버릴 수 있도록 여러분에게 도움을 요청했습니다. 이 선수가 어제, 여러분의 기억을 되살려드리자면, 바로 우리 팀을 상대로 한 경기에서 한 번의 강력한 스윙으로 거머쥔 명예를 되찾을 수 있도록 말입니다. 저는 작은딸 더블룬에게 이 자리에 나와 새 리퍼스 셔츠를 벗는 버드를 도와달라고 부탁했습니다. 제 딸은 여름 내내 구장에서 일하고 싶다고 졸라댔는데, 내 생각에는 지금이 가장 좋은 때인 것 같습니다. 얘야? 더블룬?"

그러자 흰 반바지와 착 달라붙는 오렌지색 블라우스(그녀의 등에는 '21'이란 숫자 바로 위에 'Over'라는 단어가 수놓아져 있었다*)를 입은 관능적인 아가씨가 하이힐을 딸그락거리며 마이크를 향해 달려와 아빠의 입술에 키스한 다음, 참석한 기자들의 박수와 휘파람 속에 버드의 유니폼 셔츠의 단추를 서툴게 더듬기 시작했다.

"그런데," 마주마가 애드리브를 했다. "'더블룬'**은 여러분 중 몇몇이 생각하는 그런 뜻이 아닙니다. 말하긴 좀 그렇지만, 짝을 지어 다니는 그것과 아무 상관이 없어요."

기자들은 가족마저 끌어들이는 이 유명한 마주마식 유머에 낄낄거리지 않을 수 없었다.

"난 손이 무뎌요." 더블룬이 버드의 셔츠 자락을 바지에서 빼

---

* 미국에서 합법적으로 술을 살 수 있는 나이인 '21세 이상'이라는 뜻.

** 16~19세기까지 사용되었던 스페인 금화, 혹은 비속어로 '유두'.

내기 위해 그의 벨트를 풀면서 킬킬거렸다. "오, 그런 바보 같은 얘기를 당신한테 하다니!" 그녀는 크게 외치며 캐쿨라 리퍼스의 새 선수를 향해 눈웃음을 흘리며 애교를 떨었다.

"그리고," 마주마가 시가에 불을 붙이며 말했다. "'더블룬'은 아일랜드 수도를 잘못 발음한 것도 아닙니다. 그래도 이 아이는 누구의 아이리시라도 폭발시킬 수 있죠.* 여러분은 내가 말한 '아이리시'가 무슨 뜻인지 아시겠죠."

이제 버드의 셔츠는 다 벗겨졌고, 더블룬은 그의 사각팬티에서 오렌지색 상의 내의를 빼내고 있었다.

"실은 말입니다," 마주마가 재치 있게 재잘거리는 어투로 말을 이었다. "'더블룬'은 단지 '도-레-미'를 다르게 부른 이름이에요. 아가야, 이 사람들한테 네 형제자매의 이름을 말해주렴."

그녀는 잠시 일을 멈추고 돌아서더니 한쪽 어깨를 들어올려 윗입술에 묻은 땀을 닦은 후(그녀의 몸짓에 묘하게 흥분한 기자 한 명이 "아, 죽이네!" 하고 외쳤다) 속삭이는 목소리로 말했다. "잭, 버크, 겔트, 디네로."**

그런 뒤 더블룬은 폴짝 뛰면서 버드의 상의 내의를 머리 위로 확 잡아당겼고 그 운동선수는 허리까지 알몸이 되었다.

"우웩." 더블룬이 순간적으로 불쾌한 몸서리를 억누르지 못하고 외쳤다.

---

* 'get one's Irish up'은 '누군가의 분통을 터뜨리다'라는 뜻이지만 위 문맥에서는 성적 뉘앙스를 담고 있다.

** 마주마를 비롯해 더블룬, 도레미, 잭, 버크, 겔트, 디네로 모두 '돈'을 뜻한다.

"자," 마주마가 이번엔 엄숙하게 말했다. "이걸 보십시오, 기자 여러분. 진실이 만천하에 드러났습니다. 왼팔은 흔적도 없어요. 왼팔이 있었다는 기색도 없습니다."

마주마가 고개를 끄덕이자 사진기자들이 우르르 몰려나왔고 회견장은 플래시로 눈이 부셨다.

"앞으로 조금 나오는 게 어때요, 버드!"

"웃어요, 버드. 기운 내요! 오늘은 당신의 날이오!"

"근육을 만들어봐요, 버드, 남은 한 팔로!"

"치즈, 버드, 치즈! 바로 그거예요!"

기회를 또 주겠다는 마주마의 약속을 듣고 사진기자들이 물러났을 때 기자 한 명이 말했다. "프랭크, 기분 나쁘게 들릴지 모르지만, 이게 영화에서 하는 눈속임 분장 같은 게 아니라고 어떻게 믿을 수 있죠? 버드의 팔이 왁스나 그 비슷한 물질로 만든 가짜 피부 밑에 감쪽같이 숨겨져 있는 게 아님을 어떻게 알 수 있어요?"

"더블룬." 마주마가 말했다. "아빠 부탁 하나 들어주겠니? 기자분들에게 가짜 피부 안에 숨겨진 팔이 없다는 걸 확인시켜드려야 하니 네 손으로 버드의 옆구리를 위아래로 쓰다듬어보련?"

"뭘 하라고요?"

"그의 왼쪽 옆구리 위아래를 살짝 눌러봐. 기자분들이 진짜인지를 알 수 있게. 자, 어서, 얘야."

"오, 아빠."

"자, 아가, 여름 일자리를 원한 건 너야. 안 그러냐? 등번호 'Over 21'을 달겠다고 한 것도 너야, 기억나지? 이제 다 큰 여자애이고, 다 큰 사람은 하기 싫은 일도 해야 할 때가 있는 법이란다. 그의 옆구리를 만져봐라, 사랑하는 우리 딸."

"오, 아빠, 난 못해요. 너무 징그러워요."

"자, 젊은 아가씨, 내 말대로 그를 만지든가, 내 말을 안 듣겠다면 널 내 무릎 위에 엎어놓겠다! 넌 스물한 살이 넘었을지 몰라도 아직도 아빠로서 옛날 방식으로 엉덩이를 때리지 못할 만큼 나이가 들진 않았어, 여기가 기자회견장이든 아니든!"

그러자 사진기자들이 다시 카메라를 높이 치켜들고 우르르 몰려나왔다.

"대단한 광대야." 마주마를 조금도 존경하지 않는다고 알려진 어느 기자가 중얼거렸다.

"광대라니, 천만에요, 스미티!" 리퍼스 구단주가 딱딱거렸다. "여러분이 혹시 속임수에 놀아나지 않았나 반신반의하면서 여기를 떠나도록 내가 내버려둘 거라 생각합니까? 그래요? 미합중국 대통령의 아내이자 이 나라의 영부인께서 저, 프랭크 마주마가 변장시킨 사람을 마치오브다임스의 공동 명예의장으로 앉히려 한 게 아닌지 국민들이 의심하도록 내버려둘 거라 생각하나요? 이 나라가 협잡꾼들과 사기꾼들의 손에 놀아나는 건 아닌지, 우리의 연합국들이 의심하게 둘 것 같습니까? 여러분은 도쿄로즈*가 이런 작은 화젯거리를 가지고 뭘 하는지 아시죠? 너, 더블룬, 내 순진한 딸도 알고 있니? 그 일본 계집들이 사람들의 귀에 어떤 독설

---

* 2차세계대전 당시 일본 방송에서 활약한 여성 선전대.

과 비방을 퍼붓는지……?"

"오, 제발." 더블룬이 소리쳤다. "아빠, 그렇게 목사님처럼 얘기할 땐 정말 참을 수가 없어요!"

"그럼 목사님처럼 얘기하는 게 뭐가 문제인지 물어봐도 될까? 언제부터 종교가 이 나라에서 더러운 단어가 됐는지 물어봐도 되겠니?"

"아, 좋아요. 만질게요. 그러니 설교 좀 그만하세요!"

"좋아, 그렇다면, 알았다." 마주마는 흥분을 가라앉힌 뒤 사진기자들에게 준비하라고 고개를 끄덕였다.

그 사이 더블룬도 준비를 했다. 먼저 간유 한 스푼을 삼키려는 여자아이처럼 두 눈을 질끈 감았다. 그런 뒤 가늘고 하얀 발뒤꿈치가 오렌지색 신발 위로 톡 튀어나오도록 발끝으로 섰고(아까 그 기자가 이번엔 그녀의 발뒤꿈치를 보고 흥분한 듯 소리쳤다. "아, 죽이네!"), 대단히 주저하며 최대한 몸을 비비 꼬면서 한쪽 손가락을 펴고 버드 파루샤의 몸 쪽으로 아주, 아주 천천히 손을 뻗었다. 군중 앞에서 웃통을 벗은 채 서 있는 내내 버드의 상체는 갈수록 붉게 물들어갔다.

더블룬의 손끝이 버드의 살에 닿는 순간 카메라 플래시가 천둥 번개처럼 터졌기 때문에, 그녀의 동작이 전 먼디스 선수에게 일으킨 효과가 즉시 드러나지는 않았다. 마침내 모두의 시력이 회복되고서야 버드의 새 플란넬 바지에서 불룩 튀어나온 부분이 보였다.

"어이구, 저런." 기자들이 웃었다.

마주마는 조금도 당황하지 않고 재치 있게 말했다. "자, 기자 여러분, 우리의 새 우익수에게 잃어버리지 않은 것이 하나 있군요." 이 말에 회견장의 지붕이 환호성으로 무너질 듯했다.

정말 대단한 광대였다. 이러니 마주마가 손짓하면 기자들이 떼지어 몰려오지 않겠는가? 이러니 미국의 위대한 스포츠가 또하나의 싸구려 대중오락이 되지 않도록 평생 분투해온 오크하트 장군 같은 사람들이 프랭크 마주마 같은 부류들을 쓸어모아 외야 담장 앞에 줄지어 세워놓고 총으로 갈겨버리고 싶어하지 않겠는가?

기자회견장에서 끝난 흥겨운 분위기는 '버드 파루샤 환영의 날' 식전 행사에서 다시 살아났다. 원정팀 먼디스가 야구 스턴트와 묘기를 보여주기로 한 것이다. "그들이 경의를 표하고 있습니다." 프랭크 마주마는 누가 봐도 버드 파루샤를 환영하기 위해서가 아니라 밥 얌의 복귀를 직접 보기 위해 몰려든 4만 남짓의 관중에게 이렇게 발표했다. "전 동료이고, 위대한 야구선수이자 더 위대한 인간이며, 타이쿤스의 위대한 파루샤 형제이자 지금은 미합중국 해병대에 복무하는 앤젤로와 토니의 동생……" 이 대목에서 팬들은 자리에서 일어나 앤젤로와 토니를 위해 꼬박 이 분간 기립박수를 보냈다. "버드 파루샤!"

버드가 리퍼스 더그아웃에서 뛰어나와 관중석을 향해 글러브를 흔들기 시작하자 갈채는 산산이 흩어졌다. 원정팀 더그아웃 계단에서 먼디스 선수들은 홈팀 유니폼을 입은 하얀 버디를 경외의 눈으로 지켜보았다. 너덜너덜한 회색 원정팀 유니폼을 입은 그들에게 그가 얼마나 신부처럼 보이는지! 세상에서 제일 마음씨 좋은 코치인 졸리 촐리가 승리의 V자를 날려주며 "행운을 비네, 친구!"라고 소리치자, 파루샤는 갑자기 아주 강하고 힘차게 몰아치는 감정에 휩쓸린 나머지 없는 팔에도 전율을 느꼈다. 날 다시 데려가줘요, 예비 신부의 마음은 이렇게 외쳤다. 늦기 전에 다시 데려가줘요. 원래 내가 있던 곳으로! 그러나 제정신인 어느 미국인이 7위 팀에 들어갈 수 있는 마당에 8위 팀으로 되돌아가기를 바라겠는가? 버드는 먼디스 더그아웃 쪽으로 도망치는 대신, 그의 구원자인 마주마와 더블룬이 기다리는 홈플레이트로 계속 걸어갔다.

그날 오후에 공연하기로 한 먼디스의 첫번째 선수가 관중에게 소개되었다. 마주마는 시무룩한 루퍼트 선수들을 은밀히 개별적으로 접촉했고, 버디 P와 같은 방식으로 '관중을 즐겁게' 해준다면 리퍼스로 데려와주겠다고 약속했다. 최종적으로 그걸 아주 간절히 원했거나 그의 약속을 믿을 정도로 어리석은 사람은 정규선수 두 명과 구원투수 한 명뿐이었다.

"신사 숙녀 여러분." 마주마가 홈플레이트에 설치된 마이크에 대고 발표했다. "메이저리그 역사상 최연소 선수를 여러분께 소개해드리는 것을 기쁘고 영광스럽게 생각합니다. 먼디스 2루수, 열네 살의 닉네임 데이머!"

닉네임이 원정팀 더그아웃에서 전속력으로 달려나와 더블룬의 가랑이 사이로 완벽한(그리고 그가 바라기에, 관중이 보고 즐거워할 만한) 훅슬라이딩을 선보이며 홈플레이트에 들어왔다.

"그만둬." 더블룬이 짜증을 냈다.

"오늘날 야구계에서 가장 빠른 주자로 인정받고 있습니다. 그가 베이스에 있는 걸 볼 기회가 거의 없었던 사람들이 하는 말이죠. 농담이야, 데이머!" 관중이 아우성치는 동안 마주마가 소년의 등을 철썩 치며 재치 있게 말했다. "닉네임 데이머는 오늘 베이스 위에서 속도 대결을 펼칩니다. 상대는 바로 위대한 시비스킷*의 사돈의 팔촌이자 나의 딸 더블룬의 폴로용 말인 그레이엄 크래커입니다!"

이 말과 함께 리퍼스 더그아웃에서 작은 갈색 암망아지가 콧김을 뿜으며 춤을 추듯 걸어나왔다. "그레이엄!" 더블룬은 크게 이름을 부르며 배트보이에게 고삐가 잡힌 채 음료수 냉각기를 지나구장으로 나오고 있는 조랑말에게 달려갔다. "오, 그래미스!" 더블룬은 이렇게 외치고 조랑말의 갈기에 입술을 파묻었다. 그러자 배트보이가 하이힐, 반바지, 블라우스 차림의 그녀를 번쩍 들어올려 말 위에 앉혔다. 그녀는 기수용 채찍을 공중에서 가볍게 받은 후 말을 몰고 센터필드 담장 앞까지 질주했다가 되돌아왔다.

"그레이엄 크래커는 48.53킬로그램까지 태울 수 있습니다." 마주마가 말했다. "조랑말에 관심이 없는 여러분들이 이해하도록 바꿔 말하면 38-22-36이란 뜻입니다."

이제 닉네임과 그레이엄 크래커는 서로의 코를 나란히 하고 홈 플레이트에 서서 1루 방향으로 달릴 준비를 했다. "관중 여러분도 아시겠지만," 마주마가 말했다. "더글러스 D. 오크하트 장군 덕분에 패트리어트리그의 각 구장에는 마권 판매 창구가 허용되지 않

---

* 미국의 경주마 챔피언. 대공황 시절 희망의 상징으로 인기를 끌었다.

습니다. 하지만 저 자신을 비롯해 재미를 좋아하는 모든 사람을 위해 말씀드리자면, 저는 지금 여러분이 이웃들과 다정하게 작은 내기를 해서는 안 될 이유가 전혀 없다고 생각합니다……"

왁자지껄한 베팅의 흥분이 경기장을 휩쓰는 동안 더블룬은 그레이엄 크래커의 목에 기대 말에게 얘기하는 척하면서 먼디스의 2루수에게 속삭일 기회를 놓치지 않았다. "코너를 돌 때 우리와 겹치지 않는 게 좋을 거야, 닉네임. 몸이 산산조각나서 끝장나고 싶지 않다면 말이야."

드디어 그들이 출발했다!

"홈플레이트를 출발하는 순간 그레이엄 크래커가 앞서나갔습니다." 아주 진지한 어조로 바뀐 마주마가 다발총처럼 말을 쏘아댔다. "1루 선상에서 그레이엄이 약 반 마장 앞섰습니다! 1루에서 그레이엄은 크게 돌고, 닉네임은 안쪽으로 파고들어 2루로 돌진하고 있습니다! 이제 양 선수는 목을 나란히 하고 2루를 향해 달리고 있습니다! 닉네임이 2루를 밟았습니다! 그레이엄도 밟았습니다! 양 선수는 2루를 돌아 3루로 향합니다. 코스의 3분의 1이 남은 지점에서 닉네임이 몸통 하나, 몸통 하나 반 앞서고 있습니다. 현재 그레이엄 크래커는 유격수 위치를 지나며 힘차게 달리고 있습니다! 그레이엄 크래커는 아직 패하지 않았습니다. 그레이엄이 힘차게 돌진하고 있습니다! 그레이엄을 방해하는 게 없다면 먼디스 선수를 라인드라이브로 날려버릴 것 같습니다. 이제 양 선수는 3루를 돌아 홈으로 향하고 있습니다. 그레이엄 크래커가 추월하고 있습니다……" 그 순간 비명과 고함을 지르던 4만 명의 관중이 자리에서 일어났고, 닉네임은 더블룬의 채찍이 자기 입 주위에서 휘날리고 코에서 피가 터지는 순간에도 오로지 승리를 상상했다. 그는 이제 캐쿨라 리퍼스의 2루수, 홈구장과 홈팬이 있고 한순간도 존재감을 잃지 않는 구단주가 있는, 믿을 만한 메이저리그 팀의 선수다. 아, 그러나 그를 앞지르는 그레이엄 크래커가 희미하게 보이고, 또다시 그 채찍이 뒤쪽으로 도리깨질을 치면서 그의 이마를 찢을 때, 안 돼, 나는 지지 않을 거야, 절대, 남은 생일을 먼디스 선수로 보내지 않을 거야…… "안 돼!" 닉네임이 슬라이딩에 돌입하는 순간 졸리 촐리가 외쳤다. 하지만 그는 했다. 하고 말았다. 그레이엄 크래커의 맹렬한 발길질에 부서져 가루가 되는 한이 있어도, 단지 자신의 운명을 바꾸고 싶었고(누가 안 그러겠는가?) 출세하고 싶었던(누가 안 그러겠는가?) 야심찬 열네 살 소년은 말의 네 발굽 아래로 들어갔다.

"이 미친 꼬맹이!" 더블룬은 소리를 지르며 충돌을 피하기 위해 홈플레이트 앞에서 방향을 틀어 닉네임에게 득점을 허용했다. 그 순간 그녀는 안장에서 머리부터 떨어져서 허공으로 약 9미터를 날아가 땅에 튄 다음 먼디스의 더그아웃 안으로 들어갔다. 빅존은 짧은 비행을 마친 그녀를 쇼트홉*해 들것이 도착할 때까지 마음껏 주물렀고, 잠시 후 의식을 잃은 젊은 여자의 부서진 몸은 캐쿨라메모리얼의 응급실로 실려갔다. 그런 뒤 소스라치게 놀란 관중 4만 명이 지켜보는 가운데—그렇다, 캐쿨라의 팬들도 크게

---

* 공이 땅에서 튀자마자 낚아채는 것.

동요했으며, 생생하고 짜릿한 오후의 볼거리를 기대하던 관중의 예상은 행사가 이런 재난에 가까운 국면을 맞이하며 한참을 빗나가고 말았다―마주마는 경기장 경비병에게 권총을 빌려 그레이엄 크래커의 두개골에 총알을 관통시켰다.

"젠장." 홈플레이트에서 불과 몇 센티미터 떨어진 곳에 누워 고통으로 몸부림치던 조랑말이 기력을 소진해 콧김을 몰아쉬다 죽을 때 닉네임이 숨을 헐떡이며 말했다. "난 그냥 이기려고 최선을 다한 것뿐인데."

슬픔 속에서도 마주마는 억지로 미소를 지었다. "그래? 만일 더블룬이 세상을 등지면, 데이머, 네가 이겨서 얻은 게 뭔지 알게 될 거다. 팬들한테 붙잡히면, 닉네임, 넌 부러울 게 하나 없는 가메시를 부러워하게 되겠지. 내 경험으로 추측하건대, 꼬마야, 더블룬이 살아난다 해도 넌 끝장이야. 거기에 잘 들어맞는 역설을 얘기해주지. 넌 반짝했다 영원히 사라지는 거야."

"열네 살에요?" 피투성이가 된 먼디스 선수가 외쳤다.

"그으―렇지." 마주마가 말했다. "넌 방금 평생 먼디스의 족쇄를 찬 거야."

"하지만 어떻게 그럴 수 있죠? 내가 이겼잖아요!"

"저 사람들한테 얘기해봐라, 닉네임." 마주마가 시선을 들어 스포츠맨답지 않은 닉네임의 낯가죽을 향해 야수처럼 짖어대는 관중을 바라보며 말했다. "사람들의 말처럼," 마주마가 두 귀를 막고 빈정거렸다. "네겐 이제 저 함성만 남고 다 끝난 셈이지."

마주마가 관중에게 자신의 목소리가 들리리라는 판단을 내릴 때까지 몇 분이 흘렀다. 그는 마이크 앞으로 다가가 한 손을 높이 들고, 으르렁대는 관중의 시뻘건 입속으로 작고 부드러운 먹잇감을 던져주었다. "공식 기록, 14.48초. 승자는…… 데이머!"

"살인자! 킬러! 괴물! 악마!" 그래, 자신에게 어울리는 이름을 끊임없이 찾아 헤매던 소년에게 그들이 이제야 지어준 별명이었다.

경기장 관리인들이 그레이엄 크래커의 사체를 끌고 필드를 가로지른 뒤 먼디스 불펜을 지나 밖으로 내보내고, 조랑말의 비통한 발굽자국을 마지막 것까지 갈퀴로 긁어 없앤 후, 마주마는 관중에게 계속해서 '버드 파루샤 환영의 날' 행사를 계획대로 진행하겠노라고 발표했다. 그가 갈라진 목소리로, "더블룬도 그렇게 하기를 바란다고 생각하지 않을 수 없습니다"라고 말하자 관중은 기립박수를 보내기 위해 다시 한번 자리에서 일어났다.

다들 놀라고 기뻐할 일이 이어졌다. 다음으로 소개된 사람은 조금 긴 날염 드레스에 튼튼해 보이는 신발을 신은 백발의 땅딸막한 여자였다. 부축을 받으며 리퍼스 더그아웃에서 나온 그녀는 작은 보이스카우트 부대의 경호를 받으며 마이크 앞까지 왔다. "신사 숙녀 여러분," 마주마가 그녀의 뺨에 살짝 입을 맞춘 후 말했다. "여기 작은 부인이 나왔습니다. 제 어머니입니다! 그녀와 함께 나온 마주마애비뉴초등학교의 제40분대를 소개합니다!"

보이스카우트는 즉시 차렷을 하고 경례했다. 어떤 아이들은 마주마의 어머니에게, 다른 아이들은 프랭크 마주마에게, 또다른 아이들은 센터필드에 서 있는 미국 국기를 향해, 그리고 몇 명은 서로에게 경례를 했다. 마주마 여사는 핸드백을 든 채 관중에게 수줍게 손을 흔들었다. "오늘," 그녀가 마이크에 대고 말했지만 목소리가 하도 작아 관중은 몸을 앞으로 빼고 귀기울여야 했다……오늘, 육성보다 훨씬 더 부드러운 메아리가 울렸다. "저는 제가"―저는 제가…… "지구상에서"―지구상에서…… "가장 행복한"―가장 행복한…… "엄마인 것 같아요"―것 같아요……

또 한번 기립박수.

"자, 팬 여러분." 마주마가 말했다. "아시다시피 야구에는 이 게임 자체만큼이나 오래된 관습이 있습니다. 공격팀이 가벼운 농담으로 수비팀의 약을 올리는 벤치조킹이 그것이죠. 올해 구장에 나와 지금까지 원정팀의 경기를 보신 분들은 아시겠지만, 리그를 통틀어 지금 제가 소개할 이 선수보다 더 빠르고 느긋하게 벤치조킹을 할 줄 아는 이는 한 명도 없을 겁니다. 벤치에서 이렇게만 외치면 됩니다. '핫헤드, 이 맥주병 같은 놈, 넌 우리 엄마가 도루를 해도 못 잡을걸!' 그리고 이 먼디스 선수가 노발대발하는 걸 지켜보십시오. 여러분, 크게 환영해주십시오, 버드 파루샤의 전 동료이자 동료 장애인, 루퍼트 먼디스의 포수, 핫헤드 타!"

무릎보호대 하나에―핫은 이를 보고 놀라는 사람들에게 "무릎이 하나밖에 없는 게 뭐 어때서!"라고 고함치곤 했다―가슴보호대, 마스크, 글러브를 착용한 핫이 먼디스 더그아웃에서 자기 나름의 최고 속도로 달려나왔다. 아, 어찌나 열심이던지!

"자," 웃음이 잦아들자 마주마가 말했다. "핫, 여기 이 여성은 내 엄마일세!"

"안녕하쇼!"

"안녕하세요, 타 씨."

"그럼, 핫." 마주마가 말했다. "세 번 중에 두 번 우리 엄마를 2루에서 아웃시킬 수 있겠나? 개인적으로 난 우리 엄마와 그녀의 스피드를 알기 때문에 의심스럽다고 말할 수밖에 없네."

그 즉시 핫헤드가 불끈 화를 내자 관중이 크게 기뻐했다. "그 말을 취소하게 해주겠습니다, 마주마!"

"그러면…… 그러면." 마주마가 이번에는 자신의 웃음이 가라앉기를 기다렸다 간신히 입을 열었다("딸이 병원에서 척추 수술을 받고 있는 위급한 순간에도 그는 웃을 줄 압니다! 정말 대단한 사람입니다!"라고 리퍼스 담당 캐스터가 KALE 방송을 듣는 수만 청취자에게 말했다). "저희 엄마의 도루를 세 번 중 두 번 막으려는 핫헤드를 도울, 여기 야구계에서 가장 아픈 팔을 가진 자랑스러운 선수를 소개합니다. 먼디스의 에이스 구원투수……"

그렇다, 수많은 관중에게 기쁨을 선사하며 치코 머코틀이 먼디스 불펜에서 슬프게 먼길을 걸어나오기 시작했다. "이이엡!" 그가 투구를 할 때마다 내는 작은 비명을 관중이 흉내냈다. "이이엡!" 아, 관중은 그 소리를 그토록 사랑했지만 정작 먼디스 선수들은 놀란 벙어리가 되었다. 치코, 방어율이 14.06인 치코까지 더는 모욕을 견디지 못하고 루퍼트의 R 유니폼을 벗으려 하다니!

"그리고," 마주마가 말을 이었다. "2루를 수비하고 핫헤드의 공을 받아줄……" "안 돼!" 관중이 아우성쳤다. "……먼디스의 2루수……" "안 돼! 안 돼!" "……닉네임……"

"살인자! 킬러! 암살자!" 관중이 비명을 지르는 가운데 닉네임이 모자에 가볍게 손을 대 인사하고 싸움닭처럼 자기 포지션으로 달려갔다.

빅 존은 1루를 커버하러 나가기 위해 먼디스 벤치에서 일어나면서 자신은 재미삼아 나가는 거라며 놀란 동료들을 재빨리 안심시켰다. "걱정하지 마, 친구들. 난 배신자가 아냐. 내가 고려해볼 트레이드가 있다면 그건 집시 팀뿐이야. 죽기 전에 곰과 춤을 춰보고 싶거든! 하! 하!"

그동안 마주마 여사는 리퍼스 더그아웃으로 돌아가, 핸드백을 보이스카우트 제40분대에게 맡기고 신발을 스파이크로 갈아신었다.

고통을 한 번이라도 건너뛰기 위해 치코는 연습 투구로 핫에게 땅볼을 던졌고, 핫은 그 공을 잡아 2루에 있는 닉네임에게 힘껏 던졌다. 리퍼스의 포수인 더키 리그가 타자 역할을 하러 나오자 또 한번 기립박수가 터졌다. 식전 행사에서 터진 일곱번째 기립박수였다. "어디, 확인해보겠습니다, 네 맞습니다. 정규시즌 경기의 식전 행사 중 기립박수 일곱 번은," 캐스터가 말했다. "메이저리그 신기록입니다." 야구화를 신은 마주마의 엄마는 새로 그은 파울라인을 밟지 않으려고 조심하면서 1루로 갔다.

"반가워요, 바알 씨." 그녀가 인사하자 빅 존은 월터 롤리 경 인사법으로 모자를 획 벗고 허리를 숙여 팬들에게 돈값을 했다.

멕시코 출신의 우완투수가 준비 자세를 취했다. 치코는 왼쪽 어깨 너머로 1루를 힐끗 보았다. 아니나 다를까, 날염 드레스를 입은 노부인은 베이스 위에서 슬금슬금 내려와 2.5센티미터 움직이고, 다시 2.5센티미터 움직이고, 또 2.5센티미터 움직이더니 결국 꽤 많은 거리를 리드했다. 치코의 주의를 끌기 위해 양팔을 천천히 앞뒤로 흔들기 시작하는 모습이 그가 투구에 들어가자마자 2루로 뛰기 시작하겠다는 걸 만천하에 알리는 것 같았다.

까짓것, 놔두자. 치코는 올해 들어 지금까지 정규선수가 주자로 나가도 1루에 공을 던져본 적 없었고, 이제 와 노부인에게 처음으로 시도할 생각도 없었다. 그의 팔로는 안 하는 게 나았다. 그는 뱀처럼 몸을 꼬는 와인드업을 시작해 특유의 비명인 "이이엡!"과 함께 공을 완만하게 던져 땅에 처박았다. 핫이 나무다리로 깔끔하게 블로킹했고, 마주마 여사는 1루에 머물렀다.

두번째 투구에서 그녀가 뛰었다! 마침내 공이 높은 곳까지 다다랐지만 핫이 인상적인 플레이로 껑충 뛰어 낚아챈 뒤 허공에서 그대로 닉네임에게 발포했다.

마주마 여사는 드레스에도 아랑곳하지 않고 슬라이딩을 했지만, 2루심인 그녀의 아들이 "아웃!"이라고 외쳤다.

일어나 몸에 묻은 흙을 털면서 그를 바라보는 그녀의 시선이 도저히 어머니 같다고 할 수 없었다. "저 선수는 태그를 못했어, 프랭크."

"난 본 대로 판정했어요, 엄마." 마주마가 들고 있던 핸드마이크에 대고 말했다.

"쟨 날 건드리지도 못했어, 프랭크." 마주마 여사가 화를 내며 베이스를 발로 찼다.

"이봐요, 여기선 옛날 옛적에 키워줬다고 해서 심판이 봐주는 건 없어요! 내가 '아웃!'이라고 말하면 아웃인 거예요!"

낙담한 그녀는 고개를 저으며 1루로 총총걸음쳤지만, 그전에 닉네임이 있는 쪽으로 몇 마디 던졌다.

이제 닉네임은 마운드로 걸어가 공을 건넨 후, 다 함께 모여 회의를 하자며 핫과 빅 존에게 손짓했다. "들어봐." 그가 말했다. "믿을지 모르겠지만, 마주마 여사가 방금 나한테 뭐라고 했는지 알아? 날 이런 눈으로, 이렇게, 노려보면서 이랬어. '베이스를 막지 마라, 애야, 안 그러면 다음번엔 네 귀를 잘라버릴 거야!'"

"글쎄, 그렇다니까! 내가 의심했던 그대로야! 마주마가 그 수법을 우리한테 또 써먹고 있어. 저 여잔 사실 남자야! 하!"

"이봐," 핫이 으르렁거렸다. "난 이게 그건지 아닌지 관심 없어! 넌 2루를 잘 막아, 닉네임! 그리고 치코, 여사한테 유리한 거리를 허용하지 마, 알았어? 여사가 그렇게 리드하면 먼저 1루로 공을 던져버려!"

"오, 칼도*, 안 돼, 제발, 칼도, 1루에 던지는 거 정말 싫어. 너무 아프단 말이야, 칼도……"

"그럼 빌어먹을 먼디스에 남는 건 어떻지? 그건 안 아픈가? 저 계집을 1루에 꽉 묶어둬, 이 끽끽거리는 쥐방울만한 멕시코 놈아. 안 그럼 우리의 운명은 영원히 룹잇 신세로 끝나!"

"하! 우린 어떻게든 죽을 운명이야." 빅 존은 운명의 시고 쓴 맛이 자신에게는 레모네이드 정도밖에 되지 않는다는 듯 말하고

---

* 이탈리아어로 'hot'.

성큼성큼 1루로 돌아갔다. "그건 잘 붙어 있나요, 아가씨?" 그는 이렇게 물으며 마주마 여사의 스파이크 사이에 담배 즙을 한 덩어리 뱉었다.

"이봐, 이봐." 마주마 여사가 맞받아쳤다. "그딴 짓은 하지 말자고, 젊은이." 그런 뒤 베이스에서 한 걸음 내려와 리드를 했다.

치코는 비명소리에 이어 딱하게도 1루에 견제구를 던졌지만 마주마 여사는 여유롭게 베이스로 돌아갔다.

"이번에도 땅바닥에 엎어져야 한다면, 아가씨, 그 예쁜 드레스가 찢어질까 걱정되지 않나요?" 빅 존이 물었다.

"내 몸은 내가 알아서 충분히 건사해, 암튼 고맙네." 그러더니 그녀가 2루로 내빼기 시작했다! 이번에도 핫의 송구는 완벽했지만, '조지아의 복숭아' 그 자체를 연상시키는 슬라이딩으로 마주마 여사는 등을 땅에 대고 베이스—그리고 태그하려는 2루수—의 오른쪽으로 미끄러져 들어가는 동시에 왼팔을 뒤로 뻗어 손가락으로 베이스를 톡 찍었다.

"세이프!" 마주마가 손바닥을 밑으로 하고 양팔을 옆으로 쭉 뻗었다. "세이프입니다!"

관중이 다시 기립한 가운데 마주마 여사는 천천히 일어나 드레스에 묻은 흙을 툭툭 털고 야구용 양말을 매만져 바로잡았다. 그러는 동안 도저히 무시할 수 없는 목소리로 먼디스 2루수에게 경고의 메시지를 보냈고, 그는 자신의 귀를 의심했지만 그 정도 나이에 그런 드레스를 입은 부인이라면 누구한테라도 그러듯 공손하게 경청했다. "아가, 이제 부엌으로 가서," 그녀가 몸을 깨끗이 털면서 닉네임에게 말했다. "특별한 숫돌을 가져와 내 조각칼을 갈아야겠구나. 그걸로 내가 뭘 할지 넌 알겠지? 난 오후에 훌륭한 부인들과 둘러앉아 커피를 마시고 케이크를 먹는단다. 그리고 내 스파이크를 갈지. 이게 너한테 마지막으로 하는 말이야. 네가 못 들어봤을까봐 하는 말인데, 이 주루라인은 주자 거야. 한 번만 더 주자를 방해하면 널 껍질째 벗기고 말 거다, 꼬마야. 이제 다음번 도루는 병원에 누워 있는 그 아이, 더블룬이란 이름의 여자아이를 위해 꼭 성공하고 말 거야, 닉네임. 그러니 나한테 길을 내주는 게 좋을 거다, 네 얼굴이 남아나길 원한다면."

"하지만," 닉네임이 대꾸했다. "그 여자가 날 쳤어요. 그 채찍으로요! 보세요. 이건 내 피라고요!" 마주마 여사는 이미 관중의 기쁨에 찬 포효를 들으며 1루로 총총걸음치고 있었다.

두 사람이 한 베이스 위에 서 있는 동안 빅 존은 그녀의 턱 앞에 몸을 바짝 붙이고 물었다. "분명 아닐 거야. 가발하며 화장하며 완벽하게 위장했지만 법을 어긴 악명 높은 길 가메시가 몇 달러를 벌려고 이럴 리 없어, 안 그래, M 여사? 그렇게 뒤집어쓰고 또다시 계집 역할을 하는 건 아니겠지, 길리 선수?"

"그만 입조심하는 게 좋을 걸, 바알 씨. 한번 더 그 더러운 아……"

"마음대로 말해보시지. 하! 하!"

"……메이저리그 경기장에서, 더구나 미국인 엄마한테 그런 상스러운 얘길 했다고 오크하트 장군한테 보고할 거야." 그런 뒤 그녀는 크고 침착하고 교활한 고양이처럼 베이스로부터 2.5센티미터씩 전진하기 시작했다.

홈플레이트 뒤에서 핫헤드는 이미 소리를 지르고 있었다. "그 녀를 1루에 묶어!" 그러나 이미 늦었다. 핫이 홈플레이트 뒤에서 펄럭이며 날아오는 치코의 공이 도착하기를 기다리는 동안, 이미 많이 리드해 있던 노부인은 2루로 달리는 중이었다. P리그에서 빈정대기를 좋아하는 몇몇 사람에 따르면, 그 투구는 진정 애처로 왔다고 한다. 그 한심한 물체는 느리기도 하거니와 갈수록 더 느려지고 있었다. 광분해서 무언가 생각할 상태가 아닌 핫이 생각할 수 없는 일을 했다. 공이 홈플레이트로 날아오는 도중에 공을 받으러 앞으로 달려나갔고, 타석의 선수가 공을 겨냥하든 포수를 겨냥하든 배트를 휘두르겠다고 마음만 먹으면 그 스윙 궤도에 정확히 걸릴 수밖에 없는 위치에 서게 되었다.

"스윙!" 팬들이 덕 리그에게 소리를 질렀다. "머리통을 날려버려!"

더키는 성품이 대단히 온화했지만(당연히 팬들의 외침은 농담이었지만), 그 자리에 나온 이상 맡은 일을 성실히 해야 한다는 마음으로 배트를 휘둘렀다. 거의 골프 스윙에 가까웠고, 그게 다였지만, 배트에 맞은 핫헤드의 나무다리는 깔끔히 분리되어 3루 라인 쪽으로 날아갔고, 이층 라디오 중계박스의 캐스터에 따르면 "파울!"이 되었다. 보이스카우트 소년 한 명이 즉시 의족을 회수하러 달려나오는 사이, 핫은 한 다리로 균형을 잡고 서서 온 힘을 다해 2루로 공을 던진 뒤 얼굴을 땅에 박고 쓰러졌다. 맙소사, 어떤 인간이 핫헤드 타보다 더 간절히 트레이드를 원할까?

"완벽한 송구입니다!" 캐스터가 외쳤다. 하지만 마주마 여사는 오른쪽 다리를 높이 치켜든 채 슬라이딩중이었고, 그 순간 사람들은 그녀의 스파이크에서 반사되는 햇빛을 보았다. 이윽고 신발, 다리, 그리고 펄럭이는 긴 드레스 자락이 무너지고 있는 닉네임의 형체 속으로 사라졌고, 슬로모션처럼 몸을 수그린 닉네임은 악어의 턱처럼 벌어진 마주마 여사의 하체를 덮쳤다.

침묵. 우주의 침묵이 구장을 뒤덮은 가운데 잠시 뒤 흙먼지가 걷히자 마주마는 과연 주자가, 명백해 보이는 그녀의 의도대로, 2루수와 그의 목을 분리시켰는지 확인하기 위해 시력을 집중했다. 그러나 아니었다. 그녀는 2루수의 유니폼을 어깨서부터 허리까지 비스듬히 찢어놓았지만 닉네임의 몸뚱이는 온전했다. 그러나 2루수는 공과 분리되어 있었고, 공은 약 5미터 거리의 잔디밭 가장자리에 떨어져 있었다.

"세이프!" 마주마가 크게 외쳤고, 이튿날 여러 신문이 보도한 것처럼 리퍼필드는 '아수라파크'로 이름이 바뀔 수도 있었다.

마운드와 홈플레이트 중간에 엎드린 먼디스 포수는 두 주먹으로 땅을 쾅쾅 내려치며 울부짖었는데, 그 눈물에 그의 얼굴이 화상을 입을 것 같았다.

갑자기 보이스카우트 한 명이 나무의족을 들고 쓰러진 포수 옆으로 다가와 양손을 쭉 내밀었다. "여기요, 아저씨, 아저씨 다리."

"빌어먹을, 네 엉덩이에나 붙여라." 핫헤드가 울면서 말했다. "그리고 평생 멋지게 살아봐!"

"그럼," 소리치는 보이스카우트의 주근깨투성이 얼굴에 순수한 기쁨이 번졌다. "제가 가져도 돼요? 야구화도 같이요? 와! 핫 헤드 타의 다리다!" 소년은 큰 소리로 외치며 리퍼스 더그아웃에 있는 분대원들에게 자신이 받은 상을 들고 달려갔다. "내가 가져 도 된대!"

지금 닉네임이 그의 옆에 무릎을 꿇고 있었고, 빅 존도 마찬가 지였다. "어떻게 그럴 수 있냐?" 핫이 2루수의 셔츠를 움켜잡고 소리질렀다. "어떻게 예순 살 먹은 할망구의 스파이크를 무서워 할 수 있어?"

"제길, 그만둬, 핫." 빅 존이 말했다. "할망구가 아니었어. 당 신은 어떻게 봤는지 몰라도, 그 사람은 가메시라는 부정 참가자였 다고."

닉네임은 뺨 전체에 인디언 물감처럼 번진 피와 눈물을 글러브 낀 손등으로 닦으며 엉엉 울었다. "하지만 정말 할머니였어, 촨, 그게 제일 끔찍한 거야. 그래서 공을 떨어뜨린 거야! 스파이크 때 문에 겁을 먹은 게 아니라, 핫, 여길 봐, 마크 위에 긁힌 자국이 잔 뜩 났잖아."

"그럼 뭐 때문이야?" 핫이 소리를 질렀다. "그 여자한테 공손하 게 보이려다 공을 놓친 거야?"

"아냐! 아냐! 그건 말이야, 그 여자가 다리를 들 때였어. 그래 서 공을 놓친 거야. 거의 기절할 뻔했다고."

"왜?" 핫헤드가 물었다.

"아우, 제길. 핫, 난 지금까지 2루에서 그런 냄새를 맡아본 적 이 없어. 갈봇집에서도. 어딘가에 버려져 흐물흐물 썩고 있는 고약한 냄새였어. 거짓말이 아냐, 핫. 베이스에 새우잡이 배가 정박한 것 같았어. 아니, 더 지독했어! 내가 살아온 인생이 눈앞에 스쳐지나갔어. 난 생각했지. 하느님 맙소사, 저게 뭐든 난 이제 죽는구나!"

"그렇게 지독했냐? 응?" 빅 존이 말했다.

"지독했냐고? 차라리 늪에 빠져 죽는 게 낫겠더라니까!"

"하여간." 닉네임과 함께 어이없어 말도 못하는 핫헤드의 팔을 양쪽에서 하나씩 잡고 먼디스 더그아웃으로 가는 도중에 빅 존이 말했다. "늙으나 젊으나 그것들은 그걸 어떻게 써먹어야 하는지 안단 말이야, 안 그래? 자, 힘을 내, 핫헤드, 넌 캘커타의 블랙홀*에서 끝장날 최초의 사람도 아니고 마지막도 아닐 테니까."

그런데 치코는? 핫의 다리가 날아가 파울이 되자마자 그는 필드에서 원정팀 라커룸으로 달려간 뒤 자신의 라커 안으로 기어들어가 문을 닫았다. 그는 (배은망덕하긴 해도) 독실하고 단순한 사람이었기에 그 모든 일을 자신에 대한 심판으로 여겼다. 라커의 공기구멍에 대고 속삭이는 목소리로 간청했다. "나는 먼디스를 사랑합니다! 나는 진실로 먼디스입니다! 먼디스에 남겠습니다!" 곧 졸리 졸리가 나타나 라커를 열어 떨고 있는 구원투수를 임시 고해성사실에서 꺼내주었지만, 그후 치코는 배트에 맞은 팔다리가 타석에서 그에게 다시 날아오거나, 눈알이 번트처럼 떨어지거

---

* 18세기 영국인 포로 백여 명이 더위와 산소 결핍으로 하룻밤 사이에 죽은 벵골의 지하감옥.

나, 머리가 목에서 통째로 떨어져나가는 환영 때문에 제대로 잠을 이루지 못하고 비명을 지르며 펄쩍 뛰어올랐고…… 아, 고통에 못 이겨 호텔 침대에서 바닥으로 굴러떨어지곤 했으며, 또다른 낯선 도시에서는 바닥에 얼굴을 박은 채 소속팀에 불충하고 자신이 입은 유니폼을 증오한 일을 용서해달라고 빌었다. 그는 성모에게 영원히 먼디스 선수로 남게 해달라고 기도했다—마땅한 자격이 없기에 응답을 얻지 못할 걸 알면서도 혹시나 하는 마음에.

자비(그리고 팬 여러분, 간략한 줄거리)를 위하여, 버드 파루샤가 시간을 끌면서 신발끈을 묶은 시범 행사와 그다음에 이어진 경기의 8과 3분의 2이닝은 건너뛰고 '버드 파루샤 환영의 날'에 벌어진 마지막 유혈 사태로 넘어가보자. 루퍼트의 난민들은 선발명단에 조금이나마 메이저리그다운 정통성을 부여해주던 선수를 빼앗기고 나자, 프로야구 역사상 가장 무능하고 바보 같은 팀에서 누구에게나 가장 경멸스러운 팀으로 전락하고 말았다. 캐쿨라 팀에서는 어느 누구도 새로 온 우익수의 턱에서 공을 빼내는 법을 몰랐으므로 그는 입안에 공이 박힌 채 내내 불안해했고(리퍼스 선수가 된 첫날 그에게 온 모든 기회 중 딱 한 번 그랬다), 홈팀이 8 대 0으로 쉽게 승리했을 경기는 버드 파루샤의 큰 입 덕분에 8 대 8이 되어 9회 말로 넘어갔다.

9회 말 동점 상황에서 투 아웃, 주자 만루가 되었다. 동화책이라도 이보다 더 극적인 상황이 일어날 수 있을까? 먼디스의 마운드에는 지치고 집중력을 잃은 쉰 살의 투수가 있고 3루에는 결승

점을 올릴 주자가 있는 바로 그때, 몹시 기다리던 방송이 흘러나왔다.

"관중 여러분, 잠시 주목해주시기 바랍니다. 캐쿨라의 대타자를 소개합니다. 등번호 $\frac{1}{4}$……"

그의 이름은 함성 속에 묻혀버렸다.

콧등을 가로지른 작은(정말 작은) 일회용 밴드를 제외하면 밥 얌에게는 전날 오후에 치른 맹렬한 전투의 흔적이 없었다. 그의 거동에서도 (프랭크 M이 묘사하는 걸 듣자면) "길고 어두운 고뇌의 밤에, 밥에게 야구를, 야구에게 밥을 돌려주자고" 내린 온 국민의 결정에 그 훌륭하고 예의바른 태도가 흔들린 기색 또한 티끌만큼도, 티끌의 100만분의 1도, 1000만분의 1도 찾아볼 수 없었다. 그는 자신의 두 작은 배트를 휘두르며 리퍼스 더그아웃에서 나오더니, 할일이 있는 사람 그 이상도 이하도 아닌 엄숙하고 단호한 태도로 홈플레이트로 나아갔다. 그에게 쏟아지는 폭풍 같은 기립박수에는 모자챙을 살짝 누르는 것으로 답례했다. 그리고 아주 짧은 순간 관중석을 볼 때 그의 시선은 열광하는 군중이 아니라, 1루 뒤쪽 프랭크 마주마의 박스관람석의 한 좌석에 캐쿨라 전화번호부 두 권을 놓고 그 위에 앉아 예쁘게 다듬고 손질한 손톱을 깨물고 있는 주디 얌에게 향했다. 그녀에게만 밥은 미소를 지어 보였다.

마운드에서 디컨 디미터는 길고 비참한 오후가 흐르는 동안 이미 열네 명의 정상 체격 선수에게 포볼을 내준 터였기에, 이제 투수판에서 내려와 몸을 숙이고 공이 홈플레이트를 지날 때 스트라이크 판정을 받을 수 있는 바늘구멍만한 공간을 찾아보았다. 그는 보고, 또 보고, 또 보았고—디컨은 참을성 있는 사람이었다—그런 뒤 투구를 하기 위해 물러나는 대신 스스로 필드에서 걸어나와 경기를 포기했다. "날 믿어줘, 졸리." 그가 더그아웃에서 먼디스 코치에게 말했다. "가능하다면 시도해봤을 거야. 하지만, 젠장, 전화를 걸려고 동전을 집어넣기도 어려울 거 같아."

"신사 숙녀 여러분, 잠시 주목해주시기 바랍니다. 먼디스의 투수 교체가 있습니다. 새로운 투수는 등번호 $\frac{1}{16}$……"

나머지 이야기는 패트리어트리그의 역사다. 혹은 P리그의 역사가 여전히 이 땅에 존재했던 시절의 역사였다. 자신과 사이즈가 비슷한 사람에게 등번호 $\frac{1}{16}$번 선수—물론 그는 꿈의 번호를 직접 고안해 먼디스 셔츠에 단 오케이 오케이터였다—는 공격적으로 오버스로 커브볼 두 개를 던졌는데, 아주 뛰어난 5학년 선수가 던질 법한 짧지만 매우 정상적인 투구였다. 두 번 다 꼼짝하지 않는 얌의 허리를 지나 바깥쪽 구석에 꽂히는 스트라이크였다. 볼카운트 노 볼 투 스트라이크 상황에서, 얌은 화성이나 부다페스트에서 온 사람처럼 낯설어했고 타자로서의 능력도 잃어버린 듯했다. 마주마가 처음 그에게 살아서 그 경험담을 얘기하고 싶으면 절대로 어깨에서 배트를 떼지 말라고 경고한 것도 사실은 그 때문이었다. 그러나 밥은 허무하게 스트라이크 아웃을 당하고 물러날 생각이 없었다. 그의 자존심 문제가 아니었다. 그에게 중요한 것은 존경할 만하고 정직하고 열심히 일하는 모든 곳의 난쟁이들, 그를 통해 존엄성을 구현하고 그를 신뢰하는 평범한 미국인 난쟁이들이었다. 무능하고 무기력하게 서서 오케이터의 세번째 스트라이크를 흘려보내기엔 그는 너무 많은 난쟁이들에게 너무 큰 의미를 상징했다. 결국 그는 결론지었다. 그는 사랑을 받고, 오케이터는 미움을 받는다. 저 관중의 소리만 들어도 누구나 알 수 있다.

물론 순식간에 스트라이크 두 개를 잡아낸 터라 오케이터는 다음 투구를 버리기로 결정했다. 변종이든 명예의 전당 회원이든 누가 안 그러겠는가? 그러나 얌은 앞선 두 커브볼처럼 이번에도 높고 센 공이 그의 손을 향해 날아오다 바깥쪽 아래로 떨어지겠거니 예상하며 배트를 쑥 내밀었다. 온 힘을 다해 휘둘렀지만 공을 놓쳤고, 헛스윙을 하는 순간에도 공은 계속 그의 얼굴을 향해 똑바로 날아왔다.

병원에서 처음 도착한 속보들은 희망적이었다. 수백만 미국인은 1943년 9월 15일 자정에 위기가 지나갔다고 믿고 잠자리에 들었다. 그런 뒤 중부 서머타임으로 오전 네시 십칠분에 프랭크 마주마가 캐쿨라메모리얼병원에서 나와 지친 기색으로 경찰차 보닛 위로 올라갔다. 면도도 하지 않은 그의 얼굴에는 눈물자국이 길게 나 있었다. 모여 있는 기자들, 그리고 가느다란 아침 이슬비가 떨어지기 시작하는데도 병원 밖에 서서 밤을 새운 수백 명의 팬들과 지지자들에게, 마주마는 밥 얌이 두 눈 사이에 맞은 공 때문에 평생 실명하게 되었다고 발표했다. 그리고 나머지 소식을 발표하려는 순간에 쓰러진 그는 아들 잭과 겔트의 부축을 받으며 경찰차에서 내려와 급히 사라졌다. 그러나 채 몇 분 지나지 않아 신문에 자기 사진이 실리기를 원하는 한 병원 잡역부가 스포츠기자인 스미티를 붙들어 세우더니, 곡선미 넘치는 더블룬이 22인치 허리부터 발끝까지 마비되어 그 예쁜 엉덩이를 다시는 살랑거리지 못할 거라는 비밀을 누설했다.

두 이야기가 전신으로 타전된 이후로는, 리퍼스 같은 평범한 얼간이 팀의 비참하고 외로운 부적응자 신세였던 버드 파루샤조차 먼디스로 되돌아가기를 단 한순간도 바라지 않았다.

5

롤런드 애그니의 유혹

5

먼디스의 승승장구에 대해 논평하고, 평균의 법칙에 주목한다. 롤런드 애그니와 앤절라 휘틀링 트러스트의 은밀한 만남, 그 자리에서 롤런드는 자신의 타격 솜씨를 시 형식의 독백으로 읊조린다. 역사는 과거로 돌아가 트러스트 여사의 모험담을 들려준다. 그녀와 타이 코브, 베이브 루스, 졸리 촐리 터미니카, 루크 고패넌, 길 가메시의 연애담이 그것이다. 그녀는 자신이 이기적인 여인에서 존경할 만한 인간으로 변신한 경험에 대해 애그니에게 일장 연설을 늘어놓는다. 독자들은 애그니에게 던져진 무시무시한 경고에 이르러서야 패트리어트리그를 말살시키려는 국제적 음모를 깨닫고 루키 선수 못지않게 놀랄 것이다. 유대인의 손에 넘어간 그린백스의 역사와 더불어, 비록 구장에서 일어난 일이긴 하지만 대부분의 독자들에게 아주 평범하게 보일 유대인 가족의 일상으로 마무리된다.

1943년 시즌이 끝으로 치닫던 9월 말경, 패트리어트리그에 믿기 어려운 현상이 일어났다. 전 국민이 이 주 내내 연합군의 유럽 요새 침공이 언제 어디서 일어날지 예측하는 대신, 스포츠계의 이른바 "기적"에 온 관심을 집중한 것이다. 정규시즌 자체는 하품만 나왔다. 불운한 아메리칸리그에서는 양키스가 나머지 팀들을 상대로 2할 5푼 6리라는 높은 평균 타율을 올려 일찌감치 우승기를 가져갔고, 내셔널리그에서는 모트 쿠퍼와 뮤지얼이 투타에서 건재한 카디널스가 2위인 레즈에 18경기, 듀로셔의 다저스에게 23경기나 앞서고 있었다. 지켜볼 가치가 있는 레이스를 펼치는 곳은 P리그뿐이었다. 몇 달 동안 타이쿤스가 부처스를 근소한 승률로 앞서고 있었다. 그러나 9월 들어 양 팀은 아주 맥빠진 경기를 했고, 각자 속으로 올해 이 리그에서 우승기를 차지해봤자 대단한 명예가 되지 않을 거라는 쪽으로 생각이 돌아선 듯 보였다. 그렇다, 패트리어트리그의 "기적"은 순위표 상단이 아니라 하단에서 일어나고 있었다. 루퍼트 먼디스가 승리를 이어가고 있었던 것이다.

9월 18일 인디펜던스와의 경기에서 14점이 폭발하면서 연승이 시작되어 시즌 마지막날에야 끝났다. 트라이시티 팀이 간신히 연승의 마침표를 찍었다. 타이쿤스 31점, 먼디스 0점으로 끝난 마지막 경기는 그 시즌 먼디스가 당한 최악의 패배였고, 두말할 필요 없이 메이저리그 역사상 어느 팀도 보여준 적 없는 최악의 경기였다.

그 무자비한 해의 마지막날, 먼디스가 안타 27개와 실책 12개로 31점을 내준 것—한 이닝에 19점을 내준 것—은 사람으로서 이해 못할 일이 아니었다. 이해 못할 일은 14 대 6, 8 대 0, 7 대 4, 5 대 0, 3 대 1, 6 대 4, 11 대 2, 4 대 1, 5 대 3, 8 대 1, 9 대 3의 점수로 11연승을 한 것이었다. 어떻게 그런 팀이 일주일도 안 되는 기간에 80점을 올렸을까? 지난 오 개월 동안 겨우 200점을 올린 팀이?

"어쩌면 그게 제 실력인지 몰라." 팬들이 말했다.

"평균의 법칙"이라고 기자들은 썼다.

그러나 어떤 설명도 납득되지 않았다. 먼디스처럼 패할 수밖에 없는 팀에는 실력이라는 게 없다. 실력이란 '패할 수밖에 없다'는 뜻이 아니기 때문이다. "평균의 법칙"으로 말하자면 그런 건 존재하지 않는다. 아주 오랫동안 패배한 팀이 그간 누적된 모든 패배의 힘을 받아 이기기 시작할 수밖에 없다는 게 평균의 법칙이라면. 인생에 그런 메커니즘은 없다. 도박판에 평균이나 보상의 '법칙'을 작동시키는 메커니즘이 없는 것과 마찬가지다. 카지노룰렛 앞에서 도박하는 사람이 열 번 내리 빨간색이 이겼기 때문에 이번에는 검은색에 돈을 걸면서 속으로는 현명하게 평균의 법칙을 유념했다고 말할지 모르지만, 그건 달콤한 사이비 과학의 이름이자 전적으로 비과학적인 미신에 불과하다. 조작했다면 모를까 룰렛에는 기억이 없다.

기적은 어떻게 일어났을까

이 모든 사태의 발단은 전적으로 롤런드 애그니였다. 어느 날 밤 애그니는 자신의 얼굴과 곱슬 금발을 압박붕대로 칭칭 감고서 타이쿤파크에 침입해 야간 경비원을 꽁꽁 묶고 입에 재갈을 물린 뒤, 그 노인한테 열쇠고리를 빼앗아 불멸의 노령 팀 트라이시티 타이쿤스의 구단주 앤절라 휘틀링 트러스트의 지하 벙커에 들어갔다. 애그니가 가진 유일한 무기는 그의 방망이였다.

그는 육중한 철문을 조용히 밀고 그녀의 아파트 현관으로 몰래 들어갔다. 바닥에서 천장까지 벽 전체에 유리 진열장이 설치되어 있었는데, 진열장 안에는 60센티미터와 90센티미터 높이의 우승 컵들과 트로피들이 위에서 내리쬐는 스포트라이트를 받아 번쩍였고 그 꼭대기에는 야구복을 입은 피규어들이 웨딩케이크 장식처럼 올라가 있었다. 패트리어트리그 우승컵, 허니보이에반스 트로피, 월드시리즈 우승컵, 더글러스 D. 오크하트 트리플크라운상…… 롤런드는 복도를 몰래 지나며 그 신성한 물건들을 자세히 살펴보기 전부터 이미 각각의 크기와 형태로 그것이 무엇인지 알아볼 수 있었다. 더 들어가니 금붕어 어항들이 일렬로 반짝였고, 각각의 어항 안에는 패트리어트리그 마크가 찍힌 공이 있었는데 공의 표면에는 의미를 알아볼 수 있는 작은 은패가 붙어 있었다.

필 소어
$61\frac{1}{3}$이닝 연속 무실점 투구
1933

빅 브래기
생애 통산 535번째 홈런
1935

스모키 워든
16이닝 연속 퍼펙트게임
1934

1935년 시즌

216번째 더블플레이

'러스템―이자나기―마츠다'

1930년대 초 완전무결한 타이쿤스의 시대에 성장한 미국인이
라면 당연히 그렇겠지만, 과거 패트리어트리그의 신기록을 만든
야구공들을 코앞에 두고 서 있자니 정신이 아득했다. 물론 애그니
가 대단한 존경심을 품고 이름을 읽곤 했던 대공황 시절 타이쿤스
의 스타들은 그가 속한 먼디스가 올 시즌 내내 대결을 펼쳤던 바
로 그 노장 선수들이었다. 그러나 1934년 스모키 워든이 부처스
를 상대로 16이닝 연속 퍼펙트를 기록한 바로 그 공을 보고 있자
니, 나이든 스모키를 상대로 직접 경기하는 것과는 전혀 다른 전
율이 일었다. 그것은 결코 전율이 아니라 부인할 수 없는 굴욕감
이었다. 그랬다. 더 전설적인 스타를 볼수록, 롤런드 자신이 광대
같은 여덟 명의 동료와 수비를 한다는 사실과, 패트리어트리그를
에덴동산으로 꿈꾸던 아홉 살 소년 시절부터 우상으로 삼은 인물
의 머릿속에 자신이 그 동료들과 함께 연상될 거라는 사실이 더욱
고통스러웠다.

스모키가 1934년에 퍼펙트 16이닝을 마무리했던 그 공을 지금
눈으로 직접 보니, 그 이듬해 빅 브래기가 관중석으로 날려보낸,
그가 P리그에서 날린 535번째 홈런볼과 거의 똑같아 보였다. 그
래도 애그니처럼 대단히 세련된 야구 감각을 가진 이에게 두 기록
이 불러일으키는 경외감의 깊이와 성질은 조금도 혼란스럽지 않

왔다. 각각의 업적이 그의 정지된 육체 안에 불러일으키는 힘, 타이밍, 집중력의 일치를 감지할 수 있었다. 그 자신은 외야수―아주 훌륭한 외야수!―였지만 "216번째 더블플레이"를 읽기만 했는데도 그의 근육들은 유격수에서 2루를 거쳐 1루로, 2루에서 유격수를 거쳐 1루로, 1루에서 2루를 거쳐 다시 1루수로 돌아와 병살을 만들어내는 리듬 그대로 진동했다. "아 오 이." 그는 신음했다. "이 오 아…… 아 아 아…… 후-웁 후-웁 푸……" 216번 중 똑같은 병살은 한 번도 없었다! 모든 더블플레이가 눈송이처럼 제각기 달랐고, 그 모두가 저마다 완벽했다! 롤런드는 황홀감에 몸을 부르르 떨며 생각했다, 아, 나는 이 게임을 얼마나 사랑하고 흠모하는가!

토미 헤임달
65번째 2루타
1932

터크 셀킷
23번째 대타 안타
1933

"자, 애그니." 앤절라 트러스트가 황홀경에 빠져 넋을 잃은 침입자의 사정거리 안으로 휠체어를 밀고 들어오며 말했다. "배트를 내려놔."

시커먼 리볼버가 보이자 본능적으로 애그니는 폭투를 피하듯 유명한 공들이 놓인 진열장 쪽으로 물러섰다.

"내려놔, 롤런드." 트러스트 여사가 되풀이했다. "방금 포볼을 뽑았다 치고 배트를 발밑에 내려놔. 안 그럼 영원히 퇴장시켜버리겠어."

루이빌슬러거 배트가 그의 손에서 카펫으로 스르르 떨어졌다. "어떻게." 그가 양손을 머리 위로 올리면서 압박붕대 사이로 중얼거렸다. "어떻게 나인지 알아봤어요?"

주름살 아래 여전히 아름다움을 간직한 그 노부인은 휠체어에 앉아 있어도 당당하기만 했다. 부인은 계속 그의 허리에 리볼버를 겨누고 있었다. "네가 아니면 누가 일주일 동안 내게 사탕과 꽃을 보냈겠어?" 그녀가 차갑게 말했다.

"당신이 답장을 안 했잖아요!" 애그니가 외쳤다. "어떻게 해야 할지 몰랐어요. 난 당신을 봐야 했으니까요."

"그래서 이러기로 결심했군." 그녀가 경멸스럽다는 듯 말했다. "얼굴에서 그 웃기는 물건 좀 치워보지 그래?"

그는 그녀 말대로 붕대를 푼 다음, 지난주 블루스와의 경기에서 홈스틸을 하다 삐끗한 오른쪽 무릎에 다시 감았다. "제길," 그는 바지를 정돈하며 말했다. "무릎이 정말 아프기 시작했어요. 야간 경비원이 날 못 알아보게 하려고 그런 거예요. 그뿐이에요."

"그는 죽었나? 그의 머리를 홈런으로 날렸나, 멍청한 젊은이?"

"아니요! 물론 아니에요! 단지 팔을 묶고 입에 재갈을 물렸어요…… 그러니까…… 그게…… 내 국부보호대 두 개로요. 상처는 입히지 않았어요, 맹세해요! 부인, 이런 짓은 정말 하고 싶지 않았는데 어쩔 수 없었어요! 전화해도 당신이 꿈쩍도 안 하잖아요. 편지를 쓰면 더 심하게 무시하죠. 내가 보낸 전보들을 받기나 했어요?"

"매일."

"그런데도 답을 안 하다니! 난 리그의 수위타자이고 올해의 루키의 유력한 후보예요. 그러니까, 내가 타이쿤스에 있었다면 그렇게 됐을 거라고요. 아, 트러스트 부인, 타율이 3할 7푼인 선수에게 어떻게 이럴 수 있어요?"

"내 답은 안 된다는 거야."

"말이 안 돼요! 이보다 말 안 되는 일이 어디 있어요? 이해할 수 없어요!"

"넌 겨우 중견수야, 애그니. 네가 이해하고 자시고 할 일이 아니야. 네가 이해할 수 있는 것보다 더 큰일이 걸려 있어."

"지금 당장 중요한 일은 우승이잖아요! 브래기는 류머티즘 때문에 죽겠다며 스윙도 겨우 해요. 토미 헤임달은 피곤해서 배팅 연습에도 안 나와요. 루 폴리빅은 완전히 녹초가 됐고요! 그들은 순전히 정신력으로 버티고 있어요! 예전의 그 선수들이 아니에요!"

그녀는 딱 부러지게 대꾸했다. "그들은 훌륭하고 용기 있는 남자들이야. 그들 같은 외야수는 앞으로 절대 나오지 않을 거야. 전성기 때는 뮤젤, 콤즈, 루스도 그들과 비교되지 않았어."

"하지만 우승을 뺏길 거예요. 그것도 별 볼 일 없는 부처스한테! 내가 우승시켜줄게요, 맹세해요!"

"나한테 그 얘기를 하러 왔니? 그래서 야간 경비원을 국부보호 대로 묶고 그 강력한 방망이를 들고 여기에 숨어든 거야? 내 머리를 연습 플라이삼아 벽에 꽂아버리겠다고 위협하면 내가 트레이드 협상을 할 거라 생각했어? 아님, 날 강간할 계획이었나, 롤런드? 소원을 안 들어주면 일흔두 살 된 여자를 루이빌슬러거로 폭행할 계획이었어? 오, 맙소사! 코브도 그렇게 미친 짓은 안 했어!"

"맙소사, 나도 마찬가지예요! 그런 건 꿈도 안 꿔요! 세상에, 트러스트 부인, 지금 무슨 말씀을 하는지, 그것도 나한테! 당신을 어떻게 한다고요? 내 배트로?"

"그럼 그 배트는 왜 가져왔는지, 롤런드?" 그녀가 쏘아붙였다.

"왜겠어요?" 그가 어깨를 으쓱하고 미소를 지으며 말했다. "내 폼을 보여주려고 갖고 왔죠."

"내가 그 말을 믿을 것 같아? 네 완벽한 폼을 지켜볼 엄청난 특권이 내게 이미 있을 거라는 생각은 안 해봤어?"

물론 그는 앤절라 트러스트 특유의 어조로 그녀가 비아냥거리고 있음을 알 수 있었지만, 그렇다고 그녀가 방금 한 말이 조금이라도 진실에서 멀어지지는 않았다. 정말 그의 폼은 완벽했고, 그는 그것을 알고 있었다. 얼굴을 붉히며 그가 말했다. "가까이에선 못 봤잖아요."

세상에, 정말이군, 그녀는 생각했다. 그는 자기를 사라고 위협하러 온 게 아니라 단지 자신의 폼으로 그녀를 유혹하러 온 것이었다. 하긴 3할 7푼 타자다. 좋다. 한 마리의 공작새, 작은 나라의 군주, 프리마돈나, 그녀가 만났던 3할 7푼 대의 다른 타자들과 똑같다. 저희들이 타석에 들어서기만 하면 온 인류가 무릎을 꿇고 경배할 거라 생각한다. 메이저리그에서 3할 7푼을 치는 남자가 성큼성큼 걷고 스윙을 하고 마무리 동작을 하는 모습을 지켜보는 것만큼 세상에 아름다운 일은 없다는 듯이. 그런데 그런 게 있기는 한가?

"배트를 들어." 그녀는 권총을 내리지 않고 말했다. "그리고 응접실로 들어가. 손가락 하나라도 잘못 놀리면, 롤런드, 넌 끝이야."

"맹세코, 트러스트 부인, 내 스윙을 보여주러 왔을 뿐이에요. 슬로모션으로요."

트러스트 여사의 응접실 양끝에는 실물 크기의 유화가 걸려 있었다. 하나는 검은색 정장에 허튼 구석이라고는 찾아볼 수 없는 표정으로 트러스트보증신탁 금고실 앞에 앉아 있는 남편의 그림이었고, 다른 하나는 역시 비즈니스 정장 차림이지만 바다처럼 드넓게 펼쳐진 나무 그루터기들을 배경으로 어깨에 도끼를 멘 채 서 있는 아버지의 그림이었다. 양 측벽에는 바닥에서부터 약 4.5미터 높이에 45도 각도로 수십 개의 야구배트가 튀어나와 있었는데, 얼핏 보면 깃대를 두 줄로 촘촘히 꽂아놓은 것 같았다. 노부인의 응접실을 따라 그녀의 남편이었던 위대한 은행가의 초상화에서부터 그녀의 아버지였던 위대한 목재 재벌의 초상화까지 천천히 걸으면, 한 시즌에 3할 이상을 쳤던 트라이시티 타이쿤스 선수들이 사용한 각 배트의 손잡이들이 보였다. 그 배트들은 꼭 완벽한 요새처럼 보였고, 앤절라 휘틀링 트러스트는 그 아래서 사무를 보곤 했다.

애그니는 자신의 배트로 머리 위의 어느 배트를 똑바로 가리켰다.

"와. 저건 누구 것이죠?"

"1.19킬로그램." 그녀가 대답했다. "누구겠어? 마이크 마츠다지."

"저 길이 좀 봐요."

"96.52센티미터야."

애그니가 휘파람을 불었다. "대단한 배트네요, 그렇죠?"

"대단한 남자였지."

"여기, 내 건 86.36센티미터, 907.18그램이에요. 그래서 기자들은 내가 '채찍을 튀긴다'고 말해요. 그런 타격력이 나오는 것도 그 때문이고요. 보세요. 내가 가는 손잡이를 좋아하는 건 손목이 약해서가 아니라 오히려 엄청나게 강하기 때문이에요. 정말이에요. 내 팔과 손목은 강철 같아요, 트러스트 부인. 직접 만져보고 눈으로 보겠어요? 지금 내 타격 자세를 볼래요? 슬로모션으로? 부인이 볼 수 있게 아주 천천히 스윙할 수 있어요. 처음부터 끝까지 보면 얼마나 흔들림이 없는지 알 거예요. 자, 동전으로 실험해 볼래요? 타석에 서서 투구를 기다릴 땐 말이죠, 난 방망이 끝을 아주 똑바로, 아주 흔들림 없이 유지하기 때문에 그 위에 동전을 올려놓아도 떨어지지 않아요. 정말이에요. 대부분의 선수들이 배트를 앞으로 뻗을 때 멍청하게 휙 움직이거나 주춤하면서 숙이는데 아주 미세해서 때로는 현미경으로 보지 않으면 알 수 없어요. 하지만 방망이 끝에 동전을 올려놓고 스윙을 시작하면 알 수 있죠. 공이 날아오는 게 보이면 그 순간 선수들은 손이 아래로 처져요. 이렇게 아주 조금이요. 그런데 그게 타이밍을 엉망으로 만들죠. 그리고 힘도요. 절대 안 돼요. 나처럼 위대한 타자가 되는 방법은 하나뿐이에요. 어느 방향으로든 배트를 움직이지 않는 거죠, 확실해요. 타격 자세도 그래요. 난 그저 앞발을 든 다음 편한 자리에 내려놓고 다시 뗄 때까지 움직이지 않아요. 그보다 더 넓게 벌릴 필요가 없어요. 어떤 선수들이 타격 자세를 크게 잡는 걸 보면 고개를 돌리지 않을 수 없다니까요, 정말이에요, 트러스트 부인, 그걸 보고 있으면 진짜로 속이 메스꺼워지거든요. 그게 오트*라 해도 말이죠. 차라리 칼로 자기 몸을 찔러서 어깨 근육을 5센티미터 정도 베어내는 게 나을 거예요. 그 근육 때문에 지레의 중심을 잃어버리니까요. 왜 거기서 줄타기 곡예사처럼 보이려 하는지 이해가 안 돼요. 그저 그 발을 위로 들었다 턱 하고 디디면 되는데 말이죠. 물론 눈도 좋아야 해요, 내 눈에 대해선 굳이 말할 필요 없을 겁니다. 그들 말이, 내 눈은 아주 날카로워서 공이 홈플레이트로 날아오는 순간에도 공에 그려진 장군의 사인을 읽을 수 있을 거래요. 글쎄요, 투수들이 저희들끼리 그렇게 말한다면, 그건 괜찮아요. 하지만 우리끼리 얘긴데요, 트러스트 부인, 내가 독수리도 아닌데 시속 100킬로미터로 날아오는 필적을 어떻게 읽겠어요? 내가 알 수 있는 건 그게 커브볼인가 아닌가 하는 거예요. 공이 회전하는 방식에 따라 실밥이 다르게 보이거든요. 확인해보고 싶다면 타격 연습할 때 나와 가서 투수에게 원하는 대로 공을 섞

---

* 메이저리그 우익수 멜 오트. 특이한 타격 자세로 유명했다.

어서 던지라고 말하세요. 그가 커브볼을 던질 때마다 공이 꺾이기도 전에 내가 90퍼센트 정도는 알아보고 외칠 테니까요. 어쩌면 체인지업이 들어올 땐 오크하트 장군의 사인을 읽을 수 있을지도 몰라요. 솔직히 말해 굳이 시도해본 적은 없어요. 안타를 치는 데 도움이 안 돼요, 안 그래요? 왜 쓸데없는 짓을 합니까? 내 스윙을 한번 더 보겠어요?"

이미 권총은 그녀의 무릎 위에 새끼고양이처럼 누워 있었다.

"내 스윙을 보겠어요?" 애그니가 재차 묻는 사이에 늙은 여자는 이해할 수 없다는 표정으로 얼어붙은 채 휠체어에 앉아 있었다. "트러스트 부인?"

이자는 루크 고패넌이야, 그녀는 이렇게 생각했다. 루크 고패넌이 그대로 돌아왔어.

그녀의 일생에 중요했던 남자는 다섯 명이었고, 거기에 그녀의 남편은 없었다. 그가 땅속에 묻히기 전까지 그녀는 남편을 사랑한 적이 없었다. 먼디스 선수 두 명, 그린백스 한 명, 양키스 한 명, 타이거즈 한 명, 이 다섯 중 그녀가 온 마음을 바쳐 사랑한 사람은 단 하나, '외톨이' 루크 고패넌이었다. 그가 코브나 가메시 같은 부류의 뜨겁고 열정적인 남자라서가 아니었다. 오히려 위대한 연인을 만든 것은 위대한 증오였고, 혹은 앤절라가 미국의 스타들과 쌓은 경험이었다. 역사상 누구보다 많은 베이스를 훔친—외과수술용 합금 소재의 스파이크나 위협적인 시선으로 겁을 줘서—남자에게 굴복하는 일은 여자로서 해본 그 어떤 경험과 달랐다. 학교를 졸업하고 실크처럼 부드럽고 향기로운 가슴을 가진 미녀보다는 포수가 되어, 피에 굶주린 주자를 홈플레이트에서 블로킹하는 느낌이었다. 빼앗긴 베이스, 아니 도둑이 든 은행이 된 기분이었다. 그는 처음부터 끝까지 총잡이처럼 위에서 그녀를 노려보았고, 절정의 순간에는 "한 방 먹여주겠어, 이 사교계의 음탕한 계집!"이라고 으르렁거렸다. 그런 뒤 다른 남자라면 전율을 느끼며 쓰러지고, 오그라들고, 잠들 만할 때, 위대한 타이는 (실제로) 1루를 돌아 2루로 질주한 뒤 3루까지 훔쳤다! 그다음에는 홈플레이트를 향해 질주했고, 녹초가 된 앤절라를 깜짝 놀라게 하며, 그는 해냈다, 꼿꼿이! 홈런이었다. 다른 선수라면 강력한 안타한 방으로 만족했을 텐데! 은밀한 만남은 1911년 그가 평균타율 4할 2푼으로 타격왕을 차지하던 날 그의 호텔방에서 시작되었고, 1915년 시즌이 마무리되던 날 폭력적으로 끝났다. 그날 그는 그녀에게 부자연스러운 행위를 선보이기로 결심했고, 그것을 "구장 밖으로 파울볼 하나 꽂아넣기"라고 묘사했다. 그의 인내심, 또는 자부심이 생각할 시간을 오래 주지 않은 탓에 그녀는 저항할 겨를이 없었다. 그해 도루 성공 96개라는 대기록을 세운 그는 원하는 것을 기다리며 빈둥거리는 데 익숙하지 않았다.

이튿날 신문에 따르면, 트러스트 부인은 디트로이트의 어느 호텔방 욕조에서 코가 부러졌다고 했으나, 신문에서 보도한 것처럼 "욕조에서 미끄러져서" 그렇게 된 건 아니었다.

그 양키스 선수는 루스였다. 어찌 그녀가 거부할 수 있었겠는가?

"조지? 난 앤절라 휘틀링 트러스트예요. 우연히 같은 호텔에

묵게 되었네요."

"올라오세요."

"스펜서하고 같이, 아님 혼자서?"

"날 놀라게 해봐요." 그가 웃으며 말했다. 1927년 10월, 이미
그는 정규시즌에 60개의 홈런을 때렸고, 그날 오후에는 파이럿츠
와의 월드시리즈 3차전에서 8회에 주자 두 명을 두고 또 한번 홈
런을 날린 터였다.

날 놀라게 해봐요. '밤비노'*는 그렇게 말했지만 정작 놀란 쪽은
그녀였다. 그녀가 노크하자 그 악명 높은 나쁜 남자는 알몸으로
시가를 문 채 문을 열었다. 여전히 날씬하고 피부가 비단결 같긴
해도 1927년 가을의 앤절라는 머리가 하얗게 센 쉰다섯 살 여자
였고, 은빛 여우털 망토를 두른 그녀를 사교계가 정한 대로가 아
닌 다른 방식으로 맞이하려는 사람은 없었다. 물론 바로 그런 이
유로 베이브는 알몸으로 문 앞에 나타나기로 결심했고, 트러스트
부인은 조금도 당황하는 기색을 보이지 않고 들어갔다. 그는 어릿
광대, 대식가, 병적으로 자기중심적인 사람, 버릇없는 개구쟁이,
뼛속까지 갓난애였지만…… 그 엄청난 홈런에 비하면 그런 게
다 무슨 대수일까?

"기다리고 있었어요, 휘틀링 트러스트."

"이제야 왔네요." 그녀는 망토를 벗어 베이브가 샴페인 얼음통
속에 꽂아놓은 트로피 위에 걸쳤다. 이 위트와 예절은 대체 뭐람.

---

* 이탈리아어로 '어린애' '애송이'라는 뜻으로 루스의 별명.

그녀는 그를 자세히 살펴보았다. 다리는 또 뭐람. 하지만 그 모든 홈런을 날렸으니, 뭐가 문제야?

"언제부터요?" 앤절라가 최대한 도발적으로 장갑을 벗으며 물었다.

"1921년부터요, 휘틀링 트러스트."

"정말? 홈런 59개로 내가 전화할 거라고 생각했나요, 그래요?"

그는 미소를 지으며 시가를 빨았다. "170타점, 177득점, 장타 119개도 있죠. 그럼요, 휘틀링 트러스트." 불멸의 양키스 선수가 크게 웃으며 말했다. "실은 당신이 전화를 걸지 않을까 생각했어요."

"안 되죠." 그녀는 시계와 반지를 빼놓고 블라우스의 단추를 풀기 시작했다. "난 기다리는 게 상책이라고 생각했어요. 내 명성을 생각해야 하니까요. 당신이 또 한 명의 반짝 스타가 아니라는 걸 내가 어떻게 알 수 있겠어요, 조지?"

"이리 와요, W. T., 내가 직접 보여주지."

그렇게 루스와 한 시즌을 보냈다. 그다음은 1929년, 그녀의 첫번째 투수이자 첫번째 먼디스 선수, 강속구 투수인 프린스 찰스 터미니카였다. 그렇다, 사람들은 그가 나타나면 왕자라고 외쳐댔고, 타자들이 그의 빠른 볼에 헛스윙하는 걸 "찰리의 뒤를 쫓는다"고 표현했다. 당시 그는 마지못해 빠른 볼만 던졌지만, 그걸로 충분했다. 입단 첫해에 23승 4패를 기록했고, 다음 시즌의 7월 4일에 9승 무패를 올렸다. 그리고 어느 오후, 14회까지 답답한 0 대 0의 동점 상황이 이어지던 경기에서 그는 사람을 죽였다. 다들 가슴 높이의 투구였다고 인정했지만, 적어도 시속 160킬로미터로 날아간 건 분명했다. 테라인코 벤치에서 마지막 대타자로 나온 오델이라는 멍청한 루키는, 밥 얌이 십삼 년 후 오케이터를 상대로 그랬던 것과 똑같이 그 망할 놈의 물체에 덤벼들었다. 트레이너가 얼음팩을 들고 홈플레이트로 나오기도 전에 심판은 그가 죽었다고 선언했다. 잘못은 오델에게 있다고 다들 동의했지만 터미니카는 예외였다. 그는 즉시 마운드에서 경찰서로 가 자수했다.

당연히 그 누구도 야구 경기에서 가슴 높이로 공을 던졌다는 이유로 사람을 기소하려 하지 않았다. 만일 그랬다면 그는 과실치사로 사오 년을 복역한 후 감옥에서 나와 나이든 몸으로 마운드에 섰을지 모른다. 그는 두 번 다시 의미 있는 강속구를 던지거나, 한 시즌에 패보다 승을 더 많이 올리지 못할 것 같았다. 앤절라 휘틀링 트러스트에게도 큰 가치가 있어 보이지 않았다.

예순 살의 그녀는 어김없이 루크 고패년에게 갔다. 1928년 루스의 기록을 깬 조용한 먼디스의 외야수이자 야구 역사상 최고의 스위치 타자, 타격과 수비 모두 명상하듯 플레이하고, 심지어 기관차처럼 빨리 달리거나 망치 같은 힘으로 강타를 날리는 도중에도 전혀 힘들지 않은 듯 평온해 보이는 남자에게로.

"넌 움직이는 시야." 앤절라가 말하자 루크는 그녀의 말을 한 시간 동안 숙고한 후(그들은 침대에 있었다) 마침내 입을 열었다.

"그런가요. 많이 읽어보질 않아서."

"너 같은 사람은 본 적 없어, 루크. 그 평정, 침착함, 평온함……"

이 말에 그는 또 충분히 뜸을 들인 후 대답했다. "글쎄요, 크게 흥분해본 적은 없어요. 세상을 흘러가는 대로 받아들일 뿐이에요."

멈춰 있을 때 그의 아름답게 균형잡힌 건장한 체격—멈춤 그 자체, 그에게 외톨이라는 별명을 붙여준, 생각에 잠긴 듯한 고독한 분위기—은 앤절라의 마음에 사나운 타이거스 선수, 어릿광대 같은 양키스 선수, 그리고 지금은 졸리 촐리 T라 불리는 비운의 외야수의 정부情婦일 때는 느껴보지 못한 맹렬한 애정을 솟구치게 했다. 그는 그녀에게 아쉬우면서도 동시에 갈망으로 가득찬 어떤 감정을 일깨워, 그녀 자신은 기필코 어머니 같은 존재, 스펜서가 그녀에게 원했던 현모양처는 되지 말아야 한다는 생각이 들게 했다. 그러나 다음 시즌이 시작되기도 전에 그녀는 예순 살이 될 것이다. 그녀의 얼굴, 가슴, 엉덩이, 허벅지는, 그녀가 돈으로 살 수 있는 모든 것을 그 남자들에게 쏟아부었음에도(그래, 그들은 자식뻘이었다), 조만간 서른다섯 살짜리 여자의 얼굴, 가슴, 허벅지로 대체될 것이다. 그럼 그녀는 남는 시간에 무엇을 할 것인가?

"사랑해, 루크." 그녀가 '외톨이'에게 말했다.

또 한 시간이 흘렀다.

"루크? 내 말 들었어, 내 사랑?"

"들었어요."

"내가 왜 널 사랑하는지 알고 싶지 않아?"

"알 것 같아요. 아마도."

"왜지?"

"내가 시 같아서요."

"넌 정말로 시야, 내 사랑!"

"내 말이 맞았네요."

"루크, 말해봐. 네가 세상에서 가장 사랑하는 게 뭐지? 너도 나를 똑같이 사랑하게 만들고 싶어서 묻는 거야. 더 많이! 세상에서 가장 원하는 게 뭐지?"

"온 세상에서요?"

"그래!"

동이 틀 무렵에야 그가 대답을 꺼냈다.

"3루타요."

"3루타?"

"넵."

"이해가 안 되는걸, 내 사랑. 홈런은 어때?"

"싫어요. 3루타. 3루타를 치는 거. 오해하지 말아요, 앤절라. 홈런이 나쁘다거나, 홈런을 치는 사람들이 나쁘다는 게 아니에요. 날 포함해서요. 하지만 홈런을 치면 그게 다예요. 그걸로 끝이에요."

"그래서 3루타야?" 그녀가 물었다. "루크, 말해봐, 꼭 알아야겠어. 3루타의 어떤 점 때문에 그렇게 사랑하는 거야? 말해줘, 루크, 제발!" 그녀의 눈에 눈물이, 질투와 분노가 뒤섞인 눈물이 고였다.

"정말 괜찮겠어요?" 루크는 타고난 성격대로 조금도 놀라지 않고 물었다. "당신 기분이 꽤 상할지도 몰라요."

"넌 호러스 휘틀링의 딸보다, 스펜서 트러스트의 아내보다 3루타를 더 사랑하잖아. 난 그 이유를 알아야겠어!"

"음," 그가 특유의 느린 어조로 말했다. "공을 딱 치면, 먼저 날아가요. 담장으로, 좌익과 우익 사이로, 파울라인을 따라, 어디로

든, 날카롭게 날아가죠. 그때 맹렬히 뛰어요. 1루를 돌아 2루로 달려가면 저기 있는 코치가 나한테 '계속 뛰어'라고 소리를 질러요. 그래서 2루를 돌고, 3루로 향해요. 그럼 이제 공이 송구되는 걸 알 수 있어요. 달리는 길목으로 공이 곧바로 날아와요. 그래서 슬라이딩을 해요. 82.2미터를 전력질주하고, 그 여세를 몰아 그대로 들이박는 거예요. 철퍼덕, 베이스 위로 엎어져요. 다리, 팔, 흙먼지. 젠장, 토네이도에 둘러싸인 것 같죠, 앤절라. 그러고 나면 심판의 소리가 들려요, '세이프!' 3루를 밟은 거예요…… 하지만 그게 다가 아니죠."

"그런 다음엔? 모든 걸 말해줘, 루크! 그런 다음엔?"

"음, 보기에 따라 가장 좋은 건, 거기 서 있는 거죠. 궁둥이에서 먼지를 툭툭 털면서 베이스 위에 서 있는 거예요. 봐요, 앤절라, 홈런도 아주 대단하죠, 사람들은 비명까지 질러요. 하지만 홈런을 치면 베이스를 돌고 나서 더그아웃으로 사라져요. 그러고는 끝이에요. 하지만 3루타는 아니죠…… 이해하겠어요, 무슨 말인지?"

"그래, 그래, 이해했어."

"좋아요." 그는 이렇게 말한 뒤 눈을 감고 양팔을 베개와 머리 사이에 교차시켜 넣은 채 마음속으로 그 모든 경이로운 모험을 쭉 펼쳐보았다. "수많은 관중…… 3루타를 친다…… 그게 최고야."

"앞으로 두고 봐, 외톨이 씨." 앤절라 트러스트가 속삭였다.

불쌍하고 조그만 부자 아가씨! 얼마나 노력을 했던지! 그들이 만난 두 시즌 동안 그녀가 한 이닝이라도 그의 타율을 네 자리까지 외우지 못한 채 지나간 적이 있던가? 당신은 이렇게 많이 치고 있어, 수비도 이렇게나 많이 했고, 아무도 당신처럼 뒤로 물러나면서 공을 잡지 못해, 내 사랑. 아무도 당신처럼 스윙을 못해, 아무도 당신처럼 달리지 못해, 아무도 높이 뜬 공을 그렇게 멋지게 잡지 못해!

그렇게 존경과 사랑을 받는 남자가 또 있었을까? 그렇게 숭배받는 남자가 또 있었을까? 그 어느 나이든 여자가 연인의 마음을 사로잡고 붙들어두기 위해 그녀처럼 분투했을까?

하지만 그녀가 물을 때마다, 아무리 에둘러(그리고 간절하게) 접근해도 결과는 항상 실망스러웠다.

"루키." 양손을 머리 뒤에 깍지 낀 채 누워 있는 그에게 그녀가 속삭였다. "내 사랑, 어느 쪽이 더 좋아, 도루야 나야?"

"당신."

"오, 내 사랑." 그녀는 그에게 열렬히 키스했다. "어느 쪽이 더 좋아, 땅에 스칠 듯한 공을 잡는 수비야 나야?"

"오, 당신이지."

"오, 나의 올스타 멋쟁이! 사랑하는 루크, 어느 쪽이 더 좋아, 가슴 높이로 오는 약간 빠른 공이야 나야?"

"그게……"

"그게 뭐?"

"그게, 만일 내가 좌타석에 서고 우리가 홈에서……"

"루크!"

"하지만 물론, 내가 우타석에 선다면, 당신이죠, 앤절."

"오, 나의 보물, 루크, 그러면…… 그러면 홈런은 어때?"

"당신과 홈런 중에? 그 말인가요?"

"그래!"

"그게, 이건 정말 생각을 해봐야겠는데…… 이런…… 이런…… 이런, 뜻밖의 질문인걸. 정직해야 해. 이런. 아마…… 당신일 거예요. 이것 참, 놀라운걸."

루스의 기록을 능가한 그가 모든 홈런을 합친 것보다 그녀를 더 사랑한다니! "오, 내 사랑." 시들어가는 미녀는 기쁨에 젖어 코브에게도 허용하지 않았던 것을 허락했다.

"그럼 루크." 두 사람이 행위 도중에 쾌감으로 약해지고 멍해져 있을 때 그녀가 물었다. "루크," 그녀가 원하는 바로 그곳에 그가 들어왔을 때, 그녀가 물었다. "이건 어때…… 당신의 3루타? 지금은 뭐가 더 좋아, 당신의 3루타야, 당신의 앤절라 휘틀링 트러스트야?"

그가 깊이 생각하는 동안 그녀는 기도를 올렸다. 나여야 해. 난 살이야. 난 피야. 난 필요해. 난 원해. 난 나이가 들어. 심지어 언젠간 죽어. 오, 루크, 3루타는 사람이 아냐, 그건 무생물이야!

승자는 무생물이었다. "앤절라, 난 거짓말을 못해요." 외톨이가 말했다. "그에 비할 수 있는 건 없어요."

말로든 행동으로든 그녀를 그토록 슬프고 괴롭게 만든 남자는 지금껏 없었다. 글도 모르는 야구선수가 단지 그 뭣도 아닌 3루타에 대해 "그에 비할 수 있는 건 없"다고 말했을 뿐인데, 일생일대의 욕망이 처절한 절망으로 되돌아왔다. 오, 루크, 전성기의 나, 타이가 4할 2푼을 쳤을 때의 나를 안다면! 아, 거부할 수 없이 매혹적이었는데! 그 라이블리볼이 나오기 전, 아 당신이 그때의 나를 보고 안았어야 했는데! 하지만 지금의 나를 봐, 그녀는 그날 밤 늦은 시간에 거울이 있는 드레스룸에서 자신을 비춰보며 비통하게 생각했다. 내 꼴을 봐! 소름 끼쳐! 서른다섯 살 먹은 여자의 몸이야! 그녀는 천천히 돌아서며 자신의 뒷모습을 비춰보았다. "현실을 직시해, 앤절라." 그녀는 숙고한 끝에 말했다. "서른여섯이야." 그러고는 흐느껴 울기 시작했다.

"루크! 루크! 루크! 루크! 루크!"

그녀가 울부짖은 건 패트리어트 어느 외야수의 이름일 뿐이었지만, 그녀의 목구멍에서 너무 뼈에 사무치게, 간절하고 가련하게 울려나온 탓에, 그 이름은 아무리 부유하고 아름답고 권력이 있고 자존심이 센 여자라도 감히 소유하기를 바랄 수조차 없는 모든 것을 상징하는 듯했다.

얼마 후 그는 트레이드되었고, 얼마 후 세상을 떠났다.

그래서 그해 봄 그녀는 그린백스의 루키, 길 가메시라는 아름다운 바빌로니아인 소년과 만나기 시작했다. "여덟 살인가 아홉 살이 될 때까지 난 우리가 트라이시티에서 유일한 바빌로니아인 가족인 줄 알았어요. 캘리포니아나 플로리다, 또는 사시사철 따뜻한 그런 곳에는 더 있을 거라고 생각했죠. 어린아이가 어떻게 그런 생각을 하게 됐는지는 나도 모르겠어요. 그냥 그런 생각이 들었죠. 아마, 외로워서 그랬는지도 몰라요. 그런데 어느 날 내 인생에 큰 충격이 찾아왔어요. 아버지가 날 앉혀놓고는, 우리가 트라이시티나 매사추세츠에서만 유일한 게 아니라, 젠장 미국 전체에서도 유일하다는 거예요. 아, 우리 아버지는 자부심 강한 빌어먹을 노인네였어요. 앤절라. 당신이 그 싸움꾼을 봤다면 좋아했을 텐데. 어떤 사람도, 그 무엇도 절대 그의 고집을 꺾지 못했죠. '바빌로니아인이라니 이게 무슨 말이야?' 아버지가 이력서 같은 데 그걸 적으면 사람들은 이렇게 물었죠. '빌어먹을, 바빌로니아인이라는 게 대체 뭐야? 이탈리아계인지 폴란드계인지 그런 걸 말해, 그래야 우리가 서로의 지위를 알 수 있지!' 아, 사람들이 그렇게 말하면 아버지는 제대로 폭발했어요. '나, 바빌로니아인! 여기, 자유국가! 뭐든 할 수 있어, 뭐든 내 맘대로!' 아버지는 항상 그렇게 말했어요. 그 때문에 취직이 되건 안 되건 말예요. 그래서 나도 학교에서 그렇게 적었어요. 내 이름 밑에, 바빌로니아인. 애들이 나한테 돌을 던지기 시작했죠. 그 시절 부둣가에는 없는 인종이 없었어요. 심지어 인디언들도 살았어요. 붉은 얼굴 인디언. 부두 인부로 일하고 점심시간에는 평화의 상징인 긴 담뱃대를 빨아댔죠. 제기랄, 아랍인도 있었고, 모든 인종이 있었어요. 그런데 그 모든 녀석이 학교가 끝나면 집까지 차례로 날 쫓아왔어요. 처음 몇 구역에서는 아일랜드 애들이 나한테 돌을 던졌죠. 다음에는 독일 애들이 돌을 던졌어요. 다음엔 이탈리아 놈들, 흑인들, 모호크족 애들이 야아 하고 외치면서 오는데 맹세코 전사의 춤 같았어요. 다음엔 찹수이 덩어리 같은 중국 애들한테 쫓기고, 다음엔 스웨덴 애들, 젠장 유대인 애들까지 나한테 돌을 던졌죠. 다른 애들이 던지는 돌을 피해 도망가면서 말예요. 정말이지 끔찍했어요, 앤절라. 벨기에 애들, 네덜란드 애들, 스페인 애들, 심지어 염병할 스위스에서 온 애까지. 그후로 난 스위스 사람을 본 적도 없고, 있다는 얘길 들은 적도 없지만, 그때 그애는 목청껏 소리를 지르며 쫓아왔어요. '여기서 나가, 이 더럽고 조그만 바빌로니아 개자식! 네가 살던 데로 돌아가, 이 더러운 밥 놈아!' 날 부르는 말이었는데, 난 밥이 뭔지 몰랐어요. 그 아이들도 몰랐을걸요. 집이나 다른 곳에서 주워들은 말이었을 거예요. 우리 꼰대도 그 말을 들어본 적 없었어요. 그런데, 맙소사, 그 말 때문에 미친듯이 화를 내더군요. '널 밥bob이라 부르더냐? 나쁜 애bad가 아니라? 정말 나쁜 애가 아니었어?' '분명히 들었어요, 아빠.' 내가 말했죠. '밥이라,' 아버지가 말했어요. '밥……' 아버지는 노발대발하기 시작했고, 부들부들 떨면서 하도 크게 비명을 지르는 통에, 어머니는 도망가서 숨어버렸어요. '내가 여기 있는 한 아무도 내 아들을 밥이라 부르지 못해! 아무도! 여긴 자유국가야! 빌어먹을 그거라고! 그놈들이 밥이라 부르길 원한다면, 놈들에게 밥이 아주 대단하다는 걸 보여줘야 해!' 하지만 내가 애들한테 보여준 건 내 뒤꽁무니뿐이었죠. 집에 갈 때 돌이 날아오기 시작하면 즉시 꽁무니가 빠지게 도망쳤어요. 그런데 그게 우리 꼰대를 더 돌게 했죠. '자유! 자유! 내 말 아래먹겠냐underneath?' 아버지는 '알아먹다understand'를 그렇게 말하곤 했어. 바빌로니아인들이 영어를 쓸 때 전부 그렇게 말하는지도 몰라요. 내가 본 바빌로니아 사람은 우리 가족뿐이니 알 길이 없죠. 짐작하는 그대로예요. '알아먹다'를 '아래먹다'로 말해서 술집 같은 곳에서 많은 싸움이 벌어졌어요. '다시는 그놈들이 내 아들한테 밥이라 부르지 못하게 해라, 아래먹겠냐? 다시는!' '하지만 그애들은 내 머리만한 돌을 던져요, 내 머리에다요!' 내가 말했죠. '그럼 너도 그놈들한테 던져!' 그가 말했어요. '그놈들한테 큰 돌을 던져, 너는 더 큰 돌을 던져라!' '하지만 돌을 던지는 애들이 백 명쯤 돼요, 아빠, 난 혼자고요.' '그렇다면,' 아버지는 확실히 가르치기 위해 내 목을 움켜잡고 말했어요. '너는 더 열심히 던져라. 그리고 강하게! 알아먹겠냐?'

그렇게 해서 투수가 된 거예요, 앤절라. 돌무더기를 높이 쌓아놓고, 만에서 건져올린 맥주병과 위스키병을 나란히 세워놓은 뒤 15미터 거리에서 돌을 던지기 시작했어요. 미크! 와프! 카이크! 니그로! 훈족* 개자식! 견제 플레이도 개발했죠. 난 진짜 화를 내면서 소리쳤어요. '뛰어, 니그로!' 하지만 그런 뒤 확 돌아서서 와프라고 정해놓은 병에 돌을 던졌어요. 물론 처음 거리에 나섰을 때 체구도 작고 경험도 없고 압박감도 심하고 또다른 여러 이유로 혼란스러운 통에, 와프를 카이크라 부르고, 니그로를 미크라 불렀죠. 스위스에서 온 그애는 뭐라고 불러야 그놈한테 욕이 될지 도무지 떠오르지 않았어요. '야,' 난 그저 이렇게 말했죠. '빌어먹을 스위스에서 건너온 이 빌어먹을 놈.' 적당한 욕이 생각났을 때 그 아인 이미 보이지 않았어요. 여하튼 그러다보니 그 이름들을 대부분 정확히 알게 됐고, 이름을 몰라도 내가 돌로 워낙 잘 맞히니까 아이들이 더이상 놀리지 않았어요. 그때쯤엔 야구판에서 사용하는 난폭한 말투도 익히게 됐어요, 주로 아버지를 따라했죠. 아, 그

---

* 각각 아일랜드인, 이탈리아인, 유대인, 흑인, 독일인을 비하하는 표현.

후로 꼬마들은 하굣길에 날 쫓아오는 일에 더이상 신경쓰지 않았어요. 그때 우리 아버지가 기뻐하며 소리치는 걸 당신이 들었다면 좋았을 텐데. '이제 넌 그들한테 밥이 뭘 할 수 있는지를 보여줬다! 이제 그 녀석들도 아래먹었을 게다! 잘했다!' 나는 아주 자랑스럽고 행복했어요. 안심도 됐고요. 고작 열 살이었기 때문에, 밥이 그 밖의 무엇을 할 수 있는지 그 자리에서 물어볼 생각조차 못했어요. 아버지는 그러고 얼마 되지 않아 갑자기 돌아가셨죠. 술집에서 사람들이 아버지를 죽도록 때렸는데, 티에라델푸에고에서 온 그 패거리가 바빌로니아인에게 앙심을 품고 있었다고 어머니가 말하더군요. 그러고는, 끝이었어요. 더이상 날 가르쳐줄 아버지가 없었어요. 내가 어떤 바빌로니아인이 되기를 아버지가 원했는지 알 길이 없었죠. 뭘 던지는 것과 실컷 비웃어주는 것 외에는 말예요. 그래서 지금까지 주로 그렇게 해온 거예요."

교육도 받지 못한 풋내기 선수, 부두의 부랑자, 미친 아버지 밑에서 자란 분노한 아들, 시적인 구석이라곤 찾아볼 수 없었지만 그래도 역사상 최고의 좌완투수였기에, 예순한 살의 나이에 비웃을 건더기는 전혀 없었다…… 그러나 얼마 후 그가 마이크 매스터슨의 후두에 공을 던졌고, 길도 과거의 애인이 되었다. 틀림없이, 그가 사라지고 몇 달 동안 그녀는 추방자로부터 어떤 메시지, 자신을 위해 나서달라고 요청하는 소식 같은 걸 기다렸다. 하지만 아무것도 오지 않았다. 어쩌면 그는 그녀가 개입해봤자 아무도 진지하게 들어주지 않으리라는 걸 알고 있었을지 모른다. "총재에게 그 미치광이에 대해 한 마디라도 해봐." 그녀의 남편이 경고했다. "그럼 온 세상에 당신을 까발릴 테니까, 앤절라, 당신이 얼마나 방탕한지. 당신과 어울린 타이, 베이브, 길, 그 모든 떠버리들까지!"

그녀는 슬픔 속에서도 그를 조롱할 힘이 남아 있었다. "내가 불펜의 포수들하고 자는 게 낫겠어?"

"당신을 봐, 행동거지는 카이사르의 아내 같고, 정조 관념은 미식축구팀에게 바지를 내리는 고등학생 매춘부지."

"난 나대로 기분전환을 해, 스펜서, 당신은 당신대로 하고."

"기분전환? 난 미국의 위대한 대도시의 후원자이자 원로가 됐어. 트라이시티를 미국의 피렌체로 만들었어. 난 금융가이자 스포츠맨이고 예술의 후원자야. 난 미술관에 기부하고 도서관을 지어. 내 야구팀은 미국 청소년들과 남자들에게 영감을 주고. 난 이 주의 지사가 될 수도 있었어, 앤절라. 어떤 사람들은 내가 이 나라의 대통령이 될 수도 있었다고 말해. 내 아내라는 여자가 라커룸 벽에 휘갈겨진 이름의 주인이 아니라면 말이지."

"나도 할 만큼 했어, 스펜서, 하지만 이 얘긴 해야겠어. 당신도 자신을 돌아봐."

"베이브 루스." 그가 경멸적으로 말했다.

"그래, 베이브 루스."

"당신은 베이브 루스와 잠자리를 한 후에 뭘 하나? 국제 정세에 대해 논의하나? 아님 벤베누토 첼리니*에 대해?"

---

* 16세기 이탈리아의 조각가이자 음악가.

"우린 핫도그를 먹고 탄산음료를 마시지."

"그러시겠지."

"그럼." 앤절라 휘틀링 트러스트가 말했다.

"당신처럼," 그가 씁쓸히 말했다. "귀족의 겉모습을 한 여자가."

"여자는 겉모습만 따르면서 살지 않아, 여보."

"그래? 그럼 야구선수는 억만장자가 못 가진 어떤 면으로 당신을 만족시켜주지?" 그는 건강하고 잘생긴 남자였고, 은행업에서처럼 섹스에서도 자신의 훌륭한 솜씨를 믿어 의심치 않았다. "베이브 루스가 어떤 면에서 스펜서 트러스트보다 남자다운지 알고 싶은걸."

"그는 남자답지 않아, 여보. 소년 같아. 그게 핵심이야."

"그게 거부할 수 없을 만큼 당신을 끌어당기나?"

"나도 그렇고," 그의 아내가 말했다. "수억 명의 다른 미국 국민도 그렇지."

"당신은 껌을 씹으면서 스타를 쫓아다니는 사춘기 소녀로군! 자, 내 말을 들어, 앤절라. 나이가 예순하나인데 당신은 그 이기적이고 방종한 머리로 트라이시티 타이쿤스 선수를 유혹할……"

"오래전에 당신의 선수와는 바람을 피우지 않겠다고 약속하긴 했지만, 지금 당신의 권위는 말하자면 가느다란 실 한 가닥에 대롱대롱 매달려 있어."

"그건 내가 나이든 색녀를 위해 종마 사육장을 운영하지 않기 때문이겠지!"

"난 당신이 뭘 운영하는지 잘 알고 있어. 돈 버는 기계 집단 비슷한 거잖아?"

"마음대로 불러. 그들은 프로야구에서 가장 성공한 팀이고, 문명사회의 규칙을 마구 무시하는 지루하고 무분별한 탕녀가 간섭해서는 안 되는 팀이지. 강속구 투수의 노리갯감! 홈런을 가장 멀리 치기만 하면 그게 누구든 치근대는 창녀! 그게 당신이야, 앤절라. 야구장의 암캐!"

"아니 걸레, 선수들은 깔끔하게 그렇게 불러. 아무렴, 이곳의 주지사가 숙녀가 아닌 걸레를 아내로 두다니 안 될 말이겠지, 안 그래, 스펜서? 대통령의 아내가 막 나가는 여자라는 말을 어느 누가 들어봤겠어? 미국에서는 안 될 말이지, 안 그래요, 내 후원자 겸 원로님?"

"생각해봐, 당신은 고작 야구 스타들과 어울리려고, 내가 백악관에 들어가는 걸 막아왔어."

"생각해봐." 그의 아내가 대꾸했다. "당신은 고작 백악관에 들어가려고 내가 야구 스타들과 어울리는 걸 막으려 하잖아."

그해 겨울, 앤절라가 두려움 속에서 길 가메시가 죽었다는 소식을 기다리고 있을 때(앞서간 그의 아버지처럼 어느 도시의 어느 당구장에서 모욕을 줬다는 이유로 티에라델푸에고 사람들에게 곤죽이 될 때까지 두들겨맞고 짓밟히지 않았더라도, 그 자신의 분노한 손이 그를 죽였을지 몰랐다), 그녀의 남편은 열차 충돌 사고로 치명적 부상을 입었다. 랜디스 판사를 만나기 위해 시카고로 질주하던 그의 전용 기차간에서 사람들이 그의 부서진 몸을 꺼냈고, 앤절라는 병원으로 와서 작별을 고하라는 통보를 받았다. 그녀가 도착해보니 그의 침대는 그 자신의 왕조를 확실히 정리하고 떠나려고 불러놓은 변호사들로 둘러싸여 있었다. 변호사 열다섯 명이 눈물을 흘리며 병실을 떠났다. 다음으로 트라이시티 타이쿤스 선수들이 불려왔다. 아들 같은 정규선수 여덟 명이 침대 한쪽에 섰고 투수진이 반대편에 섰으며 나머지 선수들은 이미 감각이 없어진 그의 발 쪽에 모였다. 다들 작별인사를 하기 위해 유니폼을 입고 왔다. 병원 규정상 그들은 복도에서 야구화를 벗어야 했지만 일단 병실에 들어와서는 다시 야구화를 신고 죽어가는 구단주의 침대 곁으로. 그의 귀에는 항상 음악 같았던 딸그락-따각-따각 소리를 내며 다가갔다.

앤절라는 창문 옆에 혼자 서 있었고, 병실 안에서 그녀의 눈만 말라 있었다. 말라 있었을 뿐만 아니라 증오로 활활 타고 있었다. 스펜서가 방금 구단 소유권을 자신의 아내에게 물려주겠다고 발표했기 때문이었다.

선수들은 타순에 따라 작별인사를 하기 위해 움직였다. 그는 남아 있는 실오라기 같은 힘으로 선수들의 군센 손을 잡았고, 각자에게 마지막 말을 남길 때 선수들은 그 말을 알아듣기 위해 그의 입술에 귀를 바짝 갖다대야 했다. 지금 그는 빠르게 꺼져가고 있었다.

"낮은 공은 손대지 말게, 톰, 자넨 골프 스윙을 하고 있어."

"그럴게요, 트러스트 씨, 꼭 그럴게요. 안녕히 가세요, 트러스트 씨……"

"마이크, 자넨 커브볼이 오면 피하려고 엉덩이를 더그아웃으로 빼지. 타석에 굳게 서 있게, 덩치 큰 친구."

"네, 알겠습니다. 항상 명심하죠…… 나중에 봬요, 어르신……"

"나한테 아들이 있었다면, 터크, 그앨 자네 같은 대타자로 키우고 싶었을 거야."

"오, 이런, 트러스트 씨, 그 말씀 잊지 않을게요, 절대로……"

"빅터…… 빅터, 내가 무슨 말을 할 수 있겠나, 젊은이? 볼카운트 스리 볼 노 스트라이크에서 투수가 좋은 공을 던져도 억지로 휘두르진 말게."

"알겠습니다, 사장님, 그럴게요. 오, 감사합니다, 트러스트 씨."

"그냥 공만 확인하게. 나쁜 공엔 절대 휘두르지 말고."

"네, 절대로, 사장님, 절대로……"

마지막으로 그의 아내와 그만 남았다.

그녀는 지금 이 순간보다 그를 더 경멸한 적이 없었다. "내겐 뭐야, 스펜서?" 그녀가 물었다. 앞으로 짊어지게 될 그 모든 부담을 생각하니 분노에 몸이 떨렸다. "당신의 훌륭한 팀을 내가 어떻게 해야 할까?"

그는 그녀에게 베개 옆으로 오라고 손짓했다. 붕대에 감긴 양손 중 하나에는 알고 보니 야구공이 꼭 쥐여 있었다. 그는 가부장으로서 최후의 의지를 발휘해 그녀에게 공을 가볍게 던졌다. "책임감 있는 인간이 되는 법을 배워, 앤절라." 그 말과 함께 매사추세츠의 로렌초 데 메디치는 눈을 감고 망각 속으로 들어갔다.

……지금 자신의 스윙과 마무리 동작으로 그녀에게 구애하는

롤런드 애그니에게 앤절라 트러스트가 말했다. "네 정보를 얻기 위해, 애그니, 그때 열한 살인 너에 대해 알아오라고 시켰어. 그건 어떻게 생각하지?" 애그니를 보니 일생의 사랑이었던 그 외톨이가 떠올랐지만, 그녀의 목소리에는 그리워하는 느낌, 유혹하거나 외설스러운 느낌이 전혀 없었다. 그녀는 과거의 자신을 돌아보며 현재의 자신을 기억했다. 책임감 있는 인간.

그렇다, 십 년 전 스펜서는 죽으면서 그녀에게 공을 남겨주었고, 그 공은 그녀의 구원이었다.

"정말 그랬어요?" 애그니가 말했다.

"나한테 네 초등학교 5학년 때에 관한 서류가 있어. 1936년 당시 가족 나들이를 갔을 때 삼촌 아트의 볼을 치던 네 사진들이 있어. 콧수염을 기른 삼촌이 와이셔츠 차림으로 공을 던지고, 넌 운동화에 멜빵바지를 입고 있었지."

"정말 있어요?"

"젊은이, 네가 고등학교를 졸업하던 날, 누가 제일 먼저 계약하자고 제안했지? 내 입장에서 그건 막연한 '예감'이 아니었어. 난 다른 구단주들처럼 그저 남들 뒤꽁무니를 쫓지 않아. 네가 체스트넛과 서밋의 길모퉁이 공터에서 게임을 하고 있을 때 이미 결정을 내렸지."

"정말 그랬었어요?"

"하지만 너와 네 아빠는 먼디스를 선택했어. 뭐, 어쩔 수 없는 일이지. 인생은 계속 흘러가. 지금 내 책상에는 여섯 살짜리 소년들에 관한 보고서가 잔뜩 있어. 아직 불이 꺼질 때까지 잠을 안 자려고 하는 개구쟁이들이지만 메이저리그 선수의 자질을 갖고 있어. 지금 내 관심사는 그애들이지 네가 아니야."

"하지만……"

"하지만 뭐? 우승하는 거? 난 우승기를 위해 어떤 대가라도 치르곤 했지. 만일 타이쿤스 팀이 우승할 자격이 있다면 주인공은 십 년 전의 그 스타들이야. 이 끔찍한 시대에 우릴 곤경에서 구해주려고 은퇴했다가 돌아왔으니까. 물론 그들도 지금 당장은 도움이 필요해. 하지만 먼디스도 생각해야지."

"먼디스는 1위와 50승 차이가 나고 있어요! 역사상 최악의 꼴찌 팀으로 시즌을 마무리할 거라고요!"

"네가 없다면 그들은 마무리조차 못할 거야."

"그럼 어때요. 그들은 마무리할 자격도 없어요! 나와 함께 있을 자격도 없고요! 트러스트 부인, 난 먼디스 유니폼을 입은 타이쿤스 선수예요. 그게 진실이에요! 날 영입해야 해요, 트러스트 부인, 반드시 그래야 해요!"

"그래서 일곱 팀짜리 리그에서 우승하라고? 먼디스를 메이저리그 팀으로 만드는 건 바로 너야. 네가 없는 먼디스는 생각만 해도 오싹해."

"난 내가 있는 먼디스가 오싹해요! 지금은 오케이터까지 들어왔어요! 얌의 눈을 멀게 한 그 난쟁이! 그리고 닉네임 데이머, 그 아름다운 아가씨를 불구로 만든 선수! 범죄자들과 사는 것 같아요. 내가 원하는 건 단지 야구를 하는 거예요!" 여기까지 말한 후 3할 7푼 타자는 마이크 마츠다의 1.19킬로그램짜리 배트 뒤에 주저앉아 서럽게 울기 시작했다.

"롤런드." 그녀는 울고 있는 그를 차마 바라볼 수 없어 이렇게 말했다. "지금 네게 깜짝 놀랄 만한 이야기를 들려줄 테니 그만 울어, 롤런드. 내 말을 잘 들어."

"날 영입하려는 거군요!" 그가 의기양양하게 소리쳤다.

"내 말은, 내 말을 잘 들어보라는 거야. 넌 이해 못할 수도 있어, 네가 이해하기엔 너무 큰일일 수도 있으니까. 어쩌면 너보다 더 나이 많고 영리한 사람들도 그럴지 몰라. 하지만 중요한 사실이 있어. 이 나라 적들의 입장에서는 앤절라 휘틀링 트러스트가 루퍼트 먼디스에서 롤런드 애그니를 영입하는 것보다 더 좋은 건 없어."

"누가 좋아한다고요?"

"미국의 적들. 이 나라가 망하는 걸 보고 싶어하는 자들."

"당신이 나를 사면 그들이 좋아한다고요?"

"내가 너를 사면, 그들은 몹시 기뻐할 거야."

"하지만……"

"하지만 왜? 하지만 어떻게? 내 말을 믿어. 난 허튼소리 따윈 하지 않아. 내가 운영하는 미국 최대 야구 스카우트팀은 공짜로 일하는 게 아냐. 나한테 가져오는 정보가 특별한 어린 선수들에만 국한된 게 아니라고. 그들은 일반 사람들과 가까이 살고 있어. 많은 경우에는 타이쿤스의 스카우터인지 의심조차 받지 않고 그 평범한 시민들의 친구나 이웃으로 보이지. 그래서 난 이 나라에서 일어나는 일을 훤히 알고 있어. 심지어 연방수사국도 내가 말해주기 전에는 내가 하는 일을 몰라."

"하지만…… 하지만 왜 나예요? 이해를 못하겠어요, 트러스트 부인. 왜 히틀러는……"

"히틀러? 그 미치광이 얘기인 줄 알아? 오, 아냐, 롤런드, 우린 폭탄과 총알로 세계를 정복하려는 그 망상에 빠진 사이코패스보다 훨씬 교활하고 음험한 적을 상대하고 있어. 그놈이 아냐, 이 전쟁이 독일과 일본에게 포화를 집중하는 동안, 우리를 노린 또다른 전쟁은 이미 시작되었지. 보이지 않는 전쟁, 우리를 한 나라로 묶어주는 구조 자체에 대한 조용한 습격. 어리둥절한 표정이네. 무엇이 이 나라를 하나로 묶어주지, 롤런드? 성조기? 남자들이 맥주를 마시면서 사람들이 성조기를 얼마나 사랑하는지에 대해 얘기하나? 전차에서, 기차에서, 버스에서 대화를 시작할 때 한 미국인은 다른 미국인한테 무슨 얘기를 할까? '오, 보이는가, 동이 트는 이른새벽에?'* 아냐, 이렇게 말해. '이봐요, 오늘 타이쿤스 경기 어떻게 됐어요?' 또는 이렇게 말하지. '이봐요, 마츠다가 또 홈런을 쳤나요?' 자, 롤런드, 이제 수백만, 수천만의 미국 남성을 형제처럼 묶어주고, 경쟁자를 친족으로, 모르는 사람을 이웃으로, 적을 친구로 만들어주는 게 뭔지 기억났어? 이 게임이 계속되어야만 그 일이 가능한데? 바로 야구야! 그래서 그들은 미국을 파괴하려고 그걸 노리는 거야, 젊은이, 그들의 사악하고 영리한 계획은 우리의 국민 스포츠를 파괴하는 거야!"

"하지만…… 하지만 어떻게요? 어떻게 그들이 그런 일을 할 수

---

* 미국 국가의 첫 소절.

있죠?"

"야구를 장난으로 만들어서! 야구를 웃음거리로 만들어서! 그들은 우릴 우습게 만들어 무덤에 처넣을 계획을 진행하고 있어!"

"도대체…… 누가요?"

"빨간 것들." 트러스트 부인이 이렇게 말하며 그의 반응을 살폈다.

"아이고, 그들은 시즌이 끝나면 돈벼락을 맞을 텐데. 트러스트 부인, 카디널스 다음이에요. 난 모르겠어요. 그들이 무슨 불만이 있다고?"

"아니, 아니, 신시내티 레즈가 아냐, 젊은이. 그거라면 뭐가 문제겠어…… 그게 아냐, 올해 우리를 궁지에 빠뜨린 건 빌 맥케치니의 선수들이 아니라 조 스탈린의 사람들이야. 러시아의 빨갱이들, 롤런드. 스탈린-레닌-마르크스로 거슬러올라가."

"아무튼, 조니 밴더 미어와 무관하다니 정말 다행이네요. 그랬다면 '맨발의 조' 같은 일*이 또 일어날지 모르니까요."

그는 이해하지 못했다. 오크하트 장군은? 케네소 마운틴 랜디스는? "롤런드, 너한테는 기이하고 생경하게 들릴 거야, 하지만 분명히 말하는데, 이건 사실이야. 미국을 무너뜨리기 위해 러시아의 공산주의자들과 전 세계에 퍼져 있는 그 첩자들이 메이저리그를 파괴하려 하고 있어. 그들은 메이저리그 중에서도 제일 약한 고리를 표적으로 삼았지. 바로 우리 리그를. 그리고 우리 리그에

---

* '블랙삭스 스캔들'에서 다른 선수들과 달리 조 잭슨의 혐의는 명백하지 않았다.

서도 제일 약한 고리인 먼디스를. 롤런드, 왜 먼디스가 떠돌이 팀이 됐다고 생각하지? 그건 누구 아이디어였다고 생각해?"

"글쎄요…… 먼디 형제…… 아닌가요?"

"먼디 형제는 꼭두각시에 불과해. 동조자도 아냐. 아무것도 모르고 몇천 달러에 놀아난 멍청한 꼭두각시일 뿐이지. 내가 그 한량들을 경멸하긴 해도 사실이 바뀌진 않아. 미국 정부에 포트루퍼트의 경기장을 내주고 먼디스를 길바닥으로 내칠 계획을 세운 곳은 먼디스 본부가 아니야. 그건 이 나라의 육군성에서 시작됐어. 방금 내 말의 숨은 뜻을 이해하겠어?"

"글쎄요, 모르겠어요…… 확실히는."

"그 계획은 이 나라 육군성이 고안했어. 다시 말해, 미합중국 정부의 육군성에 공산주의자들이 있는 거야. 국무부에 공산주의자들이 있다고."

"저런, 그래요?"

"롤런드, 심지어 패트리어트리그 안에도 공산주의자들이 있어…… 바로…… 이…… 순간에도!"

"정말 있어요?"

"한 명만 거론하자면, 캐쿨라 리퍼스의 구단주."

"마주마 씨요?"

"그래, '마주마' 씨, 너희들은 그렇게 부르지만, 실은 공산주의 스파이야."

"하지만……"

"롤런드, 그가 아니면 누가 야구를 그런 조롱거리로 만들지?

그가 아니면 누가 자유기업체제를 조롱하고 욕보일까? 그래, 우리의 친구라는 사람, 프랭크 마주마 씨를 통해 그들은 우리 국민이 국민 스포츠를 싫어하도록, 동시에 이윤체제 자체를 싫어하도록 만들고 있어. 난쟁이! 경주마! 그는 곧 유색인을 받아들일 거야, 틀림없을 테니 두고 봐. 리그에 들어온 첫날부터 지금까지 그에게 감시를 붙였기 때문에 난 그가 움직이기도 전에 알아. 유색인 선수라니, 롤런드, 메이저리그에 유색인 선수라니! 그건 시작일 뿐이야. 히틀러가 패하고 나면 어떻게 될지 두고 보라고. 국제 공산주의자들의 음모가 미국인의 삶에 구석구석 파고들면 어떻게 될지 두고 봐. 그들은 미국의 모든 신성한 기관, 우리가 소중히 여기는 모든 것에, 마주마가 우리 리그의 고결함과 명예를 더럽히기 위해 하고 있는 짓을 그대로 할 거야. 모든 것을 우스꽝스러운 모조품으로 만들 거야! 국민은 한때 삶의 기준으로 여겼던 모든 것이 농담 수준으로 타락하는 걸 보면서 갈수록 당황하고 부끄러워하겠지. 친구들과 이웃들, 우리를 본보기로 보고 영감을 얻었던 사람들은 우리의 우스꽝스러운 모습을 보고 경멸하게 되겠지. 이 모든 일을 공산주의자들은 폭탄 하나 떨어뜨리거나 총 한 방 쏘지 않고 달성할 거야. 곳곳에 프랭크 마주마 같은 사람들을 심어둘 테니까. 그들은 우리에게 했던 짓을 그대로 제너럴모터스와 U.S.스틸에 할 거야. 그 위대한 기업들을 러시아 신문에 나오는 삽화로 만들 거라고! 그들은 노동자계급을 포섭할 생각은 포기했어, 롤런드. 그건 효과가 없었으니까. 그래서 이젠 자유기업체제 자체를 점거하려고 해. 어떻게? 대기업 사장 자리에 스파이를 심고,

이사회장 자리에 파괴공작원을 심는 거야! 내 말을 명심해, 공산주의자가 미국의 자본가, 대기업의 친구, 공화당원으로 위장해서 미합중국 대통령으로 출마할 날이 올 테니까. 만약 당선되면 그는 미국의 비극은 끝났다고 선언할 거야. 하지만 비극이 희극으로 바뀌어 있을 테니 그게 비극이지! 그 끔찍한 날이 올 때 말이야, 롤런드, 마주마 같은 대통령이 백악관에 취임할 때, 그들은 산업해운거래소를 폭파하기 위해 트러스트 스트리트에 붉은 군대를 행진시킬 필요가 없을 거야. 불쌍하고 당황한 미국 국민들이 직접 할 테니까…… 하지만 그때쯤이면 그들은 이미 미국 국민이 아닐 거야. 그래, 아냐, 너와 내가 알고 있는 그런 국민이 아닐 거야. 그래, 야구가 사라지면, 롤런드, 넌 미국에 작별인사를 하게 될 거야. 한번 상상해봐, 롤런드, 일요일 더블헤더 경기가 없는 미국의 여름, 월드시리즈가 없는 미국의 10월, 스프링캠프가 없는 미국의 3월. 아, 그들은 그때도 그걸 미국이라 부르겠지만 아주 다른 나라일 거야. 롤런드, 일단 공산주의자들이 메이저리그를 장난으로 만들면 나머지는 전부 도미노처럼 쓰러질 거야.

내 말을 못 믿겠지, 그렇지? 글쎄, 세 리그의 최고 자리에 있는 남자들도 그럴 거야. '앤절라, 당신네들은 스스로의 책임을 공산주의자들에게 돌리고 있소. 리그를 결딴낸 건 당신들이고, 그래서 지금 먼디 형제 같은 한량들, 마주마 같은 어릿광대들, 그 작은 유대인 같은 탐탁지 못한 인간들로 대가를 치르고 있는 거요.' 롤런드, 그 작은 유대인이 누군지 알아? 아직 결정적인 증거를 잡지 못해서 단지 추측이지만, 모든 아귀가 너무 잘 맞는 통에 쉽게 지

워버릴 수가 없어. 1933년 그린백스를 사들인 그 유대인, 검은 정장에 검은 모자를 쓴 그 웃기게 생긴 꼬맹이, 아내가 벌어둔 게 틀림없는 재산을 스캔들 덩어리인 그린백스에 쏟아부은 그 외국인 역시 공산주의 첩자야. 그래, 모스크바에서 지령을 받고, 돈도 받아! 하지만 이 애길 프리크나 해리지, 오크하트한테, 또는 랜디스 판사한테 말한다고 해봐. 그러면 내 등뒤에서 나를 광신자, 외모와 연인을 모두 잃고 이제 가진 거라곤 그들을 곤란하게 만들 거리밖에 없는 지독한 늙은 여자라고 부르겠지. 하지만 난 아무것도 '잃지' 않았어. 남편이 임종할 때 내게 남긴 요구를 수행해왔을 뿐이야. 그는 '책임감 있는 인간이 되라'고 말했지. 그 말 때문에 그를 미워했어, 롤런드. 이기적이고 속 좁고 무지한 여자라 그 말의 의미를 전혀 몰랐어. 난 시, 열정, 낭만, 모험을 원했어. 그런데 내 말을 들어봐, 책임감 있는 인간으로 사는 게 프랑스 상류사회에 있는 것보다 더 많은 시와 열정과 낭만과 모험을 주고 있어! 그래서 다시는 무책임한 인간이 될 마음이 없어!"

"그러니까," 몰락한 그녀를 보고 있자니 롤런드의 눈에서 또다시 눈물이 솟구쳤다. "그러니까 당신의 남편과 그의 말 등등 때문에, 그리고 방금 얘기한 그 모든 상황 때문에, 난 평생 먼디스에 묶여 있어야 하는군요!"

"그럼 공산주의에 '묶이는' 게 더 나을까, 어리석은 젊은이? 너와 네 자식과 네 자식의 자식들이 세상이 끝날 때까지 무신론적이고 전체주의적인 공산주의에 '묶이는' 게 낫겠어?"

"하지만 난 자식 같은 거 둔 적 없어요. 자식의 자식도 없고요.

맹세코!"

"롤런드 애그니, 네가 거래를 할 거라면 너 자신이 미합중국의 적이 되어서 미합중국의 적들과 거래를 해야 할 거야. 하지만 너 자신보다 조국을 더 사랑한다면 공산주의자들이 아니라 루퍼트 먼디스와 야구를 하겠지!"

"하지만 당신은 우승을 할 수도 있어요, 트러스트 부인……"

"그리고 그 대가로 인류를 노예로 만들라고? 너 정말 미쳤구나!"

트라이시티에서는 언제나처럼 타이쿤스가 우승기를 차지하기 위해 분투하는 동안, 도시 반대편에서는 리그 순위로는 아니지만 지역 팬들의 가슴에 한때 그들의 라이벌로 간주되었던 한 팀이 매년 리그 2부에서 탈출해 입상하기 위해 안간힘을 쓰고 있었다. 그러나 길 가메시와 갈봇집 패거리가 리그에서 쫓겨난 후 몇 년이 지났고, 팀이 패보다 승을 더 많이 올릴 때도 있었지만 그들의 목표는 아직 멀기만 했다. 선수들은 열심히 뛰었고 실력이 있었지만 8월이 되면 어김없이 주춤대기 시작했고, 시즌 막바지에는 5위 나 6위에서 요지부동이었다. 얼핏 보기에는 (도덕론자들의 눈에) 1933년과 1934년의 불같은 그린백스를 망가뜨린 추문들이 남긴 '수치스러운 유산'이 그 불운한 몇 해 동안 고참 선수들의 정신을 망가뜨렸던 것처럼 해마다 신입 선수들의 자신감도 갉아먹는 듯 보였다. 여기에 비교할 사건이라면 아메리칸리그의 시카고 화이트삭스에게 닥친 운명 정도를 꼽을 수 있었다. 1920년 시즌 말, 1919년 정규시즌 우승팀이자 맨발의 조 잭슨과 에디 시코트의 팀인 화이트삭스가 월드시리즈를 신시내티에게 고의로 내준 사실이 밝혀졌다. 온 세상이 알고 있듯 도덕적으로 타락한 화이트삭스가 다시 리그 1부로 올라오기까지 꼬박 십육 년이 걸렸다.

지나치게 엄격한 대중 사이에서는 그런 설명이 통했지만, 야구 관계자들은 완벽한 실력을 갖춘 그린백스와 리그 1부를 가로막고 있는 벽은 사실 현 그린백스의 구단주인 이상한 가족이라고 수군 거렸다. 1934년 시즌 이후 그 팀에 합류한 루키들 중 누구도 처음 부터 팀의 추한 과거에 주눅들진 않았다. 젊은 선수들은 대부분 시골 출신이었기에 대공황이 한창일 때 그린백스 스카우터가 지폐 한 움큼과 메이저리그 계약서를 들고 목장에 나타나면, 카메라를 향해 싱글거리며 전신 작업복을 입은 아빠를 옆에 두고 그 자리에서 점선 위에 사인을 했다. 그들이 어떻게 알 수 있었을까. 그 간절하고 순수한 아이들과 가난하고 미천한 농부 아빠들이, 루키가 북쪽의 트라이시티로 가서 구단주를 만나고 보니 그가 유대인, 번지르르하고 뚱뚱하고 잘 흥분하는 작은 유대인인데다, 강한 억양의 빠른 말투로 난생처음 들어보는 해괴한 문장을 입 밖으로 쏟아내리라는 것을? 농장에서 돼지는 돼지이고 소는 소였는데, 어느 누가 뉴욕항의 작은 섬과 똑같은 이름을 가진 유대인이 어떤지 들어봤겠는가? 실제 이름은 골드버그였지만 다들 엘리스라 불렸다!

"이민국에서 진짜 이름을 한번 보더니," 그린백스 구단주가 시골 소년에게 설명했다. 소년은 판지로 된 여행가방을 무릎 위에 올려놓은 채 실망감에 눈물을 글썽였다. "그걸로 결판이 났어. 우린 엘리스가 되었지."*

"하지만……" 루키는 말을 더듬거렸다.

"하지만 뭐? 말해보게. 수줍어하지 말고."

"글쎄요, 사장님…… 아무래도 사장님이 우리 아빠와 내가 생각했던 모습이 아닌 것 같아서요."

"나도 우리 아빠와 내가 생각했던 모습이 아냐, 슬러거. 하지만 여긴 기회의 땅이야."

"하지만…… 무슨 놈의 기회가," 소년은 무심결에 말해버렸다. "유대인 밑에서 메이저 야구를 하는 건가요?"

엘리스는 어깨를 으쓱하고는 빈정거리며 말했다. "그걸 일생 일대의 기회라고 하지, 알겠나? 자, 눈물을 닦고 유니폼을 입으러 가세. 제대로 차려입으면 어떤지 한번 보자고."

마지못해 소년은 교회에 갈 때만 입는 낡은 정장과 가장자리가 너덜너덜한 셔츠를 벗고 새로운 그린백스 홈 유니폼을 입었다. "좋아," 엘리스가 미소를 지으며 말했다. "아주 좋아."

"엉덩이가 좀 헐렁하지 않아요?"

"엉덩이는 내가 줄일 수 있어."

"그리고 허리도……"

"그 허리도 내가 맞춰줄 수 있네, 걱정 마. 난 전체적인 모습을 얘기하는 거야. 세라," 그가 불렀다. "이리 와서 새 2루수를 봐."

머리를 높이 올려서 감아 묶고 앞치마를 두른 둥그스름한 여자

---

* 바로 유대인임을 알 수 있는 이름이라 이민국 직원이 개명을 해주었다는 의미.

가 손에 양동이와 자루걸레를 든 채 사무실로 들어왔다.

"어떻게 생각해?" 그가 아내에게 물었다.

그녀는 만족스럽다는 듯 고개를 끄덕였다. "딱 좋아요."

"돌아보게." 엘리스가 말했다. "그녀에게 뒤쪽을 보여줘."

루키가 돌아섰다.

"딱 좋아요." 엘리스 부인이 말했다. "등번호도 딱 맞아요."

"하지만…… 하지만 여기 아래쪽은요, 부인?" 루키가 물었다. "여기 엉덩이 쪽은……?"

"엉덩이 쪽은 걱정하지 마." 엘리스가 말했다. "중요한 건 어깨야. 어깨가 맞으면, 맞는 거야."

루키는 더없이 비참한 기분에 빠져 옷 안에서 몸을 꿈틀거렸다.

"자, 이제 휘둘러봐. 스윙을 해. 넉넉한지 보게. 난 어깨가 꽉 끼는 걸 원하지 않아."

루키는 대충 스윙을 했다. "안 끼어요." 그가 시인했다.

"됐어! 좋았어! 이제 아내가 허리와 엉덩이에 핀을 꽂을 걸세. 그리고 자넨 수요일에 출전해."

"수요일이요? 내일은 안 돼요?"

"미안하네, 그녀는 어제 벌써 세 명의 루키를 받았어. 수요일에 나가! 자, 이제 멋진 야구화를 신어보겠나?"

사랑하는 압빠 [편지들은 대충 이러했다] 우린 속았어요. 여기 구단주는 유데인이에요. 그는 여기 스코아보드 바로 위에 사라요. 사업을 항상 지켜보려고요. 압빠가 그를 보면 내가 그를 봣을 때처럼 나하고 또깟치 울지 몰라요. 거기 고향에서 사람들이 말하는 거하고 또까튼 진짜 뉴욕 유데인이에요. 이건 정말 올치 안아요, 압빠. 내가 얘상했던 메이저리그가 전여 아니에요. 그중에서도 더 나뿐 건 그 아들이에요. 개도 유데인이에요. 일곱 살 먹은 남자앤데 거의 천재에요. 이름은 아이지크에요. 학교도 안 가요. 그 정도로 천재에요. 개 아이큐는 424라서 1997년 위 윌리 킬러가 친 거하고 완전이 또까타요. 하지만 이건 안타가 아니라 뇌 예기에요. 압빠 갠 지가 감독을 할려고 해요. 일곱 살짜리가요. 우리가 생각햇던 거하고 너무 달라요 압빠. 이제 난 어떠케 해요. 아들 슬러거.

아이작. 지금까지 해마다 그린백스와 리그 1부를 갈라놓은 것이 (내막을 아는 사람들에 따르면) 바로 거기에 있었다. 대부분의 선수들이 엘리스 부부의 부모 노릇은 참고 받아들일 수 있었지만, 부부의 미친 천재 아이, 아이작과 그의 차트, 도표, 그래프, 계산, 공식, 그리고 그의 이론은 도저히 참아줄 수 없었다! 그 아이에 따르면 그들이 메이저리그에 들어오기 전까지 했던 야구는 처음부터 끝까지 완전히 틀렸다. 희생번트는 틀렸다. 고의사구는 틀렸다. 투 아웃 미만에서는 타자가 누구든 상관없이 안타를 치는 것보다 히트앤드런이 유리하다. "오, 그래?" 선수들은 말했다. "그런데 넌 그걸 어떻게 알아냈지, 아이지?" 그러면 일곱 살짜리 꼬마는 셔츠 주머니에 꽂혀 있던 만년필을 꺼내 노란 메모패드 위에다 그것들을 보여주기 시작했다.

"먼저, 히트앤드런은 희생번트의 안티테제예요. 희생번트는 완전히 무가치한 작전이고, 내 계산 결과로는 한 시즌 동안 72점 손해예요. 이 손해는 다음의 공식으로 계산했어요." 그 아이는 사람들한테 보여주기 위해 들고 있는 종이 위에 이렇게 적었다.

$$1Ys = 5.4376\ CRy + 0.27642 = 0.4735$$

"다른 한편으로." 아이작이 말했다. "안타로 내는 총점과 히트앤드런으로 내는 총점을 비교해보세요. 물론 주자가 있는 상황에서 히트앤드런이 대안으로 남아 있는 경우만이에요. 여기 그래프에서 볼 수 있는 것처럼……" 아이는 서류가방을 뒤적이더니 셔츠에 붙은 세탁소 판지 위에 미리 그려 온 도표 하나를 꺼냈다. 미로처럼 선들이 교차되어 있고, 각각의 선에는 고딕체로 정성스레 쓴 이름이 붙어 있었다. 'CRy 성적' 'Ys 확률' '예상되는 총 DG 시도' 등…… "보이는 것처럼 여기 꺾인 선이 안타를 치는 경우를 나타내고요……"

"그래, 그래." 선수들이 서로 한쪽 눈을 찡긋하며 말했다. "아, 확실해, 아주 명확하구나. 넌 정말 똑똑하고 귀여운 아이야, 아이지……" 그들은 이렇게 말하며 검지로 관자놀이를 가리키고는 그들이 보기에 아이의 머리가 살짝 돈 것 같다는 암시를 했다.

"그래서." 아이작이 결론을 내렸다. "히트앤드런을 희생번트의 정상 빈도보다 네 배 더 활용하면, 그린백스가 일 년에 65점에서 75점까지 점수를 더 올릴 수 있다고 예상할 수 있어요. 그럼 궁금하실 거예요. 그린백스가 일 년에 65점에서 75점을 더 얻으면 순위에 어떤 결과가 발생할까요? 자, 11번 표를 보세요. 여기 있어요. 이걸 볼 땐 반드시 명심할 게 있어요. 야구에서 승리하기 위한 기본 방정식은 $1Y = (Rw) (Pb/Pd)$라는 거예요."

이미 청중은 대부분 자리에서 일어나 일부는 이동식 네트망으로, 일부는 플라이볼을 쫓아가 잡는 연습을 하러 외야로 가버렸고, 아이작은 자신의 서류가방을 다시 싸고 메모패드를 겨드랑이에 낀 채 볼펜으로 어정어정 다가가 보결포수들과 구원투수들에게 그날의 수업을 이어갔다. 아이는 서류가방에서 판지를 꺼내 그들에게 내용을 전하려 애를 썼다. 판지에는 이렇게 적혀 있었다.

$$d = \frac{{}^{c}L\,P\,V^2\,t^2\,g\,C^2}{7230\ W}\,\text{feet}$$

"어휴, 이게 대체 뭐냐, 아이지?" 선수들은 이렇게 말하며 곧바로 판지를 돌려주었다.

"공이 얼마나 회전하는지를 설명하려고 내가 준비한 공식이에요. 아저씨들이 꼭 알아야 하는 거 아닌가요?"

"글쎄다, 우린 이미 알고 있어, 꼬마야…… 그러니 여기서 나가거라."

"좋아요. 그게 사실이라면 d는 뭘 나타내죠?"

"강아지doggie. 자 이제 나가라, 이 녀석아."

"d는 일직선에서 벗어나는 변위를 의미해요."

"오, 그래, 그건 누구나 알고 있다."

"꼭 알아야 하는 거죠." 아이작이 말했다. "야구를 웬만큼 아는 척하는 사람들도요. 그럼 'L은 뭐죠?"

침묵. 지친 침묵.

"L은 공이 회전할 때 마찰에 의해 발생하는 공기의 순환이에요." 아이작이 말했다. "그리고 P는 공기의 밀도고요. 보통 0.002에서 0.378 사이죠. V는 공의 속도고요, t는 공이 날아가는 시간이에요. 그리고 g는 중력가속도예요. 초당 32.2피트죠. C는, 뭘까요? 알면 말해보세요. C가 뭐죠?"

"고양이cat." 선수들은 그를 놀리듯 말했다.

"틀렸어요. C는 공의 원주예요. 9인치요. 그러면 W는? W는 뭘까요?"

"W는 '네 조그만 엉덩이를 조심해라watch your little ass'다, 꼬맹이." 루키 한 명이 불쾌한 표정으로 속삭였다.

"아뇨, W는 공의 무게예요. 0.3125파운드죠. 7230을 파운드, 인치, 피트, 초 등의 다른 값들과 결합해 계산하면 피트로 답이 나와요."

"그래? 그래서 뭐! 그게 뭔데!"

"단지 내가 아는 걸 말하는 거예요, 아저씨들. 내 말을 믿어야 해요. 지금까지 오십 년 동안 잘못 플레이했던 것처럼, 야구의 피곤하고 관습적이고 완전히 투기스러운 작전에 더이상 노예처럼 끌려다니지 말고, 내가 공식 통계를 수학적으로 분석해서 도달한 결론을 적용해봐요. 그럼 아저씨들은 우리 팀의 총득점에 300점을 더할 수 있고, 트라이시티 그린백스는 5위에서 1위로 올라가요. 아저씨들의 결론은 고작해야 전통적인 오해에 기초하지만, 내 결론은 우연의 법칙의 두 기본 정리에서 이끌어낸 거예요. 17세기에 파스칼이 내놓은 법칙이라고요. 그러니 성급하게 굴지 말고 들어보세요, 다시 설명해드릴게요……"

"나 원 참, 싫다니까! 당장 꺼져, 이 괴짜 꼬맹아! 이건 어른들 게임이야, 애들 장난이 아니라고!"

"그래도 들어보세요, 이건 누구를 위한 '게임'이 아니에요. 이건 응용과학이고, 그렇게 접근해야 해요."

"F가 뭔지 아냐, 아이작! **꺼-지-라-고** F-U-C-K다! 그게 무슨 뜻인지 모르진 않겠지!"

시즌이 거듭되고, 아이작이 일곱 살의 나이에 처음 그린백스에 왔을 때보다 더 천재적인 소년이 되어갈수록, 아버지의 팀과 그의 관계는 더욱 악화되었다. 몇 년에 걸쳐 모든 주요 야구 기록을 통계적으로 분석해 자신의 이론이 옳음을 확인하고부터, 아이작은 더이상 이 멍청이들에게 왜 그들이 게임을 완전히 잘못하고 있는지 설명하기 위해 무한정 참고 있을 수 없었다. 처음 몇 년 동안 메이저리그에서 맞닥뜨려야 했던 적대감은 그를 강하게 단련시켰고, 열 살이 되자 일곱 살 적의 매력적인 현학스러움과 전문가다운 철저함(이때는 사람들을 설득하려면 사실과 수치도 중요하지만 웅변도 그만큼 중요하다고 생각했다)은 귀에 거슬리고 부담스러운 방식으로 바뀌어 그보다 나이가 두세 배 많은 선수들의 애정을 바닥나게 했다. 정기적으로 그린백스 정규선수들에게 퍼붓는 이 말투 때문에, 아이는 몇 차례나 담배 즙 덩어리로 보복을 당했다. "도대체 왜 그러냐고, 이 멍청아. 그냥 내 말대로 해! 내가 설명을 해도 왜 그런지 이해도 못할 거잖아. 그래도 천 번은 설명했어. 그냥 희생번트를 대지 마! 그렇게 해서 희생시키는 게 일 년에 62점이란 말이야! 감독이 번트하라고 말할 때, 난 히트앤드런을 원해! 알아듣겠어? 어떤 상황에서도 번트를 대지 마. 히트앤드……"

그쯤에서 담배 즙이 솜씨 좋게 힘찬 물줄기처럼 또는 뚝뚝 떨어지는 침 덩어리 형태로 아이의 열린 입 속으로 정확히 들어가, 적어도 잠깐 동안은 그놈의 후두를 사용 불능으로 만들었다.

"아이작," 그의 부친이 말했다. "난 메이저리그 감독에게 일 년에 1만 5000달러를 주고 있어. 감독이 선수들한테 번트를 하라고 하는데 네가 뒤에서 히트앤드런을 하라고 말해야겠니?"

"하지만 난 수학 천재예요!"

"하지만 그는 야구 천재야!"

"그는 야구를 모르는 무식쟁이예요. 죄다 똑같아요!"

"그래서 누가 감독을 해야 한단 말이냐, 아이작? 너? 고작 열 살짜리가?"

"나이가 무슨 상관이에요! 나는 과학적 방법을 통해 도달한 결론에 대해 얘기하고 있잖아요!"

"그놈의 과학적 방법은 신물이 난다! 열 살에 메이저리그 팀의 감독을 할 순 없어. 이걸로 끝내!"

"내가 하면 한 달 안에 1위로 올라갈 거예요!"

"그리고 그들은 날 리그에서 내쫓을 거야, 뭐에 당했는지도 모를 만큼 눈 깜짝할 새에! 아이작, 그들이 진즉부터 나한테 그럴듯한 이유를 들이밀고 작별인사를 할 구실을 찾고 있진 않을까?

응? 애당초 유대인을 허용한 일에도 유감스러워하는데, 이제 와서 내가 내 뒤통수를 날릴 새 탄약을 그들한테 갖다바쳐야겠니? 내 말 잘 들으렴, 아이작. 난 나 자신의 안녕을 위해 야구팀을 산 게 아니야. 너의 안녕을 위해 샀다! 네가 평온하게 미국 아이로 클 수 있게! 그래서 다시 유대인을 공격할 때가 와도 그들이 내 집 근처에 얼씬도 하지 못하게! 유대인 천재들, 유대인 학살이 일어나면 그들의 평균 수명이 얼마나 되는지 가서 알아보거라! 하지만 메이저리그 팀을 소유하고 있으면, 아들아, 두 번 다시는 걱정하지 않아도 돼!"

"메이저리그 팀이 야구를 완전히 잘못하고 있다면 그게 무슨 소용 있어요!"

"네가 보기에나 완전히 잘못이지. 메이저리그 선수들한테는 아냐! 아이작, 제발, 그 이교도가 번트하라고 하면, 번트하게 놔둬!"

"하지만 히트앤드런이……"

"히트앤드런 얘긴 넣어둬라! 히트앤드런은 잊어버려! 여기선 그렇게 안 해!"

"하지만 여기에서 하는 그 방식은 틀렸다고요!"

"하지만 야구는 여기서 시작했어!"

"하지만 난 그들이 틀렸다는 걸 입증할 수 있어요, **과학적으로**!"

"그래, 넌 그렇게 대단한 천재야. 그러니 부탁하건대, 그들이 옳다는 것도 입증해봐라!"

"하지만 그건 천재들이 하는 일이 아니에요!"

"난 다른 천재들 따위 관심 없다! 난 오로지 네 걱정뿐이야! 이건 메이저리그 야구란다, 아이작. 까마득히 오래전부터 이곳에 있었어. 제발 그냥 내버려둬!" 이 대목에서 그는 아이작에게 반유대주의에 관한 길고 비참한 이야기를 다시 늘어놓았다. 그는 아들에게 살인과 약탈과 강간, 농민과 코사크족과 십자군과 군주들 이야기, 그 모든 사람이 오랜 세월 어떻게 유대 민족을 탄압했는지 들려주었다. 그리고 말했다. 오로지 미국에서만 유대인이 그렇게 높은 자리에 오를 수 있다고! 오로지 미국에서만 유대인이 메이저리그 야구팀의 구단주가 되겠다는 희망을 품을 수 있다고!

"그건 야구가 미국에만 존재하기 때문이죠." 아이작이 넌더리가 난다는 듯 오만상을 찌푸리며 말했다.

"오 그래? 일본은 어떻지, 똑똑아?" 엘리스가 쏘아붙였다. "거기엔 야구가 없는 게냐? 네가 보기엔 유대인이 일본에서 그렇게 쉽게 야구팀을 소유할 수 있을 거 같아? 아이작, 내 말 잘 들어라. 유대인에게 여긴 인류 역사상 전무후무한 가장 위대한 나라야!"

"물론이에요, '아빠'." 아들이 경멸조로 말했다. "야구를 그들 멋대로 하는 한에서요."

그렇게 몇 시즌이 흘러갔고, 패트리어트리그에서 그린백스는 매번 5위나 6위로 시즌을 마무리했으며, 천재 아들은 자기 아버지가 구세계에서 품고 온 두려움을 경멸하는 동시에, 무지와 미신과 습관 때문에 자멸적 금기에 얽매여 있는 그린백스 선수들을 똑같이 경멸했다. 아이작의 장광설과 호된 질책 앞에서는 제아무리 정신력이 강한 선수라도 결국 벤치에서 보내는 지시를 의심하게 되었고, 시즌 중반이 되면 대부분의 선수들이 그 시즌 감독이 구사하는 전통적 전략이나, 한때 귀여운 아이라 부르던 '유대인 꼬마놈'의 이단적인 전략, 어느 쪽에도 정신을 집중하지 못하고 완전히 제멋대로 플레이했다. 더 한심하게는, 경험 많은 감독이나 신동의 말과 무관하게 그들 자신의 본능을 따르는 대신 딜레마에서 빠져나올 방법을 추론하려고 시도했고, 문제를 고심해보려 애쓰며 치기 좋은 공을 그저 멍하니 바라보다 내려오기를 되풀이했다. 관중석에 앉은 그린백스 팬들은 점점 더 불안에 빠졌고, 9회가 끝나고 경기장을 나오는 그들을 마치 그물도 없이 외줄을 타는 사람을 두 시간 동안 지켜본 양 탈진하게 한 건, 점점 늘어가는 그린백스의 삼진아웃이 아니라 선수들의 마음속에 자리잡은 그 모든 혼란이었다. 홈팀 선수들의 긴장된 플레이를 지켜보는 게 너무 힘든 나머지, 가메시가 추방된 후에도 떠나지 않고 구단주가 보수적인 유대인이라는 것도 평화롭게 받아들인 그린백스 팬들조차, 결국에는 쉬는 날 그린백스타디움에 가서 유능한 팀이 열여덟 명을 상대로—상대 팀 아홉 명과 아홉 명의 그들 자신—헛심만 쓰는 걸 보느니 차라리 집에 남아 세차하는 편을 택했다.

6
롤런드 애그니의 유혹
(계속)

6

그린백스타디움에 애그니가 도착한다. 그곳에서 유대인 가족을 만나면서 그에게 닥친 일들, 유대인과 흑인 사이의 몇몇 대화들은 롤런드에게 자살 충동을 일으킨다. 화제의 중심인 루키는 자신의 자살 보도를 상상한다. 아이작 엘리스가 다시 등장한다. '챔피언들의 아침식사*'에 관한 대화가 나오고, 여기서 이 위대한 역사의 간절한 주인공은 제너럴밀스가 미니애폴리스에서 만든 휘티스와 유대인 천재가 지하 실험실에서 만든 휘티스의 차이, 그리고 그것의 '외양'과 '실제'에 대해서도 알게 된다. 롤런드가 유혹에 넘어간다. 승리와 패배에 관한 이야기가 나온다. 다양한 통계수치와 함께 먼디스의 기적이 짧게 소개된다. 롤런드는 당황하고 두려워하고 환각을 느낀다. 그때 미스터 페어스미스라는 인물이 다시 등장하고, 그가 이 책의 전반부에서 사라졌던 이유가 밝혀진다. 야구와 야만성에 관한 긴 여담, 그리고 미스터 페어스미스가 아프리카에서 겪은 모험에 대한 이야기가 펼쳐진다. 우리의 국민 오락으로 거둔 그의 성공, 실망, 용기, 그리고 그가 신성하고 소중히 여기는 모든 것을 불경스럽게 모독한 야만인들로부터 간신히 살아나온 이야기가 이어진다. 신에 대한 그의 믿음이 먼디스 때문에 시험을 받는다. 하느님이 야구를 사랑하는가에 대해 독실한 목사와 감독이 논쟁을 펼친다. 먼디스의 연승이 이에 대한 결론을 내려준다. 트라이시티로 가는 기차에서 가슴 따뜻한 장면이 펼쳐진다. 전술한 모험은 비참한 결말을 맞는다.

9회에 먼디스가 타이쿤스에 31점 차로 뒤진 상황에서 닉네임은 2루타를
3루타로 만들려 하고, 이 시도가 누군가의 숨통을 끊는
최후의 일격이 된다. 아이작과 애그니는
막장으로 치닫는다. 미스터
페어스미스가
영면한다.

늦은 밤, 트러스트 부인을 찾아가고 얼마 지나지 않아 롤런드 애그니는 졸리 촐리의 취침 점호가 끝나고 자신의 호텔방을 나와 트라이시티의 낯선 거리들을 걸었다. 이번에 그가 향한 곳은 상업 지역이 아닌 항구 쪽이었다. 타이쿤스는 집에서 편히 쉬며 원정팀 먼디스와의 일전을 준비하고 있었고, 그린백스는 원정중이었다. 애그니가 그린백스타디움으로 몰래 나온 두 번의 소풍과 마찬가지로, 우익의 득점판 위로 난 창문에는 불이 켜진 채였다. 아직 그는 우익 담장 거리 쪽에 우묵하게 들어간 문간으로 들어가 초인종을 누를 용기가 나지 않았다. 그런데 '용기'가 맞는 단어일까? '반역'이 더 어울리지 않을까?

네가 거래를 할 거라면, 트러스트 부인이 말했었다. 너 자신이 미합중국의 적이 되어서 미합중국의 적들과 거래를 해야 할 거야……

"이거 뭐지? 거기 누구요?" 머리 위로 8미터쯤 떨어진 창문에서 목소리가 들려왔다. 그가(혹은 마음속의 반역자가) 마침내 벨을 눌렀기 때문이다!

"이게 무슨 장난질이야! 밑에 무슨 일이야!"

"저…… 저는 야간경기가 있는 줄 알고…… 죄송합니다……"

"새벽 두시에?" 엘리스가 소리쳤다. "빨리 꺼져, 얼간이, 그린백스는 원정중이야."

"저…… 전 구단주님을 만나야 해요."

---

* 1920년대 운동선수들이 즐겨 찾는 시리얼로 선전했던 휘티스의 유명한 광고 문구.

"고객민원실에 편지를 쓰면 되지, 멍청하기는!"

유대인의 머리가 사라지자 불쌍한 먼디스의 스타는 크게 소리를 질렀다. "전…… 전 롤런드 애그니예요, 엘리스 씨!"

"누구라고?"

"나요! 롤런드! 리그의 타격왕!"

득점판 내부에 가파르게 난 원형 계단통을 오르는 일은 선사시대 어느 괴물의 척추를 타고 올라가는 것처럼 무서웠다. 맨 꼭대기에 전구가 딱 하나 있었고, 그나마도 그 괴물의 뇌 크기라고 상상할 수 있는 것보다 크지 않았으며, 밝기도 거의 그 수준이었다. 구장 쪽을 향한 삼사십 개의 뻐끔한 구멍 속에는 사각의 검은 나무판들이 짜맞춰져 있었는데, 그 거대한 야수가 눈은 물론이고 입, 귀, 콧구멍으로 불을 토해내지 않을 때 당겨서 구멍을 닫을 수 있는 뚜껑 같았다…… 이 모든 것이 득점판의 흐릿하고 텅 빈 내부를 올라가는 롤런드에게 이제껏 느껴보지 못한 섬뜩한 감정을 불러일으켰다. 아니, 어쩌면 유대인의 뒤를 따라 걷고 있었기 때문일지도 몰랐다. 그는 유대인 얘기를 들은 적은 있었지만 유대인을 그렇게 가까이서 본 기억은 없었다.

엘리스 부인은 즉시 차를 만들기 위해 뜨거운 물을 준비했다. "3할 7푼 타자가," 그녀가 잠옷 위에 실내복을 입으며 말했다. "한밤중에 재킷도 입지 않고 돌아다니다니!"

"이렇게 멀리까지 올 생각은 아니었어요, 부인. 잠시 바람을 쐬려고 했는데, 어쩌다보니 길을 잃어서……"

그녀는 그의 이마에 손을 짚었다. "좋지 않아." 그녀는 남편에게 말한 뒤 방을 나갔다가 잠시 후 체온계를 갖고 왔다. "자," 그녀가 말했지만 애그니는 처음엔 일어서려 하지 않았다. "바지를 내린 메이저리그 선수를 처음 보는 게 아니랍니다."

주홍색과 회색 유니폼을 벗는 절망스러운 시도중에 롤런드는 지금껏 경험하지 못한 굴욕감을 느끼며 결국 그녀 말대로 했다.

엘리스 부인이 그의 옆에 앉아 열이 있는지 확인하려고 기다리는 동안, 유대인 구단주는 책상 위 램프 밑에 펼쳐진 장부로 돌아갔다. "일주일에 내 순익이 얼마인지 알아?" 그가 먼디스의 스타에게 물었다. "지난주에 내가 봉급 빼고, 임차료와 수리비를 빼고, 새 공과 새 송진주머니 값까지 빼고 현찰로 얼마 벌었는지? 한번 맞혀봐."

"천?" 애그니가 말했다.

"자넨 지금 누구와 얘기하나, 타이쿤스의 트러스트 여사, 아니면 나? 다시 맞혀보게."

"젠장, 모르겠어요, 엘리스 씨. 여기 이게 나를 찌르고 있어서……"

"쉬." 엘리스 부인이 손목시계 분침을 들여다보며 말했다.

"다시 맞혀보게, 롤런드!" 엘리스가 말했다.

"일주일에 백?"

"다시!"

"구십? 팔십? 젠장, 내가 어떻게 알아요, 내 문제만 해도 골치 아픈걸요, 엘리스 씨!"

적들과 함께, 적이 되어서……

"일주일에 23달러일세!" 엘리스 씨가 소리쳤다. "수위보다 적어! 구장 관리인보다 적어! 맥주를 파는 불량배보다 적어! 그런데 내가 구단주야!"

엘리스 부인이 체온계를 뺐다. "3할 7푼 타자 중 오늘밤 더이상 트라이시티를 뛰어다니지 말아야 할 선수의 이름을 얘기해줄게! 리그의 타격왕이 폐렴을 찾아다니고 있다니!"

"저…… 그게 말이죠, 저는 먼디스 선수인데요, 엘리스 부인……" 애그니가 속삭였다.

"그래서 뭐?"

"아닙니다." 그는 이렇게 말했지만, 일어나서 이 지옥을 벗어나는 대신, 스스로(혹은 마음속의 반역자는) 엘리스 씨의 잠옷 한 벌에 몸을 집어넣고 담요 석 장을 덮고 소파에 눕는 쪽을 선택했다.

이건 적과 거래를 하는 게 아니겠지, 하룻밤 묵는 건?

아침에 그의 체온은 정상이었지만, 엘리스 부인은 아침식사를 하지 않고 호텔로 돌아가겠다는 그의 말을 들으려 하지 않았다. "내 말 들어요, 빈속으로 타이쿤스와 싸우러 갈 순 없어요." 그건 정말 말도 안 된다는 데 그도 동의했다.

"누가 얘기 좀 해봐." 엘리스가 아침 식탁 건너편에서 투덜거렸다. "왜 그 모든 투수를 데리고 있어야 하는 거야? 누가 나한테 적당한 이유를 대줘봐."

"에이브." 그의 아내가 난로 앞에서 요리를 하다 말고 말했다. "투수 얘긴 그만해."

"투수들은 등판할 때 아니면 손가락 하나 까딱하지 말라고 신이 금지한 건가! 심지어 대주자로 쓰려 해도 무릎을 꿇고 빌어야 해! 예전에는 투수라면 더블헤더에서 처음부터 끝까지 혼자 다 던지곤 했어! 내가 이 나라에 왔을 땐, 정말이지, 한 명이 마운드에서 던지는데 뒤에서 투수가 여덟 명이나 줄줄이 앉아 있지 않았다고. 철인 두세 명이면 그걸로 끝이었어! 요즘은 투수가 아홉이야! 내가 거지가 된다 해도 놀랄 일이 아냐! 그리고 너……" 그는 식당에 철천지원수라도 들어온 양 소리를 질렀다. "미스터 논쟁! 미스터 이론! 미스터 지-애비-파괴공작!"

"파괴공작은 아버지예요." 아이작은 이렇게 중얼거린 후 달콤한 롤빵을 입안 가득 쑤셔넣었다.

"아이작," 엘리스 부인이 말했다. "누가 왔는지 아니? 롤런드 애그니야! 리그의 타격왕!"

"8번이 아니라," 아이작이 말했다. "1번이었다면 득점에서도 리그 선두가 됐을 거야."

"내가?" 애그니가 말했다. "난 4번을 생각했는데."

"1번!" 아이작이 소리쳤다. "선수들은 득점력이 높은 순으로 쳐야 해! $Dy = rp \times 1275$. 하지만 이 게임을 감독하는 그 얼간이들한테 아무리 설명해봤자 소용이 없어!"

"미스터 잘난 체!"

"저 둘은 의견이 다르답니다." 상냥한 엘리스 부인이 설명했다.

"나와 우리 아빠도 의견이 달라요." 애그니가 말했다.

"그렇다면 아버지 말을 들어야지!" 엘리스가 딱 잘라 말했다.

"아마 자네가 모르는 게 있을 거야!"

"그렇게 했어요." 애그니가 우는소리로 말했다. "그래서 모든 게 이 모양 이 꼴이 된 거예요. 우리 아버지 때문에요! 오, 엘리스 씨," 애그니가 큰 소리로 말했다. "나는…… 나는…… 나는……"

적이 되어서, 적들과 함께, 롤런드.

"내가…… 내가 원하는 건…… 내가 원하는 건……"

"뭘 원하나요?" 젊은 영웅이 갑자기 눈물을 흘리는 모습에 엘리스 부인은 가슴을 움켜쥐었다.

"난…… 난 그린백스로 가고 싶어요! 당신을 위해 뛰고 싶어요. 오, 날 사주세요, 엘리스 씨…… 그러면 공짜로 뛸게요! 난 더 이상 먼디스에 있을 수가 없어요!"

멍한 표정으로 엘리스가 물었다. "공짜로?"

"네! 그래요! 실은 일주일에 용돈 2달러 50센트만 받으면 할 수 있어요! 나를 사주세요, 제발 부탁해요! 팬이 수만 명 생길 거예요. 길 가메시 이후로 가장 위대한 그린백스 선수가 될 거예요!"

"자네 같은 스타가, 유대인 밑에서 야구를 하겠다고?"

"엘리스 씨, 당신이 세상에서 가장 나쁜 유대인이라 해도 상관 없어요. 뭐든지 하겠어요! 먹다 남은 음식을 먹을게요! 라커룸 바닥에서 잘게요!"

"내 경기장 안에서는 안 돼요." 엘리스 부인이 말했다.

"세라," 엘리스가 말했다. "먼디스 본부를 연결해줘. 거래를 해야겠어!"

아이작 엘리스가 비웃으며 서 있는 동안 그의 어머니는 포트루퍼트에 장거리 전화를 걸었다. "여보세요?" 그녀가 말했다. "거기 루퍼트 먼디스인가요? 정말이에요?" 그녀는 어깨를 으쓱하며 남편에게 전화기를 건넸다.

"왜 그래?" 남편이 물었다.

"내가 듣기엔," 그녀가 말했다. "말하는 사람이 검둥이 같아."

"여보세요, 난 에이브 엘리스요."

"무슨 일인가요, 에이브 엘리스?"

"먼디 형제와 얘기하고 싶소. 바꿔주시오."

"그들은 여기 없어요. 남아메리카에 있어요. 무슨 일이죠?"

"지금 나하고 통화하는 사람은 누구요?" 엘리스가 물었다.

"저는 조지입니다. 원하는 게 뭔지 빨리 말해요, 전화를 끊기 전에."

"먼디 형제와 트레이드에 관해 상의하려는 거요. 당신이 괜찮다면 말이오!"

"대체 누굴 트레이드하고 싶나요?"

"이봐요, 거기 누구요, 실례지만, 그 흑인 수위인가 뭔가 아니오?"

"그래요. 여긴 조지 워싱턴, 흑인 수위요. 대체 누굴 트레이드하고 싶나요? 이제 난쟁이 얘긴 꺼내지 말아요. 난 얼마 전에 작은 난쟁이를 샀으니까."

"당신이 샀다고?"

"그래요."

"대체 언제부터 당신이 패트리어트리그의 선수를 사고팔 권한을 갖게 됐소?"

"그러는 당신은 언제부터요, 유대인 양반?" 그러고서 루퍼트 본부는 전화를 끊었다.

"흑인 수위가!" 엘리스가 말했다. "메이저리그 팀을 운영하고 있다니!"

"누가요?" 애그니가 물었다.

"흑인이!" 엘리스가 소리를 질렀다. "자기가 조지 워싱턴이래! 빗자루로 바닥을 쓰는 사람이 선수 트레이드를 한다고!"

"그렇다면 그가 그예요." 애그니가 말했다. "버디를 캐쿨라 팀으로 트레이드시킨 장본인. 사람들 얘기가 맞았어요!"

"믿을 수 없어! 세라." 엘리스가 말했다. "다시 연결해줘, 지금 당장!"

"거기 먼디스죠?" 그녀가 다이얼을 돌리고 장거리 전화가 연결되기를 기다린 후 물었다. "그렇소만?" 그녀는 남편에게 전화기를 건넸다. "그 사람이에요."

"여보세요?" 엘리스가 말했다. "루퍼트 먼디스요?"

"그렇소."

"이봐요, 난 그쪽 팀의 중견수를 사고 싶소."

"이것 참, 놀라운걸. 유대인이 우리가 갖고 있는 선수 중 최고를 사고 싶어하다니! 그럼 얼마를 지불할 생각인가요, 유대인 양반?"

"가격을 말해, 이 녀석아!"

"얼마를 지불할 건가요, 유대인? 우리가 얘기하는 먼디스 선수는 리그의 타격왕이에요. 열아홉 살 젊은이에다 황소처럼 튼튼하고 토끼처럼 빠르고 올빼미처럼 영리하고 늑대처럼 굶주렸지!"

"당신은 얼마를 원하오?"

"오, 당신이 떼어주려는 액수하고 거의 비슷하지, 유대인 양반. 거기에 약간의 웃돈까지!"

"나 원 참, 솔직히 난 교환하는 쪽을 생각하고 있었소. 선수 교환 말이오."

"오, 내 그럴 줄 알았지." 조지가 껄껄 웃었다. "우린 선수가 더는 필요 없어요."

"먼디스에 선수가 필요 없다고?"

"우린 선수 백화점인 게 딱 좋아요. 원하면 돈을 내세요."

"이봐, 이게 뭐야! 대체 무슨 일이야! 누가 당신한테 그 권한을 준 거지? 반드시 알아야겠어!"

"당신한테 준 사람과 같은 사람이죠." 그러더니 전화가 끊겼다.

"말도 안 돼!" 그린백스 구단주가 소리쳤다. "이건 누군가 날 미치게 하려는 수작이야! 저건 진짜 검둥이가 아닐 거야. 그래, 그럴 리가 없어!"

비웃음을 흘리며 아이작이 말했다. "왜요, 아빠? 여긴 기회의 땅이잖아요, 아빠."

"모두에게 그렇지." 애그니는 이렇게 생각하며 다시 눈물을 평평 쏟았다. "하지만 내겐 아냐! 더구나 난 미국 전역의 스타야! 이건 불공평해! 더이상 말이 안 돼! 난 역사상 가장 위대한 루키야!

제2의 코브야! 제2의 루스야! 난 위대한 모든 선수를 하나로 합쳐놓은 사람이야. 그런데 유대인과 검둥이가 내 거취를 두고 거래하고 있다니!"

이번에는 엘리스가 직접 전화를 걸었다. "정말로," 그가 교환원에게 물었다. "거기가 메이저리그 팀이 맞아요? 진짜 장난이 아니고?"

"이 번호는 '진짜 장난'이 아닙니다, 선생님." 교환원이 말했다. "'진짜 장난'과 통화를 원하신다면, 안내 전화에 그 번호를 알아보셔야 합니다. 지금 전화는 패트리어트리그의 루퍼트 먼디스에 연결되어 있습니다. 말씀하세요."

"여보세요…… 먼디스? 루퍼트 먼디스 맞소?"

"맞아요."

"아까 그 검둥이?"

"맞아요."

"롤런드 애그니의 값이 얼마요?"

"에누리 없이 이십오만."

"달러?"

"맞아요, 유대인."

애그니는 우익 득점판의 어두침침한 내부를 따라 내려갔다. 복도를 반쯤 내려간 그는 판자 하나를 들추고 뻐끔한 구멍을 통해 어쩌면 그의 홈이 될 수도 있었던 구장을 내다보았다. 그가 그렇게 위대하지만 않았어도 가격이 그리 비싸진 않았을 텐데…… 저 아래 먼 곳에서 외야가 손짓을 보냈다. 눈앞에 헤드라인이 어른거렸다.

애그니, 득점판에서 뛰어내리다

장타자 루키의 자살. 유대인, 검둥이, 공산당원, 절름발이, 난쟁이, 기타 별종들 때문인 것으로 밝혀져. 랜디스의 명령으로 흉측한 분자들이 야구계에서 영원히 추방. 트러스트 여사, "오래전에 정화했어야 했다"고 말하다. "역사상 가장 위대한 선수가 될 수 있었다"고 감독들이 한목소리로 말하다. 먼디 형제가 수감되다. 마주마 사형 집행. 애그니의 부친, 장례식에서 눈물을 흘리며 말하다. "난 단지 그애한테 겸손을 가르치려 했다"—비탄에 젖은 팬들이 그에게 돌을 던져. FDR*, "오늘은 불명예의 날이 될 것"이라 말하며 전국적인 추도를 명하다. 애처롭게 부서진 아름다운 몸이 명예의 전당 공동묘지에서 화장되다. 공군 폭격기가 그의 재를 월드시리즈 개막전에서 팬들 위에 뿌릴 예정. 등번호는 영구결번이 되고, 야구화는 청동으로 제작될 예정이며 배트와 글러브는 밥 호프가 미군 세계 위문 공연을 위해 가져갈 예정. 그의 이름 영원하리라. 교황, "인류에게 준 교훈"이라 말하다. 프레드 워링의 〈롤런드 애그니 발라드〉가 인기 순위 1위에 오르다. 4대국 정상이 만나다.

거의 할 만한 가치는 있지 않을까……

하지만, 애그니는 생각했다. 그런 일이 일어나지 않을 수도 있

---

* 프랭클린 델러노 루스벨트.

다, 내 운으로 봐서는! 정말, 그가 완벽한 스완 다이빙으로 떨어져 죽어도, 신문 72면에 악의적인 기사 몇 줄밖에 나오지 않을 수 있다. 분명히……

모두의 무관심 속에, 먼디스 선수 추락사하다

트라이시티, 9월 16일. 프로야구의 웃음거리 루퍼트 먼디스의 한 선수가 먼디스의 전형적인 바보 묘기를 선보이며 그린백스타디움의 득점판에서 떨어져 사망했다. 그가 그곳에서 무얼 하고 있었는지는 아무도 모른다. 그의 이름은 내니 또는 그와 비슷하며, 팀 내에서 최고의 선수였다고 한다. 먼디스에서 최고의 선수. 대단했으리라.

"운이 없다고, 애그니?"

"누구야!"

"나야."

"누구? 너무 어두워!"

"여기 아래에 있어. 아이작 엘리스야. 배은망덕한 아들."

"아……"

"여기 아래에 있어. 계속 걸어와, 롤런드, 계속 걸어와."

"뭐지, 이게 다 뭐야?"

"내 실험실이야."

"여긴 어디야?"

"경기장 아래. 넌 거리로 나가는 문을 못 찾은 거야."

"그런데, 넌 뭘 하고 있지?"

"아, 이거? 원자를 쪼개고 있어."

"뭐라고? 그게 무슨 뜻이야?"

"그냥 시간 때우려고 하는 일이야, 롤런드. 내가 그린백스 감독이 되어서 제대로 팀을 이끌 때까지."

"넌 겨우 열일곱 살이야."

"그리고 유대인에다 천재지. 정말이야."

"세상에, 여기서 그렇게 앉아 그런 걸 하고 있으면 분명 외롭겠구나. 그나저나 난 가봐야겠는걸. 여기서 어떻게 나가지?"

"그렇게 서두르지 않아도 돼. 잠깐 앉아봐. 너한테 해주고 싶은 얘기가 있어, 롤런드."

"난 타이쿤파크에 가야 해. 경기하러 가야 한다고."

"겁내지 마, 롤런드. 난 얘기만 하고 싶은 거야, 그뿐이야. 넌 위대한 야구선수야, 롤런드. 너처럼 야구하는 선수는 어디에도 없어."

"나도 알아, 누구도 나처럼 절대 못하고 한 적도 없어. 난 사람들이 원하는 장점을 실제로 죄다 가졌어."

"롤런드, 난 언젠가 네 감독이 되고 싶어. 네 몸과 내 두뇌, 야구 역사에 그런 조합은 없을 거야."

"모를까봐 말해주는데, 난 먼디스 선수야."

"내가 너를 먼디스에서 사올 수 있어. 그건 걱정하지 마."

"그럼 좋지! 그런데 네가 25만 달러를 어디서 구하겠어?"

"열일곱 살짜리 유대인 천재는 그 정도 돈은 늘 손에 쥐고 있어, 롤리."

"오, 아무렴."

"친구, 난 지금부터 시즌이 끝날 때까지 먼디스가 남은 경기를 모두 이긴다는 데 돈을 걸어 25만 달러를 벌 수 있다고."

"네가, 응? 그럼 먼디스는 그걸 어떻게 해내는데? 하늘에서 기적이 내려오나?"

"이걸 봐, 내가 손에 들고 있는 거 보이지? 분젠버너에 비춰서 거기 적힌 걸 읽어봐."

"그냥 휘티스 시리얼 박스잖아."

"휘티스, '챔피언들의 아침식사'."

"글쎄, 그저 허튼소리야, 챔피언 운운하는 거. 우린 그걸 상자째 공짜로 얻어. 그 시리얼 덕분에 우리가 얼마나 좋아졌는지는 보면 알 거야."

"너희가 받는 휘티스는 미네소타주 미니애폴리스에 있는 제너럴밀스에서 만든 거라 그래. 그래서 그들이 광고하는 효과가 안 나타나는 거야. 이 휘티스는 열일곱 살짜리 유대인 천재가 만든 거야."

"하지만…… 상자는 똑같은데, 안 그래?"

"상자는 똑같아. 맛도 똑같고. 눈에 보이는 건 다 똑같아. 그런데 눈에 안 보이는 차이가 하나 있어."

"그게 뭔데?"

"효과를 낸다는 점이지. 내가 트라이시티에서 만든 휘티스를 루퍼트 먼디스가 먹는다면, 지금 먹고 있는 미니애폴리스에서 휘티스사가 만든 휘티스 위에 몇 조각만 뿌려도, 너흰 불패의 팀이 될 거야."

"아 그래? 무엇 때문에 그게 특별한 거지?"

"특별 에너지라 부르면 될 거야."

"그들이 말하는 거잖아. 비타민 X, Y, Z. 다 말뿐이야."

"롤런드, 네가 선수들의 아침식사에 이 휘티스를 슬쩍 넣으면, 그라운드에서 먼디스가 지는 일은 없을 거야."

"그 덕에 늙은 웨인 헤킷이 그라운드에서 졸지 않을 수도 있겠군."

"졸지 않는 정도가 아니래도, 분명히 장담할 수 있어."

"오, 아무렴, 그러시겠지."

"이 멍청한 이교도. 난 원자를 쪼개고 있단 말이야! 핵물리학에서 시대를 오십 년이나 앞서 있어, 나 혼자! 전두엽 절제술을 받은 상태라 해도 나한테 휘티스 정도는 일도 아니야! 난 지금 과학적 사실을 말하고 있어. 먼디스가 내 휘티스를 먹으면 남은 경기를 모두 이길 거야! 그리고 먼디스에 베팅을 하면 난 25만 달러를 벌 수 있고, 너를 아버지 팀으로 사올 수 있고, 마침내 그린백스 감독이 될 수 있어! 그리고 아버지는 승낙을 하든, 아니면 결국 거리로 나가 깡통을 들고 구걸하게 될 거야!"

"하지만…… 하지만, 선수들한테 이 휘티스를 먹인다면…… 난 그것만 하면 되는 거야?"

"그래! 매일 아침, 조금 뿌려주기만 해!"

"그러면 우리가 이긴다……?"

"그래, 너희가 이겨!"

"하지만…… 그건 승부조작 같은걸?"

"뭐 같다고?"

"승부조작 말이야. 왜, 우리가 질 경기를 이기는 거잖아. 잘못이야. 불법이라고!"

"승부조작은, 롤런드, 이길 경기를 지는 거야. 지지 않고 이기는 게 선수들이 할 일이야!"

"그래도 휘티스를 먹은 덕에 이겨선 안 돼!"

"휘티스를 먹은 덕에 이겨야지! 바로 그게 휘티스의 요점이잖아!"

"그건 진짜 휘티스일 때지! 그리고 진짜 휘티스로는 넌 그렇게 못해!"

"그럼 그게 어떻게 '진짜' 휘티스일 수 있지? 있다고 하는 효과도 나타내지 않는데?"

"바로 그것 때문에 '진짜'인 거야!"

"아니, 바로 그것 때문에 가짜가 되는 거야. 그들은 자신들의 휘티스를 먹으면 승리할 거라고 말하지. 그런데 그렇지 않아! 나는 내 휘티스를 먹으면 승리할 거라고 말해. 정말 그렇게 되고! 그게 어째서 잘못된 일이야, 롤런드? 왜 불법이야? 그건 약속을 지키는 거야! 정직한 거라고. 난 역사상 가장 가망 없는 야구팀을 팔팔한 미국 남자들의 팀으로 바꾸려 해! 그게 '승부조작'이라고? 난 승리하는 걸 얘기하고 있어, 롤런드, 승리. 그게 이 나라를 지금처럼 만들었어! 제정신을 가진 어느 누가 거기에 반대할 수 있지?"

어느 누가, 정말로. 승리라니! 아, 승리가 좋은 이유는 말로 다

할 수 없다. 승리와 똑같은 건 어디에도 없다. 손쉬운 승리, 큰 점수 차로 승리, 압도적 승리, 우연한 승리, 아슬아슬한 승리, 이길 자격이 없는 승리. 아무리 깎아내려도 승리만한 건 없다. 승리가 최고다. 야구의 또다른 이름이 승리다. 승리가 모든 것이다. 승리가 모든 것의 처음이자 끝이다. 그러니 딴소리는 꺼내지도 말라. 온 세상이 승자를 사랑한다. 레오 듀로서는 이렇게 말했다. 내게 훌륭한 패자를 보여줘봤자 그는 패배자일 뿐이다. 패배를 권할 이유를 하나만 대보라. 없을 것이다. 패배는 지루하다. 패배는 피곤하다. 패배는 시시하다. 패배는 우울하다. 패배는 따분하다. 패배는 허탈하다. 패배는 불명예스럽다. 패배는 부끄럽다. 패배는 굴욕적이다. 패배는 짜증난다. 패배는 실망스럽다. 패배는 이해할 수 없다. 패배는 두통, 근육의 긴장, 피부 발진, 궤양, 소화불량, 그리고 온갖 종류의 정신장애를 일으킨다. 패배는 자신감, 자부심, 사업, 마음의 평화, 가족의 화합, 사랑, 성교능력, 집중력, 그리고 그 밖의 모든 것에 나쁘다. 패배는 나이, 인종, 종교를 가리지 않고 모든 사람에게 나쁘다. 패배는 노인과 유아에게, 남자와 여자에게 똑같이 나쁘다. 패배 때문에 사람들은 울고, 악쓰고, 비명을 지르고, 숨고, 거짓말을 하고, 사무치고, 시기하고, 증오하고, 단념한다. 패배는 세상에서 자살, 그리고 살인의 가장 큰 단일 요인이리라. 패배는 온화한 사람을 악인으로, 후한 사람을 구두쇠로, 용감한 사람을 겁쟁이로, 건강한 사람을 병자로, 친절한 사람을 모진 사람으로 만든다. 패배는 일반적으로 손가락질당하고, 그래야 마땅하다고들 여긴다. 패배를 빨리 지워낼수록 만인이 행복해진다.

그러나 승리란. 이기는 것이란! 롤런드는 그것만 기억했다.

인디펜던스 블루스와의 경기에서 14 대 6을 기록하고 1회에만 9점을 올린다. 먼디스의 홈런은 7개! 도루는 8개! **웨인 헤킷이 홈스틸을 한다!**

8 대 0, 블루스의 정규시즌이 끝난다. **먼디스가 블루스의 정규시즌을 끝내버렸다!** 디컨 디미터는 산발적인 3안타만 허용하고 끝까지 던진다. 먼디스는 더블플레이를 4개나 만들어낸다. **웨인 헤킷이 도루 2개를 성공했다! 쉰 살의 노장인 그가 도루를 2개나!** 다음은 홈런을 친 선수다. 라마(2), 스키너, 애그니, 데이머. **열네 살에 41.7킬로그램밖에 안 되는 닉네임 데이머가 외야의 이층 관중석으로 홈런을 날렸다!**

어사일럼. 즉 키퍼스는 먼디스와의 홈 4연전을 앞두고 있다. 이 기회를 잡으면 5위 자리를 굳힐 수 있다. 그린백스를 확실히 앞지를 기회였다. **먼디스가 4연전을 휩쓴다.** 디미터, 터미니카, 볼로스, 부치스가 완투를 한다. **터미니카가 그 옛날의 강속구를 뿌려댄다! 헤킷이 도루 5개를 성공시킨다! 타가 6경기 연속 안타를 친다!** 다음은 어사일럼과의 경기에서 나온 홈런이다. 라마(4), 스키너(3), 바알(6), 애그니(2).

캐쿨라. 먼디스는 이 팀을 상대로 3경기를 모두 가져간다. 아아. 오케이터는 예전의 동료들에게 2개의 안타만 허용한다. 라마와 바알의 홈런포가 이어진다. 데이머가 단타를 치자 헤킷은 1루에서 홈까지 줄기차게 뛰어 득점을 올린다! 포수의 속옷을 제외하고 가능한 건 모두 훔친다. 스키너는 놀라운 수비로 리퍼스의 반격에 찬물을 끼얹었었다! 구원투수 치코 머코틀은 리퍼스의 마지막 일곱 타자를 삼진아웃시킨다! 터미니카는 불같은 강속구로 열여섯 타자에게 삼진아웃을 먹인다. 마주마는 캐쿨라의 대량 학살을 구경하기 위해 믿을 수 없는 수의 관중이 몰려오자 입이 찢어진다. "과거에는 R이 '우스꽝스러운Ridiculous'을 상징했다는 걸 아시오?" 마주마가 말한다. "이젠 '변절자Renegades'를 상징하지. 홈구장 없이 한 시즌을 더 보내면 그들은 야구 역사상 가장 위대한 팀이 될 거요. 그리고 가장 두려운 팀이!"

다음은 테라인코. 8 대 1, 9 대 3. 손쉬웠다. 먼디스는 활, 활, 활, 러슬러스는 시들, 시들, 시들. 11연승.

이 기적을 통계수치로 정리하면 다음과 같다. 헤킷 도루 14. 라마 홈런 12. 바알 홈런 10, 3루타 4, 2루타 2. 타 11경기 연속 안타 출루. 데이머 11경기 평균 타율 5할 8푼 5리(이전까지 142경기에서 올린 8푼 7리와 정반대). 완투승, 터미니카 3, 오케이터 2, 디미터 2, 볼로스 1, 부치스 1. 폭투 0. 패스볼* 0. 실책 3. 실책은 전부 스키너가 불굴의 의지로 아슬아슬한 수비를 시도하다 발생했다.

아, 경이롭고, 영광스럽고, 거룩했다. 밤을 제외하고. 롤런드는 야구의 양심인 총재의 면전에 서서 응당한 벌을 받는 악몽 때문에

---

* 포수 뒤로 빠지는 볼. 투수의 실책이면 폭투, 포수의 실책이면 패스볼이라 한다.

잠을 이룰 수 없었다. "전 먹지 않았어요, 총재님. 맹세코 전 안 먹었어요! 단 한 조각도요!" "네가 다른 선수들한테 먹였어, 롤런드." "그들이 직접 먹었어요. 스푼으로 떠서, 자기 입으로 가져가서, 씹어서 삼켰어요, 정말이에요!" "누가 그 불법 휘티스 박스를 식탁에 갖다놨지, 롤런드? 누가 그걸 다른 선수들의 음식 위에 뿌렸지?" "저한테 그걸 시킨 건 영리한 유대인 꼬마였어요, 총재님! 그 아이가 내 소원을 들어주겠다면서 억지로 시켰어요!" "롤런드, 난 영리한 유대인 꼬마를 누구보다 안 좋아해. 야구는 늘 기독교도의 게임이었고, 적어도 내가 관여하는 한 앞으로도 그럴 거야. 유대인이 여기서 추방된다면, 손쉽게 돈을 벌려고 그들의 계략에 빠진 선수들도 같이 추방되어야 해." "전 돈을 벌려는 게 아니었어요. 그 작은 유대인은 그랬지만요. 단지 진짜 메이저리그 팀에서 야구를 하고 싶었을 뿐이에요!" "그것 참 안됐군. 현재 상황으로 봐서는 앞으로 어느 팀에서도 야구를 하지 못할 테니까. 자넨 영구추방이야, 롤런드 애그니. 배신자에 사기꾼이야." "아니에요! 아니라고요!"

침대에서 벌떡 일어난 그는 호텔 로비로 달려내려가 트라이시티에 전화를 걸곤 했다.

"이봐, 아이작, 누가 죽으면 어떻게 해!"

"아무도 안 죽어, 롤런드."

"이걸 먹지 말아야 할 사람이 먹고 죽을 수도 있잖아."

"롤런드, 그냥 선수들한테 '챔피언들의 아침식사'를 계속 먹여. 그리고 아무것도 걱정하지 마."

"하지만…… 하지만 네가 늙은 웨인을 봐야 해. 그걸 닥치는 대로 먹어치우고 있어. 정말 걱정된다니까! 그가 일어나다 푹 고꾸라진다고 생각해봐. 그럼 살인이 될지 몰라!"

"먼디스에 영원히 남고 싶어? 그런 거야?"

"아냐. 하지만 전기의자에 앉는 것도 싫어! 혹은 추방되는 것도! 정말이지, 선수들이 뛰는 걸, 플레이하는 걸 보고 있으면, 이대로 가다간 다들 죽겠구나 하는 생각이 든다니까!"

"죽어? 왜?"

"글쎄, 너무 좋아서, 그 때문이지! 가끔은 경기 도중에 말이야, 우리가 잇따라 안타를 치고 득점을 하고 미친듯이 베이스를 돈 다음에, 불현듯 더그아웃을 보면 전부 다 죽어 있을 것만 같아!"

"경기에서 이겼다고 죽은 사람은 아직 한 명도 없어, 롤런드, 그런 일은 들어본 적도 없어."

"하지만 혹시 그들이 한 번 지면, 그러니까 그들의 몸을 한 번 쉬게 하면……"

"마권업자들이 기다리는 거하고 똑같군. 내가 지금도 6 대 1이나 7 대 1 비율로 돈을 따는 이유는, 애그니, 라스베이거스에서는 세상의 종말이 올 거라고 매일 예상하는데, 실은 그러지 않기 때문이지. 앞으로도 마찬가지야, 네가 네 일을 하는 한 그럴 거야. 알아들어?"

"글쎄, 아무도 다치거나…… 마비되거나…… 그와 비슷한 일을 당하지 않는 한에서지. 난 계속 이런 생각이 들어, 어느 날 아침 선수들이 다 모여 아침식사를 하는데, 갑자기 모두가 머리에서 발끝까지 마비되는 거야. 그런 일이 일어날 수도 있지 않겠어?"

"아니, 절대 아냐."

"왜 아냐!"

"난 과학의 천재니까, 롤런드. 그래서 안 일어나."

그런데, 롤런드는 생각했다. 만일 네가 과학의 천재이고 영리한 유대인 꼬마라면, 왜 그 유대인의 휘티스를 그린백스에게 먹여 그들이 이기게 하지 않는 거지? 왜 그걸 네 아버지의 팀에게 먹이지 않는 거지? 사람한테 뭔가 끔찍한 영향을 주니까, 그 때문이야! 어느 날 구장 한가운데서 이 망할 놈의 팀이 죄다 얼굴이 자줏빛으로 변해 고꾸라져 죽을 테니까! 바로 그거야!

하지만 '유대인의 휘티스'를 먹은 뒤 루퍼트 먼디스에게 일어난 일이라곤 계속 이기는 것, 그리고 선수들이 롤런드에게 공을 어떻게 치라고 친절하게 일러주기 시작한 것뿐이었다. 연승 행진을 이어가는 동안 하필이면 그의 타율이 팀에서 가장 낮았기 때문이다. "긴장을 풀고," 경기 전에 배팅 연습을 할 때 닉네임이 말했다. "정확히 맞추기만 해." "고개를 자꾸 숙이는 거 같아, 롤리." 스키너가 충고했다. "고개를 들어, 이 사람아." "낮은 공에 어퍼컷을 하고 있어, 애그니…… 무릎을 좀더 굽혀." 이 말은 누가 했을까? 애그니의 무릎까지 올까 말까 하는 난쟁이, 오케이터였다!

한편 율리시스 S. 페어스미스는 어떻게 됐을까? 팬 여러분은 그 이름을 기억하는가? 만일 기억나지 않는다면, 여러분도 지금까지 선수들과 거의 똑같이 약에 취한 것이리라.

먼디스의 감독은 시즌 내내 어디에 있었을까? 왜 그는 먼디스 더그아웃의 한구석에서 그의 유명한 목제 흔들의자에 앉아 대나무 지팡이의 황금색 끄트머리로 수비진을 이리저리 이동시키지 않았을까? 그에게 무슨 일이 있었던 걸까?

　이런 슬픈 일이 있었다. 떠돌이 먼디스를 감독하는 일은 야구계의 노익장이 상상할 수 있는 그 어떤 일보다 더 엉망이었다. 물론 1931년 글로리어스 먼디가 죽은 후 먼디 형제가 1920년대 정규시즌 우승팀을 그의 밑에서 야금야금 빼내 팔아치우고 그 모든 위대한 선수들의 자리에 가장 값싼 선수들을 채워넣기 시작했을 때 이미 실망과 좌절을 톡톡히 맛보았고, 분명 먼디 형제가 외톨이 루크를 러슬러스에 팔아치울 때 이 존경스러운 감독이 루퍼트에 작별을 고했다면 모두가 그를 루크 못지않게 그리워했을 것이다. 그러나 포트루퍼트시와 그곳에서 사귄 모든 친구에게 충성하는 마음으로, 비할 수 없이 훌륭한 글로리어스 M을 기억하는 충성스러운 마음으로, 미스터 페어스미스는 그 정도 기록을 가진 다른 감독이라면 자신의 전문가로서의 품위를 냉소적으로 무시한다고 해석할 법한 제안을 불평 없이 받아들였다. 등뒤에서 그의 성직자 같은 태도를 비웃던 적들도 그의 인격이 드러나는 그 인상적 표현에 감탄하지 않을 수 없었다. "인생에는 승패의 기록에서 읽을 수 있는 것 이상의 의미가 있네, 내 훌륭한 친구들이여." 미스터 페어스미스는 이렇게 말했지만, 그럼에도 승리의 맛을 알고 그걸 소중히 여기는 감독이었다.

　그러나 1943년 먼디스에 일어난 일은 그처럼 인내와 동정을 겸비한 사람도 한패가 되는 건 고사하고 눈뜨고 지켜볼 수조차 없게 했다. 재난, 파멸, 대격변. 물론 그는 충분히 예상하고 있었고, 충분히 기도하고 있었다. 앞으로 닥치리라 예상 가능한 그 모든 고통을 극복하도록 그의 떠돌이 무리를 북돋아줄 수 있게 주님께서 힘과 의지와 지혜를 달라고 기도했다. 하지만 미스터 페어스미스의 믿음을 흔든 것, 여든이란 나이에 그를 이십 년 전 아프리카에서 잠깐 보았던 것보다 훨씬 무시무시한 심연의 벼랑 끝으로 끌고 간 것은, 루퍼트 먼디스를 P리그의 한 도시에서 다음 도시로 인도하는 일이 기독교도의 삶에 가장 심오한 종교적 경험이 되기보다는 졸렬한 모방이자 익살극으로 변하고 말았기 때문이었다. 의미 있는 고난, 영혼을 고양시키는 고뇌, 품위를 높여주는 절망이 있어야 할 곳에 우스꽝스러움과 그 이하의 것들이 있었다. 이들은 그가 평생 구장에서 본 모든 인간 중 가장 전문적이지 못하고, 품위 없고, 부도덕한 운동선수들이었다. 과연 그들을 '운동선수'라 부를 수 있을까! 이건 그가 동정할 가치가 있는 고통이 아니었고 그저 순전히 혐오스러운 행동이었다! 웬걸, 심지어 아프리카에서 치아에 줄질을 하고 살에 무늬를 조각한 야만인들, 증오와 혐오로 가득찬 그 검은 악마들도 1943년의 루퍼트 먼디스만큼 구역질나고 소름 끼치지는 않았다!

······그리고 야만인들은 역겨웠다, 확실히. 이십 년 전 강제로 지켜보게 된 그 야만적 의식은 세계일주를 하는 사람이 상상할 수 있는 가장 끔찍한 일이었지만, 그때만 해도 미국의 신문들은 그의 여행을, 특히 일본의 국민 오락을 개종시킨 그 경이로운 몇 주를

놀라운 성공이라 칭송했다. 박식한 젊은 신학생이자 머나먼 정글 부족의 언어만큼이나 연습 배트를 잘 다루지 못하는 조카의 도움으로 미스터 페어스미스는 원시적인 아프리카 내륙으로 1600킬로미터를 뚫고 들어갔고, 마지막 50킬로미터는 미국에서 가져온 배트, 글러브, 베이스가 가득 담긴 자루들을 원주민 짐꾼의 등에 지운 채 정글을 걸어서 통과했다. 부락민들은 남자, 여자, 아이들을 합쳐 고작 150명 정도였고, 정식 야구장의 내야보다 별로 넓지 않은 땅 위에 둥글게 자리잡은 움막에 거주했다. 마을 너머에는 사방으로 800미터까지 높은 풀이 자라 있었고 그 너머는 정글이었다.

부락의 남자들은 날이 갈고리 모양으로 휜 마체테* 비슷한 도구를 양손으로 휘둘러―거의 자세도 제대로 잡지 않고 훌륭한 수평 타격으로―백인 방문객들을 위해 약 25평의 풀을 깨끗이 제거했는데, 일하는 동안 그들은 무덤 파는 인부들처럼 엄숙하고 조용했다. 이곳에서 미스터 페어스미스는 수업을 진행하고, 원주민으로만 구성된 팀들로 아프리카 대륙 최초의 야구 시합을 개최했다. 루퍼트의 초등학생들이 원주민 야구장에 기증한, 그래서 원주민들이 야구 기술을 완전히 터득하면 그곳에 남겨질 장비를 가지고, 미스터 페어스미스는 타격, 번트, 포구, 투구, 수비, 베이스러닝, 슬라이딩, 심판 보기의 기본을 시범으로 보여주었다. 남자들이 풀 베는 것을 본 순간 그는 장타자로서 엄청난 재능을 가진 부족을 만났음을 깨달았다. 우연이었을까? 혹은 주님의 손길이 미

---

* 날이 넓고 긴 칼.

친 것이었을까? 타석에 들어서면 그들은 볼만했다. 어느 타자든 홈플레이트 앞에 서서 맨발을 땅에 묻으면 그들 중 가장 빠른 투수도 우습기만 했다. 그들이 스윙을 하면 배트가 칼날처럼 공을 두 쪽으로 쪼개버릴 것 같았다. 완벽했다. 미스터 페어스미스는 스프링캠프 내내 루키들에게 일깨워주던 스윙 다음의 마무리 동작을 이 야만인들에게는 가르칠 필요가 없었다. 그들의 핏속에 그 것이 흐르고 있었다. 타고난 부족이었다.

문제는 슬라이딩에서 불거졌다. 남자들의 의복은 성기 주머니를 생가죽끈으로 허리에 묶은 게 전부였다. 그들은 한순간도 멈칫하지 않고 '땅에 들이받았다'*. 멈칫하기는커녕 지시가 떨어지든 안 떨어지든 무턱대고 슬라이딩을 했다. 결국 다이아몬드를 한 바퀴 돌아 득점을 낼 즈음 주자는 머리부터 발끝까지 흙먼지를 잔뜩 뒤집어쓰고 있었다. 미스터 페어스미스가 이 문제에 대해 아무리 엄격하게 훈계를 해도 그들은 아랑곳하지 않았고, 심지어 1루에 진출할 때도 발로 베이스를 밟지 않았다.

기꺼운 마음으로 결정을 내린 건 아니지만 그는 첫 주가 끝날 무렵 원주민 남자들을 한자리에 모아놓고 젊은 조카를 통해 선언했다. 이제부터 1루 베이스로 슬라이딩하는 주자는 자동으로 아웃이라고. 이런 수단에 의존해야 하는 건 유감이었지만 그들의 어리석은 열정에 재갈을 물릴 방도가 달리 떠오르지 않았다.

그런데 난데없이 창들이 튀어나왔다. 야구의 요점을 보다 자세

---

* 슬라이딩을 가리키는 야구 용어.

히 가르쳐주는 즉석 수업—아마 어제 배운 스퀴즈플레이를 복습하는—이려니 상상하던 부족민들은 그를 둘러선 채 그들 특유의 조용하고 엄숙한 분위기로 잠시 설명을 듣는가 싶더니, 어느새 그들의 기다란 전투 무기로 그를 몰아붙이고 있었다. 카키색 반바지와 반팔 셔츠 차림에 밀짚모자를 쓴 미스터 페어스미스는 963.88그램 나가는 힐러리치앤드브래즈비 배트 외에는 자신을 보호할 게 전혀 없었다.

다음으로, 미스터 페어스미스가 들어본 그 어느 소리보다 소름 돋는 여자들의 울부짖음이 들렸다. 그는 야구장에서 평생을 보냈고, 피에 굶주린 관중의 외침을 잘 알았다. 그러나 오하이오의 어셀더머나 뉴욕의 브루클린에서도 여기에 견줄 만한 소리는 들어본 적이 없었다. 머리를 박박 민 여자들이 빙 둘러진 오두막에서 갑자기 몰려나왔고, 어떤 여자들은 물감을 칠한 아기들을 상처난 가슴에 물린 채 마치 불로 입안을 헹구는 듯한 소리를 냈다. 아, 그들은 무아경에 빠져 있었다. 이 미개한 여자들, 그들은 오늘밤 기독교도 신사들의 살로 저녁상을 차릴 터였다!

믿을 수 없다! 무시무시하다! 아니, 오히려 기적이 아닐까? 그래! 그들이 그를 잡아먹으려 하는 건 그가 임의로 고안한, 실제로 존재하지도 않는 규칙을 야구에 추가하기로 결정해서였다. 미국 메이저리그 경기장에서 심판이 국민 오락을 지배하는 규칙을 임의로 정지시키거나 변경한다면 팬들이 가만히 있을까? 그들은 자신들만의 미개한 아프리카 방식으로 반응하고 있었다. 그들이 짧은 일주일 동안 이해한 것은, 그가 9700킬로미터를 마다하지 않고 와서 그들에게 가르치는 이것은 애들을 위한 게임이 아니고, 어른들을 위한 여름 한철의 심심풀이도 아니라는 거였다. 그것은 신성한 법령이었다. 3대 리그의 공식경기규칙위원회조차 막지 못하는 마당에 그는 물론이고 어느 누가 1루로 슬라이딩하는 것을 금지할 수 있단 말인가?

원주민들이 옳고 그가 틀렸으며, 그는 샘 페어스미스답게 원주민들에게 그 사실을 시인했다.

그 즉시 여자들은 울부짖음을 멈추고 남자들은 창을 거뒀다. 그의 젊은 조카는 모기만한 목소리로 간신히 삼촌의 말을 통역하면서, 부족민들이 미스터 페어스미스를 공격하려 할 때 엄호물로 삼았던 포수마스크를 벗고 가슴보호대를 풀기 시작했다. 그러나 그 이닝에 타순이 올 수도 있고 안 올 수도 있는 포수처럼 무릎보호대는 계속 차고 있었다.

부락의 지도자는 미스터 페어스미스가 월터 존슨 스타일의 강속구를 던지는 우완투수로 큰 기대를 걸고 있는 거인 같은 남자였다. 그가 부락민들을 뒤로하고 미스터 페어스미스에게 연설을 하기 위해 앞으로 걸어나왔다. 그는 부족민들이 드물게 말을 하고 싶어하는 경우에 그러듯, 언짢은 얼굴을 하고 눈을 희번덕거리며 얘기했다.

미스터 페어스미스의 조카가 통역했다. "월터 존슨 말로는, 미스터 베이스볼이 원 아웃으로 처벌받을 수도 있는 규제를 풀어주기로 결정해서 그의 부족이 기뻐한다고 합니다."

"월터 존슨에게 말해." 미스터 베이스볼이 응답했다. "앞으로 다시는 부족민들에게 그런 짐을 지우는 부주의하고 어리석은 짓은 하지 않겠다고."

거구의 원주민은 희소식을 듣자마자 무서운 얼굴을 하고 다시 말했다.

"월터 존슨이 고맙다고 말하네요. 하지만 기왕에 슬라이딩 문제가 나왔으니 알리고 싶은 사실이 있답니다. 그와 그의 용사들은 자신들이 슬라이딩의 기쁨과 전율을 누릴 또다른 기회를 박탈당하고 있다고 생각한답니다. 포볼로 1루에 진출할 때 슬라이딩을 금지하는 규칙이 있는지 알고 싶대요."

미스터 페어스미스가 말했다. "그러니까, 걸어나갈 기회를 얻었는데 슬라이딩을 하고 싶어한다고?"

"그의 어조로 봐서," 페어스미스의 조카가 이렇게 말하며 다시 포수마스크를 집어들었다. "불만이 끓어오를 차례가 된 것 같아요, 샘 삼촌."

"하지만 그건 어리석은 짓이야. 슬라이딩의 기본 목적은 야수에게 태그를 당하지 않고 베이스에 도달하는 거잖아. 타자가 타석에서 스트라이크존을 벗어나는 공을 네 개나 얻었다면 1루를 상으로 받는 거야. 태그나 송구로 아웃을 당할 일이 없는 거지. 타자가 할 일은 1루로 걸어가는 것뿐이야. 거기서 베이스를 건드리기만 해도 1루는 '그의 것'이 돼."

"추장에게 그 얘길 다 전할까요?"

"그럼, 물론 그래야지. 알아들을 때까지 계속해서 말해줘라. 그런데 왜 다시 가슴보호대를 차는 거지? 맙소사, 애야, 두려움을 보

466

이지 마라. 어떤 상황에서도."

"하지만…… 무서워요."

"미개한 흑인 부족이?"

"그들의 창이요, 삼촌, 보세요!"

아나나 다를까, 미스터 페어스미스가 1루 슬라이딩을 금지했다 취소했을 때 뒤로 물러났던 부락의 남자들이 다시 창을 높이 들고 서, 만일 이 새로운 요구를 승인해주지 않는다면 즉시 찌르고 말 겠다는 태세로 전진해오고 있었다. 그래도 먼디스 감독은 굴하지 않고 말했다. "월터 존슨에게 내 말을 전해줘. 사사구 이후에 1루 로 슬라이딩하는 건 명백한 바보짓이고, 난 그걸 승인할 수 없다 고. 난 미국 선수들에게도 그걸 허락하지 않을 거야. 우리 동포에 게도 허락하지 않을 특전을 아프리카의 검은 주민들에게 베풀어 주는 일은 없을 거야."

미스터 페어스미스의 전언을 들은 월터 존슨이 천둥 같은 목소 리로 대구하는 통에 부락의 앙상한 개들이 깨갱거리며 높은 풀숲 으로 도망쳤다. 그리고 여자들이 곧장 살을 에는 듯한 특유의 소 리로 울부짖고 비명을 지르기 시작했다.

"이번엔 뭐지?" 노한 미국인이 물었다.

"이렇게 말하네요, '미스터 베이스볼은 무슨 권한으로 우리가 포볼을 얻어 1루로 진출할 때 슬라이딩을 하지 못하게 하는가?' 프로야구 경기규칙위원회가 기록하고, 수정하고, 채택한 공식야 구규칙 중에 그 규칙이 몇 번인지 알아야겠대요."

여자들의 통곡이 다시 터져나와 화가 난데다 그의 목을 겨눈 채 압박해오는 창들 때문에 정신까지 사나웠지만, 미스터 페어스미스는 월터 존슨이 '규칙'에 대한 그의 첫 강의를 그만큼이나 기억하고 있다는 것에 다시 한번 깊은 만족을 느꼈다. 그는 라이징 패스트볼을 구사하고 훌륭한 제구력과 뛰어난 타격을 겸비한 투수일 뿐만 아니라, 양쪽 뺨에 세모꼴 흉터가 장식된 그 머리 안에는 뇌가 담겨 있었다. "그건 물론," 미스터 페어스미스가 말했다. "이 경우 내 권한은 문서화된 규칙에서 나온 게 아니니, 따라서 그 규칙의 번호를 말할 수 없어. 그에게 이렇게 설명해. 우리가지금 다루고 있는 것은 문서화되지 않은 규칙, 즉 관습의 문제이며, 규칙서에 적힌 그 모든 규칙 하나하나가 완전한 효력을 지닌 것처럼 이 관습도 만인의 존중을 받는다고."

이 말이 통역되자마자 여자들은 깍깍거리는 까마귀떼처럼 둥그런 부락의 먼 끝으로 몰려가더니, 160리터들이 맥주통의 다섯 배쯤 되는 시커먼 솥을 다시 닦고 흙바닥 위로 그것을 밀고 왔다. 그러는 사이 나무를 찾아 흩어졌던 아이들은 벌써 부락 변두리의 한 지점으로 돌아오고 있었고, 부족의 큰 소녀들은 불을 지필 나뭇가지를 모으고 있었다.

조카가 포수마스크를 당겨 얼굴을 가리자 미스터 페어스미스는 즉시 마스크를 낚아채 바닥에 내동댕이쳤다. "즉시 이 터무니없는 수작을 중단시켜라. 이 사람들이 정확히 뭘 하고 있는지 알아야겠다. 도대체 이들이 지금 이런 행동을 하는 이유가 뭐냐? 그가 내게 뭐라고 말했지?"

"그가 말하길…… 자신들은 자부심이 강한 종족이래요."

"그걸 자부심이라 불러? 창을 든 남자들이? 밴시*처럼 소릴 지르며 울어대는 여자들이? 상황을 보아하니 대놓고 식인풍습을 거행하려 준비하는 것 같은데? 내 사전에 자부심은 이런 게 아냐, 그대로 전해!"

"하지만 삼촌, 그가 말하기를, 자신들이 백인의 게임 규칙을 철저히 따르긴 하겠지만, 양도할 수 없는 문화적 권리를 뺏으려고 임의의 구속을 부과한다면 거기에는 절대 따르지 않겠대요. 포볼을 골라내 상을 받은 남자들이 1루로 슬라이딩할 권리를 박탈한 건, 삼촌이 그들의 남성다움을 심하게 모욕한 거라고요."

"오히려," 미스터 페어스미스가 말했다. 불과 15미터 떨어진 곳에서 여자들이 거대한 솥의 안쪽을 모래와 강물로 문질러 닦기 시작했다. "내가 아는 한 관중의 눈에, 포볼 이후 1루로 슬라이딩하는 건 야구선수가 자신의 명예와 전문성을 동시에 더럽히는 확실한 방법으로 보일 거야."

"분명히," 미스터 페어스미스의 말을 월터 존슨에게 통역한 후 젊은이가 말했다. "자신들은 그렇게 보지 않을 거래요."

"오, 그래? 다시 말해, 지난주까지는 야구공이나 배트를 본 적도 없는 흑인 부족이 루퍼트 먼디스의 감독인 율리시스 S. 페어스미스에게 야구의 전문성을 구성하는 게 뭔지에 대해 얘기하겠다고?"

---

* 아일랜드·스코틀랜드 민화에 나오는 요정으로, 구슬픈 울음소리로 가족의 죽음을 예고한다고 알려져 있다.

"내 생각엔 그게 저 창들의 의미인 거 같아요, 삼촌, 맞아요."

"이거 원, 내가 속임수보다 더 싫어하는 게 협박이라는 걸 네가 여기 있는 월터 존슨 씨에게 정확히 전할 수 있다면 이러지 않을 텐데. 이 사람들이 정말로 내 기분을 상하게 만들까봐 걱정이구나. 난 스포츠계를 통틀어 인내심 있기로 유명하고 그 때문에 존경받는 사람이긴 하다만."

"하지만 삼촌…… 이 사람들이 우릴 잡아먹으면 어떻게 하냐고요! 삼촌이 포볼 이후에 1루로 슬라이딩을 못하게 한다는 이유로 우릴 저 솥에 넣고 산 채로 삶으면 어떻게 해요!"

"사랑하는 조카야, 우리가 지난 일주일 동안 저들을 가르치려 그토록 노력했지만, 결국 저들이 전 세계의 문명인들에게 계속 역겹고 경멸스러운 존재로 남기를 원한다면 그건 저들의 일이야. 저들은 일단 '재미'가 끝나면 저희들끼리 살아야 할 사람들이지. 하지만 내게는 동포들과 그들의 국민 오락인 야구를 지킬 책임이 있어. 물론 이쯤에서 너도 분명히 깨달았을 거다. 슬라이딩 문제에서, 이 사람들은 하나를 주면 열을 가지려 들 거야. 2루, 3루, 홈으로 슬라이딩하는 걸 허락하면, 이들은 아무런 이유 없이 1루로 슬라이딩하려 할 거란다. 안타를 쳤을 때 슬라이딩을 하도록 허락하면, 이들은 포볼을 얻은 후에도 그렇게 하길 원하지. 그러니 물어보자, 그게 어디서 멈출 것 같으냐? 안 될 말이야. 필요하다면 목숨이라도 바쳐 여기서 확실히 선을 그어야겠다. 알량한 내 가죽 따위를 구하려고 내가 온 마음과 영혼을 다해 경멸하는 저 지독한 폭력에 굴복해서 야만인들에게 야구를 송두리째 넘겨주면 저들은 제멋대로 야구를 타락시키고 파괴할 거다."

"들어보세요!" 젊은 신학생이 외쳤다. "북소리예요!"

그랬다, 마을 어디선가 전사의 양손이 너무나도 분명하게 불길한 의미를 담은 리듬을 두드리기 시작했다……

"그래," 미스터 페어스미스가 말했다. "야구가 야만인들의 원시적 의식으로 변질되는 걸 허락하는 사람이 되느니 차라리 국민 오락의 순교자로서 죽음을 맞겠다. 그것이 주님의 뜻이라면."

"하지만……" 젊은 동료가 외쳤다. "전 어떻게 해요?"

"너?" 미스터 페어스미스가 말했다. "내가 널 데려왔을 때, 네 평생의 꿈은 기독교 선교일 거라 믿었다."

"그랬어요! 지금도 그래요! 제가 왜 야구를 위해 죽어야 해요?"

미스터 페어스미스는 아프리카의 태양을 향해 고개를 들었다. "아버지, 저 아이를 용서하소서. 그는 자신이 무슨 말을 하는지 모릅니다."

자정 무렵이 되자 불 두 개가 타올랐다. 홈플레이트 뒤쪽에서 타는 불은 성별을 알 수 없는 앙상한 노인이 붙인 것으로, 그(또는 그녀)는 착용하고 있는 마스크와 가슴보호대의 무게를 이기지 못하고 땅에 쓰러질 것만 같았다. 투수 마운드와 2루 중간에서 타고 있는 불은 부족 여인들의 특별한 재산처럼 보였다. 여자들은 저녁 내내 부족의 북소리에 장단을 맞춰 단조로운 주문을 읊어댔고, 그러는 동안 장작에 기름을 부어 하늘 높이 불꽃을 피워올렸으며, 그 불은 내야 전체를 어스름한 붉은빛으로 물들였다. 달과 별이 외야를 밝게 비추고 있었다. 검은 수풀 담장 너머에서는 날카로운 피릿소리가 끈질기게 울려퍼져, 아프리카밤새의 울음소리에 이끌린 정글의 모든 짐승이 나무꼭대기에 자리를 잡으려고 모여들 것 같았다.

두 백인은 손목과 발목에 막대기가 끼워진 채 묶여 미스터 페어스미스는 3루 쪽, 젊은 빌리 페어스미스는 1루 쪽 코치박스로 쫓겨나 있었다. 두 사람은 정오부터 그곳에 묶여 있었다.

벌거벗은 전사 여섯 명이 솥을 굴리며 내야를 가로지르고 투수 마운드 뒤에 있는 불 위로 그 솥을 들어올리자, 내야의 파울라인을 따라 삼삼오오 모여 있던 주민들은 흥분하여 울부짖기 시작했다. 이제 그들도 벌거벗은 채였는데, 가물거리는 불빛 속에서 보니 그들의 돌출 부위는 하나같이 펑 하고 터질 지경으로 부풀어올라 있었다. 많은 주민들이 뒤꿈치와 어깨뼈에 하얀 인광성 무늬를 새겨넣은 탓에, 그들이 제자리에서 뛰자 그 움직임 때문에 눈이 어지럽고 혼란스러웠다. 사실, 그렇지 않은 게 있던가?

이제 두 작은 남자아이—올챙이배를 한 두 성냥개비—가 미스터 페어스미스의 야구공 자루를 질질 끌고 다이아몬드 위에 나타났다. 마스크와 가슴보호대를 찬 그 사람이 절뚝절뚝 그 뒤를 따르며 허공에 연신 사인을 보냈다. 남자아이들이 마침내 무거운 자루를 투수판 위로 끌어올리자 그 사람—남자 현자? 여자 현자?—은 자루의 내용물을 비우라고 지시했다. 그러는 동안 물이 펄펄 끓으면서 솥 가장자리를 타고 흘러내려 불속으로 떨어졌고, 그 지글거리는 소리에 부락민들은 흥분해 고문당하는 죄수처럼 울부짖었다. 실은 산발적으로 펄쩍펄쩍 뛰어다니는 모습으로 보아 야만인 버전의 제7천국[*]에 있는 것 같았다.

그런 뒤 월터 존슨이 마운드로 성큼성큼 걸어나왔다. 그는 작은 아이들에게 물러가라고 손짓한 뒤, 즉시 아이들이 땅에 몽땅 쏟아놓은 수십 개의 야구공을 면밀히 살펴보기 시작했다. 그리고 잠시 후 자신에게 가장 잘 맞는 공을 찾아냈다. 거대한 양손으로 공을 세 번 비빈 후—여자들이 "오무! 오무! 오무!"라고 외쳤다—마스크와 가슴보호대를 찬 현자에게 깊숙이 절을 하고 친근하게 짖는 소리를 내며 공을 건네주었다. 공을 받아든 현자는 절뚝거리며 불로 다가갔다. 그는 1루 파울라인에 줄지어 선 부족민을 향해 공을 한번 치켜들었고—"오무!"—그런 뒤 3루 파울라인에 줄지어 선 부족민을 향해 치켜든 뒤—"오무!"—미스터 페어스미스가 감독생활 동안 목격한 그 누구보다 정교하게 와인드업을 하더니 공을 솥 쪽으로 날려보냈다.

울부짖음이 잦아들자 부족의 남자아이들이 마운드로 달려나와 월터 존슨 주위에 엉덩이를 깔고 웅크려앉았다. 그가 아이들에게 아주 무섭게 말하는 통에 몇몇은 즉시 땅바닥에 오줌을 지렸다. 그런 뒤 아이들은 저마다 공을 하나씩 받아 앞서 현자가 했던 것과 똑같이 솥 안에 공을 던졌다. "오무! 오무! 오무!" 마운드에서 공이 다 사라지자 여자들은 다시 북소리에 맞춰 주문을 외우며 움직였는데, 이번에는 몸을 좌우로 흔들면서 넘실거리는 물속에

_* 이슬람교에서 신과 최고의 천사가 산다는 최상의 천국.

서 엄청난 커브볼과 너클볼처럼 튀고 회전하는 공들을 지켜보았다. 때때로 한 여자가 불가로 다가가 기다란 뜰채를 솥에 담가 공을 하나 꺼냈다. 그러면 월터 존슨이 엄지로 실밥을 확인해본 뒤 그녀에게 김이 모락모락 나는 공을 솥에 다시 넣으라고 지시했다. 마침내 그는 직접 뜰채를 가지고 솥 깊이 담가 모든 공을 그 안에 모았다. 그런 뒤 뜰채를 머리 위에서 세 번 휘둘러—"오무! 오무! 오무!"—푹 삶은 야구공들을 허공에 뿌렸다.

사슬에서 풀린 것처럼 남자아이들이 다이아몬드 전체로 흩어졌다. 두세 명은 매번 같은 공을 향해 뛰어오르다 동시에 공의 표면을 덥석 무는 바람에 이와 이, 코와 코가 맞닿았고, 그러는 동안 맹렬히 돌아가는 풍차처럼 서로의 정강이에 발길질을 해댔다. 마침내 저마다 공을 하나씩 얻은 아이들은 손아귀에 그것을 굳게 쥔 채 무릎을 꿇고서 사납고 게걸스레 껍질을 먹어치웠는데, 마치 꼬박 하루 동안 음식을 못 먹은 것처럼 보였다. 어쩌면 정말 그랬는지도 몰랐다. 아이들은 실뭉치만 남기고 깨끗이 먹어치운 다음, 사이드라인으로 달려가 부락의 원로 중 한 명—아마 각자의 할아버지—에게 그 속대를 맡기고 다시 다른 공을 찾아 전속력으로 달렸다. 사이드라인을 따라 늘어선 부모와 친척들은 제 아이에게 다이아몬드의 먼 가장자리에 주인 없이 남아 있는 공을 알려주려고 손가락질을 하며 비명을 질렀다. 그런 열광 속에서도 그들은 분명 그 의식을 즐기고 있었고, 부락에서 가장 연로한 주민들은 웃다가 쓰러질 지경이라 부축을 받아야 했다. 곳곳에서 어떤 관객들은 손끝으로 자신의 눈을 가리고 있었는데, 수치심을 나타내는 몸짓인 게 분명했다. 그들은 주루라인 안에서 무릎을 꿇고 구역질을 하거나, 환한 불빛 속에서 배를 움켜잡고 고통으로 신음하며 마운드 주위를 데굴데굴 구르는 몇 안 되는 아이들의 친족 같아 보였다.

마침내 포트루퍼트의 관대한 아이들이 기증한 모든 공의 껍질이 게눈 감추듯 사라졌다. 아이들이 숨을 헐떡이고 땀을 뻘뻘 흘리면서 다시 궁둥이를 깔고 앉자, 월터 존슨과 현자는 파울라인을 따라 이동하면서 껍질이 벗겨진 채 부족 원로들의 발밑에 떨어져 있는 공의 숫자를 헤아렸다.

시합의 승자는 일곱 살 정도밖에 되지 않은 굵고 튼튼한 아이로, 정식 시합구의 껍질을 다섯 개나 벗겨 먹었다. 월터 존슨이 축하의식으로 그 경이로운 어깨에 아이를 높이 태우고 주루라인을 따라 한 바퀴 도는 동안 주민들은 연호했다. "타이피! 타이피! 타이피!"

다음 시합은 첫번째만큼 재미있지 않거나 성공적이지 않았는지 부락민들이 이상하리만치 의기소침했다. 마치 "요즘 아이들은 뭐가 문제일까?"라고 고심하는 듯이.

다음 시합이란 타격 시합이었다. 그러나 월터 존슨이 마운드에서 뿌려대는 물체는 야구공이 아니라—이미 온전한 야구공은 아프리카 대륙 전체에 단 한 개도 남아 있지 않았다—메이저리그에서 '공식적'으로 인정하는 원주 23.495센티미터보다 조금 큰, 바짝 오그라든 새까만 머리였다. 매번 존슨은 어린 선수가 맨살이 드러난 작은 어깨에서 배트를 떼기도 전에 아이 앞을 통과해버리는 빠른 스트라이크를 두 번 던진 후, 홈플레이트에서 옆으로 또는 밑으로 빠지게 머리를 던져 아이를 스윙아웃시켰다. 그때마다 관중들이 사이드라인에서 아이들에게 야유를 보내고 침을 뱉는 분위기로 봐서는, 한때 부족의 적이거나 반역자의 얼굴이었던 물체를 배트의 가장 굵은 부분에 맞히는 일은 손쉬운 일인 것 같았다. 어린아이들이 투 스트라이크를 먹을 때까지 스윙할 엄두조차 내지 못한다는 사실은 부족의 남자들을 특히 노하게 하는 소심함의 증거였다. 그러나 아버지들이 아무리 줄질한 이를 드러내며 실망감을 표출하고 공중으로 펄쩍펄쩍 뛰면서 자그마한 어린 타자들에게 분노에 찬 지시를 외쳐대도, 더구나 월터 존슨이 스피드를 절반밖에 내지 않아 커브볼이 중간에서 꺾일 때 그 얼굴에 붙은 음울한 표정이 거의 보일 정도로 느리게 회전했음에도, 그 자녀들은 홈플레이트 앞에서 공포에 사로잡힌 채 꼼짝하지 못했다.

가장 많은 가죽을 벗겨 먹은 건강한 일곱 살 꼬마만이 간신히 머리에서 한 조각을 얻어냈지만, 귀나 눈꺼풀을 아주 가볍게 건드린 수준이어서 현자는 그 머리를 조사한 후 손상되지 않은 것으로 간주하고 다시 경기에 투입했다. 그래도 그 소년이 어린 친구들 중 가장 오래 타석에서 살아남았고, 그래서 이번에도 승자로 선언되었다.

이번에는 미스터 페어스미스에게 베이브 루스라는 이름을 얻었던 남자—타석에서 뿜어내는 힘 못지않게 두툼한 가슴과 밭장다리 체형도 매우 닮았다—가 부락의 햇병아리들 때문에 비참하게 꺾여버린 관중의 기대를 충족시키기 위해 불려나왔다. 그리고 해냈다! 뼈를 가격하는 나무의 그 그리운 소리가 났다! 배트가 두 개골을 때리는 순간, 모든 사람이 그 오래된 머리가 영원히 사라졌음을 알 수 있었다. 베이브를 위한 위대한 밤이었다! 열네 개의 머리가 날아오는 족족 배트에 맞아 산산이 부서졌다.

시범이 끝나자마자 부족의 아이들은 물론이고 몇몇 남자들까지 행사 기념품으로 두개골 조각을 손에 넣기 위해 우르르 몰려나왔다.

다음으로 처녀와 배트 의식이 이어졌다. 부족민들은 베이브 루스의 타격 시범에 감동한 나머지 광란 상태에 빠져 있었지만 돌연 신에게 예배를 드리듯 침묵했다. 새침한 첫번째 원주민 소녀가 놋쇠 링귀걸이를 대롱거리며 박박 깎은 머리에 먼디스 야구모자를 쓴 채 현자에게 이끌려 불펜에서 어두운 외야로 천천히 걸어나온 것이다. 불을 지피는 여자들은 소녀가 불가를 지나가자 그 작은 알몸을 만지려 팔을 뻗었고, 사이드라인에 선 구경꾼들은 그녀의 커다란 갈색 눈에 고인 환희의 눈물을 보고는 흥분해 술렁거렸다. 월터 존슨의 지휘하—어린 남자아이들에게 엄격했던 것만큼이나 이 처녀에게는 부드러웠다—에 소녀는 홈플레이트 위에 자리를 잡았고, 그러는 동안 다음 타자석에 있는 '타자'를 향해 힐끗 수줍은 눈길을 쏘아보냈다. 그런 뒤 월터 존슨은 지나치게 큰 먼디스 모자를 그녀의 눈 위로 부드럽게 눌러 씌웠고, 부족 여자들은 노래를 부르기 시작했다.

타석에서 첫번째 처녀의 성인식이 끝난 후, 가마솥에서 퍼올린 끓는 물 한 주전자가 홈플레이트를 깨끗이 씻는 데 사용되었다.

현자는 잔가지를 엮어 만든 빗자루로 마지막 한 알갱이까지 흙을 쓸어 없앤 후, 다음에 사용할 배트를 조사했고, 특히 손잡이 부분을 꼼꼼히 살피면서 미스터 페어스미스가 선수들에게 이런 열대 기후에서 쥐는 힘을 높이기 위해 사용하라고 권장한 송진이 완전히 제거되었는지 확인했다. 각각의 처녀성이 사라지기 전에 매번 위생을 위해 정교한 의식을 치르는 것으로 보아—또한 소녀들이 암망아지처럼 까불대는 것을 방지하기 위해 월터 존슨이 그들의 눈을 가리는 그 부드러운 동작으로 보아—이 부족의 소녀들은 상당히 응석받이로 크는 듯했다. 각각의 배트는 한 번만 사용된 후 폐기되었는데, 이는 세계의 이 외진 구석에서도 사춘기 여성들에겐 각별한 배려와 관심을 쏟는다는 또하나의 증거였다.

그런 뒤 만찬이 시작되었다.

소녀들이 홈플레이트를 거치는 내내 솥에서는 글러브가 끓고 있었다. 이제 나무랄 데 없이 알맞게 요리된 글러브들을 물에서 건져 구장으로 흩뿌리자 부락민들은 맹렬히 달려들었고, 막판에는 1루수 미트의 가장자리에 꿰매진 질긴 끈까지 먹어치웠다. 끈을 통과시켜 고정시키는 작은 금속 구멍들은 운동장에 살구씨처럼 뱉어졌지만, 주민들은 그 밖의 모든 것을 게걸스레 먹어치웠다. 총 서른여섯 개의 글러브를. 오른손잡이 포수용 미트 네 개, 1루수용 미트 네 개(왼손잡이용 두 개, 오른손잡이용 두 개), 오른손잡이 야수용 글러브 열여덟 개가 남자들의 입속으로 들어갔고, 왼손잡이 야수용 미트 열 개는 여자들과 아이들에게 돌아갔다. 가슴 보호대는 디저트로 삶아졌다. 어른들이 그 덮개를 빨고 씹는 동안 아이들은 충전물을 쪽쪽 빨아먹었다. 몇몇 어린아이는 작은 연분홍색 손바닥에 복슬복슬한 충전재를 한 움큼 쥔 채 잠자리로 안겨갔다.

온 마을이 잠든 후 한참이 지나고 내야를 비추던 두 모닥불이 깜부기로 변했을 때, 여전히 3루 코치박스 기둥에 매달려 있던 미스터 페이스미스는 종종걸음으로 다이아몬드를 왔다갔다하는 부족민들의 소리에 의식을 되찾았다. 어스름한 빛에 점차 익숙해지자 그의 눈에 포착된 것은 부락의 쭈그렁 할멈들, 등이 굽고 휜 채 뼈만 앙상한 여자들이 바다 밑을 누비는 한 무리의 게처럼 앞다퉈 바삐 움직이는 모습이었다. 그들은 구장을 샅샅이 뒤지며 아까 버려졌던 배트를 전부 모은 뒤, 위생을 위해서든 예법을 위해서든 지켜야 할 의식의 신성함 따위 완전히 무시하고 처녀와 배트 의식을 그대로 따라했다. 홈플레이트 주변의 흙바닥 위에서 두세 명이 함께 뒹굴며 웃거나 신음을 내뱉었는데, 이게 젊은 처녀들을 비웃는 건지 그들을 흉내내는 건지 미스터 페이스미스는 도무지 알 수 없었다.

잠시 후 하데스에서 곧장 치솟은 듯한 작열하는 더위와 함께 아프리카의 동이 트자, 늙은 여자들은 그 쓸모 만점인 루이빌슬러거를 목발과 지팡이로 삼아 최대한 빠르게 사라졌다.

구장 반대편에는 빌리가 아직도 1루 코치박스 기둥에 매달려 있었다. 그 역시 솥은 피했지만, 그것밖에 피하지 못했다.

"늙은…… 고참들의 날이에요……" 그가 사라지는 노파들을 바라보며 일그러진 미소를 지은 채 삼촌에게 말했다.

조카의 말에 미스터 페어스미스는 두 번 연달아 소리를 질렀지만 숨소리보다 크지도 않았다. "공포로다! 공포야!"

태양이 지글거리는 아침에 부락의 한 소년이 구장으로 까불대며 달려나왔는데, 필시 콩고의 시즌이 이미 끝났다는 생각을 전혀 못한 듯했다. 혹은 소년의 친구들과 그들의 아버지들은 미스터 페어스미스와 그의 짐꾼들이 정글을 뚫고 나타나기 전 그 부락에 존재했던 삶의 순환으로 되돌아갔지만, 아이는 행여 먼디스 감독이 자신과 '연습경기'라도 해주지 않을까 기대하고 있었는지도 모른다. 미스터 페어스미스가 위 윌리 킬러의 이름을 따 위 윌리라고 세례명을 붙여준 아이였다. "남들이 쉴 때 공을 쳐라"라는 킬러의 유명한 금언은 이 어린아이의 상상력을 강하게 사로잡았다. 아이는 거무스름한 꼬마치고 지나치게 밝았고, 그 일주일 안에 타석에서 발을 바꿔 공을 반대편으로 보내는 스위치 타법과 더불어 영어 단어 몇 개를 익히기도 했다.

아이는 몇 분 동안 미스터 페어스미스가 묶여 있는 기둥 앞에 서서 그의 지시가 떨어지기를 기다렸다. 그런 뒤 아이가 그를 불렀다. "미스타 베이스볼?" 아이는 팔을 뻗어 감독의 벨트에 달린 패트리어트리그 버클을 잡아당겼다. "미스타 베이스볼?"

아무 반응이 없었다. 그래서 아이는 다이아몬드를 시계 방향으로 달리기 시작했고, 벌거벗은 엉덩이로 슬라이딩해 2루를 찍고 1루로 슬라이딩한 뒤 1루 코치박스 기둥에 묶인 백인에게 다가갔다. 아이는 그의 일그러진 미소를 올려다보며 슬픈 소식을 전했다. "미스타 베이스볼, 죽었다."

두 미국인을 실은 채 발견된 카누의 양 옆면에는 죽음을 의미하는 것이 분명한 부족의 상징이 장식되어 있었다. 원 하나와 선 몇 개로 그려진 인간은 쭉 뻗은 양팔 중 하나에 특대형 포수 미트 비스무리한 타원형 방패를 들고 있었다. 부족의 남자아이들이 껍질을 벗겨 먹고 남긴 공 스물네 개에서 나온 실이 두 사람의 몸을 머리에서 발끝까지 칭칭 감고 있었다. 그들은 스탠리빌과 32킬로미터 떨어진 지류에서(사후세계의 문턱에서) 발견되었고, 친절한 원주민들이 즉시 정글을 뚫고 가장 가까운 도시의 병원으로 옮겨주었다. 그들은 그곳에 몇 주간 누워 있었고, 먼저 미스터 페어스미스가, 다음으로 젊은 빌리가 세번째 스트라이크를 먹은 타자처럼 '죽음의 거대한 미트'로 들어갈 뻔했다.

두 사람이 다시 걸을 수 있게 되었을 때, 젊은 사람을 이끌고 정원을 돌아다닌 건 늙은 사람이었다. 의사나 수녀를 만날 때마다 빌리는 자신과 삼촌이 내륙에서 목격했던 그 경이로운 야간경기 묘사에 착수했다. '대타자'로 타석에 나왔던 아홉 명의 소녀에 대해 얘기하고, 동트기 직전에 벌어진 '고참들의 경기'에 대해 얘기했지만, 직원들은 대부분 벨기에 사람이라 이 젊은 미국인이 정신줄을 놓았다는 걸 전혀 이해하지 못하고 정중히 들어주었다.

그후 먼디스가 포트루퍼트로 돌아오기까지 그 오랜 시간 동안, 미스터 페어스미스는 개막일마다 빌리와 간호사를 병원에서 야구장까지 태워주었다. 그리고 그 둘을 위해 박스관람석의 시장 바로 옆자리를 예약해두었다. 그가 할 수 있는 최소한의 일이었다. 쉽게 말하자면 그에게는 그 젊은이의 정신이 영원히 흔들리게 된 것에 대한 책임이 있었다. 기억할 것은, 만일 그 악몽을 되풀이해서 겪어야 한대도 미스터 페어스미스는 조금도 다르게 행동하지 않았으리라는 점이다. 그리스도를 위해 선교사의 야망을 품었던 영리한 젊은이가 인생의 방향을 잃은 건 사실이었다. 하지만 한편으로 율리시스 S. 페어스미스가 아프리카 야구선수들에게 포볼 후 1루로 슬라이딩해도 괜찮다고 허락했다면…… 흑인들의 온 대륙에서 미국의 위대한 게임인 야구를 진흙탕 놀이로 바뀌게 한 책임자가 바로 그라면…… 결코, 그는 양심의 가책을 견디지 못했을 것이다.

이제 여든 살의 존경스러운 감독과 대면한 부족, 절망에 빠진 1943년의 루퍼트 먼디스로 돌아가자. 그들은 어떻게 그에게 아프리카 야만인들보다 훨씬 큰 혐오와 공포를 안겼을까? 다름 아닌 그들이 아프리카 야만인이 아니라 미국인(대부분)이었기 때문에! 메이저리그 선수(추정상)였기 때문에! 이교를 믿는 야만인들이 국민 오락을 더럽히는 것도 문제려니와, 그것도 미국인이, 율리시스 S. 페어스미스가 평생을 바쳐온 메이저리그 팀의 유니폼을 입고 그런다면? 그건 자비 너머 경멸 아래에 있는 문제였다.

그의 혐오는 아주 광범위해서 선수들이 (다른 기차로) P리그의 도시에 다다르면 미스터 페어스미스는 불운하게 로비나 식당에서 그의 선수 중 누군가와 부딪칠 가능성이 있는 호텔에는 절대 묵지 않았다. 그 지역 전도목사의 집에 손님으로 묵었다. 종교적 원조를 위해서이기도 했지만, 그에 못지않게, 그가 사랑하는 먼디스인 척하는 그 타락한 자들이 눈에 안 보이면 그나마 안심할 수 있었기 때문이다.

"처음에는 아프리카의 야만인이, 다음에는 일본의 왕이, 그리고 지금은, 지금은 내가 맡고 있는 먼디스가 그래. 빌리," 그가 전도목사에게 물었다. "하느님이 존재한다면 어떻게 이런 걸 허락하실 수 있지?"

"하느님에겐 그분만의 이유가 있어요, 새뮤얼."

"하지만, 이 팀을 구장에서 본 적 있나?"

"없어요. 그치만 박스스코어를 읽은 적은 있어요. 난 당신이 어떤 고통을 겪고 있는지 알고 있어요."

"빌리, 박스스코어는 경기 자체에 비하면 아무것도 아니야."

"우리가 할 수 있는 건 기도뿐이에요, 새뮤얼, 기도합시다."

먼디스의 이름을 사칭중인 그 협잡꾼들을 어떤 말이나 행동으로도 변화시킬 수 없는 구장으로 가는 대신, 미스터 페어스미스는 오후 내내 무릎을 꿇고 주님에게 그의 감독 능력을 넘어서는 변신의 기적을 행해달라고 기도했다.

매일 저녁, 식사를 마치면 졸리 촐리는 호텔을 떠나 그날의 경기 결과를 보고하기 위해 미스터 페어스미스를 찾아갔다. 목사의 아내는 이 먼디스 코치가 미스터 페어스미스의 침대 곁에 놓인 의자에 앉아 득점표를 손에 들고 그날 오후의 비참한 경기를 조목조목 설명하는 동안 그에게 줄 쿠키 한 접시를 만들었다.

거실에서 목사가 아내에게 물었다. "그는 어떻게 듣고 있어?"

"그냥 누워 있어요, 허공을 바라보면서."

"졸리 촐리가 떠나면 내가 들어가봐야겠군."

"그게 좋을 것 같아요."

문 앞에서 목사는 먼디스 코치에게 묻곤 했다. "그래, 내일 선발투수는 누구요, 터미니카 씨?"

그러면 십중팔구 졸리 촐리는 어깨를 으쓱하고 이렇게 대답했다. "글쎄요, 아무나 컨디션이 되면요. 투수 로테이션 같은 건 이미 포기했어요, 목사님. 운동하고 싶은 사람 아무나 글러브를 잡고 마운드로 나갑니다."

목사는 손에 성경을 들고 칼라를 두른 채 미스터 페어스미스의 방으로 들어가곤 했다.

"난 승리할 땐," 먼디스 감독이 소리쳤다. "관대했고 패배할 땐 신사였어. 아프리카에서 그 야만인들이 국민 스포츠를 더럽히도록 허락하느니 순교를 선택하려 했지. 왜, 왜 이런 일이 벌어지는 거야!"

"당신이 내게 말해보시오, 새뮤얼. 당신의 마음속에 있는 걸 말해봐요. 왜 주님은 당신에게 그런 고통과 아픔을 주셨는지?"

"왜냐하면," 미스터 페어스미스가 화를 내며 말했다. "주님은 야구를 싫어하기 때문일세."

"하지만 우리의 주님은 정당하고 자비로우십니다."

"아니, 그분은 야구를 싫어해, 빌리. 그렇거나, 아니면 존재하지 않거나."

"우리의 주님은 존재해요, 새뮤얼. 게다가 야구를 무한히 넓은 사랑으로 사랑하십니다."

"그렇다면 어떻게 1943년의 먼디스 같은 팀이 있을 수 있는 건가? 왜 핫헤드 타 같은 선수가! 왜 닉네임 데이머 같은 선수가! 그리고 이젠 난쟁이를 눈멀게 한 난쟁이가! 루퍼트 유니폼을 입은 난쟁이가! 왜지?"

"새뮤얼, 믿음을 잃으면 안 됩니다. 그분은 우리의 기도에 응답해주실 거예요, 그분의 시간이 되면."

"그들은 이미 꼴찌에다 승차가 무려 50경기야!"

"50경기 차로 일등을 하던 수많은 자들이 꼴찌가 될 것이요, 새뮤얼, 50경기 차로 꼴찌를 하던 자들이 일등이 될 것이로다. 자, 기도합시다."

그래서 그는 기도했다. 트라이시티에서는 빌리 톨하우스 목사와, 어셀더머에서는 빌리 비스킷 목사와, 인디펜던스에서는 빌리 팝오버 목사와, 테라인코그니타에서는 빌리 스콘 목사와, 어사일럼에서는 빌리 제백 목사와, 캐쿨라에서는 빌리 번 목사와 함께. 그랬다, 그 시대의 가장 유명한 라디오 설교자들은 이 위대한 감독을 배교로부터 구원하려 애썼다. 하지만, 아 슬프게도, 먼디스가 142경기 중 고작 23승을 올린 9월 중순이 되자, 기도에 응답을 받을지는 내년까지 기다려봐야 할 거라고 그에게 참을성 있게 설명하던 사람들도 이번 시즌이 끝나기 전에 주님이 먼디스를 위해 개입하지 않으면 율리시스 S. 페어스미스의 신앙은 영원히 소멸해버릴지 모른다고 걱정했다.

바로 그때 그 일이 일어났다. 먼디스 14, 블루스 6. 먼디스 8, 블루스 0. 먼디스 7, 키퍼스 4. 먼디스 5, 키퍼스 0.

할렐루야! 할렐루야! 할렐루야!

"보세요, 하느님은 높은 곳에 계시고, 야구를 사랑하십니다."
"그런 것 같아, 빌리."
"그리고 그분은 그의 종, 율리시스 S. 페어스미스를 시험하셨습니다. 그분은 당신의 부족함을 찾지 못하셨습니다."
"그렇다면 그게 그분의 이유였군."
할렐루야! 할렐루야!

　그들은 3대 리그의 역사에 최악의 기록을 쓰게 될 꼴찌 팀인지는 몰라도, 테라인코그니타 팀을 상대로 홈런쇼와 함께 9 대 3의 승리―그들의 11연승―를 거둔 후 국토를 가로질러 돌아가는 기차에서는, 1920년대의 위대한 정규시즌 우승팀들을 포함해 미스터 페어스미스가 기억하는 역대 어느 루퍼트 팀 못지않게 즐겁고 자신만만했다.
　기차는 트라이시티행이었고, 그곳에서 그들은 그해의 마지막 경기를 펼칠 예정이었다. 시즌중 우천으로 연기되었던 타이쿤스 전이었다. 승리를 거둔다면 얼마나 멋질까! 아, 당연히, 마권업자들은 4 대 1의 확률로 그들의 패배를 점쳤지만(대체 어떻게 그들이 다시 해낼 수 있겠는가? 어떻게 먼디스가 시즌 마지막날 타이쿤스를 1위 자리에서 끌어내릴 수 있겠는가?) 그 확률을 듣고 웃음을 터뜨리지 않은 먼디스 선수는 한 명도 없었다. "이봐, 자네도 부자가 되고 싶을 거야, 조지." 그들이 싱글거리는 짐꾼에게 말했다. "25센트를 걸고, 내일 밤 자네 주머니에 1달러가 들어오는지 안 들어오는지 보라고."

동부행 기차에 탄 병사들은 저녁식사 시간에 패트리어트리그 기적의 팀을 한 번이라도 보려고 끊임없이 식당차로 밀려들어왔다. 병사들이 사인을 요구하면 먼디스 선수들은 "물론이죠, 기꺼이 해드리죠"라고 말했다. 병사들이 말했다. "여러분처럼 대단한 일을 해낸 팀과 같은 기차를 타고 간다는 게 생판 모르는 곳으로 가는 사람에게 어떤 의미인지 모를 겁니다. 집에 편지 보낼 때 꼭 자랑할 거예요!"

"행운을 빌어요, 병사여! 행운을 빌어요, 미국의 군인이여!" 먼디스 선수들이 그들 뒤에서 소리쳤다. "그 늙은 히틀러를 혼쭐내줘요!"

"그럴게요! 그럴게요!"

"행운을 빌어요, 청년들! 용감한 소년들이여!"

"여러분에게도 행운을 빌어요, 트라이시티에서요!"

"아, 그 말, 타이쿤스 선수들한테 전해주겠어! 행운이 필요한 팀은 그들이거든!"

그들은 식당차에서 자정까지 스핏인디오션을 치고 아바나 시가를 피웠다. 보통 같으면―차갑게 식은 기름투성이 음식을 식탁에 내동댕이친 후―몇 시간 전에 손님들을 침대칸으로 쫓아보냈을 종업원들도, 미처 날뛰는 루퍼트 선수들이 놀라운 11연승의 감동적인 일화들을 회상하는 것을 들을 수 있다는 특권 때문에 퇴근도 못하고 그들의 시중을 들어도 행복하기만 했다. 먼디스가 사실상 하룻밤 사이에 불명예를 벗고 영광을 얻을 수 있다면, 이 세상에 누가 자기 자신을 운명의 노예로 여기겠는가?

"네, 알겠습니다, 핫헤드 씨! 네, 알겠습니다, 닉네임 씨! 오케이씨, 뭐 필요한 거 있으신가요?"

"바이시클스, 새 팩 하나, 조지!"

"네, 알겠습니다!"

자정에 미스터 페어스미스가 졸리 촐리의 부축을 받으며 식당차로 들어왔다. 닉네임은 피우던 시가를 자신의 맥주에 넣어 껐고, 그들 중 가장 많이 딴 오케이터는 자신이 앉아 있는 높은 의자에 달린 쟁반 위에 쌓아두었던 돈을 슬그머니 호주머니로 집어넣었다.

인디펜던스에서 2승을 거두고 어사일럼에서 4승을 거둔 후 미스터 페어스미스는 팀의 더그아웃에 합류했고, 캐쿨라와 테라인코에서 지난 다섯 번의 승리를 거둘 동안 내내 선수들과 함께했다. 먼디스의 주자들이 차례로 홈플레이트를 밟을 때 그는 지팡이를 무릎 위에 올려놓고 그 푸른 눈에 기쁨의 빛을 가득 품은 채 자신의 흔들의자를 천천히 앞뒤로 흔들었다. 그는 선수들이 기억하는 개막일 때보다 훨씬 노쇠한 모습이었다. 그 모든 기도에 마모된 결과였다. 사실 이 팔팔한 먼디스 선수들, 아침을 먹을 때부터 잠자리에 들 때까지 에너지를 주체하지 못해 거의 몸을 떠는 선수들을 제압할 힘을 가진 게 있다면, 넘치는 지혜와 자비심이 깃든 미스터 페어스미스의 눈빛이었다.

졸리 촐리의 부축을 받으며 미스터 페어스미스는 차량 앞쪽 통로에 끌어내놓은 의자에 앉았다. "오늘밤 잠자리에 들기 전에 여러분에게 전보를 읽어주려 하네." 그는 구원받은 자들의 얼굴을 하나하나 주시하며 말했다. "전보는 방금 도착했고, 기관사가 내게 전해주었네. '친애하는 샘. 내일 경기 결과가 어떻게 나오든 상관없이, 내가 당신과 루퍼트 먼디스를 얼마나 자랑스럽게 여기는지 알리고 싶었소. 당신이 가장 이겨내기 어려운 조건을 극복하고 거둔 업적의 결과로, 한때 루퍼트를 상징했던 R는 금후로 다름 아닌 이 위대한 공화국Republic을 상징하는 글자로 여겨져야 할 것이오. 먼디스는 더이상 떠돌이 팀이 아니오. 온 나라가 홈이오. 샘, 만일 내가 내일 아침 포트루퍼트에서 기차를 타고 당신과 당신의 팀과 함께 마지막 경기가 열리는 트라이시티까지 동행할 수 있다면 명예로운 특권으로 여길 것이오.' 서명이 있군. '더글러스 D. 오크하트 장군, 패트리어트리그 회장.'"

여기서 미스터 페어스미스는 졸리 촐리에게 자신을 일으켜달라고 신호했다. "잘 자게, 먼디스. 잘 자게나, 나의 루퍼트 먼디스." 그의 우락부락한 주름투성이 얼굴이 사랑으로 빛났다.

룹잇에 도착했다!

그들을 환영하기 위해 밴드가 나와 있었다, 아침 여섯시에! 그리고 역으로 진입하는 기찻길을 따라 룹잇 골수팬들이 늘어서서 손으로 쓴 응원 문구를 허공에 맹렬히 흔들어대고 있었다.

그리웠어요 먼디스!

사라졌지만 잊히진 않는다!
먼디스야 집으로 돌아오너라 모든 걸 용서하마!

선수들은 창문에 코를 박고 매사추세츠로 가는 길에 잠시 들른 기차를 보려고 새벽부터 나온 군중을 향해 손을 흔들었다.

기차가 승객을 싣기 위해 정차하자 초등학생들이 침대차 옆으로 벌떼처럼 몰려나와 갑자기 온 나라에서 전설이 된 이름의 주인공들을 입을 딱 벌리고 바라보았다. 윙크를 하고 웃고 키스를 날리던 선수들은 기차가 다시 움직이자 도로 침대에 누웠는데, 여러 선수들의 얼굴 위로 눈물이 흘렀다. 승리! 승리! 아, 승리는 아무리 좋게 말해도 부족하다!

훈장을 주렁주렁 단 오크하트 장군이 식당차 입구에 서서 선수단을 맞이했다. 미스터 페어스미스가 졸리 촐리의 부축을 받으며 승리의 선수들을 한 명씩 차례로 소개했다. 먼디스의 마지막 선수가 자신의 오렌지주스 앞에 앉자 P리그 회장이 그들에게 연설을 했다.

"이 용맹무쌍한 야구팀을 위해 건배하기 전에," 그는 손톱으로 자신의 주스잔을 톡 쳐서 선수들을 즐겁게 했다. 요즘 선수들을 즐겁게 하기란 쉬운 일이었다. "먼저 어제 정오 일자가 찍힌 전보를 여러분에게 읽어드리겠소. '친애하는 장군님. 경이로운 먼디스의 연승에 나보다 더 기뻐하는 사람은 없을 것이오. 알다시피 시즌 초, 나는 그들이 짊어지기로 선택한 짐이 결국 사기를 심각하게 끌어내리지 않을까 당신과 함께 걱정을 나누었소. 그리고 실제로 시즌중에 영원한 떠돌이 팀이라는 어려움이 루퍼트의 어깨를 너무 무겁게 짓누르는 듯 보이는 순간이 여러 번 있었소. 그러나 최악의 우려가 현실로 드러나려는 바로 그때, 그들은 수많은 팬이 이번 시즌뿐 아니라 어느 시즌에서도 본 적 없는 가장 대단한 메이저리그 경기를 보여주어 온 나라를 경이와 감동으로 몰아넣었소. 이것은 먼디스와 미스터 페어스미스, 당신과 패트리어트리그, 야구계에는 물론이고 이 나라에 찾아온 위대한 순간이오. 나는 타이쿤파크의 박스관람석에서 패트리어트리그 시즌의 마지막 경기를 함께 관전하자는 당신의 초대를 큰 영광으로 여기는 바요. 그리고 여기 총재 사무실의 긴급한 일정을 제쳐두고, 제시간에 시카고를 떠나 트라이시티에 도착해 경기 전 먼디스의 라커룸에서 선수들을 격려할 수 있게 되었음을 기쁜 마음으로 알려드리오.' 자, 선수 여러분, 이 전보에 적힌 서명은 미국야구 총재, 케네소 마운틴 랜디스 판사입니다."

정말 그가 와 있었다. 정오에 원정팀 라커룸에 들어가니 미스터 페어스미스보다 더 우락부락하게 생긴 야구계의 차르*가 그들을 맞이하기 위해 기다리고 있었다. 먼디스가 설령 그때까지 자신들이 미국에서 가장 혐오스러운 야구팀에서 가장 사랑받는 팀으로 돌변한 사실을 조금이나마 의심하고 있었더라도, 총재가 오케이 오케이터와 몇 마디 인사를 나누기 위해 자발적으로 무릎을

---

* 제정러시아시대의 황제 칭호.

끓는 것을 본 순간 그 의심은 눈 녹듯 사라졌을 것이다. 다음으로 카메라 플래시가 사방에서 터지는 동안 이 두려움을 모르는 판사는—그와 매우 어울리는 미국 산의 이름을 가진—선수단에게 아래의 전보를 낭독했다.

"'친애하는 랜디스 판사. 루퍼트 먼디스가 재난과도 같은 시즌을 당당한 위업으로 바꾸는 과정을 지켜보면서 나의 미국 국민들과 마찬가지로 나 역시 뭉클한 감동을 경험했소. 농부들과 공장 노동자들, 학교에 다니는 어린이들, 가정에서 후방을 지키는 여자들, 그리고 무엇보다 전 세계에서 용감하게 싸우는 우리의 병사들은 이 훌륭한 선수들의 '절대 희망을 버리지 않는' 기백에서 분명 큰 영감을 얻으리라 믿소. 비록 본인은 오늘 트라이시티에서 불굴의 아홉 전사가 시즌 마지막 경기를 치르는 모습을 당신과 함께 지켜볼 순 없으나, 매회의 진행 상황을 놓치지 않기 위해 전쟁 상황실에서 경기장과 끊임없이 전화 연락을 취할 것이오. 당신의 친절하고 사려 깊은 초대에 나를 대신하여 나의 아내가, 모두가 외면했던 팀이자 모든 곳의 모든 약자를 대표하는 팀의 재기를 지켜본 또 한 명의 야구팬으로서 그 자리에 참석할 것이오. 부디 모든 소망이 이루어지기를. 당신의 친애하는 벗, 프랭클린 D. 루스벨트.'"

그리하여 그날 오후 트라이시티 더그아웃 뒤 박스관람석에는 트러스트 여사, 오크하트 장군, 케네소 마운틴 랜디스 판사와 함께 미합중국 대통령의 부인이 앉게 되었고, 그녀는 그곳에서 미국의 원수를 대신해 루퍼트 팀에게 경의를 표했다. 루스벨트 여사가 원정팀 더그아웃에 내려와 선수들과 악수하며 그들이 어느 주에서 왔는지 묻느라 경기는 삼십 분 지체되었다. 그녀가 박스관람석의 다른 고관들 사이로 돌아가자, 시즌 내내 거세게 도전하는 부처스와 혈투를 벌이느라 지친데다 모든 관심이 적에게 쏠리자 눈에 띄게 기세가 꺾인 타이쿤스가 경기장에 모습을 드러냈다. 그날은 산들바람이 불었고 스모키 워든은 워밍업 투구를 열두 번밖에 안 했음에도, 프렌치 애스타트가 홈플레이트 앞에 서고 주심이 "플레이볼"을 외칠 때 그의 유니폼은 벌써 땀으로 얼룩져 있었다.

그해 가을과 겨울이 지나는 동안 수만 마디로 묘사된 경기라면 그 과정에서 달성된 기록을 여기에 구체적으로 나열할 필요는 없을 듯하다. 핫헤드 타가 높이 뜬 파울볼을 잡기 위해 뒤로 물러나다 자기 마스크에 발이 걸려 넘어진 횟수, 마이크 라마가 좌익 담장에 부딪혀 의식을 잃은 횟수, 스펙스 스키너가 밝은 태양 아래서 땅볼을 '잃어버린' 횟수. 그날 오후의 그 모든 멍청하고 굴욕적인 불운 하나하나가, 1941년 월드시리즈에서 미키 오언이 빠뜨린 세번째 스트라이크*와 1908년 머클에게 본헤드라는 별명을 안겨주고 자이언츠의 우승기를 앗아간 실책**만큼이나 자주 전국의 스

---

* 뉴욕 양키스와 브루클린 다저스의 월드시리즈 4차전 경기, 9회 볼카운트 투 아웃 투 스트라이크 스리 볼 상황에서 다저스 포수인 오언이 세번째 스트라이크를 놓치는 바람에 경기를 끝내지 못하고 역전패했다.
** 뉴욕 자이언츠 대 시카고 컵스의 정규시즌 최종전, 9회 말 자이언츠 타자가 끝내기 안타를 쳤지만 1루 주자였던 프레드 머클이 2루를 밟지 않고 라커룸으로 가버리는 바람에 양 팀이 격렬하게 충돌했고 결국 경기는 무효 선언되었다. 자이언츠는 나중에 치러진 재시합에서 패해 우승기를 넘겨주었다. 그후 머클에게

포츠 칼럼에 오르내렸다.

9회 투 아웃, 팀이 31점 차로 지고 있을 때 닉네임 데이머가 그날 먼디스의 다섯번째 안타—나머지 넷은 모두 애그니가 쳤다—를 쳐 좌중간을 깨끗이 갈랐고, 그런 뒤 2루타를 3루타로 만들려다 아웃당했다. 타이쿤스 팬들은 그 어디서도 볼 수 없을 만큼 냉정하고 지적인 관중으로 소문나 있었지만, 닉네임의 멍청한 주루 플레이를 비웃느라 정신을 잃는 바람에 그들의 팀이 1943년 우승기의 주인공이 되었다는 사실을 한참 후에야 깨달았다. 더그아웃에서 닉네임은 눈물을 줄줄 흘리며 미스터 페어스미스 앞에 서서 자신이 방금 한 행동을 설명할 말을 떠올리려 애썼다.

"모르겠어요, 감독님." 그가 어깨를 으쓱하며 말했다. "그냥 도박을 했다고 생각하시면 될 거예요."

"9회에 31점을 뒤지고 있는데…… 네 말은…… 도박을 했다고? 오, 하느님." 미스터 페어스미스가 신음했다. "나의 하느님, 어찌하여 나를 버리시나이까?" 그런 뒤 흔들의자에서 굴러떨어져 원정팀 더그아웃 바닥에서 숨을 거두었다.

"어떻게 된 거야, 이 개자식?"

"못하겠더라고, 정말 못하겠더라고."

"왜, 롤런드, 도대체 왜 못했지?"

'얼간이'를 뜻하는 본헤드라는 별명이 붙었고, 야구 경기에 '본헤드 플레이'라는 용어가 생겼다.

"누가 우리와 아침식사를 먹었는지 알아? 오크하트 장군이었어! 누가 박스관람석에 있었는지 알아? 랜디스 판사, 총재였어! 그리고 엘리너 루스벨트 여사도! 그리고 누가 우리한테 전보를 보냈는지 알아? 미합중국 대통령이었어!"

"그래, 그들이 무슨 상관이 있지?"

"어쨌든 세상에서 제일 중요한 사람들이잖아, 그뿐이야!"

"이 멍청이! 그들이 세상에서 제일 중요하다는 건, 미니애폴리스에서 만드는 휘티스가 '챔피언들의 아침식사'인 거하고 똑같아!"

"하지만 전보를 계속 보내더라고. '방금 이 전보를 받았다'고 말하면 모두 입을 다물고 조용히 해. 그런 뒤 전보를 읽기 시작하면 마치 게티즈버그연설*이라도 되는 것처럼 들리는 거야! 소름이 돋더라니까!"

"그래서 그걸 못한 이유가 소름이 돋아서였다고?"

"하지만 그래도 돈은 충분해, 아이작! 벌써 나를 살 25만 달러를 벌었다고 했잖아!"

"아, 그랬었지."

"뭐야, 그게 무슨 말이야, 아이작! 넌 전화로 그 이상을 벌었다고 말했어. 27만 5000달러, 바로 어젯밤에 그렇게 말했잖아!"

"그래, 어젯밤엔 그랬지."

"하지만 네가 오늘 25달러를 잃었다면 아직 충분해. 가만있어

---

* 1863년 미국 남북전쟁 격전지 게티즈버그에서 사망한 장병들을 추모하기 위해 대통령 에이브러햄 링컨이 했던 연설.

봐, 아무튼, 안 그래? 내가 오늘 4타수 4안타였다고 해서 내 값을 올리진 않았을 거야, 그렇겠지?"

"오늘의 배당률이 얼마였는지 알아, 롤런드? 4 대 1이었어. 27만 5000달러였으니까 100만 달러에 잔돈까지 벌었을 거야. 먼디스 가 다시 그따위로 안 했다면."

"그래, 그래서?"

"그래서 난 생각했지, 먼디스가 틀림없이 이길 텐데, 왜 롤런 드 애그니만 사야 할까? 내친김에 구단 하나를 통째로 사면 안 되 나?"

"그래서?"

"그래서 다 걸었어, 롤리."

"정말이야?"

"리그의 타격왕이 그런 전보들 때문에 소름이 돋으리라고는 생 각을 못했어. 나약한 겁쟁이한테 배신당하리라고는 생각 못했단 말이야!"

"그걸 전부 걸었다고?"

"몽땅."

"그럼 땡전 한푼 안 남았네!"

"그렇지. 난 다시 원자나 쪼갤 테니 너도 루퍼트 먼디스로 돌아 가 평생을 보내."

"하지만 난 그럴 수 없어!"

"아, 그럴 수 있어, 이 미국 최고 등신. 전보에 닭살이 돋는 놈!"

"하지만 저절로 존경심이 우러나왔다고!"

"존경심? 누구한테, 무엇에?"

"미합중국 대통령한테! 그리고…… 온 나라에!"

"네가 존경해야 할 사람은 나야, 롤런드. 네가 소름이 돋아야 할 사람은 나라고! 아, 먼디스로 돌아가, 애그니. 어쨌거나 네가 있을 곳은 거기야."

"난 안 돌아가!"

"돌아가, 이 소심하고 어리석은 애국자 놈아. 따져보면 결국 넌 그거밖에 안 돼. 루퍼트 먼디스."

"그래? 그렇다면 너…… 넌 더러운 떠버리 유대인 꼬마 놈이야! 더럽고 탐욕스러운, 돈에 환장한 유대인 놈이야! 넌 샤일록*이야! 유대 족속이야! 너흰 그리스도를 죽였어! 너희 같은 족속이 되느니 차라리 검둥이가 되는 게 낫겠다!"

"그래, 좋아, 롤런드. 이 상황이 끝나기 전에 정말 그렇게 되고 싶을 테니까."

1943년 시즌은 그렇게 끝났다.

미스터 페어스미스의 시신은 기차에 실려 트라이시티에서 뉴욕 쿠퍼스타운으로 직행했다. 480킬로미터가 채 안 되는 여행은 기차가 지나는 길에 있는 모든 마을과 부락에 멈춰 역에 모인 사람들에게 위대한 먼디스 감독과 작별인사를 할 기회를 주는 바람에 꼬박 하루 밤낮이 걸렸다. 각 지역 고등학교 팀이 고개를 숙이

---

* 셰익스피어의 희극 『베니스의 상인』에 등장하는 유대인 고리대금업자.

고 눈을 감았으며 옆에는 항상 그들의 코치가 있었다. 또한 야구 복장을 한 수많은 어린이들도 똑같이 했고, 몇몇 아이들은 엄마 품에 안겨 있어야 할 정도로 작았다.

국기로 덮인 관은 쿠퍼스타운 마을에 도착해 먼디스 선수들의 손에 들려 기차에서 내려졌고 말이 끄는 탄약차에 실렸다. 각 군 사관학교에서 파견된 군악대가 이끄는 느리고 슬픈 보조로, 그리고 3대 리그의 각 팀에서 저마다 회색 '원정' 유니폼을 입고 온 의장대의 호위 속에서, 먼디스 선수들은 관을 뒤따라 쿠퍼스타운의 중심가를 걸어갔다. 명예의 전당에 도착해 관이 내려지자 운구자들—애스타트, 데이머, 바알, 타, 라마, 헤킷, 스키너, 애그니— 은 관을 들고 정문을 통과해 박물관 계단을 오른 뒤, 길이가 거의 홈에서 1루 거리에 달하는 명예의 전당 복도로 들어섰다. 복도에는 미스터 페어스미스의 고향인 버몬트 땅에서 다듬어 온 검은 대리석 기둥들이 양옆에 늘어서 있었다.

그곳, 야구를 대표하는 불멸의 얼굴들이 새겨진 수많은 동판 아래서 오크하트 장군과 랜디스 판사가 짤막한 추도 연설을 낭독했다. 두 사람은 각자 율리시스 S. 페어스미스와 그 기둥들이 같은 주에서 왔다고 언급하고 적절한 결론을 이끌어냈다. 랜디스 판사는 그를 "인류에게 파견된 야구의 대사"라 묘사했고, 많은 사람들에게 간단히 "미스터 베이스볼"이라 알려진 인물의 서거에 전 세계의 모든 민족과 나라가 애도할 거라고 말했다. 그는 미스터 페어스미스가 국민 오락의 대사로서 여행했던 일곱 개 대륙의 "출석부"를 천천히 읽었다. "그렇습니다." 그는 이렇게 추도사를 마무리했다. "심지어 남극도 있습니다. 그는 바로 그런 사람이었습니다." 그런 뒤 거리로 난 문들이 열렸고, 힐러리치앤드브래즈비의 히코리 목재로 만든, 뚜껑이 열린 관 앞을 그날 오후 내내 팬들이 줄지어 지나갔다.

그는 (전설에 따르면) 1839년 애브너 더블데이가 야구를 창시했다고 알려진 장소가 훤히 내려다보이는 언덕의 중턱에 묻혔다. 허나 그것이 고작 전설일 뿐이라면? 그렇다 해도 이 성소가 티끌만큼이라도 덜 성스러워질까?

"오 하느님." 빌리 번 목사가 말했다. "당신의 종, 이 땅에서 그의 9회를 마치고……"

빌리란 이름의 목사들 중 마지막 목사가 마지막 기도를 마치자 먼디스 정규선수들은 저마다 무덤 앞으로 걸어갔고, 그 마지막 목사가 건네준 배트로 지는 해를 향해 하늘 높이 플라이볼을 쳐올렸다. 다음으로 나팔수 한 명이 〈나를 야구장으로 데려다주오〉를 연주했으며, 조문객들은 발길을 돌려 야구팬들에게 미국의 루르드이자 캔터베리이자 교토*인 마을로 돌아갔다.

---

* 루르드, 캔터베리, 교토 모두 종교 성지.

7

길 가메시의 귀환인가,
모스크바의 지령인가

이상한 추천서가 도착한다. 트러스트 부인의 계획, 그녀는 오크하트 장군과 함께 참회중인 죄인을 찾아간다. 길 가메시가 자신의 지난날을, 즉 자신의 방황, SHIT에서 수학하던 시절, 그리고 소련에서 겪은 모험담을 풀어놓는다. 소련의 첩보망이 장군에게 누설된다. 저자의 짧은 등장도 기록된다. 여기서 역사는 일곱 달 앞으로 거슬러올라가, 오크하트 장군이 국회위원회에서 증언한 내용의 발췌문이 소개된다. 기자회견장에서 가메시는 복권되고, 그 자리에 어울리는 이력을 늘어놓는다. 온 국민이 마음을 열지만 눈에 뜨는 예외가 한 명 있다. '증오와 혐오'에 관한 일련의 강의가 이어진다. 롤런드가 원한에 사무친 팀으로 복귀한다. 원통한 그가 라커룸에서 발견한 놀라운 진실, 그리고 그의 죽음. 그 과정에서 오크하트 장군은 범죄자들의 이름을 폭로하고 길 가메시는 위대한 미국인에게 찬사를 바친다. 패트리어트리그는 구조조정되고, 먼디스의 십삼 인은 반미활동조사위원회 앞에 선다. 이때 저자도 국회위원회 앞에 출석하고, 자신의 견해를 분명한 언어로 밝힌다. 이로써 한 시대의 역사는 최후의 몇몇 재난과 함께 막을 내린다.

맥와일리 식품점

위스콘신주 캐쿨라시 캐쿨라대로 141번지

윌리엄 맥와일리, 식품점 주인

1944년 3월 1일

관계자 분 앞

본인은 길 가메시가 미국주의를위한캐쿨라시민행동위원회 및 캐쿨라자유미국수호위원회에서 여러 가명을 써가며 조사 및 연구 업무에 종사했음을 확인하는 바입니다.

고용 기간 동안 가메시 씨의 업무는 대단히 만족스러웠으며, 그에 따라 본인은 공산주의와 공산주의 수단에 대한 완전한 이해가 필요한 어떤 종류의 일이든 주저하지 않고 그를 추천하는 바입니다. 그는 1943년 11월 23~24일 양일에 이곳 캐쿨라시의 맥와일리 식품점에서 열린 주 규모의 미국주의를위한시민행동위원회 간부회의에서 훌륭한 증언을 제공했으며, 그의 기여는 중서부 전역의 위원회 및 의회의 조사기관들에 매우 긴요했습니다.

공산주의와 공산주의 수단에 대하여 그가 알고 있는 지식은 연구 분야는 물론이고 공산주의 관련 정보를 유포하는 여러 분야에 유용하게 쓰일 것입니다.

이만 줄이겠습니다.

맥와일리 식품점 주인

미국주의를위한캐쿨라시민행동위원회 회장

캐쿨라자유미국수호위원회 법률이사

"트러스트 여사," 장군이 리그의 늙은 부인에게 편지를 돌려주며 말했다. "바로 오늘 오후 루퍼트 먼디스가 1944년 시즌 첫 시범경기에서 애즈버리파크고등학교에 12 대 4로 패했다고 하오. 방금 전 전화로 들었어요. 승리가 확실해진 시점에 고등학교 코치가 메이저리그 팀과 두 이닝 정도를 경험해보라며 2학년 대표들을 투입하지 않았다면 먼디스는 그 4점조차 못 냈을 거라고. 리그의 타격왕 롤런드 애그니는 골이 나 미시간의 자기 방에 틀어박혀 먼디스의 스프링캠프가 열리는 뉴저지에 합류하길 거부하고 있고, 그의 가엾은 아버지에게 말한 대로, 다시는 먼디스에 합류하지 않겠다고 한답니다. 내 리그는 한마디로, 솔기가 터지기 일보 직전이오, 트러스트 여사. 그런데 당신은 캐쿨라의 식품점 주인이 쓴 그런 편지를 들고 와 내게 읽고 있군요."

"이 사람은 그냥 식품점 주인이 아니라, 미국주의를위한캐쿨라시민행동위원회 회장에다 캐쿨라자유미국수호위원회 법률이사라고요."

"유감이지만, 난 모르는 단체들이오."

"그렇다면 길 가메시란 이름도 모른다고 하겠군요?"

따분하다는 듯 그가 말했다. "생각이 나는 듯도 하군요, 여사."

"당신이 그를 야구계에서 추방했죠."

"앞으로도 그럴 거요, 우리에게 어떤 희생이 따르더라도."

"그도 희생했어요."

"범죄자가 자신의 범죄로 인해 낙인이 찍히는 건 이 생에서 나를 안심시켜주는 몇 안 되는 사실 중 하나요. 희생자에게 낙인이 찍힌다면, 그게 비극이지. 존경하는 트러스트 여사, 난 길 가메시의 운명 따위엔 오래전에 관심을 끊었소. 당신도 그랬겠지만, 난 그자를 죽은 셈 치고 있었어요. 그리고 그가 폭력적인 최후를 맞았을 거라는 생각이 들어도 전혀 슬프지 않을 거요. 예의에 어긋

나는 얘기일지 모르나, 당신이 그렇게 느끼지 않더라도 이해합니다. 당신이 나와 똑같은 감정을 느꼈으리라곤 기대하지 않아요. 하지만 당신이 타이쿤스의 소유권을 떠맡은 뒤 여러모로 보아, 내가 1933년에 가메시를 추방할 때, 야구와 이 리그의 이익을 극대화하고 예절과 정의를 수호하기 위해 실행으로 옮긴 야구 지도자들의 견해에 결국 당신도 동참하게 되었다고 줄곧 믿어왔소. 지금 온갖 요인들이 우리 리그의 진정성과 존재를 위협하는 상황에서 당신이 내 관심을 눈앞의 중차대한 업무에서 다른 쪽으로 돌리려 하다니 난 믿을 수가 없소이다."

"정반대예요." 앤절라 트러스트가 지팡이로 바닥을 쿵 찍으며 말했다. "난 이게 당신이 알고 싶어하는 것보다 얼마나 더 중차대한 문제인지를 알려주려는 거예요!"

"여사, 우린 공산주의를 주제로 대화를 했소. 물론 당신은 내가 빨갱이들과 전혀 친하지 않다는 걸 알고 계시겠지요?"

"윌 해리지도 그렇죠! 포드 프릭도 그렇고요! 그 저명한 판사, 케네소 마운틴 랜디스도 그래요! 하지만 당신들, 네 명의 열성당원들이 빨갱이들을 멀리하는 와중에도 빨갱이들은 계속해서 패트리어트리그에 침투하고 있어요! 장군님, 당신은 낙인이라고 말하지만 낙인이란 없어요. 전복이 있을 뿐이죠! 음모와 파괴뿐이라고요!"

"트러스트 여사, 그건 아주 터무니없는 생각이오."

"그럼 이건요?" 그녀가 편지를 허공에 펄럭이며 외쳤다. "몇 년 동안 내가 당신에게 했던 말이 십 년 동안 공산주의자들에게 동조

해온 사람에게서 나왔는데도 터무니없나요? 내 경고가 사 년 동
안 모스크바의 전복, 증오, 침투, 테러를 위한 국제레닌학교에서
공부했던 사람의 입에서 나왔는데도 터무니없나요? 미국에서 가장
높은 자리에 있는 공산당 첩보원에게서 직접 명령을 받은 사람이 과
연 누구일까요?"

"그 식품점 주인을 말하는 거요? 맥와일러라는 사람?"

"길 가메시를 말하는 거예요."

"가메시가? 공산당의 스파이라고?"

"공산당 쪽에서는 그렇게 봐요. 하지만 내가 알기론 그렇지 않
아요. 이젠, 장군, 당신도 알게 될 거예요. 길 가메시는 한때 미국
을 증오했지만 이제 다시 이 나라를 사랑해요. 변절해서 우리에게
돌아왔죠."

"어떻게 그런 말을 그리 진지하게 할 수 있소? 이 모든 걸 누구
한테서 들은 거요?"

천 개의 주름살 아래서 갑자기 그 어느 시절보다 눈부신 광채
가 뿜어져나왔다. "길이요." 그녀가 대답했다.

트러스트 부인의 리무진이 그린백스타디움과 해안 사이의 버려
진 구역으로 두 사람을 싣고 갔다. 그곳은 한때 마르세유나 싱가포
르의 부두에 인접한 어느 동네 못지않게 작은 흥밋거리로 시끌벅
적하고 지저분하고 '다채로운' 트라이시티의 '선창 타운'이었다.
화물트럭 승강장까지 잡초 사이로 여기저기 흙길이 드러나 있었
고, 시커멓게 탄 쓰레깃더미 또는 온 살가죽이 벗겨진 녹슨 자동차
뼈대 옆에는 선창 타운의 5인, 6인 그리고 7인 가족—툭하면 시끄

럽게 싸우는 부부, 그들의 누덕누덕한 아이들, 이가 다 빠진 구세계의 부모들—이 모여 살던 달개지붕을 얹은 판잣집 하나가 서 있었다. 지난 세기의 끄트머리 즈음 트라이시티에 5×10센티미터짜리 판자를 마구 못질해 지은 몇 안 되는 집들은 인간이 거주하는 어떤 형태의 주택과도 거의 닮지 않은 모습이었고, 1944년 무렵에는 장군의 번쩍이는 육군 훈장을 향해 와락 달려드는 제비들의 거주지에 불과해 보였다. 그는 화를 내며 귀부인의 뒤를 따라 바큇자국이 난 길을 걸어갔고, 부인은 걷는 속도, 지팡이, 그리고 모든 것에서 들뜬 기분이 역력했다.

장군은 그를 보면서도 믿을 수 없었다. 노란색 리넨 정장, 구멍 장식이 있는 투톤 옥스퍼드화, 포마드를 발라 에나멜가죽처럼 보이던 머리는 온데간데없었다. 실은 머리카락 자체가 없었다. 또한 건들거리는 걸음, 험악한 얼굴, 비뚤어진 미소는 물론이고 표정이란 게 아예 없었으며, 있는 거라곤 여행용 가방의 손잡이처럼 눈에 띄게 불거진 뼈에 달라붙은 무시무시한 공허함뿐이었다. 그의 몸은 가죽, 고기, 근육을 모두 벗기고 뼈만 남을 때까지 삶은 뒤, 다시 뼈들을 철사로 조립하고 마지막으로 그 위에 뼈대에 비해 너무 적은 양의 밀랍을 덮어씌운, 생물학 실험실에 전시된 멸종동물처럼 보였다. 옷 또한 온통 수선을 해서, 죽은 자 가운데서 일어나 산 자들 사이를 걸어다니며 오토매트*와 공공도서관의 열람실을

---

* 자동판매기로 음식과 음료를 팔던 식당 프랜차이즈.

누비도록 선택된 시체들에게나 지급될 의상처럼 보였다. 가장자리가 해진 회색 면 재킷, 너덜너덜하고 끝단이 두껍게 접힌 트위드 바지, 좁은 검은색 니트 넥타이, 성찬식용 빵처럼 얇아진 통굽에 옥수수 껍질처럼 닳고 닳은 가죽의 검정 구두. 그 옷차림은 멋쟁이가 아닌 '외톨이'의 제복이었다.

"오크하트 장군님." 유령이 유령처럼 말했다.

"내가 오크하트요. 실례지만 당신은 누구요?"

"앤절라가 말한 그 사람입니다."

"믿을 수 없어. 당신의 모습은 내가 아는 길 가메시가 아니야. 목소리도 길 가메시가 아니고."

"저 역시 더이상 그 길 가메시라고 느끼지 않습니다. 하지만 그 길 가메시를 영원히 떠안고 살아가는 게 제 운명이겠죠. 저는 그의 어리석음, 배반, 또는 절망을 어깨에서 내려놓기를 조금도 바라지 않습니다. 머리카락이 사라졌습니다. 팔의 힘도 사라졌습니다. 외모도 사라졌습니다. 그런들 뭐가 달라집니까? 저는 예전의 그 사람입니다. 이제 제가 미래의 길 가메시가 될 수 있을까요? 아마 다시 한번, 장군님, 제 미래는 장군님 손에 달린 것 같습니다."

"무슨 미래? 자넨 누군가, 젊은이? 이 쓰레깃더미에서 살고 있나?"

"더 지독한 쓰레깃더미에서도 살았고 궁전에서도 살았죠. 저는 다 부서진 포드를 몰고 위험천만하게 로키산맥을 넘었고, 에버글레이즈 습지에서 FBI와 권총을 쏘며 결투를 벌였습니다. 폴란드에서는 감옥에 있었고, 스탈린과 철갑상어를 먹었고, 몰로토프와 칵테일*을 마셨지요."

"트러스트 여사, 이 사기꾼의 말을 들어보시오. 그리고 그를 보시오! 이자는 길 가메시가 아니오!"

"원하신다면," 유령이 말했다. "1933년에 장군님과 마이크 더마우스 그리고 제가 만났을 때의 상황을 자세히 얘기해드리겠습니다. '길,' 그가 이렇게 말했죠. '이 세상에서 누군가는 경기를 진행해야 해. 그러지 않으면 어떻게 되겠나? 그건 야구가 아니라 혼돈이 될 거야. 우린 즉시 빙하기로 돌아갈 거야⋯⋯'"

"자네가 정말 가메시라면 거리의 불량배가 아닌 그 라디오 아나운서 같은 말투는 어디서 배웠나?"

"달리 어디겠습니까?" 가메시가 말했다. "야간학교죠."

"외모는 어떻게 해서 이렇게 변했지?"

"분노, 증오, 고통⋯⋯ 그런 것들 때문이죠."

"자넨 여기에 산다, 그건가? 여기가 자네의 은신처라거나, 뭐그런 말도 안 되는 곳이라는 건가?"

"여긴 제 야프카예요. 맞습니다."

"그게 무슨 뜻이야! 영어로 말해!"

"전 가끔씩 여기에서 숨어 있습니다, 장군님. 그리고 제가 태어난 집에 숨을 때도 있습니다. 다시 태어나기에 딱 좋은 곳이죠. 장

---

* 2차세계대전 직전 소련과 핀란드 사이의 겨울전쟁 당시, 소련 외무장관 몰로토프는 라디오를 통해 헬싱키 등에 투하한 소이탄은 대량의 '식량원조'였다고 뻔뻔한 선전전을 펼쳤다. 이에 핀란드군은 화염병에 '몰로토프 칵테일'이란 이름을 붙여 소련군 탱크에 던지는 것으로 대응했다.

군님, 제 정체를 의심할 필요는 전혀 없습니다. 전 길 가메시이고, 공산당의 첩자이고, 모스크바에 육 년 있다 방금 돌아왔고, 그중 사 년은 국제레닌학교에 다녔고 첩보 및 파괴공작 분야에서 박사 학위에 해당하는 걸 받았습니다. 제 임무는 프로야구의 패트리어 트리그를 완전히 파괴하는 것입니다."

"미쳤군!" 오크하트 장군이 트러스트 부인에게 소리쳤다. "완전히 미쳤어, 다 헛소리야!"

"이해합니다, 장군님." 가메시가 말했다. "전 실제로 광기와 분노에 사로잡힌 인간이었습니다. 평생 제 힘이 분노와 원한에서 나온다고 생각했지요. 야구계에서 추방당한 후 폭력과 복수가 난무하는 야만적 세계로 곤두박질쳤고, 그런 다음 저를 파괴한 것을 파괴하는 일에 모든 걸 바쳤습니다. 제 이야길 들으신다면, 장군님, 제가 왜 이런 몰골이 되었는지 충분히 이해하실 겁니다……"

그는 다음과 같이 말했다. 야구계에서 추방당한 후 서부로 향했고, 가는 길에 복수심에 불타는 다른 사람들과 줄곧 팀을 이루어 약탈과 강간을 일삼았다. 그 시절엔 그런 자들을 쉽게 만났다. 당시에는 증오할 독일이나 일본이 없었고, 자신의 땅, 자신의 조국밖에는 미워할 대상이 없었다. 그 대공황 시절에 그가 만난 사람들 중 (희생자의 말을 들어보면) 미국으로부터 학대, 굴욕, 사기, 좌절, 파멸을 겪지 않은 자가 있던가? 포트루퍼트와 시애틀 중간에 있는 어느 술집에 해결할 원한이 없고, 물어야 할 배상금이 없고, 들끓는 증오를 품지 않은 사람이 있던가? 네바다의 구리광산에서 사측을 위해 광부들의 머리를 패던 시절, 그는 '빌 스미스'라는 이름의 남자를 만났다. 빌은 비노조원 행세를 하는 공산주의자였다. 그 공산주의자들이 가메시를 야간학교에 보내 읽기, 쓰기, 셈을 배우게 했다. 러시아어는 그들이 직접 가르쳤다. 그에게 읽을 책을 주고, 위조한 출생증명서를 주고, 다이너마이트를 주고, 권총을 줬다. 그들은 가메시에게 미국은 곧 파탄이 날 테고, 길 가메시 같은 용감한 혁명 지도자들이 자신들의 조국에 치명타를 가할 거라고 말했다. 또한 그들은 인류에게 새날이 밝아오고 있다고 말했고, 그 소식에 그는 짐짓 행복한 체했다. 하지만 그가 왜 인류를 걱정해야 하는가? 그건 사람들에게서 가진 것을 착취하려는 개자식들이 하는 또하나의 허풍이었다. 인류? 그건 '빌 스미스'와 '밥 화이트'와 '짐 애덤스' 그리고 초등학교 교과서에서 이름을 빌려온 수백 명의 다른 사람들, 대부분이 유대인 놈들인, 밤에 잠도 안 재우고 '밝아오는 새날'에 대해 열심히 연설을 하는 놈들에게나 어울렸다. 가메시의 관심사는 동트는 새벽이 아니라 밤이었다.

"1938년 저는 모스크바로 불려갔습니다. 분투하는 젊은 공산당 첩보원에게 주어질 수 있는 최고의 영예였죠. 국제레닌학교에 들어갔고, '전복subversion' '증오hatred' '침투infiltration' '테러terror', 줄여서 SHIT로 알려진 학과에 등록했습니다."

"그게 모스크바에 있는 학교 이름이라는 걸 나더러 믿으라는 건가, 가메시 군?" 장군이 의심을 풀지 않은 채 물었다.

"장군님, 그들은 인간의 품위와 존엄을 모욕하는 게 전공입니다. 불경과 모독이 그들의 일이고, 그걸 실행에 옮기는 법도 알고 있습니다. 제발, 제 말을 계속 들어주세요. SHIT의 학생으로서 저는 일주일에 칠 일, 하루에 열네 시간 수업을 받았습니다. 별을 보면서 학교에 갔고, 달을 보면서 집에 갔죠. 겨울에는 일주일에 한 번씩 복도에 침입한 사람을 체포하는 연습을 하기 위해 새벽 네시에 일어나야 했습니다. 여름이면 먼 시골 강제노동수용소의 고문 기술자들이 휴가를 떠난 동안 그곳에 가서 구타와 심문을 지휘했습니다. 가끔 죄수를 미칠 때까지 몰아붙이거나 고집이 센 용의자를 자백할 때까지 고문하기도 했지만, 대개 학생들은 자살한 사람들의 뒤처리를 하고, 빵이 정말 오래된 것인지, 수프에 확실히 영양가가 없는지 확인하는 일 등을 했지요. 그리고 장군님, 토론이 있었습니다. 끝없이 이어지는 수업과 스터디 그룹도 있었고요. 물론 살인도 있었습니다. 제가 졸업한 해에 룸메이트 세 명이 침대에서 살해당했죠. SHIT에 들어갔을 때 신입생은 여든일곱 명이었고, 모두 전 세계에서 뽑혀온 사람들이었습니다. 그런데 졸업할 땐 스물네 명, 그러니까 딱 한 학급이었죠. 열여섯 명은 목이 졸렸고, 열아홉 명은 독약을 먹었고, 다섯 명은 차에 치여 죽었고, 열한 명은 총에 맞았고, 세 명은 칼을 맞았고, 한 명은 변기에서 고압전류에 감전사했어요. 열세 명은 '자살'을 했는데 그들은 창문에서, 옥상에서, 층계참에서 떨어졌습니다. '창밖으로 내던지기'를 통과하기 위해 저도 두 명을 직접 떠밀었지요. 졸업식에서 스탈린 장군이 연설을 했고, 제가 학년 대표로 고별사를 읽었습니다. 스탈린은 나와 악수할 때 이렇게 말했죠. '최후의 투쟁은 공산주의자들과 변절한 공산주의자들의 투쟁일세.' 그 말에 깜짝 놀랐죠. 전 최후의 투쟁은 공산주의자와 월스트리트의 개자식들 사이에서 일어날 거라고 생각했거든요. 이듬해에야 엉클 조[*]가 1942년 SHIT에서 고별사를 읽은 졸업생에게 한 그 이상한 말, 아니 그 경고를 이해했습니다. 첩보 조직에서 높이 올라갈수록 환멸이 커져갔으니까요. 아, 그런 잔인성쯤은 쉽게 넘길 수 있었습니다. 살해된 동지가 생각나도 이 분이면 충분히 극복했고, 물론 살해된 적이 생각나면 입맛이 돌 만큼 즐거웠죠. 그런 후 SHIT를 졸업하고 곧바로 크렘린의 파괴공작부로 들어가 최고위 기획 관료가 되자, 과거에 아주 잠깐 맛보았지만 영원히 멀어졌다고 상상했던 바로 그 권력과 위신을 다시 얻게 되었습니다. 정말이지 복수심에 불타는 괴물, 길 가메시에게 공산주의는 마침내 실현된 꿈과 같았죠. 그곳은 악인의 낙원이었습니다. 한 가지만 빼고요. 야구가 없다는 거요.

그래요, 그 모든 세월이 흐르고 나니 야구가 몸서리치게 그리워지기 시작했습니다. 겨울 동안에는 그리 나쁘지 않았지만 마침내 봄이 오면 저도 모르게 〈프라우다〉[**] 뒤페이지에서 스코어를 찾아보곤 했습니다. 공터를 지나가다 아이들이 소리치는 게 들리면 어린 선수들이 플라이볼을 쫓고 있을 거라 기대하고 돌아봅니다만, 웬걸요. 아이들은 이리저리 뛰어다니며 서로를 체포하고 여자아이들을 덤불 속으로 끌고 가 모의재판을 하는 '숙청' 놀이를

---

[*] 조지프 스탈린.

[**] 소련공산당 기관지.

하곤 했지요. 월드시리즈 시즌이 최악이었습니다. 전 비로소 조국을 배신한 게 어떤 의미인지 이해했습니다. 제 인생에서 처음으로, 그게 나의 나라였다는 걸, 국가, 그 어떤 것이 정말로 제 것이 될 수 있음을 깨달았죠. 신은 아시겠지만, 나는 러시아인이 아니었습니다. 또한 이름을 제외하고는 털끝 하나도 바빌로니아인이 아니었습니다. 무엇보다 저는 인류의 일원이 아니었습니다. 그래요, 한때 제 가슴이 찢어지게 아팠다면 그건 인류나 노동자계급이 아니라 단지 등번호 19번인 나 때문이었습니다. 그렇게 생각하던 중 작년 10월 어느 날 밤, 무려 열여덟 시간 동안 책상 앞에서 패트리어트리그를 파괴할 계획을 세우던 저는 창밖으로 붉은광장을 내다보았습니다. 모스크바엔 눈이 90센티미터까지 쌓이는 중이었죠. 그걸 보면서 생각했습니다. 나의 조국인 미국은 바삭거리는 화창한 가을인데 도대체 나는 눈으로 뒤덮인 러시아에서 뭘 하고 있지? 카디널스, 타이쿤스, 양키스가 월드시리즈를 펼치고 있는데 나는 여기에 앉아 있다니! 누가 던지고 있을까? 점수는 어떻게 됐을까? 그런 뒤 저는 어리석고 무모한 짓을 했습니다. 지금도 그 대가로 어느 날 목숨을 잃진 않을까 두렵기만 합니다. 전 복도를 지나 소련 군사정보국의 단파라디오실에 들어갔습니다. 그곳에서 한 사람이 개막전을 모니터하고 있었죠. 전 동이 틀 때까지 거기에 앉아 스퍼드 챈들러가 타이쿤스의 세 타자를 상대로 투구할 때까지 라디오를 들었습니다. 켈러가 워든을 상대로 만루 홈런을 쳤을 때 나도 모르게 환호성이 튀어나왔죠. 그래요, 앤절라, 내 마음에는 여전히 그린백스가 있었어요. 타이쿤스는 여전히 같은 도

시의 라이벌이었죠, 심지어 모스크바에서도! 다행히 무전기사는
자고 있었어요. 하지만 정말 그랬을까요? 누가 아나요? 전 이튿
이 8회에 홈런을 치기 전에 거기서 나왔지만 켈러의 홈런이면 충
분했습니다. 그때 제가 더이상 자아를 찾아 헤매는 길 가메시가
아니고, 이 세상에 단지 등번호 19번 선수로 존재하지도 않는다
는 걸 알았습니다. 그때 깨달았어요, 영예와 복수의 꿈을 걷어내
고, 그 경멸과 고립, 고독과 증오를 걷어내면 결국 전 미국인이라
는 걸요.

　물론 그 사실을 발견한 건 아주 뒤늦은 때였습니다. 일주일만
있으면 미국으로 돌아가기로 되어 있었으니까요. 제 임무는 장군
님, 당신의 리그에 우리의 다음이자, 바라건대 최후가 되었으면
하는 공격을 직접 개시하고 그 과정을 총괄하는 것이었습니다. 사
실 아까도 말했지만, SHIT를 졸업한 이후 줄곧 패트리어트리그
에 침투해 파괴하는 계획을 세우는 게 제 기본 임무였죠. 애초에
당은 1934년 제게 마수를 뻗었을 때부터 그런 프로그램을 염두에
두고 있었습니다. 물론 모스크바에 불려가 훈련을 받은 건 스물두
개 주에서 비밀첩보원의 자질을 입증하고 난 후였지만요. 그 시절
정치국은 야구에 대해 시즌마다 다른 지령을 내렸습니다. 그 프
로그램은 비조직적이고 들쭉날쭉했어요. 당내 파벌들에겐 일종
의 위험한 전쟁터였지요. 문제를 이론적으로 확실히 이해하지 못
하면 항상 그런 일이 일어나요. 1940년에는 야구를 파괴하는 계
획에 반대하는 아홉 명의 동지가 '고질적인 우편향'으로 재판에
회부되어 사형을 언도받았고, 이듬해 올스타 경기가 끝난 직후에

는 야구를 파괴하는 계획에 찬성하는 아홉 명이 같은 죄목으로 재판에 회부되어 사형을 언도받았습니다. 문제는 그 모든 러시아인 중 단 한 사람도 야구의 정치적, 문화적 중요성 그리고 야구와 자본주의의 미스터리한 관계를 털끝만큼도 이해하지 못한다는 데 있었죠. 그때 마침 제가 온 겁니다. '프로 스포츠계의 이윤광들이 지역 자부심을 이용하는 방법'이라는 제목이 붙은 저의 졸업논문이 먼디스를 포트루퍼트에서 쫓아낸 공격 수정안에 이론적 기초를 제공한 건 만천하가 아는 사실이죠. 이걸 아셔야 합니다. 스탈린은 애초에 타이쿤스를 트라이시티에서 쫓아내는 계획에 찬성하다 지금은 철창신세가 된 파벌에 동조했었다는 걸. 혹은 우리가 그렇게 믿도록 유도했던 건지도 모릅니다. 이제 와 생각해보니 그가 단지 내 힘과 끈기를 시험한 것일지도 모르겠어요. 그는 처음부터 타이쿤스를 축출하려는 시도는 백이면 백 실패로 끝나거나, 자칫하면 리그를 파괴하려는 음모 전체가 노출될 수 있다는 걸 알았던 게 분명합니다. 게다가 스탈린 장군은 트러스트 부인을 놀리고 비꼬지만, 그 자신도 사람의 성격을 날카롭게 판단하고 치치코프 대령이 올리는 보고서를 꼼꼼히 연구합니다. 그는 앤절라 휘틀링 트러스트라는 인물을 통해 국제공산주의가 얼마나 강인하고 영리한 적과 대면하고 있는지를 정확히 알고 있지요."

"치치코프 대령이라니?" 오크하트 장군이 물었다. "대체 그 치치코프 대령이 누군지 말해줄 수 있겠나?"

"장군의 참모 중 한 명이죠. 프랭크 마주마라는 이름으로 알고 계시죠."

"하, 정말 어처구니가 없군! 자넨 지금 캐쿨라 리퍼스의 구단주인 프랭크 마주마가 붉은군대의 원수를 보좌하는 참모라고 말하는 건가?"

"그렇습니다, 한때 그랬죠. 1928년부터 치치코프 대령은 미국에서 활동중인 최우수 러시아 스파이 중 하나였습니다."

"하지만 1928년에 그는 유명한 밀주업자였어!"

"그뿐인 줄 아세요, 장군님? 그게 다가 아니에요. 미국에서의 경험을 통해 스탈린에게 여러 해 동안 식사할 때 써먹는 재담을 제공해온 사람이 바로 치치코프 대령이에요. 예를 들어, 치치코프가 정의하는 자본주의는 스탈린이 좋아하는 재담 중 하나죠. '각자 어리석음에 따라 생산하고 각자 탐욕에 따라 분배한다.'*"

"이보시오, 트러스트 여사. 내가 이 자리에 서서 이 정신병자의 환각을 얼마나 더 들어야 하는 거요!"

"적어도," 트러스트 부인이 말했다. "당신이 현실을 직시할 때까지요! 미국 역사상 가장 큰 음모가 바로 코앞에서 벌어지고 있다는 걸 장군이 인식할 때까지요! 물론 치치코프 대령은 우리들 사이에서 활동하고 있지요. 두개골에 눈이 달리고 머릿속에 뇌가 든 사람이라면 이번 시즌에 우리의 마주마 씨가 한 어릿광대짓들을 보고 어떻게 아니라고 하겠어요? 나는 여러 해 전부터 그자를 공산주의자라 불렀어요, 장군. 이제 여기 길 가메시가 모스크바에서 육 년을 보내고 그중 사 년을 SHIT에서 공부한 직후 돌아

---

* "능력에 따라 생산하고 필요에 따라 분배한다"는 마르크스의 말을 변형한 것.

와, 사실 마주마는 다름 아닌 스탈린의 참모, 치치코프 대령이라 말하는데도 당신은 여전히 믿지 않으려 하네요! 도대체 어떻게 해야 장군을 그 무분별한 게으름에서 깨워 미국인으로서, 군인으로서, 그리고 패트리어트리그의 회장으로서 자기 임무를 다하게 할 수 있죠? 오크하트 장군, 이 경고를 무시한다면 고귀한 애국자들이 살아 숨쉬는 한 장군은 역사의 나락으로 떨어져 베네딕트 아널드*와 나란히 서게 될 테고, 당신의 이름은 그의 이름과 함께 반역과 배신의 대명사가 될 거예요! 신을 위하여, 미국을 위하여, 부디 이 사람의 말에 귀기울여주세요. 그는 그곳에 있었어요. 그래서 모든 걸 알고 있어요!"

"맞습니다." 가메시가 슬프게 고개를 끄덕이며 말했다. "제 눈엔 미래가 보입니다, 장군님, 고약한 냄새가 코를 찌릅니다."

"길, 또 누가 러시아 군대의 장교인지 장군님께 말씀드려. 1941년 모스크바에서 누굴 만났는지 그 이름을 말해줘."

"오케이 오케이터입니다." 가메시가 말했다.

"그러니까, 먼디스에서 공을 던지는 그 난쟁이 말인가?" 오크하트가 외쳤다.

"네, 먼디스에서 공을 던지는 그 난쟁이입니다." 가메시가 말했다. "전에는 스메르댜코프 대위였습니다. 붉은군대의 레닌그라드전차부대 장교였죠."

---

* 미국 독립전쟁 당시 영국군에 자진 투항한 장군으로, '배신자' '매국노'의 대명사로 일컬어진다.

"자네가 그를 만났단 말인가, 모스크바에서?"

"그가 학교에 와서 연설을 했습니다."

'베네딕트 아널드'라는 말이 장군의 자신감을 생각보다 훨씬 더 강하게 뒤흔들었다. 전 생애를 바쳐 '규칙과 규정'을 수호해온 사람이 경계하고 지조 있고 강직해야 할 의무를 방기해 역사의 나락으로 떨어지는 건 있을 수 없는 일이었다! "가메시," 연로한 전사가 외쳤다. "그게 정말인가? 자넨 내게 진실을 말하고 있는 건가? 그게 다른 난쟁이가 아니라고 절대적으로 확신하는가?"

"공산당 지하조직에서 사 년, SHIT에서 사 년을 보내고 나면, 장군님, 난쟁이들을 구분하는 것쯤은 쉽지요. 분명 오케이터였습니다. 제가 여기에 온 목적에는 그자를 감시하는 것도 있습니다, 우선은 먼디스의 감독이 되는 거지만."

"뭐가 된다고?"

"그게 제 임무입니다. 저는 율리시스 S. 페어스미스의 사망 소식이 크렘린으로 날아든 바로 그날 밤 이곳에 배정됐습니다. '미국으로 돌아가게, 가메시 동지. 그곳에 가서 먼디스의 감독이 되게. 그곳의 마지막 감독이 되게나.' 이것이 스탈린의 말이었습니다. 저는 그에게 말했습니다. '스탈린 동지, 그건 말처럼 쉬운 일이 아닙니다.' 그러자 그가 이렇게 대답하더군요. '동지여, 강철의지가 있는 곳에 길이 있는 법일세.' 제가 출발할 때 제 파벌에 속한 사람들은 스탈린이 저를 자신의 후계자로 훈련시키고 있다고 말했지만, 반대편에 선 적들은 제가 실패하든 성공하든 당에는 더이상 쓸모가 없기 때문에 필시 제거 대상이 될 거라고 주장했지요. 지금의 오케이터처럼 말입니다."

"제거 대상? 오케이터가? 왜?"

"복잡한 정치적 동기는 전혀 없습니다, 장군님. 실은 간단해요. 스탈린은 난쟁이를 멸시하는 냉혹한 인간입니다. 물론 그가 호기심에 그들에게 이끌리는 건 병적인 게 분명합니다. 당내에 새로운 난쟁이가 나타나면 그 난쟁이는 반드시 번개 같은 속도로 크렘린의 신임을 받는 자리까지 올라갑니다. 하지만 그런 다음엔 올라갈 때보다 훨씬 빨리 제거되고 아무 흔적도 남지 않습니다. 장군님, 소련에서 평범한 시민의 삶은 위험과 불확실로 가득하지만 난쟁이의 삶은 훨씬 심합니다. 그런 이유로 오늘날 러시아에서는 난쟁이를 거의 볼 수 없게 됐지요. 차르시대에는 거의 모든 마을과 부락에 꼭 난쟁이는 아니어도 보기 흉하고 작은 땅속 요정처럼 생긴 사람이 적어도 한 명은 있었고, 그 밖에 곱사등이가 있었고, 꼭 곱사등이는 아니어도 적어도 뇌수종이나 그와 비슷한 병에 걸린 사람이 각기 한 명씩은 있었죠. 오늘날 그런 사람들은 흔적도 찾아보기 어렵습니다. 시베리아 횡단열차를 타고 러시아의 한쪽 끝에서 반대쪽 끝까지 가도, 키가 120센티미터 미만인 사람은 아이들 말고는 찾아볼 수 없어요. 그들은 크렘린의 최고 자리로 올라갔다 연기처럼 사라지거나, 혹 조금이라도 제정신이면 숲으로 들어가 견과와 산딸기를 먹으며 숨어 삽니다. 그 미친 사람이 러시아를 지배하는 한 그들은 숲에서 나오지 않을 거예요. 장군님, 그 미친 사람은 세계를 지배하고 싶어합니다. 우리가 지금 여기서 그를 막지 않는다면, 그렇게 되겠죠."

"하지만…… 하지만……" 수백, 수천, 수만 개의 질문이 떠올랐다. 그리고 결코 베네딕트 아널드 같은 역적이 되고 싶지 않은 더글러스 D. 오크하트 같은 사람에게 가장 위중한 질문은 이것이었다. 만일 이게 사실이라면 어찌되는가?

"하지만 이 편지는 뭐냐고요?" 가메시가 말했다.

"아, 그래! 다른 건 몰라도 이 편지, 맥와일리라는 식품점 주인이 보냈어, 캐쿨라에서!"

"러시아 비밀경찰국의 라스콜니코프 대령입니다."

"그러니까, 그자도 스파이란 말인가?"

"그자야말로 스파이입니다, 장군님. 라스콜니코프는 미국에서 활동하는 지하첩보 조직의 일인자예요. 시민행동위원회 회장과 자유미국수호위원회의 법률이사로 있는 덕분에 미국인의 생활방식을 파괴하려는 공산당의 음모에 필요한 정보를 중서부에서 정확히 누가 갖고 있는지 꾸준히 파악할 수 있어요. 그와 동시에 식품점 주인이라는 그의 천한 지위와 의도적으로 하는 괴상한 행동 때문에 반공주의 운동 전체가 욕을 먹고 있습니다. 하지만 그건 교활한 간계의 극히 일부일 뿐입니다. 치명적인 계획은 다 그에게서 시작됩니다. 소련에서 말하기를, 유사 이래 그에 대적할 암살자는 없다고 할 정도죠. 물론 SHIT에서도 그의 이름은 전설로 남아 있습니다."

"트러스트 여사," 당황하고 기가 꺾인 장군이 말했다. "당신도……당신도 이걸 알고 있소? 내게 이 편지를 보여줄 때 당신도 맥와일리의 정체가……"

"물론이죠."

"다시 말해, 여사는 의도적으로 나를 속인 거였군!"

"공산주의자들이 오래전에 만족스럽게 알아낸 것처럼, 패트리어트리그의 회장을 속이는 건 일도 아니에요."

"사실입니다." 가메시가 말했다. "스탈린 동지도 어느 날 밤 저녁식사를 할 때 의기양양하게 말하더군요. '워싱턴에 루스벨트가 있다면, 매사추세츠에는 오크하트가 있지. 위대한 러시아 속담을 빌리자면 이런 걸세. 농부와 그의 아내가 주전자에 너무 오래 입을 대고 있으면 꼬꼬댁거리는 닭의 모가지를 물기 위해 늑대가 눈을 뚫고 몰래 들어온다.'"

아래의 전화 녹취록은 1944년 3월 16일 저녁 FBI 요원들이 도청하고 기록한 것으로, 1944년 10월 8일 뉴저지 포트루퍼트 미합중국법원 1105호에서 텍사스 국회의원 마틴 다이스의 주재하에 열린 반미활동위원회 소위원회 청문회에 제출되었다.

스미티: 그는 왜 FBI로 가지 않는 건가?

오크하트: FBI에도 맨 위에서 밑바닥까지 공산주의자들과 공산당 동조자들이 침투했다고 주장하더군. 거기 들어가면 자기는 살아서 나오지 못할 거라면서.

스미티: 그렇다면 랜디스는?

오크하트: 그는 랜디스를 믿지 않아. 스미티, 나도 마찬가지라네. 랜디스는 이 추문을 이용해 우리를 나쁜 사람으로 만들고 자기를 영웅처럼 보이게 할 거야. 이 사건을 이용해 P리그를 영원히

폐쇄할 거야. 가메시 말로는 공산주의자들이 애초에 랜디스가 꼭 그렇게 하길 바랐다더군.

스미티: 그럼 왜 최고위층을 찾아가지 않을까?

오크하트: 그의 말로는 육군성에서 먼디파크를 임차하도록 손을 쓴 소련 첩자들이 바로 루스벨트가 임명한 고위인사들이라는 거야. 그들은 이 문제를 묻어버릴 테고, 그도 함께 묻어버릴 거라더군.

스미티: 그러면 신문은? 나한테 얘기하는 건 어떻겠나? 난 그 개자식을 아는데.

오크하트: 아직 시기상조이기 때문이지. 지금 그는 마주마와 오케이터밖에 지목하지 못해. 하지만 그 정도로 높은 위치에 있는, 그조차 정체를 모르는 다른 자들이 있어. 선수들 중에도 당원과 동조자가 있고……

스미티: 그렇다면 그는 그 증거를 어디에서 찾지, 장군?

오크하트: 바로 그걸 찾으려고 그가 나선 걸세. 먼디스의 감독이 되면 스탈린에게 임무를 잘 수행하고 있는 것처럼 보이겠지만, 실제로는 우리를 위해 음모를 낱낱이 파헤치고 폭로할 수 있는 가장 좋은 위치에 있는 셈이지. 가까이에서, 내부에서, 그들의 최우선 표적인 팀의 감독으로 있으면 그는 바로 그 중심에서 그들로부터 배운 모든 기술을 다시 그들에게 써먹을 수 있어. 그는 SHIT에서 학년 일인자였다네, 스미티. 여하튼 그의 말로는 그래.

스미티: 게다가 허풍의 일인자겠지, 오랜 친구여.

오크하트: 자넨 믿지 않는 건가?

스미티: 장군은 믿나? 그자는 미쳤어. 그 바짝 마른 늙은 계집이 거리에서 미친놈 하날 고용한 거겠지. 어쨌거나 도저히 믿을 수 없는 얘기일세.

오크하트: 아예 그자가 가메시가 아니라고 생각하는군?

스미티: 설령 맞다 해도 말이야. 왜 그 모든 사람 중에 하필이면 그자를 믿으려 하는 건가? 원한에 사로잡혀 복수에 혈안이 된 자가 있다면 바로 그 미치광이 개자식일세. '스탈린과 철갑상어를 먹고 몰로토프와 칵테일을 마셨다'고? 나 원 참, 어이가 없어서.

오크하트: 그래, 어이가 없지. 하지만 그게 사실이라면 어찌되겠나? 야구계가 내부에서 붕괴된다면 어찌되겠어?

스미티: 친애하는 장군, 그런 일이 일어나면 참으로 슬픈 날이 되겠지만, 그 짓을 할 자들은 무신론과 유물론을 믿는 공산주의자들이 아닐걸세.

오크하트: 그럼 누굴까?

스미티: 누구냐고? 무신론과 물질주의를 믿는 자본가들, 바로 그들이지! 물론 이건 단지 한 사람의 견해일 뿐이오, 장군. 스미스라 불리는 사람.

아래는 1944년 10월 8일 포트루퍼트에서 열린 반미활동위원회 소위원회 앞에서 오크하트 장군이 증언한 내용을 발췌한 것이다.

의장: 장군, 어떤 이유로 당신의 친구이자 유명한 스포츠기자인 워드 스미스 씨에게 충고와 견해를 구한 후, 이튿날 아침 그것을 무시하고 가메시의 먼디스 감독 임명을 추진하기로 결정했는

지 이 위원회에서 말씀해주시겠소?

오크하트 장군: 그건 말이오, 다이스 씨, 스미스 씨가 아주 놀라운 표현을 썼기 때문이오. 그는 "무신론과 물질주의를 믿는 자본가들"이라고 말했소.

토머스 씨: 다시 말해, 장군님, 그가 그 문구를 사용하기 전까지는 그자가 공산주의적 편향을 가졌다거나, 폭력적 수단으로 우리 정부를 전복하는 데 혈안이 된 어느 강대국의 확실한 스파이일지 모른다는 생각이 한순간도 뇌리를 스치지 않았단 말씀이군요.

오크하트 장군: 솔직히 말해, 의원님, 그렇다고 할 수 있소. 그런 적이 전혀 없었단 말이오. 유감스럽게도 그날 저녁까지 나는 그에게 완전히 속았소. 내가 그날 트러스트 부인과 가메시 씨와 함께 몇 시간을 보내지 않았다면, 아마 "무신론과 물질주의를 믿는 자본가들"이라는 말에 내포된 의미에 경계심을 갖지 않았을 것이오. 루스벨트 대통령이 말한 것처럼 러시아인과 스탈린 장군이 "파시즘에 대항하여 우리와 함께 싸우는 용감한 동맹"이라 믿는 사람이 지금까지 나 혼자가 아니었다는 걸 알아주시오. 물론 잘 알고 계실 테지만.

토머스 씨: 그에 따라, 장군님…… 퇴역군인으로서, 공산주의자들이 독일 및 일본과의 전쟁을 이용해 이곳 미합중국에서 위장 전복활동을 하고 있다는 것이 장군님의 견해일 수 있겠군요?

오크하트 장군: 분명히 그렇소. 육군성에 침투한 공산당 스파이들이 먼디파크를 임차하고 루퍼트 먼디스를 홈에서 몰아내기 위해 애국심을 조작한 그 이기적이고 부정직한 방법보다 공산주의

자들의 특정 반역 행위를 더 잘 보여주는 예는 없을 것이오. 토머스 씨, 가능하다면 나는 이 기회에, 본인은 처음부터 먼디파크를 육군성에 임대하는 계획에 반대한 편이었음을 위원회에 알리고 싶소. 물론 그때는 공산주의자들이 미합중국 정부기관에 그토록 철저히 침투했고, 그들이 내 리그를 파괴하려는 음모를 꾸미고 있다는 걸 전혀 몰랐소이다. 반면에 먼디스가 먼디파크에서 쫓겨난다면 곧 파괴가 닥쳐오리라는 것, 그것은 내게 기정사실로 보였소.

의장: 장군님, 3월 16일 스미스 씨와 전화로 나눈 대화에서 장군님은 "무신론과 물질주의를 믿는 자본가들"이라는 구절을 들었는데, 그후 그가 과거에 전복이나 선전의 분위기로 썼던 다른 표어나 슬로건이 특별히 떠오르지 않았습니까?

오크하트 장군: 글쎄올시다. 물론 그의 말과 글에는 냉소나 신랄함으로 사람들을 잠깐씩 사로잡는 구절이 숱하게 나오지만, 개괄적으로 말하자면 나는 대부분의 사람들처럼 이 불경한 쇼가 거의 농담에 가깝고, 그의 트레이드마크인 그 모든 두운과 거의 같다고 보오.

먼트 씨: 이 나라를 담보로 한 농담이지요.

오크하트 장군: 그 당시에 악의는 전혀 없는 것 같았소, 먼트 씨. 누구나 아는 사실이지만, 그는 몇몇 미국 대통령과 피노클을 치던 친구였소.

토머스 씨: 장군님, 그가 또한 백악관의 현 주인을 위해 글을 쓴 대필 작가였다는 것도 알고 있었습니까?

오크하트 장군: 그건 몰랐소, 위원님. 이 청문회를 통해 비로소 알게 됐군요. 하지만 이 자리에서 하고 싶은 말은, 토머스 씨, 그가 "무신론과 물질주의를 믿는 자본가들"이라는 표현을 썼을 때, 그 표현을 쓴 사람이 미합중국 대통령의 연설문을 쓰는 작가이기도 하다는 걸 내가 알았다 해도, 이보다 더 큰 충격을 받진 않았을 거라는 거요.

토머스 씨: 저런, 그 말을 들으니 기쁘군요. 아르곤숲*의 영웅이자 미국 메이저리그 중 하나를 이끄는 회장께서 그렇게 반역과 비방과 선전의 성격이 강한 언급을 듣고도 아무렇지 않게 넘겼다면 제겐 참으로 큰 충격일 테니까요.

오크하트 장군: 하지만 위원님, 그렇게까지 충격을 받을 필요는 없소. 그냥 넘기지 않았으니 말이오. 토머스 씨, 그뒤 이십사 시간 내에 내가 취한 조처를 '대담하다'거나 '용기 있다'거나 '선견지명이 있다'고 묘사하는 건 내 몫이 아니지만, 당신이 마지막으로 던진 말의 어조를 감안하자면, 나는 야구계 전체에서 앤절라 트러스트와 본인만이 망치와 낫**에 대항해 필사적으로 싸워왔음에도 오늘까지, 바로 이 순간까지도 동료들의 조소와 국민의 불신밖에 얻지 못했다는 점을 위원님들에게 상기시켜야 할 것 같소. 분명 3월의 그 운명적인 밤이 오기 전까지 본인은 그가 누구이고 정체가 무엇인지 몰라 적을 알아보지 못했지만, 여러분도 아시리라 확신

---

* 프랑스 동북부의 삼림지대. 1, 2차세계대전 때의 격전지.
** 소련공산당의 상징.

하건대, 그 이후 본인은 투쟁의 최전선에서 빨갱이의 위협을 막아왔고, 이 위원회의 누구 못지않게 미합중국의 헌법과 위대한 스포츠인 야구를 공산주의자들의 전복과 반역으로부터 수호하는 싸움에서 최선을 다해왔소.

(뜨거운 갈채. 의장이 의사봉을 톡톡 두드린다.)

의장: 청중 여러분은 때때로 증인에게 감탄하는 마음을 표현하고 싶겠지만, 본인은 여러분에게 이 청문회장에서는 그 열정을 자제해주시길 요청하는 바입니다. 물론 오크하트 장군께서는 오늘 오전 이 청문회가 열리기 직전에 차기 대선에 반드시 미합중국 대통령으로 출마하겠다는 뜻을 발표하셨으니, 이제 여러분께서는 무기명 투표를 통해 마음을 전달하면 될 겁니다.

(웃음.)

오크하트 장군: 다이스 씨, 본인도 마찬가지로 확신하건대, 8월에 우리의 위대한 양당 중 어느 한쪽이라도 공산주의자들이 어떻게 공작을 펼치는지 직접 목격한 사람, 그들이 얼마나 비양심적이고 무자비하고 살인적인 집단인지를 힘들고 비극적인 경험을 통해 알게 된 사람을 대통령 후보로 지명했다면, 그래서 민주당이나 공화당 중 어느 한쪽이 미국 국민에게 우리 사이에서 활동중인 공산주의 적을 무찌를 채비가 된 사람에게 투표할 기회를 주었다면, 청중은 내 말에 그렇게 열렬한 반응을 보이지 않았을 거요. 하지만 위원님, 분명 사람들은 더이상 침묵하지 않을 것이오. 국민은 이미 눈을 떴고, 전후 시대에 접어들면 우리 미국이 지금은 우방인 체하는 나라들과 투쟁해야 한다는 걸 알고 있소. 나 역시 알고

있고. 만일 프랭클린 D. 루스벨트와 민주당이 그걸 모른다면―
루스벨트 씨는 모르는 게 확실하오!―그리고 토머스 E. 듀이와
공화당도 모른다면―듀이 씨도 모르는 게 확실하오!―미국 국
민은 다른 곳에서 지도자를 찾게 될 겁니다. 그들은 두려움 없이
말할 수 없는 것을 말하고, 할 수 없는 일을 하는 사람을, 자신에
게 어떤 대가와 위험이 닥쳐도 두려움 없이 적을 적이라 부를 사
람을 찾을 거요! 그의 조국이 곧 그의 당이고, 이 땅의 법이 곧 그
의 강령인 사람을!

   (뜨거운 갈채.)

   1944년 성패트릭의 날, 오크하트 장군이 트라이시티에 있는
그의 사무실에 기자들을 불러놓고 과거 그린백스의 에이스 투수
였고 십 년 전 그가 직접 추방했지만 지금 그의 옆에 서 있는 사
람이 이제 루퍼트 먼디스의 감독으로 리그에 복귀할 예정이라고
발표하자, 길 가메시에게 따뜻하고 후한 환영이 쏟아졌다. 한 명
의 예외가 눈에 띄긴 했지만 기자들은 자발적으로 갈채를 보냈고,
유령 같은 가메시(이후로 죽 그랬지만, 칠흑같이 검은 부분가발
을 쓰고 자신의 오래된 19번 유니폼을 걸치고 있었다)는 마이크
앞으로 다가와 안경을 벗고(진지함을 더하기 위한 장군의 아이디
어였다) 짐승의 앞발 같은 커다란 손등으로 한쪽 눈을 훔친 다음,
먼저 자신을 사면해 새로운 삶을 시작할 기회를 준 오크하트 장군
에게 감사를 표했고, 다음으로 장군과 함께 자신을 지지해준 트러
스트 부인에게 감사했으며, 다음으로 자신에게 두번째 기회를 주
어 그야말로 인간에 대한 믿음을 보여준 미국 국민에게 감사를 표

했고…… 그런 뒤 기자들에게 자신이 추방된 십 년 동안 본 것과 알게 된 것을 얘기했다. 장군과 트러스트 여사에게 했던 이야기가 아니라 그 세 사람이 대중의 귀를 위해 고안한 내용이었다. 주로 "가장 위대한 우리의 천연자원, 미국의 어린이들, 이 나라의 미래와 희망"에 대한 내용이었다. 가메시가 말하길, 그는 죄의식과 수치심에 빌 스미스, 밥 화이트, 짐 애덤스 등 여러 개의 가명을 써가며 전국 방방곡곡을 떠돌았고, 한 번에 몇 주 혹은 몇 달씩 주방보조, 잡역부, 식품점 점원, 농장 노동자로 일했으며, 마흔여덟 개 주의 셋방에서 40와트 전구 아래, 세상천지에 "아이들"이 아니면 친구도 하나 없이, 그 누구보다 외롭게 살았다고 했다. 하루의 일이 끝나면 그 지역 싸구려 식당에서 칠리수프 한 그릇을 게눈 감추듯 비운 뒤 거리로 걸어나와 귀를 기울였다. 무슨 소리에? 공이 배트에 맞거나 포수미트의 정중앙에 철썩 부딪히는 소리에. 수많은 저녁, 단지 한 무리의 아이들이 테이프를 칭칭 감은 공을 치는 광경을 보기 위해 1.5킬로미터를 걸었다. 땅거미가 지던 시간 미국의 빈터를 제외하고 그 시절 동안 그가 살아 있은 적이 있던가? 그 시간을 제외하고 그의 심장이 꿈틀댄 적이 있던가? 아니, 절대 아니었다. 하루 낮과 밤의 나머지 스물세 시간 동안 그는 수치심이라는 약품으로 방부 처리된 시체였다. "저기요, 아저씨." 그가 저녁식사 후 2센트짜리 시가를 피우며 사이드라인에 서 있으면 아이들이 그를 불렀다. "심판 좀 보실래요?" "저기요, 아저씨, 우리한테 연습 플라이를 좀 쳐주실래요?" "저기요, 아저씨, 혹시 내 말이 맞지 않아요? 역사상 가장 위대한 선수가 길 가메시 아닌가요?"" 월터 존슨이야!"" 길 가메시야!"" 루브 워델이야!"" 길 가메시야!"" 그로버 알렉산더야!"" 아니라니까, 가메시야! 가메시! 가메시!" 미국에서 잊힌 사람이고 싶었던 이 남자가 그곳이 어디든 투수 마운드에 가까이 다가가는 건 위험했지만, 때로는 저도 모르게 어린 선수에게 필요한 충고를 한마디 건네지 않을 수 없었다. "자, 애야, 이렇게 해봐라." 그러면서 그 작은 투수의 손에서 공을 빼앗아 아이에게 커브볼에 회전을 먹이는 방법을 보여주곤 했다. 아, 중서부의 작은 마을들에서 도저히 거부할 수 없는 목가적인 여름밤에 그는 테이프를 감은, 무게중심이 한쪽으로 치우친 공을 쥔 채 뒤로 한 걸음 물러선 뒤 열두 살짜리 포수의 미트 한가운데에 완벽한 스트라이크를 꽂아넣었고, 그렇게 해서 (길은 부드럽게 웃으며 이렇게 덧붙였다) 아이의 십이 년 된 엉덩이를 맨땅에 주저앉혔다. 아, 그 순간 어린 선수들은 입을 떡 벌렸다! "저기요, 그런데 아저씬 누구예요?"" 아무도 아니란다." 길이 대답했다. "밥 화이트, 빌 스미스, 짐 애덤스……"" 얘들아, 이 아저씨 누구 닮은 것 같아? 이 아저씨가 누구인지 아는 사람 없어?" 하지만 길은 이미 사이드라인을 벗어나 비틀거리며 셋방으로 향했고, 새로운 곳, 낯선 도시에서 익명의 떠돌이로 하루, 한 주, 혹은 한 달을 보내기 위해 짐을 꾸렸다…… 그러던 중, 길이 말하기를, 전쟁이 터졌다. 진주만공격 이후 입대하기 위해 여러 곳을 돌아다녔지만 징병관들은 매번 그의 출생증명서를 보여달라고 했고, 그는 매번 그들의 요구를 거부했다. 아, 당연히 출생증명서가 있었지만, 거기에 적힌 이름은 밥이나 빌이나 짐이 아니었다.

거기엔 온 세상이 알아볼 수 있도록 길 가메시, 자신의 동족인 인간을 증오하는 사람의 이름이 적혀 있었다. 결국 어느 날 오하이오 와인즈버그에서 그는 외롭고 기이한 삶을 견디다못해 자신이 죄인임을 나타내는 그 서류를 징병담당 하사관에게 건넸다. "그렇소, 내가 그 사람이오." 그가 마침내 인정하자 징병관은 낯빛이 붉어지고 하얘지고 파래지더니 즉시 서류를 부대장에게 보여주기 위해 달려갔다. 한 시간이 넘도록 길은 사무실에 앉아 기나긴 유형이 끝나기를 기도했다. 하지만 하사관은 대위 한 명과 소령 한 명을 동반하고 나타나 길에게 '부'라는 도장이 찍힌 작은 카드를 건넸다. 미국 정부는 그가 현재와 미래에 영구히 '부적격'이라고 여긴다는 의미였다. 소령은 그에게 지자체의 징병위원회가 그를 입대시키려고 부를 때 그 카드를 제출하지 않으면 체포되어 감옥에 갈 수도 있다고 경고했다. 그런 뒤 장교들이 떠나고 그 부적격자가 그 자리에 서서 자신의 목을 맬 벨트를 어디서 훔칠 수 있을까 생각하고 있을 때, 하사관이 나지막한 목소리로 사인을 해줄 수 있는지 물었다.

그후 몇 달 동안 떠돌면서 말로 표현할 수 없을 만큼 절망적인 시간을 보냈다. 네브래스카의 블랙호크, 미네소타의 제니스, 미시간의 오지, 미시시피의 제퍼슨, 뉴욕의 라이커거스, 매사추세츠의 월든…… 어느 날 밤 그의 발길은 트라이시티에 닿았다. 범죄 현장에 다시 오기는 십 년 만이었다. 그는 타이쿤파크 밖에서 야구계의 위대한 여인, 앤절라 휘틀링 트러스트의 눈에 띄길 기다렸다. 그녀에게 그의 편에 서서 중재를 해달라고 애원했다. "그때 저는," 길이 말했다. "제가 깨버린 규칙과 침을 뱉은 전통이 있는 이 세상에서, 나의 가치와 명예를 되찾을 수 없다면 영원히 이곳, 나의 조국, 내가 태어난 나라에서 이방인이자 부랑자의 낙인을 안고 영원히 떠돌아다니리라는 걸 알았습니다. 물론 투수로서의 경력은 끝났음을 알고 있지만, 전쟁이 치열하고 수많은 메이저리그 선수들이 사라진 상황이니, 어쩌면 불펜 포수로, 타격 연습을 위해 공을 던져주는 사람으로, 혹은 배트보이로 고용될지도 모른다고 생각했습니다…… 기자 여러분, 저는 꿈도 꾸지 못했습니다. 어떻게 감히 꿈을……" 기타 등등을 늘어놓은 뒤 마지막으로 다시 미국의 어린이로 돌아와 그들이 바로 그의 영감, 힘, 구원, 희망이라고 말했다. 그 아이들 덕분에 구원받았고, 이제 아이들을 위해 몸과 마음을 바치겠노라고.

한 사람의 견해

스미티

나 자신과 대화하다

"하지만 마이크 더 마우스에 대해서는 한마디도 없었어. 그에게 주의를 기울인 사람이 한 명이라도 있었나?"

이보게, 벌써 십 년 전이야. 십 년 전 누군가에게 우연히 일어났던 일을 잊을 줄 안다는 건 인간의 선함과 자비의 징표 아니겠나? 어차피 마이크 더 마우스는 지금쯤 저세상에 있을 테고, 혹 살아 있더라도 여전히 산간벽지를 떠돌며 괴상한 정의를 외치고 있을 테니. 합리적으로 생각하게, 스미티. 가메시는 그의 목소리를 빼앗았고, 그 늙은 괴짜도 길에게서 뭔가를 빼앗았어, 기억하지? 완벽한 퍼펙트게임을. 이봐, 스미티, 자넨 사람이 좋게 변한다는 걸 믿지 않아? 인간의 진보를 믿지 않는 거야? 인간을 항상 나쁘게 보는 대신 가끔 내면의 선함을 보는 건 어때?

"나는 선한 사람이나 악한 사람 얘길 하는 게 아닐세." 스미티의 말은 둘의 2라운드를 암시했다. "난 미친놈 얘길 하는 거야."

아, 물론, 누가 미쳤는지를 모른다면야, 세상 사람이 전부 맛이 간 거나 진배없지.

"다 그렇진 않아." 스미티가 말했다. "이 세상을 운영하는 정신 나간 놈들이 그래. 정신 나간 놈들crackpots, 사기꾼들crooks, 백치들cretins, 소름 끼치는 놈들creeps, 범죄자들criminals."

괴짜들cranks을 빼먹었어. 어떻게 그럴 수 있나? 칼럼을 쓰고 거짓 눈물을 흘리는 괴짜들. 너희 기자들은 걱정을 너무 많이 하는 것 같아.

"우리가 안 하면 누가 하겠나?"

제기랄. 대체 넌 자신이 뭐라도 되는 줄 아는 거야? 인류의 비공인 입법자?

"그건, 그저 한 사람의 견해였어."

누구, 스미스? 자네?

"아니, 퍼시 셸리*라는 작자."

처음 들어보는걸.

"아무튼, 그가 그렇게 말했어."

하지만 들은 걸 다 믿진 말게.

_____

* 영국 시인.

"그러지 않아. 하지만 듣지 않은 건 어떻게 하지?"

그게 뭔데?

"한 마디. 단 한 마디." 스미티가 말했다. "마이크 더 마우스에 대해." 이번엔 신경질적으로 종업원을 불러 그 자신과 친구가 마실 술을 주문했다.

프랭크 마주마는 이렇게 말했다. "가메시라고? 대단한 술책이로군. 나는 왜 그 생각을 못했을까? 애초에 누굴 감독 자리에 앉히려 했을까, 베이비페이스 넬슨* 아니었을까?"

메이저리그 복귀 첫째 날

선수 여러분, 내 이름은 길 가메시입니다. 너그러운 졸리 촐리 터미니카 씨를 대신할 감독입니다. 터미니카 씨는 덕망 높은 율리시스 S. 페어스미스 씨의 빈자리를 메우고 있었죠. 오늘 내 강의는 '증오와 혐오'를 주제로 스프링캠프에서 진행될 강의 시리즈의 첫번째입니다. 제목은 '하 하'입니다.

우선은 내가 선수 여러분을 기생충, 겁쟁이, 약골, 애새끼, 아첨꾼, 바보, 의지박약으로 생각한다고 말하고 싶습니다. 여러분은 야구계의 쓰레기이고 이 리그의 노예입니다. 왜 그럴까요? 선두와 50경기 차이로 꼴찌를 해서? 아닙니다. 여러분이 쓰레기인 이유는 압제자들을 증오하지 않아서입니다. 여러분이 노예이고 바보이고 의지박약인 것은 자신들의 적을 혐오하지 않아서입니다.

---

* 1930년대에 유명했던 은행 강도.

한데 여러분은 왜 그런가요? 그들은 여러분을 확실히 혐오하는 데 말이죠. 그들은 여러분을 놀리고 조롱하고 모욕하는데. 여러분의 고통은 그들에게 눈물이 아니라 웃음을 주는데. 그들은 여러분을 비웃습니다, 여러분은 듣지 못했지만요. 여러분의 면전에서, 등뒤에서 그들은 웃고, 웃고, 또 웃습니다.

그런데 여러분은 어떻게 하고 있습니까? 그걸 받아들입니다. 귀를 막기도 합니다. 그런 일이 없는 척합니다. 어깨를 으쓱하고 '그건 운명이야'라고 혼자 중얼거립니다. '그게 어떤 영향을 미치든 난 상관없어'라고 말하거나 그런 유의 철학적인 말로 넘겨버립니다. 그들이 웃는 것도 놀라운 일이 아니죠. 야구선수가 아니라 철학자들이 모인 팀이라니! 타자와 야수가 아닌 스토아철학자들과 운명론자들이라니! 사람들이 웃는 건 당연해요. 여러분, 나도 웃습니다! 하 하 하 하 하 하 하 하 하 하! 들립니까, 먼디스 여러분? 나도 비웃고 있습니다, 바로 여러분을. 여러분을 제외한 미국의 모든 국민과 함께! 여러분의 체념을! 여러분의 운명론을! 여러분의 개똥철학을! 하 하 하 하 하 하 하 하 하 하 하! 하 하 하 하 하 하 하 하 하! 하 하 하 하 하 하 하 하!

복귀 둘째 날

반갑습니다, 먼디스 여러분. 스프링캠프 시리즈 두번째 '증오와 혐오' 강의를 시작하겠습니다. 시작하기 전에, 어제 경기장에서 여러분이 웃기는 걸로는 그 어느 때보다 잘했다는 점을 말해야겠습니다. 참 대단한 코미디였어요! 아주 볼만한 아수라장! 그 고등학생 소년들(혹시 소녀들 아니었을까?)이 첫번째 이닝에 8점을 올리는 동안 여러분이 오래전에 온 세상에 입증된 희생자처럼 구장에서 고개를 푹 숙이고 있는 걸 지켜보는데, 하마터면 바지를 적실 뻔했습니다. 무엇 때문에 그렇게 기가 죽었죠, '사내들'이? 나는 여러분이 구장에 나가 화끈하게 여러분의 적과 압제자를 증오하고 혐오하기 시작할 거라 예상했는데, 웬걸 여러분은 더하진 않아도 예전과 똑같이 의지박약에 겁쟁이에 기생충이었습니다. 그럼 이제 여러분은 '누구를 어떻게 미워할 것인가'라는 제목의 두번째 강의를 들을 준비가 되었을 겁니다.

선수 여러분, 간단합니다. 다른 사람들에겐 있지만 여러분에겐 없는 그 모든 것을 생각해보세요. 약간 도움이 되게 내가 몇 가지를 나열해볼까요? 먼저 빤한 것들을 말해보죠. 다른 사람들에겐 팔다리가 다 있습니다. 머리카락이 온전히 있습니다. 모든 치아와 2.0, 2.0 시력의 양쪽 눈이 있습니다. 다른 사람들에겐 감탄과 운과 재미, 또한 고대하는 게 있습니다. 다른 사람들에겐—이 말에 놀랄지 모르겠습니다만—자랑할 게 있습니다. 자존감, 사랑, 부, 마음의 평화, 친구들이 있지요. 안 그런가요? 다른 사람들은 아침 식사로 소등심을 먹고, 점심에 샴페인을 마시고, 저녁에는 춤추는 아가씨들을 먹죠. 그뿐이 아닙니다!

여러분은 이렇게 물을지 모릅니다. "그래, 난 그런 걸 하나도 못 가졌고, 그들은 그 모든 걸 갖고 있다. 이게 증오와 무슨 상관이지?" 먼디스 여러분, 그런 질문을 할 수 있다는 건 여러분이 얼마나 무자비한 억압에 시달려왔는지를 보여주는 척도입니다. 이해가 안 됩니까, 선수 여러분? 이건 공평하지 않아요! 정당하지 않아요! 옳지 않아요! 왜 가진 자들은 갖고, 못 가진 자들은 못 가졌는가? 어떤 이유로 그들은 모든 것을 갖고, 우리는 아무것도 못 가졌는가? 무엇의 이름으로, 누구의 권위로? 이 얘기만 하면 난 피가 끓습니다! 다른 사람들은 주체하지 못할 정도로 많이 갖고 있는 것을 선수 여러분은 누리지 못하고 산다는 걸 생각만 하면, 가진 자들에 대한 증오가 혈관을 타고 흐르는 게 느껴집니다! 두뇌! 힘! 자신감! 용기! 불굴의 정신! 기지! 매력! 멋진 외모! 완벽한 건강! 지혜! 심지어 상식까지! 아, 난 다른 사람들이 지나치게 많이 갖고 있지만 먼디스 여러분에겐 어느 것 하나 흔적도 없거나 혹은 완전히 빼앗긴 것들을 끝없이 열거할 수 있습니다. 박탈이란 게 뭔지 생각해보세요! 나의 겁쟁이들, 의지박약자들, 멍청이들, 여러분은 내놓을 게 전혀 없고 홈구장마저 없습니다! 홈, 작은 새들도 저마다 나무 위에 갖고 있고, 작은 두더지도 저마다 땅속에 갖고 있고, 이 세상에 창조된 모든 메이저리그 팀이 갖고 있지만, 여러분은 예외입니다! 능력 없고, 재치 없고, 운도 없고, 이 모든 걸로는 불공평하고 부당한 게 부족하다는 듯 홈구장조차 없어요!

그럼 여러분은 내게 묻습니다. '하지만 무엇을 증오해야 하나요, 길?' 그들은 여러분의 홈을 빼앗았습니다! 여러분을 개처럼 쫓아냈습니다! 그런데 여러분은 이렇게 말합니다. '그게 증오와 무슨 상관이지?'

복귀 셋째 날

여러분, 우리는 어제 어렵사리 선발진을 구성해 경기에 나섰고 해군기지 팀에게 엉덩이를 신나게 두들겨맞았죠. 그 결과 나는 야구팀이 바랄 수 있는 거의 모든 것을 박탈해버린 누군가를 여러분이 증오해야 한다고 얘기할 생각조차 없어졌습니다. 문제를 쉽게 풀어보죠. 그래야 혐오를 위한 이 위대한 모험에 첫발을 들인 여러분이 실수를 범하는 일이 없을 테니까. 여러분, 첫 단계로 인간을 전반적으로 증오하는 건 어떻겠습니까? 그럼 혼란에 빠지는 일이 없을 겁니다. 먼디스의 유니폼을 입은 사람이 보이면, 그 사람은 괜찮지만, 주홍색과 회색 루퍼트 유니폼을 입지 않은 사람이 보이면 지위고하를 막론하고 증오하고, 혐오하고, 경멸하고, 헐뜯고, 위협하고, 저주하고, 비방하고, 배신하고, 조롱하고, 속이고, 욕하고, 관계를 끊는 겁니다. 알겠습니까? 주홍색과 회색 유니폼을 입은 사람을 제외한 모든 인류를 말입니다. 질문 있습니까?

닉네임, "왜지?"라는 말이 들리는군요. 왜냐하면 그들은 당신의 불행에 기생해 살기 때문입니다, 데이머! 당신이 2루에서 겪는 악몽 같은 인생이 그들에게 즐거움을 주기 때문입니다. 당신의 실책은 그들의 위안이고, 당신의 삼진아웃은 그들의 위로죠. 먼디스 여러분, 아직 이해를 못하겠습니까? 여러분은 그들의 비난을 참고 있어요! 그들 대신 고통받고 있습니다! 여러분의 운이 나쁠수록 그들에겐 더 좋고, 여러분의 불행이 클수록 그들은 더 행복해집니다! 이런 얘기 못 들어봤나요? 내가 전부 얘기해야 합니까? **루퍼트 먼디스는 미국의 공식 속죄양이라고!**

누가 여러분을 속죄양으로 만들었을까요, 선수 여러분? 별자리에 쓰여 있나요, 스펙스? 하느님의 뜻인가요, 터미니카? 그게 바로 소작민들이 자신의 운명에 넌더리를 내기 시작할 때 저들이 그 가난뱅이들한테 써먹는 말입니다. 쇠고랑을 찬 노예들이 하늘을 올려다보며 '이보슈, 대체 여긴 어떻게 돌아가고 있는 거요?'라고 물을 때 저들이 노예들한테 써먹는 말입니다. 유감이야, 정말 미안하군, 하지만 오늘 지렁이처럼 짓밟힌 너희에게 해줄 건 아무것도 없어. 다 하느님의 뜻이지. 그분이 그렇게, 너희는 바닥에 있고 우린 꼭대기에 있기를 원하시지. 자, 이제 돌아가서 일이나 해. 혹시라도 그 쇠사슬에 어떤 변화가 생긴다면 그때 얘기해줄게……

먼디스 여러분, 여러분을 떠돌이로 만든 건 신이 아니에요! 운명도 아니고, 그 어떤 것도 아니에요. 그건 여러분과 똑같은 저 인간들입니다! 여러분, 누가 여러분을 속죄양으로 만들었죠? 미합중국 정부와 M 형제! 여러분이 국기에 경례를 하는 이 나라, 여러분이 가슴에 달고 있는 이름을 가진 구단주들! 바로 그들이 합세해 여러분의 명예와 존엄과 홈구장을 강탈한 겁니다! 국가와 구단주들! 여러분의 나라와 여러분의 우두머리들!

처음에는 쉽지 않았지만 그것이 스프링캠프의 목적이라고 길은 선수들에게 말했다. 오랫동안 쓰지 않았던 독액을 다시 돌게 하는 것. 아침이면 가장 먼저, 몸에 밴 오래된 예절 습관과 일상적 걱정근심과 따뜻한 인정 같은 오래된 약점을 개조하는 훈련에 들어갔다. 목소리에서 독기를 뿜어내, 데이머. 이건 고등학교 댄

스파티가 아냐! 그 싱글거리는 웃음을 지워, 라마. 증오는 재미
가 아니란 말이다! 송곳니를 드러내고 으르렁거려봐요, 헤킷, 상대
를 똑바로 보고 으르렁거리란 말이오. 적은 당신의 늙은 나이에 기
생해서 살아요! 당신이 '증오한다!'고 외칠 때 거기서 진짜 증오가
끓는 걸 듣고 싶습니다.

아, 하지만 어려웠다. 상대팀의 선수가 자신보다 월등히 낫다
는 걸 알고 있는데 어떻게 그를 계속 모욕할 수 있을까? 오래전
나를 동네 야구선수로 만들었던 누군가를 어떻게 짖거나 무는 시
늉으로 겁먹게 할 수 있단 말인가? 사실은 나를 겁먹게 했던 그 녀
석에게. 천만에, 씨도 안 먹힐 게다. 게다가 상대팀 선수들이 항상
그들을 괴롭히거나 조롱하는 것도 아니었다. 때때로 그들은 진심
으로 상냥했고 심지어 먼디스 선수라는 사실에 동정을 보이기도
했다. 그들이 모든 사람을 수시로 증오한다면 그나마 리그에 몇
안 남은 친구들마저 잃게 될 판이었다.

"여러분에겐 친구가 없습니다! 여러분에겐 적들뿐이에요! 그
들의 미소는 조소만큼이나 여러분을 괴롭히고 있어요! 그들의 동
정을 바라지 말고 그들의 피를 원하란 말입니다!"

아, 그것도 어려웠다. 달래주고 환심을 사기 위해 그렇게 열심
히 노력해왔는데 어떻게 그 패거리들을 증오하고 혐오하며 다닐
수 있는가? 어떻게 알지도 못하는 그 모든 사람을 증오할 수 있단
말인가? 제기랄, 따지고 보면 그들도 우리와 똑같은 인간인데.

"아니, 그들은 여러분과 똑같지 않아요! 여러분을 괴롭히는 자
들입니다! 여러분을 조롱이라는 창살 안에 가두고 있어요! 여러

542

분은 그들의 경멸에 노예처럼 구속되어 있어요! 그들의 능글맞은 웃음과 건방진 말에 속박되어 있어요! 우리가 루퍼트 먼디스라면 '우리와 똑같은 인간' 같은 건 절대 없어요! 억압자와 피억압자만 있지! 먼디스와 나머지 인류, 정확히 말하면 잔인류*만 있는 겁니다!"

아, 하지만 길이 원하는 방식으로 그 증오를 확대하기란 쉽지 않았다. 먼디 형제도 증오해야 하나? 빌어먹을, 선수들은 먼디 형제가 어떻게 생겼는지 본 적도 없다. 시내 전차의 옆자리에 앉아도 못 알아볼 사람을 어떻게 증오할 수 있지? 그들은 전차를 타지도 않는다. 리무진을 타고 다닌다! 그들은 중요한 사람이고, 힘있는 사람이다!

"그들은 여러분을 노예처럼 홀대하고, 예수와 그 어머니처럼 여러분의 처량한 엉덩이를 걷어차 여인숙에서 내쫓는 사람이에요! 그게 중요한 사람들이 하는 짓이지! 실은 그렇게 해서 중요해지는 겁니다!"

하지만 우리는 그들의 팀이고, 그들에게서 임금을 받는다. 그들의 아버지는 바로 포트루퍼트의 센터필드 깊은 자리에 묻혀 있는 글로리어스 먼디다. 그들의 이름이 곧 우리의 이름이다. 우리의 말뜻을 안다면, 어떻게 우리 스스로의 이름을 증오할 수 있는가?

"그들의 이름은 더이상 먼디가 아니기 때문입니다. 이제 그건

---

* 원문은 'mancruel'. mankind(인류)의 kind(친절한)를 cruel(잔인한)로 바꾼 말장난.

'머니Muny', 돈의 아주 오래된 이름이에요! 그들은 그 이름을 더럽혔고 아예 손쓸 수 없게 난도질하지 않았습니까? 당신들이 진정한 먼디입니다, 여러분. 그리고 그건 여러분의 아버지가 악덕 자본가이기 때문이 아닙니다. 천만에, 그건 'Mundane'의 약자이기 때문입니다! 평범하다는 뜻, 보통이라는 뜻이고, 평범한 조*가 명예도 보상도 없이 고생하는 동안 리오에서 룸바를 추는 먼디 형제와 그 동족에게 고혈을 빨리는 서민을 뜻하는 말이지요! 먼디 형제가 포트녹스**에 서민들의 고혈을 쟁여두는 동안 이 세상에서 더러운 일을 도맡고, 땅 또는 땅볼에 코를 처박고, 벼랑 끝에서 안간힘을 쓰는 서민을 뜻하는 말입니다! 그런데 그들의 이름이 여러분의 이름이라는 겁니까? 그들의 팀이 여러분의 팀이라는 말인가요? 어처구니없는 소리!"

아, 하지만 그중에서도 특히 미국을 증오하는 게 어렵다. 내가 노래하는 나의 조국이 없다면 애초에 야구도 없었을 텐데!

"떠돌이 야구팀도 없었을 겁니다! 이것들 보세요." 가메시가 외쳤다. "어쨌거나 나라라는 게 여러분에게 뭐가 좋은 겁니까? 자기 것이라고 주장할 수 있는 자리가 전혀 없다면?"

아, 참 어렵지만, 결국 따지고 보면 그렇게까지 어렵진 않았다. 1944년 시즌이 시작할 즈음에 그들은 저장해둔 분노의 포도를 짓밟았다.*** 그들의 증오는 끝을 몰랐다.

---

* '평범한 미국 남자'를 상징하는 이름.
** 연방금괴저장소가 있는 켄터키주 소재의 군기지.
*** 〈공화국 전투 찬가〉의 한 구절.

패트리어트리그에 침투한 공산당 세력에 관한
스프링캠프 기밀 보고서

1944년 4월 17일, 루퍼트 먼디스의 감독이자 패트리어트리그 내부안
보국의 조사실장인 길 가메시가 작성한 보고서에서 발췌해 패트리어트리
그 회장 더글러스 D. 오크하트 장군과 내부보안을 담당하는 회장고문 앤
절라 휘틀링 트러스트에게 제출한 문건.

1. 개요. 현재 분명해진 사실은 (a) 패트리어트리그에 대한 공산주의
   세력의 침투는 시즌이 시작되기 전 우리가 가장 비관적으로 추정했
   던 수준보다 훨씬 광범위하다는 것, (b) 우리가 가정했던 바대로 루
   퍼트 먼디스는 패트리어트리그를 전복하려는 공산주의자들의 계
   획에서 중추적 위치를 점하고 있다는 것이다. (a)가 분명해진 것은
   (c) 스프링캠프 전 기간에 루퍼트 먼디스의 활동을 지속적으로 감시
   하고 (d) 그 내용을 분석한 결과에 의해서다. (b)가 분명해진 것은
   (a) (c)와 (d)에 의거한 결과이며, 이 도출은 각각에 동일한 주안점
   을 두고 행해졌다. 1944년 시즌 말로 되돌리지 않는다면 현재 추세
   로는 공산주의가 지배하는 리그가 탄생할 것이고, 모든 정황으로 볼
   때 다음해인 1945년 시즌중에 완전히 소멸할 것이며, 이는 공산당
   이 접수한 유럽과 아시아 지역들에서 국제적 분쟁이 종결되는 시점
   과 일치할 것이다. 현 상황은 매우 불온하며, 이는 (c)와 (d)에서 나
   온 증거에 기초한 아래의 비율에 명확히 반영되어 있다.

	먼디스		P리그 전체	
	1933년 4월	1944년 4월	1933년 4월	1944년 4월
공산당 스파이	0%	8%	0%	6%
공산당원	4%	16%	3%	14%
동조자	8%	24%	6%	16%

2. 비율 분석(도표 첨부) . . .

3. 공산주의자 감지 현황

  a. 공산당 첩보원

    (1) 오케이 오케이터(투수). 앞서 보고한 대로 오케이터는 스메르댜코프 대령으로 붉은군대의 레닌그라드전차부대 장교 출신이며, 현재는 군사작전참모진의 군사정보국 산하 정보총국에 속한 인물이다. 밥 얌의 눈을 멀게 한 이유로 현재 모스크바에서 그의 평판은 땅에 떨어진 상태이며, 그 행위에 대해 최종적으로 내려진 공식 설명은 그가 지령을 노골적으로 무시하고 단지 개인적 원한을 해소하려 했다는 것이다. 오케이터는 자신이 지령에 곧장 응낙하여 행동했고, 적들이 그를 '불치성 왜소발육증'으로 몰아붙이며 파멸시키려 했다고 주장한다. 이 모든 정황으로 보아 스탈린은 러시아식 표현을 빌리자면 이미 '그 조그만 작자의 머리를 흙속에 파묻기' 시작한 듯하다. 조만간 그는 숙청될 것이며, 아마 그가 타석에 섰을 때 공산주의자 투수가 그의 머리를 맞히는 일이 벌어질

것이다. 우리는 이 우발적 사태에 대비해야 한다.

(2) 핫헤드 타(포수). 타의 정체는 악명 높은 '외다리' 스타프로긴 소령으로, SHIT 졸업생 중 가장 존경받는 첩보 선동가로 꼽힌다.

b. 공산당원

(1) 프렌치 애스타트(유격수). 애스타트는 내야수로 위장하고 미국에 들어오기 전 캐나다, 라틴아메리카, 극동지방에서 적극적으로 활동한 공산당원이었다. 프랑스어밖에 이해하지 못하는 척하지만 실은 여섯 가지 언어에 능통하다. 모스크바의 지령에 따라 애스타트는 1942년 시즌 마지막 경기에서 9회가 끝날 때 일부러 높이 뜬 공을 떨어뜨렸다. 이 실책은 먼디스를 공동 7위로 주저앉히는 동시에, 그들이 포트루퍼트에서 쫓겨나는 빌미가 되었다.

(2) 빅 존 바알(1루수). 중앙아메리카 정글에서 현지 공산당 반란군에게 훈련을 받았으며 대단히 의욕적이다. 먼디스의 세포조직을 이끌고 있으며, 리그에 침투한 공산당원 중 이인자 혹은 삼인자임이 분명하다.

(3) 치코 머코틀(투수). 멕시코 반군 출신. 남형제 두 명, 여형제 세 명, 사촌 여섯 명, 계부 두 명이 정치활동으로 멕시코 감옥에 수감되어 있다. 그가 공을 던질 때 내는 소리는 암호일 가능성이 있다.

(4) 디컨 디미터(투수). '붉은 디컨.' 프로야구계의 당원들과 기성 종교계에 침투한 당원들 간의 연락책. 미국 남부의 '백인

쓰레기'* 출신 중 최고위 공산주의자.

    c. 동조자

        (1) 졸리 촐리 터미니카(투수)

        (2) 닉네임 데이머(2루수)

        (3) 스펙스 스키너(우익수)

        (4) 칼 코바키(벤치멤버)

        (5) 애플잭 터미너스(벤치멤버)

        (6) 퓰 모코스(벤치멤버)

4. 아이작 엘리스 사건

    a. 배경 및 개요, 또는 '추측에서 확신으로'. 패트리어트리그의 회
        장고문과 내부안보기획국의 조사실장은 오래전부터 트라이시티
        그린백스의 구단주 에이브러햄 엘리스와 그의 아내 세라 엘리스
        가 그들과 같은 종교를 믿는 수많은 신자들처럼 공산당의 '도구'
        인 당원이거나 동조자일 거라 의심해왔다. 현재 엘리스 가족 전체
        가 프로야구계 전체를 관할하는 중요한 비밀정보 경찰조직에 속해 있
        음이 최대한의 확실성으로 입증되었다.

    b. J. E. W., 또는 '엘리스 특명'. 엘리스 특명은 세 차원에서 진행
        되고 있는 것으로 보인다. (J) 그들이 존재하는 것 자체로 패트
        리어트리그에 대한 신뢰를 무너뜨리는 데 기여하고, (E) 리그 내
        첩보활동을 필요에 따라 즉석에서 지휘하고, (W) 리그 내부의
        다른 공산주의자들을 감시하여 첩보원들과 당 관리들의 충성심,

---

* 가난한 백인을 비하하는 표현.

헌신성, 능력에 관한 모든 정보를 크렘린의 해당 부서에 보낸다. 소련 군사정보국(군사작전참모진의 정보총국)과 KGB(소련 보안기관의 정보국, 즉 비밀경찰)에 양다리를 걸치고 있는 엘리스 부부는 패트리어트리그 내에서 가장 높은 소련공산당 첩보원 자리를 점하고 있으며, 프랭크 마주마(치치코프 대령)와 패트리어트리그의 내부안보기획국 조사실장보다 높은 위치다. 그들의 정체는 아마 라스콜니코프 대령밖에 모를 것이다.

c. 아이작 엘리스, 또는 '모스크바, 수를 쓰다'. 1944년 4월 12일 패트리어트리그 시즌의 막이 오르기 사흘 전, 에이브러햄 엘리스의 열일곱 살 된 아들, 아이작 엘리스는 트라이시티의 한 카페테리아에서 길 가메시에게 면담을 요청했다. 먼디스가 그린백스와 마지막 시범경기를 할 때였다. 그 자리에서 엘리스는 다음과 같이 제안했다.

(1) 길 가메시 감독 아래서 루퍼트 먼디스의 '코치'가 되겠다.

(2) 올스타전 휴식기 이전까지 감독의 전권을 넘겨달라.

(3) 이 '시험' 기간 동안 아래와 같은 변화들을 정착시키게 허락해달라.

    (a) 공격 작전의 일환으로 희생번트를 없애고, 수비 작전의 일환으로 고의사구를 없애며

    (b) 주자가 한 명 이상 출루해 있고 투 아웃 미만이면 거의 전적으로 히트앤드런에 의존하고

    (c) 득점율에 따라 내림차순으로 타선을 정하고

    (d) 경기중 수비를 위해 투수를 '무작위로, 아무렇게나' 교

체하는 대신 공격을 위해 돌아가며 교체한다. 먼저 '구원 투수'가 대략 두 이닝을 던진 후, '선발투수'가 대략 다섯 이닝을 던지고, '제2구원투수'가 마지막 두 이닝을 던져 경기를 마무리한다. (이 기이하고 별스러운 방식이 옳다 는 걸 입증하기 위해 엘리스는 가짜 통계수치와 사이비 과학적 설명을 풍부하게 늘어놓았다〔첨부된 도표 참조〕. 개막일에 이 방법을 이용한다면 먼디스는 올스타 휴식 기를 맞이할 때 상위 그룹에 안착할 것이고, 시즌 말에는 우승을 놓고 경쟁을 벌일 것이라고 그는 주장했다.)

d. 분석. 물론 조사실장은 (J) 아이작 엘리스가 길 가메시를 감시할 목적으로 파견된 공산당 스파이이고, (E) 길 가메시가 그를 루퍼 트 먼디스 코치로 고용하면 그는 가메시의 역첩보 활동을 방해하 는 공작을 펼 수 있지만, (W) 그를 고용하지 않으면, 가메시가 엘 리스의 가공할 계획을 이용하지 않는 것을 본 모스크바에서는 그 가 패트리어트리그를 무너뜨리기보다는 수호하기 위해 활동하고 있음을—간단히 말해, 가메시가 (실제로 그렇듯) 자신의 조국에 다시 충성하기 시작했음을—즉시 간파할 것이라고 확신했다.

6월 말 먼디스가 무서운 상승세를 보이며 4위 자리를 굳히자, 롤런드 애그니는 아버지에게나 가메시 감독에게 루퍼트와의 계 약을 저버리려는 것을 더이상 정당화할 수 없었다. 단 하루라도 먼디스의 어느 선수가 주심에게 욕을 하거나 상대팀 선수를 후려 갈겨 퇴장당하지 않는 날이 없는 것쯤은 아무래도 좋았다. 팬들과 주먹다짐을 하거나, 먼디스 더그아웃에 칼이 있다는 소문이 도는 것쯤은 아무래도 좋았다. 먼디스 벤치에서 튀어나오는 욕설이 지금껏 메이저리그 경기에서 들어본 적 없는 말이라는 것쯤은 아무래도 좋았다. 요점은 이것이었다. 그들보다 훨씬 못하는 팀이 패트리어트리그에만 넷이나 있는 마당에, 어떻게 그가 계속 그들을 역사상 최악의 팀이라 욕할 수 있을까. 그들보다 나은 팀이 셋밖에 없는 마당에! 대체 그가 어떤 부류의 프리마돈나이기에 평균 타율 5할이 넘는 메이저리그 팀에서 뛰기를 거부할 수 있는가? "월터 존슨을 생각해봐라, 롤런드. 워싱턴 세너터스에서 이십 년을 뛰는 동안 우승은 두 번밖에 못했다. 한데 그가 불평을 하던? 집으로 달려가 방안에 처박혀 있던?" "하지만 이건 요행이에요, 아빠!" 롤런드가 몇 주 동안 꼼짝하지 않고 누워 지낸 침대에서 소리쳤다. "난 그 작자들을 알아요. 평균 수비율이 5할도 안 돼요!" "하지만," 그의 아버지가 어두컴컴한 방안을 들여다보며 말했다. "여기 오늘의 공식 순위가 있다. 누가 봐도 알 수 있지. 1위 타이쿤스, 2위 부처스, 3위 키퍼스, 그리고 4위는 30승 29패의 먼디스. 십 주 만에 그들은 네가 있을 때 한 시즌 내내 올린 것과 거의 비슷한 승수를 네가 없는 동안 쌓았어." "그건 내 탓이 아니었어요. 난 리그 전체에서 타격왕을 차지했어요!" "하지만 이상하게도 팀에는 전혀 도움이 안 됐지. 상황을 보아하니 오히려 팀에 방해가 된 건지도 모르겠다. 너와 그 거만한 태도가 팀 전체의 자신감을 짓뭉갠 것일 수도 있어. 아, 아들아, 어떤 사람도 홀로 떠 있는 섬이 아니라는 걸 언제쯤이면 이해하겠니?"

그래서 그 치명적인 최종 단계를 밟았다. 유례없는 인물 롤런드 애그니, 자신의 재능에 걸맞은 위엄과 명예를 거머쥐는 것 외에 인생에 더 바라는 게 없던 그가 마침내 돌아와 주홍색 R, 지금까지 '우스꽝스러운Ridiculous'과 '난민Refugee'의 머리글자였지만 이젠 '무정한Ruthless'과 '복수Revenge'를 상징한다고들 하는 그 글자가 새겨진 유니폼을 입었다.

상황은 예전보다 더 끔찍했다. 증오와 혐오에 기초한 체계적인 프로그램을 통해 두 경기에 한 번씩 승리를 거두는 것은 서투름과 어리석음으로 전패가도를 달리는 것보다 더 나빴다. 분노에 사로잡힌 팀 동료들은 주눅들고 혼란에 빠져 있던 예전보다 롤런드에게 훨씬 혐오스러웠다. 적어도 그 시절에는, 마음이 약해지는 순간이면 그들에게 일말의 연민을 느낄 수 있었다. 하지만 지금 그들은 더그아웃의 맨 위 계단에서 모자를 벗고 국가를 들을 때마다 어김없이 한 무리의 독사들처럼 쉿쉿 하는 소리를 냈다. 비열한 개자식들!

"엿 먹어라, 벳시 로스*!"

"엿 먹어라, 프랜시스 스콧 키**!"

"엿 먹어라, 줄무늬!"

"엿 먹어라, 별무늬!"

이건 몸풀기용 독설에 불과했다. 9회가 지났을 즈음 상대팀 선

---

* 조지 워싱턴의 요청으로 성조기를 만들었다고 알려진 인물.

** 미국 국가에 가사를 붙인 시인.

수들은 물론이고 그들의 부모, 아내, 애인, 자식들부터 시작해 도시의 대중교통 수단과 마시는 물에 이르기까지 루퍼트 팀이 비방하거나 헐뜯지 않은 게 남아 있지 않았다. 경기장이나 벤치는 한순간도 잠잠한 적 없었고, 3루 쪽 코치박스는 더욱 그랬다. 그곳에서 복수의 화신 중의 화신인 등번호 $\frac{1}{16}$번이 상대팀 투수에게 핫헤드가 남부 출신 선수들에게 속삭인 그들 엄마 얘기보다 더 역겨운 말을 뱉어 그들을 미쳐 날뛰게 만들곤 했다. 오케이는 유치원에 다니는 그들의 자그마한 딸들, 자기 같은 치수의 사람에게 거의 딱 맞는 크기와 체구를 가진 여자아이들을 들먹이며 에둘러 약을 올렸다. 아, 저 비열하고 조그만 난쟁이가 모든 투수에게서 보크*를 끌어내다니! 웬걸, 그는 기저귀를 갓 뗀 여자아이를 적당한 때에 딱 세 번 들먹여 1루에 있던 주자를 홈까지 들어오게 하기도 했다.

그리고 늙은 졸리 촐리는 놈들을 몸서리치게 했다! 아, 그가 선수들 등짝의 어깨뼈를 향해 그 빠른 공을 던지면 그들은 그 자리에 푹 쓰러지고 말았다! "저기 있는 투수가 누군지 알아?" 핫헤드는 흙투성이가 된 얼굴로 타자에게 속삭이곤 했다. "터미니카야, 예전에 한 녀석을 골로 보냈지. 그놈도 체구가 너와 비슷했어."

"태그해, 키드, 거기 가운데!" 닉네임은 3루를 향해 이렇게 외쳤고, 헤킷은 수줍은 양처럼 씩 웃으며 한쪽으로 태그하는 시늉을 한 뒤, 노인의 한풀이를 하는 양 공과 글러브로 정확히 주자의 가

---

* 규칙에 어긋나는 투구 동작.

랑이 사이를 강타했다.

"으아아아아아아악!" 주자는 어김없이 비명을 질렀다.

"아웃!" 누심이 외치는 순간 팬들이 헤킷의 머릿가죽을 벗기겠다고 벌떼처럼 그라운드로 몰려나왔고, 먼디스에서 가장 나이 많은 선수들은 각자 배트 두 개로 무장하고 그들의 노쇠한 형제를 보호하기 위해 더그아웃에서 달려나왔다.

이닝이 거듭될 때마다, 하루가 지날 때마다, 길 가메시는 투수를 마운드로 내보낼 때 단 세 마디의 지시만 내렸다. "저기 저놈 때려눕혀."

"누구를요?"

"아무나. 그들은 네 고통에 기생해서 살아. 모든 놈이 하나같이."

"저 더러운 개자식들!"

"그들이 무슨 권리로 항상 마지막에 공격을 하지?"

"더럽고 야비한 놈들!"

"그들이 누구라고 감히 널 비웃고 조롱하지?"

"다 하찮은 놈들이야! 아무것도 아니야!"

"그들은 아무것 이하야, 이봐! 그들은 루퍼트 먼디스가 아냐! 주홍색과 회색 옷을 입지 않은 야구선수들이야! 그들은 키퍼스이고, 그린백스이고, 빌어먹을 타이쿤스야!"

"더럽고 불쾌한 쓰레기들!"

"좋아, 그게 진짜 용기야! 그게 나의 먼데인스야! 그놈 얼굴을 베어버려, 닉네임! 불알을 으깨버려요, 키드! 그의 아내를 욕해! 그의 목숨을 위협해! 아이들을 욕해! 난 피를 원해! 난 싸움을 원해! 난 증오를 원해! 아무도 다시는 비웃지 못할 야구팀을 원해!"

롤런드의 상송

"목적은 수단을 정당화해. 우리가 그라운드에서 열심히 하는 이유는 오로지 경기를 이기기 위해서지."

"그건 더이상 야구 경기가 아니에요. 누구의 기준으로 봐도!"

"그렇다면 뭐지?"

"미워하고, 위협하고, 저주하는 거예요. 상대방을 죽이고 싶어 하고 죽기를 바라는 거예요. 그러니 경기가 아니죠!"

"타이 코브가 어땠는지 못 들어봤나? 먹시 맥그로는? 레오 더럽은?"

"그들은 여기에 비할 바가 못 돼요! 그리고 그들은 단지 세 명이에요. 여긴 한 팀 전체가 미쳐버렸잖아요! 감독님은 그들을 부추기고 또 부추겨요. 언젠가 그들은 주심에게 달려들어 몸뚱이를 갈가리 찢고 말 거예요. 그러면 멈추겠죠, 가메시 씨! 왜 그들이 온 나라를 미워해야 하죠? 코브도 그러진 않았는데! 그리고 레오 듀로셔도 에이브러햄 링컨과 밸리포지*를 욕하면서 돌아다니진 않아요! 그게 도대체 야구와 무슨 상관이 있죠?"

"증오는 선수들을 강하고 용감하게 만들어. 아주 간단한 이치지."

"그건 강한 것도, 용감한 것도 아니에요. 멍청한 거예요! 그들은 애초에 얼간이 무리였고, 당신은 단지 그들을 더 멍청하게 만

---

* 조지 워싱턴 장군이 독립전쟁을 승리로 이끈 곳.

들 뿐이라고요!"

"그럼 꼴찌였을 땐 뭐가 그리 영리했지?"

"난 그들이 영리했다고 말하는 게 아니에요. 그게 옳았다는 거죠. 그게 그들의 몫이에요!"

"그럼 자넨 어디에 속해 있나? 내가 말해보겠네, 롤런드. 자넨 엉터리 아침식사를 팔고 다니는 놈들 가운데 속해 있지."

"하지만 그건 내 것이 아니었어요. 누가 그 얘길 했죠?"

"누구일 것 같은가?"

"그는 그걸 만든 사람이에요. 그 어린 유대인! 그가 당신에게 그 얘기도 했나요? 자기가 그걸 만들었다고요, 내가 아니라!"

"하지만 자넨 그걸 선수들의 시리얼 그릇에 뿌린 장본인이야, 모범적인 미국 청년."

"어쩔 수 없었어요."

"총재에게 그렇게 말해보게, 롤런드. O 장군에게 말해봐, 아니면 내가 하는 편이 낫나?"

"아뇨! 아니에요!"

"그럼 그 반듯한 생각일랑 입 밖으로 꺼내지 말게, 롤런드. 아래먹겠나? 이건, 스타 양반, 알아먹다를 뜻하는 바빌로니아 말이야. 먼디스는 지금 리그 4위야. 자네의 반듯한 충고가 없어도."

"그들은 4위를 할 자격이 없어요!"

"그 모든 승리를 거두었는데도, 롤런드?"

"그들은 승리할 자격도 없어요!"

"이 세상에서 누가 자격이 있지, 롤런드? 재능 있고 아름답고 용감한 자들만? 나머지 우리는 어떻게 하지, 챔피언? 예를 들어, 불쌍한 사람들은 어떻게 하지? 생각나는 대로 몇 개만 나열하자면, 약한 사람들, 비천한 사람들, 절망에 빠진 사람들, 두려워하는 사람들, 박탈당한 사람들은 어떻게 하지? 패배자들은 어떻고? 실패자들은 어때? 우라질, 이 세상의 평범한 소외계층은 어떻게 하지? 인류의 90퍼센트를 차지하는데! 그들은 꿈도 없어야 하나, 애그니? 희망도 없어야 해? 도대체 어떤 놈이 너희 반듯한 개자식들한테 이 세상을 소유하라고 말했지? 누가 너희 반듯한 개자식들한테 이 세상을 맡겼지? 난 그걸 알고 싶단 말이다! 아, 한마디 해줄까, 모범적이고 예쁘장한 미국 소년? 너희 금발의 개자식들은 떵떵거리며 살아왔지만 이젠 완전히 끝났어, 애그니. 우린 더이상 너희의 반듯한 규칙에 따라 플레이하지 않아. 우린 우리의 규칙에 따라 플레이하지! 혁명이 시작됐다고! 이제부터는 먼디스가 지배 민족이야!"

"엘리스."

"네가 원하는 게 뭐야?"

"엘리스, 왜 감독한테 휘티스 얘길 한 거야? 아무도 몰라야 하잖아."

"뭘 아무도 몰라야 한다는 거야, 애그니? 완벽한 애그니 씨가 알고 보니 완벽하지 않다는 거?"

"그가 나를 협박할 거야!"

"네 반듯한 입만 닥치고 있으면 그러지 않을 거야, 롤런드."

"이건 더이상 야구가 아냐! 오히려 작년보다 더 안 좋아! 그와 그의 증오 그리고 너와 네 도표들. 너희 둘이 야구를 파괴하고 있어!"

"우리가 세상을 변화시키고 있다고 생각하면 어때?"

"하지만 완전히 잘못됐어! 1루에는 유대인, 3루에는 난쟁이…… 대체 누가 그런 코치들을 들어나봤겠어! 넌 심지어 공을 잡을 줄도 몰라, 아이작! 네가 아는 건 숫자뿐이지! 너한테 우린 그저 산수의 재료야! 곱하고 나눌 수 있는 어떤 거지. 그리고 그한테는, 그한테 우린 미개한 야만인이야! 우린 너희가 울타리의 문을 열면 거칠게 달려나가는 짐승들이야! 이제 그만해, 아이작!"

"왜 그만해?"

"왜냐하면, 이건 전통 있는 방식이 아니잖아!"

"선수들한테 '유대인의 휘티스'를 먹이는 것도 전통 있는 방식이 아니었지만 넌 했잖아."

"어쩔 수 없었다고!"

"영웅이 되기 위해서였지, 안 그래, 인기남?"

"아, 왜 다들 내가 위대해지는 것에 반대할까, 난 정말 위대한데! 왜 다들 나도 어쩔 수 없는 것 때문에 나를 미워할까! 내가 우월하게 태어난 건 내 잘못이 아냐!"

"글쎄, 그건 못난 사람한테도 똑같이 적용돼, 롤런드."

"난 그들이 못나지 않아야 한다고 말하는 게 아냐. 그건 그들의 권리야! 난 내 몫만 챙기면 돼! 하지만 이 음모가 내 사기를 꺾고 있어!"

"불쌍한 3할 7푼 타자 같으니."

"여기 이 팀에서 항상 미치지 않는다면 난 더 잘 칠 수도 있어! 4할을 칠 수도 있어. 그런데 그들이 날 미치게 한단 말이야!"

리그를 뒤흔든 총성

그런 뒤, 팬 여러분, 모든 게 끝났다. 롤런드 애그니는 죽고 먼디스는 사라졌다.

1944년 7월 4일 루퍼트 팀이 타격 연습을 하러 그라운드에 나오니 이미 캐쿨라 시민 5만 5000명이 좌석을 가득 메우고 있었다. 이제 P리그의 어느 구장에서나 먼디스가 더그아웃에서 모습을 드러내면 관중들은 입에 거품을 물었지만, 캐쿨라처럼 첫 투구를 하기 전부터 관중의 분노가 하늘을 찌르는 곳은 없었다. 물론 영리한 캐쿨라 구단주가 매번 참석해 그날의 광란에 기름을 뿌린 탓도 있지만—"변절자들renegades! 무뢰한들roughnecks! 악당들rogues! 양아치들rapscallions! 난동꾼들rowdies!"—오만상을 하고 으르렁거리는 가메시의 아홉 선수가 여전히 더블룬을 불구로 만들고 밥 얌을 장님으로 만들고 파루샤라는 외팔이 불량품을 리퍼스에 팔아치운 그 무리였기 때문이다.

(후에 이날의 비극이 지나간 역사가 되었을 때, 전국의 논설위원들은 "운명의 4일"에 캐쿨라시를 점령해 유혈 사태를 유발한 그 "증오의 분위기"를 개탄했다. 물론 에프기 시장은 재빨리 여러 신문을 통해, 방아쇠를 당긴 자는 캐쿨라 시민이 아니라 "분노와 원한에 찌든 외톨이이고…… 캐쿨라 시민은 그의 야만적이고 무

자비한 행위에 전 세계의 문명인들과 마찬가지로 불쾌함을 느꼈다"고 역설했다.)

　그날 원정팀 선수들이 경기 전 몸을 풀기 위해 라커룸에서 출발할 때 한 선수가 뒤에 남았다. 그 수난자가 보호장비만 착용한 채 자신의 라커 앞에 앉아 있는 모습은 돌로 깎은 어느 조각 못지않게 인상적이고 기념비적이었다. "어떻게 해야 하나? 다시 집으로 돌아가? 아니, 안 돼." 그는 깨달았다. "다시 집으로 돌아갈 순 없어. 위대한 사람이 집으로 돌아갔다는 얘기가 어디 있어? 위대한 사람이 집에서 엄마 아빠와 함께 산다는 얘기가 어디 있어!" 아, 그의 눈앞에 백발이 다 되고 이가 다 빠질 때까지 침대에 누워 있는 그 자신의 모습, 고등학교 시절의 트로피들, 그리고 그해 메이저리그에서 그가 역사상 가장 위대한 중견수였고 또 그게 당연했다는 걸 입증해줄 그 모든 것이 떠올랐다. 아흔 살인 그와 백스물다섯 살인 그의 아버지가 식탁에 앉아 저녁을 먹는 모습이 그려졌다. "어떤 사람도 혼자 떠 있는 섬이 아니란다, 롤런드." "하지만 그들은 인간이 아니었어요!" "모든 선수는 인간이야, 롤런드. 루퍼트 먼디스는 야구선수들이었어. 그러니 루퍼트 먼디스도 인간들이야." "하지만 모든 야구선수가 인간은 아니에요. 어떤 놈들은 별종이고 부랑자예요!" "별종과 부랑자도 인간이야. 별종과 부랑자도 네 형제들이란다, 아들아." 도시에 나와 살면 행여 나을까? "저기 저 사람을 봐, 지팡이를 짚고 수염이 텁수룩한 사람. 늙은 롤런드 애그니야. 저 사람을 경종으로 삼아라, 얘들아." "왜요? 뭘 잘못했는데요, 엄마?" "남들을 전혀 생각하지 않았단다.

그래서 저렇게 됐어. 자기 자신만 생각하고 자기가 아주 대단하다고……"

평생 부모의 질책에 시달리며 부당하게 무명인으로 살아가는 끔찍한 환상에서 롤런드를 깨어나게 한 것은 라커룸 입구에서 들려오는 이상한 대화였다. 도대체 저 언어는 뭐지? 독일어는 아니고 일본어도 아니었다. 전쟁 영화에서 두 언어를 들어봐서 알 수 있었다. 저건 무슨 언어지? 누가 저기서 얘길 하고 있지?

일렬로 늘어선 라커 너머를 응시하자, 어깨 패드가 들어간 커다란 파란색 정장을 입은 작고 무표정한 남자가 루퍼트 먼디스의 감독과 얘기하고 있는 게 보였다. 가메시는 외국인의 얼굴을 뚫어져라 바라보았다. 세로보다 가로가 더 긴 넓적한 얼굴, 그가 걸친 양복처럼 두꺼운 패드를 댄 듯한 무표정한 얼굴이었다. 낯선 사람은 옆에 야구배트를 들고 있었다. 그는 배트를 가메시에게 건네주었고, 가메시는 경례를 했고, 정장을 입은 남자는 사라졌다.

그것이 그가 보고 들은 전부였지만, 중견수를 비틀거리게 하기에 충분했다.

그때 가메시가 그를 보았다.

"또 너로군? 이번엔 무엇 때문에 골이 난 거지, 금발의 신사? 무슨 핑계로 타격 연습에 나가지 않은 거야, 대스타?"

"그건…… 그건 러시아어였어!" 애그니가 소리쳤다.

"그라운드로 나가게, 미남 선수, 당장."

"당신은 그 사람과 러시아어로 얘기했어!"

"그 사람은, 애그니, 바빌로니아에서 온 내 삼촌이야. 우린 백

퍼센트 순수한 바빌로니아 말로 얘기했어. 자, 당장 그 잘난 궁둥이를 끌고 구장으로 나가."

"그가 당신 삼촌이라면, 왜 경례를 했지?"

"존경하니까, 롤런드. 들어본 적 있어? 바빌로니아인들은 누구나 삼촌한테 경례를 해. 고대 역사를 모르나? 넌 네가 스타라는 것 말고는 아무것도 모르나?"

"하지만…… 하지만 왜 그가 당신에게 배트를 줬지?"

"맙소사, 그게 왜 궁금한 거야? 그러면 안 될 이유가 뭐지? 바빌로니아인들에겐 아이가 없을까? 바빌로니아 아이들도 사인을 좋아하지 않겠어?"

"글쎄, 그럼, 그렇겠지……"

"그렇겠지……" 협박의 달인인 가메시가 코를 씨근거렸다. "자," 그가 애그니에게 그만 따지라는 뜻으로 펜을 건넸다. "자네의 유명한 이름을 적게. 팀에서 첫번째야. 그런 다음 여기서 나가. 타격 연습을 해야지. 증오도 해야 하고, 혐오도 해야 해, 빌어먹을! 아, 자넨 아직도 먼디스가 되려면 멀었어, 모범적인 미국 청년!"

배트의 굵은 쪽 끝에 907이란 숫자가 음각으로 새겨져 있었지만, 롤런드 애그니는 오른손으로 들어만 보고도 배트가 878.83그램에서 1그램도 초과하지 않는다는 걸 알았다. 배트에서 약 30그램이 사라진 것이다. 어딘가 비어 있었다.

그는 다시 비틀거렸지만 소련의 테러리스트이자 파괴활동가의 눈에는 포착되지 않았다.

센터필드 가장 뒤쪽에서도 애그니는 더그아웃에 있는 감독의 일거수일투족을 놓치지 않았다. 애그니는 그가 배트를 지시봉처럼 써서 내야진을 이동시키고, 더그아웃의 바닥을 쾅쾅 쳐서 캐쿨라 타자들을 놀라게 하고, 투구 중간에는 편평한 끄트머리에 뺨을 기대는 것을 지켜보았다. 마치 그것이 야구배트이고 그가 여느 감독과 똑같다는 듯. 여섯 이닝이 지나는 내내 중견수는 한 눈으로 경기를, 다른 눈으로 가메시를 주시했고─그 대단한 한 쌍의 눈으로는 가능했다─마침내 7회 초에 데이머의 파울볼이 쌩하고 먼디스의 더그아웃에 날아들고 선수들이 급히 몸을 피하는 순간, 애그니는 강력한 폭탄처럼 감독의 무릎 위로 자신의 몸을 투하했다.

"이봐! 그거 이리 가져와!" 가메시가 호통을 쳤다. "이봐⋯⋯!"

그러나 바로 다음 투구에서 닉네임이 포볼을 얻어내고, 상대팀 투수에 맞춰 대타자로 출전중인 터미너스가 타석에 들어서자, 아이작 엘리스의 '로테이션 계획'에 따라(그리고 그의 부친이 마지못해 허락한 대로) 1번 타자가 된 롤런드는 더그아웃에서 뛰쳐나와 둥그런 대기타석으로 들어가더니 먼디스의 감독에게서 온 힘을 다해 억지로 빼앗은 배트, 30그램이 사라진 그 배트를 머리 위에서 빙글빙글 휘둘렀다.

시즌 동안 지금까지 먼디스 감독은 어쩔 수 없는 경우를 제외하고는 좀처럼 필드에 나서지 않았다. 거기에는 그만의 몇 가지 이유가 있었고, 결국에는 타당하다고 판명될 참이었다. 경기중에 투수를 빼야 할 때면 그는 유대인 천재를 마운드로 보냈고, 타자에게 할 얘기가 있을 때는 악명 높은 오케이터를 3루 코치박스에서 홈플레이트로 뒤뚱뒤뚱 걸어가게 했다. 그 부적응자 두 명은 관중에게 불평거리를 제공했고, 가메시는(물론 많은 관중이 이 먼디스 감독을 보고 욕하려고 구장에 나왔다. 그의 인기는 이미 곤두박질쳤지만 카리스마는 여전했다) 숙청 위험을 피할 수 있었다.

그러나 그가 개막일부터 매일 받고 있는 그 위협적인 쪽지들도 지금 저 최고의 중견수에게 정체가 발각될 위험에 비하면 아무것도 아닌 게 분명했다. 사기를 저하시키는 롤런드의 행위와 혼란의 조짐(이제 어느 이닝이든 가메시는 매일 상관들에게 보고했다)이 그의 불길한 시간표에 딱딱 들어맞고 있었다. 그래서 타임을 외치고, 마치 터미너스와 홈플레이트 옆에서 작전을 얘기할 것처럼 먼디스 더그아웃에서 걸어나왔다. 관중들에겐 참으로 대단한 7월 4일의 볼거리였다! 십 년 전 스스로 악명으로 물들인 그 등번호를 단 수척한 먼디스 감독이 보이자 리퍼스 팬들은 목청껏 고함을 질렀다. 마침내 그가 모습을 드러냈다. 그들에게 분노, 파멸, 부활을 말하는 영웅, 흰 피부의 잭 존슨*, P리그의 제시 제임스, 타협을 거부한 순교자, 선망받는 범법자, 또한 그들의 죄로 죽었다가 다시 부활한 자를 닮은 존재.

홈플레이트로 간 가메시는 애플잭 터미너스 옆에 서서 그 쉰두 살의 노장 선수에게 공에서 눈을 떼지 말라고 이른 다음, 둥그런 대기타석을 경유해 먼디스의 더그아웃으로 향했고, 그동안 관중

---

* 아프리카계 미국인 최초로 세계 헤비급 챔피언에 오른 권투선수.

은 내내 고함을 질러댔다. 가메시가 다가오는 동안 롤런드는 한쪽 무릎을 꿇은 채 오른쪽 다섯 손가락으로 그 바빌로니아인의 배트 손잡이를 비단뱀처럼 휘감고 있었다.

"좋아, 챔피언." 감독이 그의 등을 가볍게 치며 말했다. "그걸 이리 주고 돌아가서 자네 걸 가져와."

"공산주의자! 더러운 공산주의자!"

"쯧쯧, 중서부의 유명한 주에서 나고 자란 반듯한 청년이 그게 무슨 말버릇인가?"

"내 말은 진실이야!" 중견수는 이렇게 말하고는 주먹을 쥐고 있던 왼손을 펴 가메시에게 자신이 마침내 그 물건을 찾아냈음을 보여주었다. "이제 완전히 분명해졌어, 이 반역자!"

"뭐가 분명해졌지, 롤런드? 내가 듣기엔 자네가 착각하고 있는 것 같은데, 젊은이."

"당신이 스파이라는 거, 소련의 비밀 스파이라는 거! 트러스트 부인이 내게 경고한 바로 그것!"

"도대체 그 손에 뭘 쥐고 있는 거지, 롤런드?"

"필름! 기밀이 담긴 작고 동그란 필름 한 통!"

"어디서 그걸 손에 넣었나? 어느 더럽고 낡은 도심의 사창가에서? 쯧쯧, 롤런드 애그니."

"여기 이 배트에서 꺼냈어! 당신도 알잖아! 배트의 밑둥을 돌렸지! 그랬더니 이게 떨어졌어, 바로 이 손바닥에!"

"플레이볼!" 주심이 외쳤다. "자넨 관중을 소름 끼치게 했어, 길. 관중에게 그 무시무시한 상판대기를 보여줬잖아, 이젠 경기를 진행하자고!"

"필름?" 가메시가 말했다. "아, 그거. 우리 삼촌. 그는 우리 집안의 훌륭한 사진작가지. 바빌로니아 사람들은 사진을 좋아해, 자네도 알잖나, 사진이 백 마디 말보다 더 진실하다고들 하지."

"당신의 삼촌은 공산당 스파이야! 당신도 마찬가지고! 그래서 선수들한테 증오를 가르치고 있어!"

"플레이볼!"

주심이 그들에게 다가오기 전 가메시는 더그아웃으로 향했지만, 그 의미에 어조까지 더해 온몸이 오싹해지는 말을 남기고 떠났다. "머리를 쓰게, 영웅이여. 자네의 인생을 파괴하고 자네의 명성을 영원히 망쳐버리는 수가 있어."

터미너스는 볼카운트를 투 스트라이크 투 볼까지 끌고 간 뒤 엘리스의 히트앤드런 작전에 따라 배트를 휘둘렀지만 공은 높이 떠올랐다. 새로운 먼디스 어휘사전에 담긴 그 모든 욕설이 날아왔음에도 캐큘라의 3루수는 플라이볼을 떨어뜨리지 않았고, 그의 발목을 향해 날아가는 애플잭의 배트에도 위협을 느끼지 않았다. 그러나 타자를 아웃시키자마자 그는 오케이터를 뒤쫓기 시작했고(후에 그는 병원 침대에서 주장했다. 플라이볼을 쫓아 코치 박스 구역을 지날 때 그 난쟁이가 눈에 침을 뱉었다고), 그걸 보고 먼디스 선수들은 총알같이 벤치에서 달려나가, 그들의 흉측한 코치가 붙잡히기 전에 그 내야수를 무릎으로 쳤다(칼로 찔렀다고 말하는 사람도 있었다). 경찰 수십 명이 관중석 아래서 경기장을 경호하고 있었고—옛날처럼, 가메시가 도시에 오면 항상 대기했다—마침내 스파이크가 살에서 뽑혀나오고 손가락이 눈알에서 빠져나오자 오케이터, 애스타트, 라마는 경기장에서 쫓겨났고, 캐쿨라의 3루수는 유격수—동료를 지키려고 겁도 없이 달려든 유일한 리퍼스 선수—와 함께 의식을 잃은 채 다이아몬드에서 실려 나갔다. 시대가 얼마나 변했는지! 시즌 전만 해도 누가 먼디스의 이런 모습을 상상이나 했을까?

마침내 경찰(그리고 그들이 탄 말들)이 법을 집행한 후 그라운드에서 물러나자, 가메시는 다시 먼디스의 벤치에서 나와 홈플레이트로 향했다. 리퍼스의 보결내야수들이 공을 던지며 연습하는 동안 애그니는 타석에 들어설 차례를 기다렸다.

주심이 노골적으로 혐오감을 드러내며 말했다. "이번엔 뭔가, 가메시? 자네도 시동을 걸어볼 참인가? 마주마 때문에 관중이 미치는 걸로는 부족한가?" 심판은 못 말리는 캐쿨라 구단주가 그날을 경축하기 위해 엉클 샘 턱수염과 정장으로 변장하고 딸 디네로의 도움을 받으며 먼디스 불펜 쪽을 겨냥한 가짜 대포에 무쇠 포탄을 장전하고 있는 외야석을 몸짓으로 가리켰다.

"그래, 어떻게 생각하나, 롤리." 가메시가 속삭였다. "자넨 '맨발의 조'처럼 역사의 나락으로 떨어지고 싶진 않겠지, 안 그래? 온 세상이 그 휘-티-스의 진실을 아는 걸 원하지 않겠지, 안 그래? 그럼 그 필-름을 넘겨주는 게 어떤가, 응? 그런 다음 좋은 새 배트를 가져오게. 그리고 우리가 오늘 벌인 검투는 깨끗이 잊는 거야. 어떻게 생각하나, 롤런드? 안 그럼 네 이름은 앞으로 수백 년 동안 아나테마로 남을 거다. 칼리굴라*처럼, 유다처럼, 레오폴드와 러브**

처럼."

"뭐요? 아나테마가 뭐죠?" 위협적이고 광기어린 가메시의 눈빛에 약해진 젊은 중견수가 물었다.

"저주받은 사람이야, 롤런드, 저주받은 사람. 넌 버젓한 사회에서 나보다 훨씬 나쁘게 추방당한 이가 될 거다. 고패넌보다 더 위대할 수 있고, 코브보다, 위대한 조 디마지오보다 더 위대할 수 있는 네가."

"하지만…… 당신은 미국을 파괴하려고 나타났어!"

"미국?" 가메시가 빙긋이 웃으며 말했다. "롤런드, 미국이 자네에게 뭔가? 혹은 나, 저 관중석을 메우고 있는 수만 명에게 뭐지? 그건 사람들을 뼈빠지게 일하도록 하고 규칙을 지키게 하는 단어야. 미국은 민중의 아편이라네, 금발 총각. 내가 자네 같은 스타라면, 그런 거에는 신경을 딱 끊고 걱정하지 않을 걸세."

폭발음이 들리자 모든 관중이 웃으며 센터필드 쪽의 탁 트인 외야석으로 얼굴을 돌렸다. 턱수염을 붙이고 실크해트를 쓴 마주마와, 여름 한낮을 위해 빨간 천쪼가리와 하얀 컵과 파란 컵을 착용한 딸 디네로가 여전히 포탄과 (그리고 서로와) 씨름하고 있었다. 팬들은 즐거움에 함성을 지르고 고함을 쳐댔다. 다음으로 두 번째 폭발음이 들리는 순간, 관중은 마주마가 포탄을 발사하지 않았으며 이것이 장난이 아님을 직감했다.

---

* 고대 로마의 폭군.

** 상류층 출신의 명문대생이었던 두 사람은 완전범죄가 '가능하다'는 계산이 나왔다는 이유로 1924년 이웃 소년을 유괴하고 살해해 종신형을 선고받았다.

후에 목격자들(하나같이 유명세를 좇는 사람들)이 나타나 총성이 여섯 발, 아니 일곱 발까지 들렸다고 주장했고, 그로 인해 캐쿨라 언론의 독자 칼럼에는 '키스톤 콤보'* 암살이라는 음모론이 몇 달 동안 끊이지 않고 올라왔다. 그러나 캐쿨라경찰서 협조하에 오크하트 장군 측에서 실시한 조사에서는 '일말의 의혹도 없이' 단 두 발이 발사되었고, 하나는 길 가메시의 왼쪽 어깨를 부순 후 롤런드의 목구멍으로 튀어나갔으며, 다른 하나는 애그니가 자신의 이름을 구하기 위해 조국을 배신하거나, 조국을 구하기 위해 자신의 이름을 배신하려는 찰나에 그의 밝고 연한 푸른 눈 사이를 정확히 관통했다는 결론이 나왔다.

처음에 관중은 홈플레이트 위에 겹쳐진 두 몸뚱이가 모두 시신이 되었다고 생각했지만, 케이블 한 가닥처럼 생기 없이 땅 위에 축 늘어진 가메시의 유명한 왼팔과 달리 그의 오른팔이 천천히 롤런드의 피 묻은 상의 앞자락을 더듬으며 내려갔다. 경기장이 대혼란에 빠져 있는 동안 그는 롤런드의 바지 주머니에 손을 넣어 (예상대로) 그 순진한 젊은이가 잘 감춰둔 마이크로필름을 낚아올렸다.

암살범은 몇 분 안에 죽었다. 캐쿨라 기마경찰이 안장에서 내려와 득점판을 향해 총을 겨누었고, 두 발의 총알이 날아온 것으로 보이는 각각의 구멍으로 스무 발이나 발사했다. 그 때문에 암

---

* 유격수와 2루수의 연합 수비. 일본에서 만들어진 용어로 미국에서는 사용하지 않는다. 이 표현은 일본의 음모를 암시하고 있다.

살범뿐 아니라 점수기록원까지 잡아버렸는데, 그는 네 자녀의 아버지였고, 그중 두 아들은 성인이 되면 미 육군사관학교에 입학하겠다고 주중에 약속을 한 터였다. 캐쿨라 시청이 주관한 장례식에서 제복을 완벽히 갖춰 입은 사관학교 대변인이 두 작은 소년, 에프기 시장, 프랭크 마주마, 그리고 베일을 쓴 육감적인 디네로 옆에 서서, 이 아이들의 약속은 "두 자랑스러운 어린 미국인이 용감한 아버지에게 바치는 찬사이며, 그 아버지는" 대변인의 표현을 빌리자면, "직무를 수행하던 중 순직했다"(독자 여러분도 이미 짐작했겠지만, 암살범인 마이크 더 마우스 매스터슨과 함께).

검시관이 조사한 결과, 캐쿨라 경찰이 쏜 이백쉰여섯 발의 총탄 중 한 발이 마이크의 귀를 스치고 지나간 것으로 밝혀졌다. 그는 득점판의 외진 구석에서 고성능 라이플총을 낀 채, 닭뼈를 빨고 소다수를 마시고 복수의 꿈을 꾸며 기나긴 밤을 보냈고, 암살 그 자체의 흥분이 여든한 살의 그에게 심장마비를 일으킨 것이 거의 분명해 보였다.

내부의 적

애그니가 죽고 이틀 후, 앤절라 휘틀링 트러스트의 트라이시티 라디오 방송국인 TAWT의 스튜디오에서 오크하트 장군은 미국 국민에게 패트리어트리그, 프로야구, 자유기업체제, 민주주의 그리고 공화국을 파괴하려는 이 엄청난 음모를 폭로했다. 장군이 성명서를 읽을 때 마이크 양쪽에는 길 가메시, 앤절라 트러스트, 살해당한 중견수의 부모인 롤런드 애그니 시니어 부부가 앉아 있었다. 애그니는 복수심에 불타는 미친 사람이 벌인 '외톨이' 범행의 우연한 희생자가 아니라, 미국의 적들과 함께 야구를 하지 않으려 했기 때문에 계획적으로 살해되었음이 밝혀졌다.

"미국 국민 여러분, 그리고 언론에 종사하는 신사숙녀 여러분." 오크하트 장군이 입을 열었다. "지금 제 수중에는 공산당의 예비 혹은 정식 당원으로 고발된 루퍼트 먼디스 야구팀 십삼 인의 명단이 있습니다. 공산당의 첩보 및 파괴 조직에 속해 있는 스파이들과 동조자들입니다."

다음으로 그는 십 년 전 크렘린의 밀실에서 기획된 책략을 간추려 설명하고, 그로 인해 바로 이틀 전 1943년 시즌 패트리어트 리그의 타격왕이 안타깝게 살해되고 길 가메시의 목숨까지 날아갈 뻔한 폭력 사태가 발생했다고 밝혔다. "본인은 이제 먼디스 감독에게 그가 겪은 놀라운 이야기를 그 자신의 입으로 밝혀주기를 요청하고자 합니다. 그것은 패배와 낙담, 실수와 배신의 이야기이며, 반역의 공포 그리고 배신자가 결코 빠져나올 수 없는 외로움과 불행의 굴레에 관한 이야기입니다. 분명 여러분 가운데는 이렇게 묻는 사람이 있을 겁니다. 그렇게 극악한 과거를 지닌 자, 본인도 인정하듯 불과 몇 달 전 이 나라에 처음 나타났을 때만 해도 그 엄청난 진실을 한마디도 얘기하지 않은 자를 얼마나 신뢰할 수 있을까? 제 대답은, 변명으로 듣지 말고 정상을 참작해달라는 것입니다. 미국 국민 여러분, 진실을 끝까지 감추기보다는 결국 전부 털어놓는 편이 더 낫지 않을까요? 여전히 공산주의자일지 모르는 자보다는 한때 공산주의자였던 자가 더 낫지 않겠습니까? 길 가

메시의 올곧은 정직함과 참된 용기를 먼디스의 십삼 인이 보여준
교활함과 반역에 대비해보면—그중 열두 명은 여전히 반역죄를
완강히 부인하고 있습니다—즉시 길 가메시는 우리가 직면한 음
모와 우리 앞에 놓인 전투에 대해 경각심을 일깨워준 대가로 우리
의 존경뿐 아니라 영원한 감사를 받아 마땅한 미국인이라고 결론
짓게 될 것입니다.”

　오크하트 장군은 이제 마이크에 대고, 좌익활동을 한 혐의로
그날부로 패트리어트리그에서의 활동이 정지될 먼디스 선수들의
이름을 읽었다. 그리고 각 선수에 해당하는 완전한 파일이 전부
있으며, 현재 리그에서 활동중인 다른 삼십육 인의 공산주의자 및
공산당 동조자들의 파일과 함께 그날 아침 FBI로 넘어갔다고 말
했다. 그 “삼십육 인”은 아직 장군과의 비공개 면담에서 혐의를
반박하거나 자신의 죄를 실토할 기회를 갖지 못했기 때문에, 오크
하트 장군은 이 자리에서 그들의 이름을 공표하는 일이 “페어플
레이”가 아닌 것 같다고 말했다. 그리고 지금까지 장군이 그의 사
무실에서 심문한 먼디스의 십삼 인 중에는 그 자신이나, 그와 공
동으로 이 사건을 조사중인 트러스트 부인에게 만족할 만한 수준
으로 무혐의를 입증한 사람은 한 명도 없으며, 지금까지 단 한 명
이 아침에는 공산당 가입 혐의를 큰 소리로 웃으며 부인했다가,
오후에 장군의 사무실로 다시 찾아와 자신이 평생 동안 소련의 스
파이로 활동했음을 솔직히 털어놓았다고 말했다. 바로 먼디스의
1루수 존 바알이었다. 바알은 자신이 공모에 가담했다고 고백한
뒤 공산주의자 동료 열두 명의 신원을 확인해주었다. 그들의 이름

은 알파벳순으로, 장폴 애스타트, 올리버 데이머, 버질 디미터, 아이작 엘리스 코치, 칼 코바키, 치코 머코틀, 유진 모코스, 도널드 오케이터, 피터 타, 조지 스키너, 클레티스 터미너스, 찰스 터미니카였다.

오크하트 장군은 확신에 찬 어조로, 패트리어트리그는 남은 삼십육 인의 공산주의자와 미국 야구를 파괴하려는 음모를 주말이 오기 전에 완전히 제거하겠다는 말로 짧은 연설을 마쳤다.

다음으로 가메시가 팔걸이를 한 왼팔을 루퍼트의 몸풀기용 재킷 아래 감춘 채 마이크 앞에 섰다. 운집한 기자들의 기립박수를 받은 후(눈에 띄는 예외가 한 명 있었다) 그는 전에 선창 타운의 낡은 오두막에서 장군에게 했던 이야기를 되풀이했다. 기자들의 요청에 그는 다시 한번, 눈 내리던 그날 밤 그가 단 한 번도 고향이라 부를 수 없었던 공산주의 수도의 소련 군사정보국 단파라디오실에서 양키스 대 타이쿤스의 월드시리즈 1차전을 훔쳐들었던 경험을 자세히 얘기했다. "두려웠던 건 저를 그 방으로 끌어당긴 갈망의 대가로 언젠가 목숨을 내놓아야 할지 모른다는 사실이었습니다. 그리고," 기자들이 정신없이 갈겨쓰는 동안(눈에 띄는 예외가 한 명 있었다) 가메시가 말했다. "이틀 전 거의 그럴 뻔했습니다. 미국 국민 여러분, 공산당이 그들의 당원 중 과거 패트리어트리그의 주심이었던 마이크 매스터슨을 제 암살자로 선택했다는 사실에서, 우리의 적이 우리를 파멸시키기 위해 얼마나 치밀하고 냉소적인 음모를 몰래 꾸미고 있는지를 간파할 수 있습니다. 이틀 전 그 총탄이 이 팔을 박살내는 대신 제 목숨을 앗아갔다면, 저는 저를 노린 복수의 희생자가 되었을 테고, 과거를 용서하고 잊을 마음이 전혀 없는 미친 노망난 노인에게 혼자만 희생되었을 것입니다. 롤런드 애그니는 살인을 계획한 그 주심의 총탄의 의도치 않은 희생자임을 추측할 수 있으며, 지금까지 실제로 그렇게 추측되어왔습니다. 그러나 진실은 훨씬 비극적이고 끔찍합니다. 마이크 매스터슨, 단 한 번도 부정직한 판정을 내리지 않았던 그 주심은 저와 마찬가지로 공산당의 꼭두각시였고, 공산당 주인들에게 복종해 훌륭하기 이를 데 없는 한 미국인의 목숨을 의도적으로, 냉혹하게 앗아갔습니다. 위대한 타자에 위대한 외야수이자 위대한 반공주의 전사를 말입니다. 제가 말하는 사람은, 제가 그의 감독으로서 특권을 누린 짧은 몇 주 동안 알면 알수록 더욱 깊이 감탄하게 된 젊은이였습니다. 제가 말하는 사람은, 제가 루퍼트 먼디스라는 바다에서 헤엄치는 빨갱이 물고기를 가려내기 위해 그의 동료들 앞에 던져놓은 미끼에 달려들지 않은 한 명의 먼디스 선수였습니다. 제가 말하는 그 사람은, 공산주의자들이 결국 처형하라고 지시할 만큼 몹시 두려워했던 젊은 미국인, 때로는 당황해 맹목적으로 덤볐지만 야구를 하는 방법은 하나뿐이며 그것이 바로 미국인의 야구라는 확신으로 항상 무장하고서 기회가 올 때마다 빨갱이들과 싸운 젊은 미국인이었습니다. 제가 말하는 그 사람은, 만일 더 행복한 시대를 만났다면 책에 적힌 모든 기록을 깨고 언젠가 틀림없이 지난날의 위대한 선수들과 함께 쿠퍼스타운에 모셔졌을, 곧 앤절라 휘틀링 트러스트 여사가 여기 트라이시티에 건설할 반공주의자 명예의 전당에 이름을 올릴 선수입니다.

제가 말하는 그 사람은, 루퍼트의 중견수 롤런드 애그니입니다."

이 순간 가메시는 살해당한 젊은이의 부모에게 눈길을 돌렸다. 연로한 애그니 씨는 아들 못지않게 인상적이고 이상적인 체격을 의자에서 일으키며 롤런드의 어머니에게 손을 내밀었다. 아들을 잃은 아버지와 그의 자그마하고 예쁘장한 아내가 마이크 앞으로 걸어나왔다. 말을 시작하는 애그니 씨의 목소리는 갈라져 있었고, 내내 용감하게 버티던 아내는 그가 말을 하는 동안 곁에서 눈물을 흘리며 조용히 흐느꼈다. 트러스트 여사는 그해의 퓰리처상 사진 부문을 거머쥔 자세로 자신의 메마른 손을 뻗어 애그니 부인의 팔을 붙잡으며 자기보다 젊은 여자를 위로했다.

애그니 씨가 말했다. "아내와 나는 열아홉 살 된 아들을 잃었습니다. 물론 우리는 몹시 슬프고, 당연히 마음이 무겁습니다. 그러나 저는 여러분께 우리는 일생 동안 오늘보다 더 아들이 자랑스러운 날이 없었다고 말씀드리고 싶습니다. 롤런드는 완벽한 운동선수였기 때문에 언제나 사람들의 영웅이었습니다. 이제 롤런드는 조국과 인류를 위해 모든 걸 희생한 애국자로, 부모인 우리에게도 영웅입니다. 그 이상을 바라는 미국의 어머니, 아버지가 어디 있겠습니까?"

그날 오후 마지막 말은 트러스트 여사에게서 나왔다. 그 말은 공산주의자들에게 던지는 그녀의 응답이었다. "개수작!"

오크하트 장군이 약속한 대로 그주 안에 추가로 서른여섯 명의 공산주의자와 공산당 동조자들이 패트리어트리그에서 출장정지를 당했고, 그들의 이름이 언론에 공표되었다. 리퍼스에 아홉 명, 그린백스에 여덟 명, 키퍼스에 일곱 명, 부처스에 여섯 명, 블루스에 네 명, 러슬러스에 두 명이었다. 이 삼십육 인의 명단보다 훨씬 충격적인 뉴스는 프랭크 마주마와 에이브러햄 엘리스가 공산주의자 구단주로, 더 나아가 엘리스의 아내 세라가 소련의 '밀사'로 적발된 것이었다. 양 구단주가 즉시 혐의를 단호히 부인하는 성명을 발표하자—자신들에 대한 혐의는 터무니없고, 부조리하고, 사악하리만치 무책임하다고—오크하트 장군은 시카고로 건너가 랜디스 판사와 상의했다. 몹시 화가 난 총재는 이미 기자들에게, 자신은 공산주의자들이 P리그에 침투한 지난 십 년 동안 P리그 회장 오크하트 장군이 했어야 할 "쥐새끼 박멸" 작업을 대신 해줄 의향이 없다고 발표한 터였다. 그럼에도 장장 세 시간 동안 회의를 한 끝에 랜디스는 기자들에게, 프로야구협회는 혐의가 있는 구단주들이 그들 자신의 결백을 입증하거나 영업권을 스스로 반납할 때까지 캐쿨라 리퍼스와 트라이시티 그린백스의 리그 경기를 정지시키겠다는 장군의 결정에 "도덕적 지지"를 보낸다는 짧은 성명을 발표했다. 그러나 두 팀의 출장정지로 인해 법률 소송이 발생할 경우, 그 책임은 전적으로 애초에 이 혼란으로 뛰어든 자들이 져야 할 것이라고 랜디스 판사는 분명히 못을 박았다.

그후 오크하트 장군의 리그는 혼돈에 빠졌다. 출장정지로 선수가 줄어든 팀은 현지의 고등학교 선수들을 불러 빈자리를 채워야 했다. 그나마도 아들을 P리그 팀에 집어넣어 장래를 위태롭게 할 정도로 어리석은 아버지를 둔데다 조금이라도 능력이 있는 선수를 찾았을 경우에 가능했다. 한편 출장정지를 당한 선수들은 전국의 술집과 당구장에서 자신의 결백을 소리 높여 주장하거나— 이 때문에 다툼이 자주 벌어졌다—아니면 죄를 인정하고 겸허하게 용서를 구하면("난 한낱 촌놈일 뿐이에요, 난 아무것도 몰랐어요") 복직이 되지 않을까 하는 바람으로, 빅 존 바알을 본보기로 삼아 그들에게 씌워진 알지 못하는 혐의를 자진해서 인정했다. 프랭크 마주마는 굽히지 않고 패트리어트리그 회장을 상대로 450만 달러의 손해배상 청구소송을 냈지만, 엘리스 가족은 그린백스타디움의 출입문을 잠그고 트라이시티에서 흔적도 없이 사라져 사실상 자신들의 죄를 인정한 듯 보였다. 마르크스-레닌주의의 위험에 무관심한 P리그의 열혈 팬들(아직도 많았다)조차 일정 변경, 열넷 혹은 열다섯 살짜리 구원투수, 외야석 입장을 방해하는 재향군인회의 소란과 피켓에 갈수록 짜증이 났고, 결국 1944년 시즌 말에 이르러 P리그에는 그들의 야구를 구경해줄 관중을 300명 이상 끌어들이는 팀이 하나도 없었다. 심지어 백옥같이 깨끗한 타이쿤스도 마찬가지였다.

맥스 러니어가 1944년 월드시리즈에서 카디널스에 최후의 승리를 안겨준 날, 반미활동위원회는 뉴저지 포트루퍼트의 연방법원 1105호에서 공산주의자들의 패트리어트리그 침투에 관한 청문회를 열기 시작했다. 미합중국 부통령 헨리 월리스는 '전후세계 연방에서 인도주의를 증진시키기 위한 동서양 교육재활동맹' 회담에 참석하는 날 아침의 연설에서, 그 조사를 "우리의 용감한 러시아 동맹국에 대한 비열한 모욕"이라 묘사했고, 루스벨트 여사도 그에 동조해 일간신문 칼럼에 그 조사가 "소련 국민과 지도자들에게 모욕적"이라 표현했다. 일설에 의하면 FDR는 아주 대단한 "선거운동"을 하고 있다며 껄껄 웃어넘겼다 한다. "누가요, 대통령 각하?"라는 질문에 대통령은 '더그 오크하트'라 대답했을 것으로 사람들은 추정했다. "그 늙은 군마가 아직도 내 자리를 탐내는군."

매일 수백 명의 포트루퍼트 시민이 포트루퍼트법원 계단 발치의 링컨 동상 주위에 모여 소환된 증인들이 도착하는 모습을 구경했다. 한때 그날 최선을 다해 경기를 마친 후 노타이셔츠와 멜빵바지를 입고 먼디파크를 빠져나가는 수줍은 스타, 위대한 고패넌을 잠깐이라도 보기 위해 먼디스 라커룸 문밖의 인도에서 열 겹 혹은 열다섯 겹까지 줄지어 기다리던 군중처럼. 그 시절 군중과 다른 점이 있다면 그때는 주체하지 못하는 사랑 때문에 기다렸다는 것이다.

오크하트 장군에게 출장정지를 당한 먼디스 선수들이 위원회 앞에서 증언하기 위해 각자의 변호사들과 차례로 도착했다.

"반역자!"

"변절자!"

"스파이!"

그주를 통틀어 단 한 명의 루퍼스 팬만이 눈물을 흘렸다. 배달부 유니폼을 입은 한 난쟁이가 경찰관 다리 사이로 택시에서 내리는 오케이터를 보고는 높고 갈라진 목소리로 외쳤다. "아니라고 말해요, 오케이!"

"당연히 아니지, 쥐방울만한 등신아!" 오케이터는 이렇게 대꾸하고 거만하게 뒤뚱거리며 가파른 계단을 한 번에 한 칸씩 올라갔다.

의장은 그들이 선서한 가운데 증언하고 있으며 만일 위증죄가 밝혀지면 무거운 벌금형과 엄한 징역형을 내리겠노라고 거듭 경고했지만 열세 명 중 열 명은 굽히지 않고 끝까지 결백을 주장했다. 그 열 명 중 적어도 절반은 오케이터가 아니었으면 자백을 했을 게 분명했다. 집단의 지도자로 나선 오케이터는 호텔에서 밤늦게까지 논쟁하며 스키너 같은 소심한 동료를 호되게 꾸짖고 설교자 디미터의 양심을 자극했다. 자신이 공산주의자라고 인정한 세 명 중 빅 존 바알은 물론 위원회 앞에 불려나가기 훨씬 전에 일을 끝냈다. 사실 오크하트 장군의 사무실에서 나와 복도의 모퉁이를 돌고 한 시간이 지난 후에 그는 이미 '햇빛을 본' 사람이 되어 술집에 있었다. "물론이죠, 난 공산당을 위해 일하는 공산주의자였어요." 그는 기자들에게 이렇게 말했다. "그렇다니까요, 니카라과에서 빨갱이들한테 훈련을 받았어요. 빌어먹을, 거기엔 빨갱이들이 득실득실해요. 물론 먼디스 선수들도 대부분 공산주의에 물들었죠. 게다가 내 생각에 그중 몇몇은 퀴어인 거 같아요. 하 하 하 하!" 청문회에서 자신의 진술을 바꾸고 이전에는 부인했던 공산당과의 연루를 인정한, 그리고 그에 대해 부끄러워하고 있는 두 사람은 닉네임 데이머(소문에 따르면 사실대로 말할 때까지 아빠에게 채찍으로 맞았다고 한다)와 치코 머코틀이었는데, 치코는 통역사의 도움을 받아 증언했다. 증언할 때 그들은 자신뿐 아니라 팀 내의 다른 공산주의자들까지 지목했기 때문에 증언이 끝날 때 위원회 의장에게 칭찬을 들었다. "데이머 씨, 머코틀 씨, 우리 위원회에 협조해주신 것에 감사드립니다." 다이스 의장이 말했다. "여러분 같은 사람들이 도와주었기에 세계 지배를 노리는 공산주의자들의 음흉한 책동을 미국 국민에게 일깨우는 사업을 진전시킬 수 있었소."

치코는 "무차스 그라시아스, 세뇨르 다이스"*라고 말했고, 닉네임은 눈물을 흘렸다.

십삼 인의 먼디스 선수 중 가장 큰 골칫덩어리는 두 코치인 아이작 엘리스와 오케이 오케이터였다. 둘은 청문회에서 큰 소란을 일으켜 연방법원 집행관들의 손에 강제로 끌려나갔고, 그후 국회 위원회 모욕죄로 각자 일 년 징역형을 선고받았다. 오케이터는 펜실베이니아 루이스버그에 있는 연방교도소로 끌려갔고, 아이작은 뉴저지 로웨이의 비행청소년을 위한 농장으로 끌려갔다. 아이작은 도착한 지 한 달도 안 되어 샤워실에서 원생 전체에게 맞아 죽었는데, 먼디스의 위대한 순교자 롤런드 애그니가 1943년 시즌말 자신과 공모해 동료들의 아침식사에 마약을 집어넣었다고 암시해서였다.

아이작을 제외하고 위원회 앞에서 증언한 후 죽은 유일한 먼디스 선수는 프렌치 애스타르로, 가스페에 있는 가족의 농장에서 스스로 목숨을 끊었다.

---

* 스페인어로 '대단히 감사합니다. 다이스 씨'.

포트루퍼트에서 위원회가 소환한 '깜짝' 증인은 파이니스트패밀리 뉴스페이퍼의 스포츠 칼럼니스트, 워드 스미스였다. 그는 그의 친구들이라고 알려진 사람들, 즉 육군성이 먼디파크를 임차한 일에 관여했다고 전해지는 '정부 행정기관의 고위 공직자들'과 무슨 관계가 있으며, 그에 따라 현재 밝혀진 바와 같이 소련이 패트리어트리그를 파괴하려고 꾸민 음모와 어떻게 연루되어 있느냐는 질문에 답변하기를 거부했다.

"의장님," 자신의 이름, 주소, 직업을 밝힌 후 스미티가 말했다. "이 위원회와 위원회의 조사는 한 편의 어릿광대극입니다. 난 거기에 발을 담그지 않겠어요. 더이상 의장님의 질문, 특히 내 지인들에 관한 질문에는 과거에든 현재에든 앞으로 다가올 미래에든 답하기를 거부하겠습니다. 내 정치적 신념, 건강 습관, 섹스 습관, 식습관, 그리고 혹시 있다면 좋은 습관과 관련된 어떤 질문에도 답하지 않을 겁니다. 전화로든, 얼굴을 맞대고든, 잠을 자는 중에든, 차를 마실 때든, 홀로 있을 때든 내가 어느 누구에게 했던 그 어떤 말에 대해서도 사과하거나 설명하거나 입증하지 않을 겁니다. 세계지도에서 러시아의 위치를 짚을 줄도 모르는―세계지도에서 세계의 위치를 짚을 줄도 모르는―미국의 야구선수들이 두려움과 협박과 엄청난 무지 때문에, 또는 바알이라는 문제아의 경우처럼 구제불능인 인간의 사악함과 한 맺힌 유전자 때문에 자신과 팀 동료를 공산당 스파이로 고발하는 이 어이없는 코미디에 관여하지 않겠습니다. 진실로, 의장 나리, 나는 육십 년 동안 이 창피한 야바위놀음에 비견할 그 어떤 경악스러운 일도 본 적이 없습니다. 그리고 지난 두 시즌 동안 불행하게도 패트리어트리그가 터무니없고 우스꽝스러운 위기를 겪는 과정을 하나하나 지켜보았습니다. 그 자리에서 내 눈으로 직접 보지 않았다면 도저히 믿지 못했을 광경들이 구장에서 벌어졌지요. 솔직히 아직도 그 일들을 믿을 수가 없습니다. 하지만 그 모든 건 전혀 창피함도 없고 unabashed, 부추김도 없고unabetted, 생략도 없고unabridged, 설명할 수도 없고unaccountable, 꾸밈도 없고unadorned, 누그러짐도 없고 unallayed, 재미도 없고unamusing, 예측할 수도 없고unanticipated, 공격할 수도 없고unassailable······"

(웃음. 산발적인 갈채)

의장: 저, 잠깐······

스미티: ······누구의 요청도 없고uncalled, 제지도 없고unchecked, 통일성도 없고uncoherent, 제한도 없고unconditional······

의장: 변호사, 당신이 의뢰인에게 충고를 해주면 좋을 듯하오만······

스미티: ······연결성도 없고unconnected, 양심도 없고unconscionable, 자제도 없고unconstrained······

의장: 자제가 없는 건 당신이오, 선생. 내가 듣기엔 바로 당신 자신을 묘사하고 있는 것 같군. 자, 이제······

스미티: ······억제할 수 없고uncontrollable, 구속할 수 없고 uncurbed, 해독할 수 없고undecipherable, 정의할 수 없고undefinable······

의장(의사봉을 탕탕 치며): 자, 당장 멈추지 않으면 증인석에서 내려가게 될 거요. 그리고 증인석을 내려가는 이유는 모욕죄가 될 겁니다. 정 나를 자극해서 모욕죄를 선고받고 싶다면, 더 힘들게 애쓸 필요 없소. 감옥에 가려고 알파벳을 끝까지 나열할 것까진 없단 말이오.

스미티: ……바람직한 면도 없고undesirable, 희석된 면도 없고undiluted, 위장한 면도 없고undisguised, 꿈에도 생각한 바 없고undreamt-of, 쓸모도 없고unearthy, 필적할 것도 없고unequaled, 머뭇거림도 없고unfaltering, 헤아릴 수도 없고unfathomable, 잊을 수도 없는unforgetable……

의장: 집행관, 이자를 증인석에서 끌어내게.

(연방 집행관들이 증인 곁으로 다가가자 갈채와 야유가 동시에 터진다.)

스미티: ……허구unreality를 위해서였소, 의장 나리, 순전한 허허허허허허허구를 위해. 세상에 어떤 일도 이 청문회에서 벌어진 일과 비교할 수 없을 겁니다.

의장: 우리에게 하고 싶었던 말이 고작 그거였소?

스미티(두 집행관에 의해 증인석에서 이끌려가며): 난 할말을 다 했습니다.

의장: 하지만 스미스 씨, 당신은 작가이니 분명, 진실은 소설보다 더 기이하다는 속담을 알 거요.

스미티: 거짓말도 그렇습니다, 의장 나리. 진실은 소설보다 더 기이하지만, 거짓은 진실보다 더 기이하지요.

(갈채와 야유 속에서 그는 청문회장에서 끌려나간다.)

반항의 대가로 스미티는 위원회 모욕죄로 구속되어 징역 일 년을 선고받고 루이스버그의 연방형무소에 수감되었으며, 육 개월 후 가석방으로 출소했지만 그의 필명은 미국의 신문에서 영원히 사라져버렸다.

1944년 11월. 더글러스 D. 오크하트 장군이 미합중국 대통령 선거에서 투표용지에 이름이 기재되지 않은 후보*로 출마한다. 일반투표에서 1.1퍼센트의 표를 얻는다.

1945년 2월. 반미활동조사위원회는 모든 패트리어트 팀에 대한 조사를 마치고, 전 야구계를 조사하도록 연방 대배심을 요청한다.

1945년 3월. 추가로 스물세 명의 공산주의자가 패트리어트리그에서 쫓겨나, (구단주를 제외하고) 추방된 인원이 총 일흔한 명에 이른다. 오크하트 장군은 애석해하며, 전쟁이 끝나고 퇴역한 선수들이 돌아와 "평시의 기량"으로 P리그를 회복시킬 때까지 리그 운영을 연기한다.

1945년 8월. 히로시마의 페어스미스스타디움이 파괴된다.

1945년 10월. 더글러스 D. 오크하트의 『삼진아웃당한 공산주의』(스탠드업앤드파이트 출판사, 트라이시티, 매사추세츠)가 출간된다.

---

* write-in candidate. 투표용지에 이름이 기재되지 않아 유권자가 직접 이름을 써야 하는 후보. 출마하지 않은 후보에게 유권자가 지지를 보내는 방법으로 미국의 일부 주에서 시행하고 있다.

    1946년 1월. P리그에서 뛰었던 미국 병사들이 처음으로 그들 자신을 "자유계약 선수"로 선언한다. "공산주의자가 지배하는" 팀들과 맺은 계약서의 유보조항*을 거부한 것이다. 미국 재향군인회와 해외참전용사회가 그들을 지지한다. 프랭크 마주마는 대법원에 상고하겠다고 선언한다.

    1946년 3월. 길 가메시가 앤절라 트러스트의 전국 주간회보, 〈스탠드업앤드파이트!〉의 편집국 사무실에서 사라진다. 공산주의자들의 복수라는 불길한 추측이 이어진다. 트러스트 부인은 가메시의 행방에 관한 정보에 1만 달러의 현상금을 건다.

    1946년 4월. 앤절라 휘틀링 트러스트는 시즌 전에 "충직한" 타이쿤스 선수들을 방출하는 의외의 조처를 취해 패트리어트리그의 종말을 예고한다. 제3의 메이저리그에 대해서는 "붉게 물드느니 죽는 게 낫다"고 말한다. 이에 마주마는 "미친" 행동이라 규정하며 리그의 "본래 모습"을 되찾기 위해 싸우겠다고 선언한다. 존 바알의 『스위치히터, 나는 두 인생을 살았다』(스탠드업앤드파이트 출판사, 트라이시티)가 출간된다.

    1946년 9월. 육군성은 루퍼트 구단으로부터 먼디파크를 임차하도록 공작한 네 명을 해고한다. 법무부는 야구계를 조사하는 대배심을 재소집한다.

    1947년 3월. 건물 철거업자들이 항구 옆에 상류층을 위한 고급 아파트를 짓기 위해 먼디파크를 철거하기 시작한다. 포트루퍼트

---

* 트레이드나 계약 해제에 의하지 않는 한 다른 팀으로 이적할 수 없다는 조항.

시의회는 투표 결과 만장일치로 1948년 1월까지 도시의 이름을 변경하기로 하고, '확장과 번영의 새 시대'에 걸맞은 이름을 공모한다.

1947년 4월. 어셀더머, 어사일럼, 인디펜던스(버지니아), 캐쿨라, 테라인코그니타도 포트루퍼트의 뒤를 따라 1948년까지 도시명을 바꾸기로 한다. 프랭크 마주마가 법정에서 심장마비로 숨을 거두고, 유족은 P리그로부터 소련의 스파이로 지명된 것에 격분해 마지않던 이 사업가의 법률 소송을 취하한다. "우리 가족은," 더블룬 마주마는 휠체어에서 이렇게 말했다. "야구라는 야만적 국기로 인해 고통을 겪을 만큼 겪었답니다."

1948년 11월. 오크하트 장군은 미합중국 대통령 선거를 앞두고 부통령 후보인 밥 얌과 함께 패트리어트당* 공천후보자 명단에 이름을 올린다. 일반투표에서 2퍼센트라는 놀라운 득표를 기록한 동시에 캘리포니아에서 가장 높은 지지율을 기록한다. 장군은 "십자군이 나섰다"고 말한다.

1949년 5월. 〈프라우다〉에 실렸던 모스크바 노동절 경축행사 사진이 미국 신문에 공개된다. 스탈린 수상과 베리야 국가정보국장 사이에서 모자를 쓴 인물이 길 가메시 장군으로 밝혀진다. 5월 2일 앤절라 휘틀링 트러스트가 경기장 지하 벙커에서 자살한다. 5월 3일 트라이시티 시의원들은 표결을 통해 P리그 구단을 유치했던 다른 도시들처럼 새 이름을 찾기로 결정한다.

---

* '애국당'이라는 뜻.

1952년 6월. 미국에 마지막으로 남아 있던 P리그 경기장, 타이쿤파크가 수십억 달러가 책정된 '메인–몬테비데오' 간선도로 사업에 길을 내준다.

1952년 10월. 오크하트–얌은 매카시에게 지지를 청하고, 이 위스콘신 상원의원이 스티븐슨을 맹비난할 때 그와 TV 발표장을 공유한다. "만일 누군가가 나를 몰래 숨겨 민주당이 유세하는 특별 프로에 야구배트를 갖고 들어갈 수 있다면, 그 조그만 애드–라이 Ad-lie*에게 애국심을 가르쳐주겠습니다." 정치평론가들은 그의 발언이 패트리어트당 대선후보 공천에 힘을 실어주었다고 분석한다. 공화당의 한 분파는 "E 장군**, 노! O 장군, 예스!"라고 적힌 피켓을 흔든다.

1952년 11월. 오크하트–얌은 오크하트에게 소련의 앞잡이라고 매도당한 민주당원들과 공화당원들의 고소에도 일반투표에서 2.3퍼센트의 표를 획득한다.

1953년 3월. 스탈린의 장례식에 모인 조문객을 찍은 〈프라우다〉의 사진이 미국 언론에 공개된다. 베리야 국무부 장관과 말렌코프 서기장 사이에서 모자를 쓴 인물이 길 가메시 장군으로 밝혀진다.

1953년 12월. 소련에서 라프렌티 P. 베리야가 스탈린의 후계자들에게 처형당한다. 〈프라우다〉의 사진 속에서 흐루쇼프 서기장과 불가닌 국방부 장관 사이에서 모자를 쓴 인물이 길 가메시 장

---

* 1952년 민주당 대선후보 애들레이 스티븐슨의 이름을 이용한 말장난.

** 1952년 공화당 대선후보 드와이트 아이젠하워.

군으로 밝혀진다.

1954년 3월. 길 가메시 장군이 '이중 스파이'로 사형을 언도받고 처형된다. 〈프라우다〉에 "인민의 적"이 아메리칸리그 및 내셔널리그와 은밀히 내통하고 있음을 자백한 진술서 전문이 실린다. 가메시의 자백은 "터무니없는 사기이며…… 제정신인 미국인이라면 그 누구도 믿을 수 없는 전형적인 공산주의자의 변절 행위"라고 양대 리그는 응수한다. 오크하트는 두 리그의 회장인 프릭과 해리지를 전면 조사해야 한다며 목소리를 높이고, 매카시는 "언제든 기꺼이"라고 말한다.

1956년 8월. 팜스프링스에서 열리는 패트리어트당 전당대회로 향하던 전용기가 흔적도 없이 사라진다. 더글러스 D. 오크하트 장군, 밥 얌과 주디 얌, 그리고 백만장자인 비행기 조종사는 사망한 것으로 추정된다. 공산주의자들의 파괴공작으로 의심된다.

에필로그

    드라마는 끝났다. 그럼 왜 여기서 멈추지 않고 한 걸음 더 나아갈까? 한 사람이 패트리어트리그의 폐허 속에서 살아남았기 때문이다. 한 사람이 그 광기, 무지, 배신, 증오, 거짓말 속에서 살아남았기 때문이다! 한 사람이 페어스미스 같은, 오크하트 같은, 트러스트 같은, 바알 같은, 마주마 같은, 길 가메시 같은 부류보다 오래 살아남았기 때문이다. 이 책에 담긴 글이 (어찌어찌하여!) 살아남았기 때문이다. 아, 팬 여러분, 내 오만을 용서하라. 하지만 나는 스스로의 용기에 일말의 경외감을 느낀다. 여러분도 알다시피, 분노는 작가를 저 먼 곳으로 이끌어주지만, 아, 그 도중에 겪는 고통, 외로움, 탈진, 자기회의란. 내게 쏟아진 비웃음과 조롱을 다시는 묘사하지 않으련다(프롤로그를 보라). 다만 그들은 날 편히 놔두지 않는다, 그들은 양로원에서 매일같이 젠체하고 자족에 빠져 멍청한 짓을 하고 있다!라는 내 말을 믿어달라. 노쇠한 심술쟁이 영감의 광기로 치부하다니! 교양 없는 의사들의 문학비평이란! 나의 성실, 기억, 존엄, 명예에 사악한 비방을 퍼붓다니, 그런데 누가? 휴게실에서 〈더 프라이스 이즈 라이트〉*를 시청하는 구닥다리들이! 아, 팬 여러분, 한번 시도해보라, 주변 사람들이 당신을 비웃고 미친 영감이라고 부르는 동네에서 매일매일 땀이 나도록 일을 한다고 생각해보라. 노인에게 호의를 베푸는 셈 치고, 먼 곳에서 벽돌을 가져와 쌓고 살라미 소시지를 파는 당신에게 지나가는 사람마다 "거짓말쟁이! 미친놈! 멍청이!"라고 외친다고 생각해보라. 여러분은 어떻게 참을지 상상해보라. 아, 팬 여러분, 여기 발할라에서 진실을 파헤치는 일은 절대 쉬운 일이 아니다.

또는 뉴욕의 그 출판업자들보다 오래 살아남는 것도 쉬운 일이 아니다. 그들의 산문prose, 혹 여러분이 관대한 마음으로 달리 부른다면, 그들의 신중함prudence이 어떠했는지를 보여주는 대표적인 예를 공개해보련다.

친애하는 스미스 씨에게

저는 방금 읽은 당신의 소설이 대단히 못마땅합니다. 가장 혐오스러운 부류에 속하는 사악하고 사디스트적인 책이며, 신체 장애나 정신 장애를 가진 사람은 물론이고 흑인, 유대인, 여자를 다룬 방식은 특히나 불쾌하고, 한마디로 메스껍습니다.

---

* 일반인들이 나와서 전시된 상품의 가격을 맞히는 오락 프로그램.

친애하는 스미스 씨에게

우리가 보기에 당신의 소설은 억지스럽고 신빙성이 떨어지므로 동봉하여 돌려드리는 바입니다.

친애하는 스미스 씨에게

당신의 책이 내 마음을 뒤흔들었습니다. 기성체제를 멋지게 해치우셨군요. 브루스＆버로스 스타일의 거칠고 익살스러운 블랙유머입니다. 얌부부 이야기는 유쾌하군요. 내가 여기 결정권을 가진 책임자라면 당장 내 일이라도 출간하겠지만 돈줄을 쥔 사람은 무명작가가 쓴 가상의 야구팀에 관한 난해한 소설로는 추악한 이윤을 내지 못한다고 말하네요. 어쩌겠습니까? 타락한 세상인데. 나는 최대한 기를 써보지만 그들은 거대한 **재벌기업**이고 나는 그들에게 한 명의 '스미티'에 불과합니다. 여하튼 말입니다. 발할라에서 나오실 수 있다면 점심을 대접하고 싶습니다. 부디 당신의 다음 소설을 볼 수 있기를. 미천한 직원 올림.

친애하는 스미스 씨에게

당신의 원고를 돌려드립니다. 이곳에서 몇몇 사람은 소설의 몇몇 부분이 재미있다고 하지만, 대부분의 사람은 당신의 책이 무리한 방식으로 효과를 내려 하고 있으며, 풍자적 언급을 용이하게 하기 위해 미국의 정치 및 문화의 복잡한 현실을 너무 단순화했다고 생각합니다.

친애하는 스미스 씨에게

너무 길고 다소 진부하군요. 죄송합니다.

여기 주머니 속에 보관하고 있는 나머지 스물두 통이나 내가 보낸 답장들에서는 한 구절도 인용할 필요가 없을 것이다.

그렇다면 지금은? 또 한 해가 흘렀고, 나와 진실은 여전히 산 채로 묻혀 있다. 주위의 다른 노인들은 하루종일 체커를 두다 밤 중에 죽어 의사의 사랑을 듬뿍 받는다. 매주 신참들이 지팡이를 짚고 도착하고, 떠나는 자들은 폴리에틸렌 자루에 담겨 나간다. "아마," 신참이 삐거덕거리며 들어올 때마다 간호사는 이렇게 말 한다. "여기가 마음에 드실 거예요, 할아버지. 우리가 할아버지를 돌보고 할아버지도 스스로를 돌보면 돼요. 바깥세상은 기분전환 삼아 자기네들 문제나 걱정하라지요." "아하," 영감탱이가 대꾸 한다. "듣기 좋은 말이군. 선생 노릇은 그만해. 책도 필요 없어." "아주 좋아요." 계집은 새된 목소리로 말하고는 그를 햇볕에 내놓 아 말려죽이기 시작한다. "어떤 사람들은," 내가 편지를 부쳐달라 고 건네면 그녀는 으르렁거린다. "하느님이 친절을 베풀어 그들 에게 선사한 노년을 어떻게 즐겨야 하는지 알거든요." 그러면 나 는 이렇게 대꾸한다. "우편물에 손대는 건 연방법 위반이야. 오늘 밤 안에 꼭 부치도록 해."

그렇다, 나는 편지를 끊임없이 쏘아댄다. 월터 크롱카이트*에 게, 윌리엄 버클리**에게, 데이비드 서스킨드***에게, 케네디 상원 의원에게, 랠프 네이더****에게, 유엔인권위원회에, 저명한 미국

---

* 미국 CBS 방송국의 간판 앵커.

** 미국 기자이자 시사 프로그램 진행자.

*** 미국의 TV 프로그램 제작자이자 토크쇼 진행자.

저자들에게, 아이비리그의 교수들에게, 칼럼니스트들에게, 정치 풍자 만화가들에게, '이슈'를 찾는 공직의 입후보자들에게. 훌륭한 사람들의 약삭빠른 비서들이 읽어본 후 또 한 명의 괴짜로 치부할 위험을 피하기 위해 정신을 바짝 차리고서, 투자은행 직원이나 장의사가 잠재 고객에게 사용할 법한 품위 있는 문체를 편지에 구사한다. 나는 예의바르고, 생각이 깊고, 자제력이 있다. 나는 고집과 씨름하여 그것을 굴복시킨다. 대문자로 터져나오는 아우성의 싹을 잘라버린다. 피투성이 단검 같은 느낌표는 속으로 깊이 찔러넣고, 두운도 사용하지 않는다(최소한 그런 노력을 하고 있다). 그렇다, 나는 분노에 치를 떤다는 인상을 주는 모든 것을 포기하면서 더욱더 분노에 치를 떤다. 그럼에도 진지한 답변을 받아본 적이 없다.

다음은 최근에 쓴 편지들, 내가 쓴 편지 중 누가 봐도 가장 절박하다고 생각할 만한 것들이다. 어떤 여행자도 돌아오지 못하는 미지의 나라로 가는 길을 제외하고 내게는 그 길밖에 없다. 아니나 다를까 이곳의 친구들이 내 편지의 수신처를 알았을 때, 양로원의 웃음거리인 나의 평판은 하늘 높이 치솟았다. "내가 말했던 그 친구가 글쎄, 요즘은 중국에 편지를 보낸대." 그들은 일주일에 한 번씩 케이크와 쿠키를 가져다주는 이 지역의 공상적 박애주의자들에게 떠벌린다. "정말 괴짜야, 딱 그거라니까. 상상력이 그자를 꼬드겨 여기서 도망친다면, 둘 다 영원히 못 돌아올 거야. 아주

**** 미국 변호사이자 시민운동가.

제대로 맛이 갔다고." "글쎄요." 뉴욕 발할라의 착한 부인들이 말한다. "저는 솔직히 그런 사람에게 경멸보다는 연민을 느낀답니다." 그러면 부인들은 동정심 낭비라는 얘기를 듣는다.

이게 바로, 팬 여러분, 예술가의 곤경이다. 그나저나 중국에서는 아직 답장이 없다. 하지만 난 기다릴 테다. 기다리고, 또 기다리고, 또 기다릴 테다. 그게 기다릴 시간 또는 성품이 없는 사람에게 어떤 일인지 여러분에게 말할 필요가 있을까?

발할라 양로원

뉴욕, 발할라

마오쩌둥 주석   1973년 1월 15일

인민대회당

중국, 베이징

친애하는 마오 주석님께

확신하건대, 주석님은 노벨문학상을 받은 소련 작가, 알렉산드르 I. 솔제니친이 쓴 위대한 역사소설이 최근 미국에서 출간되었음을 아실 겁니다. 분명 주석께서도 아실 테지만, 솔제니친 씨는 소련에서 이 작품을 출판해줄 사람을 찾지 못했으며, 후에 자신의 원고를 서방세계로 몰래 빼돌려 출판하게 해서 소련의 다른 작가들에게 비방과 험담을 들었습니다. 러시아에서 솔제니친 씨가 멸시당하는 이유는 러시아 역사에 대한 그의 해석이 그곳의 권력자들이 공표한 해석과 일치하지 않아서입니다. 간단히

594

말해, 그는 거짓말이 진실을 대신하고, 신화가 현실을 대신하는 걸 받아들이기를 거부하지요. 이 때문에 소련작가동맹에서 쫓겨났고, 러시아 정부로부터 인민의 적으로 낙인찍혔습니다. 제가 알기로 그는 현재 모스크바에 있는 자신의 아파트에서 사회적으로 고립된 채, 사실상 구금상태로 살고 있습니다.

솔제니친 씨가 이곳 뉴스에 등장한 몇 달 동안 제가 특별한 관심과 염려 속에 그의 비극적 상황을 주시해왔다면, 그건 솔제니친 씨가 소련에서 살았던 것처럼 저 역시 미국에서 여러 해 동안 그와 비슷한 상황에서 살아온 작가이기 때문입니다. 현재 저는 뉴욕주 북부의 빈곤한 노인들을 위한 시골 양로원에 죄수처럼 꼼짝없이 갇혀 있으며, 이곳의 직원들과 거주자들로부터 똑같이 정신착란 환자로 취급당하고 있습니다. 왜냐고요? 저들이 우리의 어린 학생들에게 세뇌시키는 미국 역사와 어긋나는 역사소설을 썼기 때문이지요. 저는 '역사적historical'이라고 말하지만 저들은 틀림없이 '히스테리적hysterical'이라고 말할 겁니다. 미국에서는 단 한 명의 출판업자도 감히 제가 쓴 진실한 이야기를 미국 국민 앞에 내놓지 못하고 있으며, 여기 발할라에서도 저와 제 책을 농담으로 취급하지 않는 사람이 없습니다. 주석님, 저는 주석님과 마찬가지로 언제 죽음을 맞이할지 모릅니다. 아흔 줄을 바라보고 있으니까요. 주석님. 하지만 제가 죽으면, 제가 곁에 두고 안전하게 지키고 있는 이 원고는 즉시 파기될 테고, 그와 함께 이 나라의 역사에서 이 가증스러운 한 시대의 기록도 사라지겠지요.

지금 주석님은 제가 왜 이 편지를 모스크바의 브레즈네프 당서기에게 보내지 않았는지 궁금하실 겁니다. 얼핏 '미국 정부가 공인한 진실의 판본과 불일치'한다는 이유로 사실상 모든 면에서 억압받고 있는 이 책을 러시아에서 러시아어로 펴내, 그가 미국과 '역적' 솔제니친에게 앙갚음할 기회를 덥석 잡으리라고 볼 수도 있습니다. 하지만 제 책의 마지막 장을 읽으신다면, 주석님은 러시아인들이 미국인 못지않게 이 작품을 못마땅하게 여길 수 있음을 이해하실 겁니다. 반면 이 두 강대국한테 대단히 불쾌한 면이 주석님께는 분명 매력적으로 보일 거라 생각했습니다.

마오 주석님, 제가 이 편지를 쓰는 목적은 주석님께 제 책을 중화인민공화국에서 출판해주실 것을 제안하기 위해서입니다. 이런 작품을, 특히 중국어로 번역하는 데서 오는 어려움은 누구보다 잘 알고 있습니다. 그러나 고된 노동으로 만리장성을 쌓은 인민들 또는 확고한 투지로 '공산주의를 향한 대장정'을 이끈 지도자가 그 정도 장애물을 넘지 못하리라고는 믿을 수 없습니다. 하지만 제가 주석님의 국가 또는 주석님의 방법에 공감하거나, 주석님의 인민 또는 주석님의 체제 또는 주석님 자신에게 특별한 유대감을 느껴 주석님께 귀순할 거라는 인상을 심어드릴 생각은 없습니다. 제가 마오쩌둥에게 귀순한다면 그건 다른 어디에도 기댈 곳이 없기 때문입니다. 이와 마찬가지로 제가 정치인들, 심지어 주석님처럼 취미로 시를 쓰는 정치인들이 진실 또는 예술에 헌신한다는 환상에 사로잡혀 있지 않다는 점도 알아두시기 바랍니다. 만일 주석님이 본업으로 시를 쓰고 취미로 중국을 운영한다면 문제가 달라질 테지요. 하지만 국가와 지도자란 본래 그렇듯, 주석님이 제 책을 출판해주신다면 그렇게 하는 것이 당신의 혁명에 유리하다고 판단하기 때문이라는 걸 저는 충분히 잘 알고 있습니다.

주석님, 우리는 지난한 역경과 고난을 헤치고 살아남았습니다. 우리 자신의 방식으로, 우리 자신의 대륙에서, 우리 자신의 국민과 함께, 각자 치열하게 투쟁하며 살았고, 각자 열정적인 신념에 기대어 버티고 있습니다. 주석님의 신념은 중국이고, 저의 신념은 예술입니다만, 주석님, 제 예술은 예술을 위한 예술 혹은 국민의 자긍심이나 개인의 유명세를 위한 예술이 아니라, 기록을 위한 예술, 모든 말로 진실을 왜곡하고 배신하는 자들로부터 현재와 과거의 진실을 되찾아오는 예술입니다. 알렉산드르 I. 솔제니친이 말했지요. "거짓과의 싸움에서 예술은 항상 이겨왔고, 언제나 확연히, 누구도 부정할 수 없이, 최후의 승리를 거머쥔다! 거짓말은 이 세상의 많은 것을 방해할 수 있지만, 예술만큼은 방해하지 못한다." 그런 까닭에 러시아를 지배하는 거짓말쟁이들이 저의 반항적인 러시아인 동료가 스톡홀름에서 노벨상 강연을 하지 못하도록 가로막았던 겁니다. 아 원컨대, 제게 며칠 혹은 몇 달이 남았을지 모르지만 제가 그의 용기, 강인함, 지혜에서 힘을 얻을 수 있기를. 『위대한 미국 소설』이 베이징에서 출판되는 날까지(그날이 온다면) 뉴욕의 오지에서 살아남기 위해서는 그 모두, 아니 그 이상이 필요하기 때문이지요.

존경을 담아,
워드 스미스
('한 사람의 견해'의 저자)

1933년	뉴저지주 뉴어크에서 유대계 미국인 1세대인 헤르만 로스와 베시 로스의 차남으로 출생.
1950년	위퀘이크고등학교 졸업, 뉴어크대학에 입학.
1951년	버크넬대학으로 옮김. 교내 문학잡지 〈엣 세트라*ET Cetera*〉에 작품과 비평을 실으며 논설위원을 맡음.
1954년	버크넬대학에서 영문학 학사학위 받음. 단편「눈 오던 날*The Day It Snowed*」을 〈시카고 리뷰〉에 발표.
1955년	시카고대학에서 영문학 석사학위 받음, 8월 군 입대. 〈에포크*Epoch*〉에「애런 골드의 경기*The Contest for Aaron Gold*」를 실음.
1956년	8월 부상으로 제대. 시카고대학에 한 학기 강의를 신청, 1956년부터 1958년까지 시카고대학에서 강의를 맡음.
1957년	〈뉴 리퍼블릭〉에서 영화와 TV 프로그램 리뷰어로 활동.
1958년	시카고에서 맨해튼 남동쪽으로 이사.「유대인의 개종*The Conversion of the Jews*」「엡스타인*Epstein*」「굿바이, 콜럼버스*Goodbye, Columbus*」를 〈파리 리뷰〉에 실음.「엡스타인」이 〈파리 리뷰〉의 아가칸상 수상.
1959년	마거릿 마틴슨과 결혼. 〈뉴요커〉에「신앙의 수호자*Defender of the Faith*」, 〈코멘터리〉에「광신자 엘리*Eli, the Fanatic*」를 게재. 첫 소설집『굿바이, 콜럼버스』로 휴턴 미플린문학협회상, 미국 문학예술아카데미 기금 수상.

1960년	9월 아이오와대학 작가 워크숍에 교수단으로 참여. 『굿바이, 콜럼버스』로 전미도서상과 전미유대인도서협회에서 수여하는 다로프상 수상.
1962년	프린스턴대학에서 1964년까지 강의를 맡음. 「노보트니의 고통Novotny's Pain」을 〈뉴요커〉에 발표. 『자유를 찾아서Letting Go』 출간.
1963년	포드 기금 수혜. 마거릿 마틴슨과 이혼. 〈에스콰이어〉에 「정신분석적 특징Psychoanalytic Special」 발표.
1967년	뉴욕주립대학 스토니브룩 방문교수. 『그녀가 착했을 때When She Was Good』 발표.
1969년	「굿바이, 콜럼버스」 영화화. 『포트노이의 불평Portnoy's Complaint』 출간, 〈뉴욕 타임스〉 선정 올해의 베스트셀러.
1970년	「허공에서On the Air」를 〈뉴아메리칸 리뷰〉에 발표.
1971년	『우리들의 갱단Our Gang』 발표.
1972년	『포트노이의 불평』 영화화. 『유방The Breast』 출간.
1973년	『위대한 미국 소설The Great American Novel』 출간. 「카프카 바라보기Looking at Kafka」를 〈아메리칸 리뷰〉에 발표.
1974년	『남자로서 나의 삶My Life as a Man』 출간.
1975년	산문집 『나와 타인들 읽기Reading Myself and Others』 출간.
1976년	영국 여배우 클레어 블룸과 지속적인 관계를 맺음. 일 년의 반은 런던에서, 나머지 반은 코네티컷에서 생활.
1977년	『욕망의 교수The Professor of Desire』 출간.
1979년	『유령작가The Ghost Writer』 출간.

1980년	『필립 로스 소설집*A Philip Roth Reader*』 출간.
1981년	어머니 사망. 『주커먼 언바운드*Zuckerman Unbound*』 발표.
1983년	『해부학 강의*The Anatomy Lesson*』 출간.
1984년	『유령작가』를 BBC와 PBS에서 클레어 블룸이 출연한 TV 드라마 〈미국의 장난감집*American Playhouse*〉으로 각색.
1985년	『주커먼 바운드*Zuckerman Bound*』 출간. 『프라하의 주연*The Prague Orgy*』 출간.
1986년	『카운터라이프*The Counterlife*』 출간.
1987년	컬럼비아대학과 러트거스대학에서 명예 박사학위 받음. 『카운터라이프』로 전미도서비평가협회상 수상. 런던에서 미국으로 돌아옴.
1988년	헌터대학 방문교수. 『카운터라이프』로 전미유대인도서협회에서 수여하는 전미유대인도서상 수상. 자서전 『사실들*The Facts*』 출간.
1989년	하트퍼드대학에서 명예 박사학위 받음. 아버지 사망.
1990년	클레어 블룸과 결혼. 『기만*Deception*』 출간.
1991년	『유전*Patrimony*』 출간. 전미도서비평가협회상 수상.
1993년	『샤일록 작전*Operation Shylock*』 발표. 펜/포크너상 수상.
1994년	『샤일록 작전』이 〈타임〉 선정 올해의 베스트 소설에 뽑힘. 체코 정부로부터 카렐 차페크 상 수상. 클레어 블룸과 이혼.
1995년	『새버스의 극장*Sabbath's Theater*』 발표. 전미도서상 수상.
1997년	『미국의 목가*American Pastoral*』 발표. 전미도서상 후

보에 오름.

1998년	『나는 공산주의자와 결혼했다*I Married a Communist*』 출간. 대사도서상 수상.『미국의 목가』로 퓰리처상, 국가 예술훈장 받음.
2000년	『휴먼 스테인*The Human Stain*』 출간.
2001년	『휴먼 스테인』으로 펜/포크너상 수상. 〈타임〉 선정 '미국 최고의 소설가'. 체코 정부로부터 프란츠 카프카 상 수상.『죽어가는 짐승*The Dying Animal*』 출간.
2002년	『휴먼 스테인』으로 프랑스 메디치 해외도서상 수상. 전미도서재단 메달 수상. 미국 문학예술아카데미 골드 메달 수상.
2004년	『미국을 노린 음모*The Plot Against America*』 출간.
2005년	『미국을 노린 음모』로 미국 역사가협회상 수상.
2006년	『에브리맨*Everyman*』 출간. 펜/나보코프상 수상.
2007년	『에브리맨』으로 펜/포크너상 수상. 펜/솔벨로상 수상. 『유령 퇴장*Exit Ghost*』 출간.
2008년	『울분*Indignation*』 출간.
2009년	『전락*The Humbling*』 출간.
2010년	『네메시스*Nemesis*』 출간.
2011년	맨부커 인터내셔널 상 수상. 백악관 국가인문학훈장 수훈.
2012년	스페인 아스투리아스 왕세자 상 수상.
2013년	프랑스 코망되르 레지옹 도뇌르 훈장 수훈.
2018년	85세를 일기로 타계.

지은이 **필립 로스**

1998년 『미국의 목가』로 퓰리처상을 수상했다. 그해 백악관에서 수여하는 국가예술 훈장을 받았고, 2002년에는 미국 문학예술아카데미 최고 권위의 상인 골드 메달을 받았다. 전미도서상과 전미비평가협회상을 각각 두 번, 펜/포크너상을 세 번, 영국 WH 스미스 문학상을 두 번 수상했다. 2005년에는 『미국을 노린 음모』로 미국 역사가협회상을 받았으며, 2011년 백악관 국가인문학훈장과 맨부커 인터내셔널 상을, 2012년 스페인 아스투리아스 왕세자 상과 2013년 프랑스 코망되르 레지옹 도뇌르 훈장을 받았다. 2018년 세상을 떠났다.

옮긴이 **김한영**

서울대 미학과를 졸업하고 서울예대에서 문예창작을 공부했다. 오랫동안 전업 번역을 하며 예술과 문학의 곁자리를 지키고 있다. 옮긴 책으로 『나는 공산주의자와 결혼했다』『신의 축복이 있기를, 로즈워터 씨』『마더나이트』『나라 없는 사람』『삶과 죽음의 시』 등이 있다. 제45회 한국백상출판문화상 번역 부문을 수상했다.

문학동네 세계문학

위대한 미국 소설

초판 인쇄 2020년 9월 25일 | 초판 발행 2020년 10월 16일

지은이 필립 로스 | 옮긴이 김한영 | 펴낸이 염현숙
책임편집 정혜림 | 편집 김정희 고선향 오동규
디자인 윤종윤 이원경 | 저작권 한문숙 김지영 이영은
마케팅 정민호 이숙재 양서연 박지영 | 홍보 김희숙 김상만 지문희 김현지
제작 강신은 김동욱 임현식 | 제작처 상지사

펴낸곳 (주)문학동네
출판등록 1993년 10월 22일 제406-2003-000045호
주소 10881 경기도 파주시 회동길 210
전자우편 editor@munhak.com | 대표전화 031) 955-8888 | 팩스 031) 955-8855
문의전화 031) 955-3578(마케팅) 031) 955-8861(편집)
문학동네카페 http://cafe.naver.com/mhdn | 트위터 @munhakdongne
북클럽문학동네 http://bookclubmunhak.com

ISBN 978-89-546-7505-5 03840

www.munhak.com

죽어가는 짐승 **정영목** 옮김
시간의 흐름과 자유의 의미에 대한 맹렬하고 탄탄한, 때때로 짐승 같은 고찰.
_데일리 텔레그래프

네메시스 **정영목** 옮김
죽은 자들의 무덤에까지 가닿는, 문학과 인생에 대한 마스터클래스. _가디언

전락 **박범수** 옮김
품위 있다. 무자비하다. 직설적이고 절박하며 절제된 문장으로 그려내는 열에 달
뜬 꿈같은 이야기. 로스는 거장이다. _로스앤젤레스 타임스

굿바이, 콜럼버스 **정영목** 옮김
필립 로스가 계속 단편소설만 썼다 해도 그는 여전히 우리 시대 최고의 작가가 되
었을 것이다. 그의 데뷔작이자 유일한 소설집인 『굿바이, 콜럼버스』는 그만큼 훌
륭하다. _래리 다크(편집자)

포트노이의 불평 **정영목** 옮김
이 작품을 즐기면서 조금도 죄책감을 느끼지 말기를. 『호밀밭의 파수꾼』 이래 이
런 기쁨을 주는 미국 소설은 처음이다. _뉴욕 타임스

울분 **정영목** 옮김
청춘의 격정으로 불탈 만큼 여전히 분노하고 동시에 그 격정이 스스로를 파멸시
킬 수 있음을 이해할 만큼 충분히 현명한 작가로부터 나오는 폭발을 볼 수 있는
소설. _워싱턴 포스트

에브리맨 **정영목** 옮김
제게 『에브리맨』은 올 최고의 소설이 될 것 같습니다. 이처럼 읽는 이를 뒤흔들 수
있는 소설은 만나기 쉬운 게 아니니까요. _이동진(영화평론가)